新編元稹集 十

[唐]元稹 原著

吳偉斌 輯佚 編年 箋注

國家『十二五』重點圖書出版規劃項目

陝西新華出版傳媒集團

三秦出版社

新編元稹集第十册目録

元和十四年己亥(819)四十一歲(五十五首)

◎酬樂天江樓夜吟積詩因成三十韵(正月初九日前) …… 4825

◎花栽二首(正月初九日之時) …………………………… 4845

◎黄草峽聽柔之琴二首(三月上旬某晚) ………………… 4850

◎書劍(三月上旬某晚) …………………………………… 4856

◎小胡笳引(三月上旬) …………………………………… 4858

◎憑李忠州寄書樂天(三月上旬) ………………………… 4869

■忠州寄樂天書(三月上旬) ……………………………… 4875

◎月臨花(三月上旬) ……………………………………… 4877

◎紅芍藥(三月上旬) ……………………………………… 4880

■通州任内佚失詩十九首(元和十年四月一日至十四年

三月十日) ………………………………………………… 4885

■三遊洞二十韵(三月十三日) …………………………… 4887

■答白二十二書(夏天) …………………………………… 4892

◎酬樂天嘆損傷見寄(秋天) ……………………………… 4894

◎哭女樊(秋天) …………………………………………… 4898

◎哭女樊四十韵(秋天) …………………………………… 4904

◎唐故朝議郎侍御史内供奉鹽鐵轉運河陰留後河南元君墓

誌銘(十一月十四日) …………………………………… 4928

■元和五年三月至元和十四年年底間佚失詩篇十九首（元和五年三月至元和十四年年底間）……………………… 4947

元和十五年庚子（820）四十二歲（一百三十七首）

●上令狐相公詩啓（正月初三稍後數日）………………… 4949

◎爲蕭相謝告身狀（正月初八）…………………………… 4967

◎錢貨議狀（閏正月十八日或十九日）…………………… 4972

◎令狐楚等加階制（二月五日或六日）…………………… 4990

◎王仲舒等加階制（二月五日或六日）…………………… 5001

◎武儒衡等加階制（二月五日或六日）…………………… 5007

◎崔元略等加階制（二月五日或六日）…………………… 5012

◎胡証等加階制（二月五日或六日）……………………… 5016

●授張奉國上將軍皇城留守制（二月五日或稍後數日）… 5021

◎姚文壽可冠軍大將軍右監門衞將軍知內侍省事制（二月五日或稍後數日）………………………………… 5029

◎徐智岑可雲麾將軍右監門衞將軍知內侍省事制（二月五日或稍後數日）………………………………… 5036

●授劉泰清左武衞將軍制（二月五日或稍後數日）……… 5040

◎邵常政等可內侍省內謁者監制（二月五日或稍後數日）……………………………………………………… 5044

◎劉惠通授謁者監制（二月五日或稍後數日）………… 5049

◎宋常春等可內侍省內僕局令制（二月五日或稍後數日）……………………………………………………… 5052

◎王惠超等授左清道率府率制（二月五日或稍後數日）… 5059

◎荊浦授左清道率府率制（二月五日或稍後數日）……… 5063

◎七女封公主制（二月五日或稍後數日）………………… 5068

◎于季友授右羽林將軍制（二月五日或稍後數日）……… 5073

◎王悦等可昭武校尉行左千牛備身制（二月五日或稍後數日）……………………………………………………… 5081

◎崔適等可翊麾校尉守左千牛備身制(二月五日或稍後數日)
.... 5085

◎諸使收淄青叙録將士等授官爵勳制(二月五日或稍後數日)
.... 5089

◎高允恭授尚書户部郎中判度支案制(二月五日或六日)
.... 5093

●授韋審規等左司户部郎中等制(二月五日或六日) 5100

◎鄭涵授尚書考功郎中馮宿刑部郎中制(二月五日或六日)
.... 5107

◎高釴可守起居郎依前充史館修撰何士乂可尚書水部員外
  郎制(二月五日或稍後數日) 5120

◎常元亮等權知橋陵制(二月五日或稍後數日) 5128

◎裴堪授工部尚書致仕制(二月五日稍後數日) 5132

◎贈田弘正等父制(二月五日稍後數日) 5139

◎贈田弘正等母制(二月五日稍後數日) 5148

◎贈烏重胤等父制(二月五日稍後數日) 5157

◎贈韋審規等父制(二月五日稍後數日) 5165

◎追封李逢吉等母制(二月五日稍後數日) 5170

◎追封王璠等母制(二月五日稍後數日) 5176

◎爲蕭相謝追贈祖父祖妣亡父表(二月五日稍後數日) ... 5181

◎爲蕭相謝賜太夫人國號告身狀(二月五日稍後數日) ... 5189

◎贈陳憲忠衡州刺史制(二月五日稍後數日) 5198

◎鄭氏封才人制(二月五日稍後數日) 5202

●授郭旼冀王府諮議制(二月五日稍後數日) 5206

●授王自勵原王府諮議制(二月五日稍後數日) 5210

◎陳諫可循州刺史制(二月五日稍後數日) 5214

◎駱怡等復職制(二月五日稍後數日) 5218

◎吉旼可守京兆府渭南縣令制(二月五日稍後至三月間)
.... 5223

●授裴寰奉先縣令制（二月五日稍後至三月間）⋯⋯⋯⋯ 5231

◎元佑可洋州刺史制（二月五日稍後至三月間）⋯⋯⋯⋯ 5235

◎元冀等可餘杭等州刺史制（二月五日至三月三十日間）

⋯⋯⋯⋯⋯⋯⋯⋯⋯⋯⋯⋯⋯⋯⋯⋯⋯⋯⋯⋯⋯⋯⋯⋯ 5241

◎袁重光可雅州刺史李踐方可大理寺丞制（二月五日至

三月間）⋯⋯⋯⋯⋯⋯⋯⋯⋯⋯⋯⋯⋯⋯⋯⋯⋯⋯⋯⋯ 5251

◎李立則可檢校虞部員外郎知鹽鐵東都留後制（二月五日

至三月間）⋯⋯⋯⋯⋯⋯⋯⋯⋯⋯⋯⋯⋯⋯⋯⋯⋯⋯ 5258

●授蕭祐兵部郎中制（二月五日至三月間）⋯⋯⋯⋯⋯⋯ 5264

◎韋行立可處州刺史制（二月五日至六月間）⋯⋯⋯⋯⋯ 5270

◎追封李遜等母制（三月初）⋯⋯⋯⋯⋯⋯⋯⋯⋯⋯⋯⋯ 5275

◎趙真長等加官制（二月二十九日至三月間）⋯⋯⋯⋯ 5279

◎寒食日毛空路示侄晦及從簡（寒食日）⋯⋯⋯⋯⋯⋯⋯ 5287

◎別孫村老人（寒食日）⋯⋯⋯⋯⋯⋯⋯⋯⋯⋯⋯⋯⋯⋯ 5293

◎韓皋吏部尚書趙宗儒太常卿制（三月十六日至月底間）

⋯⋯⋯⋯⋯⋯⋯⋯⋯⋯⋯⋯⋯⋯⋯⋯⋯⋯⋯⋯⋯⋯⋯⋯ 5295

◎王沂可河南府永寧縣令范傳規可陝州安邑縣令制（三月

四月間）⋯⋯⋯⋯⋯⋯⋯⋯⋯⋯⋯⋯⋯⋯⋯⋯⋯⋯⋯⋯ 5304

◎唐故京兆府盩厔縣尉元君墓誌銘（四月二十一日稍後一

二天內）⋯⋯⋯⋯⋯⋯⋯⋯⋯⋯⋯⋯⋯⋯⋯⋯⋯⋯⋯⋯ 5311

◎爲令狐相國謝賜金石凌紅雪狀（四月）⋯⋯⋯⋯⋯⋯⋯ 5324

◎憲宗章武孝皇帝挽歌詞三首（四月二十六日後、五月九

日前）⋯⋯⋯⋯⋯⋯⋯⋯⋯⋯⋯⋯⋯⋯⋯⋯⋯⋯⋯⋯ 5331

●授嗣虢王溥等太僕少卿制（五月九日之後）⋯⋯⋯⋯⋯ 5343

◎祭禮部庾侍郎太夫人文（五月九日之後的夏天）⋯⋯⋯ 5351

元和十四年己亥(819)　四十一歲

◎ 酬樂天江樓夜吟積詩因成三十韵(次用本韵)[①]

忽見君新句，君吟我舊篇[②]。見當巴徼外，吟在楚江前[③]。思鄙寧通律，聲清遂扣玄[④]。三都時覺重，一顧世稱妍[⑤]。排韵曾遙答，分題幾共聯[⑥]？昔憑銀翰寫，今賴玉音宣[⑦]。布鼓隨椎響，坯泥仰匠圓[⑧]。鈴因風斷續，珠與調牽綿[⑨]。阮籍驚長嘯，商陵怨别弦[⑩]。猿羞啼月峽，鶴讓警秋天[⑪]。志士潛興感，高僧暫廢禪[⑫]。興飄滄海動，氣合碧雲連[⑬]。點綴工微者，吹噓勢特然[⑭]。休文徒倚檻，彦伯浪迴船[⑮]。妓樂當筵唱，兒童滿巷傳[⑯]。改張思婦錦，騰躍貫人箋[⑰]。魏拙虚教出，曹風敢望痊[⑱]！定遭才子笑，恐賺學生癲[⑲]。裁什情何厚！飛書信不專[⑳]。隼猜鴻蓄縮，虎橫犬迍邅[㉑]。水墨看雖久，瓊瑤喜尚全[㉒]。纏從魚裏得，便向市頭懸[㉓]。夜置堂東序，朝鋪座右邊[㉔]。手尋韋欲絶，泪滴紙渾穿[㉕]。甘蔗銷殘醉，酕醄醒早眠[㉖]。深藏那遽滅？同詠苦無緣[㉗]。雅羨詩能聖，終嗟藥未仙[㉘]。五千誠遠道，四十已中年（諸葛亮云："揚州萬里。"潯陽向餘五千，僕今年忽已四十一）(一)[㉙]。暗魄多相夢，衰容每自憐[㉚]。卒章還慟哭，蛟蚋溢山川[㉛]。

［校記］

（一）諸葛亮云："揚州萬里。"潯陽向餘五千，僕今年忽已四十一：原本作"時公年四十一"，據其口氣，應該是馬元調所改，今據楊本、叢刊本、《全詩》改。《元稹集》以爲"潯陽向餘五千"應該是"潯陽尚餘五千"之誤，其實"向"有兩個義項可以説通，沒有錯也不必疑：一、將近。陶潛《飲酒二十首》三："道喪向千載，人人惜其情。"《舊唐書·顏真卿傳》："吾今年向八十，官至太師。"二、大約，大約有。杜甫《蠶谷行》："天下郡國向萬城，無有一城無甲兵。"

［箋注］

① 酬樂天江樓夜吟稹詩因成三十韵：白居易原唱是《江樓夜吟元九律詩成三十韵》："昨夜江樓上，吟君數十篇。詞飄朱檻底，韵墜綠江前。清楚音諧律，精微思入玄。收將白雪麗，奪盡碧雲妍。寸截金爲句，雙雕玉作聯。八風淒閑發，五彩爛相宣。冰扣聲聲冷，珠排字字圓。文頭交比繡，筋骨軟於綿。澒湧同波浪，錚鏦過管弦。醴泉流出地，鈞樂下從天。神鬼聞如泣，魚龍聽似禪。星回疑聚散，月落爲留連？雁感無鳴者，猿愁亦悄然。交流遷客淚，停住賈人船。暗被歌姬乞，潛聞思婦傳。斜行題粉壁，短卷寫紅箋。肉味經時忘，頭風當日痊。老張知定伏，短李愛應顛（張十八籍、李十二紳皆攻律詩，故云）。道屈才方振，身閑業始專。天教聲烜赫，理合命迍邅。顧我文章劣，知他氣力全。功夫雖共到，巧拙尚相懸。各有詩千首，俱拋海一邊。白頭吟處變，青眼望中穿。酬答朝妨食，披尋夜廢眠。老償文債負，宿結字因緣。每嘆陳夫子（陳子昂著《感興》詩，稱於世），常嗟李謫仙（賀知章謂李白爲謫仙）。名高折人爵（李竟無官，陳亦早夭），思苦減天年。不得當時遇，空令後代憐。相悲今若此，溢浦與通川。"白居易對元稹律詩讚譽備至，可與本詩參讀，並可作爲大家研讀元稹

律詩的重要參考。　　江樓：即江州的樓，也許因爲靠近江邊而得名，也許可能即是所謂的"庾樓"。韋承慶《江樓》："獨酌芳春酒，登樓已半曛。誰驚一行雁，衝斷過江雲？"李嘉祐《晚登江樓有懷》："獨坐南樓佳興新，青山綠水共爲鄰。爽氣遙分隔浦岫，斜光偏照渡江人。"吟：吟詠，誦讀。《藝文類聚》卷五五引束皙《讀書賦》："原憲潛吟而忘賤，顏回精勤以輕貧。"韓愈《進學解》："先生口不絶吟於六藝之文，手不停披於百家之編。"

②忽見：意料之外，突然看見。王績《九月九日贈崔使君善爲》："野人迷節候，端坐隔塵埃。忽見黃花吐，方知素節回。"張文琮《昭君怨》："戒途飛萬里，迴首望三秦。忽見天山雪，還疑上苑春。"　　新句：詩文中清新優美的語句。張籍《使回留別襄陽李司空》："迴首吟新句，霜雲滿楚城。"王安石《與郭祥正太博書》三："承示新句，但知嘆愧。"　舊篇：往日的詩文，陳舊的語韻，這裏是詩人的自謙之詞。庾信《傷王司徒襃》："唯有山陽笛，悽余思舊篇。"韋莊《九江逢盧員外》："前年風月宿琴堂，大媚仙山近帝鄉。別後幾沾新雨露，亂來猶記舊篇章。"

③巴：古族名，國名。其族主要分佈在今川東、鄂西一帶。傳說周以前居今甘肅南部，後遷武落鐘離山（今湖北長陽西北），以廩君爲首領，稱廩君蠻；因以白虎爲圖騰，又稱白虎夷或虎蠻。周初封爲子國，稱巴子國。春秋時與楚鄧等國交往頻繁。周慎靚王五年（前316）並於秦，以其地爲巴郡。留在今四川、重慶境內的，部分稱板楯蠻。所謂"巴"，亦即元稹當時任職的通州一帶。盧僎《南望樓》："去國三巴遠，登樓萬里春。傷心江上客，不是故鄉人。"胡皓《出峽》："巴東三峽盡，曠望九江開。楚塞雲中出，荊門水上來。"　徼：這裏指邊界，邊塞。《史記·司馬相如列傳》："西至沫、若水，南至牂柯爲徼。"司馬貞索隱引張揖曰："徼，塞也，以木柵水爲蠻夷界。"王昌齡《觀江淮名勝圖》："青葱林間嶺，隱見淮海徼。"巴徼，這裏意謂巴地之外，亦即通州之外的江州地區。　　楚江：楚境內的江河。李白《望天門山》："天門

中斷楚江開，碧水東流至北回。"吳文英《澡蘭香・淮安重午》："莫唱江南古調，怨抑難招，楚江沉魄。"楚江，這裏借指江州地區。

④"思鄙寧通律"兩句：是對白居易原唱"清楚音諧律，精微思入玄"的回答，酬唱與原唱可以並讀。　思：思想，意念。《文心雕龍・雜文》："唯士衡運思，理新文敏。"杜甫《春日憶李白》："白也詩無敵，飄然思不群。"指構思。杜牧《和令狐侍御賞蕙草》："尋常詩思巧如春，又喜幽亭蕙草新。"　鄙：粗俗，質樸，淺陋，低賤，這裏是詩人的謙詞。《史記・仲尼弟子列傳》："子路性鄙，好勇力。"《左傳・莊公十年》："肉食者鄙，未能遠謀。"　寧：猶言豈不，難道不。《後漢書・李郃傳》："二君發京師時，寧知朝廷遣二使邪？"語氣助詞，無實義。《左傳・昭公元年》："若野賜之，是委君貺於草莽也，是寡大夫不得列於諸卿也。不寧唯是，又使圍蒙其先君。"　通：懂得，通曉。《史記・屈原賈生列傳》："賈生年少，頗通諸子百家之書。"韓愈《殿中侍御史李君墓誌銘》："年少長，喜學，學無所不通。"　律：這裏指詩的格律。杜甫《承沈八丈東美除膳部員外郎阻雨未遂馳賀奉寄此詩》："詩律群公問，儒門舊史長。"何薳《春渚紀聞・關氏伯仲詩深妙》："關氏詩律，精深妍妙，世守家法。"　聲：這裏指音樂、詩歌。《論語・陽貨》："惡紫之奪朱也，惡鄭聲之亂雅樂也。"《史記・廉頗藺相如列傳》："趙王竊聞秦王善爲秦聲，請奏盆缻秦王，以相娛樂。"　清：五音中的商音，謂蕤賓至應鍾，即十二律中第七律至第十二律。《禮記・樂記》："倡和清濁，迭相爲經。"鄭玄注："清謂蕤賓至應鍾也，濁謂黃鍾至仲呂。"《淮南子・修務訓》："聖人見是非，若白墨之於目辨，清濁之於耳聽。"高誘注："清，商也。"　玄：深奧，玄妙。《老子》："玄之又玄，衆妙之門。"顏延之《五君詠・向常侍》："探道好淵玄，觀書鄙章句。"

⑤三都：有多種含義與解釋，如唐初建都長安，顯慶二年（657）定洛陽爲東都，天授元年（690）定晉陽爲北都，與長安合稱三都。但這裏是指左思所著《三都賦》，歷來享譽甚高，傳流甚廣，故元稹詩中

有"三都時覺重"之言。《文心雕龍・才略》:"左思奇才,業深覃思,盡銳於《三都》,拔萃於《詠史》,無遺力矣!"齊己《移居》:"欲問存思搜抉妙,幾聯詩許敵三都?"　重:看重,重視。《史記・酷吏列傳》:"太后聞之,賜都金百斤,由此重郅都。"曹丕《典論・論文》:"則古人賤尺璧而重寸陰,懼乎時之過已。"　一顧:《戰國策・燕策》有經伯樂一顧而馬價十倍之説,後以"一顧"喻受人引舉稱揚或提携知遇,這裏比喻自己的詩篇受到白居易的譽揚,因而傳播遠地。謝朓《和王主簿怨情》:"生平一顧重,宿昔千金賤。"李益《將赴朔方早發漢武泉》:"問我此何爲? 平生重一顧。"《編年箋注》引述漢代李延年"北方有佳人,絕世而獨立。一顧傾人城,再顧傾人國"作爲本詩本句的解釋,我們以爲不確,本詩是稱揚文篇之美,與讚美女性之美風馬牛不相及,請參閱《漢書・外戚列傳》:"孝武李夫人,本以倡進。初,夫人兄延年性知音,善歌舞,武帝愛之,每爲新聲變曲,聞者莫不感動。延年侍上起舞,歌曰:'北方有佳人,絕世而獨立。一顧傾人城,再顧傾人國。寧不知傾城與傾國,佳人難再得。'上嘆息曰:'善! 世豈有此人乎?'平陽主因言:'延年有女弟。'上乃召見之,實妙麗善舞,由是得幸。"　妍:美麗,美好。《魏書・崔浩傳》:"浩纖妍潔白,如美婦人。"韓愈《送窮文》:"面醜心妍,利居衆後,責在人先。"

　　⑥ "排韻曾遙答"兩句:排韻、分題,均是元稹白居易此前進行的詩歌聯誼活動。　排韻:義近"分韻",數人相約賦詩,選擇若干字爲韻,各人分拈,依拈得之韻作詩,謂之分韻。白居易《花樓望雪命宴賦詩》:"素壁聯題分韻句,紅爐巡飲暖寒杯。"嚴羽《滄浪詩話・詩體》:"有分韻,有用韻,有和韻,有借韻,有協韻,有今韻,有古韻。"　遙答:異地酬和,異地回答。道世《法苑珠林・見解篇》:"時彌勒等進趣王舍,近到鷲山,見佛光明,種種神異,衆相赫然,益以歡喜。即奉師敕,遙以心難,佛遙答之,一一無差。"義近"贈答",謂以詩文互相贈送酬答。《南史・梁元帝徐妃》:"時有賀徽者美色,妃要之於普賢尼寺,書

白角枕爲詩相贈答。" 分題:詩人聚會,分探題目而賦詩,謂之分題,又稱探題。齊己《寄何崇丘員外》:"變俗眞無事,分題是不閑。"嚴羽《滄浪詩話·詩體》:"有擬古,有連句,有集句,有分題。"自注:"古人分題,或各賦一物,如云送某人分題得某物也,或曰探題。" 聯:詩、文每兩句爲一聯,多爲對偶的詞句。沈括《夢溪筆談·故事》:"楊大年久爲學士,家貧,請外,表辭千餘言,其間兩聯曰:'虚忝甘泉之從臣,終作莫敖之餒鬼。從者之病莫興,方朔之飢欲死。'"俞成《螢雪叢説》卷二:"王勃作《滕王閣序》,中間有'落霞與孤鶩齊飛,秋水共長天一色'之句,世率以爲警聯。"

⑦ 銀翰:原指赤羽的山雞,又稱錦雞,古人用羽毛爲筆,故以翰代稱,銀翰是指用銀裝飾的毛筆。朱長文《墨池編》卷六:"梁元帝爲湘東王時,好文學著書,嘗記録忠臣義士及文章之美者。筆有三品:或金、銀雕飾,或用斑竹爲管。忠孝雙全者,用金管書之。德行精粹者,用銀管書之。文章贍麗者,用斑竹管書之。故湘東之學,播於江表。"韓愈《祭馬僕射文》:"曾不濡翰,酬酢文字。" 玉音:原指對帝王言語的尊稱,這裏是對別人言辭的敬稱。曹植《七啓》:"將敬滌耳,以聽玉音。"元稹《和樂天感鶴》:"雲貌久已隔,玉音無復傳。"

⑧ "布鼓隨椎響"兩句:意謂自己淺陋的詩文,如布鼓似坯泥,因白居易的鼓吹而聲名遠震,因白居易的細心加工而成爲完美的篇章。布鼓:《漢書·王尊傳》:"毋持布鼓過雷門。"顏師古注:"雷門,會稽城門也,有大鼓。越擊此鼓,聲聞洛陽……布鼓,謂以布爲鼓,故無聲。"後以"布鼓"爲淺陋之典。葛洪《抱朴子·金丹》:"聞雷霆而覺布鼓之陋,見巨鯨而知寸介之細也。"李商隱《爲舉人獻韓郎中琮啓》:"捧爝火以干日御,動已光銷;抱布鼓以詣雷門,忽然聲寢。" 坯泥:是用來製造各種器皿的材料,猶如坯胎、坯素,雖然已具有所要求的形體,但還需要加工的製造品,是半成品。《江西通志》卷一三五:"五圓器修模:圓器之造,每一式款,動經千百,不有模範式款,斷難畫一……蓋

生坏泥松性浮,一經窯火,松者緊,浮者實。"

⑨ 斷續:時而中斷,時而接續。王融《巫山高》:"烟霞乍舒卷,猿鳥時斷續。"劉知幾《史通·二體》:"若乃同爲一事,分在數篇,斷續相離,前後屢出。於《高紀》則云語在《項傳》,於《項傳》則云事具《高紀》。"　珠:比喻華美的文詞。《文心雕龍·時序》:"茂先搖筆而散珠,太沖動墨而橫錦。"韓愈《酬盧給事曲江荷花行》:"遺我明珠九十六,寒光映骨睡驪目。"孫汝聽注:"汀(盧汀)詩九十六字。"　調:戲曲和歌曲的樂律與調子。王昌齡《段宥廳孤桐》:"響發調尚苦,清商勞一彈。"也指詩的韵律、氣韵。《新唐書·鄭絪傳》:"絪本善詩,其語多俳諧,故使落調,世共號'鄭五歇後體'。"也指言辭。《文選·顔延之〈秋胡詩〉》:"義心多苦調,密比金玉聲。"李善注:"調,猶辭也。"　牽綿:牽延連綿。晁道元《與吞公箋》:"兩幅之薄被,上有牽綿與敝絮。"義近"延綿"。唐彦謙《春草》:"天北天南遶路邊,托根無處不延綿。"

⑩ 阮籍驚長嘯:典見《世說新語》,文云:"阮步兵嘯聞數百步,蘇門山中忽有真人,樵伐者咸共傳説。阮籍往觀,見其人擁膝巖側,籍登嶺就之,箕踞相對。籍商略終古,上陳黄農玄寂之道,下考三代盛德之美,以問之,仡然不應。復叙有爲之教、栖神導氣之術以觀之,彼猶如前,凝矚不轉。籍因對之長嘯,良久乃笑曰:'可更作!'籍復嘯,意盡退,還半嶺許,聞上唒然有聲,如數部鼓吹,林谷傳響,顧看乃向人嘯也。"　阮籍:事迹見《晉書·阮籍傳》:"阮籍,字嗣宗,陳留尉氏人也……籍容貌瓌傑,志氣宏放,傲然獨得,任性不羈,而喜怒不形於色。或閉户視書,累月不出。或登臨山水,經日忘歸。博覽群籍,尤好莊老。嗜酒能嘯,善彈琴。當其得意,忽忘形骸,時人多謂之痴,惟族兄文業每嘆服之,以爲勝己,由是咸共稱異……籍本有濟世志,屬魏晉之際天下多故,名士少有全者,籍由是不與世事,遂酣飲爲常。文帝初,欲爲武帝求婚於籍,籍醉六十日,不得言而止。鍾會數以時事問之,欲因其可否而致之罪,皆以酣醉獲免。及文帝輔政,籍嘗從

容言於帝曰:'籍平生曾游東平,樂其風土。'帝大悦,即拜東平相。籍乘驢到郡,壞府舍屏障,使内外相望。法令清簡,旬日而還,帝引爲大將軍、從事中郎。有司言有子殺母者,籍曰:'嘻!殺父乃可,至殺母乎?'坐者怪其失言,帝曰:'殺父,天下之極惡,而以爲可乎?'籍曰:'禽獸知母而不知父,殺父,禽獸之類也!殺母,禽獸之不若。'衆乃悦服。籍聞步兵厨營人善釀,有貯酒三百斛,乃求爲步兵校尉。遺落世事,雖去佐職,恒游府内,朝宴必與焉!會帝讓九錫,公卿將勸進,使籍爲其辭,籍沉醉忘作,臨詣府使取之,見籍方據按醉眠,使者以告,籍便書按使寫之,無所改竄,辭甚清壯,爲時所重。" 長嘯:撮口發出悠長清越的聲音,古人常以此述志。曹植《美女篇》:"顧盼遺光采,長嘯氣若蘭。"蘇軾《和林子中待制》:"早晚淵明賦《歸去》,浩歌長嘯老斜川。" 商陵怨别弦:典見崔豹《古今注》,文云:"《别鶴操》:商陵牧子所作也。娶妻五年而無子,父兄將爲之改娶。妻聞之,中夜起,倚户而悲嘯。牧子聞之,愴然而悲,乃歌曰:'將乖比翼隔天端,山川悠遠路漫漫。攬衣不寢食忘餐……'後人因爲樂章焉!" 别弦:又作"别鶴操",夫婦离别的歌曲,指夫妻分离,抒发别情。常建《送楚十少府》:"因送别鶴操,贈之雙鯉魚。鯉魚在金盤,别鶴哀有餘。"元稹《聽妻彈别鶴操》:"别鶴聲聲怨夜弦,聞君此奏欲潸然。商瞿五十知無子。更付琴書與仲宣。"

⑪ 月峽:明月峽的省稱,在今四川省巴縣境,峽首南岸壁高四十丈,其壁有圓孔,形若滿月,故名。庾信《周大將軍司馬裔神道碑》:"公乃月峽先登,瞿塘直上。"倪璠注:"《後漢書・郡國志》:巴郡有枳縣。注云:'《華陽國志》有明月峽,廣德嶼者是也。'"杜甫《奉贈射洪李四丈》:"東征下月峽,挂席窮海島。"仇兆鰲注引李膺《益州記》:"廣陽州東七里,水南有遮要三槌石谷,東二里,至明月峽,峽首南岸,壁高四十丈,其壁有圓孔,形若滿月,因以爲名。" 讓:責備,責問。《左傳・桓公八年》:"夏,楚子合諸侯于沈鹿。黃隨不會,使薳章讓黃。"《南史・劉劭

傳》：“多有過失，屢爲上所讓，憂懼，乃與劭共爲巫蠱。”　秋天：秋日的天空。桓寬《鹽鐵論·相刺》：“文學言治尚於唐虞，言義高於秋天，有華言矣！未見其實也。”庾信《小園賦》：“非夏日而可畏，異秋天而可悲。”

⑫志士：有遠大志向的人。《孟子·滕文公》：“志士不忘在溝壑，勇士不忘喪其元。”雍裕之《早蟬》：“志士心偏苦，初聞獨泫然。”高僧：精通佛理、道行高深的和尚。王維《春日上方即事》：“好讀高僧傳，時看辟穀方。鳩形將刻杖，龜殼用支床。”劉長卿《寄靈一上人詩》：“高僧本姓竺，開士舊名林。”　禪：佛教語，梵語“禪那”之略，原指靜坐默念，引申爲禪理、禪法、禪學。陳子昂《同王員外雨後登開元寺南樓因酬暉上人獨坐山亭有贈》：“鐘梵經行罷，香林坐入禪。巖庭交雜樹，石瀨瀉鳴泉。”杜甫《宿贊公房》：“放逐寧違性，虛空不離禪。”

⑬興：《詩》六義之一，乃先言他物以引起所詠之詞的一種寫作手法。《詩大序》：“故詩有六義焉：一曰風，二曰賦，三曰比，四曰興，五曰雅，六曰頌。”羅大經《鶴林玉露》卷一〇：“蓋興者，因物感觸，言在於此而意寄於彼。”　滄海：大海。董仲舒《春秋繁露·觀德》：“故受命而海內順之，猶衆星之共北辰，流之宗滄海也。”蘇軾《清都謝道士真贊》：“一江春水東流，滔滔直入滄海。”　氣：指作家的氣質或作品的風格、氣勢。曹丕《典論·論文》：“文以氣爲主，氣之清濁有體，不可力强而致。”秦觀《韓愈論》：“杜子美者，窮高妙之格，極豪逸之氣。”也指文風。韓愈《故江南西道觀察使贈左散騎常侍太原王公墓誌銘》：“公所爲文章，無世俗氣。”　碧雲：青雲，碧空中的雲。《文選·江淹〈雜體詩·效惠休“別怨”〉》：“日暮碧雲合，佳人殊未來。”張銑注：“碧雲，青雲也。”戴叔倫《夏日登鶴岩偶成》：“願借老僧雙白鶴，碧雲深處共翱翔。”

⑭“點綴工微者”兩句：意謂經白居易的點綴吹噓，原本不聞名於世的我及詩歌特立於人前，受人注目。　點綴：加以襯托或裝飾，使原有事物更加美好。張九齡《剪綵》：“葉作參差發，枝從點綴新。自然無限態，長在艷陽晨。”李清照《漁家傲》：“雪裏已知春信至，寒梅

點綴瓊枝膩。” 吹噓：吹捧，誇口，説大話。《顏氏家訓·名實》：“有一士族，讀書不過二三百卷，天才鈍拙……多以酒犢珍玩交諸名士，甘其餌者，遞共吹噓。朝廷以爲文華，亦嘗出境聘。”儲光羲《貽崔太祝》：“中年幸從事，乃遇兩吹噓。何以知君子？交情復淡如。” 特然：特立貌。《隸釋·漢小黄門譙敏碑》：“敏不附麗同類，年垂耳順，而官簿不進，恐是特然不群者。”張舜民《畫墁集·郴行録》：“西岸淮南界，極望平曠。過烽火磯，山勢特然高茂，乃南朝於此置烽火以通上流征鎮也。”

　　⑮ 休文徒倚檻：這裏用的是沈約的故事，《南史·沈約傳》：“沈約字休文，吳興武康人也……撰《四聲譜》，以爲在昔詞人累千載而不悟，而獨得胸襟，窮其妙旨，自謂入神之作。武帝雅不好焉！嘗問周舍曰：‘何謂四聲？’舍曰：‘天子聖哲是也。’然帝竟不甚遵用約也。”又有《八詠詩》傳世，其一即《登臺望秋月》，詩人倚檻抒情，自己甚爲看重。崔峒《虔州見鄭表新詩因以寄贈》：“梅花嶺裏見新詩，感激情深過楚詞。平子四愁今莫比，休文八詠自同時。”權德輿《與沈十九拾遺同遊栖霞寺上方於亮上人院會宿二首》二：“名僧康寶月，上客沈休文。共宿東林夜，清猨徹曙聞。” 徒：副詞，徒然，白白地。鮑照《擬古八首》四：“空謗齊景非，徒稱夷叔賢。”陳造《望夫山》：“野花徒自好，江月爲誰白？”詩人在這裏有徒有文名的感嘆。 倚檻：用漢代朱雲的“折檻”典故，暗喻自己元和年間的直言敢諫行爲：漢代槐里令朱雲朝見成帝時，請賜劍以斬佞臣安昌侯張禹。成帝大怒，命將朱雲拉下斬首。雲攀殿檻，抗聲不止，檻爲之折。經大臣勸解，雲始得免。後修檻時，成帝命保留折檻原貌，以表彰直諫之臣。後世殿檻正中一間橫檻獨不施欄干，謂之折檻，本此，後用爲直言諫諍的典故。李嘉祐《故燕國相公挽歌二首》一：“共美持衡日，皆言折檻時。”杜甫《折檻行》：“青衿胄子困泥塗，白馬將軍若雷電。千載少似朱雲人，至今折檻空嶙峋。” 彦伯浪回船：這是晉代袁宏的故事，《晉書·袁宏傳》：“袁宏字彦伯……有逸才，文章絶美，曾爲詠史詩，是其風情所寄。少

孤貧,以運租自業。謝尚時鎮牛渚,秋夜乘月,率爾與左右微服泛江。會宏在舫中諷詠,聲既清會,辭又藻拔,遂駐聽久之。遣問焉,答云:'是袁臨汝郎誦詩,即其詠史之作也。'尚頃率有勝致,即迎升舟,與之譚論,申旦不寐,自此名譽日茂。尚爲安西將軍豫州刺史,引宏參其軍事,累遷大司馬桓溫府記室。溫重其文筆,專綜書記,後爲《東征賦》……太元初卒於東陽,時年四十九,撰《後漢紀》三十卷及《竹林名士傳》三卷,詩賦誄表等雜文凡三百首,傳於世。"李白《答杜秀才五松見贈》:"吾非謝尚邀彥伯,異代風流各一時。一時相逢樂在今,袖拂白雲開素琴。"岑參《送襄州任別駕》:"莫羨黃公蓋! 須乘彥伯舟。高陽諸醉客,唯見古時丘。"　浪:副詞,徒然,白白地。寒山《诗三百三首》七七:"終歸不免死,浪自覓長生。"蘇軾《贈月長老》:"功名半幅紙,兒女浪苦辛。"元稹以此自喻,自己白白徒有文名傳世,却與袁宏命運絶然不同,仍然落得長期貶謫外地的待遇。　回船:調轉船頭。崔國輔《中流曲》:"歸時日尚早,更欲向芳洲。渡口水流急,迴船不自由。"杜甫《答楊梓州》:"悶到房公池水頭,坐逢楊子鎮東州。却向青溪不相見,迴船應載阿戎遊。"

　　⑯ "妓樂當筵唱"兩句:意謂自己與白居易的詩歌被妓人在宴會等場合反復演唱,被年幼的小孩當作兒歌在街頭巷尾到處傳誦,影響可謂深遠。　妓樂:指妓人表演的音樂、舞蹈以及吟唱的詩歌。劉義慶《世説新語·賞譽》:"及輔政,而修室第園館,麗車服,雖萏功之慘,不廢妓樂。"《舊五代史·郭崇韜傳》:"晝夜妓樂歡宴,指天畫地。"筵:宴席。謝朓《始出尚書省》:"既通金閨籍,復酌瓊筵醴。"韓愈《故太學博士李君墓誌銘》:"一筵之饌,禁忌十常不食二三。"　兒童:古代凡年齡大於嬰兒而尚未成年的人都叫兒童。賀知章《回鄉偶書二首》一:"少小離鄉老大回,鄉音難改鬢毛衰。兒童相見不相識,笑問客從何處來?"李白《南陵別兒童入京》:"會稽愚婦輕買臣,余亦辭家西入秦。仰天大笑出門去,我輩豈是蓬蒿人!"　巷:里中的道路,後

來南方稱里弄,北方稱胡同。《詩·鄭風·叔于田》:"叔于田,巷無居人。"毛傳:"巷,里塗也。"《史記·周本紀》:"居期而生子,以爲不祥,棄之隘巷,馬牛過者皆避不踐。"

⑰ 改張思婦錦:即所謂的回文,修辭手法之一,某些詩詞字句回環往復讀之均能成誦。如王融《春遊回文詩》:"池蓮照曉月,幔錦拂朝風。"回復讀之則爲"風朝拂錦幔,月曉照蓮池。"起源説法不一,《文心雕龍·明詩》:"回文所興,則道原爲始。聯句共韵,則柏梁餘製。"按,道原作品已佚,一説起源於前秦竇滔妻蘇蕙的《璿璣圖》詩。下録古人詩篇數則,以作佐證,以助雅興:黃庭堅《題璿璣圖後》:"千詩織就回文錦,如此陽臺暮雨何?亦有英靈蘇蕙子,只無悔過竇連波。"秦觀《擬題竇滔妻織錦圖送人》:"悲風鳴葉秋宵凉,絲寒縈手泪殘妝。微燭窺人愁斷腸,機翻雲錦妙成章。"蘇軾《題織錦圖》:"余少時見一江南本,其後有題詩十餘首,皆奇絶宛轉,過於蘇氏之作遠甚,今獨記其三絶:'春晚落花餘碧草,夜凉低月半枯桐。人隨雁遠城邊暮,雨映疏簾繡閣空。''紅手素絲千字錦,故人新曲九回腸。風吹柳絮愁縈骨,泪灑縑書恨見郎。''羞看一首回文錦,錦似文君別恨深。頭白自吟悲賦客,斷腸愁是斷弦琴。'"秦觀《題織錦圖》:"蘇子瞻記江南所題詩本不全,予嘗見之,記其五絶,今以補子瞻之遺:'紅窗小泣低聲怨,永絶春風斗帳空。中酒落花飛絮亂,曉鶯啼破夢忽忽。''稀草露如郎薄幸,亂花飛似妾情多。歸鴻見處揮珠泪,語燕聞時斂翠蛾。''琴弦斷續愁兼恨,嶺水分西流復東。深院小扉紅日落,繡窗閑倚更誰同?''參橫霽色天沈水,鳥宿寒枝竹鎖烟。衾惹舊香清夜半,風泪凝殘燭畫堂前。''寒信霜風秋葉黃冷燈殘月照空床。看君寄意傳文錦,字字愁縈惹斷腸。'"蘇軾《再次上韵三絶》:"'春機滿織回文錦,粉泪揮殘露井桐。人遠寄情書字小,柳絲低日晚庭空。''紅箋短寫空深恨,錦句新翻欲斷腸。風葉落殘驚夢蝶,戍邊回雁寄情郎。''羞云斂慘傷春莫,細縷詩成織意深。頭伴枕屏山掩恨,日昏塵暗玉窗琴。'" 思婦:

懷念遠行丈夫的婦人。陸機《爲顧彦先贈婦二首》二："東南有思婦，長嘆充幽闈。"陸游《軍中雜歌》八："征人樓上看太白，思婦城南迎紫姑。"　騰躍賈人篋：此句意謂元稹白居易的詩歌被人傳唱，輾轉相傳，賈人乘機牟利，可參閱元稹自述，其《白氏長慶集序》文曰："而二十年間，禁省、觀寺、郵候、墻壁之上無不書，王公、妾婦、牛童、馬走之口無不道，至於繕寫模勒，衒賣於市井，或持之以交酒茗者，處處皆是（楊越間多作書模勒樂天及予雜詩，賣於市肆之中也），其甚者，有至於盜竊名姓，苟求自售，雜亂間厠，無可奈何！"《舊唐書·元稹傳》也有類如記載，説明元稹詩中所言不虛："稹聰警絕人，年少有才名，與太原白居易友善，工爲詩，善狀詠風態物色，當時言詩者稱'元白'焉！自衣冠士子，至閭閻下俚，悉傳諷之，號爲'元和體'。既以俊爽不容於朝，流放荊蠻者僅十年。俄而白居易亦貶江州司馬，稹量移通州司馬。雖通江懸邈，而二人來往贈答，凡所爲詩，自有三十、五十韻乃至百韻者，江南人士，傳道諷誦，流聞闕下，里巷相傳，爲之紙貴。觀其流離放逐之意，靡不悽惋。"　騰躍：指物價上漲。《莊子·逍遙遊》："我騰躍而上，不過數仞而下，翱翔蓬蒿之間，此亦飛之至也。"《漢書·食貨志》："諸官各自市相爭，物以故騰躍。"　賈人：商人。《國語·越語》："臣聞之，賈人夏則資皮，冬則資絺，旱則資舟，水則資車，以待乏也。"韋昭注："賈人，買賤賣貴者。"《史記·平準書》："天下已平，高祖乃令賈人不得衣絲乘車，重租税以困辱之。"　篋：本指狹條形小竹片，古代無紙，用簡策，有所表識，削竹爲小篋，繫之於簡。《毛詩》篇首"鄭氏篋"，孔穎達疏："鄭於諸經皆謂之'注'。此言'篋'者，呂忱《字林》云：'篋者，表也，識也。'鄭以毛學審備，遵暢厥旨，所以表明毛意，記識其事。故特稱爲篋。"後因以稱注釋古書，以顯明作者之意爲篋。洪邁《容齋五筆·經解之名》："又如鄭康成作《毛詩篋》，申明傳義，他書無用此字者。"陸游《蔬食戲書》："膻葷從今一掃除，夜煮白石篋陰符。"余嘉錫《書冊制度補考·篋》："古無紙，專用簡牘，簡則以竹爲之，牘則以木爲也。康成每條自出己説，以片竹書之，而列毛公之旁，故特名鄭氏箋。"文體名，書札、奏記一類。奏箋多用以上皇后、太子、諸王。《北堂書鈔》卷七九引應劭《漢官儀》："孝廉年未五十，先試箋奏。"《資治通鑑·隋文帝開皇九年》："欲令蔡徵爲叔寶作降箋，命乘驛車歸己，事不果。"這裏泛指元稹白居易的詩文作品。

⑱"魏拙虚教出"兩句：是詩人的自喻與他喻。　拙：笨拙，遲鈍。《老子》："大道若屈，大巧若拙，大辯若訥。"葛洪《抱朴子·行品》："每動作而受嗤，言發口而違理者，拙人也。"　出：發出，發佈。《論語·季氏》："孔子曰：'天下有道，則禮樂征伐自天子出。'"杜甫《閬州東樓筳送十一舅》："高賢意不暇，王命久崩奔。臨風欲慟哭，聲出已復吞。"猶成。《史記·趙世家》："今胡服之意，非以養欲而樂志也；事有所止而功有所出，事成功立，然後善也。"張守節正義："出猶成也。"　曹風敢望痊：這裏用因陳琳與曹操的故事，曹操讀陳琳文章，頭風立愈，詩人以此自喻自己與白居易的詩文：《三國志·陳琳傳》："軍國書檄，多琳瑀所作也。"裴松之注引魚豢《典略》："太祖先苦頭風，是日疾發，臥讀琳所作，翕然而起曰：'此愈我病。'"　風：亦即"頭風"，頭痛，中醫學病症名。元稹《酬李六醉後見寄口號》："頓愈頭風疾，因吟口號詩。"《雲笈七籤》卷三二："勿以濕髻臥，使人患頭風、眩悶、髮禿、面腫、齒痛、耳聾。"元稹一直患有頭風之病，故言。　痊：病癒。《莊子·徐無鬼》："今予病少痊，予又且復遊於六合之外。"成玄英疏："痊，除也。"韓愈《古意》："冷比雪霜甘比蜜，一片入口沉痾痊。"

⑲才子：古稱德才兼備的人，後多指有才華的人。《左傳·文公十八年》："昔高陽氏有才子八人……齊聖廣淵，明允誠篤，天下之民謂之八愷。"朱慶餘《送竇秀才》："江南才子日紛紛，少有篇章得似君。"　笑：譏笑，嘲笑。《孟子·梁惠王》："以五十步笑百步，則何如？"《戰國策·齊策》："然而智伯卒身死國亡，爲天下笑者，何謂也？"學生：在校學習的人，也借指向人家學習某種知識或經驗、技能等的

人,或指晚輩。《後漢書·靈帝紀》:"〔光和元年〕始置鴻都門學生。"李賢注:"鴻都,門名也,於內置學,時其中諸生……至千人焉!"韓愈《請復國子監生徒狀》:"國子館學生三百人。"　癲:形容驚異、興奮到了極點。杜甫《從人覓小胡孫許寄》:"預哂愁胡面,初調見馬鞭。許求聰慧者,童稚捧應癲。"孟郊《濟源春》:"再遊詎癲戀,一洗驚塵埃。"

⑳ 裁什:義近"文什",文章與詩篇。劉禹錫《董氏武陵集紀》:"公卿大夫以憂濟爲任,不暇器人於文什之間。"義近"章什",詩篇,文章。《新唐書·鄭覃傳》:"故王者采詩,以考風俗得失。若陳後主、隋煬帝特能詩之章解,而不知王術,故卒歸於亂。章什諓諓,願陛下不取也。"　情:感情。《荀子·正名》:"性之好、惡、喜、怒、哀、樂,謂之情。"韓愈《原性》:"情也者,接於物而生也。"　飛書:迅速書寫。傅咸《紙賦》:"鱗鴻附便,援筆飛書。寫情於萬里,精思於一隅。"李白《送程劉二侍郎兼獨孤判官赴安西幕府》:"安西幕府多材雄,喧喧惟道三數公。繡衣貂裘明積雪,飛書走檄如飄風。"

㉑ 隼:鳥名,又名鶻,鷹類中最小者,飛速善襲,獵者多飼之,使助捕鳥兔。張九齡《詠燕》:"繡户時雙入,華軒日幾回?無心與物競,鷹隼莫相猜!"李嶠《軍師凱旋自邕州順流舟中》:"弓鳴蒼隼落,劍動白猿悲。芳樹吟羌管,幽篁入楚詞。"　鴻:大雁。阮籍《詠懷詩十七首》一:"孤鴻號外野,朔鳥鳴北林。"杜牧《偶題二首》二:"信已憑鴻去,歸唯與燕期。"又作鵠,即天鵝。《詩·豳風·九罭》:"鴻飛遵渚。"陸璣疏:"鴻鵠,羽毛光澤純白,似鶴而大,長頸,肉美如雁。又有小鴻,大小如鳧,色亦白,今人直謂鴻也。"孟郊《暮秋感思二首》二:"優哉遵渚鴻,自得養身旨。"　蓄縮:畏縮,退縮。柳宗元《賀進士王參元失火書》:"雖欲如向之蓄縮受侮,其可得乎!"岳珂《經進百韵詩》:"王師俱蓄縮,胡騎愈縱橫。"　迍邅:這裏作處境不利,困頓。左思《詠史詩八首》七:"英雄有迍邅,由來自古昔。"張鷟《遊仙窟》:"嗟運命之迍邅,嘆鄉關之眇邈。"

㉒ 水墨：水和墨。鄭谷《所知從事近藩偶有懷寄》：“水墨畫松清睡眼，雲霞仙氅挂吟身。”周紫芝《西江月》：“晚來秋水映殘霞，水墨新描圖畫。” 瓊瑤：美玉。《詩·衛風·木瓜》：“投我以木桃，報之以瓊瑤。”毛傳：“瓊瑤，美玉。”《南史·鄧郁傳》：“色艷桃李，質勝瓊瑤。”轉喻美好的詩文。《文選·江淹〈雜體詩·效謝惠連“贈別”〉》：“烟景若離遠，未響寄瓊瑤。”李善注：“瓊瑤，謂玉音也。”高適《酬李少府》：“日夕捧瓊瑤，相思無休歇。”

㉓ “才從魚裏得”兩句：這裏巧妙地運用了鯉魚傳書的傳説，意謂自己和白居易的詩歌才剛剛收到，就被大家傳誦開來。《樂府詩集·飲馬長城窟行》：“客從遠方來，遺我雙鯉魚。呼兒烹鯉魚，中有尺素書。”後因稱書信爲“魚書”。韋臯《憶玉簫》：“長江不見魚書至，爲遣相思夢入秦。” 市頭：市井，市場。元稹《估客樂》：“一解市頭語，便無鄉里情。”施肩吾《途中逢少女》：“市頭日賣千般鏡，知落誰家新匣中？”也指賣藝人等會聚的茶肆。吳自牧《夢粱錄·茶肆》：“又有茶肆專是五奴打聚處，亦有諸行借工賣伎人會聚行老，謂之‘市頭’。”

㉔ 東序：相傳爲夏代的大學，也是國老養老之所。《禮記·王制》：“夏后氏養國老於東序。”鄭玄注：“東序、東膠亦大學，在國中王宮之東。”孔穎達疏：“《文王世子》云：學干戈羽籥於東序，以此約之，故知皆學名也。養老必在學者，以學教孝悌之處，故於中養老。”後亦爲國學的通稱。《三國志·管寧傳》：“誠宜束帛加璧，備禮徵聘，仍授几杖，延登東序，敷陳墳素，坐而論道。”沈約《梁三朝雅樂歌六首·俊雅三曲》二：“義兼東序，事美西雍。”這裏指古代宮室的東廂房，爲藏圖書、秘笈之所。班固《典引》：“啓恭館之金滕，御東序之秘寶，以流其占。”《文心雕龍·正緯》：“昔康王河圖，陳於東序。” 座右：座位的右邊，古人常把所珍視的文、書、字、畫放置於此。杜甫《天育驃騎歌》：“故獨寫真傳世人，見之座右久更新。”《舊唐書·劉子玄傳》：“居史職者，宜置此書於座右。”

㉕ 手尋韋欲絕：元稹這裏採用韋編三絕的典故，意謂自己與白居易讀書之勤奮。古代用竹簡書寫，用皮繩編綴稱“韋編”。《史記·孔子世家》：“孔子晚而喜《易》……讀《易》，韋編三絕。曰：‘假我數年，若是，我於《易》則彬彬矣！’”《漢書·儒林傳序》：“蓋晚而好《易》，讀之韋編三絕，而爲之傳。”顏師古注：“編，所以聯次簡也。言愛玩之甚，故編簡之韋爲之三絕也。”後遂以“韋編三絕”爲刻苦治學之典。楊炯《王勃集序》：“每覽韋編，思弘大《易》。”許渾《元處士自洛歸宛陵山居》：“紫霄峰下絕韋編，舊隱相如結轍前。”自注：“元君舊隱廬山學易。”　泪滴紙渾穿：意謂自己的詩篇，都是真情實感的自然流露，字字血泪，句句泪血，寫時泪流，讀時流泪。張文收《大酺樂》：“泪滴珠難盡，容殘玉易銷。倘隨明月去，莫道夢魂遥。”孟郊《聞夜啼贈劉正元》：“寄泣須寄黃河泉，此中怨聲流徹天。愁人獨有夜燈見，一紙鄉書泪滴穿。”

㉖ “甘蔗消殘醉”兩句：《佩文韻府·醉》認爲兩句是元稹《殘醉》中的詩句，兩句應該是本詩所有，《佩文韻府》的引錄有誤。　甘蔗：多年生草本植物，莖似竹，實心，多汁而甜，爲製糖原料，亦可生食。楊孚《異物志》：“甘蔗，遠近皆有，交趾所産特醇好，本末無薄厚，其味至均。圍數寸，長丈餘，頗似竹，斬而食之，既甘。迮取汁如飴餳，名之曰糖。”《晉書·顧愷之傳》：“愷之每食甘蔗，恒自尾至本。人或怪之，云：‘漸入佳境。’”杜甫《遣興五首》五：“清江空舊魚，春雨餘甘蔗。”這裏指以甘蔗爲原料製作的酒，《隋書·赤土國傳》：“赤土國，扶南之別種也，在南海中，水行百餘日而達，所都土色多赤，因以爲號……自餘物産多同於交趾，以甘蔗作酒，雜以紫瓜根，酒色黃赤，味亦香美。”　醍醐：從酥酪中提製出的油。《大般涅盤經·聖行品》：“譬如從牛出乳，從乳出酪，從酪出生稣，從生稣出熟稣，從熟稣出醍醐，醍醐最上。”盧綸《送契玄法師赴内道場》：“昏昏醉老夫，灌頂遇醍醐。嬪御呈心鏡，君王賜髻珠。”裴鉶《傳奇·江叟》：“龍既出，必銜明月之珠而贈。子得之，當用醍醐煎之三日，凡小龍已腦疼矣！”

㉗ "深藏那遽滅"兩句：意謂自己與白居易的友誼，根深蒂固，永遠不變，這是人人皆知的事實，被迫離別，突然中斷唱和，實非你我之本願，期望兩人同在一地詠唱相互的詩篇，今世恐怕無緣。　遽：倉猝，匆忙。劉向《説苑・雜言》："梁相死，惠子欲之梁，渡河而遽墮水中，船人救之，船人曰：'子欲何之而遽也？'"王安石《與郭祥正太博書》四："某啓，近承屈顧，殊不得從容奉顔色，遽此爲別，豈勝區區愧恨。"　無緣：沒有緣分。張九齡《冬中至玉泉山寺屬窮陰冰閉崖谷無色及仲春行縣復往焉故有此作》："靈境信幽絶，芳時重暄妍。再來及茲勝，一遇非無緣。"杜甫《清明二首》一："繡羽銜花他自得，紅顔騎竹我無緣。胡童結束還難有，楚女腰肢亦可憐。"

㉘ "雅羨詩能聖"兩句：意謂自己一向羨慕詩歌能够使人們思想得到昇華，始終哀嘆藥物難以使人們不能成爲神仙。　雅：副詞，素常，向來，甚，頗。白居易《燕子樓詩序》："善歌舞，雅多風態。"陸游《老學庵筆記》卷五："予雅有道冠、拄杖二癖，每自笑嘆。"　羨：因喜愛而希望得到。《文選・張衡〈思玄賦〉》："羨上都之赫戲兮，何迷故而不忘。"吕向注："羨，慕也。"蘇軾《前赤壁賦》："哀吾生之須臾，羨長江之無窮。"嗟：感嘆。曹丕《短歌行》："嗟我白髮，生一何早！"崔峒《送馮八將軍奏事畢歸滑臺幕府》："自嘆馬卿常帶疾，還嗟李廣不封侯。"

㉙ "五千誠遠道"兩句：周復俊《全蜀藝文志》卷三三轉録劉光祖《萬里橋記》，所謂"萬里"，始於成都，終於揚州，所謂"萬里"，也是誇張之言。通州與江州之間，實際距離祇有二千，詩人概而言之，並非確數。詩人賦詠本詩之年，爲元和十四年，時元稹確實已經四十一歲。　遠道：猶遠路。劉向《説苑・尊賢》："是故游江海者託於船，致遠道者託於乘。"杜甫《登舟將適漢陽》："中原戎馬盛，遠道素書稀。"中年：指四五十歲的年紀。《晉書・王羲之傳》："謝安嘗謂羲之曰：'中年以來，傷於哀樂。'"沈佺期《餞高唐州詢》："弱冠相知早，中年不見多。生涯在王事，客鬢各蹉跎。"

㉚ 暗魄:月牙兒,新月。因不如圓月明亮,故稱。吉中孚妻張夫人《拜新月》:"拜新月,新月出堂前。暗魄初籠桂,虛弓未引弦。"令狐楚《省中直夜對雪寄李師素侍郎》:"謝家爭擬絮,越嶺誤驚梅。暗魄微茫照,嚴飈次第催。"　衰容:疲憊的面貌,衰老的容態。劉長卿《和州留別穆郎中》:"播遷悲遠道,搖落感衰容。今日猶多難,何年更此逢?"李嘉祐《酬皇甫十六侍御曾見寄》:"自顧衰容累玉除,忽承優詔赴銅魚。江頭鳥避青旄節,城裹人迎露網車。"　自憐:自傷,自我憐惜。顏之推《神仙》:"鏡中不相識,捫心徒自憐。"岑參《初授官題高冠草堂》:"自憐無舊業,不敢恥微官。"

㉛ 卒章:詩、詞、文章最後的段落。《文心雕龍·哀悼》:"又卒章五言,頗似歌謠,亦仿佛乎漢武也。"白居易《新樂府序》:"首句標其目,卒章顯其志。"　慟哭:痛哭。劉長卿《哭張員外繼(公及夫人相次没于洪州)》:"慟哭鍾陵下,東流與别離。二星來不反,雙劍没相隨。"王安石《嘆息行》:"官驅群囚入市門,妻子慟哭白日昏。市人相與説囚事,破家劫錢何處村?"　蚊蚋:蚊子。項斯《遙裝夜》:"蚊蚋已生團扇急,衣裳未了剪刀忙。誰知更有芙蓉浦,南去令人愁思長!"這裏也含有比喻壞人的意思。韓愈《與鄂州柳中丞書》:"比常念淮右以靡弊困頓三州之地,蚊蚋蟻蟲之聚,感凶豎煦濡飲食之惠,提童子之手,坐之堂上,奉以爲帥。"但元稹詩中的蚊蚋,還含有對人間社會"蚊蚋"的批判,不能作爲夏天的根據。　山川:山岳、江河,這裏特指通州。沈佺期《興慶池侍宴應制》:"漢家城闕疑天上,秦地山川似鏡中。"皇甫曾《送元侍御充使湖南》:"雲夢南行盡,三湘萬里流。山川重分手,徒御亦悲秋。"

[編年]

　　《年譜》編年本詩元和十四年"通州作",理由是:"元詩自注:'僕今年忽已四十一。'白詩云:'相悲今若此,溢浦與通川。'作於元稹赴虢州、白居易赴忠州之前。"我們以爲白居易所云"相悲今若此,溢浦與通川"衹能證明白居易賦詠原唱之時自己在江州元稹在通州,不能作爲元稹酬篇也作於元稹離開通州之前,需要尋找另外有力的證據。《編年箋注》編年:"元稹和作成於元和十四年(八一九),是年春,作者由通州赴新任,經東都去虢州。詩成於赴虢州前。見下《譜》。"《年譜新編》編年本詩於元和十三年,理由是:"白居易原唱是《江樓夜吟元九律詩成三十韵》,次韵酬和。元詩'四十已中年'下自注云:'僕今年忽已四十一。'盧抱經云:'董本作"四十一",宋本無"一"字'(《群書拾補》)。元稹本年四十……元和十三年通州作。"

我們認爲,元稹自注"僕今年忽已四十一"是編年本詩作於元和十四年的主要證據,《年譜新編》云"元稹本年四十",這是版本問題,難定是非,各有所從吧!我們以爲,其一,元稹本詩"蚊蚋溢山川"云云,確實表明元稹本詩應該作於通州。其二,元稹有作於元和十三年十一月十日的《告畬三陽神文》:"我貳茲邑,星歲三卒……自喪守侯,月環其七……我非常秩,繼我者誰?"又有《報三陽神文》:"維元和十二年九月十五日文林郎守通州司馬權知州務元稹。"據《群書拾補》,"十二年"宋本作"十三年"。今從"星歲三卒"來看,當以"十三年"爲是。元稹《酬東川李相公十六韵》:"稹啓:今月十二日州吏回。"詩云:"臘月巴地雨,瘴江愁浪翻。"證明元和十三年"臘月"亦即十二月十二日尚在通州司馬任,其離開通州當在其後。其三,陳寅恪先生《元白詩箋證稿•連昌宮詞》經過細緻考證後認爲:"據此,則微之雖於元和十三年冬自通州司馬授虢州長史。至十四年春,始下峽赴新任。"其觀點可以採納。其四,達州市人文地理專家鄧高先生在《元稹與達州元九登高》一文中揭示:元稹元和十四年正月初九,亦即當地百姓所謂的"元九"——乘船離開通州之時,通州百姓戀戀不捨,登上翠屏山的最高峰,追尋元稹漸行漸遠的船影。後來相沿成習,將本來是道教徒衆祝福玉皇大帝生日的祭拜活動,演變成紀念元稹的民俗文化節日。達州著名詩人李冰一九二二年所作的《元九登高題詩》云:"元九逢元九，登高載酒來。相沿成美俗，共躋此春臺。遊盛知年富，飲稀覺歲災。醉人還少見，況說賦詩才。"更從另一角度進一步證實了鄧高先生的說法。因此我們認爲：元稹於元和十四年初春，亦即正月初九離開通州，順著東關水至渠州(州治今渠縣)，轉入巴水至合州(州治今重慶市合川區)，轉入涪江至渝州(州治今重慶)，轉入長江東下，首先到達涪州(州治今重慶市涪陵區)，有《黃草峽聽柔之琴二首》、《書劍》三首詩篇。然後到達忠州(州治今忠縣)，逗留的時間可能不短，有《憑李忠州寄書樂天》轉托李景儉寄書樂天，接著東下途中，在夷陵(今宜昌)附近的江面之上與白居易意外相遇，白居易《十年三月三十日別微之於澧上十四年三月十一日夜遇微之於峽中停舟夷陵三宿而別言不盡者以詩終之因賦七言十七韻以贈且欲記所遇之地與相見之時爲他年會話張本也》就是重要的佐證。據此，元稹《憑李忠州寄書樂天》應該作於元和十四年三月十一日之前。又計其一路行來所需的時日，元稹離開通州應該在正月九日。因此我們可以斷定：本詩應該作於元和十四年正月初九日之前，當時元稹還在通州司馬任上，代理州務。還有，元稹本詩如果賦成於元和十三年，是年元稹正好四十歲，元稹就沒有必要特地在"五千誠遠道，四十已中年"句下注明："僕今年忽已四十一。"據此可知，本詩應該賦成於通州，具體時間應該元和十四年的年初，亦即正月初九日之前，元稹當時是以通州司馬的身份"權知州務"。

◎ 花栽二首^{(一)①}

　　買得山花一兩栽，離鄉別土易摧隤^{(二)②}。欲知北客居南意^(三)，看取南花北地來^③。
　　南花北地種應難，且向船中盡日看^④。縱使將來眼前死,猶勝拋擲在空欄⑤。

録自《元氏長慶集》卷一九

[校記]

（一）花栽二首:楊本、叢刊本同,錢校宋本、《全詩》注作"買花栽",《萬首唐人絕句》作"買花栽二首",《佩文齋詠物詩選》作"花栽",語義相類,不改。

（二）離鄉別土易摧隤:《全詩》、叢刊本、《萬首唐人絕句》同,楊本、《佩文齋詠物詩選》作"離鄉別土易摧頹","隤"與"頹"兩字僅僅在"疝气"與"马病、跛歷"相通,與本詩的義項無關。

（三）欲知北客居南意:楊本、叢刊本、《全詩》、《佩文齋詠物詩選》同,錢校宋本、《萬首唐人絕句》、《全詩》注作"欲知北客留南意",元稹此時已經領著全家北上,已經談不上"留南",不從不改。

[箋注]

① 花栽二首:兩首詩所表達的題旨,應該就是《萬首唐人絕句》、《全詩》注的題目"買花栽",意謂離開南方北歸之時,買兩盆自己喜愛的花回去栽種,既是紀念,也是自寓。詩人感物而寓意,抒發對自身不幸遭遇的人生感慨。項斯《早春題湖上顧氏新居二首》一:"勸酒客初醉,留茶僧未来。每逢晴暖日,唯見乞花栽。"羅鄴《春日偶題城南韋曲》:"韋曲城南錦繡堆,千金不惜買花栽。誰知豪貴多羈束,落盡春紅不見來!"

② 山花:山間野花,又謂要"買得",應該是指生長於通州山野的花,購買於當地人之手,並非滿山可隨意而得的野花。庾信《詠畫屏風詩》:"水流平澗下,山花滿谷開。"杜甫《早花》:"臘日巴江曲,山花已自開。" 栽:這裏作量詞,猶株,與詩題之"花栽"即栽花意思不同。

劉禹錫《酬令狐相公使宅別齋初栽桂樹見懷之作》:"清淮南岸家山樹,黑水東邊第一栽……根留本土依江潤,葉起寒稜映月開。"范成大《吳船錄》:"已云峭壁千仞,下臨沸波,老柏萬栽,上蔭峰頂。"　離鄉:原指指國都之外的小城邑、異鄉,這裏指離別故土。歐陽詹《與林蘊同之蜀途次嘉陵江認得越鳥聲呈林林亦閩中人也》:"正是閩中越鳥聲,幾回留聽暗沾纓。傷心激念君深淺,共有離鄉萬里情。"元稹《和樂天送客遊嶺南二十韵(次用本韵)》:"我自離鄉久,君那度嶺頻!一杯魂慘澹,萬里路艱辛。"　隤:敗落、下垂貌,這裏是詩人懸想移栽之後南花的枯萎之狀。元稹《和樂天秋題牡丹叢》:"敝宅艷山卉,別來長嘆息。吟君晚叢詠,似見摧隤色。"元稹《有酒十章》六:"東風吹盡南風來,鶯聲漸澀花摧隤。四月清和艷殘卉,芍藥翻紅蒲映水。"

③ "欲知北客居南意"兩句:意謂你們如果想知道北方臨時留居南方人士的心情與意緒,看看眼前南方山花被移栽之後因爲不適而敗落、萎縮的情景就知道了。　北客:來自北方臨時留居南方的人士。岑參《巴南舟中思陸渾別業》:"瀘水南州遠,巴山北客稀。嶺雲撩亂起,溪鷺等閑飛。"李嘉祐《送樊兵曹潭州謁韋大夫》:"塞鴻歸欲盡,北客始辭春。零桂雖逢竹,湘川少見人。"這裏是詩人自指。　南花:生長在南方,也包括通州地區在內的花樹。白居易《和劉郎中傷鄂姬》:"不獨君嗟我亦嗟,西風北雪殺南花。不知月夜魂歸處,鸚鵡洲頭第幾家?"范成大《木犀正開復用韵奉呈二絶》一:"南花宜夏不禁凉,猶繞珍叢覓舊香。留得典刑傳菊圃,別篘新酒待重陽(吳中有末利菊花)。"　北地:北部地方。《史记·燕召公世家》:"(齊湣)王因令章子將五都之兵,以因北地之衆以伐燕。"司馬貞索隱:"北地,即齊之北邊也。"盧照鄰《失群雁》:"三秋北地雪皚皚,萬里南翔渡海來。欲隨石燕沈湘水,試逐銅烏繞帝臺。"這里指虢州。

④ 種:把植物或它的種子埋入土中使之生長。《詩·大雅·生民》:"荏厥豐草,種之黃茂。"韓愈《縣齋有懷》:"禾麥種滿地,梨棗栽

繞舍。"培養,培植。陸游《老學庵筆記》卷一:"明州江瑤柱有二種,大者江瑤,小者沙瑤,然沙瑤可種,逾年則成江瑤矣!"繁殖,養育。韓愈《鱷魚文》:"以肥其身,以種其子孫。" 船:指詩人一家自通州前往虢州之船。詩人這次移任虢州,走的是水路,即乘船由長江而漢水北上。王建《江陵道中》:"菱葉參差萍葉重,新蒲半折夜來風。江村水落平地出,溪畔漁船青草中。"權德輿《晚》:"古樹夕陽盡,空江暮靄收。寂寞扣船坐,獨生千里愁。" 盡日:猶終日,整天。《淮南子·氾論訓》:"盡日極慮而無益於治,勞形竭智而無補於主。"鄭璧《奉和陸魯望白菊》:"終朝疑笑梁王雪,盡日慵飛蜀帝魂。" 看:觀賞,賞玩。王建《醉後憶山中故人》:"遇晴須看月,鬥健且登樓。"李中《寄廬山白大師》:"一秋同看月,無夜不論詩。"

⑤ "縱使將來眼前死"兩句:詩人以移栽之花自喻,離開謫地通州,能夠老死故鄉,人之願人之情也。 縱使:即使。《顏氏家訓·養生》:"縱使得仙,終當有死。"杜甫《戲爲六絶句》三:"縱使盧王操翰墨,劣於漢魏近風騷。" 將來:未來。《漢書·匈奴傳》:"消往昔之恩,開將來之隙。"陳亮《書文中子附錄後》:"得其理足以知百世之變,明其數足以計將來之事。" 眼前:眼睛面前,跟前。沈約《和左丞庾杲之病》:"待漏終不溢,囂喧滿眼前。"杜甫《草堂》:"眼前列杻械,背後吹笙竽。" 死:死亡,生命終止。《漢書·郊祀志》:"桑穀死。"李商隱《無題》:"春蠶到死絲方盡,蠟炬成灰淚始乾。" 勝:戰勝,勝利。《孫子·謀攻》:"上下同欲者勝。"杜甫《遣興三首》一:"漢虜互勝負,封疆不常全。"勝過,超過。《書·五子之歌》:"予視天下愚夫愚婦,一能勝予。"羊祜《讓開府表》:"然臣等不能推有德,進有功,使聖聽知勝臣者多,而未達者不少。" 拋擲:投,扔。曹唐《織女懷牽牛》:"封題錦字凝新恨,拋擲金梭織舊愁。"丟棄,棄置。顏師古《隋遺錄》卷上:"帝飲之甚歡,因請麗華舞《玉樹後庭花》。麗華辭以拋擲歲久,自井中出來,腰肢依拒,無復往時姿態。" 欄:原指飼養家畜的圈。嵇康

《宅無吉凶攝生論》:"夫一栖之雞,一欄之羊,賓至而有死者,豈居異哉!"這裏詩人比喻自身被放逐的處境,猶如豬羊被圈養在豬圈羊欄,從中可見詩人對長達十年放逐生涯的厭倦之情、痛苦之感。元稹《種竹》:"失地顏色改,傷根枝葉殘。清風猶淅淅,高節空團團。鳴蟬聒暮景,跳蛙集幽欄。塵土復晝夜,梢雲良獨難。"元稹《酬樂天得微之詩知通州事因成四首》二:"平地才應一頃餘,閣欄都大似巢居。入衙官吏聲疑鳥,下峽舟船腹似魚。"元稹《別李十一五絶》三"萬里尚能來遠道,一程那忍便分頭? 鳥籠猿檻君應會,十步向前非我州"就是這種心情的流露。

[編年]

　　我們以爲這兩首詩應作於元和十四年正月初九日詩人離開通州司馬任前往虢州任職虢州長史時途中所作。《年譜》編年元和九年,理由是:"這兩首詩,編在《寄庾敬休》之後。第一首云:'欲知北客居南意,看取南花北地來。'第二首云:'南花北地種應難,且向船中盡日看。'(離潭州)返江陵途中作。"《編年箋注》:"此詩作於元和九年(八一四)由潭州返江陵途中。"理由是:"見下《譜》。"《年譜新編》亦編年本詩於元和九年:"自潭州返江陵途中作。"没有列舉理由。

　　《年譜》、《編年箋注》、《年譜新編》的編年我們無法苟同。按照《年譜》等著作的理解,本詩作於元稹元和九年春天因公幹到潭州拜訪湖南觀察使張正甫之後返回江陵府時途中所作。潭州與江陵府僅僅隔岳州而相連相近,雖然不能説近在咫尺,但也不能説潭州之花是"南花",而江陵府地就是"北地"。我們以爲兩詩作於元和十四年正月間他離開通州司馬任前往虢州任職虢州長史時所作的理由是:元稹元和五年出貶江陵,接著又於元和十年出貶通州司馬,直到元和十三年在剛剛拜相的好友崔群的幫助下才量移近地虢州。雖然前途仍然未卜,但能夠離開瘴地通州量移近地,對元稹來説已是不幸之中的萬幸了。他這時的心情較爲輕鬆，才有閑情逸致準備養花種草，故本詩也有"縱使將來眼前死，猶勝抛擲在空欄"的感慨，"空欄"應該指元稹的貶地通州。元稹早在出貶通州途中，就在《紫躑躅》、《山枇杷》兩詩中表示了自己被抛擲在深山空欄的哀怨，《紫躑躅》云："去年春別湘水頭，今年夏見青山曲（青山，驛名）。迢迢遠在青山上，山高水闊難容足……爾躑躅，我向通州爾幽獨。可憐今夜宿青山，何年却向青山宿？山花漸暗月漸明，月照空山滿山綠。山空月午夜無人，何處知我顔如玉？"《山枇杷》云："往年乘傳過青山，正值山花好時節……昨來谷口先相問，及到山前已消歇。左降通州十日遲，又與幽花一年別。山枇杷，爾托深山何太拙？天高萬里看不清，帝在九重聲不徹。園中杏樹良人醉，陌上柳枝年少折。因爾幽芳喻昔賢，磻溪冷坐權門咽。"兩相對照，頗合情理。這兩首詩及本詩元稹都以山花自喻，發洩自己被抛在深山野林的哀怨，抒發自己終於能移地北國靠近京師的興奮心緒。計其時日，應該是元稹一家即將離開通州時所賦，具體時間應該在元和十四年正月初九日之時，地點應該是通州，當時元稹既不是通州司馬，更談不上"權知州務"。

◎ 黃草峽聽柔之琴二首（柔之，公繼室裴夫人也）(一)①

胡笳夜奏塞聲寒，是我鄉音聽漸難②。料得小來辛苦學，又應知向峽中彈(二)③？

別鶴凄清覺露寒，離聲漸咽命雛難④。憐君伴我涪州宿，猶有心情徹夜彈⑤。

録自《元氏長慶集》卷二一

[校記]

（一）柔之，公繼室裴夫人也：楊本、叢刊本、《萬首唐人絕句》、《全詩》、《蜀中廣記》無，這應該是馬元調所加。

（二）又應知向峽中彈：楊本、叢刊本、《萬首唐人絕句》、《蜀中廣記》同，《全詩》作“又因知向峽中彈”，語義不同，不改。

[箋注]

①黄草峽：杜甫《黄草》：“黄草峽西船不歸，赤甲山下行人稀。秦中驛使無消息，蜀道兵戈有是非。”仇兆鰲《杜詩詳注·黄草》在“黄草峽西船不歸”句下注：“黄草峽在涪州上流四十里……《通鑑》：‘大曆四年，涪州守捉使王守仙伏兵黄草峽。’胡三省曰：‘黄草峽在涪州之西。’《益州記》：‘涪州黄葛峽有相思崖，今名黄草峽，山草多黄，故名。’”白居易《初除尚書郎脱刺史緋》：“親賓相賀問何如？服色恩光盡反初。頭白喜拋黄草峽，眼明驚拆紫泥書。”　柔之：元稹的繼配裴淑，字柔之，兩人結婚時間在元和十年年底，地點在興元。元稹《琵琶》：“學語胡兒撼玉玲，甘州破裏最星星。使君自恨常多事，不得功夫夜夜聽。”此詩詩人爲裴淑而作，地點在同州。元稹《贈柔之》：“窮冬到鄉國，正歲別京華。自恨風塵眼，常看遠地花。”此詩作於長安，元稹爲了安慰不甘自己的丈夫出貶武昌軍節度使而作。

②胡笳：我國古代北方民族的管樂器，傳説由張騫從西域傳入，漢、魏鼓吹樂中常用之。蔡琰《悲憤詩》之二：“胡笳動兮邊馬鳴，孤雁歸兮聲嚶嚶。”岑參《胡笳歌送顏真卿使赴河隴》：“君不聞胡笳聲最悲，紫髯綠眼胡人吹。”　塞聲：塞外胡族的樂曲。杜甫《社日兩篇》一：“南翁巴曲醉，北雁塞聲微。尚想東方朔，詼諧割肉歸。”韋莊《汧陽間》：“邊静不收蕃帳馬，地貧惟賣隴山鸚。牧童何處吹羌笛？一曲梅花出塞聲。”　鄉音：家鄉的口音。賀知章《回鄉偶書二首》一：“少

小離鄉老大回，鄉音難改鬢毛衰。兒童相見不相識，笑問客從何處來？"陳與義《點絳唇·紫陽寒食》："不解鄉音，只怕人嫌我。"元稹所在的元氏家族是鮮卑族托（拓）跋氏後魏昭成皇帝的後裔之一，《魏書·序紀》："昔黃帝有子二十五人，或內列諸華或外分荒服。昌意少子受封北土，國有大鮮卑山，因以爲號。其後世爲君長，統幽都之北廣漠之野。畜牧遷徙，射獵爲業。淳樸爲俗，簡易爲化。不爲文字，刻木紀契而已。世事遠近人相傳授，如史官之紀録焉！黃帝以土德王北，俗謂土爲托，謂后爲跋，故以爲氏。"《魏書·昭成帝什翼犍》："昭成皇帝諱什翼犍，平文之次子也。生而奇偉，寬仁大度，喜怒不形於色。身長八尺，隆準龍顏，立髮委地，臥則乳垂至席。烈帝臨崩顧命曰：'必迎立什翼犍，社稷可安。'烈帝崩，帝弟孤乃自詣鄴奉迎，與帝俱還，事在《孤傳》。十一月帝即位於繁時之北，時年十九，稱建國元年……史臣曰：帝王之興也，必有積德，累功博利，道協幽顯，方契神祇之心。有魏奄迹幽方，世居君長，淳化育民，與時無競。神元生自天女，桓穆勤於晉室，靈心人事，夫豈徒然！昭成以雄傑之姿包君子之量，征伐四克威被荒遐，乃立號改都恢隆大業，終於百六十載，光宅區中，其原固有由矣！"《新唐書·宰相世系表》："元氏出自拓拔氏。黃帝生昌意，昌意少子悃居北，十一世爲鮮卑君長。平文皇帝鬱律二子：什翼犍、烏孤。什翼犍，昭成皇帝也。始號代王，至道武皇帝改號魏，至孝文帝更爲元氏。什翼犍七子：一曰寔君，二曰翰，三曰閼婆，四曰壽鳩，五曰紇根，六曰力真，七曰窟咄。"《古今姓氏書辯證》文云："什翼犍第六子力真，力真二子：意烈、意勁。意勁，彭城公。五世孫敷州刺史禎，生岩、成。岩字君山，隋平昌公。生琳、弘。弘，隋北平太守。生義端，唐魏州刺史。義端生延壽、延福、延景、（延祚）。延景，岐州參軍，生南頓丞悱。悱生比部郎中寬。寬生穆宗宰相稹，字微之，以詩名天下，謂之'元才子'。稹生道護。"從以上材料可知：這個家族爲鮮卑族原姓爲拓跋氏，建魏之後才改姓爲元，北周年間又復姓拓跋，到了隋代又改爲元姓。自後魏孝文帝遷都洛陽,他們家族就世世代代在洛陽定居,故元姓之人皆自號洛陽人,元稹的祖籍也自然而然是洛陽。所以元稹聽見自己的妻子吹奏的胡笳之聲,就情不自禁地認作"鄉音"。又因爲歲月漸行漸遠,故即使是"鄉音",也有"聽漸難"之感。

③ 料得:預測到,估計到。杜甫《杜鵑行》:"蒼天變化誰料得?萬事反覆何所無!"姜夔《憶王孫·番陽彭氏小樓作》:"兩綢繆。料得吟鸞夜夜愁。"　小來:從小,年輕時。李頎《雜曲歌辭·緩歌行》:"小來攀貴遊,傾財破産無所憂。"杜甫《送李校書二十六韵》:"小來習性懶,晚節慵轉劇。"　辛苦:辛勤勞苦。《左傳·昭公三十年》:"吳光新得國,而親其民,視民如子,辛苦同之,將用之也。"何遜《宿南洲浦》:"幽栖多暇豫,從役知辛苦。"　彈:用手指撥弄琴弦。《禮記·檀弓》:"和之而不和,彈之而不成聲。"劉義慶《世說新語·雅量》:"嵇中散臨刑東市,神氣不變,索琴彈之。"

④ 別鶴:曲調名,又名別鵠操。《南史·褚彦回傳》:"嘗聚袁粲舍,初秋涼夕,風月甚美,彦回援琴奏《別鵠之曲》,宮商既調,風神諧暢。"張鷟《遊仙窟》:"既悵恨於啼猿,又淒傷於《別鵠》。"　淒清:淒涼冷清。潘岳《秋興賦》:"月朣朧以含光兮,露淒清以凝冷。"趙嘏《長安晚秋》:"雲物淒清拂曙流,漢家宮闕動高秋。"謂淒涼孤寂。何遜《與崔録事別兼叙携手》:"聞離常屑涕,是別盡淒清。"劉孝孫《詠笛》:"調高時慷慨,曲變或淒清。"　離聲:別離的聲音。鮑照《代東門行》:"傷禽惡弦驚,倦客惡離聲。離聲斷客情,賓御皆涕零。"韋莊《上行杯》:"芳草灞陵春岸。柳烟深,滿樓弦管。一曲離聲腸寸斷。"　咽:謂聲音滯澀,多用於形容悲切。徐陵《山池應令》:"猿啼知谷晚,蟬咽覺山秋。"李端《代宗挽歌》:"寒霜凝羽葆,野吹咽笳簫。"　雛:借指小兒,幼兒。杜甫《徐卿二子歌》:"丈夫生兒有如此二雛者,異時名位豈肯卑微休!"蘇軾《與孫知損運使書》:"覘者多云可汗老疾,欲傳雛。雛爲人猜忌好兵,邊人盡知之。"當時隨同元稹裴淑離開通州的有女兒

保子、兒子元荊、女兒元樊、降真，都在童年，故言。

⑤ "憐君伴我涪州宿"兩句：裴淑的父親裴鄖貞元中曾經任職涪州刺史，據郁賢皓先生《唐刺史考》考定，時間是在"貞元中"，元和十四年，裴鄖已經不在涪州，也許轉任他地，也許已經離開人世，故裴淑此時思緒萬千，終夜不眠。　憐：哀憐，憐憫。《史記・項羽本紀》："籍與江東子弟八千人渡江而西，今無一人還，縱江東父兄憐而王我，我何面目見之？"韓愈《寄三學士》："上憐民無食，征賦半已休。"喜愛，疼愛。白居易《玩半開花贈皇甫郎中》："人憐全盛日，我愛半開時。"曾鞏《趵突泉》："已覺路傍行似鑑，最憐沙際湧如輪。"　涪州：唐代州郡名。《元和郡縣志・涪州》："《禹貢》：梁州之域，春秋時屬巴國，秦爲巴郡地。《華陽國志》曰：'涪陵，巴之南鄙，從枳縣入，泝涪水。'枳縣，即今涪州所理是也，與荊、楚界相接，秦將司馬錯由之取黔中地。漢爲涪陵縣地，蜀先主以爲涪陵郡。武德元年立爲涪州，在蜀江之南、涪江之西，故爲名。上元二年因黃荲硤有獠賊結聚，江陵節度吕諲請隸于江陵，置兵鎮守。元和三年，中書侍郎平章事李吉甫奏曰：'涪州去黔府三百里，輸納往返不踰一旬。去江陵一千七百餘里，途經三硤，風浪没溺，頗極艱危。自隸江陵近四十年，衆知非便，疆里之制遠近未均，望依舊屬黔府……八到：東取江陵路至上都，水陸相兼三千三百二十五里。從萬州北開州道宜縣及洋州路（至上都）二千三百四十里。東至東都三千六百里，水路至萬州六十里。東至忠州三百五十里，東至江陵府水路一千七百里。東南至黔州水路三百三十里，西南至渝州水路三百四十里，西北陸路至渠州陵山縣三百七里。'武元衡《漸至涪州先寄王使君》："治教通夷俗，均輸問大田。江分巴字水，樹入夜郎烟。"元稹《寒食日》："今年寒食好風流，此日一家同出遊。碧水青山無限思，莫將心道是涪州。"　心情：心神，情緒。《隋書・恭帝紀》："憫予小子，奄逮丕愆，哀號承感，心情糜潰。"史達祖《玉樓春・梨花》："玉容寂寞誰爲主？寒食心情愁幾許。"興致，情趣。

元稹《酬樂天嘆窮愁》:"老去心情隨日減,遠來書信隔年聞。"陸游《春晚書懷》二:"老向軒裳增力量,病於風月減心情。"　徹夜:通宵,整夜。《初學記》卷十五引薛道衡《和許給事善心戲場轉韵》:"竟夕魚負燈,徹夜龍銜燭。"元稹《獨夜傷懷贈呈張侍御》:"寡鶴連天叫,寒雛徹夜驚。"朱熹《戲贈勝私老友》:"乞得山田三百畝,青燈徹夜課農書。"

［編年］

　　《年譜》在"元和十四年""詩編年"條下將本詩編入元稹自通州赴虢州途中,理由是:"第二首云:'憐君伴我涪州宿,猶有心情徹夜彈。'涪州有黄草峽,見《元和郡縣圖志》。"《編年箋注》編年本詩:"作於元和十四年(八一九)離通州赴虢州途中。見下《譜》。"《年譜新編》亦編年本詩於元和十四年,没有説明理由。

　　我們以爲,《年譜》、《編年箋注》編年本詩於元和十四年元稹自通州赴虢州途中,這應該是没有問題的。但我們以爲《年譜》不應該得出"鄙意元稹由通州赴虢州,繞道涪州,陪裴淑回娘家一趟"的結論。而且按照《年譜》元和十一年元稹裴淑涪州結婚説框定的時間以及"元稹由通州赴虢州,繞道涪州,陪裴淑回娘家一趟"的説法,裴鄖任職涪州刺史至少應該包括元和十一年春天至元和十四年春天這一時段,而按照郁賢皓先生《唐刺史考·涪州》曰:"裴鄖"出任涪州刺史的時間"約貞元中",其下云:"《新(唐書·宰相)表一上》'中眷裴氏':'鄖,涪州刺史。'乃元和、長慶間福建觀察使裴乂伯父。"而《唐刺史考》又曰:"宋君平"出任涪州刺史在"元和十五年",根據是《册府元龜》卷七〇〇:"宋君平爲涪州刺史,元和十五年坐贓削官一任。"《年譜》的説法與《唐刺史考》的結論兩相矛盾,也無法與《册府元龜》的記載相一致。《唐刺史考》爲全面排比考證唐人任職刺史時間與地點的權威著作,理應信從。我們以爲本詩雖作於元和十四年元稹自通州赴任虢州途中,但這並不等於説是元稹"陪裴淑回娘家一趟",因爲其時裴郧並不在涪州刺史任上。《黃草峽聽柔之琴二首》是元稹他們乘船途經涪州附近的長江水道在涪州附近船上過夜時所寫，由於裴郧曾在涪州任職，也許裴淑就出生在那裏，以"貞元中"亦即貞元十年（795）裴郧任職涪州計，裴淑出生疑即在其時，至元和十年（815），裴淑已經二十歲上下，正是姑娘出嫁的年齡，在興元嫁給元稹作了繼配。估計裴郧曾在涪州任職刺史的時間不會太長，因此裴淑在襁褓中就已經離開涪州，所以元稹《紅荊》才有"庭中栽得紅荊樹，十月花開不待春。直到孩提盡驚怪，一家同是北來人"的感嘆，把裴淑稱爲"北來人"。正因爲裴淑曾經出生在涪州，所以裴淑對涪州有一種特殊的親切感。但在元和十四年，裴郧也許已赴任他地，也許已離開人世，在涪州，裴淑除了留下朦朧的記憶之外，已經沒有任何親人，所以到了涪州，卻沒有上岸拜訪，祇能以徹夜彈琴來寄託自己的思念。元稹自然知道這一切，特地爲裴淑寫下了這兩首詩歌，具體時間在元和十四年三月上旬的某個夜晚。因爲數日之後，元稹與忠州刺史李景儉相會，而三月十一日，順流而下的元稹，與白居易、白行簡相會於夷陵的江面之上。兩相對比，時間應該一一是切合的。

◎ 書 劍 (一)①

渝工劍刃皆歐冶，巴吏書蹤盡子雲②。唯我心知有來處，泊船黃草夜思君③。

錄自《元氏長慶集》卷二一

[校記]

（一）書劍：本詩存世各本，包括楊本、叢刊本、《全詩》、《蜀中廣記》、《佩文齋詠物詩選》諸本在內，均無異文。

[箋注]

①　書劍：詩人在黃草峽思念冶煉與書法皆精的一位名人，具體是誰，我們今天已經不得而知。或者是元稹當時得到了非常精美的書迹與十分難得的寶劍，具體情況如何，今天我們同樣不得而知。陳子昂《送別出塞》："平生聞高義，書劍百夫雄。言登青雲去，非此白頭翁。"儲光羲《山居貽裴十二迪》："落葉滿山砌，蒼烟理竹扉。遠懷青冥士，書劍常相依。"

②　歐冶：即歐冶子，春秋時著名鑄劍工。《呂氏春秋·贊能》："得十良劍，不若得一歐冶。"葛洪《抱朴子·尚博》："雖有擬斷之劍，猶謂之不及歐冶之所鑄也。"也借指鑄劍工。裴夷直《觀淬龍泉劍》："歐冶將成器，風胡幸見逢。"　子雲：即揚雄，《漢書·揚雄傳》："揚雄字子雲，蜀郡成都人也……雄少而好學，不爲章句，訓詁通而已。博覽無所不見，爲人簡易佚蕩，口吃不能劇談，默而好深湛之思。清静亡爲，少耆欲，不汲汲於富貴，不戚戚於貧賤，不修廉隅以徼名當世。"曾作《訓纂篇》八十九章，傳於世。盧象《駕幸温泉》："千官扈從驪山北，萬國来朝渭水東。此日小臣徒獻賦，漢家誰復重揚雄？"徐鉉《寒食日作》："過社紛紛燕，新晴淡淡霞。京都盛游觀，誰訪子雲家？"

③　心知：心裏清楚。王維《答裴迪輞口遇雨憶終南山之作》："森森寒流廣，蒼蒼秋雨晦。君問終南山，心知白雲外。"儲光羲《山中貽崔六琪華》："故交在天末，心知復千里。無人暫往来，獨作中林士。"　來處：指來歷，出處。黃庭堅《答洪駒文書》二："老杜作詩，退之作文，無一字無來處。"《野客叢書·未渠央》："今人詩句多用未渠央事，往往不究來處。"　泊船：靠岸停航，拋錨停船。劉長卿《自夏口至鸚鵡洲夕望岳陽寄源中丞》："漢口夕陽斜渡鳥，洞庭秋水遠連天。孤城背嶺寒吹角，獨戍臨江夜泊船。"孟浩然《臨渙裴明府席遇張十一房六》："河縣柳林邊，河橋晚泊船。文明才子會，

官喜故人連。” 黃草：這裏指黃草峽，在涪州之西四十里。杜甫《黃草》：“萬里秋風吹錦水，誰家別泪濕羅衣？莫愁劍閣終堪據，聞道松州已被圍。”《新唐書·崔寧傳》：“過黃草峽，守捉使王守仙伏兵五百，子琳前驅，至悉禽之，遂入夔州。”

[編年]

《年譜》編年本詩於元和十四年“離通州，赴虢州途中作”，理由是：“詩有‘泊船黃草夜思君’之句。”《編年箋注》編年：“作於元和十四年（八一九）離通州赴虢州途中。見下《譜》。”《年譜新編》亦編年於元和十四年，沒有具體時間，也沒有說明理由。

我們以爲，根據元稹“泊船黃草夜思君”的詩句，結合《黃草峽聽柔之琴二首》提供的資訊，本詩確實應該編年於元和十四年元稹離開通州赴任虢州途中經由黃草峽之時，具體時間與《黃草峽聽柔之琴二首》作於同時，亦即元和十四年三月上旬的某個夜晚，而不是如《年譜》、《編年箋注》、《年譜新編》籠統所示的“元和十四年”。

◎ 小胡笳引（桂府王推官出蜀匠雷氏金徽琴，請姜宣彈）(一)①

雷氏金徽琴，王君寶重輕千金②。三峽流中將得來，明窗拂席幽匣開③。朱弦宛轉盤鳳足，驟擊數聲風雨迴④。哀笳慢拍董家本(二)，姜生得之妙思忖(三)⑤。泛徽胡雁咽蕭蕭，繞指轆轤圓袞袞⑥。吞恨緘情乍輕激(四)，故國關山心歷歷⑦。潺湲疑是舞鷫鷞(五)，耆駬如聞發鳴鏑⑧。流宮變徵漸幽咽，別鶴欲飛猿欲絶⑨。秋霜滿樹葉辭風，寒雛墜地烏啼血⑩。哀弦已罷春恨長，恨長何恨懷我鄉(六)⑪？我鄉安在長城窟？

聞君虜奏心飄忽⑫。何時窄袖短貂裘，臙脂山下彎明月⑬？

録自《元氏長慶集》卷二六

[校記]

（一）小胡笳引（桂府王推官出蜀匠雷氏金徽琴，請姜宣彈）：楊本、叢刊本、《全詩》卷四二一同，本詩又見於《全詩》卷七八六"無名氏"名下，作"姜宣彈小胡笳引歌《蜀中方物記》：桂府王推官出蜀匠雷氏金徽琴，請姜宣彈《小胡笳引》，時有爲作歌者云。"《蜀中廣記》詩題及題注同《全詩》卷七八六。

（二）哀笳慢拍董家本：原本作"哀笳慢指董家本"，叢刊本、《蜀中廣記》、《全詩》卷四二一、《全詩》卷七八六同，楊本作"哀笳慢拍董家本"，宋代張孝祥《浣溪沙·坐上十八客》"同是瀛洲册府仙，祇今聊結社中蓮，胡笳按拍酒如川"，作"拍"更佳，據改。

（三）姜生得之妙思忖：楊本、叢刊本、《全詩》卷四二一同，《蜀中廣記》、《全詩》卷七八六作"姜宣得之妙思忖"，語義相類，不改。

（四）吞恨緘情乍輕激：楊本、叢刊本、《全詩》卷四二一、《全詩》卷七八六同，《蜀中廣記》作"吞恨含情乍輕激"，語義不同，不改。

（五）潺湲疑是舞鶘鶒：原本作"潺湲疑是雁鶘鶒"，楊本、叢刊本、《全詩》卷四二一、《全詩》卷七八六同，《蜀中廣記》作"潺湲疑是舞鶘鶒"，與下句"春驍如聞發鳴鏑"相對，語義更佳，據改。

（六）恨長何恨懷我鄉：楊本、叢刊本、《全詩》卷四二一同，《蜀中廣記》、《全詩》卷七八六作"恨長何如懷我鄉"，語義不同，不改。

[箋注]

① 胡笳：我國古代北方民族的管樂器。盧照鄰《和吳侍御被使燕然》："春歸龍塞北，騎指雁門垂。胡笳折楊柳，漢使採燕支。"蘇頲

《同餞陽將軍兼源州都督御史中丞》："朔風搖漢鼓，邊馬思胡笳。旗合無邀正，冠危有觸邪。" 引：詩歌之一種。《古謠諺》卷一〇〇引張表臣《珊瑚鉤詩話》卷三："徒歌謂之謠，品秩先後，序而推之謂之引。"《文選·馬融〈長笛賦〉》："故聆曲引者，觀法於節奏，察度於句投。"李善注："引，亦曲也。" 桂府：即桂州都督府。《舊唐書·地理志》："桂州……隋始安郡，武德四年平蕭銑，置桂州總管府，管桂、象、靜、融、賀、樂、荔、南昆、龍九州，並定州一總管。其桂州領始安、福禄、純化、興安、臨源、永福、陽朔、歸義、宣風、象十縣……至京師水陸路四千七百六十里，至東都水陸路四千四十里。"楊巨源《別鶴詞送令狐校書之桂府》："海鶴一爲別，高程方窅然。影搖江漢路，思結瀟湘天。"李商隱《故驛迎吊故桂府常侍有感》："饑烏翻樹晚雞啼，泣過秋原没馬泥。二紀征南恩與舊，此時丹旐玉山西。" 推官：都督府、節度使府的屬官之一。盧綸《偶逢姚校書憑附書達河南却推官因以戲贈》："寄書常切到常遲，今日憑君君莫辭！若問玉人殊易識，蓮花府裏最清羸。"徐鉉《贈浙西顧推官》："盛府賓寮八十餘，閉門高卧興無如。梁王苑裏相逢早，潤浦城中得信疏。" 蜀匠雷氏：蜀地製造金徽琴的著名匠師。朱翌《猗覺寮雜記》："唐雷氏琴至今有存者，皆至寶也。見於文字者，惟元微之《小胡笳引》，注云：'桂府王推官出蜀匠雷氏金徽琴，請姜宣彈。'方知雷蓋蜀人也。"劉禹錫《西州李尚書知愚與元武昌有舊遠示二篇吟之泫然因以繼和二首（來詩云：元公令陳從事求蜀琴，將以爲寄，而武昌之訃聞，因陳生會葬）》，其一："如何贈琴日，已是絶絃時？無復雙金報，空餘挂劍悲。"其二"寶匣從此閑，朱絃誰復調？祇應隨玉樹，同向土中銷。"由此可見，元稹對蜀地琴之信賴與愛好，也可見元稹晚年與李德裕、劉禹錫之間的親密關係。 匠：木工，亦泛指工匠。《孟子·告子》："大匠誨人必以規矩，學者亦必以規矩。"《説文·匚部》："匠，木工也。從匚，從斤。斤，所以作器也。"段玉裁注："工者，巧飾也。百工皆稱工稱匠，獨舉木工者，其字從斤也。以木工之偶,引申爲凡工之偶也。"　金徽:琴上繫弦之繩。蕭繹《秋夜》:"金徽調玉軫,玆夕撫離鴻。"亦指用金屬鑲製的琴面音位標識。李肇《唐國史補》卷下:"蜀中雷氏斲琴,常自品第,第一者以玉徽,次者以瑟瑟徽,又次者以金徽,又次者螺蚌之徽。"　姜宣:琴師,蜀地匠人,雷姓,餘不詳。

　　② 王君:這裏指桂府的王推官,其餘不詳。君是對對方的尊稱,猶言您,亦用在人姓名後表示尊敬。崔顥《贈輕車》:"平生少相遇,未得展懷抱。今日杯酒間,見君交情好。"李頎《贈蘇明府》:"蘇君年幾許?狀貌如玉童。采藥傍梁宋,共言隨日翁。"　寶重:珍惜重視。杜甫《送趙十七明府之縣》:"連城爲寶重,茂宰得才新。山雉迎舟楫,江花報邑人。"陳著《次韻史芝厓》:"爭芳多暖處,感舊獨幽人。寶重復珍重,清風明月身。"　千金:極言錢財多。《史記·呂不韋列傳》:"呂不韋者,陽翟大賈人也。往來販賤賣貴,家累千金。"曹植《名都篇》:"寶劍直千金,被服光且鮮。"

　　③ 三峽:在今重慶、湖北兩省市境内長江上游的瞿塘峽、巫峽和西陵峽的合稱。左思《蜀都賦》:"經三峽之崢嶸,躡五阨之蹇滻。"陸游《登樓》:"歌聲哀怨傳三峽,行色淒凉帶百蠻。"　將:取,拿。楊衒之《洛陽伽藍記·平等寺》:"將筆來,朕自作之。"李白《將進酒》:"五花馬,千金裘,呼兒將出換美酒。"　明窗:明亮的窗户。元稹《使東川·嘉陵江二首》一:"秦人惟識秦中水,長想吴江與蜀江。今日嘉川驛樓下,可憐如練繞明窗。"薛能《僧窗》:"不悟時機滯有餘,近來爲事更乖疏。朱輪皂蓋蹉跎盡,猶愛明窗好讀書。"　拂席:拂拭坐席,表示尊敬。《戰國策·燕策》:"田光曰:'敬奉教。'乃造焉!太子跪而逢迎,却行爲道,跪而拂席。"《舊唐書·王維傳》:"維以詩名盛於開元、天寶間,昆仲宦遊兩都,凡諸王駙馬豪右貴勢之門,無不拂席迎之。"幽匣:與世人久違的匣子。元稹《夜閑》:"悵望臨階坐,沉吟遶樹行。孤琴在幽匣,時迸斷弦聲。"孟郊《贈劍客李園聯句》:"有時幽匣吟,忽

似深潭聞。"

④ 朱弦:亦作"朱絃",用熟絲製的琴弦。《禮記·樂記》:"《清廟》之瑟,朱弦而疏越。"鄭玄注:"朱弦,練朱絃,練則聲濁。"孔穎達疏:"案《虞書》傳云:古者帝王升歌《清廟》之樂,大瑟練弦。此云朱弦者,明練之可知也。云練則聲濁者,不練則體勁而聲清,練則絲熟而弦濁。"泛指琴瑟類絃樂器。李世民《春日玄武門宴群臣》:"清尊浮綠醑,雅曲韵朱弦。"陸游《千峰榭宴坐》:"朱弦静按新傳譜,黄卷閑披累譯書。" 宛轉:隨順變化。《莊子·天下》:"椎拍輐斷,與物宛轉,舍是與非,苟可以免。"成玄英疏:"宛轉,變化也。復能打拍刑戮,而隨順時代,故能與物變化而不固執之者也。"《文子·守無》:"屈伸俯仰,抱命不惑而宛轉,禍福利害,不足以患心。" 鳳足:琴上攀弦之物的美稱。鄭谷《蜀中三首》三:"朱橋直指金門路,粉堞高連玉壘雲。窗下斵琴翹鳳足,波中濯錦散鷗群。"陳晹《樂書·琴制》:"琴底有鳳足,用黄楊木表其足,色本黄也。" 擊:打,敲打。《詩·邶風·擊鼓》:"擊鼓其鏜。"韓愈《送孟東野序》:"金石之無聲,或擊之鳴,人之於言也亦然。" 風雨:颭風下雨。《書·洪範》:"月之從星,則以風雨。"干寶《搜神記》卷一四:"王悲思之,遣往視覓,天輒風雨,嶺震雲晦,往者莫至。"本詩以風雨之聲比喻琴聲。

⑤ 哀笳:悲涼的胡笳聲。庾信《奉報趙王出師在道賜詩》:"哀笳關塞曲,嘶馬別離聲。"董思恭《感懷》:"哀笳時斷續,悲旌乍舒卷。望望情何極,浪浪泪空泫。" 拍:擊,搏擊。張碧《惜花三首》二:"老鴉拍翼盤空疾,准擬浮生如瞬息。"蘇軾《念奴嬌·赤壁懷古》:"亂石穿空,驚濤拍岸,捲起千堆雪。" 董家:即董庭蘭,天寶年間著名琴師,有《大胡笳十九拍》一卷傳世。《舊唐書·房琯傳》:"時議以兩京陷賊,車駕出次外郊,天下人心惴恐,當主憂臣辱之際,此時琯爲宰相,略無匡懹之意,但與庶子劉秩、諫議李揖、何忌等高談虚論,説釋氏因果、老子虚無而已。此外則聽董廷蘭彈琴,大招集琴客筵宴。朝官往

往因庭蘭以見瑁,自是亦大招納貨賄,奸贓頗甚。"李頎《聽董庭蘭彈琴兼寄房給事》:"蔡女昔造胡笳聲,一彈一十有八拍。胡人落淚向邊草,漢使斷腸對歸客。"　思忖:考慮,思量。元稹《旱災自咎貽七縣宰》:"歸來重思忖,願告諸邑君。"覺範《明教夢中作》:"靦面堂堂不覆藏,個中無地容思忖。"

⑥ 徽:琴徽,繫琴弦的繩。《漢書·揚雄傳》:"今夫弦者,高張急徽,追趨逐耆,則坐者不期而附矣!"顏師古注:"徽,琴徽也。"也指七弦琴琴面十三個指示音節的標識。《文選·嵇康〈琴賦〉》:"絃以園客之絲,徽以鐘山之玉。"李周翰注:"取此絲爲絃,以玉爲徽。"朱熹《雜著·琴律說》:"蓋琴之有徽,所以分五聲之位,而配以當位之律,以待抑按而取聲。而其布徽之法,則當隨其聲數之多少,律管之長短,而三分損益,上下相生以定其位。"　胡雁:雁,雁來自北方胡地,故稱。鮑照《擬古八首》七:"河畔草未黃,胡雁已矯翼。"李頎《古從軍行》:"胡雁哀鳴夜夜飛,胡兒眼淚雙雙落。"　蕭蕭:象聲詞,常形容馬叫聲、風雨聲、流水聲、草木搖落聲、樂器聲等。劉長卿《王昭君歌》:"琵琶弦中苦調多,蕭蕭羌笛聲相和。"王安石《試院中五絕句》五:"蕭蕭疏雨吹簷角,噎噎暝蛩啼草根。"　繞指:又作繞指柔《文選·劉琨〈重贈盧諶〉》:"何意百煉剛,化爲繞指柔?"呂延濟注:"百煉之鐵堅剛,而今可繞指,自喻經破敗而至柔弱也。"後因以"繞指柔"比喻堅強者經過挫折而變得隨和軟弱。用以形容柔軟之極。高適《詠馬鞭》:"珠重重,星連連,繞指柔,純金堅。"亦省作"繞指"。溫庭筠《懊惱曲》:"莫言自古皆如此,健劍刜鐘鉛繞指。"楊萬里《新除廣東常平之節感恩書懷》:"向來百鍊分繞指,一寸丹心白日明。"　轆轤:利用輪軸原理製成的井上汲水的起重裝置。劉義慶《世說新語·排調》:"顧曰:'井上轆轤臥嬰兒。'"賈思勰《齊民要術·種葵》:"井別作桔槔、轆轤。"原注:"井深用轆轤,井淺用桔槔。"　袞袞:神龍捲曲貌。皮日休《補九夏歌·驁夏》:"桓桓其珪,袞袞其衣。出作二伯,天下是毗。"旋轉翻

滾貌。杜甫《登高》："風急天高猿嘯哀,渚清沙白鳥飛迴。無邊落木蕭蕭下,不盡長江衮衮來。"

⑦ 吞恨:猶飲恨。鮑照《蕪城賦》："天道如何?吞恨者多。"盧照鄰《釋疾文·悲夫》："麟兮鳳兮,自古吞恨無已!" 緘情:猶含情。韋應物《答李澣三首》一:"孤客逢春暮,緘情寄舊遊。海隅人使遠,書到洛陽秋。"白居易《病中辱崔宣城長句見寄兼有觥綺之贈因以四韻總而酬之》:"信題霞綺緘情重,酒試銀觥表分深。科第門生滿霄漢,歲寒少得似君心。" 故國:故鄉,家鄉。曹松《送鄭谷歸宜春》:"無成歸故國,上馬亦高歌。"葉適《故知樞密院事資政殿大學士施公墓誌銘》:"祈歸故國,草木華潤;世趯其退,有考其進。" 關山:關隘山嶺。《樂府詩集·木蘭詩》:"萬里赴戎機,關山度若飛。"朱希濟《謁金門》:"秋已暮,重疊關山歧路。嘶馬搖鞭何處去?曉禽霜滿樹。" 歷歷:清晰貌。《古詩十九首·明月皎夜光》:"玉衡指孟冬,衆星何歷歷!"杜甫《歷歷》:"歷歷開元事,分明在眼前。"

⑧ 潺湲:流水聲,本詩比喻琴聲如潺湲的流水。岑參《過緱山王處士黑石谷隱居》:"獨有南澗水,潺湲如昔聞。"王安石《舟夜即事》:"山泉如有意,枕上送潺湲。" 鷿鵜:亦作"鸊鷉"、"鸊鷉"、"鷿鷉",水鳥名,俗稱油鴨,似鴨而小,善潛水。蔡邕《短人賦》:"雄荆雞兮鶩鷿鵜,鶻鳩鷄兮鶉鷃雌。"《後漢書·馬融傳》:"鷖、雁、鸊鷉。"李賢注引揚雄《方言》:"野鳧也,甚小,好没水中。" 砉騞:象聲詞,箭破空聲,本詩借喻琴聲。白居易《李諒除泗州刺史兼團練使當道兵馬留後兼侍御史賜紫金魚袋張愉可岳州刺史同制》:"以諒自澄城長訖尚書郎,中間又再爲州牧,三宰劇縣。皆苦心恤隱,煦嫗及物,操刃決滯,蠱砉有聲。"劉禹錫《飛鳶操》:"旗尾飄揚勢漸高,箭頭砉騞聲相似。" 鳴鏑:即響箭,矢發射時有聲,故稱。《史記·匈奴列傳》:"冒頓乃作爲鳴鏑,習勒其騎射,令曰:'鳴鏑所射而不悉射者,斬之。'"裴駰集解:"《漢書音義》曰:'鏑,箭也,如今鳴箭也。'韋昭曰:'矢鏑飛則鳴。'"曹

植《名都篇》：“攬弓捷鳴鏑，長驅上南山。”

⑨宮：古代五聲音階的第一音級。《禮記·樂記》：“宮爲君，商爲臣，角爲民，徵爲事，羽爲物；五者不亂，則無怗懘之音矣！”《宋書·律曆志》：“楊子雲曰：‘宮、商、角、徵、羽，謂之五聲。’”　徵：古五音之一。《禮記·月令》：“〔孟夏之月〕其蟲羽，其音徵。”《文心雕龍·聲律》：“古之佩玉，左宮右徵，以節其步，聲不失序。”　幽咽：謂聲音低沉、輕微，常形容水聲和哭泣聲，這裏形容琴聲。庾信《秦州天水郡麥積崖佛龕銘》：“水聲幽咽，山勢崆峒。”杜甫《石壕吏》：“夜久語聲絕，如聞泣幽咽。”　別鶴：準備飛往他處的仙鶴。常建《送楚十少府》：“鯉魚在金盤，別鶴哀有餘。心事則如此，請君開素書。”韋應物《昭國里第聽元老師彈琴》：“竹林高宇霜露清，朱絲玉徽多故情。暗識啼烏與別鶴，祇緣中有斷腸聲。”　猿：靈長類動物，哺乳綱，似猴而大，没有頰囊和尾巴。生活在森林中，種類很多，有猩猩、長臂猿等。鮑照《登廬山二首》二：“雞鳴清澗中，猿嘯白雲裏。”李白《早發白帝城》：“兩岸猿聲啼不盡，輕舟已過萬重山。”

⑩秋霜：秋日的霜。《史記·李斯列傳》：“故秋霜降者草花落，水搖動者萬物作，此必然之效也。”盧綸《冬夜贈別友人》：“侵階暗草秋霜重，遍郭寒山夜月明。”　寒雛：生活在寒天裏的幼鳥。元稹《獨夜傷懷贈呈張侍御》：“竹風吹面冷，檐雪墜階聲。寡鶴連天叫，寒雛徹夜驚。”義近“黃雛”，幼鳥。莊南傑《黃雀行》：“小口黃雛未有知，青天不解高高飛。”　墜地：物體落地。張籍《惜花》：“濛濛庭樹花，墜地無顏色。”孟郊《覆巢行》：“荒城古木枝多枯，飛禽嗷嗷朝哺雛。枝傾巢覆雛墜地，烏鳶下啄更相呼。”　啼血：指杜鵑鳥哀鳴出血或杜鵑哀鳴所出之血，杜鵑鳥口紅，春時杜鵑花開即鳴，聲甚哀切，古人誤傳其“夜啼達旦，血漬草木”，這裏是以杜鵑鳥借喻烏鳥。顧況《子規》：“杜宇冤亡積有時，年年啼血動人悲。若教恨魄皆能化，何樹何山著子規？”真山民《啄杜鵑》：“歸心千古終難白，啼血萬山都是紅。”

⑪ 哀弦：亦作"哀絃"，悲凉的弦樂聲。曹丕《善哉行》："哀弦微妙，清氣含芳。"杜甫《題柏大兄弟山居屋壁》："哀絃繞白雪，未與俗人操。" 春恨：猶春愁，春怨。楊炯《梅花落》："行人斷消息，春恨幾徘徊。"韋莊《庭前桃》："五陵公子饒春恨，莫引香風上酒樓。" 懷鄉：懷念故鄉。楊巨源《春晚東歸留贈李功曹》："歌聲仍隔水，醉色未侵花。唯有懷鄉客，東飛羨曙鴉。"鮑溶《送僧南遊》："且攀隋宮柳，莫憶江南春。師有懷鄉志，未爲無事人。"

⑫ 長城：供防禦用的綿亘不絕的城牆。春秋戰國時各國出於防禦目的，分別在邊境形勢險要處修築長城。《左傳·僖公四年》載有"楚國方城以爲城"的話，這是有關長城的最早記載。戰國時齊、楚、魏、燕、趙、秦和中山等國相繼興築，秦始皇滅六國完成統一後，爲了防禦北方匈奴的南侵，將秦、趙、燕三國的北邊長城予以修繕，連貫爲一，故城西起臨洮（今甘肅省岷縣），北傍陰山，東至遼東，俗稱"萬里長城"，至今尚有遺迹殘存。此後漢、北魏、北齊、北周、隋各代都曾在北邊與遊牧民族接境地帶築過長城。明代爲了防禦韃靼、瓦剌的侵擾，自洪武至萬曆時前後修築長城達十八次，西起嘉峪關，東至遼東，稱爲"邊墻"。宣化、大同二鎮之南，直隸、山西界上，並築有內長城，稱爲"次邊"，總長約六千七百公里，大部分至今仍基本完好，爲世界歷史上偉大工程之一。唐時的長城與明代修築的長城有所同也有所不同，兩者不可混淆。李端《度關山》："雁塞日初晴，狐關雪復平。危樓緣廣漠，古竇傍長城。"武元衡《塞外月夜寄荆南熊侍御》："南依劉表北劉琨，征戰年年簫鼓喧。雲雨一乖千萬里，長城秋月洞庭猿。"竇：土室。《孟子·滕文公》："當堯之時，水逆行，氾濫於中國，蛇龍居之，民無所定；下者爲巢，上者爲營窟。"《禮記·禮運》："昔者先王未有宮室，冬則居營窟。"孔穎達疏："謂於地上累土而爲窟。" 虜奏：北方胡人的音樂，義近"胡樂"。《資治通鑑·唐肅宗至德元載》："上皇每酺宴，先設太常雅樂坐部、立部，繼以鼓吹、胡樂、教坊、府縣散樂，

雜戲。"胡三省注:"胡樂者,龜兹、疏勒、高昌、天竺諸部樂也。"元稹
《法曲》:"女爲胡婦學胡妝,伎進胡音務胡樂。"　飄忽:心神不定。李
白《淮陰書懷寄王宗成》:"沿洄且不定,飄忽恨徂征。"范成大《王希武
通判挽詞二首》二:"遽爲重壤去,淒斷十年鄰。物理真飄忽,家聲正
隱轔。"

　　⑬　窄袖:袖口很窄很緊。劉敞《招鄰幾聖俞和叔于東齋飲觀孔
雀白鵰及周亞夫玉印赫連勃勃龍雀刀辟邪宮璽數物又使女奴奏伎行
酒聖俞首示長篇因而報之》:"促節無窄袖,緩歌逐鳴絲。自美亦自
惡,貴賤吾不知。"歐陽修《蝶戀花》一一:"越女採蓮秋水畔。窄袖輕
羅,暗露雙金釧。照影摘花花似面,芳心只共絲爭亂。"　貂裘:貂皮
製成的衣裘。《淮南子·説山訓》:"貂裘而雜,不若狐裘而粹。"薛逢
《俠少年》:"綠眼胡鷹踏錦韝,五花驄馬白貂裘。"　臙脂山:即焉支
山,山上泥土與花草紅紅綠綠,可供婦女化妝用,故名。《史記·匈奴
列傳》:"明年春,漢使驃騎將軍去病將萬騎,出隴西,過焉支山千餘
里,擊匈奴,得胡首虜騎萬八千餘級(西河故事云:匈奴失祁連、焉支
二山,乃歌曰:'亡我祈連山,使我六畜不蕃息。失我焉支山,使我婦
女無顏色。'其慘惜乃如此)。"《元和郡縣志·刪丹縣》:"本漢舊縣,屬
張掖郡。按焉支山一名刪丹山,故以名縣。山在縣南五十里,東西百
餘里,南北二十里,水草茂美,與祁連同。匈奴失祁連、焉支二山,乃
歌曰:'亡我祁連山……使我婦女無顏色。'"　明月:光明的月亮。李
白《送白利從金吾董將軍西征》:"西羌延國討,白起佐軍威。劍決浮
雲氣,弓彎明月輝。"韋應物《秋夜》:"暗窗涼葉動,秋天寢席單。憂人
半夜起,明月在林端。"

[編年]

　　未見《年譜》、《年譜新編》提及本詩,《編年箋注》將本詩列入"未
編年詩"欄內。

《蜀中廣記》與《全詩》卷七八六列本詩作者爲"無名氏",但《元氏長慶集》各種版本均著錄本詩,而且與元稹的生平事迹一一相符,故我們以爲,本詩的著作權應該歸屬元稹。

我們以爲,一、元稹撰成本詩之時,剛剛從蜀地通州前往虢州,而本詩賦詠的"金徽琴",爲"蜀匠雷氏"所製造,應該與元稹的通州任有關聯。而本詩有"三峽流中將得來,明窗拂席幽匣開"之句,爲我們的編年提供有力的佐證。元稹《書劍》又有"渝工劍刃皆歐冶,巴吏書蹤盡子雲。唯我心知有來處,泊船黃草夜思君"之句,似乎在告訴他人"金徽琴"與"書劍"一樣,都源自同一"來處"。二、本詩的詩題爲"小胡笳引",與元稹《黃草峽聽柔之琴二首》所云"胡笳夜奏塞聲寒……憐君伴我涪州宿,猶有心情徹夜彈"都提到"胡笳",兩詩一一相應,也爲我們的編年揭示了確切的時間與大致的地點。三、本詩"哀弦已罷春恨長,恨長何恨懷我鄉"之句提及的"春恨",與元稹一家乘船東下的時間也正相切合。四、元稹的繼配裴淑對胡語有一定的了解,元稹《琵琶》:"學語胡兒撼玉玲,甘州破裏最星星。使君自恨常多事,不得功夫夜夜聽。"不僅如此,裴淑對彈奏胡笳也有濃厚的興趣,能夠"徹夜彈"奏,元稹《黃草峽聽柔之琴二首》,其一:"胡笳夜奏塞聲寒,是我鄉音聽漸難。料得小來辛苦學,又應知向峽中彈。"其二:"別鶴淒清覺露寒,離聲漸咽命雛難。憐君伴我涪州宿,猶有心情徹夜彈。"而《黃草峽聽柔之琴二首》作於元稹與裴淑自通州前往虢州途經長江三峽的黃草峽時所作,而賦詠本詩之時,元稹也身在"三峽"之中,而且與《黃草峽聽柔之琴二首》抒發的"思鄉"情感完全一致。據此,我們以爲本詩應該與《黃草峽聽柔之琴二首》、《書劍》作於同時,亦即元和十四年三月上旬途經長江之中的黃草峽之時。

◎ 憑李忠州寄書樂天^①

萬里寄書將出峽^(一)，却憑巫峽寄江州^{(二)②}。傷心最是江頭月，莫把書將上庾樓^③。

録自《元氏長慶集》卷二○

［校記］

（一）萬里寄書將出峽：原本作"萬里寄書將上峽"，楊本、叢刊本、《古詩鏡·唐詩鏡》、《石倉歷代詩選》同，語義不佳，據《萬首唐人絶句》、《全詩》改。

（二）却憑巫峽寄江州：《萬首唐人絶句》、《全詩》同，盧校宋本作"却憑沿峽寄江州"，語義不佳，不改。楊本、叢刊本、《古詩鏡·唐詩鏡》、《石倉歷代詩選》以及《全詩》注作"却憑冰峽寄江州"，除元稹本詩不同的版本外，未見有"冰峽"的文獻記載，不取不改。

［箋注］

① 憑：依託，依仗。杜甫《至後》："愁極本憑詩遣興，詩成吟詠轉淒凉。"請求，煩勞。李商隱《寄酬韓冬郎》："爲憑何遜休聯句，瘦盡東陽姓沈人。" 李忠州：這裏是指元和十三年及其後在忠州刺史任的李景儉，他是元稹與白居易關係非常密切的朋友。去年亦即元和十三年四月十日前後，李景儉即委派其弟李景信前往通州看望元稹，現在元稹詩文集中有十二篇詩篇涉及李景信的來訪。《編年箋注》注："李忠州：指李宣。《舊唐書·憲宗紀》：元和十一年（八一六）九月，'辛未，貶……屯田郎中李宣爲忠州刺史。'"誤，《唐五代人交往詩索引》也認爲本詩的"李忠州"是李宣，同誤，説詳下。 忠州：唐時的州

郡之一,州治在今重慶市忠縣,《舊唐書·地理志》:"忠州:隋巴東郡之臨江縣,義寧二年置臨州……貞觀八年改臨州爲忠州,天寶元年改爲南賓郡,乾元元年復爲忠州。"杜甫《簡吳郎司法》:"有客乘舸自忠州,遣騎安置瀼西頭。"元稹《與李十一夜飲》:"寒夜燈前賴酒壺,與君相對興猶孤。忠州刺史應閑臥,江水猿聲睡得無?" 寄書:傳遞書信。庾信《竹杖賦》:"親友離絕,妻孥流轉;玉關寄書,章臺留釧。"韓愈《贈別元十八協律六首》六:"寄書龍城守,君驥何時秣?"

② 萬里:意即忠州至江州間的距離爲萬里,而實際距離在二千里左右,"萬里"僅僅極言其遙遠。古代詩人的誇張手法,詩文中屢屢見之。庾抱《別蔡參軍》:"悲生萬里外,恨起一杯中。"盧照鄰《山行寄劉李二參軍》:"萬里烟塵客,三春桃李時。" 出峽:經過長江三峽東下。張說《過蜀道山》:"白雲半峰起,清江出峽來。"胡皓《出峽》:"巴東三峽盡,曠望九江開。" 巫峽:長江三峽之一,一稱大峽,西起今重慶市巫山縣大寧河口,東至今湖北省巴東縣官渡口。因巫山得名,兩岸絕壁,船行極險。酈道元《水經注·江水》:"其間首尾百六十里,謂之巫峽,蓋因山爲名也……漁者歌曰:'巴東三峽巫峽長,猿鳴三聲淚沾裳。'"楊炯《巫峽》:"三峽七百里,惟言巫峽長。"巫峽正是當時忠州至江州的必經水道。 江州:唐時的州郡之一,州治今江西省九江市,據《舊唐書·地理志》,江州原爲"隋九江郡","武德四年"置江州,"領湓城、潯陽、彭澤三縣"。韓翃《送客歸江州》:"東歸復得采真遊,江水迎君日夜流。"白居易《江州雪》:"新雪滿前山,初晴好天氣。日西騎馬出,忽有京都意。"

③ 傷心:心靈受傷,形容極其悲痛。杜甫《送鄭十八虔貶台州司戶》:"萬里傷心嚴譴日,百年垂死中興時。"錢起《落第劉拾遺相送東歸》:"不醉百花酒,傷心千里歸。" 江頭:江邊,江岸。楊廣《鳳腦歌》:"三月三日向江頭,正見鯉魚波上游。"姚合《送林使君赴邵州》:"江頭斑竹尋應遍,洞裏丹砂自採還。" 庾樓:即庾公樓,唐人誤以爲舊址在今江西九江北郊長江南岸。元稹除本詩外,尚有《水上寄樂

天》:"眼前明月水,先入漢江流。漢水流江海,西江過庾樓。庾樓今夜月,君豈在樓頭？萬一樓頭望,還應望我愁。"關於"庾樓"之誤會,非僅元稹而已。白居易貶任江州司馬,身在江州,亦誤以爲庾公樓在江州,亦即今江西九江北郊長江南岸。白居易《庾樓曉望》:"獨憑朱檻立凌晨,山色初明水色新。竹霧曉籠銜嶺月,蘋風暖送過江春。子城陰處猶殘雪,衙鼓聲前未有塵。三百年来庾樓上,曾經多少望鄉人？"又白居易《庾樓新歲》:"歲時銷旅貌,風景觸鄉愁。牢落江湖意,新年上庾樓。"又白居易《三月三日登庾樓寄庾三十二》:"三日歡遊辭曲水,二年愁卧在長沙。每登高處長相憶,何況兹樓屬庾家！"陸游《入蜀記》:"樓正對廬山之雙劍峰,北臨大江,氣象雄麗。自京口以西登覽之地多矣！無出庾樓右者。樓不甚高,而覺江山烟雲皆在几席間,真絶景也！庾亮嘗爲江荆豫州刺史,其實則治武昌,若武昌南樓名庾樓猶有理,今江州治所在晉特柴桑縣之溢口關耳！此樓附會甚明。然白樂天詩固已云:'潯陽欲到思無窮,庾亮樓南溢口東。'則承誤亦久矣！張芸叟《南遷録》云庾亮鎮潯陽,經始此樓,其誤尤甚。"《編年箋注》注庾樓"相傳爲晉庾亮鎮江州所建",誤;其後引《輿地紀勝·江州》:"庾樓,在州治後。"亦誤。但元稹大和四年、五年間,親臨武昌任職武昌軍節度使,經過實地考察,糾正了自己的認識,有《所思二首》詩,其一:"庾亮樓中初見時,武昌春柳似腰肢。相逢相失還如夢,爲雨爲雲今不知。"其二:"鄂渚濛濛烟雨微,女郎魂逐莫雲歸。只應長在漢陽渡,化作鴛鴦一隻飛。"明言"庾亮樓"在"武昌"、"鄂渚"、"漢陽渡",也應該在此一併説明。

[編年]

　　關於本詩編年,《唐人行第録》、《年譜》均認爲本詩作於元和十一年,李忠州即是李宣。《編年箋注》有所修正,認爲元稹作於元和十三年通州司馬任上,李忠州亦是"李宣"。《年譜新編》認爲:元和十三年

"春,李景信來訪歸去時,'視草而去',當是受元稹之托,把元稹追和之詩帶去,寄給江州司馬白居易",據其前後叙述語言,結合本詩詩題,"忠州刺史"則又成了李景信。

我們認爲以上諸説均誤,理由是:其一,"李宣説"的唯一根據,就是《唐人行第錄》最早認定的所謂稱呼問題,亦即交情極密的朋友之間,不應以官職相稱。其實,元稹、白居易、劉禹錫之間交情也極爲密切,爲世人公認。但白居易有《酬集賢劉郎中對月見寄兼懷元浙東》、《同崔十八寄元浙東王陝州》等篇,劉禹錫也有《白舍人自杭州寄新詩因而戲酬兼寄浙東元相公》、《遙和韓睦州元相公二君子》、《浙東元相公書嘆梅雨鬱蒸之候因寄七言》的詩篇,元稹本人亦有《內狀詩寄楊白二員外》、《酬翰林白學士代書一百韵》等詩。由此可見,在唐代,即使是交情極密的朋輩之間,往往也有以職務相稱的情況。其二,據《舊唐書·憲宗紀》,元和十一年九月,李宣爲忠州刺史。其赴任忠州當途經興元,當時元稹確實在興元養病。但李宣是否在興元與詩人相會,元稹是否委託李宣代他寄書給白樂天,《唐人行第錄》没有提出其他理由,《年譜》也没有提出新的證據。我們遍查現存元稹、白居易等人的詩文,也没有其他綫索可尋。因此元稹、李宣雖有在興元相會的可能,但因缺乏有力證據的佐證,可能不等於事實。其三,退一萬步説,假如元稹確實委託忠州刺史李宣帶信給白居易,還應該舉證説明元稹的書信又是如何從忠州轉傳到江州白居易的手中,但《唐人行第錄》、《年譜》都没有舉出證據,僅僅是推測而已。其四,就算推測合情合理,那末此書至遲當於元和十二年初之前到達江州。但這與元稹白居易元和十年十月至十二年五月間音訊不通的事實不合,有白居易元和十二年四月《與微之書》爲證:"四月十日夜,樂天白。微之,微之! 不見足下面已三年矣! 不得足下書欲二年矣!"其五,李宣僅僅到達忠州,忠州與江州相差尚遠,元稹本詩有"萬里"云云就是一個明顯的佐證。元稹、李宣過去又没有交往而且並不熟悉,元稹爲什麽要讓自己並不熟悉又與自己沒有交往的人將信捎到半道之上？其六，《編年箋注》與《年譜新編》雖然編年於元和十三年，但與我們編本詩於元和十四年之結論風馬牛不相及，因爲《編年箋注》所述的寄詩地點在通州，帶信之人爲李宣。李宣赴任忠州，爲何要避開便利的水路，反而跋涉山山嶺嶺經由通州前往忠州？令人大惑不解；《年譜新編》由李景信帶詩至忠州，而由李景儉轉致白居易云云，與元稹《酬樂天東南行詩序》所云“其本卷尋時於峽州面付樂天”不符，而且李景信“視草而去”並不是“携詩而去”，不可取。其七，元稹在興元如果一定要委託他人寄信白居易，除了李宣，還有更合適的人選，而且不止一人。《舊唐書·憲宗紀》：“(元和)十一年……八月壬寅，以宰臣韋貫之爲吏部侍郎，罷知政事。貫之以淮西、河北兩處用兵，勞於供餉，請緩承宗而專討元濟，與裴度爭論上前故也……九月……丙子，新除吏部侍郎韋貫之再貶湖南觀察使。辛未，貶吏部侍郎韋顗爲陝州刺史，刑部郎中李正辭爲金州刺史，度支郎中薛公幹爲房州刺史，屯田郎中李宣爲忠州刺史，考功郎中韋處厚爲開州刺史，禮部員外郎崔韶爲果州刺史，並爲補闕張宿所構，言與貫之朋黨故也。”與李宣同時出貶而且又同往同一地區的還有韋處厚、崔韶，他們一爲開州刺史，一爲果州刺史，而開州、果州與忠州一樣都在長江邊上，寄信江州是一樣的難易。他們與李宣一樣，都從京城長安出發，前往同一地區，同樣都要經過元稹養病的興元，但不一樣的是元稹與李宣並無交往並不熟悉，而韋處厚與崔韶却是元稹的制科同年，多年的老朋友，感情非常深厚。因此《唐人行第錄》以及《年譜》的推論是違背常理的無法成立的錯誤結論，也顯然忽視了或者無視包括本條在內的諸多反證。其八，順便說一句，《年譜》元和十一年“詩歌繫年”欄內將元稹的《憑李忠州寄書樂天》編入，同年“佚文”欄內根據《憑李忠州寄書樂天》的編年，又將元稹的所謂“佚文”《通州寄樂天書》編入。據《年譜》敘述，元和十一年元稹在興元養病，如何轉眼之間元稹一個筋斗雲又到了通州,在"通州""寄樂天書",顯然是屬於神話中才有的故事。

我們以爲,本詩作於元和十四年正月初九日元稹自通州轉任虢州長史經由忠州時所作,拜託自己與白居易的共同朋友李景儉轉致自己寄給白居易的書信,告知自己已經離開通州。編年的理由是:其一,元稹有作於元和十三年十一月十日的《告畬三陽神文》:"我貳茲邑,星歲三卒……自喪守侯,月環其七……我非常秩,繼我者誰?"其《報三陽神文》:"維元和十二年九月十五日文林郎守通州司馬權知州務元稹。"據《群書拾補》,"十二年"宋本作"十三年"。今從"星歲三卒"來看,當以"十三年"爲是。如此元和十三年四月前後,通州刺史李進賢離任他去,元稹代理其職——"權知州務",元稹即履行自己代理州刺史的職責,直到元和十三年十一月十日尚在通州代理州務,其離開通州當在其後的元和十四年正月九日前。其二,據元稹生平,詩人離開通州赴任虢州長史之時,大約是爲了滿足自己妻子裴淑看望父親裴鄖過去任職地與自己出生地涪州的欲望,爲了讓自己的兒子元荊前往江陵看望亡故母親安仙嬪墓地的目的,元稹特意取道水路長江,經由涪州(有元稹詩《黃草峽聽柔之琴》、《書劍》爲證)、峽州(據白居易詩《十四年三月十一日夜遇微之於峽中》),而取道涪州、峽州,必定經由涪州峽州之間、同在長江邊上的忠州。其三,當時忠州刺史又正好是李景儉(據白居易詩文《忠州刺史謝上表》、《初到忠州贈李六》,白居易元和十三年十二月二十日詔拜忠州刺史,接替在任的忠州刺史李景儉之後,於元和十四年三月二十八日有《忠州刺史謝上表》)。而李景儉與元稹"交情極密"(引用《唐人行第錄》語),兩人定當有會。其四,元稹因自己已離開通州,並將北上虢州,而又不知白居易也已離開江州溯水西上(白居易詩《十四年三月十一日夜遇微之於峽中》:"此處逢君是偶然。"推知他們事先並不知道會在長江水路途中相遇)。元稹接受元和十年十月自己北上興元就醫而與白居易失去聯繫、白居易不時仍然將詩篇書信寄達通州而元稹根本沒有收

到的沉痛教訓,爲了不使白居易將他自己的書詩再次誤投通州,元稹
特將自己已經離開通州的事實作書告知白居易。但在旅途之中,並
無可靠的信使可托,而時在忠州刺史任的李景儉與元稹是朋輩,與白
居易也是摯交,是再合適不過的可托之人。忠州地在長江邊上,無論
是白居易前來忠州接任,還是由忠州轉寄江州,都是十分方便之事。
一件本來非常簡單而又順理成章的事情,《唐人行第録》却冥思苦
想將"李忠州"落實到與元稹毫無關係的李宣身上,而《年譜》又不
作任何思考盲目跟進,造成了令人啼笑皆非的結論。《編年箋注》
雖然修正時間爲"元和十三年",但仍然沿用《唐人行第録》、《年譜》
的錯誤,認爲"李忠州"就是李宣。而元和十三年四月之後,忠州刺
史已經不是李宣而是李景儉了,有元稹自己的《酬樂天東南行詩一
百韵》詩序爲證,有郁賢皓先生的《唐刺史考》爲證,《編年箋注》爲
何視而不見?《年譜新編》急於把自己的想法强加給歷史,連放在
手邊的元稹《酬樂天東南行詩一百韵》詩序都没有來得及看清,態
度也過於隨便了吧?

■ 忠州寄樂天書^{(一)①}

據元稹《憑李忠州寄書樂天》

[校記]

(一)忠州寄樂天書:本佚失書所據元稹《憑李忠州寄書樂天》,
楊本、叢刊本、《古詩鏡·唐詩鏡》、《萬首唐人絶句》、《石倉歷代詩
選》、《全詩》之有關文字相同。

[箋注]

① 忠州寄樂天書：元稹《憑李忠州寄書樂天》：“萬里寄書將出峽，却憑巫峽寄江州。傷心最是江頭月，莫把書將上庾樓。”今存元稹詩文未見其“書”，據補。　　忠州：李唐州郡名，府治在今天重慶市忠縣。李端《送濮陽録事赴忠州》：“成名不遂雙旌遠，主印還爲一郡雄。赤葉黄花隨野岸，青山白水映江楓。”王建《送吳郎中赴忠州》：“西臺復南省，清白上天知。家每因窮散，官多爲直移。”當時的忠州刺史是李景儉，元稹、白居易的朋友。

[編年]

本佚失之書，應該與元稹《憑李忠州寄書樂天》作於同時。元稹這次委託李景儉寄給白居易的，既有“詩”，也有“書”。“書”的内容大約是告知白居易自己已經離開通州，要求白居易再也不要像自己元和十年自己前往興元治病時那樣，把許許多多寄給自己的詩文誤投通州。元稹《憑李忠州寄書樂天》賦成於元和十四年三月上旬，本佚失之書應該與之同時，地點在忠州，元稹剛剛卸任通州司馬之職，也就没有了“權知州務”之責，赴任虢州長史，但還没有到任。

《年譜》在元和十一年“佚文”欄内編入《通州寄樂天書》，根據是元稹《憑李忠州寄書樂天》，認爲“李忠州”是“李宣”，這是錯誤的判斷，因爲《憑李忠州寄書樂天》作於元和十四年三月初，而不是賦作於元和十一年。還有，根據《年譜》自己的判斷，元和十一年元稹應該在興元養病，而“佚文”之文題如何又是《通州寄樂天書》？難以自圓之説，證明《年譜》在《憑李忠州寄書樂天》編年上出現了偏差。未見《編年箋注》、《年譜新編》的採録與編年。

◎ 月臨花（即林檎花）⁽一⁾①

凌風颼颼花，透影朧朧月②。巫峽隔波雲，姑峰漏霞雪⁽二⁾③。鏡勻嬌面粉，燈泛高籠纈（繫也）④。夜久清露多，啼珠墜還結⑤。

録自《元氏長慶集》卷六

［校記］

（一）月臨花(即林檎花)：《佩文齋詠物詩選》、《石倉歷代詩選》、《淵鑑類函》同，楊本、叢刊本、《全詩》作“月臨花（林檎花）”，《佩文齋廣群芳譜》作“月臨花”，各備一説，不改。

（二）姑峰漏霞雪：楊本、叢刊本、《佩文齋詠物詩選》、《佩文齋廣群芳譜》、《全詩》同，《石倉歷代詩選》作“姑峰滿霞雪”，《淵鑑類函》作“姑峰漏寒雪”，各備一説，不改。

［箋注］

① 月臨花：林檎花的別名，林檎，即花紅，又名沙果。落葉小喬木，葉卵圓形或橢圓形。春夏之交開花，色粉紅。果實秋季成熟，像蘋果而小。《熱河志·花紅》：“李類甚繁，林檎其一也。樹不甚高，枝葉皆如李，花白，唐人謂之月臨花。實如李而差小，有紅、黃二種，《本草》所謂金林檎、紅林檎是也，獨核有仁味甘津。一名來禽，亦名蜜果，此果味如蜜，能來眾禽於林，故得林檎、來禽、蜜果諸稱。《學圃餘疏》謂花紅即古林檎，誤矣！花紅，奈屬也，奈有數種，其樹皆疏直，葉皆大而厚，花帶微紅，其實之形色各以種分，小而赤者曰奈子，大而赤者曰檳子，白而點紅或純白圓且大者曰蘋婆果，半紅白脆有津者曰花

紅,綿而沙者曰沙果。《西京雜記》所以有素奈、青奈、丹奈之別也。又有海棠果,《通志》謂之海紅,而關西有楸子,有楰梓,亦皆奈類。蓋李之與奈,其枝、葉、花、實固區以別,而其子核之異尤最易辨,堅而獨者李類,柔小而四五粒者奈類,草木諸書皆以林檎附於奈類,其亦未嘗體認物性矣!"鄭谷《水林檎花》:"一露一朝新,簾籠曉景分。艷和蜂蝶動,香帶管絃聞。"陳與義《來禽花》:"來禽花高不受折,滿意清明好時節。人間風日不貸春,昨夜臙脂今日雪。"

② 凌風:駕著風。李白《贈宣城宇文太守兼呈崔侍御》:"鳴鳳託高梧,凌風何翩翩! 安知慕群客,彈劍拂秋蓮!"韓愈《鳴雁》:"違憂懷息性匪他,凌風一舉君謂何?" 颺颺:飄揚貌,飛舞貌。閭伯璵《歌賦》:"如趨曲以熙熙,終沿風以颺颺。"韋應物《長安遇馮著》:"冥冥花正開,颺颺燕新乳。昨別今已春,鬢絲生幾縷?" 透影:義近"疏影",疏朗的影子。元稹《感石榴二十韻》:"綠葉裁烟翠,紅英動日華。新簾裙透影,疏牖燭籠紗。"林逋《山園小梅》:"疏影橫斜水深淺,暗香浮動月黃昏。" 朧朧:微明貌。夏侯湛《秋可哀》:"月朧朧以隱雲,星朧朧以投光。"嚴仁《鷓鴣天》:"寒淡淡,曉朧朧,黃雞催斷醜時鐘。"

③ 巫峽:長江三峽之一,一稱大峽,西起今重慶市巫山縣大溪,東至今湖北省巴東縣官渡口,因巫山得名,兩岸絶壁,船行極險。酈道元《水經注·江水》:"其間首尾百六十里,謂之巫峽,蓋因山爲名也。"元稹《與李十一夜飲》:"寒夜燈前賴酒壺,與君相對興猶孤。忠州刺史應閑臥,江水猿聲睡得無?" 波雲:即"雲波",雲狀的波紋,水波。《藝文類聚》卷七三引應瑒《車渠椀賦》:"象蜿虹之輔體,中含曜乎雲波。"李商隱《西溪》:"京華他夜夢,好好寄雲波。"葉葱奇疏解:"末句意思是説,想憑藉溪水把夢傳到京中。"飄蕩不定的雲氣。劉眘虛《江南曲》:"日暮還家望,雲波橫洞房。" 姑峰:疑即神女峰,又名望霞峰,長江三峽中巫山十二峰之最,相傳巫山神女居此。杜甫《大曆三年春白帝城放船出瞿唐峽有詩凡四十韻》:"神女峰娟妙,昭君宅

有無?"陸游《入蜀記》卷六:"過巫山凝真觀,謁妙用真人祠,即世所謂
巫山神女也。祠正對巫山,峰巒上入霄漢,山脚直插江中……惟神女
峰最爲纖麗奇峭,宜爲仙真所託。"　霞:日出、日落時天空及雲層上
因日光斜射而出現的彩色光象或彩色的雲。《楚辭·遠遊》:"餐六氣
而飲沆瀣兮,漱正陽而含朝霞。"《文選·左思〈蜀都賦〉》:"干青霄而
秀出,舒丹氣而爲霞。"劉逵注:"霞,赤雲也。"　雪:空中降落的白色
晶體,多爲六角形,是氣溫降到攝氏零度以下時天空中的水蒸氣凝結
而成的。《詩·邶風·北風》:"北風其涼,雨雪其雱。"李白《塞下曲六
首》一:"五月天山雪,無花袛有寒。"

　　④ 嬌面:嬌美的容貌。劉希夷《公子行》:"願作輕羅著細腰,願
爲明鏡分嬌面。"陳師道《卜算子·送梅花與趙使君》:"梅嶺數枝春,
疏影斜臨水。不借芳華只自香,嬌面長如洗。"　纈:泛指一般紅暈。
《魏書·高陽王雍傳》:"奴婢悉不得衣綾綺纈。"趙長卿《永遇樂·
霜》:"微丹楓纈,低摧蕉尾,不覺半池蓮倒。"

　　⑤ 清露:潔凈的露水。張衡《西京賦》:"立修莖之仙掌,承雲表
之清露。"晏殊《浣溪沙》:"湖上西風急暮蟬,夜來清露濕紅蓮。"　啼
珠:喻指露珠。元積《生春二十首》二〇:"裏塵微有氣,拂面細如風。
柳誤啼珠密,梅驚粉汗融。"李山甫《早春微雨》:"疏影未藏千里樹,遠
陰微曀萬家樓。青羅舞袖紛紛轉,紅臉啼珠旋旋收。"

[編年]

　　《年譜》、《年譜新編》編年本詩於"庚寅至甲午在江陵府所作其他
詩"欄內,都沒有說明理由。《編年箋注》編年:"《月臨花》……諸作,
俱作于元和五年(八一〇)至九年(八一四)期間,元積時在江陵府士
曹參軍任。見卞《譜》。"

　　《年譜》、《編年箋注》、《年譜新編》沒有出示任何理由,他們編年
本詩於元積江陵府任內是不合適的。我們以爲,元積本詩並非江陵

府任内所作。本詩祇是一首描繪"月臨花"的詠物詩,而"月臨花"又到處可見,並不是某一地方的特有之物,確實難以編年。但本詩"巫峽隔波雲,姑峰漏霞雪"之句,洩露了其中的信息,元稹一生,祇有一次經由巫峽,那就是元和十四年三月。元稹離開通州經由三峽之時,元稹有《花栽二首》,詩云:"買得山花一兩栽,離鄉別土易摧隤……南花北地種應難,且向船中盡日看。"《花栽二首》所云,與本詩甚爲切合,疑詩人所購買的"山花"、"南花",就是本詩所説的"月臨花"與《紅芍藥》詩中的紅芍藥。據此,本詩應該與《花栽二首》、《紅芍藥》爲同期先後之作,《花栽二首》在元稹離開通州之時,時間在正月九日之後,本詩與《紅芍藥》在忠州與李景儉會面之後,路過三峽之時,具體時間應該在三月上旬。

◎ 紅芍藥①

芍藥綻紅綃,巴籬織青瑣②。繁絲蘸金蕊,高焰當爐火③。剪刻彤雲片,開張赤霞裹(一)④。烟輕琉璃葉,風亞珊瑚朵⑤。受露色低迷,向人嬌婀娜⑥。酡顏醉後泣(二),小女妝成坐⑦。艷艷錦不如,天天桃未可⑧。晴霞畏欲散,晚日愁將墮⑨。結植本爲誰(三)?賞心期在我⑩。採之諒多思,幽贈何由果⑪?

録自《元氏長慶集》卷六

[校記]

(一)開張赤霞裹:《全詩》、《佩文齋廣群芳譜》、《石倉歷代詩選》、《佩文齋詠物詩選》同,楊本、叢刊本作"開張赤霜裹",語義不同,各備一説,不改。

　　（二）酡顔醉後泣：原本作“酡顔醉後並”，楊本、叢刊本、《石倉歷代詩選》、《佩文齋詠物詩選》同，據《佩文齋廣群芳譜》、《全詩》改。

　　（三）結植本爲誰：楊本、叢刊本、《石倉歷代詩選》、《佩文齋詠物詩選》、《全詩》同，《佩文齋廣群芳譜》作“結根本爲誰”，語義相類，各備一説，不改。

［箋注］

　　① 芍藥：亦作“勺藥”，多年生草本植物，五月開花，花大而美麗，有紫紅、粉紅、雪白等多種顔色，供觀賞，根可入藥。張九齡《蘇侍郎紫薇庭各賦一物得芍藥》：“仙禁生紅藥，微芳不自持。幸因清切地，還遇艷陽時。”梅堯臣《楊樂道留飲席上客置黃紅絲頭芍藥》“洛陽賣牡丹，江都買芍藥。賣與富人歡，買爲遊子樂。”

　　② 紅綃：紅色薄綢。白居易《琵琶行》：“五陵年少爭纏頭，一曲紅綃不知數。”馮延巳《應天長》三：“枕上夜長祇如歲，紅綃三尺淚。”巴籬：籬笆。羊士諤《齋中詠懷》：“不覺東風過寒食，雨來萱草出巴籬。”鄭還古《博異志·劉方玄》：“〔劉方玄〕夜宿江岸古館之廳，其西有巴籬所隔。”　青瑣：亦作“青璅”、“青鎖”，刻鏤成格的窗户。劉義慶《世説新語·惑溺》：“韓壽美姿容，賈充辟以爲掾。充每聚會，賈女於青璅中看，見壽，説之。”喻指籬笆。張泌《芍藥》：“休將薜荔爲青瑣，好與玫瑰作近鄰。”

　　③ 絲：蠶絲。《韓詩外傳》卷五：“繭之性爲絲，弗得女工燔以沸湯，抽其統理，則不成爲絲。”白居易《紅綫毯》：“紅綫毯，擇繭繰絲清水煮，揀絲練綫紅藍染。”這裏比喻芍藥的花蕊纖細濃密如絲。　金蕊：金色花蕊。秦韜玉《牡丹》：“壓枝金蕊香如撲，逐朵檀心巧勝裁。”毛文錫《月宮春》：“水晶宮裏桂花開。神仙探幾回？紅芳金蕊，繡重臺。低傾瑪瑙杯。”　焰：火苗。庾信《對燭賦》：“光清寒入，燄暗風過。”晏殊《撼庭秋》：“念蘭堂紅燭，心長燄短，向人垂淚。”　爐火：爐

中之火。李白《秋浦歌十七首》一四:"爐火照天地,紅星亂紫烟。"柳宗元《童區寄傳》:"夜半,童自轉,以縛即爐火燒絶之。"

④ 剪刻:猶剪裁。韓愈《李花二首》二:"當春天地争奢華,洛陽園苑尤紛拿。誰將平地萬堆雪,翦刻作此連天花?"范成大《次韵宣州西園二首》一:"不待東君能剪刻,相公筆力挽回春。" 肜雲:紅雲,彩雲。《文選・陸機〈漢高祖功臣頌〉》:"肜雲晝聚,素靈夜哭。"李善注:"肜,丹色也。"曹唐《小遊仙詩九十八首》二六:"細擘桃花逐流水,更無言語倚肜雲。" 開張:張開,舒展。《釋名・釋姿容》:"企,啓也;啓,開也。言自延竦之時,樞機皆開張也。"黃滔《寄同年李侍郎龜正》:"昆璞要疑方卓絶,大鵬須息始開張。" 赤霞:紅色的雲彩。錢起《江行無題一百首》四六:"渺渺望天涯,清漣浸赤霞。難逢星漢使,烏鵲日乘槎。"李白《經亂後將避地剡中留贈崔宣城》:"悶爲洛生詠,醉發吳越調。赤霞動金光,日足森海嶠。"

⑤ 琉璃:亦作"琉璃",一種有色半透明的玉石。王維《遊化感寺》:"翡翠香烟合,琉璃寶殿平。龍宫連棟宇,虎穴傍簷楹。"韋應物《詠琉璃》:"有色同寒冰,無物隔纖塵。象筵看不見,堪將對玉人。" 珊瑚:由珊瑚蟲分泌的石灰質骨骼聚結而成的東西,狀如樹枝,多爲紅色,也有白色或黑色的,鮮艷美觀,可做裝飾品。元稹《山枇杷》:"緊縛紅袖欲支頤,慢解絳囊初破結。金綫叢飄繁蕊亂,珊瑚朵重纖莖折。"白居易《新樂府・澗底松》:"沈沈海底生珊瑚,歷歷天上種白榆。"

⑥ 低迷:迷離,迷濛。李煜《臨江仙》:"别巷寂寥人散後,望殘烟草低迷。"張元幹《石州慢・己酉秋吳興舟中作》:"誰家疏柳低迷? 幾點流螢明滅?" 婀娜:輕盈柔美貌。曹植《洛神賦》:"含辭未吐,氣若幽蘭。華容婀娜,令我忘餐。"蘇軾《和子由論書》:"端莊雜流麗,剛健含婀娜。"

⑦ 酡顔:飲酒臉紅貌,亦泛指臉紅。白居易《與諸客空腹飲》:"促膝纔飛白,酡顔已渥丹。"元稹《酬樂天勸醉》:"酡顔返童貌,安用成丹砂?" 小女:女兒中之年齡最小者。干寶《搜神記》卷一六:"吳

王夫差小女名曰紫玉,年十八,才貌俱美。"牛肅《紀聞·吳保安》:"安
居難違,乃見其小女曰:'公既頻繁有言,不敢違公雅意。此女最小,
常所鍾愛。今爲此女受公一小口耳!'因辭其九人。"年幼的女兒。杜
甫《北征》:"床前兩小女,補綴才過膝。"　妝:梳妝打扮。鮑照《擬行
路難十八首》一三:"形容憔悴非昔悅,蓬鬢衰顏不復妝。"白居易《琵
琶行》:"曲罷曾教善才伏,妝成每被秋娘妒。"　泣:無聲流淚或低聲
而哭。《易·屯》:"得敵,或鼓或罷,或泣或歌。"蘇軾《前赤壁賦》:"舞
幽壑之潛蛟,泣孤舟之嫠婦。"這裏以"泪珠"比喻紅芍藥上的露珠,與
前句"受露色低迷"相呼應。

⑧ 艷艷:明媚艷麗貌。蕭衍《歡聞歌二首》一:"艷艷金樓女,心
如玉池蓮。"張孝祥《蝶戀花·秦樂家賞花》:"艷艷輕雲,皓月光初
吐。"　錦:有彩色花紋的絲織品。《詩·鄭風·豐》:"衣錦褧衣,裳錦
褧裳。"孔穎達疏:"言己衣則用錦爲之,其上復有禪衣矣! 裳亦用錦
爲之,其上復有禪裳矣!"高承《事物紀原·錦》:"《拾遺》曰:員嶠山環
丘有冰蠶,霜雪覆之,然後成繭,其色五采。唐堯之時,海人織錦以
獻。後代效之,染五色絲,織以爲錦。《丹陽記》曰:歷代尚未有錦,而
成都獨稱妙,蓋始於《蜀記》也。蜀自秦昭王時通中國,而三代已有
錦,見於《禮》多矣! 王嘉所記爲近之。"　不如:比不上。《顏氏家
訓·勉學》:"諺曰,積財千萬,不如薄伎在身。"王維《酌酒與裴迪》:
"草色全經細雨濕,花枝欲動春風寒。世事浮雲何足問! 不如高卧且
加餐。"　夭夭:美盛貌。《詩·周南·桃夭》:"桃之夭夭,灼灼其華。"
張南容《靜安歌》:"夭夭鄰家子,百花裝首飾。"　桃:果木名,落葉小
喬木,春季開花,花淡紅、粉紅或白色,可供觀賞,果實略呈球形,表面
有毛茸,味甜,可供生食,也可加工成桃脯或罐頭食品。核仁、花與枝
幹、幼果可入藥。《詩·魏風·園有桃》:"園有桃,其實之殽。"李白
《獨不見》:"憶與君別時,種桃齊蛾眉。桃今百餘尺,花落成枯枝。"
未可:不可。《左傳·莊公十年》:"公將鼓之,劌曰:'未可。'齊人三

鼓，劌曰：'可矣！'"杜甫《劍門》："一夫怒臨關，百萬未可傍。"

⑨ 晴霞：明霞。楊廣《早渡淮》："晴霞轉孤嶼，錦帆出長圻。"劉克莊《滿江紅》："織女機邊雲錦爛，天台賦裏晴霞赤。" 散：分散，由聚集而分離。《易·説卦》："雷以動之，風以散之。"韓愈《元和聖德詩》："分散逐捕，搜原剔藪。" 晚日：夕陽。宋之問《漢江宴別》："漢廣不分天，舟移杳若仙。秋虹映晚日，江鶴弄晴烟。"李華《晚日湖上寄所思》："與君爲近別，不audit遠相思。落日平湖上，看山對此時。"墮：落，落下。《史記·留侯世家》："有一老父，衣褐，至良所，直墮其履圯下。"韓愈《次同冠峽》："落英千尺墮，遊絲百丈飄。"

⑩ "結植本爲誰"兩句：種植花木，讓它生根發芽，原本的意思究竟是爲了什麼？ 結：植物長出果實或種子。傅玄《桃賦》："華落實結，與時剛柔。"杜甫《少年行二首》二："巢燕養雛渾已盡，江花結子已無多。" 植：種植，栽種。《文選·張衡〈東京賦〉》："植華平於春圃，豐朱草於中唐。"薛綜注："植，猶種也。"韓愈《唐故贈絳州刺史馬府君行狀》："盧墓側植松柏。" 賞心：心意歡樂。謝靈運《晚出西射堂》："含情尚勞愛，如何離賞心？"邵雍《同程郎中父子月陂上閑步吟》："必期快作賞心事，却恐賞心難便來。" 期：期待，看待。《莊子·寓言》："無經緯本末以期年耆者，是非先也。"郭象注："期，待也。"《北齊書·文襄帝紀》："時人雖聞器識，猶以少年期之，而機略嚴明，事無凝滯，於是朝野振肅。"

⑪ 多思：多情思，多相思。韓愈《戲題牡丹》："雙燕無機還拂掠，遊蜂多思正經營。"曾鞏《寫懷二首》二："荒城絕所之，歲暮浩多思。病眼對山湖，孤吟寄天地。" 幽贈：暗暗贈送。《詩經·溱洧》："維士與女，伊其將謔，贈之以勺藥。" 何由：從何處，從什麼途徑。《楚辭·天問》："上下未形，何由考之？"王昌齡《送韋十二兵曹》："出處兩不合，忠貞何由伸？"

［編年］

《年譜》、《年譜新編》編年本詩於"庚寅至甲午在江陵府所作其他詩"欄內，都没有説明理由。《編年箋注》編年："《紅芍藥》……諸作，俱作于元和五年(八一○)至九年(八一四)期間，元稹時在江陵府士曹參軍任。見下《譜》。"

與《月臨花》一樣，《年譜》、《編年箋注》、《年譜新編》也没有出示任何理由，就編年本詩於元稹江陵府任內是不合適的。我們以爲，元稹本詩並非江陵府任內所作。本詩祇是一首描繪"紅芍藥"的詠物詩，而"紅芍藥"又到處可見，並不是某一地方的特有之物，確實難以編年。但元稹有《花栽二首》、《月臨花》諸詩，所述與本詩甚爲切合，疑詩人所購買的"山花"、"南花"之一，就是本詩所説的"紅芍藥"。據此，本詩應該與《月臨花》爲同期之作，亦即作於元和十四年三月上旬，在元稹離開通州之時所作，或在忠州與李景儉會面之後所作。

■ 通州任内佚失詩十九首 [一]①

［校記］

（一）通州任内佚失詩十九首：此多篇佚失詩所據白居易《十年三月三十日别微之於澧上十四年三月十一日夜遇微之於峽中停舟夷陵三宿而别言不盡者以詩終之因賦七言十七韵以贈且欲記所遇之地與相見之時爲他年會話張本也》之"且聽清脆好詩篇（微之别來有新詩數百篇，麗絶可愛）"，分别見《白氏長慶集》、《白香山詩集》、《全唐詩録》、《全詩》，基本不見異文。

[笺注]

① 通州任内佚失詩十九首：元稹這多篇佚失詩所據白居易《十年三月三十日别微之於澧上十四年三月十一日夜遇微之於峽中停舟夷陵三宿而别言不盡者以詩終之因賦七言十七韵以贈且欲記所遇之地與相見之時爲他年會話張本也》之“且聽清脆好詩篇（微之别來有新詩數百篇，麗絶可愛）”，説明元稹自元和十年三月三十日與白居易等人在澧西分别至元和十四年三月十日在夷陵相見，前後將近四整年五個年頭，據白居易詩注，元稹“五年”中計有“新詩數百篇”。所謂“新詩”，是不包括元和十年三月三十日前所作詩篇；所謂“數百篇”，是不確定數字，根據《漢語大詞典》的解釋，“數”猶幾，表示不確定的少數。《左傳·僖公三十三年》：“一日縱敵，數世之患也。”《史記·汲鄭列傳》：“〔汲黯〕爲右内史數歲，官事不廢。”蘇轍《龍川别志》卷下：“不數日，誦寺中所有經殆遍，遂去，不知所在。”今點檢拙稿《新編元稹集》之“編年目録”，這一段時間内，元稹共有詩篇，包括《元氏長慶集》内之詩篇以及前人和我們輯佚的詩篇，計有二百八十一篇。今以“數”的最小值“三”計，“新詩數百篇”至少應該是三百篇以上。據此，元稹至少有十九篇詩歌佚失，今據此補入。

[編年]

未見《元稹集》引録，也不見《年譜》、《編年箋注》引録與編年；《年譜新編》有譜文“貶官通州期間，作詩‘數百篇’”説明，但没有具體説明“數百篇”究竟是多少，更没有指出元稹貶官通州期間究竟佚失了多少詩篇。

根據白居易《十年三月三十日别微之於澧上十四年三月十一日夜遇微之於峽中停舟夷陵三宿而别言不盡者以詩終之因賦七言十七韵以贈且欲記所遇之地與相見之時爲他年會話張本也》所言：“一别

五年方見面,相攜三宿未迴船……莫問龍鍾惡官職,且聽清脆好詩篇
(微之別來有新詩數百篇,麗絕可愛)。"這佚失的十九首詩歌,應該撰
作於元稹貶官通州的五年間,亦即起元和十年四月一日,止元和十四
年三月十日。元稹除在興元治病的一年又八個月外,一直在通州司
馬任,後期曾以司馬的身份"權知州務"。這十九篇佚失詩,有的賦成
於通州,有的撰作於興元,也有的賦成於赴任通州途中,或卸任通州
赴任虢州之半途中。

■ 三遊洞二十韵(一)①

見白居易《白氏長慶集·三遊洞序》

[校記]

(一)三遊洞二十韵:本佚失詩所據白居易《三遊洞序》,分別見
《白氏長慶集》、《英華》、《湖廣通志·藝文志》、《唐詩紀事》、《文章辨
體彙選》等,不見異文。

[箋注]

① 三遊洞二十韵:白居易《三遊洞序》:"平淮西之明年冬,予自
江州司馬授忠州刺史,微之自通州司馬授虢州長史。又明年春,各祗
命之郡,與知退偕行。三月十日,參會於夷陵。翌日,微之反棹送予
至下牢戌。又翌日,將別未忍,引舟上下者久之。酒酣,聞石間泉聲,
因捨棹進,策步入缺岸。初見石,如疊如削。其怪者,如引臂,如垂
幢。次見泉,如瀉如灑。其奇者,如懸練,如不絕綫。遂相與維舟巖
下,率僕夫芟蕪刈翳,梯危縋滑,休而復上者凡四焉!仰睇俯察,絕無
人迹。但水石相薄,磷磷鑿鑿,跳珠濺玉,驚動耳目。自未訖戌,愛不

能去。俄而峽山昏黑，雲破月出，光氣含吐，互相明滅，晶熒玲瓏，象生其中。雖有敏口，不能名狀。既而通夕不寐，迨旦將去，憐奇惜別，且嘆且言。知退曰：‘斯境勝絕，天地間其有幾乎？如之何俯通津，縣歲代，寂寥委置，罕有到者？’予曰：‘借此喻彼，可爲長太息，豈獨是哉！豈獨是哉！’微之曰：‘誠哉是言！矧吾人難相逢，斯境不易得，今兩偶於是，得無述乎？請各賦古調詩二十韻，書于石壁。’仍命予序而紀之。又以吾三人始遊，故目爲‘三遊洞’。洞在峽州上二十里北峰下兩岸相廞間，欲將來好事者知，故備書其事。”元稹自己提議：“請各賦古調詩二十韻，書于石壁。”提議者豈能自己反而無詩？唯一的可能就是元稹詩篇已經成爲了佚失詩，今據補。黃庭堅《跋自書樂天三游洞序》：“元和初，盜殺武丞相於通衢，樂天以贊善大夫，是日上疏論天下根本，所言忤君相按劍之意，謫江州司馬。數年，平淮西之明年，乃遷忠州刺史。觀其言行，藹然君子也。余往來三游洞下，未嘗不想見其人。門人唐履因請書樂天序，刻之夷陵。向賓聞之，欣然買石具其費，遂與之。建中靖國元年七月涪翁題。” 三游洞：《方輿勝覽·峽州》：“三游洞：白居易與弟知退及元微之會於夷陵，尋幽踐勝。知退曰：‘斯景勝絕，天地間有幾乎？’蘇子瞻《三游洞詩》：‘一徑繞山翠，縈紆似去蛇。忽驚溪水急，爭看洞門呀。滑磴攀秋蔓，飛橋踏古槎。三扉迎北吹，一穴向西斜。難息烟雲老，追思歲月遒。唐人昔未到，古俗此爲家。’歐陽永叔詩：‘漾橶泝晴川，捨舟緣翠嶺。探奇冒層嶮，因以窮人境。弄舟終日愛雲山，徒見青蒼杳靄間。誰知一室烟霞裏，乳竇雲腴凝石髓？蒼崖一徑橫查渡，翠壁千尋當户起。昔人心賞爲誰留？人去山河迹更幽。青蘿綠桂何岑寂？山鳥嘤嘤不驚客。松鳴澗底自生風，月出林間來照席。仙境難尋復易迷，山回路轉幾人知？惟應洞口春花落，流出巖前百丈溪（即下牢溪也）。’蘇子由詩：‘洞前危徑不容足，洞中明曠坐百人。蒼崖砑兀起成柱，亂石散列如驚麏。清溪百丈下無路，水滿沙上如魚鱗。夜深明月出山頂，下照洞口纔及唇。沉沉深黑若大屋，野老構火青如燐。平明欲出遊上下，洞氣飄亂爲橫雲。深山大澤亦有是，野鳥鳴噪孤熊蹲。三人一去無復見，至今冠蓋長滿門。'"宋人黃庭堅《黔南道中記》也有記載，值得一讀："紹聖二年三月辛亥，次下牢關。同伯氏元明、巫山尉辛絃，旁崖尋三遊洞。繞山行，竹間二百許步，得僧舍，號大悲院。纔有小屋五六間，僧貧甚，不能爲客煎茶。過大悲院，微行，高下二里許，至三遊洞。間一徑棧閣，繞山腹下，視深谿慄仄。一徑穿山腹，黮闇。出洞，乃明。洞中約可容百人，有石乳，久乃一滴。中有空處，深二丈餘，可坐。常有道人宴居，不耐久而去。壬子，堯夫舟先發，不相待，日中乃至蝦蟇碚，從舟中望之，頤頷口吻甚類蝦蟇也。余從元明尋泉源，入洞中，石氣清寒，流泉激激。泉中出石，腰骨若虬龍糾結之狀。洞中有崩石，平闊可容數人宴坐也。水流循蝦蟇背垂鼻口間，乃入江。甘泉味，亦不極甘，但冷熨人齒，亦其源深來遠故耶！壬子之夕，宿黃牛峽。明日癸丑，舟人以豚酒享黃牛神，兩舟人飲福，皆醉。長年三老請少駐，乃得同元明、堯夫曳杖，清樾間，觀歐陽文忠公詩及蘇子瞻記、丁元貞夢中事，觀隻耳石馬道。出神祠背，得石泉，甚壯急，命僕夫運石去沙，泉且清而冽，陸羽《茶經紀》：'黃牛峽茶可飲。'因命舟人求之。有媼賣新茶一籠，與草葉無異，山中無好事者故耳！癸丑夕，宿鹿角灘。灘下亂石如囷廩，無復寸土。步亂石間，見堯夫坐石據琴，兒大方侍側，蕭然在事物之外。元明呼酒酌堯夫，隨磐石爲几案。然坐夜闌，乃見北斗在天中。堯夫爲履霜烈女之曲，已而風激濤波，灘聲汹汹，大方抱琴而歸。初余在峽州間，士大夫夷陵茶，皆云楇澀不可飲。試問小吏，云：唯僧茶味善。試令求之，得一餅，價甚平也。攜至黃牛峽，置風爐。清樾間，身候湯手拊得，味既以享黃牛神，且酌元明，堯夫云：不減江南茶味也。"宋人趙抃《三遊洞》："峽江初過三遊洞，天氣清調二月風。樵戶人家隨處見，仙源雲路有時通。峰巒壓岸東西碧，桃李臨波上下紅。險磧惡灘知幾許？晚來停棹問漁翁。"過錄諸多關於"三遊洞"的詩文,僅供讀者參看。除此而外,陸游《入蜀記》對"三遊洞"記述甚詳,文字頗爲生動,也一併錄以備考:"八日五鼓盡,解船過下牢關,夾江千峰萬嶂,有競起者,有獨拔者,有崩欲壓者,有危欲墜者,有橫裂者,有直坼者,有凸者,有窪者,有鏬者,奇怪不可盡狀。初冬草木,皆青蒼不雕。西望重山如闕,江出其間,則所謂下牢谿也。歐陽文忠公有《下牢津詩》云:'入峽山漸曲,轉灘山更多。'即此也。繫船與諸子及證師登三游洞,躡石磴二里,其險處不可著脚。洞大如三間屋,有一穴,通人過,然陰黑峻嶮,尤可畏。繚山腹傴僂,自巖下至洞前,差可行,然下臨溪潭,石壁十餘丈,水聲恐人。又一穴,後有壁,可居。鍾乳歲久垂地若柱,正當穴門上,有刻云:'黃大臨弟庭堅同辛紘子大方,紹聖二年三月辛亥來游。'旁石壁上刻云:'景祐四年七月十日,夷陵歐陽永叔……'下缺一字,又云:'判官丁……'下又缺數字。'丁'者,寶臣也,字元珍,今'丁'字下二字亦髣髴可見,殊不類元珍字。又永叔,但曰夷陵,不稱令。洞外溪上,又有一崩石偃仆,刻云:'黃庭堅弟叔向子相侄橰同道人唐履來游。'觀辛亥舊題,如夢中事也。建中靖國元年三月庚寅。按魯直初謫黔南,以紹聖二年過此,歲在乙亥,今云辛亥者,誤也。泊石碑峽石穴中,有石如老翁持魚竿狀,略無少異。"宋人孫應時《三游洞之外俯瞰峽江酷似釣臺》也值得一讀:"木落天清嵐翠開,緩將脚力試崔嵬。千年洞府烟霞外,一壑水聲風雨來。客路山川生白髮,古人名字剥蒼苔。平生感慨忘言地,俯見滄江憶釣臺。"宋人魏了翁《題峽州三游洞》的詩篇同樣值得吟詠,其一:"洞前日日客維舟,短詠長吟汗馬牛。名迹都隨形氣盡,惟餘元白幾人留。"其二:"可怪忠州與虢州,偶因起廢得兹遊。蘇歐諸老亦何德,千古聯芳未肯休。"

[編年]

未見《元稹集》引錄,也不見《編年箋注》引錄與編年。《年譜》、

《年譜新編》均編年元稹《三遊洞》、《三遊洞詩》於元和十四年的"佚詩"欄内。白居易《三遊洞序》僅僅提及:"微之曰:'誠哉是言! 矧吾人難相逢,斯境不易得,今兩偶於是,得無述乎? 請各賦古調詩二十韵,書于石壁。'"並没有提及其他詩或文,《年譜》所謂的"《三遊洞》、《三遊洞詩》",其實是一回事,《年譜》的意見不可取。

　　我們以爲,據白居易《三遊洞序》:"平淮西之明年冬,予自江州司馬授忠州刺史,微之自通州司馬授虢州長史。又明年春,各祇命之郡,與知退偕行。三月十日,參會於夷陵。翌日,微之反棹送予至下牢戍。又翌日,將别未忍,引舟上下者久之⋯⋯通夕不寐,迫旦將去,憐奇惜别,且嘆且言。知退曰⋯⋯予曰⋯⋯微之曰⋯⋯"知年份是元和十四年,月份是三月,元稹、白居易、白行簡遊洞的具體日期則是三月十二日,而白行簡的感嘆,白居易的贊同,元稹的提議,已經是三月十三日,元稹、白居易、白行簡的"古調詩二十韵"即賦成於這一天,地點在峽州的三遊洞中,元稹已經卸任通州司馬之職,赴任虢州長史,但尚未到職。元稹、白行簡的"古調詩二十韵"今天已經成爲佚失詩,但白居易的"古調詩二十韵",我們疑即《十年三月三十日别微之於澧上十四年三月十一日夜遇微之於峽中停舟夷陵三宿而别言不盡者以詩終之因賦七言十七韵以贈且欲記所遇之地與相見之時爲他年會話張本也》,可能白居易的"古調詩二十韵"本來就祇有"十七韵",録在下面供想像元稹佚失詩的參考,白居易詩云:"澧水店頭春盡日,送君上馬謫通川。夷陵峽口明月夜,此處逢君是偶然。一别五年方見面,相携三宿未迴船。坐從日暮唯長嘆,語到天明竟未眠。齒髮蹉跎將五十,關河迢遞過三千。生涯共寄滄江上,鄉國俱抛白日邊。往事渺茫都似夢,舊遊零落半歸泉。醉悲灑泪春杯裏,吟苦支頤曉燭前。莫問龍鍾惡官職,且聽清脆好詩篇。别來只是成詩癖,老去何曾更酒顛。各限王程須去住,重開離宴貴留連。黄牛渡北移征棹,白狗崖東卷别筵。神女臺雲間繚繞,使君灘水急潺湲。風凄暝色愁楊柳,月吊宵聲哭杜鵑。萬丈赤幢潭底日，一條白練峽中天。君還秦地辭炎徼，我向忠州入瘴烟。未死會應相見在，又知何地復何年？"

■ 答白二十二書^{(一)①}

據白居易《與元九書》

[校記]

（一）答白二十二書：元稹本佚失文所據白居易《與元九書》，見《白氏長慶集》、《英華》、《全文》，基本未見異文。其他《稗編》、《經濟類編》有節録，僅此説明。

[箋注]

① 答白二十二書：白居易《與元九書》，論述的是關於文學創作的重大問題以及對中國文學史重大事件的評價，而在《元氏長慶集》中却未見有回覆之文，以元稹白居易的交誼而論，這屬於非常不正常的現象。無論如何，元稹應該有文回覆，現存元稹之文集不見，最大的可能就是佚失。白居易《與元九書》涉及的事情與元稹關係密切，也有助於讀者對元稹佚失之文内容的理解，但篇幅較長，我們已經在本書"附録"部份全文採録，故這裏僅節録如下："月日，居易白。微之足下，自足下謫江陵至於今，凡所贈答詩僅百篇。每詩來，或辱序，或辱書，冠於卷首。皆所以陳古今歌詩之義，且自叙爲文因緣與年月之遠近也。僕既受足下詩，又諭足下此意，常欲承答來旨，粗論歌詩大端并自述爲文之意，總爲一書，致足下前。累歲已來，牽故少暇。間有容隙，或欲爲之，又自思所陳亦無足下之見。臨紙復罷者數四，卒不能成就其志，以至於今。今俟罪潯陽，除盥櫛食寢外無餘事，因覽

足下去通州日所留新舊文二十六軸,開卷得意,忽如會面。心所畜者,便欲快言,往往自疑,不知相去萬里也。既而憤悱之氣思有所泄,遂追就前志,勉爲此書,足下幸試爲僕留意一省……待與足下相見日,各出所有終前志焉! 又不知相遇是何年? 相見在何地? 溘然而至,則如之何? 微之,微之! 知我心哉! 潯陽臘月,江風苦寒。歲暮鮮歡,夜長無睡。引筆鋪紙,悄然燈前。有念則書,言無次第。勿以繁雜爲倦,且以代一夕之話也! 微之,微之! 知我心哉! 樂天再拜。"白居易既然以"與元九書"爲題,元稹似乎也應該以"答白二十二書"爲題,算是代擬題性質,特此說明。

[編年]

《元稹集》没有採録,《年譜》、《編年箋注》、《年譜新編》既没有採録,更没有編年。

白居易《與元九書》撰作於"潯陽",亦即江州,具體時間在元和十年"臘月"之"歲暮"。當時元稹已經在興元治病,不在通州,而身在江州的白居易對此却並不知情,兩人因此中斷聯繫近兩年,音訊不通。故元和十二年十二月二日白居易重行寄出詩篇二十四首,但没有提及《與元九書》。元和十三年四月十三日元稹"不三兩日"酬和白居易事後重行寄往通州的詩歌二十四首,外加元和十年因病重不及酬和的另外八首詩篇,"三十二篇"云云也没有提及《與元九書》,《酬樂天東南行詩一百韵序》:"元和十年三月二十五日,予司馬通州。二十九日,與樂天於鄂東蒲池村別,各賦一絶。到通州後,予又寄一篇。尋而樂天覿予八首,予時瘧病將死,一見外不復記憶。十三年,予以赦當遷,簡省書籍,得是八篇。吟嘆方極,適崔果州使至,爲予致樂天去年十二月二日書,書中寄予百韵至兩韵凡二十四章。屬李景信校書自忠州訪予,連床遞飲之間,悲咤使酒,不三兩日盡和去年已來三十二章皆畢,李生視草而去。四月十三日,予手寫爲上下卷,仍依次重用本韵。亦不知何時得見樂天,因人或寄去,通之人莫可與言詩者,唯妻淑在旁知狀。"估計白居易沒有隨隨便便托人交寄元稹,而誠如《與元九書》所說:"待與足下相見日,各出所有終前志焉! 又不知相遇是何年? 相見在何地?"但這麽重要的書信,白居易也好,元稹也罷,都不會隨隨便便丢過一邊,從此不再提起不再過問。元稹面對白居易情真意切的書信,也不會就此丢過不再回覆。那麽,白居易究竟於何時何地把《與元九書》交給元稹? 元稹又在何時何地回覆白居易的《與元九書》? 此後元稹與白居易有多次見面,元稹也有多次回覆白居易的機會,如元和十四年三月十一日元稹、白居易、白行簡在夷陵江面的意外重逢,相聚三天共遊之時,白居易最有可能把《與元九書》當面交給元稹。但匆匆的路途之中,元稹想來没有時間書面回覆白居易,估計要在虢州任所履職長史之後,才有時間正式回覆白居易,具體時間應該在元和十四年四月到達虢州之後,同年十二月十一日回京任職間,以元和十四年夏天最爲可能。當然,此後元稹白居易在元和十五年夏至長慶二年夏在京城相聚,長慶三年元稹白居易在杭州有數天短暫的相聚,長慶四年十二月十日前元稹爲白居易編集《白氏長慶集》,以及元稹白居易大和年間的《因繼集》唱和之時,還有大和三年元稹白居易在洛陽的見面,元稹都有回覆白居易《與元九書》的機會,但相比較而言,應該以元和十四年夏天最爲可能。

◎ 酬樂天嘆損傷見寄①

前途何在轉茫茫(一)? 漸老那能不自傷②? 病爲怕風多睡月,起因花藥暫扶床(二)③。函關氣索迷真侣(三),峽水波翻礙故鄉④。唯有秋来兩行泪,對君新贈遠詩章⑤。

録自《元氏長慶集》卷二一

[校記]

（一）前途何在轉茫茫：《全詩》同，楊本、叢刊本作"前途何在轉忙忙"，語義不佳，且與白居易原唱沒有次韵，不從不改。

（二）起因花藥暫扶床：原本有一作"起因行藥暫扶床"之語，《全詩》同，楊本、叢刊本無此注。

（三）函關氣索迷真侶：楊本、叢刊本、《全詩》同，盧校作"函關氣紫迷真侶"，語義不同，不改。

[箋注]

① 酬樂天嘆損傷見寄：白居易原唱是《寄微之(時微之爲虢州司馬)》，次韵酬和，詩云："高天默默物茫茫，各有來由致損傷。鸚爲能言長剪翅，龜緣難死久搘床。莫嫌冷落抛閑地，猶勝炎蒸卧瘴鄉。外物竟關身底事？漫排門戟繫腰章。"白居易原唱可與本詩並讀。嘆：嘆氣，嘆息。《詩·邶風·泉水》："我思肥泉，兹之永嘆。"王逸《九嘆序》："嘆者，傷也，息也。" 損傷：傷害，損壞。《詩·豳風·破斧》："既破我斧，又缺我斨。"鄭玄箋："四國流言，既破毀我周公，又損傷我成王。"宋子侯《董嬌嬈》："纖手折其枝，花落何飄颺！請謝彼姝子，何爲見損傷？"創傷，傷殘。《周書·王思政傳》："有能生致王大將軍者，封侯，重賞。若大將軍身有損傷，親近左右，皆從大戮。"杜甫《暇日小園散病》："雄者左翮垂，損傷已露筋。"本詩是指精神與肉體的雙重損傷。

② 前途：喻未來的處境。姚合《答韓湘》："三十登高科，前塗浩難測。"《宣和遺事》後集："帝亦微笑謂阿計替曰：'使我有前途，汝等則吾更生之主也，敢不厚報！'" 何在：在何處，在哪里。杜甫《哀江頭》："明眸皓齒今何在？血污遊魂歸不得。"韓愈《左遷至藍關示侄孫湘》："雲橫秦嶺家何在？雪擁藍關馬不前。" 茫茫：渺茫，模糊不清。揚雄《法言·重黎》："神怪茫茫，若存若亡，聖人曼云。"高適《苦雨寄

房四昆季》："茫茫十月交,窮陰千餘里。" 那能:哪裏能够。張九齡
《折楊柳》："遲景那能久? 芳菲不及新。更愁征戍客,容鬢老邊塵。"
王維《酬黎居士浙川作》："松龕藏藥裹,石屑安茶臼。氣味當共知,那
能不携手?" 自傷:自我傷感。《史記·蘇秦列傳》："蘇秦聞之而慚
自傷,乃閉室不出。"《後漢書·應奉傳》："及黨事起,奉乃慨然以疾自
退。追湣屈原,因以自傷,著《感騷》三十篇,數萬言。"顧況《酬唐起居
前後見寄》："自傷庚子日,鵬鳥上承塵。"

③ "病爲怕風多睡月"兩句:意謂自己因爲病中害怕風吹不得不
臥床休息,錯過了許許多多夜月明媚的日子;但芍藥盛開猶如牡丹,
爲了觀賞,不得不强撐著病體,扶床而出。 花藥:芍藥。《宋書·徐
湛之傳》："湛之更起風亭、月觀、吹臺、琴室,果竹繁茂,花藥成行,招
集文士,盡遊玩之適,一時之盛也。"《南史·陳後主張貴妃》："其下積
石爲山,引水爲池,植以奇樹,雜以花藥。"元稹到達虢州應該在元和
十四年的三月底、四月初,正是虢州地區芍藥花盛開的季節,故元稹
有此感受。 扶床:病後身體虛弱,行動困難,祇能扶著床鋪慢步前
行。元稹《病減逢春期白二十二辛大不至十韻》："就日臨階坐,扶床
履地行。問人知面瘦,祝鳥願身輕。"陸游《太平花》："扶床踉蹌出京
華,頭白車書未一家。宵旰至今勞聖主,淚痕空對太平花。"

④ 函關:函谷關的省稱,這裏借指元稹所在的虢州。楊素《贈薛
播州二首》二:"函關絕無路,京洛化爲丘。"令狐楚《春思寄夢得樂
天》："春來詩思偏何處? 飛過函關入鼎門。" 氣索:勇氣喪失,精神
沮喪。《漢書·孫寶傳》："〔侯文〕怪寶氣索,知其有故。"《新唐書·李
勉傳》："希烈自將攻勉,勉氣索,嬰守累月,援莫至。" 真侶:謂道士。
李栖筠《張公洞》："稽首謝真侶,辭滿歸崆峒。"韓偓《及第過堂日作》:
"早隨真侶集蓬瀛,閶闔門開尚見星。" 峽水:三峽之水,這裏借指白
居易所在的忠州。孫逖《送張環攝御史監南選》："江帶黔中闊,山連
峽水長。莫愁炎暑地,秋至有嚴霜。"劉禹錫《別夔州官吏》："三年楚

國巴城守,一去揚州揚子津……巫山暮色常含雨,峽水秋來不恐人。"
礙:牽挂。劉長卿《陪元侍御遊支硎山寺》:"留連南臺客,想像西方
內。因逐溪水還,觀心兩無礙。"李紳《題法華寺五言二十韵》:"極樂
知無礙,分明應有緣。還將意功德,留偈法王前。"　故鄉:家鄉,出生
或長期居住過的地方。岑參《送薛弁歸河東》:"薛侯故鄉處,五老峰
西頭。歸路秦樹滅,到鄉河水流。"李嘉祐《送從弟歸河朔》:"故鄉那
可到? 令弟獨能歸。諸將矜旄節,何人重布衣?"

　　⑤ 秋來:秋天以來。錢起《傷秋》:"歲去人頭白,秋來樹葉黃。
搔頭向黃葉,與爾共悲傷。"郎士元《送張光歸吳》:"看取庭蕪白露新,
勸君不用久風塵。秋來多見長安客,解愛鱸魚能幾人?"　兩行:莊子
謂不執著於是非的爭論而保持事理的自然均衡爲"兩行"。《莊子·
齊物論》:"是以聖人和之以是非而休乎天鈞,是之謂兩行。"郭象注:
"任天下之是非。"兩者一起施行、實行。《新唐書·呂諲傳》:"始在河
西,悉知諸將能否,及爲尹,奏取材者數十人總牙兵,故威惠兩行。"這
裏指平行而下的淚流,但同時也寓含莊子的語義。　新贈:剛剛贈
送。獨孤及《登山谷寺上方答皇甫侍御卧疾闕陪車騎之後》:"雲扶踴
塔青霄庫,松廎禪庭白日寒。不見戴逵心莫展,賴將新贈比琅玕。"元
稹《酬許五康佐》:"猿啼三峽雨,蟬報兩京秋。珠玉慚新贈,芝蘭忝舊
遊。"　詩章:詩篇。《晉書·徐邈傳》:"帝宴集酣樂之後,好爲手詔詩
章以賜侍臣。"張籍《送李餘及第後歸蜀》:"十年人詠好詩章,今日成
名出舉場。歸去唯將新誥牒,後來爭取舊衣裳。"

[編年]

　　《年譜》編年本詩元和十四年秋天,理由是:"元詩云:'唯有秋來
兩行淚,對君新贈遠詩章。'元和十四年秋在虢州作。"《編年箋注》實
際上修改了《年譜》"元和十四年秋天"的意見,編年於"虢州時期":
"元和十四年(八一九)春,元稹由通州赴虢州長史任,十月召還爲膳

部員外郎。此詩作於虢州時期。見卞《譜》。"《年譜新編》編年:"白居易原唱爲《寄微之》,次韵酬和。白詩題下注:'時微之爲虢州司馬。'誤以'長史'爲司馬。元詩云:'唯有秋來兩行泪,對君新贈遠詩章。'元和十四年秋作。"

　　有元稹自己的詩佐證,又有白居易的詩題注文"時微之爲虢州司馬"作爲旁證,我們以爲本詩編年元和十四年秋天應該沒有任何問題。但有一點要説明一下:本詩與也是作於同年秋天的《哭女樊》、《哭女樊四十韵》還是有先後之分,亦即本詩作於前,悼亡女兒的詩篇作於本詩之後。因爲在本詩中,詩人祇是哀嘆自己的不幸:"前途何在轉茫茫,漸老那能不自傷? 病爲怕風多睡月,起因行藥暫扶床。"没有一絲一毫傷感女兒夭折的痛惜之情,不應該是女兒夭折之後的作品。故我們與《年譜》、《編年箋注》、《年譜新編》的編排次序:先《哭女樊》,次《哭女樊四十韵》,最後才是《酬樂天嘆損傷見寄》不同,而是將《酬樂天嘆損傷見寄》放到《哭女樊》、《哭女樊四十韵》之前。

◎ 哭女樊[(一)①]

　　秋天净綠月分明,何事巴猿不膳(贈也)鳴[②]? 應是一聲腸斷去,不容啼到第三聲[③]。

録自《元氏長慶集》卷九

[校記]

　　(一) 哭女樊:本詩存世各本,包括楊本、叢刊本、《萬首唐人絶句》、《全詩》諸本,未見異文。

[箋注]

① 女樊：元稹與裴淑的女兒，元和十一年秋天生於興元，元和十四年秋天夭折於虢州。元稹先後與三位女子結婚，三位夫人爲元稹生育子女多人，其中夭折也不少：韋叢生育五個子女，祇留下女兒保子，韓愈《監察御史元君妻京兆韋氏夫人墓誌銘》"實生五子，一女之存"就是明證。小妾安仙嬪因爲"連年嬰疾"，祇生一個兒子元荆，長慶元年夭折，時僅十歲，元稹有《哭子十首》抒發他的哀情。元稹與裴淑結婚之後，爲元稹留下了多個子女：白居易《唐故武昌軍節度處置等使正議大夫檢校户部尚書鄂州刺史兼御史大夫賜紫金魚袋尚書右僕射河南元公墓誌銘并序》："今夫人河東裴氏……生三女：曰小迎，未筓；道衞、道扶，韶齓；一子曰道護，三歲。"除元稹謝世時在世的子女外，裴淑還生育有元樊、降真兩個女兒，她們夭折於元荆之前。元稹的子女問題，有關學術著作的錯誤判斷也不少，如《年譜》開頭介紹元稹世系及子女："安氏所生子荆、女樊、降真，皆夭。"元和七年又云："安氏生女，名樊。"根據是："元稹詩篇《哭女樊四十韻》云：'最憐貪栗妹，頻救懶書兄。''兄'指荆，'妹'指降真。荆去年生，降真明年生，樊今年生。"元和十四年又云："降真、樊，都是安氏所生，先後夭亡。元稹《哭女樊四十韻》云：'病是他鄉染，魂應遠處驚……母幼看甯辨，余慵療不精。欲尋方次第，俄值疾充盈。'從詩看出，樊之死，由於醫治遲；醫治遲，由於裴淑未發現樊有病。可見裴淑對降真、樊不關心。"《年譜》又在元和十四年"詩編年"條下，將元稹的《哭小女降真》與《哭女樊》、《哭女樊四十韻》編在一起。我們以爲女樊不是安氏所出，理由是：其一，也許《年譜》根據白居易的《元稹墓誌》所云"前夫人京兆韋氏……生一女曰保子……今夫人河東裴氏生三女……一子"推斷而得，認爲韋氏一女，裴氏三女一子，那末餘下來的女樊和降真就是白居易《唐故武昌軍節度處置等使正議大夫檢校户部尚書鄂州刺史兼御史大夫賜紫金魚袋尚書右僕射河南元公墓誌銘并序》中没有提

及的安氏所生的了。其實白居易《唐故武昌軍節度處置等使正議大夫檢校户部尚書鄂州刺史兼御史大夫賜紫金魚袋尚書右僕射河南元公墓誌銘并序》中所提及的僅僅祇是元稹謝世之時尚在人世的子女，没有涉及已夭折的子女。韓愈《監察御史元君妻京兆韋氏夫人墓誌銘》：“實生五子，一女之存。”元稹也在自己的《葬安氏志》特地提及元荆。但元荆以及韋叢與元稹生育的其他四個子女都没有出現在白居易的《唐故武昌軍節度處置等使正議大夫檢校户部尚書鄂州刺史兼御史大夫賜紫金魚袋尚書右僕射河南元公墓誌銘并序》裏，因爲他們當時已夭亡，不便再在墓誌裏提及，就是最好的説明，因此不能根據白居易的《唐故武昌軍節度處置等使正議大夫檢校户部尚書鄂州刺史兼御史大夫賜紫金魚袋尚書右僕射河南元公墓誌銘并序》推定女樊和降真是安氏所出的子女。其二，《年譜》所引“最憐貪栗妹，頻救懶書兒”兩句，不能證明女樊即是安氏所出。我們以爲《哭女樊四十韻（虢州長史時作）》中的“懶書兒”應指安仙嬪於元和六年所生的元荆，時年九歲，正是上學讀書之時；而“貪栗妹”又是誰呢？根據我們的考證以及長慶元年元稹《哭子十首》中的“烏生八子今無七”的叙述，元稹的子女情況大致可以推論如下：據韓愈的《韋叢志》“實生五子，一女之存”的描述，韋叢有四個子女夭折，僅存者爲保子；小妾安仙嬪生有一男，即元荆，長慶元年夭折。元稹《葬安氏志》：“近歲嬰疾，秋方綿痼。”所謂“嬰疾”，即是纏綿不絶的疾病，司馬光《上皇帝書》：“先帝天性寬仁，重違物意，晚年嬰疾，厭倦萬幾。”安氏最後因此而喪生，因此有病的安氏不大可能連續生育子女，《年譜》所云安仙嬪元和七年“生女，名樊”、元和八年“生女，名降真”的説法是不可取的。而裴淑與元稹結婚之時，正值青春年少之時，從元和十一年至長慶元年的五六年間，除育有元樊之外，不可能不另外生育子女。元稹《哭女樊四十韻》中有“最憐貪栗妹，頻救懶書兒”之句，很容易誤認“貪栗妹”是小迎，但小迎到元稹謝世時尚在人間，與元稹《哭子十首》中的

"烏生八子今無七"句不合。我們以前也一直未能認定"降真"的母親是韋叢、安氏，還是裴淑，現在看來降真就是元稹《哭女樊四十韵》中的"貪栗妹"，夭折時間或在元樊、元荆夭折之前，或在元樊夭折之後元荆夭折之前。元稹詩《哭小女降真》"雨點輕漚風復驚，偶來何事去何情？浮生未到無生地，暫到人間又一生"的詩句就非常切合"貪栗妹"早早夭折的情景。這樣韋叢的四個夭亡子女，加上安氏所出的元荆，還有裴淑所出的元樊以及"貪栗妹"降真，正好是七個子女夭折，僅有保子存世，即所謂的"烏生八子今無七"。至於"小迎"，應出生在長慶元年元荆夭折之後，故元稹《哭子十首》沒有涉及，而至元稹謝世的大和五年，估計已十歲以上，是"韶齔"，亦即七八歲的道衛、道扶的姐姐，而七八歲的道衛、道扶又是三歲道護的姐姐。故白居易《唐故武昌軍節度處置等使正議大夫檢校户部尚書鄂州刺史兼御史大夫賜紫金魚袋尚書右僕射河南元公墓誌銘并序》："今夫人河東裴氏……生三女，曰小迎，未笄。道衛、道扶，韶齔。一子曰道護，三歲。"　笄：女子成年之禮。《禮記·內則》："十有五年而笄。""未笄"的含義應是沒有達到十五歲，當然也不可稱僅僅七八歲或者七八歲以下的女孩，如果衹有七八歲，她應與道衛、道扶一樣稱爲"韶齔"。關於裴淑連續生育子女的推測，元稹《哭子十首》其一、其九、其十即透露了其中的資訊，元荆夭折於"亂蟬嘶噪"的長慶元年的夏秋間，估計裴淑當時已有身孕在身，産期大約在第二年"拂簾雙燕引新雛"之時，故詩人作"一年添得一聲啼"之期待以作安慰。而即將降生的，即是參與元稹葬禮的小迎。其三，元稹詩《哭女樊四十韵》注明"虢州長史時作"，元稹在虢州長史任僅僅一年不到，亦即元和十四年，詩中云女樊是"四年巴養育"後夭亡，又有"扶床念試行"、"要我抱縱橫"、"仍自哭孩嬰"等句，確實是"四歲"之前孩嬰之情狀，知樊夭亡時是"四歲"。由元和十四年逆推"四年"，裴氏所出之女樊當生於元和十一年，地點是在興元，後歸養於"巴地"通州。詩注："巴南所無之物，及北而猶識其名者數輩。”也證明樊生於興元，歸養於“巴南”通州，並且在那兒染上瘴病，隨父母至虢州後夭亡，故云“四年巴養育”、“病是他鄉染，魂應遠處驚”。元稹裴淑結婚時間在元和十年冬天到興元以後至十年年底之間，地點在興元，我們以“十月懷胎”推算，女樊正應生於元和十一年秋天。元稹《景申秋八首》二：“蚊幌雨來卷，燭蛾燈上稀。啼兒冷秋簟，思婦問寒衣。”其中的“啼兒”正是元樊，她降生在元和十一年，亦即“景申”年的秋天，而不是元和七年。其四，退一步講，誠如《年譜》所云，女樊真是安氏元和七年所出，那末到元和十四年女樊夭亡，應是八歲。按照《年譜》“荊去年生……樊今年生”的設想，女樊應比她的兄長荊小一歲。元稹《葬安氏志》云：“稚子荊方四歲，望其念母亦何時？幸而立則不能使不知其卒葬，故爲志。”元稹在《哭女樊四十韻》中對女樊的愛憐有加，而在《葬安氏志》裏卻爲什麼獨獨沒有提及剛剛三歲並且還在人世的女樊呢？由此可以證明樊不是安氏在江陵所出，而是裴氏在興元所生，女樊也不是因爲親生母親裴淑對她的不關心而夭亡，而是當時無法抵禦的瘴癘奪去了她幼小的生命。關於元稹子女的情況，《編年箋注》、《年譜新編》完全贊同《年譜》意見，既然我們已經指出《年譜》關於元稹子女的敘述是錯誤的，所以《編年箋注》與《年譜新編》的贊同意見自然也是錯誤的。學術研究是以追求真理爲目標，不應該以持有某種意見人數的多寡爲標準。有時候真理不一定在所謂的名家手裏，名不見經傳的小人物往往也有發現真理的可能。

②秋天：即秋季，一年四季的第三季，當農曆七月至九月。王勃《邵大震九日登玄武山旅眺》：“九月九日望遙空，秋水秋天生夕風。寒雁一向南去遠，遊人幾度菊花叢？”劉長卿《喜晴》：“曉日西風轉，秋天萬里明。湖天一種色，林鳥百般聲。”　月分明：月光明亮。元稹《過襄陽樓呈上府主嚴司空樓在江陵節度使宅北隅》：“有時水畔看雲立，每日樓前信馬行。早晚暫教王粲上，庾公應待月分明。”歐陽炯《三字令》：“月分明，花淡薄，惹相思。”　何事：什麼事，哪件事。盧象

《嘆白髮》："惆悵故山雲,裴回空日夕。何事與時人,東城復南陌?"崔國輔《渭水西別李崙》："隴右長亭堠,山陰古塞秋。不知嗚咽水,何事向西流?"　巴猿:巴地的猴子。張九齡《巫山高》："神女去已久,雲雨空冥冥。唯有巴猿嘯,哀音不可聽。"顧況《悼稚》："稚子比來騎竹馬,猶疑只在屋東西。莫言道者無悲事,曾聽巴猿向月啼。"　賸:送。《説文·貝部》："賸……一曰送也。"張纘《謝東宮賚園啓》："每賸春迎夏,華卉競發;背秋向冬,雲物澄霽。"多。岑參《送陝縣王主簿赴襄陽成親》："六月襄山道,三星漢水邊。求鳳應不遠,去馬賸須鞭。"杜甫《麗春》："百草競春華,麗春應最勝。少須好顏色,多漫枝條賸。"

③ 應是:料想是,應當是。李白《清平樂》："應是天仙狂醉,亂把白雲揉碎。"蘇軾《卜算子·感舊》："莫惜尊前仔細看,應是容顏老。"腸斷:形容極度悲痛。宋之問《途中寒食題黃梅臨江驛寄崔融》："北極懷明主,南溟作逐臣。故園腸斷處,日夜柳條新。"駱賓王《艷情代郭氏答盧照鄰》："悲鳴五里無人問,腸斷三聲誰謂續? 思君欲上望夫臺,端居懶聽將雛曲。"　不容:不允許。《左傳·昭公元年》："五降之後,不容彈矣!"朱熹《乞修德政以弭天變狀》："其勢不容少緩。"　第三聲:酈道元《水經注·江水》："每至晴初霜旦,林寒澗肅,常有高猿長嘯,屬引淒異,空谷傳響,哀轉久絕,故漁者歌曰:'巴東三峽巫峽長,猿鳴三聲淚沾裳。'"因以"第三聲"指令人淒切的猿鳴聲。戴叔倫《和崔法曹建溪聞猿》："聞道建溪腸欲斷,的知斷著第三聲。"李端《送客賦得巴江夜猿》："楚人皆掩淚,聞到第三聲。"這裏指元樊夭折時僅僅衹有一二聲哭聲,隨即就離開這個她還沒有看夠的世界。

［編年］

《年譜》編年本詩於元和十四年,理由是:"詩有'秋天净緑月分明'之句。"《編年箋注》編年:"樊,安氏所生女,元和十四（八一九）年秋殤……作於元和十四年秋。詳下《譜》。"《年譜新編》編年本詩於元和十四年,理由是:"元稹《哭女樊四十韻》題下注云:'虢州長史作。'" "又《哭女樊》云:'秋天淨綠月分明。'則樊殤於秋天。"

我們編年本詩於元和十四年秋天,我們已經在一九八七年三月出版的《唐代文學論叢》第九期裏已經闡述清楚:女樊夭折於元和十四年的秋天,地點在虢州,敬請參閱拙稿和《元稹考論》、《元稹評傳》的有關章節以及《哭女樊四十韻》的編年。

◎ 哭女樊四十韻(虢州長史時作)(一)①

逝者何由見?中人未達情②。馬無生角望,猿有斷腸鳴③。去伴投遐徼,來隨夢險程④。四年巴養育,萬里硤回縈⑤。病是他鄉染,魂應遠處驚⑥。母幼看寧辨(二),余慵療不精⑧。欲尋方次第,俄值疾充盈⑨。燈火徒相守,香花祇浪擎(三)⑩。蓮初開月梵,蕣已落朝榮⑪。魄散魂將盡(四),形全玉尚瑩⑫。空垂兩行血,深送一枝瓊⑬。秘祝休巫覡,安眠放使令⑭。舊衣和篋施,殘藥滿甌傾⑮。乳媼間於社,醫僧婉似酲(五)⑯。憫渠身覺賸(六),訝佛力難爭⑰。騎竹痴猶子,牽車小外甥⑱。等閑迷過影(七),遙戲誤啼聲⑲。浣紙傷餘畫(八),扶床念試行⑳。獨留呵面鏡,誰弄倚牆箏㉑?憶昨工言語,憐初妙長成㉒。撩風妒鸚舌(九),凌露觸蘭英㉓。翠鳳輿真女(一○),紅蕖捧化生㉔。祇憂嫌五濁,終恐向三清㉕。宿惡諸葷味,懸知眾物名(生而不食葷血,虎、豹、狨、猿等皮毛,盡惡斥之。巴南所無之物,及北而黯識其名者數輩)㉖。環從枯樹得,經認寶函盛㉗。慍怒偏憎數,分張雅愛平㉘。最憐貪栗妹(一一),頻救懶書兄㉙。為占嬌饒分,良多眷戀誠㉚。別常回面泣，歸定出門迎㉛。解怪還家晚，長將遠信呈㉜。說人偷罪過，要我抱縱橫㉝。騰蹋遊江舫，攀緣看樂棚㉞。和蠻歌字拗，學妓舞腰輕㉟。迢遞離荒服，持攜到近京(一二)㊱。未容誇伎倆(一三)，唯恨枉聰明㊲。往緒心千結(一四)，新絲鬢百莖㊳。暗窗風報曉，秋幌雨聞更㊴。敗槿蕭疏館，衰楊破壞城㊵。此中臨老淚，仍自哭孩嬰㊶。

録自《元氏長慶集》卷九

［校記］

（一）哭女樊四十韵：楊本、叢刊本、《英華》、《古詩鏡·唐詩鏡》、《全詩》同，宋蜀本作"又哭女樊四十韵"，聯繫上詩《哭女樊》，此"又"字加得已經勉强，因爲已經改動了詩人的本意。何況與後面的"四十韵"連讀，就毫無道理了。宋蜀本誠然可貴，但過分盲目採用，則有迷信之嫌疑。何況，所謂的宋蜀本還不是在元稹原有編集基礎上的版本，而是在宋代劉麟父子面對數量散佚散失近半、卷次前後混亂、詩篇排序顛倒的本子的整理本，劉麟父子又沒有經過認真比對，祇是在此混亂不堪的基礎上加以收集整理而已，其收集整理之功有目共睹，不能否認，但評價不能過高。宋蜀本在這個基礎上又自行改正不少自認爲的舛誤之處，有改對的，也有改錯的，需要我們認真加以辨別。看看我們對元稹詩文的全部校記，相信大家會得出與我們大致相似的結論。

（二）母幼看寧辨：原本作"母約看寧辨"，楊本、叢刊本、《古詩鏡·唐詩鏡》、《全詩》同，"母約"語義不佳，據《漢語大詞典》所引"約"字的多項語義，均難以説通。元稹三十七歲時在興元與待嫁的裴淑結婚，既然是女子待嫁，她的年歲至多也在二十歲上下，比元稹小了不少，故元稹稱裴淑爲"幼"是完全可能的，據《英華》、《全詩》注改。

（三）香花秪浪擎：《英華》、《全詩》同，楊本、《古詩鏡·唐詩鏡》

作“香花抵浪擎”，語義不同，不改。

（四）魄散魂將盡：楊本、叢刊本、《古詩鏡·唐詩鏡》、《全詩》注同，宋蜀本、錢校、《英華》、《全詩》作“魄散雲將盡”，語義不同，不改。

（五）醫僧娩似醒：楊本、叢刊本、《英華》、《古詩鏡·唐詩鏡》、《全詩》同，錢校、《全詩》注作“醫僧愧似醒”，語義不同，不改。

（六）憫渠身覺臜：楊本、叢刊本、《全詩》、《古詩鏡·唐詩鏡》同，錢校、《英華》作“憫渠深覺瘠”，《英華》注作“憫渠深覺瘠”，語義不同，不改。

（七）等閑迷過影：楊本、叢刊本、《英華》注、《古詩鏡·唐詩鏡》、《全詩》注同，錢校、《英華》、《全詩》作“等長迷過影”，語義不同，不改。

（八）涴紙傷餘畫：楊本、叢刊本、《英華》注、《古詩鏡·唐詩鏡》、《全詩》同，《英華》作“污紙傷餘畫”，語義相類，不改。

（九）撩風妒鸚舌：楊本、叢刊本、《古詩鏡·唐詩鏡》、《全詩》同，《英華》、《全詩》注作“撩風拓鸚舌”，語義不佳，不從不改。

（一〇）翠鳳輿真女：楊本、《古詩鏡·唐詩鏡》、《全詩》同，《英華》作“翠鳳輿貞女”，叢刊本作“翠鳳輿真女”，語義不同，不改。

（一一）最憐貪栗妹：楊本、叢刊本、《英華》、《古詩鏡·唐詩鏡》、《全詩》同，錢校、《英華》注、《全詩》注作“最矜貪栗妹”，語義不佳，不從不改。

（一二）持攜到近京：楊本、叢刊本、《英華》注、《古詩鏡·唐詩鏡》、《全詩》同，錢校、《英華》、《全詩》注作“提攜到近京”，兩義均通，不改。

（一三）未容誇伎倆：錢校、宋蜀本、《英華》、《全詩》同，楊本、叢刊本、《古詩鏡·唐詩鏡》作“未容誘伎倆”，語義不同，不從不改。

（一四）往緒心千結：楊本、叢刊本、《古詩鏡·唐詩鏡》、《全詩》同，錢校、《英華》作“往事心千緒”，語義相類，不改。

[箋注]

① 虢州：杜佑《通典·弘農郡》：“虢州，春秋時虢國地。晉滅虢，其地屬晉……漢武置弘農郡，後漢因之，魏改爲恒農，晉復爲弘農郡……大唐武德元年改爲鼎州，八年廢鼎州置虢州，其後或爲弘農郡，領縣六：弘農、湖城、盧氏、玉城、朱陽、閿鄉。”岑參《虢州西亭陪端公宴集》：“紅亭出鳥外，駿馬繫雲端。萬嶺窗前睥，千家肘底看。”白居易《錢虢州以三堂絕句見寄因以本韵和之》：“同事空王歲月深，相思遠寄定中吟。遥知清净中和化，祗用金剛三昧心。”　長史：官名，秦置，漢相國、丞相，後漢太尉、司徒、司空、將軍府各有長史。其後，爲郡府官，掌兵馬。唐制，上州刺史別駕下有長史一人，從五品。宋之問《廣州朱長史座觀妓》：“歌舞須連夜，神仙莫放歸。參差隨暮雨，前路濕人衣。”王維《送岐州源長史歸》：“握手一相送，心悲安可論！秋風正蕭索，客散孟嘗門。”元積任虢州長史、白居易自江州司馬轉任忠州刺史，是因爲元積白居易的好友、政治盟友崔群的幫助。白居易《除忠州寄謝崔相公》“提拔出泥知力竭，吹噓生翅見情深。劍鋒缺折難衝斗，桐尾燒焦豈望琴！感舊兩行年老淚，酬恩一寸歲寒心。忠州好惡何須問，鳥得辭籠不擇林”就透露了其中的消息。具體時間在元和十四年三月，同年十一月十六日之後，元積在崔群的再次幫助下，轉任京職，被拜爲膳部員外郎。

② 逝者：死去的人。李嘉祐《聞逝者自驚》：“亦知死是人間事，年老聞之心自疑。黃卷清琴總爲累，落花流水共添悲。”元積《表夏十首》一〇：“逝者良自苦，今人反爲歡。哀哉徇名士，没命求所難。”逝：死。《漢書·司馬遷傳》：“是僕終已不得舒憤懣以曉左右，則長逝者魂魄私恨無窮。”韓愈《祭石君文》：“自君之逝，相遇輒哀。”　何由：從何處，從什麽途徑。王褒《四子講德論》：“僕雖嚚頑，願從足下。雖然，何由而自達哉！”王昌齡《送韋十二兵曹》：“出處兩不合，忠貞何由伸？”　中人：中等的人，平常的人。《漢書·食貨志》：“數石之重，中

人弗勝。"顏師古注:"中人者,處強弱之中也。"白居易《買花》:"一叢深色花,十户中人賦。" 達情:表達情意。達觀的情懷。馬戴《答太原從軍楊員外送別》:"見知言不淺,懷報意非輕。反照臨岐思,中年未達情。"嵩山女《臨去書贈》:"君子既執迷,無由達情素。明月海山上,秋風獨歸去。"

③ 馬無生角望:馬永遠没有生角的可能,比喻永遠不會實現的事情。語出《史記·刺客列傳論》:"世言荆軻,其稱太子丹之命,'天雨粟,馬生角'也,太過。"司馬貞索隱:"《燕丹子》曰:'丹求歸,秦王曰:"烏頭白,馬生角,乃許耳!"丹及仰天嘆,烏頭即白,馬亦生角。'《風俗通》及《論衡》皆有此説,仍云'廄門木烏生肉足'。"曹植《精微篇》:"子丹西質秦,烏白馬角生。"杜牧《池州送孟遲先輩》:"青雲馬生角,黄州使持節。" 猿有斷腸鳴:語出劉義慶《世説新語·黜免》:"桓公入蜀,至三峽中,部伍中有得猿子者,其母緣岸哀號,行百餘里不去,遂跳上船,至便即絶,破視其腹中,腸皆寸寸斷。公聞之,怒,令黜其人。"後世用作因思念愛子而極度悲傷之典。李白《贈武十七諤》:"愛子隔東魯,空悲斷腸猿。"黄庭堅《上冢》:"康州斷腸猿,風枝割永痛。"

④ 遐徼:邊遠之地。元稹《酬樂天東南行詩一百韵》:"迢遞投遐徼,蒼黄出奥區。"陸游《賀明堂表》:"臣官縻遐徼,心繫明廷。" 險程:危險的歷程。鮑照《還都道中三首》三:"久宦迷遠川,川廣每多懼。薄止間邊亭,關歷險程路。"張吉《丙午除夕》:"笑把巖廊博險程,自知來往頗分明。從教歲事更新故,未必天涯廢送迎!"

⑤ 四年:四個年頭。祖詠《答王維留宿》:"四年不相見,相見復何爲?握手言未畢,却令傷别離。"李嘉祐《承恩量移宰江邑臨郡江悵然之作》:"四年謫宦滯江城,未厭門前郡水清。誰言宰邑化黎庶?欲别雲山如弟兄。"這裏指元稹與裴淑元和十年年底結婚,於元和十一年的秋天生下他們的第一個女兒元樊,元樊夭折於元和十四年的秋天,從元和十一年算起,至元和十四年,前後四個年頭,元稹元和十年

貶任通州司馬,至元和十四年正月初九日離開通州北上虢州,前後五個年頭,本句"四年"並不是指元稹在通州的任期,元樊夭折時元稹正在虢州長史任。《編年箋注》注云:"'四年'句:指元和十年(八一五)至十三年(八一八)元稹任通州司馬期間。"元和十年年底,元稹與裴淑剛剛結婚,那時元樊還沒有來到人世,如何能說"四年巴養育"? 而題注:"虢州長史時作。"元稹轉任虢州長史,應該在元和十四年,如何還能說元和"十三年"? 荒謬自不待言。　　巴:古族名,國名。其族主要分佈在今川東、鄂西一帶,周初封爲子國,稱巴子國,包含後來的通州地區。陳子昂《白帝城懷古》:"日落滄江晚,停橈問土風。城臨巴子國,臺没漢王宮。"杜甫《諸葛廟》:"久遊巴子國,屢入武侯祠。竹日斜虛寢,溪風滿薄帷。"　　養育:供給生活所需,使生存、成長。《史記・秦始皇本紀》:"然以諸侯十三,并兼天下,極情縱慾,養育宗親。"元稹《唐故朝議郎侍御史内供奉鹽鐵轉運河陰留後河南元君墓誌銘》:"我先太君白府君,貨女奴以足食。君泣曰:'太夫人專門户,不宜乏使令,取新婦氏媵婢以給貨。'向是三十年,養育八男女。始元和中乃復奴婢之籍焉!"專指對年幼者的撫育教養。袁宏《後漢紀・章帝紀》:"帝感養育之恩,遂名馬氏爲外家。"　　萬里:一萬里,極言路程遙遠。賀知章《送人之軍》:"隴雲晴半雨,邊草夏先秋。萬里長城寄,無貽漢國憂。"裴耀卿《酬張九齡使風見示》:"兹地五湖鄰,艱哉萬里人。驚飈翻是託,危浪亦相因。"　　硤:同"峽",這裏指長江三峽,元稹一家,包括元樊在内,元和十四年春天經由長江三峽北上虢州,故言。杜甫《鐵堂硤》:"硤形藏堂隍,壁色立精鐵。"盧綸《重同暢當獎公院聞琴》:"誤以音聲祈遠公,請將徽軫付秋風。漾漾硤流吹不盡,月華如在白波中。"　　回縈:迴旋縈繞。鮑照《登廬山二首》一:"懸裝亂水區,薄旅次山楹。千岩盛阻積,萬壑勢迴縈。"元稹《分水嶺》:"朝同一源出,暮隔千里情……勢高競奔注,勢曲已回縈。"

　　⑥ 病:各種疾病的總稱,這裏指元樊所染的瘴癘,亦即感受瘴氣

而生的疾病。《漢書·張良傳》："忠言逆耳利於行,毒藥苦口利於病。"杜甫《悶》："瘴癘浮三蜀,風雲暗百蠻。" 他鄉:異鄉,家鄉以外的地方。盧照鄰《九月九日登玄武山》："九月九日眺山川,歸心歸望積風烟。他鄉共酌金花酒,萬里同悲鴻雁天。"張九齡《初秋憶金均兩弟》："江渚秋風至,他鄉離別心。孤雲愁自遠,一葉感何深!"這裏指元稹的貶職地通州。 魂:魂魄,魂靈。《易·繫辭》："精氣爲物,遊魂爲變。"潘岳《馬汧督誄》："死而有靈,庶慰冤魂。" 遠處:距離很遠的地方。楊凝《夜泊渭津》："飄飄東去客,一宿渭城邊。遠處星垂岸,中流月滿船。"元稹《贈蜀五首·張校書元夫》："我聞聲價金應敵,衆道風姿玉不如。遠處從人宜謹慎,少年爲事要舒徐。"這裏還是指通州。

⑦ 山魈:動物名,猴屬,狒狒之類,體長約三尺,頭大面長,眼小而凹,鼻深紅色,兩頰藍紫有皺紋,腹部灰白色,臀部有一大塊紅色胼胝,尾極短而向上,有尖利長牙,性凶猛,狀極醜惡。古代傳説以爲山怪,又稱"山蕭"、"山臊"、"山繅"等,記述狀貌不一。戴孚《廣異記·斑子》："山魈者,嶺南所有之,獨足反踵,手足三歧。其牝者好施脂粉,於大樹中做窠。"白居易《送人貶信州判官》："溪畔毒沙藏水弩,城頭枯樹下山魈。"陸游《得所親廣州書》："人稀野店山魈語,路僻蠻村荔子繁。" 邪亂:指邪惡騷亂之事。《管子·正世》："人君不廉而變,則暴人不勝,邪亂不止。"白居易《偶然二首》一:"楚懷邪亂靈均直,放棄合宜何惻惻!漢文明聖賈生賢,謫向長沙堪嘆息!" 沙虱:亦作"沙蝨",一種細小而極毒的蝨子。葛洪《抱朴子·登涉》："又有沙蝨,水陸皆有,其新雨後及晨暮前,跋涉必著人,唯烈日草燥時,差稀耳!其大如毛髮之端,初著人,便入其皮裹,其所在如芒刺之狀,小犯大痛,可以針挑取之,正赤如丹,著爪上行動也。"李時珍《本草綱目·沙虱》："按郭義恭《廣志》云:沙虱在水中,色赤,大不過蟣,入人皮中殺人。"《太平廣記》卷四七八引杜光庭《錄異記·沙虱》："潭、袁、處、吉等州有沙虱,即毒蛇鱗中虱也,細不可見。夏月,蛇爲虱所苦,倒挂身

於江灘急流處,水刷其蚤;或臥沙中,碾蚤入沙。行人中之,所咬處如針孔粟粒。四面有五色文,即其毒也。" 潛:隱藏,隱蔽。《詩‧小雅‧鶴鳴》:"魚潛在淵,或在於渚。"《文選‧揚雄〈劇秦美新〉》:"甘露嘉醴,景曜浸潭之瑞潛。"李善注:"潛,藏也。"秘密,暗中。《荀子‧議兵》:"窺敵觀變,欲潛以深,欲伍以參。"吳曾《能改齋漫錄‧記文》:"蜀公先成,破題云:'制動以靜,善勝不爭。'景文見之,於是不復出其所作,潛於袖中毀之。" 嬰:初生的女孩。《玉篇‧女部》引《蒼頡篇》:"男曰兒,女曰嬰。"也泛指初生兒。《釋名‧釋長幼》:"人始生曰嬰。"

⑧ 母幼:元稹裴淑元和十年結婚之時,元稹三十七歲,而裴淑,據我們考證,衹有二十歲上下,相差十七歲,説"母幼"合乎情理。樊又是裴淑的第一個孩子,年輕的裴淑缺乏照顧孩子的經驗,照料不周不難想像,詩人既痛惜愛女的夭折,又體恤年輕妻子的無心與無奈,故言。 幼:年紀小。儲光羲《效古二首》一:"婦人役州縣,丁男事征討。老幼相別離,哭泣無昏早。"劉長卿《送子婿崔真父歸長城》:"送君厄酒不成歡,幼女辭家事伯鸞。桃葉宜人誠可詠,柳花如雪若為看?" 寧:語氣助詞,無實義。《左傳‧昭公元年》:"若野賜之,是委君貺於草莽也,是寡大夫不得列於諸卿也。不寧唯是,又使圍蒙其先君。" 辨:察看,辨認。《北史‧隋煬帝紀》:"丘壟殘毀,樵牧相趨,塋兆堙蕪,封樹莫辨。"指察覺。王安石《秦始皇》:"舉世不讀易,但以刑名稱。蚩蚩彼少子,何用辨堅冰?" 慵:懶惰,懶散,詩人自謙之詞。杜甫《王十七侍御掄許携酒至草堂奉寄此詩便請邀高三十五使君同到》:"老夫臥穩朝慵起,白屋寒多暖始開。"王禹偁《寒食》:"使君慵不出,愁坐讀離騷。" 精:精密,嚴密。《公羊傳‧莊公十年》:"精者曰伐。"何休注:"精,猶精密也。"白居易《與元九書》:"足下興有餘力,且與僕悉索還往中詩,取其尤長者……博搜精掇,編而次之,號《元白往還詩集》。"

⑨ "欲尋方次第"兩句:正在想方設法尋找救治女兒的辦法,不想女兒的病却越來越重,終告不治。 次第:次序,順序。《詩‧大

雅·行葦》：“序賓以賢。”鄭玄箋：“謂以射中多少爲次第。”依次。《漢書·燕剌王劉旦傳》：“及衛太子敗，齊懷王又薨，旦自以次第當立，上書求入宿衛。”劉禹錫《秋江晚泊》：“暮霞千萬狀，賓鴻次第飛。” 充盈：充滿。充足，衆多。《管子·八觀》：“國雖充盈，金玉雖多，宮室必有度。”《尸子》卷下：“是故萬物莫不任興，蕃殖充盈，樂之至也。”這裏指元樊的病越來越多，越來越重。

⑩ “燈火徒相守”兩句：意謂白白費盡工夫熬油點燈日夜相守，枉費心機獻花點香，拜佛保佑。 燈火：燃燒著的燈燭等照明物，亦指照明物的火光。葛洪《抱朴子·極言》：“夫損之者，如燈火之消脂，莫之見也，而忽盡矣！”蘇軾《水調歌頭》：“昵昵兒女語，燈火夜微明。”香花：香與花，這裏指祈求菩薩保佑的香火。《北史·王劭傳》：“天佛放大光明，以香花妓樂來迎之。”馮贄《雲仙雜記·千眼仙人赴東林寺》：“皆見千眼仙人成隊，執幡幢香花，赴東林寺。” 浪：副詞，徒然，白白地。寒山《詩三百三首》七七：“終歸不免死，浪自覓長生。”蘇軾《贈月長老》：“功名半幅紙，兒女浪苦辛。” 擎：舉起，向上托。劉義慶《世說新語·紕漏》：“婢擎金澡盆盛水，琉璃盌盛澡豆。”《白雪遺音·五色祥雲》：“五色祥雲繞碧天，如意金鈎掌上擎。”

⑪ 蓮：即荷，也稱芙蓉、芙蕖、菡萏等。多年生草本植物，生淺水中，地下莖肥大而長，有節。葉子圓形，花大，淡紅色或白色。地下莖叫藕，種子叫蓮子。藕可供食用或製藕粉，蓮子爲滋補食品，藕節、蓮子、荷葉可供藥用。《樂府詩集·江南》：“江南可採蓮，蓮葉何田田！”韓愈《郾州溪堂詩》：“淺有蒲蓮，深有兼葭。” 開月：下一個月的開始。權德輿《旅館雪晴又覩新月衆興所感因成雜言》：“寥寥深夜雪，初晴樓上雲。開月漸明池，中片影依稀。”朱熹《答蔡季通書》：“不煩俟某下，去開月便可來。” 梵：梵語音譯詞“梵摩”、“婆羅賀摩”、“梵覽摩”、“梵行”之省，意爲“清净”、“寂静”。葛洪《要用字苑》：“梵，潔也。”梵行，佛教語，謂清净除欲之行。法顯《佛國記》：“王净修梵行，

城內人信敬之情亦篤。"《法苑珠林》卷六一:"彼亂已整,守以慈行,見怒能忍,是爲梵行;至誠安徐,口無粗言,不瞋彼所,是爲梵行;垂拱無爲,不害衆生,無所嬈惱,是爲梵行。"　蕣已落朝榮:木名,又名木槿,夏季開花,有白、紅、淡紫等色,早開晚落,僅榮一瞬,故名。《呂氏春秋·仲夏紀》:"半夏生,木堇榮。"高誘注:"木堇,朝榮暮落,是月榮華,可用作蒸,雜家謂之朝生,一名蕣。"元稹《樂府古題·人道短》:"天能種百草,猶得十年有氣息。蕣纔一日芳,人能揀得丁沈蘭蕙,料理百和香。"這裏以"蕣"比喻元樊。　落:死亡。《書·舜典》:"二十有八載,帝乃殂落。"《國語·吳語》:"人民離落。"韋昭注:"落,殞也。"朝榮:指早晨開的花。陸機《園葵》:"朝榮東北傾,夕穎西南晞。"支遁《四月八日讚佛詩》:"芙蕖育神葩,傾柯獻朝榮。"

⑫魄:古代指依附於人的形體而存在的精氣、精神,以別於可游離於人體之外的魂。《左傳·昭公七年》:"人生始化曰魄,既生魄,陽曰魂。"杜預注:"魄,形也。"孔穎達疏:"人之生也,始變化爲形,形之靈者,名之曰魄也……附形之靈爲魄。"《説文·鬼部》"魄"桂馥義證引傅遜曰:"左氏所謂魄,不專指形而言。如下文所云'魂魄能憑依於人'及前所云'奪伯有魄',皆非形也。"杜甫《送李校書二十六韵》:"衆中每一見,使我潛動魄。"　魂:魂魄,魂靈。《易·繫辭》:"精氣爲物,遊魂爲變。"潘岳《馬汧督誄》:"死而有靈,庶慰冤魂。"精神,情緒,意念。《楚辭·遠遊》:"夜耿耿而不寐兮,魂熒熒而至曙。"許敬宗《謝敕書表》:"引領天庭,望丹霄而結戀;馳魂魏闕,懼黃落而長違。"　形:形體,身體。《易·繫辭》:"在天成象,在地成形,變化見矣!"《韓非子·楊權》:"夫香美脆味,厚酒肥肉,甘口而病形。"范仲淹《岳陽樓記》:"陰風怒號,濁浪排空。日星隱曜,山岳潛形。"　玉:比喻色澤晶瑩如玉之物。李咸用《小雪》:"崆峒山北面,早想玉成丘。"此喻雪。曾鞏《早起赴行香》:"井轆聲急推寒玉,籠燭光繁秉絳紗。"此喻水。黃庭堅《念奴嬌》:"萬里青天,姮娥何處?駕此一輪玉。"此喻月。陳

與義《竇園醉中前後五絶句》四：“賸傾老子尊中玉，折盡繁枝不要春。”此喻酒。王庭筠《送子貞兄歸遼陽》：“青峭江邊玉數峰，烟梳雨沐誰爲容。”此喻山石。王洪《題竹次夏文度韵》：“谷口森森玉萬竿，鳳毛摇動不勝寒。”此喻竹。無名氏《四喜記・親憶瓊英》：“鶴氅溪橋尋梅玩，萬玉枝頭綻，芳姿雪襯妍。”此喻花。本詩是借喻元樊已經冷却的身體。　瑩：珠玉的光采。《太平御覽》卷八〇四引《逸論語》：“瑩，玉色也。”光潔透明。楊巨源《李謩吹笛記・許雲封》：“時雲天初瑩，秋露凝冷。”

⑬ 兩行：這裏指平行而下。孟浩然《宿桐廬江寄廣陵舊遊》：“建德非吾土，維揚憶舊遊。還將兩行泪，遙寄海西頭。”岑參《送崔員外入秦因訪故園》：“竹裏巴山道，花間漢水源。憑將兩行泪，爲訪邵平園。”血：指因悲痛而流帶血的泪。《文選・李陵〈答蘇武書〉》：“天地爲陵震怒，戰士爲陵飲血。”李善注：“血，即泪也。”許渾《送處士武君歸章洪山居》：“形影無群消息沈，登聞三擊血沾襟。”　瓊：美玉。《詩・衛風・木瓜》：“投我以木瓜，報之以瓊琚。”毛傳：“瓊，玉之美者。”張協《雜詩十首》一〇：“尺燼重尋桂，紅粒貴瑤瓊。”這裏以美玉比喻元樊。

⑭ 秘祝：不詳何義，疑是一種迷信儀式。皮日休《蒙穀山》：“遙天鶴語知虛實，長夜神光竟有無。秘祝齋心開九轉，侍臣回首聽三呼。”歐陽修《内制集序》：“至於青詞齋文，必用老子浮屠之説，祈禳秘祝，往往近於家人里巷之事。”　巫覡：古代稱女巫爲巫，男巫爲覡，合稱“巫覡”，後亦泛指以裝神弄鬼替人祈禱爲職業的巫師。杜甫《諸葛廟》：“蟲蛇穿畫壁，巫覡醉蛛絲。欻憶吟梁父，躬耕也未遲。”元稹《賽神》：“邨落事妖神，林木大如邨。事來三十載，巫覡傳子孫。”　安眠：死的婉辭。蘇軾《子由作二頌頌石臺長老同公手寫蓮經字如黑蟻且誦萬遍脅不至席二十餘年予亦作二首》二：“眼睛心地兩虛圓，脅不霑床二十年。誰信吾師非不睡？睡蛇已死得安眠。”陸游《感事六言》二：“黑犢養來純白，睡蛇死後安眠。但有漉籬可賣，不妨到處隨緣。”

使令：供使唤的人。泛指奴婢僕從。《漢書・外戚傳》："左右及醫皆阿意，言宜禁内，雖宫人使令皆爲窮綺，多其帶。"顔師古注："使令，所使之人也。"韓愈《永貞行》："左右使令詐難憑，慎勿浪信常兢兢。"

⑮"舊衣和篋施"兩句：意謂凡是元樊穿過的衣服，一件不留，整箱整箱送給別人，元樊沒有吃完的藥衹能連熬藥的藥罐一起扔掉，以免睹物引起聯想而傷心。　篋：小箱子，藏物之具，大曰箱，小曰篋。《左傳・昭公十三年》："衛人使屠伯饋叔向羹與一篋錦。"《史記・樗里子甘茂列傳》："樂羊返而論功，文侯示之謗書一篋。"韓愈《送文暢師北遊》："開張篋中寶，自可得津筏。"　甌：盆盂一類的瓦器。《方言》第五："自關而西謂之甈，其大者謂之甌。"《淮南子・説林訓》："狗彘不擇甈甌而食，偷肥其體，而顧近其死。"

⑯乳媪：乳母。《梁書・袁昂傳》："父顗……事敗誅死，昂時年五歲，乳媪携抱，匿於廬山。"《新唐書・元德秀傳》："初，兄子繈褓喪親，無資得乳媪，德秀自乳之。"　間：參與。《左傳・莊公十年》："肉食者謀之，又何間焉！"杜預注："間，猶與也。"《資治通鑑・齊明帝建武元年》："馬隊主劉巨，世祖時舊人，詣鏘請間，叩頭勸鏘立事。"社：古代江淮方言呼母爲社。《淮南子・説山訓》："東家母死，其子哭之不哀，西家子見之，歸謂其母曰：'社何愛速死，吾必悲哭社。'"高誘注："江淮謂母爲社，社讀雖。"　醫：治病的人。《禮記・曲禮》："醫不三世，不服其藥。"《新唐書・甄權傳》："以母病，與弟立言究習方書，遂爲高醫。"　僧：僧伽的省稱，一般指出家修行的男性佛教徒，通稱和尚，舊時也參與爲人治病消灾之事。白居易《竹樓宿》："小書樓下千竿竹，深火爐前一盞燈。此處與誰相伴宿？燒丹道士坐禪僧。"薛能《贈禪僧》："寒空孤鳥度，落日一僧歸。近寺路聞梵，出郊風滿衣。"婗：嬰兒啼聲。《釋名・釋長幼》："人始生曰嬰兒……婗，其啼聲也。"幼兒。《廣雅・釋親》："婗，子也。"王念孫疏證："婗，亦兒也……凡物之小者謂之倪，嬰兒謂之婗。"　酲：病酒，酒醉後神志不清，這裏指悲

傷過度,猶如醉酒一般。《詩·小雅·節南山》:"憂心如酲,誰秉國成?"毛傳:"病酒曰酲。"《漢書·禮樂志》:"泰尊柘漿析朝酲。"顏師古注引應劭曰:"酲,病酒也。析,解也,言柘漿可以解朝酲也。"

⑰ 憫:憐恤,哀憐。《顏氏家訓·省事》:"然而窮鳥入懷,仁人所憫,況死士歸我,當棄之乎?"韓愈《賀雨表》:"陛下憫兹黎庶,有事山川。" 渠:他,它。《三國志·趙達傳》:"勝如期往,至,乃陽求索書,驚言失之,云:'女婿昨來,必是渠所竊。'"寒山《詩三百三首》六三:"蚊子叮鐵牛,無渠下觜處。" 賸:多餘,剩餘。杜甫《即事》:"秋思抛雲髻,腰支賸寶衣。"賀鑄《燭影搖紅》:"惆悵更長夢短。但衾枕、餘芬賸暖。" 訝:驚詫,疑怪。蕭綱《采桑》:"寄語採桑伴,訝今春日短。"庾信《小園賦》:"龜言此地之寒,鶴訝今年之雪。" 佛:佛陀的簡稱,本義爲"覺",佛教徒用爲對其創始人釋迦牟尼的尊稱。袁宏《後漢紀·明帝紀》:"浮屠者,佛也。西域天竺有佛道焉!佛者,漢言覺,將悟群生也。"《魏書·釋老志》:"所謂佛者,本號釋迦文者,譯言能仁。"泛指佛經中所説的一切佛陀。《魏書·釋老志》:"釋迦前有六佛,釋迦繼六佛而成道,處今賢劫。" 爭:爭奪,奪取。《左傳·隱公十一年》:"公孫閼與潁考叔爭車。"《顏氏家訓·後娶》:"前夫之孤,不敢與我子爭家。"爭鬥,對抗。《詩·大雅·江漢》:"時靡有爭,王心載寧。"陸德明釋文:"爭,爭鬥之爭。"班固《答賓戲》:"七雄虓闞,分裂諸夏,龍戰虎爭。"競爭,較量。《荀子·堯問》:"君子力如牛,不與牛爭力。"鮑照《登大雷岸與妹書》:"南則積山萬狀,負氣爭高。"

⑱ 騎竹:義同"騎竹馬",古時兒童常相與騎竹馬爲戲,後因用作詠兒童生活與友誼的典故。劉義慶《世説新語·品藻》:"桓公語諸人曰:'少時與淵源共騎竹馬。'"白居易《喜入新年自詠》:"大曆年中騎竹馬,幾人得見會昌春?"亦省作"騎竹"。杜甫《清明二首》一:"繡羽銜花他自得,紅顏騎竹我無緣。" 痴:幼稚,天真。杜甫《乾元中寓居同谷縣作歌七首》四:"有妹有妹在鍾離,良人早歿諸孤痴。"元積《六

年春遣懷八首》四:"婢僕曬君餘服用,嬌痴稚女繞床行。"　猶子:謂如同兒子。《論語·先進》:"回也視予猶父也,予不得視猶子也。"潘岳《楊仲武誄》:"爾休爾戚,如實在己,視予猶父,不得猶子。"　牽車:即羊車,古代的一種以羊駕御的車。《南齊書·輿服志》:"漆畫牽車,御及皇太子所乘,即古之羊車也……今不駕羊,猶呼牽此車者爲羊車云。"《魏書·吐谷渾傳》:"遣使通劉義隆求援……義隆賜以牽車。"外甥:姐或妹的兒子,某些地區亦稱外孫爲外甥。《後漢書·種暠傳》:"時河南尹田歆外甥王諶,名知人。"杜甫《奉送二十三舅録事之攝郴州》:"賢良歸盛族,吾舅盡知名。徐庶高交友,劉牢出外甥。"元稹的大女兒保子這時還没有到出嫁的年齡,目前尚没有元稹二兄、三哥的的孫輩在虢州相聚的材料,疑此"小外甥"是元樊與元荆他們戲耍時的裝扮成小外甥的布娃娃而已。

⑲　等閑:無端,平白。劉禹錫《竹枝詞》:"長恨人心不如水,等閑平地起波瀾。"歐陽修《南歌子》:"等閑妨了繡功夫,笑問雙鴛鴦字怎生書?"　迷過影:不詳何義,疑是捉迷藏之類的兒童遊戲。暫不見唐宋及以前的書證,唐宋以後的書證也僅此一例。汪廣洋《秋日濟南聞鶯》:"簾幞捲秋晴,間關聞囀鶯。柳邊迷過影,花外度新聲。"　遙戲誤啼聲:意謂元樊離開大人目力所及,故意大呼小叫,大人誤以爲是遭受不測的啼哭之聲。徐積《和路朝奉新居十五首》九:"近見雪消思野蕨,遙呼船問憶江魚。卸帆便去尋村酒,醉使兒孫推鹿車。"張文恭《佳人照鏡》:"倦采蘼蕪葉,貪憐照膽明。兩邊俱拭泪,一處有啼聲。"

⑳　涴:污染,弄髒。杜甫《虢國夫人》:"虢國夫人承主恩,平明上馬入宫門。却嫌脂粉涴顔色,淡掃蛾眉朝至尊。"韓愈《合江亭》:"窮秋感平分,新月憐半破。願書巖上石,勿使泥塵涴。"　扶床:謂年幼扶床學步。《玉臺新詠·古詩〈爲焦仲卿妻作〉》:"新婦初來時,小姑始扶床;今日被驅遣,小姑如我長。"韓愈《河南府法曹參軍盧府君夫人苗氏墓誌銘》:"累累外孫,有携有嬰,扶床坐膝,嬉戲讙争。"　試

行：實行起來試試。司馬光《答秉國第二書》：“中美食也，良藥也，光願與秉國强勉而試行之。”《宋史·食貨志》：“時知滄州田京，與伯瑜合議上聞，詔試行之。”這裏指小孩學步時躍躍欲試、蹣跚前行之態。

㉑ “獨留呵面鏡”兩句：已經把所有元樊的遺物送人，獨獨留下元樊平時不停照面打扮用的鏡子，那裴淑喜愛的箏，曾經在黄草峽徹夜而彈，現在已經無心過問，祇能静静地倚墻而立。　鏡：鏡子。古樂府《木蘭詩》：“當窗理雲鬢，挂鏡帖花黄。”韓愈《芍藥歌》：“欲將雙頰一晞紅，緑窗磨遍青銅鏡。”　箏：撥絃樂器，形似瑟，傳爲秦時蒙恬所作。其弦數歷代由五弦增至十二弦、十三弦、十六弦，後經改革，增至十八弦、二十一弦、二十五弦等。應劭《風俗通·聲音·箏》：“箏，謹按《禮·樂記》‘箏，五絃築身也。’今并凉二州箏形如瑟，不知誰所改作也？或曰秦蒙恬所造。”《隋書·樂志》：“絲之屬四：一曰琴，神農制爲五弦，周文王加二弦爲七者也。二曰瑟，二十七弦，伏羲所作者也。三曰築，十二弦。四曰箏，十三弦，所謂秦聲，蒙恬所作者也。”

㉒ 工：擅長，善於。《韓詩外傳》卷二：“昔者舜工於使人，造父工於使馬。”杜甫《暮冬送蘇四郎徯兵曹適桂州》：“早作諸侯客，兼工古體詩。”這裏指元樊已經過了牙牙學語的時期，開始會善於用言語表達自己的需求與情感。這裏描寫的應該是四歲孩子天真爛漫的可愛情狀，與下面的“孩嬰”呼應；如果是八歲孩子，“工言語”極爲平常，就不值得詩人如此沾沾自喜了。　言語：説話，説。元希聲《贈皇甫侍御赴都八首》八：“金石其心，芝蘭其室。言語方間，音徽自溢。”岑參《赴北庭度隴思家》：“西向輪臺萬里餘，也知鄉信日應疏。隴山鸚鵡能言語，爲報家人數寄書。”　憐：喜愛，疼愛。元稹《種竹》：“昔公憐我直，比之秋竹竿。秋來苦相憶，種竹廳前看。”白居易《金鑾子晬日》：“生來始周歲，學坐未能言。慚非達者懷，未免俗情憐。”　妙：年少，幼小。《正字通·女部》：“妙，小年也。”王符《潛夫論·思賢》：“皇后兄弟，主婿外孫，年雖童妙，未脱桎梏。”錢起《送傅管記赴蜀軍》：“才略縱横年且

妙,無人不重樂毅賢。"　　長成:初步長大。朱仲晦《答王無功問故園》:
"子問我所知,我對子應識。朋遊總强健,童稚各長成。"戴叔倫《過申
州》:"萬人曾戰死,幾處見休兵? 井邑初安堵,兒童未長成。"

　　㉓撩風:鶡子右翅上的複翎。葉廷珪《海録碎事·鷹鶡》:"鶡兩
翅各有複翎,右名撩風,左名掠草。"一説,指鶡左翅上的複翎。段成
式《酉陽雜俎》:"鶡子兩翅,各有復翎。左名撩風,右名掠草。"　　鸚
舌:"鸚鵡舌"之縮語,鸚鵡學舌之語,比喻語言新巧。和凝《何滿子》:
"桃李精神鸚鵡舌,可堪虚度良宵。却愛藍羅裙子,羡他長束纖腰。"
亦省作"鸚舌"韓琦《清明會壓沙寺》:"時節清明府事閑,壓沙高會敞
禪關。妓歌沈席摧鸚舌,花影摇樽衒粉顏。"這裏喻指元樊伶俐的口
舌,乖巧的語言。　　蘭英:蘭的花朵。曹丕《秋胡行三首》二:"俯折蘭
英,仰結桂枝。"崔日用《奉和聖製春日幸望春宫應制》:"光風摇動蘭
英紫,淑氣依遲柳色青。"

　　㉔"翠鳳輿真女"兩句:一邊悲痛送别愛女,一邊又在真誠祈求
菩薩送子給自己。　　翠鳳:以翠羽製成的鳳形旗飾。《文選·李斯
〈上秦始皇書〉》:"建翠鳳之旗,樹靈鼉之鼓。"吕延濟注:"以翠羽爲鳳
形而飾旗也。"《文選·沈約〈鍾山詩應西陽王教〉》:"翠鳳翔淮海,衿
帶繞神坰。"李善注:"鳳翔淮海,喻宋之興也。"　　輿:指載柩車。《荀
子·禮論》:"輿藏而馬反,告不用也。"楊倞注:"輿謂輇軸也,國君謂
之輴。"李隆基《優恤張守潔等制》:"言念旅櫬,猶在遐方,用加優恤,
以慰泉壤,宜官造靈轝,給傳還鄉。"　　真女:真真實實的女孩。王逢
《真氏女二首序》:"遂呼翰林小吏,曰:'汝未娶,以真女配汝,吾即其父
也。'"胡助《真女吟》:"嘗聞漢宫人,恩深妒還重……羞死王昭君,玉顏
没青塚。"這裏指已經死去的元樊。　　紅蕖:紅荷花。蕖,芙蕖。蕭綱
《蒙華林園戒詩》:"紅蕖間青瑣,紫露濕丹楹。"李白《越中秋懷》:"一爲
滄波客,十見紅蕖秋。"本詩喻指女子的紅鞋。杜甫《千秋節有感二首》
二:"羅襪紅蕖艷,金羈白雪毛。"仇兆鰲注引黄生曰:"紅蕖,指宫鞋。"

化生：古代的一種嬰兒偶像，古人有以"化生"求子的風俗。薛能《吳姬十首》一〇："芙蓉殿上中元日，水拍銀臺弄化生。"陳繼儒《群碎錄》："七夕俗以蠟作嬰兒形，浮水中以爲戲，爲婦人宜子之祥，謂之化生。"

㉕ 五濁：即"五濁惡世"，佛教謂塵世中煩惱痛苦熾盛，充滿五種渾濁不净，即劫濁、見濁、煩惱濁、衆生濁和命濁。《阿彌陀經》："釋迦牟尼佛，能爲甚難稀有之事，能於娑婆國土五濁惡世，劫濁、見濁、煩惱濁、衆生濁、命濁中，得阿耨多羅三藐三菩提。"亦省作"五濁"。謝靈運《廬山慧遠法師誄》："令聲續振，五濁暫隆。"獨孤及《佛頂尊勝陀羅尼幢贊》："茫茫五濁，客塵覆之。" 三清：道教所指玉清、上清、太清三清境。沈約《桐柏山金庭館碑》："此蓋栖靈五岳，未駕夫三清者也。"吕巖《七言》四八："津能充渴氣充糧，家住三清玉帝鄉。"道教對玉清境洞真教主元始天尊、上清境洞玄教主靈寶天尊、太清境洞神教主道德天尊的合稱。楊巨源《張郎中段員外初直翰林報寄長句》："秋空如練瑞雲明，天上人間莫問程。丹鳳詞頭供二妙，金鑾殿角直三清。"劉禹錫《同白二十二贈王山人》："愛名之世忘名客，多事之時無事身……飛章上達三清路，受籙平交五岳神。"

㉖ "宿惡諸葷味"兩句：詩人原注："生而不食葷血，虎、豹、狨、猿等皮毛、盡惡斥之。巴南所無之物，及北而默識其名者數輩。"所云可爲兩句注解。 宿：素常，一向。《三國志·諸葛亮傳》："權既宿服仰備，又覩亮奇雅，甚敬重之，即遣兵三萬人以助備。"《雲笈七籤》卷六八："《真玉經》、《太上鬱儀結璘章》、《八景神丹文》，皆刻於東華仙臺，不宣於世上，自非宿有仙名者，不可聞見也。"義同宿習，佛教指前世具有的習性。劉禹錫《送宗密上人歸南山草堂寺因詣河南尹白侍郎》："宿習修來得慧眼，多聞第一却忘言。自從七祖傳心印，不要三乘入便門。"莊季裕《雞肋編》卷下："天下之事，有不學而能者，儒家則謂之天性，釋氏則以爲宿習，其事甚衆：唐以文稱，如白樂天七月而識'之'、'無'二字，權德輿三歲知變四聲，四歲能爲詩。" 懸知：料想，

預知。庾信《和趙王看伎》：“懸知曲不誤，無事畏周郎。”《太平廣記》卷七一引《玄門靈妙記》：“法之效驗，未敢懸知。”

㉗　環從枯樹得：這裏化用羊祜的故事，《晉書·羊祜傳》：“祜年五歲時，令乳母取所弄金鐶。乳母曰：‘汝先無此物！’祜即詣鄰人李氏東垣桑樹中探得之，主人驚曰：‘此吾亡兒所失物也！’云：‘何持去？’乳母具言之，李氏悲惋。時人異之，謂李氏子則祜之前身也。”寶函：指盛佛經、典冊及貴重首飾等的匣子。王筠《國師草堂寺智者約法師碑》：“開寶函之奧典，闢金字之微言。”溫庭筠《菩薩蠻》：“寶函鈿雀金鸂鶒，沉香閣上吳山碧。”

㉘　慍怒：惱怒。《史記·李將軍列傳》：“廣不謝大將軍而起行，意甚慍怒而就部。”胡宏《鴟鴞喻成王》：“心不能無慍怒而未敢誚公者，以其心疑而未決也。”　偏憎：猶最恨。張正見《賦得佳期竟不歸》：“時忿年移竟不歸，偏憎信息夜縫衣。”阮閱《詩話總龜·道僧門》：“〔道潛〕性偏憎凡子。”　分張：分配，分施。《南齊書·張岱傳》：“岱初作遺命，分張家財，封置箱中，家業張減，隨復改易，如此十數年。”元積《告贈皇考皇妣文》：“先夫人備極勞苦，躬親養育。截長補敗，以禦寒凍。質價市米，以給餔旦。依倚舅族，分張外姻。奉祀免喪，禮無遺者。”　雅愛：素來愛好。《顏氏家訓·慕賢》：“吾雅愛其手迹，常所寶持。”盧照鄰《駙馬都尉喬召集序》：“凡所著述，多以適意爲宗，雅愛清靈，不以繁詞爲貴。”

㉙　“最憐貪栗妹”兩句：根據我們在《哭女樊》的考證，這裏的“貪栗妹”是降真，而“懶書兄”則是元荊。　栗：栗樹的果實，又叫栗子、板栗。韓愈《送張道士序》：“霜天熟柿栗，收拾不可遲。”李商隱《雜纂·富貴相》：“栗子皮，荔枝殼。”　頻：屢次，接連。《列子·黃帝》：“數月，意不已，又往從之。列子曰：‘汝何去來之頻？’”韓愈《論天旱人饑狀》：“今瑞雪頻降，來年必豐。”

㉚　嬌饒：嬌縱，嬌寵。葛洪《抱朴子·自叙》：“洪者，君之第三子

也。生晚，爲二親所嬌饒，不早見督以書史。"盧仝《與馬異結交詩》："絶勝明珠千萬斛，買得西施南威一雙婢。此婢嬌饒惱殺人，凝脂爲膚翡翠裙。"柔美嫵媚。鄭谷《海棠》："穠麗最宜新著雨，嬌饒全在欲開時。"王安石《杏花》："俯窺嬌嬈杏，未覺身勝影。" 眷戀：思慕，愛戀。曹植《懷親賦》："回驥首而永遊，赴修途以尋遠。情眷戀而顧懷，魂須臾而九反。"孟浩然《峴山送朱大去非遊巴東》："蹉跎遊子意，眷戀故人心。"

㉛ 回面：轉過臉。《南史‧武陵王昭曄傳》："上回面不答。"張籍《惜別》："臨行記分處，回面是相思。" 泣：無聲流淚或低聲而哭。《易‧屯》："得敵，或鼓或罷，或泣或歌。"蘇軾《前赤壁賦》："舞幽壑之潛蛟，泣孤舟之嫠婦。" 出門：迎出門外。張籍《望行人》："秋風窗下起，旅雁向南飛。日日出門望，家家行客歸。"《樂府詩集‧蓋羅縫》二："音書杜絶白狼西，桃李無顏黃鳥嗁。寒雁春深歸去盡，出門腸斷草萋萋。" 迎：迎接。《孟子‧梁惠王》："以萬乘之國，伐萬乘之國，簞食壺漿，以迎王師。"韓愈《唐故江南西道觀察使太原王公神道碑銘》："制使出巡，人填道迎，顯公德。"

㉜ 還家：回家。《後漢書‧臧洪傳》："中平末，棄官還家，太守張超請爲功曹。"韓愈《送進士劉師服東歸》："還家雖闕短，指日親晨飧。" 遠信：遠方的書信、消息。李白《感興六首》三："裂素持作書，將寄萬里懷。眷眷待遠信，竟歲無人來。"蘇軾《和丙辰歲八月中於下潠田舍穫》："跨海得遠信，冰盤鳴玉哀。" 呈：送上，呈報。《晉書‧石季龍載記》："邃以事爲可呈呈之，季龍恚曰：'此小事，何足呈也！'時有所不聞，復怒曰：'何以不呈？'"《周書‧宗懍傳》："使製《龍川廟碑》，一夜便就，詰朝呈上。"

㉝ 罪過：罪行，過失。《周禮‧秋官‧大司寇》："凡萬民之有罪過而未麗於法，而害於州里者，桎梏而坐諸嘉石，役諸司空。"《史記‧蒙恬列傳》："〔趙高〕日夜毀惡蒙氏，求其罪過，舉劾之。" 縱橫：雜亂貌。《孫子‧地形》："將弱不嚴，教道不明，吏卒無常，陳兵縱橫，曰

亂。”孟郊《吊國殤》：“徒言人最靈，白骨亂縱橫。”

　　㉞ 騰蹋：亦作“騰踏”，提起脚踏或踢。顧況《險竿歌》：“翻身挂影恣騰蹋，反綰頭髻盤旋風。”《資治通鑑·唐則天后神功元年》：“丁卯，昭德、俊臣同棄市……仇家爭噉俊臣之肉，斯須而盡，抉眼剥面，披腹出心，騰蹋成泥。”特指舞蹈的踢腿踏脚。司空圖《力疾山下吳村看杏花十九首》五：“熨帖新巾來與裹，猶看騰踏少年場。”這裏是指女樊天真活潑的跳舞動作，活現出一番童趣。　　舫：並連起來的船隻。《戰國策·楚策》：“舫船載卒，一舫載五十人。”鮑彪注：“舫，併船也。”《南史·孫瑒傳》：“及出鎮郢州，乃合十餘船爲大舫，於中立亭池，植荷芰。”泛指船。白居易《琵琶行》：“東船西舫悄無言，唯見江心秋月白。”姜夔《凄凉犯》：“追念西湖上，小舫携歌，晚花行樂。”　　攀緣：援引他物而上，攀拉援引。《三國志·吾粲傳》：“其大船尚存者，水中生人皆攀緣號呼。他吏士恐船傾没，皆以戈矛撞擊不受。”韋應物《經少林精舍寄都邑親友》：“息駕依松嶺，高閣一攀緣。前瞻路已窮，既詣喜更延。”　　樂棚：古時藝人表演歌舞、戲劇的棚帳。李光《癸亥上元余謫藤江是時初開樂禁人意欣欣吳元預作紀事二絶頗入風雅戲和其韵》：“曾見端門萬炬燈，天街追逐少年行。如今老病惟貪睡，懶向州衙看樂棚。”孟元老《東京夢華録·元宵》：“自燈山至宣德門樓橫大街，約百餘丈……内設樂棚，差衙前樂人作樂雜戲，並左右軍百戲。”

　　㉟ 蠻歌：南方少數民族之歌。杜甫《夜二首》一：“蠻歌犯星起，重覺在天邊。”皇甫松《浪淘沙》二：“蠻歌豆蔻北人愁，松雨蒲風野艇秋。”　　拗：不順，説起來彆扭，不順口。陳岩肖《庚溪詩話》卷下：“然近時學其(指黄山谷)詩者，或未得其妙處，每有所作，必使聲韵拗捩，詞語艱澀，曰‘江西格’也。”俞樾《茶香室叢鈔·竹徑遇幽處》：“上句既拗，下句亦拗，所以對‘禪房花木深’。‘遇’與‘花’皆拗故也。”俞樾的話表述不清，讓人如丈二和尚，原來他的話源自姚寬《西溪叢語》：“常建有《題破山寺後院》，詩云：‘竹徑通幽處，禪房花木深。’余觀《又

玄集》、《唐詩類選》、《唐文粹》，皆作‘通’。熙寧元年，歐陽永叔守青，題廨宇後山齋云：‘竹徑遇幽處。’有以鄠杜石本往河內以示，邢和叔始未見時，亦頗疑其誤，及見碑，反覆味之，亦以爲佳，竟不知別有本邪？抑永叔自改之邪？古人用一字，亦不苟也。” **舞腰**：跟隨音樂而變化的腰肢。李百藥《妾薄命》：“團扇秋風起，長門夜月明。羞聞拊背人，恨說舞腰輕。”鄭愔《折楊柳》：“舞腰愁欲斷，春心望不還。風花滾成雪，羅綺亂斑斑。”

㊱ **迢遞**：遙遠貌。嵇康《琴賦》：“指蒼梧之迢遞，臨迴江之威夷。”杜甫《送樊二十三侍御赴漢中判官》：“居人莽牢落，遊子方迢遞。”歐陽詹《蜀中將回留辭韋相公》：“明晨首鄉路，迢遞孤飛翼。” **荒服**：古“五服”之一，稱離京師二千到二千五百里的邊遠地方，亦泛指邊遠地區。《書·禹貢》：“五百里荒服。”孔傳：“要服外之五百里，言荒又簡略。”陳子昂《白帝城懷古》：“荒服仍周甸，深山尚禹功。”這裏指通州。 **持**：攜帶。《史記·滑稽列傳》：“其人家有好女者，恐大巫祝爲河伯娶之，以故多持女遠逃亡。”韓愈《赴江陵途中寄贈三學士》：“持男易斗粟，掉臂莫肯酬。” **攜**：攜帶。《莊子·讓王》：“於是夫負妻戴，攜子以入於海，終身不反也。”韓愈《復志賦》：“嗟日月其幾何兮，攜孤嫠而北旋。” **近京**：靠近京城的地方。郎士元《咸陽西樓別竇審》：“西樓迴起寒原上，霽日遙分萬井間。小苑城隅連渭水，離宮曙色近京關。”王建《歸昭應留別城中》：“喜得近京城，官卑意亦榮。竝床歡未定，離室思還生。”本詩指指虢州。

㊲ **伎倆**：技能，本領，手段，花招。劉劭《人物志·流業》：“蓋人流之業，十有二焉……有伎倆。”劉昞注：“錯意工巧。”貫休《戰城南二首》一：“邯鄲少年輩，個個有伎倆。”這裏指女兒元樊顯露的小聰明。 **聰明**：智力強，天資高。《梁書·沈約傳》：“約左目重瞳子，腰有紫志，聰明過人。”杜甫《不歸》：“數金憐俊邁，總角愛聰明。”

㊳ **往緒**：往日的心緒。范祖禹《謝太皇太后表》：“太皇太后陛下

思光往緒，垂裕來昆。"魏了翁《眉州載英堂記》："士之生乎兩間，必知所甚貴者而用力焉！隱居求志，足以承往緒，啓來哲。"　千結：形容思緒千頭萬緒。李遠《長安即事寄友人》："千結故心爲怨網，萬條新景作愁籠。何時更伴劉郎去？却見夭桃滿樹紅。"孫光憲《竹枝詞二首》二："亂繩千結絆人深，越羅萬丈表長尋。楊柳在身垂意緒，藕花落盡見蓮心。"　新絲：比喻初生的白髮。白居易《除蘇州刺史別洛城東花》："亂雪千花落，新絲兩鬢生。老除吳郡守，春別洛陽城。"鮑溶《寄婦》："塞草黃來見雁稀，隴雲白後少人歸。新絲强入未衰鬢，別淚應沾獨宿衣。"　百莖：形容數量不少。白居易《東林寺白蓮》："東林北塘水，湛湛見底清。中生白芙蓉，菡萏三百莖。"胡奎《遠將歸》："一日白一髮，一年三百莖。在家梳頭霜滿鏡，何况遠歸千里程！"

㊴窗：設在屋頂或壁上用以透光通風的洞口，今一般裝有窗扇。王充《論衡·別通》："鑿窗啓牖，以助户明也。"劉義慶《世説新語·言語》："北窗作琉璃屏，實密似疏。"　報曉：報告天明。李紳《憶春日太液池亭候對》："宮鶯報曉瑞烟開，三島靈禽拂水迴。橋轉彩虹當綺殿，艦浮花鷁近蓬萊。"嚴郾《賦百舌鳥》："此禽輕巧少同倫，我聽長疑舌滿身。星未没河先報曉，柳猶粘雪便迎春。"　幌：簾幔，多以絲帛或布做成。《文選·張協〈七命〉》："重殿疊起，交綺對幌。"李善注引《文字集略》曰："幌，以帛明窗也。"杜甫《月夜》："何時倚虛幌，雙照淚痕乾？"　更：指更鼓。《文選·張衡〈西京賦〉》："嚴更之署，徼道外周。"薛綜注："嚴更，督行夜鼓。"王維《冬晚對雪憶胡居士家》："寒更傳曉箭，清鏡覽衰顏。"量詞，夜間計時的單位，一夜分爲五更，每更約兩小時。《宋書·律曆志》："到十五日四更二唱，丑初始蝕，到四唱蝕既。"王度《古鏡記》："至一更，聽之，言笑自然。"

㊵槿：木名，即木槿。謝靈運《田南樹園激流植援》："激澗代汲井，插槿當列墉。"竇鞏《早春松江野望》："帶花移樹小，插槿作籬新。"指其花。王維《積雨輞川莊作》："山中習静觀朝槿，松下清齋折露

葵。"鄭谷《漂泊》:"槿墜蓬疏池館清,日光風緒澹無情。" 蕭疏:稀疏,稀少。唐彥謙《秋霽夜吟寄友人》:"槐柳蕭疏溽暑收,金商頻伏火西流。"寂寞,淒涼。杜牧《八六子》:"辭恩久歸長信,鳳帳蕭疏,椒殿閑扃。"張孝祥《鵲橋仙·戲贈吳伯承侍兒》:"野堂從此不蕭疏,問何日,尊前喚客。"蕭條,不景氣。陸游《行在春晚有懷故隱》:"舊人零落北音少,市肆蕭疏民力殫。" 衰楊:衰落的楊樹。劉長卿《七里灘重送》:"秋江渺渺水空波,越客孤舟欲榜歌。手折衰楊悲老大,故人零落已無多。"白居易《小橋柳》:"細水涓涓似淚流,日西惆悵小橋頭。衰楊葉盡空枝在,猶被霜風吹不休。" 破壞:敗壞,毀壞。《史記·匈奴列傳》:"其秋,匈奴大入定襄、雲中,殺略數千人,敗數二千石而去,行破壞光祿所築城列亭鄣。"《宋書·五行志》:"(孫)晧初遷都武昌,尋還建業,又起新館,綴飾珠玉,壯麗過甚,破壞諸宮,增修苑囿,犯暑妨農,官民疲怠。"

㊶ 臨老:接近衰老,詩人自喻。杜甫《得弟消息二首》一:"烽舉新酣戰,啼垂舊血痕。不知臨老日,招得幾人魂?"白居易《曲江感秋二首》二:"當春不歡樂,臨老徒驚誤。故作詠懷詩,題於曲江路。"孩嬰:幼兒,幼小,這裏指元樊。鮑照《松柏篇》:"資儲無擔石,兒女皆孩嬰。"《新唐書·李訓傳》:"是時暴屍旁午,有詔棄都外,男女孩嬰相雜厠。"《古詩鏡·唐詩鏡》評價本詩云:"語近俚而情痛。"一語點出本詩的妙處所在。

[編年]

《年譜》編年本詩云:"元和十四年秋作。"《編年箋注》亦云:"作於元和十四年秋。詳下《譜》所考。"《年譜新編》亦編年元和十四年,理由是:"元稹《哭女樊四十韻》題下注:'虢州長史作。'詩云:'宿惡諸葷味,懸知眾物名。'自注:'生而不食葷血,虎、豹、狨、猿等皮毛,盡惡斥之。巴南所無之物,及北而默識其名者數輩。'又云:'迢遞離荒服,持携到近京。'則樊殤於虢州。又云:'暗窗風報曉,秋幌雨聞更。'又《哭女樊》云:'秋天净明月分明。'則樊殤於秋天。"

　　有元稹《哭女樊四十韵》題下注"虢州長史作"以及元稹詩云"暗窗風報曉,秋幌雨聞更。敗槿蕭疏館,衰楊破壞城"爲證,本詩編年元和十四年秋天應該没有任何問題,我們已經在一九八七年三月出版的《唐代文學論叢》第九期裏闡述清楚:"《哭女樊四十韵》作於元和十四年(八一九),其詩概述樊短暫的生平云:'四年巴養育,萬里硖回縈。病是他鄉染,魂應遠處驚。'指的就是樊在興元出生,歸養通州,夭於虢州的四年經歷。"本詩云:"暗窗風報曉,秋幌雨聞更。敗槿蕭疏館,衰楊破壞城。"表明時序已經是秋天,所述景象是元和十一年秋天元稹在興元的狼狽相,其《景申秋八首》二:"蚊幌雨來卷,燭蛾燈上稀。啼兒冷秋簟,思婦問寒衣。簾斷螢火入,窗明蝙蝠飛。良辰日夜去,漸與壯心違。"就是有力的佐證。元和十一年,元樊還是剛剛出生的嬰兒,至元和十四年,前後正是"四年"。也許有人會説,女樊生於元和十一年,元和十四年已經離開通州,"四年巴養育"難以落實。我們以爲元稹雖然元和十三年年末就已經知道即將離開通州,但不知是詔命的遲遲没有到達,還是新刺史没有及時履任,元稹離開通州較遲,估計元和十四年正月九日才離開蜀地,三月十一日與白居易、白行簡偶然相遇於長江之上,故十四年也可以計算在"巴養育"之内,前後相計,正是"四年"。

　　雖然我們的編年與《年譜》、《編年箋注》、《年譜新編》相同,不過我們仍然要指出,兩者的實質内容並不相同:《年譜》、《編年箋注》、《年譜新編》認爲女樊是安仙嬪所出,出生於元和七年,夭折時八歲;我們認爲女樊是裴淑所生,出生於元和十一年,夭折時祇有四歲。細心的讀者想來已經覺察,不需我們饒舌。

◎ 唐故朝議郎侍御史內供奉鹽鐵轉運河陰留後河南元君墓誌銘①

　　有魏昭成皇帝十一代而生我隋朝兵部尚書府君，諱某。後五代而生我比部郎中、舒王府長史府君，諱某②。君即府君之第二子也，諱某，字玄度。娶清河崔鄰女，生四子：長曰易簡，滎陽尉；次從簡，曲沃尉；次行簡，太樂丞；幼弘簡。長女適劉中孚，中孚早卒；次嬰疾室居；次適蘇京，舉進士；次適李殊，殊妻早夭③。

　　君始以恒王參軍附太學治《春秋》，中授左清道府錄事參軍，歷湖丞，秩罷，丁比部府君憂(一)④。服闋，調興平、長安、萬年尉。丁滎陽太君憂(二)⑤。服闋，除萬年丞，遷監察御史知轉運永豐院事、殿中侍御史留務河陰(三)、加侍御史，賜緋魚袋。元和十四年以疾去職，九月二十六日歿於季弟虢州長史積之官舍⑥。

　　嗚呼！我尚書府君有大勳烈於周隋氏，我比部府君積大學行搢紳間，我諸父法尚嚴，家極貧，而事事於喪祭賓客，雖掃除薪水(四)，不免於吾兄⑦。貞元初，蝗且儉，我先太君白府君：“貨女奴以足食！”君泣曰：“太夫人專門戶，不宜乏使令，取新婦氏媵婢以給貨。”向是三十年，養育八男女，始元和中乃復奴婢之籍焉⑧！先府君叢集群言，裁成《百葉書抄》，君懼不得授，乃日一食以齋其心者一月。先太君憐而請焉！由是盡付其書。是歲貨婢足食之一日也(五)，日一粥而課寫千言，三歲乃卒業⑨。

先府君棄養之歲(六)，前累月而季父侍御史府君捐館。予伯兄由官阻於蔡，叔季皆十年而下，遺其家唯環堵之宮耳！皆曰："貨是以襄二事可也！"⑩君乃跪言於先太君曰(七)："斯宇也，尚書府君受賜於隋氏，乃今傳七代矣！敢有失守以貽太夫人憂，死無以見先人於地下！"由是匍匐乞以終其喪⑪。自興平、長安、萬年尉，俸不過三四萬，然奉顏色，潔祠祀(八)，備吉凶，來賓客，無遺焉！均也⑫。己雖遊千里，貿費毫厘(九)，未嘗不疏之於書，還啟先太君，下示仲叔季，且曰："尊夫人慈不我責，不如是自束，陷不義矣！"⑬

其在于京邑，專捕盜者八年。破囊橐，掘盤牙，不可勝數，莫不刑者不懟，強者不暴⑭。其在河陰也，朝廷有事於淄蔡，累百萬之費，一出於是。朝令朝具(一○)，夕發夕至者，周五星歲而後功成役罷。凡主供饋之百一於君者，皆以課遷，唯君終不言賞，賞亦不及⑮。

嗚呼！君之生六十七年矣(一一)！四十年事親，無一日之怠；三十年養下，無一詞之倦。撫諸弟無正色之訓，而亦不至於不恭；教諸子無鞭笞之責，而亦不至於不令⑯。以閑處劇，而吏不忍欺；以直立誠，而忤不及物⑰。沒之日，三子不侍，無一言之念，知叔季之可以教姪也。室空牆壁，無一顧之憂，知叔季之可以任喪祭也⑱。嗚呼！愛我者張仲，知我者鮑叔。予生幾何(一二)，懼不克報。或不忘，記之斯文⑲。銘曰：

唐元和之己亥，惟孟年十一月十六日仲月之良辰，合葬我元君于咸陽縣之洪瀆川，從先太君之後域，而共閟于夫人崔之墳⑳。

録自《元氏長慶集》卷五七

［校記］

（一）丁比部府君憂：宋蜀本、叢刊本、《全文》同，楊本作"下比部府君憂"，不通，疑刊刻之誤，不改。

（二）丁榮陽太君憂：《全文》同，宋蜀本、盧校作"遭榮陽太君憂"，楊本作"事榮陽太君憂"，叢刊本作"□榮陽太君憂"，各備一說，不改。

（三）殿中侍御史留務河陰：宋蜀本、叢刊本、《全文》同，楊本作"殿中侍御史衆務河陰"，語義不通，不從不改。

（四）雖掃除薪水：原本作"雖帚除薪水"，楊本、叢刊本、《全文》同，語義難通，據盧校改。

（五）是歲貨婢足食之一日也：宋蜀本、《全文》同，楊本、叢刊本作"是歲貨□足食之一日也"，刊刻之疏誤，不改。

（六）先府君棄養之歲：宋蜀本、盧校、《全文》作"先府君違養之歲"，語義相類，不改。楊本、叢刊本作"先府君□養之歲"，僅備一說。

（七）君乃跪言於先太君曰：原本作"君跪言於先太君曰"，楊本、叢刊本《全文》同，據宋蜀本、盧校補。

（八）潔祔祀：宋蜀本、叢刊本、《全文》同，楊本作"潔礿祀"，語義不通，不從不改。

（九）貿費毫厘：楊本、叢刊本、《全文》同，宋蜀本作"貧費毫厘"，僅備一說，不改。

（一〇）朝令朝具：宋蜀本、叢刊本、《全文》同，楊本作"朝今朝具"，語義不通，不從不改。

（一一）君之生六十七年矣：楊本、宋蜀本、叢刊本同，《全文》作"君之生六七十年矣"，"六七十年"是個模糊概念，元稹作爲墓主的親弟弟，不會不知道兄長的確切年齡，不從不改。

（一二）予生幾何：宋蜀本、《全文》同，楊本、叢刊本作"子生幾何"，語義完全不同，無法説通，"予"與"子"形近似，疑是刊刻之誤，不從不改。

[箋注]

　　① 朝議郎:據《舊唐書·職官志》,朝議郎是文散官,職級是正六品上。《舊唐書·憲宗紀》:"(元和十年六月)乙丑,制以朝議郎守御史中丞、兼刑部侍郎、飛騎尉、賜紫金魚袋裴度爲朝請大夫、守刑部侍郎、同中書門下平章事。"《舊唐書·憲宗紀》:"(元和十四年七月)丁酉,以河陽三城懷州節度使、朝議郎、使持節懷州諸軍事、守懷州刺史、兼御史大夫、賜紫金魚袋令狐楚可朝議大夫、守中書侍郎、同中書門下平章事。"　侍御史:《舊唐書·職官志》:"(侍御史)從六品下。御史之名,周官有之,亦名柱下史,秦改爲侍御史,後周曰司憲中士,隋爲侍御史,品第七,武德品第六也。"盧照鄰《詠史四首》三:"一爲侍御史,慷慨説何公。何公何爲敗? 吾謀適不同。"閻朝隱《侍從途中口號應制》:"一顧侍御史,再顧給事中。常願粉肌骨,特答造化功。"内供奉:唐代職官名,掌殿廷供奉之儀,糾察百官之失儀者。《新唐書·百官志》:"殿中侍御史九人,從七品下,掌殿庭供奉之儀,京畿諸州兵皆隸焉! 正班列於閤門之外,糾離班語不肅者。元日、冬至朝會,則乘馬具服戴黑豸升殿。巡幸則往來門旗之内,檢校文物虧失者。一人同知東推監太倉出納,二人同知西推監左藏出納,二人爲廊下食使,二人分知左右巡,三人内供奉。"李嶠《授崔融著作郎制》:"具官崔融,長才廣度,瞻學多聞,詞麗楊班,行高曾史……可著作郎,仍兼右史内供奉官。"韓愈《故金紫光禄大夫檢校尚書左僕射同中書門下平章事贈太傅董公行狀》:"天子識之,拜殿中侍御史内供奉。"　鹽鐵:即鹽鐵使,古代官名,唐代中葉以後特置,以管理食鹽專賣爲主,兼掌銀銅鐵錫的采冶,爲握有財權的重要官職。《新唐書·食貨志》:"自兵起,流庸未復,税賦不足供費,鹽鐵使劉晏以爲因民所急而税之,則國足用。"亦省稱"鹽鐵"。《宋史·職官志》:"鹽鐵,掌天下山澤之貨、關市、河渠、軍器之事,以資邦國之用。"這裏指墓主元稹在鹽鐵使手下任職。　轉運:運輸。荀悦《漢紀·宣帝紀》:"今見轉運煩費,

傾國家不虞之用以贍一隅，臣愚以爲不便。”韋嗣立《請減濫食封邑疏》：“轉運木石，人牛不停，廢人功，害農務，事既非急，時多怨咨。”這裏指墓主元秬負責此項職責。　河陰：黃河南岸之地。《國語·晉語》：“與鼓子田於河陰，使夙沙釐相之。”韋昭注：“河陰，晉河南之田。”《文選·陸機〈贈馮文羆〉》：“發軔清洛汭，驅馬大河陰。”李善注引《穀梁傳》：“水南曰陰。”陰，指水的南面或山的北面。酈道元《水經注·滱水》：“水西有御射碑，徐水又北流西屈，逕南巖下，水陰又有一碑。”錢起《裴侍郎湘川回以青竹筒相遺因而贈之》：“楚竹青玉潤，從來湘水陰。”　留後：官職名，猶留守、留臺，帝王離京留在京師總攝政事之官。《北齊書·鮮宇世榮傳》：“〔武平〕七年，後主幸晉陽，令世榮以本官判尚書右僕射事，貳右北平王北宮留後。”《北史·齊北平王貞傳》：“位司州牧、京畿大都督、兼尚書令、録尚書事。帝行幸，總留臺事。積年，後主以貞長大，漸忌之……令馮士幹劾，繫貞於獄，奪其留後權。”這裏借用其名，指墓主元秬在河陰主持鹽鐵方面的轉運事務。元秬支撐元氏家族早年生活，對元積、元稹兄弟的成長竭盡全力。而元積、元稹早年喪父，大哥又不知下落，是二哥元秬與母親培育著元積、元稹的成長，元稹對二哥的感情也就特別深厚。《年譜》認爲元秬對元積、元稹兄弟並不友善，對元稹的母親鄭氏並不孝順。我們看了元稹這篇情真意切的墓誌，根據元秬病重時刻投奔元稹養病的史實來看，我們的看法正好與《年譜》的意見相左，相信讀者的感受應該與我們大體一致。

② 昭成皇帝：據《魏書·昭成帝什翼犍》，昭成皇帝就是什翼犍，“平文之次子也”。“烈帝崩，帝弟孤乃自詣鄴奉迎，與帝俱還”，“十一月帝即位於繁時之北，時年十九，稱建國元年”，“終於百六十載，光宅區中”，成爲元氏家族的祖先。　十一代：自什翼犍而後，依次是力真、意勁，中間七代失名，接著是魏敷州刺史元禎，然後是隋代兵部尚書元巖，前後父子相接，計有十一代。　代：父子相繼爲一代。楊炯《唐贈荊州刺史成公神道碑》：“成氏之先，有周之後。姬文受命，三十

八王;郮伯象賢,二十一代。"王維《李陵詠》:"漢家李將軍,三代將門子。"　兵部尚書府君:即元巖,在隋代曾任職兵部尚書。府君是舊時對已故者的敬稱,多用於碑版文字。蘇頲《贈司徒豆盧府君挽詞》:"寵贈追胡廣,親臨比賀循。幾聞投劍客,多會服總人。"孫逖《太子舍人王公墓誌銘》:"公即棣州府君之次子也,克廣前烈,於昭令聞。"　五代:自元巖而後,依次是隋代北平太守元弘、魏州刺史元義端、岐州參軍元延景、南頓丞元悱、舒王府長史元寬。前後父子相傳,共有五代。

　　③ 字:人的表字,在本名外所取的與本名意義相關的另一名字。袁宏《三國名臣序贊》:"諸葛亮字孔明。"《顏氏家訓·風操》:"古者名以正體,字以表德。"　從簡:墓主元秬的次子,元稹有《寒食日毛空路示侄晦及從簡》:"我昔孩提從我兄,我今衰白爾初成。分明寄取原頭路,百世長須此路行。"這是元稹夥同兩位侄子一起前往祖墳祭祀自己的祖先及剛剛故世的兄長,時在元和十五年寒食日,是元秬剛剛故世之後在元氏祖塋洪濆原度過的第一個寒食日,故元秬之子從簡是一定要參加拜祭的。　嬰疾:纏綿疾病,患病。謝靈運《曇隆法師誄》:"同學嬰疾,振錫萬里相救。"司馬光《上皇帝書》:"先帝天性寬仁,重違物意,晚年嬰疾,厭倦萬幾。"　室居:義近"寡居",所不同者,前者爲女子居家未嫁,後者是喪夫獨居。《史記·外戚世家》:"是時平陽主寡居,當用列侯尚主。主與左右議長安中列侯可爲夫者,皆言大將軍可。"沈俶《諧史》:"時有海州楊允秀才妻劉氏寡居,二子皆幼。"　進士:古代指貢舉的人才。《禮記·王制》:"大樂正論造士之秀者,以告於王,而升諸司馬,曰進士。"鄭玄注:"進士,可進受爵祿也。"《舊唐書·職官志考證》:"按取士之制,莫詳於唐。由學館者曰生徒,由州縣者曰鄉貢,皆升於有司而進退之。其科之目,有秀才,有明經,有進士,有俊士、明法、明字、明算,有一史,有三史,有開元禮,有道舉,有童子。而明經之別,有五經、三經、二經、學究一經,與三禮、三傳、史科,此歲舉之常選也。而天子自詔曰制舉,所以待非常之才焉!"

④　參軍：官名，東漢末始有"參某某軍事"的名義，謂參謀軍事，簡稱"參軍"，晉以後軍府和王國始置爲官員，沿至隋唐，兼爲郡官。庾抱《別蔡參軍》："人世多飄忽，溝水易西東。今日歡娛盡，何年風月同？"盧照鄰《送梓州高參軍還京》："別路琴聲斷，秋山猿鳥吟。一乖青巖酌，空佇白雲心。"　太學：國學，我國古代設於京城的最高學府。西周已有太學之名，漢武帝元朔五年（公元前一二四年）立五經博士，弟子五十人，爲西漢置太學之始。東漢太學大爲發展，順帝時有二百四十房，一千八百五十室，質帝時太學生達三萬人。魏晉到明清，或設太學，或設國子學（國子監），或兩者同時設立，名稱不一，制度亦有變化，但均爲傳授儒家經典的最高學府。《漢書·武帝紀》："興太學，修郊祀。"儲光羲《酬李處士山中見贈》："厥初遊太學，相與極周旋。含采共朝暮，知言同古先。"　《春秋》：編年體史書名，相傳孔子據魯史修訂而成，所記起於魯隱公元年，止於魯哀公十四年，凡二百四十二年。叙事極簡，用字寓褒貶。爲其傳者，以《左氏》、《公羊》、《穀梁》最著。《孟子·滕文公》："孔子懼，作《春秋》。"范仲淹《近名論》："孔子作《春秋》，即名教之書也。善者褒之，不善者貶之，使後世君臣愛令名而勸，畏惡名而慎矣！"　秩：官職，品位。《左傳·文公六年》："委之常秩。"杜預注："常秩，官司之常職。"韓愈《雪後寄崔二十六丞公》："秩卑俸薄食口衆，豈有酒食開客顏。"　丁憂：遭逢父母喪事，舊制，父母死後，子女要守喪，三年内不做官，不婚娶，不赴宴，不應考。《晉書·袁悦之傳》："〔悦之〕始爲謝玄參軍，爲玄所遇，丁憂去職。"徐鉉《唐故奉化軍節度判官通判吉州軍州事朝議大夫檢校尚書主客郎中驍騎尉賜紫金魚袋趙君墓誌銘》："師還，加朝散大夫，行常州義興令。推誠率下，民用協和。丁憂去職，復爲江州錄事參軍。"但所謂的守喪"三年"，一般以二十七月爲期。

⑤　服闋：守喪期滿除服，闋，終了。長孫無忌《唐律疏義·府號官稱犯名》："父母之喪，法合二十七月。二十五月内是正喪，若釋服求仕，

即當'不孝'，合徒三年；其二十五月外二十七月内是'禪制未除'，此中求仕名爲'冒哀'，合徒一年；若釋去禪服而求仕，自從'釋服從吉'之法。"《舊唐書·王丘傳》："丁父憂去職，服闋，拜右散騎常侍，仍知制誥。"　調：選調，遷轉，更動。《史記·袁盎晁錯列傳》："然袁盎亦以數直諫，不得久居中，調爲隴西都尉。"裴駰集解引如淳曰："調，選。"《新五代史·劉審交傳》："母喪，哀毀過禮，不調累年。"　太君：封建時代官員母親的封號。唐制，四品官之妻爲郡君，五品爲縣君，其母邑號，皆加太君。宋代群臣之母封號有國太夫人、郡太夫人、郡太君、縣太君等稱。韓愈《祭左司李員外太夫人文》："某官某等，謹以清酌庶羞之奠，敬祭于某縣太君鄭氏尊夫人之靈。"歐陽修《瀧岡阡表》："太夫人恭儉仁愛而有禮，初封福昌縣太君，進封樂安、安康、彭城三郡太君。"

⑥ 緋魚袋：指緋衣與魚符袋，舊時朝官的服飾。唐制：五品以上佩魚符袋，宋因之。韓愈《董公行狀》："入翰林爲學士，三年出入左右，天子以爲謹願，賜緋魚袋。"《續資治通鑒·宋高宗紹興十二年》："右承奉郎、賜緋魚袋張宗元爲右宣議郎、直秘閣。"亦省作"緋魚"。《新唐書·王正雅傳》："穆宗時，京邑多盜賊，正雅以萬年令威震豪强，尹柳公綽言其能，就賜緋魚，累擢汝州刺史。"王安石《梅公神道碑》："館之集賢，賜服緋魚。"　官舍：官吏的住宅。《晉書·陶侃傳》："弘以侃爲江夏太守，加鷹揚將軍。侃備威儀，迎母官舍，鄉里榮之。"白居易《代書詩一百韵寄微之》："官舍黃茅屋，人家苦竹籬。"

⑦ 勛烈：功業，功勛。《後漢書·吕强傳》："歷事二主，勛烈獨昭。"元稹《崔蕘檢校都官員外郎兼侍御史》："崔蕘等自元和以來，有大勛烈於天下。"　學行：學問品行。《後漢書·鍾興傳》："(丁)恭薦興學行高明，光武召見，問以經義，應對甚明。"《陳書·姚察傳》："聞姚察學行，當今無比。"　搢紳：插笏於紳，紳，古代仕宦者和儒者圍於腰際的大帶。《周禮·春官·典瑞》："王晉大圭。"鄭玄注引鄭司農曰："晉讀爲搢紳之搢，謂插於紳帶之間，若帶劍也。"《資治通鑒·漢

武帝元封元年》："乙卯，令侍中儒者皮弁搢紳，射牛行事，封泰山下東方。"後用爲官宦或儒者的代稱。《東觀漢記·明帝紀》："是時學者尤盛，冠帶搢紳遊雍而觀化者以億萬計。"權德輿《知非》："名教自可樂，搢紳貴行道。" 諸父：指伯父和叔父。《漢書·王莽傳》："又外交英俊，内事諸父，曲有禮意。"韓愈《祭十二郎文》："念諸父與諸兄，皆康強而早世。" 喪祭：古喪禮，葬後之祭稱喪祭。《禮記·檀弓》："是日也，以吉祭易喪祭。"權德輿《唐故河中晉絳慈隰等州節度使支度營田觀察處置等使開府儀同三司檢校太尉兼中書令河中尹上柱國延德郡王食邑三千户贈太師張公墓誌銘并序》："累丁趙國、魏國二太夫人憂，喪祭情理，一其哀敬，凡三奪齊斬，以從王事。" 賓客：原爲客人的總稱。《詩·小雅·吉日》："發彼小豝，殪此大兕，以御賓客，且以酌醴。"姚合《晦日宴劉值録事宅》："花落鶯飛深院静，滿堂賓客盡詩人。"這裏指以賓客之禮相待。王安石《傷仲永》："邑人奇之，稍稍賓客其父。" 薪水：柴和水，借指生活必需品。《魏書·盧玄傳》："若實有此，卿可量胸山薪水得支幾時……如薪水少急，即可量計。"葉適《朝請大夫提舉江州太平興國宫陳公墓誌銘》："虜既解去，襄城米未食者十五萬，薪水不乏，竟完二城，皆如公策。"

⑧ 女奴：婢女，侍女。韓愈《河中府法曹張君墓碣銘》："有女奴抱嬰兒來，致其主夫人之語曰……"牛僧孺《奏黄州録事參軍張紹棄妻狀》："伏以張紹忝迹衣冠，幸陶德化，不敦二姓之好，敢瀆三綱之經，嬖惑女奴，蔑侮妻室……" 新婦：卑者對尊者稱自己的妻，在人前謙稱自己的妻。王建《賽神曲》："男抱琵琶女作舞，主人再拜聽神語：新婦上酒勿辭勤，使爾舅姑無所苦。"杜光庭《虯髯客傳》："虯髯曰：'計李郎之程，某日方到。到之明日，可與一妹同詣某坊曲小宅相訪。李郎相從一妹，懸然如磬。欲令新婦祇謁，兼議從容，無前却也。'" 媵婢：隨嫁的婢妾。劉向《列女傳·周主忠妾》："三日主父至，其妻曰：'吾爲子勞，封酒相待。'使媵婢取酒而進之。"唐無名氏《對婢判》："遽擁妖妍，將充媵

婢;徒爲枉抑,終見稱張。" 　奴婢:舊時指喪失自由、爲主人無償服勞役的人。其來源有罪人、俘虜及其家屬,亦有從貧民家購得者。通常男稱奴,女稱婢,後亦用爲男女僕人的泛稱。袁宏《後漢紀·質帝紀》:"或取良民以爲奴婢,名曰'自賣民'。"韓愈《柳子厚墓誌銘》:"其俗以男女質錢,約不時贖,子本相侔,則没爲奴婢。"

⑨ "先府君叢集群言"兩句:猶言元積之父元寬通讀百世諸子百家之文獻,彙集其要點精華。元積《夏陽縣令陸翰妻河南元氏墓誌銘》:"嘗著《百葉書要》,以萃群言。"與本文叙述相同,但書名稍有不同,一謂《百葉書抄》,一謂《百葉書要》。 　叢集:聚集、彙集。嵇康《琴賦》:"珍怪琅玕,瑤瑾翕赩。叢集累積,奂衍於其側。"羅隱《市賦》:"齊侯幸晏子所止,引目長視曰:'彼也何哉? 如蜂如蟻,萬貨叢集,百工填委,紛紛汩汩,胡可勝紀?'" 　群言:謂各家著述。《後漢書·蔡邕傳》:"乃斟酌群言,韙其是而矯其非,作《釋誨》以戒厲云爾!"《晉書·韋謏傳》:"雅好儒學,善著述,於群言秘要之義,無不綜覽。" 　課寫:抄寫。《新唐書·百官志》:"秘書郎三人,從六品上,掌四部圖籍,以甲乙丙丁爲部,皆有三本,一曰正,二曰副,三曰貯,凡課寫功程,皆分判。"義近"抄寫",按照原文寫下來。《晉書·紀瞻傳》:"〔瞻〕好讀書,或手自抄寫。"張鷟《遊仙窟》:"請索筆硯,抄寫置於袖懷。" 　卒業:完成未竟的事業或工作。《荀子·仲尼》:"文王誅四,武王誅二,周公卒業。"劉知幾《史通·古今正史》:"即出(班)固,徵詣校書,受詔卒業。"

⑩ 棄養:父母逝世的婉詞,謂父母死亡,子女不得奉養,亦泛指尊者、長者死亡。蘇頲《章懷太子良娣張氏神道碑》:"粵景龍二載孟夏之月,遘疾棄養於京延康第之寢。"穆員《秘書監致仕穆元堂志》:"唐貞元十年十一月二十日,公棄養於東都歸義里私第適寢。" 　捐館:即"捐館舍",拋棄館舍,死亡的婉辭。《戰國策·趙策》:"今奉陽君捐館舍。"白居易《故滁州刺史贈刑部尚書滎陽鄭公墓誌銘》:"公自捐館舍,殆逾三紀,家國多故,未克反葬。" 　予伯兄由官阻於蔡:指元

積的大哥元沂爲宦蔡州，因戰亂而没有能够回到長安，最後不知所終。白居易《唐河南元府君夫人滎陽鄭氏墓誌銘》："夫人有四子二女，長曰沂，蔡州汝陽尉。次曰秬，京兆府萬年縣尉。次曰積，同州韋城尉。次曰稹，河南縣尉。長女適吳郡陸翰，翰爲監察御史。次爲比丘尼，名真一。二女不幸，皆先夫人殁。"本文又云："先府君棄養之歲，前累月而季父侍御史府君捐館，予伯兄由官阻於蔡，叔季皆十年，而下遺其家唯環堵之宮耳！"而據我們考證，元稹父親元寬病故之時，元沂因淮蔡李希烈叛亂而"官阻於蔡"，不僅没有能够回京參加父親的葬禮，而且從此杳無音信，估計多半是死在戰亂之中。故白居易在提及元沂時，顯然已經不知元沂存世與否，故祇能按照墓誌銘的慣例，以元沂的最後職務"蔡州汝陽尉"寫入墓誌銘，含糊其辭一筆帶過："長曰沂，蔡州汝陽尉。"而這二十年間，元秬却從興平尉而長安尉而萬年尉，職務似乎没有遷升，但已經是三易其職，從外地的縣尉而遷升京城的縣尉，屬於非一般意義的重用。根據元秬職務變動的情況，元沂照理也應該變動自己的職務，但從元寬病故的貞元二年（786）元沂"官阻於蔡"，直至鄭氏病故的元和元年（806），元沂還在"蔡州汝陽尉"任上，二十年間元沂一直滯留在蔡州汝陽尉任上，這種異常情況説明元沂已經出現意外，可能已經不在人世。但《編年箋注》却云："'伯兄'句：指元沂爲官於蔡州，不及奔母喪。"《編年箋注》顯然誤讀了元稹原文，請注意：當時"違養"的是"先府君"而不是鄭氏，怎麼可以隨隨便便説"不及奔父喪"爲"不及奔母喪"？本文後面即有"君乃跪言於先太君曰"、"還啓先太君"的描述，難道《編年箋注》能够使没有病故的鄭氏病故？元沂已經不在人世，怎麼還能够説他"不及奔母喪"？難道是元沂的鬼魂再世前來參加鄭氏的喪禮不成？而兄弟四人中，我們一直懷疑元沂的名字有誤，因爲元秬、元稹、元積三兄弟都是"禾"旁，獨獨元沂是"水"旁，與其他兄弟有别，這不符合我國古代漢文化取名的慣例，這在中國漢文化的姓氏傳統中是比較罕見的,應該説是不可能的。封建社會中正常家庭(入贅女家的婚姻除外)子女一般都從父姓,兄弟取名字也是按照一定的規則。如果説元沂與元積、元稹非一母所生,故有如此差異,那麼元秬與元積、元稹也非一母所生,爲什麼又都以"禾"旁取名呢?而且這樣因母親不同而子女取名規則不同的説法,也不符合中國漢文化中以男性之姓氏爲子女姓氏的姓氏文化的習慣與傳統。關於這一點,《年譜》没有指出。我們估計是文獻傳抄之誤。朱金城先生在《白居易集箋校·唐河南元府君夫人滎陽鄭氏墓誌銘》的"校"記中説:"'沂',宋本、那波本、《文粹》、《英華》、盧校俱作'沂'。城按:元稹《夏陽縣令陸翰妻河南元氏墓誌銘》、《新唐書·宰相世系表》亦俱作'沂'。"而我們從元秬的名字,根據《詩經·生民》"誕降嘉種,維秬維秠"之句,推測"沂"、"沂"或許就是"秠"之誤。秠:良種黑黍,一殼中有兩顆米;秬:黑黍;積:積儲穀物;稹:草木叢生。祇有這樣兄弟四人的名字意義密切相連,構成完整的意群。但我們也没有確鑿的證據,祇好等待日後新出土文物的破解。　　叔季:弟輩,弟弟。崔祐甫《故常州刺史獨孤公神道碑銘并序》:"水部曰:'天之降割於我家,仲叔季盡矣!吾將老矣!吾弟常州之子未立,今不刻石表墓,則常州之令名何以傳於後?'乃托我故人叙而銘之。"曾鞏《蔡京起居郎制》:"而爾之叔季,並直同升,其於榮遇,世罕及者。"本文的"叔"指元積,"季"指元稹自己。元寬謝世之年,元稹八歲,而元積比元稹年長一歲,故言"皆十年而下"。　　環堵:四周環著每面一方丈的土墻,形容狹小、簡陋的居室。《淮南子·原道訓》:"環堵之室,茨之以生茅,蓬户甕牖,揉桑爲樞。"高誘注:"堵長一丈,高一丈,故曰環堵,言其小也。"杜甫《寄柏學士林居》:"幾時高議排金門,各使蒼生有環堵?"元氏一族的舊居是隋代皇帝賜給當時的兵部尚書元巖的,規模不應該如此狹窄,這裏是誇大其詞,極言家庭貧困之狀。　　襄:成,完成。《左傳·定公十五年》:"葬定公,雨,不克襄事,禮也。"杜預注:"襄,成也。"《舊五代史·盧詹傳》:"詹家無長物,喪具不給,少帝聞之,賜布帛百段、粟麥百斛,方能襄其葬事。"一説爲"解衣耕"的引申,指除土反土,挖坑下棺。陸宗達《説文解字通論》:"當魯定公葬禮之際,正碰上下雨,泥土淋瀿,根本無法挖坑、反土。雖然這裏的襄字不是説耕種農作物,但就工序來説,除土反土是一致的。"

⑪ 先:稱呼死者的敬詞,多用於尊者。《國語·魯語》:"吾聞之先姑曰:'君子能勞,後世有繼。'"韋昭注:"夫之母曰姑,殁曰先姑。"阮籍《爲鄭沖勸晉王箋》:"自先相國以來,世有明德。" 太夫人:漢制,列侯之母稱太夫人。《漢書·文帝紀》:"令列侯太夫人、夫人、諸侯王子及吏二千石無得擅徵捕。"顏師古注引如淳曰:"列侯之妻稱夫人,列侯死,子復爲列侯,乃得稱太夫人。子不爲列侯,不得稱也。"後世官吏之母,不論存殁,亦稱太夫人。薛稷《唐故洛州洛陽縣令鄭府君碑》:"朝以爲能,出除洛陽縣令。無何,丁太夫人憂。"韓愈《祭左司李員外太夫人文》:"維年月日,某官某等謹以清酌庶羞之奠,敬祭于某縣太君鄭氏尊夫人之靈。" 先人:祖先。《書·多士》:"惟爾知惟殷先人,有册有典。"孔傳:"言汝所親知殷先世有册書典籍。"韓愈《感二鳥賦》:"幸生天下無事時,承先人之遺業。" 匍匐:爬行。《詩·大雅·生民》:"誕實匍匐,克岐克嶷,以就口食。"朱熹注:"匍匐,手足並行也。"《漢書·叙傳》:"昔有學步於邯鄲者,曾未得其髣髴,又復失其故步,遂匍匐而歸耳!"謂倒僕伏地,趴伏。《禮記·問喪》:"孝子親死,悲哀志懣,故匍匐而哭之。"鄭玄注:"匍匐,猶顛蹶。"元稹《寄吳士矩端公五十韵》:"强起相維持,翻成兩匍匐。"

⑫ 俸:俸禄,舊指官吏所得的薪給。《韓非子·奸劫弑臣》:"國有無功得賞者,則民……皆欲行貨財、事富貴、立名譽以取尊官厚俸。"韓愈《雪後寄崔二十六丞公》:"秩卑俸薄食口衆,豈有酒食開容顏!" 顏色:面子,光彩。曹植《艷歌》:"長者賜顏色,泰山可動移。"尊嚴。蘇舜欽《答韓持國書》:"昨在京師官時,不敢犯人顏色,不敢議論時事,隨衆上下,心志蟠屈不開,固亦極矣!" 礿祀:即礿祭,同"礿

祭",古代宗廟時祭名。王充《論衡·祀義》:"紂殺牛祭,不致其禮;文王礿祭,竭盡其敬。"《後漢書·明帝紀》:"太常其以礿祭之日,陳鼎於廟,以備器用。"　吉凶:指吉事和喪事。《周禮·春官·天府》:"凡吉凶之事,祖廟之中,沃盥,執燭。"鄭玄注:"吉事,四時祭也;凶事,後王喪。"元稹《故中書令贈太尉沂國公墓誌銘》:"家家始以燈火相會聚,親戚吉凶通吊問。"

⑬ 貿費:謂旅途費用。義近"盤費",旅途費用,路費。《文獻通考·兵》:"乞令沿路都統司分定驛程,各差素有心力將官一員,從各司量給盤費,責令與諸州軍所委官同共提點。"義近"路費",旅途中所用的錢,包括交通、伙食、住宿等方面的費用。王禹偁《感流亡》:"道糧無斗粟,路費無百錢。"　毫厘:毫與厘的並稱。柳宗元《梓人傳》:"計其毫厘,而構大廈。"比喻極微細,毫、厘均是微小的量度單位。葛洪《抱朴子·漢過》:"官高勢重,力足拔才,而不能發毫厘之片言,進益時之翹俊也。"　先太君:丈夫已經離開人世而兒子又有一定社會地位的母親。白居易《有唐善人墓碑》:"初先太君好善佛書,不食肉。公不忍違其志,亦終身蔬食。"元稹《告贈皇考皇妣文》:"謹於先太君載誕之日,祇告贈典,并焚黃制以獻,號慕莫及,痛毒肝心,伏惟尚饗。"本文指元稹、元積兄弟等母親鄭氏。元稹向鄭氏稟報之時尚在人世,故元稹能夠稟報。但元積撰寫本文時鄭氏早就病故,故在前面加一個"先"字,表示已經不在人世。　仲:指兄弟或姐妹中排行第二者,古時兄弟姐妹排行常以伯(孟)、仲、叔、季爲序。《新唐書·竇伯女仲女傳》:"竇伯女、仲女……行臨大谷,伯曰:'我豈受污於賊!'乃自投下,賊大駭,俄而仲亦躍而墜。"《說郛》卷二五引范正敏《遯齋閑覽·娶婦離間友愛》:"姑蘇馮氏兄弟三人,甚相友愛。其季娶婦逾年,輒諷使其夫分異,夫怒訴曰:'吾家義居三世矣!汝欲敗吾素業耶?'婦乃不復言。而其仲每對親戚常切齒以語:'此婦必敗吾家。'"從元積兄弟的情況來看,此"仲"應該指元稹,而"叔"指元積,"季"應

該指元稹。但本文“下示仲叔季”者，“仲”應該正是元稹自己，疑“仲”爲衍字。　尊：輩分、地位高或年紀大。《禮記·喪服小記》：“養尊者必易服，養卑者否。”《孟子·萬章》：“曰：却之却之爲不恭，何哉？曰：尊者賜之。”　束：約束，限制。《商君書·畫策》：“行間之治連以五，辨之以章，束之以令；拙無所處，罷無所生。”《文心雕龍·書記》：“券者，束也，明白約束，以備情僞。”　不義：不合乎道義。《國語·周語》：“佻天不祥，乘人不義。”《史記·汲鄭列傳》：“天子置公卿輔弼之臣，寧從諛承意，陷主於不義乎？”

⑭ 京邑：京都。張衡《東京賦》：“京邑翼翼，四方所視。”杜審言《贈蘇味道》：“輿駕還京邑，朋遊滿旁畿。”這裏指元稹歷職“長安、萬年尉”，地在京城長安，而縣尉在古代是專職捕盜之官，京城的捕盜之官，責任尤重。　囊橐：窩藏，包庇，亦以喻庇護所。《漢書·張敞傳》：“廣川王姬昆弟及王同族宗室劉調等通行爲之囊橐，吏逐捕窮窘，蹤迹皆入王宮。”顔師古注：“言容止賊盜，若囊橐之盛物也。”《續資治通鑒·宋孝宗淳熙七年》：“既不能深有所傷，而終亦不敢明言以擣其囊橐窟穴之所在。”勾結。元稹《唐慶萬年縣令》：“輦轂之下，豪黠僄輕。擾之則獄市不容，緩之則囊橐相聚。”《續資治通鑒·宋高宗紹興二十七年》：“因循歲月，積弊已久，是以胥吏得以囊橐爲奸，賄賂公行而莫之誰何！”　盤牙：交結，連結。王符《潛夫論·述赦》：“又重饋部吏，吏與通奸，利入深重，幡黨盤牙。”盜賊或叛亂者。元稹《加裴度幽鎮兩道招撫使制》：“冀服於前，燕平於後，而撫御失理，盤牙復生。”　懇：請求，干求。《正字通·心部》：“懇，俗借爲干求意。”《六部成語·刑部》：“軍流之犯有老親，並無兄弟成丁之人，例准懇乞留家以養父母，免其遠流。”　暴：暴亂。《大戴禮記·用兵》：“聖人之用兵也，以禁殘止暴於天下也。”盧辯注：“將以存亡繼絶，平天下之亂也。”《淮南子·本經訓》：“故兵者所以討暴，非所以爲暴也。”高誘注：“言兵討人之暴亂，非所以自爲暴亂也。”

⑮ 朝廷有事於淄蔡:指元和九年九月至元和十二年十月平定淮西叛亂與元和十年八月至元和十三年七月平定李師道的叛亂,因淮西境內的蔡州是叛首吳元濟的主要據點,另一個叛首李師道原來是淄青節度使,故以"淄蔡"代稱。《舊唐書·憲宗紀》:(元和十二年)"(十月)己卯,隨唐節度使李愬率師入蔡州,執吳元濟以獻,淮西平。甲申詔:'淮西立功將士,委韓弘、裴度條疏奏聞。淮西軍人,一切不問,宜準元勑給復二年。'十一月丙戌朔,御興安門受淮西之俘,以吳元濟徇兩市,斬於獨柳樹……"《舊唐書·憲宗紀》:(元和十年)"八月己亥朔……丁未,淄青節度使李師道陰與嵩山僧圓淨謀反,勇士數百人伏於東都進奏院,乘洛城無兵,欲竊發焚燒宮殿而肆行剽掠。小將楊進、李再興告變,留守呂元膺乃出兵圍之,賊突圍而出,入嵩岳山棚,盡擒之。訊其首僧圓淨,主謀也。僧臨刑嘆曰:'誤我事,不得使洛城流血!'"　星歲:歲星,喻指一年。韋應物《白沙亭逢吳叟歌》:"星歲再周十二辰,爾來不語今爲君。"劉商《胡笳十八拍·第十一拍》:"日來月往相催遷,迢迢星歲欲周天。無冬無夏臥霜霰,水凍草枯爲一年。"　供饋:供應。《西京雜記》卷四:"此資業之厚,何供饋之偏耶?"《周書·異域傳》:"及楊忠與突厥伐齊,稽胡等復懷旅拒,不供糧餼。忠乃詐其酋帥,云與突厥欲回兵討之。酋帥等懼,乃相率供饋焉!"　課:考核,考查。《管子·明法》:"故明主以法案其言而求其實,以官任身而課其功。"顏真卿《朝議大夫贈梁州都督上柱國徐府君神道碑》:"户部侍郎徐知仁請爲招慰南蠻判官,奏課居最,轉瀛州司法參軍。"評判等次,考試評定。《楚辭·招魂》:"與王趨夢兮,課後先。"王逸注:"課第群臣先至後至也。"《文選·孔稚珪〈北山移文〉》:"琴歌既斷,酒賦無續,常綢繆於結課,每紛綸於折獄。"李善注:"課,第也。"呂延濟注:"結課,考第也。"　遷:晉升或調動。《管子·禁藏》:"夏賞五德,滿爵祿,遷官位,禮孝悌,復賢力,所以勸功也。"《史記·張丞相列傳》:"〔申屠嘉〕以材官蹶張從高帝擊項籍,遷爲隊率。"

⑯ 諸弟：所有同宗之弟。《國語·晉語》：“而惠慈二蔡，刑於大姒，比於諸弟。”韋昭注：“諸弟，同宗之弟。”韋應物《寒食寄京師諸弟》：“把酒看花想諸弟，杜陵寒食草青青。” 正色：謂神色莊重，態度嚴肅。《公羊傳·桓公二年》：“孔父正色而立於朝。”白居易《代書詩一百韵寄微之》：“正色摧强禦，剛腸嫉喔咿。” 不恭：不尊敬，不嚴肅。《孟子·萬章》：“〔萬章〕曰：‘却之，却之爲不恭，何哉？’”孫光憲《北夢瑣言》卷一一：“斯蓋罔道不恭，爲天罰也。” 諸子：衆兒。《史記·平原君虞卿列傳》：“諸子中勝最賢，喜賓客，賓客蓋至者數千人。”《宋史·吳奎傳》：“没之日，家無餘資，諸子至無屋以居，當時稱之。” 鞭笞：鞭打，杖擊。《韓非子·外儲説》：“使王良操左革而叱吒之，使造父操右革而鞭笞之，馬不能行十里，共故也。”韓愈《應所在典貼良人男女等狀》：“名目雖殊，奴婢不別。鞭笞役使，至死乃休。既乖律文，實虧政理。” 不令：不善，不肖。《左傳·宣公十四年》：“寡君有不令之臣達，構我敝邑於大國。”元稹《鶯鶯傳》：“慈母以弱子幼女見託，奈何因不令之婢，致淫佚之詞！”

⑰ 閑：悠閑。《文心雕龍·雜文》：“夫文小易周，思閑可贍。”詹鍈義證：“閑，悠閑。”韋莊《謁金門》一：“閑抱琵琶尋舊曲，遠山眉黛綠。” 劇：指繁重的職務。孟浩然《贈蕭少府》：“處腴能不潤，居劇體常閑。”王安石《上曾參政書》：“某材不足以任劇，而又多病，不敢自蔽。” 忤：違逆，觸犯。《莊子·刻意》：“無所於忤，虛之至也。”成玄英疏：“忤，逆也。”韓愈《胡良公墓神道碑》：“以剛直齟齬不阿，忤權貴，除獻陵令。” 及物：謂恩及萬物。元稹《册文武孝德皇帝赦文》：“溢美之名，既不克讓；及物之澤，又何愛焉！”林逋《和運使陳學士游靈隱寺寓懷》：“温顔煦槁木，真性馴幽禽。所以仁惠政，及物一一深。”

⑱ 没：通“殁”，故世。《論語·學而》：“父在，觀其志；父没，觀其行。”錢起《哭空寂寺玄上人》：“燈續生前火，爐添没後香。” 一言：一個字。《論語·衛靈公》：“子貢問曰：‘有一言而可以終身行之者乎？’

子曰：'其恕乎！'"《文心雕龍·物色》："皎日嘒星，一言窮理；參差沃若，兩字窮形。"一句話，一番話。《左傳·僖公二十八年》："楚一言而定三國，我一言而亡之。"魏徵《述懷》："季布無二諾，侯嬴重一言。"一顧：一看。東方朔《七諫·怨思》："過故鄉而一顧兮，泣戲欷而霑衿。"劉長卿《題虎丘寺詩》："徘徊北樓上，江海窮一顧。"

⑲　張仲：人名，周代賢臣。《詩經·小雅·六月》："飲御諸友，炰鱉膾鯉。侯誰在矣？張仲孝友。"朱熹注："張仲，吉甫之友也。善父母曰孝，善兄弟曰友。"　鮑叔：鮑叔牙的別稱，春秋時齊國大夫，以知人並篤於友誼稱於世，後常以"鮑叔"代稱知己好友。元稹《寄樂天二首》一："榮辱升沈影與身，世情誰是舊雷陳？惟應鮑叔猶憐我，自保曾參不殺人。"孟遲《寄浙右舊幕僚》："慚愧故人同鮑叔，此心江柳尚依依。"

⑳　己亥：天干地支紀年之一，本文的"己亥"是元和十四年。甲，天干的首位，子，地支的首位，古代以天干和地支遞次相配，如甲子、乙丑……己亥……癸亥之類，統稱甲子。從甲子起至癸亥止，共六十相配，故又稱爲六十甲子，古人用以紀日或紀年。元結《漫論并序》："乾元己亥至寶應壬寅歲，時人相誚議曰'元次山嘗漫有所爲，且漫聚兵，又漫辭官，漫聞議'云云，因作漫論。論曰……"韓愈《息國夫人墓誌銘》："元和七年甲子，日南至，以疾卒。"　域：塋地，墳地。《詩經·唐風·葛生》："葛生蒙棘，蘞蔓於域。"毛傳："域，塋域也。"韓愈《唐故昭武將軍守左金吾衛將軍李公墓誌銘》："其葬用古今禮，以元配韋氏夫人祔而葬，次配崔氏夫人於其域異墓。"　閟：埋。白居易《唐太原白氏之殤墓誌銘》："念爾九歲逝不迴，埋魂閟骨長夜臺。"蘇軾《真相院釋迦舍利塔銘》："棺槨十襲閟精圜，神光晝夜發層巘。"

[編年]

不見《年譜》編年本文，但有譜文說明："二兄以疾去職，居虢州。九月，卒，年六十七歲。時二嫂崔氏已歿。《元稹誌》云：'元和十四年以疾去職,九月二十六日歿於季弟虢州長史稹之官舍……嗚呼！君之生六十七年矣！'"《編年箋注》編年:"《誌》中所示年月爲元和十四年(八一九)十一月十六日,元稹時在長安,任膳部員外郎。"《年譜新編》編年本文于元和十四年,理由是:"誌云:'唐元和之己亥,惟孟年十一月十六日仲月之良辰,合葬我元君于咸陽縣之洪瀆川。''己亥'即十四年。"

　　《年譜》沒有標明本文撰作的具體時間,《年譜新編》也含糊其辭,祇斷定爲元和"十四年",也沒有撰寫本文的具體日期。《編年箋注》認爲是"元和十四年(八一九)十一月十六日。"但十一月十六日是元稹與其妻子崔氏合葬的日子,這篇墓誌銘不應該於元稹安葬之時臨時撰寫在洪瀆川,而應該撰寫於此前離開虢州前往咸陽縣之洪瀆川之前,亦即"十一月十六日"之前數天。根據我國喪葬的慣例,我們估計元稹最早於仲兄死後四十九天除靈時離虢州前往咸陽縣之洪瀆川,而從"九月二十六日"下推四十九天,正是十一月十四日,十一月十四日從虢州除靈出發,經兩日跋涉,於"十一月十六日"到達咸陽縣之洪瀆川安葬,故十一月十四日或稍前一二天,很可能是元稹撰寫本文的日子。元稹一家也很可能護送其兄之神柩以及愛女元樊之屍骨,亦即同年十一月十六日安葬仲兄以及愛女元樊在咸陽縣之祖墳,其返京當在同年十一月十六日之後。宰相崔群是元稹的朋友,自然是元稹內調回京的最主要執行者,沒有崔群的極力主持,元稹這次逢赦回京極有可能是遙遙無期,甚至是不了了之。而崔群元和十四年十二月十一日即已出貶爲湖南觀察使,《舊唐書·憲宗紀》:"(元和十四年)十二月乙巳朔……乙卯,以諫議大夫、守中書侍郎同中書門下平章事、上柱國賜紫金魚袋崔群爲潭州刺史兼御史大夫充湖南觀察使。"崔群幫助元稹回朝應該在他出貶之前。合前後材料可以推知,元稹歸朝應該在元和十四年十一月十六日安葬元稹與女兒之後、同年十二月十一日崔群出貶湖南觀察使之前。所以,《編年箋注》所云"元稹時在長安,任膳部員外郎"的結論是錯誤的。據此,本文應該撰作於元和十四年十一月十六日之前數天,極有可能就是十一月十四日,地點在虢州,元稹時任虢州長史。

■ 元和五年三月至元和十四年
年底間佚失詩篇十九首⁽一⁾①

據元稹《上令狐相公詩啓》

[校記]

（一）元和五年三月至元和十四年年底間佚失詩篇十九首:元稹本佚失詩所據元稹《上令狐相公詩啓》,又見《英華》、《舊唐書·元稹傳》、《唐文粹》、《文章辨體彙選》、《全文》,所述基本事實一致。

[箋注]

① 元和五年三月至元和十四年年底間佚失詩篇十九首:元稹《上令狐相公詩啓》:"稹始自御史府謫官於外,今十餘年矣! 閑誕無事,遂用力於詩章。日益月滋,有詩向千餘首。其間感物寓意,可備矇瞽之諷達者有之,詞直氣粗,罪尤是懼,固不敢陳露於人。唯杯酒光景間屢爲小碎篇章,以自吟暢。然以爲律體卑痺,格力不揚,苟無姿態,則陷流俗。常欲得思深語近,韵律調新,屬對無差,而風情自遠,然而病未能也。"據元稹本人所述,這"向千餘首"詩篇應該撰作始於元和五年三月出貶江陵之時,終於元和十四年回歸長安之前;但我們點檢拙稿《新編元稹集》之"詩文編年目録",所有詩篇僅僅九八六首,不能够滿足"向千餘首"的要求。而"向千餘首"不可能正巧是一千〇一首,也決不可能是一千九百九十九首,那末"向千餘首"究竟是多少? 元稹《叙詩寄樂天書》又云:"自十六時至是元和七年,已有詩

八百餘首，色類相從，共成十體，凡二十卷……昨行巴南道中，又有詩五十一首。文書中得七年已後所爲，向二百篇。"三者相加，亦即"自十六時至是元和七年"，"有詩八百餘首"，"文書中得七年已後所爲，向二百篇"，再加上"昨行巴南道中，又有詩五十一首"，應該是一千〇五十一首以上，與"向千餘首"大致相當。但兩者起止的時間不同，《叙詩寄樂天書》所云，起貞元十年，終元和十年六月，不包括元和十年六月之後至元和十四年年底這一時段，據我們編年目錄的統計，這一時段尚有詩篇二百四十篇，加上前面統計的一千〇五十一首以上，應該是一千二百九十一首以上；根據我們編年目錄的統計，元和十四年之前元稹所作的作品，不包括文篇在内，應該是一千二百七十二篇，與一千二百九十一首相較，尚有十九篇的差距，這十九篇，應該是元稹這一時期的佚失詩篇。今據此推論補入元稹佚失詩篇之列。當然我們的推論衹是推論，並不確切，時越千年，我們今天無法確切指實，衹能大約而言之，敬請讀者諒解。

［編年］

未見《元稹集》採録，也未見《年譜》、《編年箋注》、《年譜新編》採録與編年。

據元稹《上令狐相公詩啓》所述，這六十六篇佚失的詩文，應該撰成於元和十年六月至元和十四年年底之間，今暫時安排在元和十四年年底。地點前期在通州，後期在虢州，官職前期是通州司馬，後期是虢州長史。

元和十五年庚子(820) 四十二歲

● 上令狐相公詩啓^①

某啓^(一)，稹初不好文章^(二)，徒以仕無他技^(三)，强由科試^②。及有罪譴棄之後，自以爲廢滯潦倒，不復以文字有聞於人矣^{(四)③}！曾不知好事者抉摘芻蕘，塵黷尊重^{(五)④}。竊承相公直於廊廟間道稹詩句^(六)，昨又面奉教約^(七)，令獻舊文。戰汗悚踢，慚忝無地^⑤。

稹始自御史府謫官於外，今十餘年矣^(八)！閑誕無事，遂用力於詩章^(九)。日益月滋，有詩向千餘首^{(一〇)⑥}。其間感物寓意，可備蒙瞽之諷達者有之^(一一)，詞直氣粗，罪尤是懼^(一二)，固不敢陳露於人^⑦。唯杯酒光景間屢爲小碎篇章，以自吟暢。然以爲律體卑痺^(一三)，格力不揚，苟無姿態，則陷流俗^⑧。常欲得思深語近^(一四)，韵律調新，屬對無差，而風情自遠，然而病未能也^{(一五)⑨}。

江湖間多有新進小生^(一六)，不知天下文有宗主，妄相做傚，而又從而失之，遂至於支離褊淺之詞，皆自謂爲元和詩體^{(一七)⑩}。稹又與同門生白居易友善^(一八)，居易雅能爲詩，就中愛驅駕文字，窮極聲韵，或爲千言，或爲五百言律詩以相投寄^⑪。小生自審不能有以過之，往往戲排舊韵，別創新詞，名爲次韵相酬，蓋欲以難相挑耳^⑫！江湖間爲詩者復相放傚^(一九)，力或不足，則至於顛倒語言，重複首尾，韵同意等，不異前篇,亦自謂爲元和詩體⑬。而司文者考變雅之由,往往歸咎於稹⑭。

　　嘗以爲雕蟲小事,不足以自明。始聞相公記憶,累旬已來,實懼糞土之墙庇以大厦,便不摧壞(二〇),永爲版築者之誤(二一)⑮。輒寫古體歌詩一百首(二二),百韻至兩韻律詩一百首,合爲五卷,奉啓跪陳⑯。或希構厦之餘,一賜觀覽,知小生於章句中樂欄楯桷之材,盡曾量度,則十餘年之遭迴,不爲無用矣(二三)⑰!詞旨瑣劣,冒黷尊嚴(二四),俯伏刑書(二五),不敢逃讓。死罪,死罪⑱!

録自《元氏長慶集》補遺卷二

[校記]

　　(一)某啓:《英華》、《唐文粹》、《全文》同,楊本"集外文章"、叢刊本、盧校、《舊唐書‧元稹傳》無。各備一説,不改。

　　(二)稹初不好文章:原本作"某初不好文章",《英華》、《文章辨體彙選》、《全文》同,楊本"集外文章"、叢刊本、盧校、《舊唐書‧元稹傳》作"稹初不好文",據改爲"稹初不好文章"。《唐文粹》作"某初不好文",各備一説。

　　(三)徒以仕無他技:楊本"集外文章"、《英華》、《唐文粹》、《文章辨體彙選》同,盧校、《舊唐書‧元稹傳》、《全文》作"徒以仕無他歧",叢刊本作"徒以仕無它歧",各備一説,不改。

　　(四)不復以文字有聞於人矣:楊本"集外文章"、叢刊本、《英華》、《唐文粹》、《文章辨體彙選》、《全文》同,《舊唐書‧元稹傳》作"不復有文字有聞於人矣",語義相類,不改。

　　(五)塵黷尊重:《英華》、《全文》同,楊本"集外文章"、叢刊本、盧校、《唐文粹》作"塵穢尊重",《舊唐書‧元稹傳》、《文章辨體彙選》作

"塵瀆尊重"各備一説,不改。

(六)竊承相公直於廊廟間道某詩句:《英華》、《唐文粹》、《文章辨體彙選》同,《全文》作"竊承相公特於廊廟間道某詩句",楊本"集外文章"、叢刊本、《舊唐書·元稹傳》"竊承相公特於廊廟間道稹詩句",據改。

(七)昨又面奉教約:《英華》、《唐文粹》、《舊唐書·元稹傳》、《文章辨體彙選》、《全文》同,楊本"集外文章"、叢刊本作"昨又面奉約",語義不佳,不從不改。

(八)稹始自御史府謫官於外,今十餘年矣:原本作"某始自御史府謫官於外,今十餘年矣",《英華》、《唐文粹》、《文章辨體彙選》、《全文》同,叢刊本誤作"稹目御史府謫官,於今十餘年矣",楊本"集外文章"、《舊唐書·元稹傳》作"稹自御史府謫官,於今十餘年矣",據此改爲"稹始自御史府謫官於外,今十餘年矣"。

(九)遂用力於詩章:《英華》、《唐文粹》、《文章辨體彙選》、《全文》同,楊本"集外文章"、叢刊本、盧校、《舊唐書·元稹傳》作"遂專力於詩章",各備一説,不改。

(一○)有詩向千餘首:楊本"集外文章"、叢刊本、《全文》同,《英華》作"有詩至千餘首",《舊唐書·元稹傳》作"有詩句千餘首",《唐文粹》作"有詩千餘首",《文章辨體彙選》作"有詩可千餘首",語義相類,各備一説,不改。

(一一)可備矇瞽之諷達者有之:楊本"集外文章"、叢刊本、《英華》、《唐文粹》、《文章辨體彙選》、《全文》同,《舊唐書·元稹傳》作"可備矇瞽之風者有之",各備一説,不改。

(一二)罪戾是懼:《英華》、《唐文粹》、《文章辨體彙選》、《全文》同,楊本"集外文章"、叢刊本、《舊唐書·元稹傳》作"罪尤是懼",各備一説,不改。

(一三)然以爲律體卑痺:楊本"集外文章"、叢刊本、《英華》、《舊唐書·元稹傳》、《文章辨體彙選》、《全文》同，《唐文粹》作"然以爲律體卑下"，各備一説，不改。

（一四）常欲得思深語近：叢刊本、《英華》、《唐文粹》、《舊唐書·元稹傳》、《文章辨體彙選》、《全文》同，楊本"集外文章"作"當欲得思深語近"，語義不佳，不從不改。

（一五）而風情自遠，然而病未能也：《英華》、《唐文粹》、《文章辨體彙選》同，楊本"集外文章"、叢刊本、《舊唐書·元稹傳》作"而風情宛然，而病未能也"，各備一説，不改。

（一六）江湖間多有新進小生：原本作"江湘間多有新進小生"，《英華》、《文章辨體彙選》、《全文》同，楊本"集外文章"、叢刊本、《舊唐書·元稹傳》作"江湖間多新進小生"，《唐文粹》作"江湖間多有新進小生"，據改。

（一七）皆自謂爲元和詩體：《英華》、《舊唐書·元稹傳》、《文章辨體彙選》、《全文》同，楊本"集外文章"、叢刊本、《唐文粹》作"皆目謂爲元和詩體"，各備一説，不改。

（一八）稹又與同門生白居易友善：原本作"某又與同門生白居易友善"，《英華》、《唐文粹》、《文章辨體彙選》、《全文》同，據楊本"集外文章"、叢刊本、《舊唐書·元稹傳》改。

（一九）江湖間爲詩者復相放傚：楊本"集外文章"、叢刊本同，《舊唐書·元稹傳》作"自爾江湖間爲詩者復相放效"，《英華》作"江湘間爲詩者復相傚"，《唐文粹》作"江湖間爲詩者或相傚斆"，《文章辨體彙選》、《全文》作"江湘間爲詩者復相傚"，各備一説，不改。

（二〇）便不摧壞：叢刊本同，楊本"集外文章"作"便不摧攘"，《英華》、《文章辨體彙選》作"便不復摧壞"，《唐文粹》作"使不復摧壞"，《全文》作"使不摧壞"，《舊唐書·元稹傳》作"使不復破壞"，各備一説，不改。

（二一）永爲版築者之誤：原本作"永爲版築之娛"，楊本"集外文章"同,《英華》、《文章辨體彙選》作"實爲版築者之誤",叢刊本作"冰爲版築之娛",據《唐文粹》、《舊唐書·元稹傳》改。《編年箋注(散文卷)》所據底本是馬本,云據楊本"集外文章"而改"娛"爲"誤",但楊本"集外文章"却爲"永爲版築之娛"。

(二二)輒寫古體歌詩一百首:楊本"集外文章"、《舊唐書·元稹傳》同,《英華》作"輒敢撰寫古體歌詩一百首",《唐文粹》作"輒敢繕寫古體詩歌一百首",《文章辨體彙選》作"輒故撰寫古體歌詩一百首",《全文》作"輒繕寫古體歌詩一百首",叢刊本作"輒寫古體歌詩一百首",各備一説,不改。

(二三)不爲無用矣:《英華》、《舊唐書·元稹傳》、《文章辨體彙選》、《全文》同,楊本"集外文章"、叢刊本作"不爲無所用矣",《唐文粹》作"不爲無所用心耳",各備一説,不改。《舊唐書·元稹傳》以下文字略去。

(二四)冒黷尊嚴:叢刊本、《英華》、《唐文粹》、《文章辨體彙選》、《全文》同,楊本"集外文章"作"冒黷專嚴",語義難通,不從不改。

(二五)俯伏刑書:楊本"集外文章"、叢刊本、《英華》、《文章辨體彙選》同,《唐文粹》作"伏俟刑書",《全文》作"伏候刑書",各備一説,不改。

[箋注]

① 上令狐相公詩啓:現存《元氏長慶集》不載,但楊本"集外文章"、馬本《元氏長慶集》補遺卷二、《舊唐書·元稹傳》、叢刊本、《英華》、《文章辨體彙選》、《唐文粹》、《全文》刊載,作者歸屬元稹,據補。上:奉獻,送上。《禮記·文王世子》:"食上,必在視寒暖之節。"孔穎達疏:"食上,謂獻饌。"《史記·呂太后本紀》:"王誠以一郡上太后,爲公主湯沐邑,太后必喜,王必無憂。"　令狐相公:即令狐楚,時任宰相之職,故稱相公。《舊唐書·令狐楚傳》:"令狐楚字殼士,自言國初十

八學士德棻之裔……元和十三年……十月皇甫鎛作相,其月以楚爲河陽懷節度使。十四年……七月皇甫鎛薦楚入朝,自朝議郎授朝議大夫、中書侍郎同平章事,與鎛同處臺衡,深承顧待。十五年正月憲宗崩,詔楚爲山陵使,仍撰哀册文……其年六月山陵畢,會有告楚親吏贓污事發,出爲宣歙觀察使……再貶衡州刺史,時元稹初得幸爲學士,素惡楚與鎛膠固希寵,積草楚衡州制略曰……"劉禹錫《和白侍郎送令狐相公鎮太原》:"十萬天兵貂錦衣,晉城風日斗生輝。行臺僕射深恩重,從事中郎舊路歸。"劉禹錫《令狐相公自天平移鎮太原以詩申賀》:"北都留守將天兵,出入香街宿禁局。聲鼓夜聞驚朔雁,旌旗曉動拂參星。" 相公:舊時對宰相的敬稱。劉長卿《奉和杜相公新移長興宅呈元相公》:"間世生賢宰,同心奉至尊。功高開北第,機静灌中園。"吳曾《能改齋漫録・事始》:"丞相稱相公,自魏已然矣!" 詩啓:寄奉所作詩歌的書信。李嶠《上高長史述和詩啓》:"某啓:近於録事參軍杜延昌處,伏見公《秋月遙想洛城十韵》之作。曲中之妙,傳乎郢客之聲;天下之珍,得自隋侯之掌。"柳宗元《上襄陽李僕射懇獻唐雅詩啓》:"宗元啓:昔周宣中興,得其臣召虎,師出江漢,以平淮夷。故其詩曰:'江漢之滸,王命召虎。'其卒章曰:'于周受命,自召祖命。'以明虎者召公之孫,克承其先也。"

② 文章:文辭或獨立成篇的文字。《後漢書・延篤傳》:"能著文章,有名京師。"杜甫《偶題》:"文章千古事,得失寸心知。" 科試:科舉考試。白居易《與元九書》:"家貧多故,二十七方從鄉賦。既第之後,雖專於科試,亦不廢詩。"《宋史・選舉志》:"是歲以科試,明堂同在嗣歲,省司財計艱於辦給。"

③ 譴棄:遭譴謫而被棄置。元稹《叙詩寄樂天書》:"又不幸,年三十二時有罪譴棄。"這裏指元稹元和五年在監察御史任上因得罪權貴重臣而出貶江陵士曹參軍之事。義近"譴罪",責罪。何薳《春渚紀聞・殯柩者役於伽藍》:"夫人曰:'我生享國封,不爲不尊,而死亦鬼

耳。況以遺骸澤穢佛界之地，得不大譴罪，而姑役使之，亦幸矣！'"
廢滯：廢置不用，廢棄，亦指被廢棄的人或被擱置的事。《左傳·成公十
八年》："始命百官……逮鰥寡，振廢滯，匡乏困。"《宋書·禮志》："良由
國家多難，日不暇給，草建廢滯，事有未遑。"　潦倒：頹喪，失意。杜甫
《登高》："萬里悲秋常作客，百年多病獨登臺。艱難苦恨繁霜鬢，潦倒新
停濁酒杯。"沈傳師《次潭州酬唐侍御》："嗟余潦倒久不利，忍復感激論
元元。"　文字：連綴單字而成的詩文。孟郊《老恨》："無子抄文字，老吟
多飄零。"指詩文中的文辭、詞句。韓愈《荊潭唱和詩序》："搜奇抉怪，雕
鏤文字，與韋布里閭憔悴專一之士，較其毫厘分寸。"

　　④ 好事：愛興事端，喜歡多事。《孟子·萬章》："萬章問曰：'或
謂孔子於衛主癰疽，於齊主侍人瘠環，有諸乎？'孟子曰：'否，不然也，
好事者爲之也。'"朱熹集注："好事，謂喜造言生事之人也。"柳宗元
《三戒》："黔無驢，有好事者船載以入。"　抉摘：抉擇，擇取。陸龜蒙
《甫里先生傳》："好讀古聖人書，探六籍，識大義，就中樂《春秋》，抉摘
微旨。"沈洵《韵語陽秋序》："自漢魏以來詩人篇詠，咸參稽抉摘，以品
藻其是非。"　芻：卑微，淺陋。《宋書·徐爰傳》："先朝嘗以芻輩之
中，粗有學解，故漸蒙驅策，出入兩宮。"淺陋的言論，多用爲自謙之
詞。謝莊《上搜才表》："臣生屬亨路，身漸鴻猷，遂得奉詔左右，陳愚
於側，敢露芻言，懼忝恒典。"《新唐書·王珪傳》："今陛下開聖德，收
采芻言，臣願竭狂瞽，佐萬分一。"　蕪：雜亂。劉義慶《世說新語·文
學》："潘文淺而净，陸文深而蕪。"劉知幾《史通·表曆》："文尚簡要，
語惡煩蕪，何必款曲重遝，方稱周備？"　塵黷：猶玷污，塵，自謙之詞。
《晉書·何琦傳》："一旦熒然，無復恃怙，豈可復以朽鈍之質塵黷清朝
哉！"元稹《論諫職表》："如或言不詣理，塵黷聖聰，則臣自寘刑書以謝
謬官之罪。"　尊重：對對方的敬稱。《漢書·蕭望之傳》："望之、堪本
以師傅見尊重，上即位，數宴見，言治亂，陳王事。"杜牧《上李太尉論
北邊事啓》："敢以管見，上干尊重。"

⑤ 廊廟：殿下屋和太廟，借指朝廷。《國語·越語》："謀之廊廟，失之中原，其可乎？王姑勿許也。"《後漢書·申屠剛傳》："廊廟之計，既不豫定，動軍發衆，又不深料。"李賢注："廊，殿下屋也；廟，太廟也。國事必先謀於廊廟之所也。" 教約：教訓約束。《舊唐書·高駢傳》："但守君臣之軌儀，正上下之名分，宜遵教約，未可隳凌。"《新唐書·于志寧傳》："忠孝不兩立，今太子須人教約，卿強起，爲我卒輔道之。"舊文：過去寫的文章。李端《酬丘拱外甥覽余舊文見寄》："丘遲本才子，始冠即周旋。舅乏郗鑒愛，君如衛玠賢。"賈島《投元郎中》："省宿有時聞急雨，朝迴盡日伴禪師。舊文去歲曾將獻，蒙與人來說始知。"戰汗：恐懼出汗。柳宗元《上西川武元衡相公謝撫問啓》："拜伏無路，不勝惶惕。輕冒威重，戰汗交深。"王定保《唐摭言·公薦》："顥不勝區區，敢聞左右。俯伏階屏，用增戰汗。" 慚忝：羞愧。蔡襄《龜山夜泊書事》："賜告雖慶幸，被恩實慚忝。慈親慰衰髮，嬌兒別啼臉。"李曾伯《謝廣西經略使到任》："三載黜幽，甘投閑於東里；再命作牧，俾祗役於南邦。循墻靡徇於懇辭，入境具宣於德意。俯慚忝竊，仰戴生成。睠桂海之奧區，介蠻徭之絶徼。"

⑥ 御史府：即"御史臺"，官署名，專司彈劾之職。西漢時稱御史府，東漢初改稱御史臺，又名蘭臺寺，梁及後魏、北齊或謂之南臺，後周則稱司憲，隋及唐皆稱御史臺，惟唐一度改稱憲臺或肅政臺，不久又恢復舊稱。韓翃《送夏侯侍郎》："元戎車右早飛聲，御史府中新正名。翰墨已齊鍾大理，風流好繼謝宣城。"張籍《傷歌行（元和中楊憑貶臨賀尉）》："黃門詔下促收捕，京兆尹繫御史府。出門無復部曲隨，親戚相逢不容語。" 謫官：貶官另任級別較低的新職。杜甫《所思》："苦憶荊州醉司馬，謫官樽俎定常開。"文瑩《湘山野錄》卷中："後果謫官於邠。" 閑誕：猶閑放。張說《進白烏賦》："恐同類之見嫉，畏不才之速謗，欺委命於渥恩，豈願思於閑放？"崔恭《唐右補闕梁肅文集序》："皇甫士安志好閑放，不榮軒冕，導情適志，作《高士傳》，贊記遺

韵,風猷尚在。"　用力:使用力氣,花費精力。《禮記·祭義》:"小孝用力,中孝用勞。"《史記·秦楚之際月表》:"以德若彼,用力如此! 蓋一統若斯之難也。"　詩章:詩篇。《晉書·徐邈傳》:"帝宴集酣樂之後,好爲手詔詩章以賜侍臣。"韓愈《送諸葛覺往隨州讀書》:"勉爲新詩章,月寄三四幅。"　有詩向千餘首:元稹《叙事寄樂天書》記述云:"自十六時至是元和七年,已有詩八百餘首。色類相從,共成十體,凡二十卷。"至元和十五年,元稹向令狐楚進呈詩篇,有《上令狐相公詩啓》説明,亦即本文。　向:大約,大約有。杜甫《蠶穀行》:"天下郡國向萬城,無有一城無甲兵。"杜甫《寒雨朝行視園樹》:"柴門雜樹向千株,丹橘黄甘此地無。"

　　⑦ 感物:見物興感。班固《幽通賦》:"精通靈而感物兮,神動氣而入微。"韓愈《薦士》:"念將決焉去,感物增戀嫪。"感動或感化他物。寓意:寄託或蘊含意旨。《文心雕龍·頌贊》:"及三閭《橘頌》,情采芬芳,比類寓意,又覃及細物矣!"蘇軾《寶繪堂記》:"君子可以寓意於物,而不可以留意於物。"寄託或隱含的意思。沈作喆《寓簡》卷一:"詩之作也,其寓意深遠,後之人莫能知其意之所在也。"　矇瞽:樂官,樂官常常由眼睛失明者任職,故稱。楊天惠《温江縣二瑞頌》:"敢獻裨官,以贊矇瞽。"王紳《詩辨》:"詩之爲用,矇瞽之人習而誦之,詠之閨門,被之管絃,薦之郊廟,享之賓客,何所往而非詩邪?"　諷達:義近"諷諭",用委婉的言語進行勸説。班固《兩都賦序》:"或以抒下情而通諷諭,或以宣上德而盡忠孝。"《三國志·闞澤傳》:"澤欲諷喻以明治亂,因對賈誼《過秦論》最善,權覽讀焉!"　詞直:義同"直辭",亦作"直詞",正直的言詞。劉向《説苑·雜言》:"百人操觿,不可爲固結;千人謗獄,不可爲直辭。"杜甫《行次昭陵》:"直詞寧戮辱,賢路不崎嶇。"據實陳述。《後漢書·戴就傳》:"幽囚考掠,五毒參至。就慷慨直辭,色不變容。"　粗:粗豪,豪壯。杜甫《入奏行贈西山檢察使竇侍御》:"吐蕃憑陵氣頗粗,竇氏檢察應時須。"韓愈《汴泗交流贈張僕

射建封》："發難得巧意氣粗，讙聲四合壯士呼。"　罪戾：罪愆。《左傳·莊公二十二年》："赦其不閑於教訓而免於罪戾，弛於負擔，君之惠也。"《國語·晉語》："君實不能明訓，而棄民主。余，罪戾之人也，又何患焉？"　陳露：陳述表露。常袞《中書門下請進膳表》："謹奉表陳露以聞，無任兢惶迫切之至。"劉禹錫《謝平章事表》："臣恪居官次，遐守藩維，不獲伏謝彤庭，陳露丹慊。"

⑧ 小碎：短小零碎。元積《小碎》："小碎詩篇取次書，等閑題柱意何如？"田況《皇祐會計録序》："不急土木，一切停罷。"自注："臣以斲鏤小碎之材，毀所無用，願粗修補，不使壞可也。"　篇章：篇和章，泛指文字著作。王充《論衡·別通》："儒生不博覽，猶爲閉暗，況庸人無篇章之業，不知是非，其爲閉暗甚矣！"葛洪《抱朴子·辭義》："何必尋木千里乃構大廈！鬼神之言乃著篇章乎！"特指詩篇。賈島《寄韓潮州愈》："隔嶺篇章來華岳，出關書信過瀧流。"　律體：律詩之體例，律詩是近體詩的一種，起源於南北朝，成熟于唐初，格律要求嚴格，分五言、七言兩種，簡稱五律、七律，以八句爲定格，每句有一定的平仄格式，雙句押韵，以押平聲爲常，首句可押可不押，中間四句除特殊情況外必須對偶，亦偶有六律，其句數在八句以上者稱排律。《新唐書·杜甫傳贊》："唐興，詩人承陳隋風流，浮靡相矜。至宋之問、沈佺期等研揣聲音，浮切不差，而號'律詩'，競相襲沿。"洪適《元氏長慶集原跋》："聲勢沿順，屬對穩切者爲律詩，以七言、五言爲兩體。"　卑：低下，淺陋。《荀子·大略》："志卑者輕物，輕物者不求助。"桓寬《鹽鐵論·地廣》："大言而不從，高厲而行卑。"　痺：通"庳"，低下。《大戴禮記·曾子本孝》："孝子不登高，不履危，痺亦弗憑。"通"庳"，矮，短。《新唐書·高祖紀》："禁獻侏儒短節、小馬痺牛、異獸奇禽者。"格力：詩文的格調、氣勢。貫休《上孫使君》："野人有章句，格力亦慷慨。"蘇軾《書唐氏六家書後》："顏魯公書雄秀獨出，一變古法，如杜子美詩，格力天縱，奄有漢魏、晉宋以來風流，後之作者殆難復措手。"

姿態：詩文書畫意趣的表現。阮籍《詠懷八十二首》五五：“委曲周旋儀，姿態愁我腸。”蘇軾《答謝民師書》：“文理自然，姿態橫生。”　流俗：社會上流行的風俗習慣，多含貶義。《禮記·射義》：“幼壯孝弟，耆耋好禮，不從流俗，修身以俟死者，不在此位也。”柳宗元《答韋中立論師道書》：“今之世，不聞有師，有輒嘩笑之，以爲狂人。獨韓愈奮不顧流俗，犯笑侮，收召後學，作《師説》。”平庸粗俗。葛洪《抱朴子·博喻》：“英儒碩生，不飾細辯於淺近之徒；達人偉士，不變皎察於流俗之中。”

⑨　思深：義近“深思”，主旨深刻。《楚辭·漁父》：“何故深思高舉，自令放爲？”《史記·五帝本紀論》：“非好學深思，心知其意，固難爲淺見寡聞道也。”　語近：語言通俗。《唐音癸籤·評彙》：“司空虞部曙婉雅閑淡，語近性情，抗衡長文不足，平視茂政兄弟有餘。”《唐宋詩醇》評李白《黄鶴樓送孟浩然之廣陵》：“語近情遙，有手揮五弦、目送飛鴻之妙。”　韻律：聲韻和節律，指詩詞中的平仄格式和押韻規則。《唐才子傳·張喬》：“張喬池州人也……當時東南多才子，如許棠……鄭谷、李栖遠、李昌符，與喬亦稱十哲，俱以韻律馳聲。”　調：指詩的韻律、氣韻。王昌齡《段宥廳孤桐》：“響發調尚苦，清商勞一彈。”《新唐書·鄭綮傳》：“綮本善詩，其語多俳諧，故使落調，世共號‘鄭五歇後體’。”　屬對：謂詩文對仗。元稹《叙詩寄樂天書》：“聲勢沿順，屬對穩切者爲律詩。”《新唐書·宋之問傳》：“魏建安後汔江左，詩律屢變，至沈約、庚信，以音韻相婉附，屬對精密。”　風情：指風雅的情趣、韻味。劉禹錫《令狐相公自太原累示新詩因以酬寄》：“珍重新詩遠相寄，風情不似四登壇。”陸游《雪晴》：“老來莫道風情減，憶向烟蕪信馬行。”

⑩　江湖：泛指四方各地。《漢書·王莽傳》：“太傅犧叔士孫喜清潔江湖之盜賊。”曹操《讓縣自明本志令》：“江湖未静，不可讓位；至於邑土，可得而辭。”指民間。羅大經《鶴林玉露》卷九：“今江湖間俗語，謂錢之薄惡者曰慳錢。”　新進：謂初入仕途、新得科第或新被任用。《漢書·趙廣漢傳》：“所居好用世吏子孫新進年少者，專屬强壯蠭氣，

見事風生,無所回避。"顏師古注:"言舊吏家子孫而其人後出求進,又年少也。"韓愈《施先生墓銘》:"故自賢士大夫、老師宿儒、新進小生,聞先生之死,哭泣相吊,歸衣服貨財。" 宗主:眾所景仰歸依者,某一方面的代表與權威。《晉書·羊祜傳》:"故太傅、鉅平侯羊祜明德通賢,國之宗主,勛參佐命,功成平吳。"王應麟《困學紀聞·評文》:"此語亦是沈謝輩爲儒林宗主時,好作奇語,故後生立論如此。" 倣傚:亦作"仿效"、"倣效"、"仿傚",依樣效法,模仿。王符《潛夫論·浮侈》:"邊遠下士,亦競相倣傚。"《三國志·徐邈傳》:"比來天下奢靡,轉相倣效。" 支離:繁瑣雜亂。揚雄《法言·五百》:"或問:'天地簡易而法之,何《五經》之支離?'曰:'支離蓋其所以爲簡易也。'"汪榮寶義疏:"支離、支繚,皆繁多歧出之意。"元稹《和李校書新題樂府十二首·蠻子朝》:"部落支離君長賤,比諸夷狄爲幽冗。" 褊淺:心地、見識等狹隘短淺。《楚辭·九辯》:"性愚陋以褊淺兮,信未達乎從容。"李師政《辨惑》:"褊淺而未深至,齷齪而不周廣,其恕已及物,孰與佛之宏乎?" 元和詩體:即"元和體",指唐代詩人元稹、白居易開創的一種詩風,因昌盛於元和年間,故名。薛文美《張司業詩集序》:"元和中,公及元丞相、白樂天、孟東野歌詞,天下宗匠,謂之'元和體'。"《舊唐書·元稹傳》:"稹聰警絕人,年少有才名,與太原白居易友善,工爲詩,善狀詠風態物色,當時言詩者稱元白焉!自衣冠士子至閭閻下俚,悉傳諷之,號爲'元和體'。"

⑪ 同門生:同師受業者,這裏指古代科舉考試同科中式者之互稱,唐代同榜進士即稱"同年"。《東觀漢記·王丹傳》:"丹子有同門生喪親,家在中山白丹,欲往奔慰。"《後漢書·桓榮傳》:"臣經術淺薄,不如同門生郎中彭閎、揚州從事皋弘。" 友善:親密友好。《漢書·息夫躬傳》:"皇后父特進孔鄉侯,傅晏與躬同郡,相友善。"李華《楊騎曹集序》:"昔許衛尉與徐孝穆友善,衛尉孤,善心,年在童孺,奉孝穆箋,曲盡情理,孝穆憐之,延譽當時。" 驅駕:使用,駕御。《隋

書·天文志》："漢高祖驅駕英雄，墾除灾害。"朱敬則《隋高祖論》："驅駕豪傑，委任忠良，不下廟堂，天下大定。"   聲韵：指詩文的韵律。《文心雕龍·章句》："然兩韵輒易，則聲韵微躁；百句不遷，則唇吻告勞。"朱弁《曲洧舊聞》卷五："章棨質夫作《水龍吟》，詠楊花，其命意用事，清麗可喜，東坡和之，若豪放不入律吕，徐而視之，聲韵諧婉。"

⑫ 小生：舊時士子對自己的謙稱。《後漢書·黄香傳》："臣江淮孤賤，愚矇小生，經學行能，無可筹録。"牛僧孺《玄怪録·張佐》："小生寡昧，願先生賜言以廣聞見，他非所敢望也。"   戲：遊戲，逸樂。《史記·孔子世家》："孔子爲兒嬉戲，常陳俎豆，設禮容。"杜甫《又上後園山脚》："昔我遊山東，憶戲東岳陽。"   舊韵：這裏指原唱的韵脚。元稹《酬鄭從事四年九月宴望海亭次用舊韵》："海亭樹木何蘢葱？寒光透坼秋玲瓏。湖山四面争氣色，曠望不與人間同。"羅隱《過廢江寧縣》："鶯偷舊韵還成曲，草賴餘吟盡解春。我亦有心無處説，等閑停棹似迷津。"   新詞：原唱中没有用過的詞語。劉禹錫《踏歌詞四首》一："唱盡新詞歡不見，紅霞映樹鷓鴣鳴。"辛棄疾《丑奴兒》："少年不識愁滋味，愛上層樓；愛上層樓，爲賦新詞强説愁。"   次韵：依次用所原唱詩中的字爲韵唱酬對方，世傳次韵始於元稹、白居易，稱"元和體"。元稹《酬樂天餘思不盡加爲六韵之作》："次韵千言曾報答，直詞三道共經綸。"原注："樂天曾寄予千字律詩數首，予皆次用本韵酬和，後來遂以成風耳！"章孝標《次韵和光禄錢卿二首》一："大隱嚴城内，閑門向水開。扇風知暑退，樹影覺秋來。"

⑬ 放效：模仿，效法。《漢書·匡衡傳》："今長安天子之都，親承聖化，然其習俗無以異於遠方，郡國來者無所法則，或見奢靡而放效之。"顔師古注："放，依也。"《後漢書·王符傳》："今者京師貴戚，必欲江南檽梓豫章之木，邊遠下土亦競相放效。"   自謂：自己以爲。祖詠《古意二首》一："夫差日淫放，舉國求妃嬪。自謂得王寵，代間無美人。"孟浩然《仲夏歸漢南園寄京邑耆舊》："嘗讀高士傳，最嘉陶徵君。

日躭田園趣,自謂羲皇人。"

⑭ 司文者:秘書省的官屬之一。《舊唐書·職官志》:"龍朔二年二月甲子,改百司及官名……秘書省爲蘭臺,監爲太史,少監爲侍郎,丞爲大夫,著作郎爲司文郎。"這裏借指主管文化的官員。元稹《觀兵部馬射賦》"司文者聞之而驚曰:'爾其自勵於爾躬,吾將獻爾于王所。'"周行己《許少明墓誌銘》:"嗚呼!若先生者,豈其學之不茂,才之不足歟?惟其科舉較藝之敝,不足以得高世之士,而司文者又未必知言之人,此所以覬倖十一而失之者常多也。" 變雅:《詩經》中《小雅》、《大雅》的部分内容,與"正雅"相對,一般是指反映周政衰亂的作品。《詩大序》:"至於王道衰,禮義廢,政教失,國異政,家殊俗,而變風變雅作矣!"《詩·小大雅譜》:"《大雅·民勞》、《小雅·六月》之後,皆謂之變雅。"孔穎達疏:"《勞民》、《六月》之後,其詩皆王道衰乃作,非制禮所用,故謂之變雅也。" 歸咎:歸罪。《左傳·桓公十八年》:"禮成而不反,無所歸咎。"蘇軾《灩澦堆賦》:"凡覆舟者,皆歸咎於此石。"

⑮ 雕蟲:亦即"雕蟲小技",比喻微不足道的技藝。《文心雕龍·詮賦》:"雖讀千賦,愈惑體要。遂使繁華損枝,膏腴害骨,無貴風軌,莫益勸戒。此揚子所以追悔於雕蟲,貽誚於霧縠者也。"李賀《南園十三首》六:"尋章摘句老雕蟲,曉月當簾挂玉弓。" 自明:自我表白。《楚辭·九章·惜誦》:"恐情質之不信兮,故重著以自明。"《史記·萬石張叔列傳》:"人或毀曰:'不疑狀貌甚美,然獨無柰其善盜嫂何也!'不疑聞,曰:'我乃無兄。'然終不自明也。" 糞土:穢土。《論語·公冶長》:"子曰:'朽木不可雕也,糞土之墻不可杇也。'"杜甫《贈王侍御契四十韵》:"送終惟糞土,結愛獨荆榛。" 摧壞:毁壞,損害。杜光庭《程德柔醮水府修堰詞》:"自汎溢以來,累有摧壞。雖俾夜作晝,竭力殫心。旋有葺完,尋聞傾陷。"羅大經《鶴林玉露》卷二:"此雖小事,然摧壞小官氣節,關係却大。" 版築:泛指土木營造之事。杜甫《泥功山》:"朝行青泥上,暮在青泥中。泥濘非一時,版築勞人功。"借指土

木工匠。徐陵《爲貞陽侯答王太尉書》:"邱園版築,尚想來儀;公室皇枝,豈不虛遲?"

⑯　古體詩:詩體名,對近體詩而言,形式有四言、五言、七言、雜言等,不要求對仗,平仄與用韻比較自由,後世使用五言、七言者較多。杜甫《暮冬送蘇四郎徯兵曹適桂州》:"早作諸侯客,兼工古體詩。"《舊唐書·張籍傳》:"張籍者,貞元中登進士第,性詭激,能爲古體詩,有警策之句傳於時。"　百韵:一百韵的長詩,屬於排律範疇。元稹《代曲江老人百韵》:"何事花前泣?曾逢舊日春。先皇初在鎬,賤子正游秦。"白居易《代書詩一百韵寄微之》:"憶在貞元歲,初登典校司。身名同日授,心事一言知。"

⑰　構廈:亦作"構夏",營造大廈,比喻治理國事或建立大業。元稹《酬鄭從事四年九月宴望海亭次用舊韵》:"憶年十五學構廈,有意蓋覆天下窮。安知四十虛富貴,朱紫束縛心志空。"《太平廣記》卷一三七引《太原事迹·武士彠》:"微時,與邑人許文寶以鬻材爲事……私言必當大貴。及高祖起義兵,以鎧胄從入關。故鄉人云:'士彠以鬻材之故,果逢構廈之秋。'"　觀覽:觀賞,觀看。韓愈《南山詩》:"崎嶇上軒昂,始得觀覽富。"閱覽。《漢書·劉向傳》:"書數十上,以助觀覽,補遺闕。"元稹《叙詩寄樂天書》:"適值河東李明府景儉在江陵時,僻好僕詩章,謂爲能解,欲得盡取觀覽,僕因撰成卷軸。"　欒櫨:屋中柱頂承梁之木,曲者爲欒,直者爲櫨。劉禹錫《武陵觀火詩》:"騰烟透窗户,飛焰生欒櫨。"白居易《遊悟真寺詩一百三十韵》:"前對多寶塔,風鐸鳴四端。欒櫨與户牖,恰恰金碧繁。"　榱桷:與棟梁相對,喻指次要人物。元稹《上門下裴相公書》:"及其爲相也,構致群材,使棟梁榱桷,咸適其用。"王禹偁《酬種放徵君》:"相府一張紙,喚起久屈蠖。誠知有梁棟,未忍棄榱桷。"　量度:審度,考慮。《魏書·范紹傳》:"詔以徐豫二境,民稀土曠,令紹量度處所,更立一州。"《朱子語類》卷二一:"'爲人謀而不忠乎?'人以事相謀,須是子細量度,善則令做,不

善則勿令做。” 邅迴：困頓，不順利。《南史·張充傳》：“獨師懷抱，不見許於俗人，孤修神崖，每邅迴於在世。”劉禹錫《洛中謝福建陳判官見贈》：“潦倒聲名擁腫材，一生多故苦邅迴。”

⑱ 詞旨：言辭意旨。曹植《上責躬應詔詩表》：“詞旨淺末，不足采覽，貴露下情，冒顏以聞。”陳鵠《耆舊續聞》卷五：“四六用經史全語，必須詞旨相貫。” 瑣劣：猥瑣拙劣。陸贄《論替換李楚琳狀》：“以楚琳瑣劣之資，處掌中控握之地，縱令蹢躅，何惡能爲？”白居易《蘇州刺史謝上表》：“江南諸州，蘇最爲大……豈臣瑣劣之才，合當任使？”冒黷：亦作“冒瀆”，冒犯，褻瀆，多用作謙詞。權德輿《代盧相公謝賜方藥並陳乞第三表》：“豈可獨私微臣，久玷時化？是以直疏誠懇，不敢苟飾煩詞。冒黷宸嚴，期於照鑒。”柳宗元《上河陽烏尚書重允欲獻文啓》：“瞻望霄漢，戀慕交深。冒黷威嚴，伏增戰越。” 尊嚴：莊重肅穆，尊貴威嚴。《荀子·致士》：“尊嚴而憚，可以爲師。”董仲舒《春秋繁露·立元神》：“賢者備股肱，則君尊嚴而國安。” 俯伏：俯首伏地，多表示恐懼屈服或極端崇敬。賈誼《新書·階級》：“吏民嘗俯伏以敬畏之矣！”谷神子《博異志·陰隱客》：“至一大門，勢侔樓閣，門有數人俯伏而候。” 刑書：刑法的條文。《書·呂刑》：“哀敬折獄，明啓刑書胥占，咸庶中正。”《漢書·刑法志》：“子産相鄭而鑄刑書。” 逃讓：逃避推卸罪責。《江南通志·劉般》：“子愷當襲般爵而逃讓，與弟憲久之侍中賈逵陳其事，徵拜爲郎，累遷三公。”元稹《上門下裴相公書》：“翹企刑書，不敢逃讓。” 死罪：用作表章、函牘中的套語。許冲《上說文解字表》：“臣沖誠惶誠恐，頓首頓首，死罪死罪。”曹植《上責躬應詔詩表》：“臣植誠惶誠恐，頓首頓首，死罪死罪。”

[編年]

《年譜》沒有編年本文，也沒有說明理由，僅在本年譜文“獻詩於宰相令狐楚，楚深稱賞”中提及，但並沒有言明《上令狐相公詩啓》作於本年何時。《編年箋注》編年："據《舊唐書·令狐楚傳》:楚元和十四年七月入相,十五年六月出爲宣歙觀察使。而《元稹傳》載上《啓》於其任膳部員外郎時,推知此《啓》撰於元和十四年(八一九)。"《編年箋注》所引"十五年六月出爲宣歙觀察使"云云的理解是錯誤的。《舊唐書·令狐楚傳》記載"其年六月"是"山陵畢"的時間,並非是令狐楚出貶的時間。《舊唐書·令狐楚傳》:"其年六月,山陵畢。會有告楚親吏贓污事發,出爲宣歙觀察使。"《舊唐書·穆宗紀》:元和十五年"秋七月辛丑朔……丁卯,以門下侍郎、平章事令狐楚爲宣州刺史、兼御史大夫,充宣歙池觀察使。楚爲山陵使,縱吏于鑾刻下,不給工徒價錢,積留錢十五萬貫,爲羨餘以獻,故及于貶。"應該以《舊唐書·穆宗紀》的記載爲準。《年譜新編》編年本文於元和十四年,沒有説明理由。奇怪的是,《年譜新編》又在元和十五年條下云:"'面奉教約',向宰相令狐楚獻詩二百首,楚深稱賞。"大概《年譜新編》對本文之編年,連自己也搞不清楚,故忽而元和十四年,忽而元和十五年,而真正爲難的自然是讀者,到底應該相信哪一個呢?

　　《年譜》、《編年箋注》、《年譜新編》的編年不僅是籠統的,而且是有問題的;我們以爲本文不可能編年於元和十四年。理由是:一、元和十四年正月九日之後,元稹尚在從長江水道奔赴虢州任職虢州長史途中。同年九月十六日,仲兄元秬病故於元稹虢州官舍。七七四十九天之時,亦即同年的十一月十四日,元稹爲故世的兄長元秬除靈。十一月十六日,元稹護送兄長的靈柩到咸陽洪瀆原元氏家族祖墳安葬。故元稹入京已經在十一月十六日之後。二、元稹歸朝之時,宰相正是崔群、皇甫鎛和令狐楚。元稹結束十年貶謫回朝任職膳部員外郎是元稹摯友、時爲宰相的崔群一力幫助的結果,而崔群與令狐楚、皇甫鎛勢同水火,在崔群在朝爲相之時,令狐楚不會主動向元稹示恩索取其詩篇,元稹也不會主動向令狐楚靠攏奉獻自己的詩篇。《舊唐書·憲宗紀》:(元和十四年)"十二月乙巳朔……乙卯,以諫議大夫、守中書侍郎、同中書門下平章事、上柱國、賜紫金魚袋崔群爲潭州刺史、兼御史大夫、充湖南觀察使。爲皇甫鎛所譖，及群被貶，人皆切齒於鎛。"祇有當崔群元和十四年十二月十一日出任湖南觀察使之後，令狐楚才有主動向唐穆宗讚揚元稹詩篇的可能，才有主動向元稹索取詩篇的可能。三、《舊唐書·元稹傳》"竊承相公特於廊廟間道稹詩句，昨又面奉教約，令獻舊文"云云就說明令狐楚向唐穆宗讚揚元稹詩篇在前，元稹奉命獻詩令狐楚在後。四、令狐楚是向唐憲宗，還是唐穆宗"道稹詩句"？ 如果是唐憲宗，這位"陛下"兩月内謝世，元稹因詩歌而被提拔就不再可能。而唐穆宗喜愛元稹的詩歌，稱元稹爲"元才子"。《舊唐書·元稹傳》："穆宗皇帝在東宫，有妃嬪左右嘗誦稹歌詩以爲樂曲者，知稹所爲，嘗稱其善，宫中呼爲元才子。"令狐楚迎合唐穆宗的喜好，故在穆宗面前"特於廊廟間道稹詩句"，亦即令狐楚"道稹詩句"之時，唐穆宗已經登位，時間已經到了元和十五年。五、據《舊唐書·穆宗紀》，唐穆宗登位在元和十五年閏正月初三，其時的三位宰相是令狐楚、蕭俛、段文昌，而蕭俛又是令狐楚的科舉同年，兩人沆瀣一氣，拉攏朝臣，意欲有所作爲，向唐穆宗推薦元稹及其詩歌，應該正在其時。六、據此，令狐楚向唐穆宗"道稹詩句"應該在元和十五年閏正月初三日之後，得到唐穆宗首肯之後，令狐楚就直接向元稹提出"獻文"的要求："昨又面奉教約，令獻舊文。"接著才是元稹整理手邊的"舊文"二百首，合成五卷，向令狐楚呈獻，而元稹的獻詩又得到了令狐楚的高度讚賞，《舊唐書·元稹傳》："楚深稱賞，以爲今代之鮑、謝也。"本文即作於獻文之時，具體時間應該仍舊在元和十五年閏正月初三日之後不久，最遲不會超過閏正月月底，地點自然在長安。我們還推測，正是元稹向令狐楚的獻文，使得二月五日之時元稹從膳部員外郎晉職膳部員外郎、試知制誥。七、此後，元稹與令狐楚的關係進一步密切，元稹代令狐楚撰作《爲令狐相國謝賜金石淩紅狀》、《爲令狐相國謝回一子官與弟狀》兩文，在詔令狐楚爲山陵使之時，據《册府元龜》記載，元稹充任臨時的山陵使判官，想來也是令狐楚的舉薦。所有這些，都可以作爲本文編年的旁證。

◎ 爲蕭相謝告身狀①

　　恩賜臣俛告身一通(一)。

　　右，中使某乙至，奉宣進止，賜臣某官告身一通(二)。鳳銜真誥，虯捧天書，錦帙金箋，霞明日照(三)②。臣聞高宗命說，乃申納誨之詞；大舜相龍，爰有聖謨之訓③。空聞簡策(四)，未煥縑緗。如臣寵榮，豈足爲諭(五)④！慚惶踴躍(六)，進退難安，拜受恩光，戰汗交集，無任感戴殊私之至⑤。

　　　　　　　　　　　錄自《元氏長慶集》卷三六

[校記]

　　(一)恩賜臣俛告身一通：楊本、叢刊本同，《英華》、《全文》無，各備一説，不改。

　　(二)賜臣某官告身一通：楊本、叢刊本同，《英華》、《全文》作“賜臣某官告身一通者”，各備一説，不改。

　　(三)霞明日照：楊本、叢刊本同，《英華》、《全文》作“霞光日照”，各備一説，不改。

　　(四)空聞簡策：叢刊本、《全文》同，楊本作“空書簡策”，《英華》作“空書簡册”，各備一説，不改。

　　(五)如臣寵榮，豈足爲諭：楊本、叢刊本同，《英華》、《全文》作“豈臣寵榮，而足爲喻”，各備一説，不改。

　　(六)慚惶踴躍：楊本、叢刊本同，《英華》、《全文》作“慚惶增懼”，各備一説，不改。

[箋注]

① 蕭相:即蕭俛,元稹元和元年的制科同年,元稹左拾遺任的同僚,元和十五年閏正月初三,唐穆宗李恒即位,是月初八蕭俛拜相,長慶元年正月二十四日,罷相。元稹《爲蕭相公讓官表》:"臣某言:伏奉今日制,授臣某官。恩加望外,寵過憂深。魂魄驚翔,手足失墜。臣某中謝。"元稹《爲蕭相國謝太夫人國號告身狀》:"恩賜臣母國號、告身一通。右,某月日某乙奉宣恩旨,賜臣母前件告身。恩光灼耀,捧戴兢惶。對揚天休,無任戰越。" 告身:古代授官的文憑。權德輿《河南崔尹即安喜從兄宜於室家四十餘歲一昨寓書病傳永寫告身既枉善祝因成絶句》:"五色金光鸞鳳飛,三川墨妙巧相輝。尊崇善祝今如此,共待曾玄捧翟衣。"吕温《謝拾遺表》:"伏奉制命,授臣左拾遺。又中使毛進朝至宅奉宣進止,賜臣本官告身者。"

② 恩賜:朝廷的賞賜。《後漢書·安成孝侯賜傳》:"〔帝〕時幸其第,恩賜特異。"王安石《次韵冲卿除日立春》:"恩賜隨嘉節,無功袛自塵。" 中使:宫中派出的使者,多指宦官。張説《鄧國夫人墓銘》:"氛消日朗,既安且平。皇心震悼,禮備哀榮。啓國加等,復土陳兵。外姻來唁,中使臨塋。"孫逖《爲宰相賀中岳合煉藥自成兼有瑞雲見表》:"臣等伏見道士孫太冲奏,事奉進止,令中使薛履信監臣於中岳嵩陽觀合煉。" 進止:指聖旨。張説《爲留守奏嘉禾》:"臣今月日奉進止,告望鳳臺山泉之瑞。"劉長卿《重推後却赴嶺外待進止寄元侍郎》:"却訪巴人路,難期國士恩。白雲從出岫,黄葉已辭根。" 鳳:傳説中的神鳥,雄的叫鳳,雌的叫凰,通稱爲鳳或鳳凰。韓愈《送何堅序》:"吾聞鳥有鳳者,恒出於有道之國。"韋莊《喜遷鶯》:"鳳銜金榜出門來,平地一聲雷。" 誥:皇帝的制敕。蘇頲《春晚紫微省直寄内》:"内史通宵承紫誥,中人落晚愛紅妝。别離不慣無窮憶,莫誤卿卿學太常。"韓愈《順宗實録》:"太上皇又下誥曰:'人倫之本,王化之先,爰舉令圖,允資内輔。'" 虯:傳説中的一種無角龍。《楚辭·離騷》:"駟玉虯以

乘鷖兮,溢埃風餘上征。"王逸注:"有角曰龍,無角曰虯。"洪興祖補
注:"虯,龍類也。"蘇舜欽《頂破二山詩》:"此邑有頂山,下潛子母虯。
其子去爲雨,以救鄉人憂。"　天書:帝王的詔書。王勃《爲原州趙長
史請爲亡父度人表》:"天書屢降,手敕仍存。"王安石《送孫叔康赴御
史府》:"天書下東南,趣召赴嚴闕。"　錦帙:錦製的書套。杜牧《許七
侍御棄官東歸寄贈十韵》:"錦帙開詩軸,青囊結道書。"樓鑰《回郡庠
職事啓》:"伏惟某官性天俊茂,才地高明。玉斝瓊杯,壓倒千人之筆;
牙籤錦帙,讀殘萬卷之書。"　金箋:供寫信題辭等用的精美的灑金紙
張。王涯《宮詞三十首》八:"傳索金箋題寵號,鐙前御筆與親書。"蘇
軾《孫莘老寄墨四首》一:"金箋灑飛白,瑞霧縈長虹。"　霞明:像彩霞
一樣明麗。王勃《乾元殿頌》:"瓊構霞明,璜軒露敞。"盧照鄰《晚渡渾
沱敬贈魏大》:"津谷朝行遠,冰川夕望曛。霞明深淺浪,風捲去來
雲。"　日照:陽光照射。王充《論衡·須頌》:"日照天下,遠近廣狹,
難得量也。"包佶《元日觀百僚朝會》:"日照金觴動,風吹玉佩摇。"

　　③"臣聞高宗命說"兩句:事見《史記·殷本紀》:"帝武丁即位,
思復興殷而未得其佐,三年不言政事,決定於冢宰以觀國風。武丁夜
夢得聖人名曰說,以夢所見視群臣、百吏,皆非也。於是乃使百工營
求之野,得說于傅險中,是時說爲胥靡築于傅險。見於武丁,武丁曰:
'是也!'得而與之語,果聖人,舉以爲相,殷國大治。故遂以傅險姓
之,號曰'傅說'。"《尚書·說命》:"爰立作相,王置諸其左右,命之曰:
朝夕納誨,以輔台德。若金,用汝作礪;若濟巨川,用汝作舟楫;若歲
大旱,用汝作霖雨。"　高宗:即殷高宗武丁,商代國王,後世稱爲高宗,
盤庚弟小乙之子,相傳少時生活在民間,即位後重用傅說、甘盤爲大臣,
力求鞏固統治,在位五十九年。《詩·商頌·玄鳥》:"商之先後,受命不
殆,在武丁孫子。"《楚辭·離騷》:"說操築於傅巖兮,武丁用而不疑。"
納誨:進獻善言。《書·說命》:"命之曰,朝夕納誨,以輔台德。"孔傳:
"言當納諫誨直辭,以輔我德。"蔡沈集傳"朝夕納誨者,無時不進善言

也。"元稹《萧俛等加勋制》:"王功曰勋,兹用报汝。尚克纳诲,毋忘协心。" "大舜相龙"两句:事见《尚书·舜典》:"帝曰:龙,朕堲谗说殄行,震惊朕师。命汝作纳言,夙夜出纳朕命,惟允。"孔传:"圣疾殄绝,震动也,言我疾谗说,绝君子之行,而动惊我众,欲遏绝之。纳言,喉舌之官,听下言纳于上,受上言宣于下,必以信。" 圣堲:疾恶谗言。《旧唐书·唐次传》:"昔虞舜有圣堲之命,我皇修辨谤之书,千古一心,同垂至理。"夏竦《总录部谗佞篇序》:"有虞之命则曰圣堲说,先圣之戒则曰远佞人。盖邪偏可以惑聪明,浸润可以间忠信。"

④ 简策:亦作"简筴",即简册,由竹简编连而成,后指史籍、典籍。《管子·宙合》:"是故圣人著之简筴,传以告后进。"王充《论衡·定贤》:"口谈之实语,笔墨之馀迹,陈在简筴之上。" 縑缃:供书写用的浅黄色细绢。颜真卿《送辛子序》:"惜乎困于縑缃,不获缮写。"《旧唐书·代宗后独孤氏》:"法度有节,不待珩璜;篇训之制,自盈縑缃。"指书册。骆宾王《上兖州刺史启》:"颇遊简素,少阅縑缃。" 宠荣:犹尊荣。庾亮《让中书令表》:"夫富贵宠荣,臣所不能忘也;刑罚贫贱,臣所不能甘也。"曾巩《寄欧阳舍人书》:"为人之父祖者,孰不欲教其子孙? 为人之子孙者,孰不欲宠荣其父祖?"

⑤ 惭惶:亦作"惭皇",羞愧惶恐。李峤《为欧阳通让夏官尚书表》:"丈二之组,每惭于假窃;尺一之制,更奖于庸微。俯仰惭惶,屏营反侧。"颜真卿《谢兼御史大夫表》:"臣真卿言:伏奉今日制书,以臣兼御史大夫,本官如故。恩荣累及,成命曲临。捧戴殊私,惭惶靡据。" 踊跃:欢欣鼓舞貌。刘琨《劝进表》:"臣等各忝守方任,职在遐外,不得陪列阙庭,共观盛礼。踊跃之怀,南望罔极。"苏轼《贺吕副枢启》:"轼登门最旧,称庆无缘。踊跃之怀,实倍伦等。" 进退:升降、任免。《韩非子·奸劫弑臣》:"夫奸臣得乘信幸之势以毁誉进退群臣者,人主非有术数以御之也。"秦观《主术策》:"非有政事之臣,则百官之进退,奈何而不乱也。"出仕和退隐。王安石《得孙正之诗因寄兼呈

曾子固》："未有詩書論進退，謾期身世托林泉。"　恩光：猶恩澤。江
淹《獄中上建平王書》："大王惠以恩光，顧以顏色。"張説《洛橋北亭詔
餞諸刺史》："恩光水上溢，榮色柳間浮。預待群方最，三公不遠求。"
戰汗：恐懼出汗。柳宗元《上西川武元衡相公謝撫問啓》："拜伏無路，
不勝惶惕。輕冒威重，戰汗交深。"王定保《唐摭言·公薦》："顥不勝
區區，敢聞左右。俯伏階屏，用增戰汗。"　感戴：感激愛戴。《三國
志·朱桓傳》："往遇疫癘，穀食荒貴，桓分部良吏，隱親醫藥，飧粥相
繼，士民感戴之。"葉適《與趙丞相書》："相公時在政府，實拔異之，使
某由此有聞於世，雖嘗奉啓陳謝，而不敢叙道其感戴之私。"　殊私：
謂帝王對臣下的特別恩寵。白居易《謝恩賜衣服狀》："臣自入禁司，
纔經旬月，未陳薄效，累受殊私。"劉禹錫《同州謝上表》："臣幸逢昌
運，累沐殊私。空荷生成之恩，寧酬雨露之澤。"

[編年]

　　《年譜》編年本文於元和十五年，但沒有具體的時間，理由是：
"《狀》有'高宗命説'、'大舜相龍'等語。"《編年箋注》編年本文於元和
十五年，同樣沒有具體的時間，理由是："據《舊唐書·蕭俛傳》，俛當
穆宗即位之月拜中書侍郎、平章事，長慶元年正月守左僕射，進封徐
國公，罷知政事，則稱之爲'相國'，宜在十五年之内⋯⋯據以上事實，
有關蕭相之制均撰於元和十五年(八二〇)。"《年譜新編》編年本文於
元和十五年，理由是據《資治通鑑》關於蕭俛的記載，"蕭俛在相位一
年，以上有關蕭俛之制均元和十五年作"。

　　我們以爲，《年譜》、《編年箋注》、《年譜新編》籠統編年本文於元
和十五年是不合適的，難道蕭俛拜相在元和十五年之閏正月，而"告
身"卻一直拖到元和十五年年末，亦即蕭俛即將罷相之時才授予不
成？據《舊唐書·穆宗紀》，蕭俛元和十五年閏正月初八拜相，本文
"高宗命説"、"大舜相龍"與之相合。題曰"爲蕭相謝告身狀"，而"告

身"就是古代授官的文憑,猶如今日的領導幹部任命書,它應該與宣佈拜相之命同時授予,而"謝告身狀"也應該同日或次日上呈。據此,我們以爲本文應該撰寫於蕭俛拜相之當日或次日,亦即元和十五年閏正月初八日或初九日,地點在長安,元稹時任膳部員外郎。

◎ 錢貨議狀^{(一)①}

奉進止:當今百姓之困^(二),衆情所知。欲減稅則國用不充^(三),欲依舊則人困轉甚,皆由貨輕錢重,徵稅暗加。宜令百寮各陳意見,以革其弊^(四)。右,閏正月十七日,宰相奉宣進止如前者^{(五)②}。

臣以爲當今百姓之困,其弊數十,不獨在於錢貨徵稅之謂也。既聖問言之,又以爲黎庶之重困,不在於賦稅之暗加^(六),患在於剝奪之不已;錢貨之輕重,不在於議論之不當,患在於號令之不行^{(七)③}。今天下賦稅一法也,厚薄一概也,然而廉能莅之則生息,貪愚莅之則敗傷,蓋得人則理之明驗也^(八),豈徵稅暗加之謂乎^④?

自嶺已南,以金銀爲貨幣;自巴已外,以鹽帛爲交易;黔巫溪峽,大抵用水銀、硃砂、繒綵^(九)、巾帽以相市^⑤。然而前人以之理,後人以之擾;東郡以之耗,西郡以之贏,又得人則理之明驗也,豈錢重貨輕之謂乎^⑥?

自國家置兩稅已來,天下之財限爲三品^(一〇):一曰上供,二曰留使,三曰留州。皆量出以爲入,定額以給資^⑦。然而節將有進獻以市國恩者,有賂遺以買私名者,有藏鏐滯帛以貽子孫者,有高樓廣榭以熾第宅者,彼之俸入有常也,公私有分也,此何從而得之⑧?

又國家置度支轉運已來,一則管鹽以易貨,一則受財以經費(一一)。近制有年進、月進之名,有正至三節之獻,彼之管鹽有常也,受財有數也,此又何從而得之⑨?

且百姓,國家之百姓也;貨財,國家之貨財也。不足則取之,有餘則捨之,在我而已。又何必授之重柄,假之利權,徇彼之徼恩,成我之怨府哉⑩!

今陛下初臨億兆,首問群寮,誠能禁藩鎮大臣不時之獻(一二),罷度支轉運別進之名,絕賂遺之私,節侈靡之俗,峻風憲之舉,深贓罪之刑,精核考課之條(一三),慎選字人之長,若此則不減稅而人安,不改法而人理矣⑪!

至於古今言錢幣之輕重者熟矣!或更大錢,或放私鑄,或龜或貝,或皮或刀,或禁埋藏(一四),或禁銷毀,或禁器用,或禁滯積:皆可以救一時之弊也。然而或損或益者,蓋法有行不行之謂也⑫。

臣不敢遠徵古證,竊見元和以來,初有公私器用禁銅之令,次有交易錢帛兼行之法,近有積錢不得過數之限。每更守尹,則必有用錢不得加除之榜,然而銅器備列於公私,錢帛不兼於賣鬻,積錢不出於墻垣,欺濫遍行於市井,亦未聞鞭一夫,黜一吏,賞一告訐(一五),壞一蓄藏,豈法不便於時耶? 蓋行之不至也⑬。

陛下誠能採古今救弊之方,施賞罰必行之令,則聖祖神宗之法制何限(一六),前賢後智之議論何窮,豈待愚臣盜竊古人之見,自稱革弊之術哉! 謹錄奏聞,伏聽敕旨(一七)⑭。

錄自《元氏長慶集》卷三四

［校記］

（一）錢貨議狀：楊本、叢刊本、《歷代名臣奏議》、《全文》同，《英華》、《經濟類編》作“錢貨議”，各備一説，不改。

（二）當今百姓之困：楊本、叢刊本、《歷代名臣奏議》、《全文》同，《英華》、《經濟類編》作“當今百姓乏困”，各備一説，不改。

（三）欲減税則國用不充：原本作“減税則國用不充”，楊本、叢刊本、《歷代名臣奏議》、《全文》同，據《英華》、《經濟類編》以及下句補。

（四）以革其弊：楊本、叢刊本、《歷代名臣奏議》、《全文》同，《英華》、《經濟類編》作“以革其弊者”，各備一説，不改。

（五）右，閏正月十七日，宰相奉宣進止如前者：楊本、叢刊本、《歷代名臣奏議》、《全文》同，《英華》、《經濟類編》無，各備一説，不改。

（六）不在於賦税之暗加：楊本、叢刊本、《歷代名臣奏議》、《全文》同，《英華》、《經濟類編》作“不在於征税之暗加”，各備一説，不改。

（七）患在於號令之不行：楊本、叢刊本、《歷代名臣奏議》同，《英華》、《經濟類編》、《唐文粹補編》、《全文》作“患在於法令之不行”，各備一説，不改。

（八）蓋得人則理之明驗也：楊本、叢刊本、《歷代名臣奏議》、《全文》同，《英華》、《經濟類編》作“蓋得人則理之明驗矣”，各備一説，不改。

（九）繒綵：楊本、叢刊本、《歷代名臣奏議》同，《英華》、《經濟類編》、《全文》作“繒帛”，各備一説，不改。

（一〇）天下之財限爲三品：楊本、叢刊本、《歷代名臣奏議》、《全文》同，《英華》、《經濟類編》作“天下之財限爲三等”，各備一説，不改。

（一一）一則受財以經費：楊本、叢刊本、《英華》、《歷代名臣奏議》同，《經濟類編》、《全文》作“一則受財以輕費”，各備一説，不改。

（一二）誠能禁藩鎮大臣不時之獻：楊本、叢刊本、《歷代名臣奏議》、《全文》同，《英華》、《經濟類編》作“誠能禁方鎮大臣不時之獻”，各備一説，不改。

（一三）精核考課之條：原本誤作“精覆考課之條”，據楊本、叢刊本、《英華》、《歷代名臣奏議》、《經濟類編》、《全文》改。

（一四）或禁埋藏：叢刊本、《英華》、《歷代名臣奏議》、《經濟類編》、《全文》同，楊本作“或禁理藏”，語義難通，不從不改。

（一五）賞一告訐：楊本、叢刊本、《歷代名臣奏議》、《全文》同，《英華》、《經濟類編》作“賜一告訐”，各備一說，不改。

（一六）則聖祖神宗之法制何限：楊本、叢刊本、《英華》、《經濟類編》同，《歷代名臣奏議》、《全文》作“則聖祖仁宗之法制何限”，各備一說，不改。

（一七）謹錄奏聞，伏聽敕旨：楊本、叢刊本、《全文》同，《英華》作“謹議”，《歷代名臣奏議》、《經濟類編》無，各備一說，不改。

［箋注］

① 錢貨議狀：唐穆宗李桓於元和十五年閏正月初三登位九天之後，亦即閏正月十七日庚申，李桓面對李唐錢貨的困局，通過宰相令狐楚、蕭俛、段文昌，“宜令百寮各陳意見，以革其弊”，尋求對策。第二次步入朝臣行列的元稹，正巧趕上李唐朝廷關於賦稅制度改革的激烈爭論：當時的李唐朝廷，面臨著由“兩稅法”的“量出以制入”、“交納現錢”等弊病造成錢日重、物日輕、民所輸三倍其初、國用不足的嚴重局面。《新唐書·食貨志》：“蓋自建中定兩稅而物輕錢重民以爲患，至是（穆宗登位）四十年。當時爲絹二匹半者爲八匹，大率加三倍。豪家大商積錢以逐輕重，故農人日困，末業日增。帝亦以貨輕錢重民困而用不充，詔百官議革其弊。”元稹借穆宗徵詢解決辦法的機會，在本文中尖銳地揭示問題的本質：百姓困苦的重要原因是節將權臣的份外剝奪，人主的貪收“羨餘”，國家雖有法令而不去實施。元稹的奏狀説出了人人都明白、但人人都不願涉及的敏感問題。接著元稹又進一步指責已故憲宗身爲人主，雖有國法而不想施行；時爲朝廷

下僚的元稹,以少有的勇氣和膽識揭示了"當今百姓之困"的真正原因:"不獨在於錢貨徵稅之謂也。""黎庶之重困,不在於賦稅之暗加,患在於剝奪之不已。錢貨之輕重,不在於議論之不當,患在於法令之不行。"並以具體的例證進一步論證"得人則理"新見解。在充分論證的基礎上,元稹進而向穆宗提出解決問題治理現狀的辦法。在以上的論述中,元稹認爲祇改革具體辦法的做法祇能"救一時之弊",不能從根本上解決問題。與此同時元稹還向統治者提出了"禁"、"罷"、"絕"、"節"、"峻"、"深"、"精核"、"慎選"等合法合理的建議。元稹這樣做雖然出發點是爲百姓鳴冤,代萬民請命,謀國家的長治久安,但得罪的却是整個既得利益的統治集團。可見元稹並不因爲過去直言死諫而遭到十年貶謫,就畏縮退讓因循保位,而是祇要一有機會就要像他的六代之祖先元巖那樣直言敢諫,實現他那"達則濟億兆"的政治主張。戶部尚書楊於陵提出以實物抵充賦稅的辦法,以改變錢日重貨日輕的局面。這場爭論事關重大,因此爭論從元和十五年年初唐穆宗登位開始,斷斷續續一直延續到同年的八月前後,《舊唐書·穆宗紀》:"(元和十五年)八月庚午朔,辛未,兵部尚書楊於陵總百寮錢貨輕重之議,取天下兩稅、榷酒、鹽利等,悉以布帛任土所產物充稅,並不徵見錢,則物漸重錢漸輕,農人見免賤賣匹段。請中書、門下、御史臺諸司官長重議施行。從之。"《資治通鑑》:"(長慶元年九月)自定兩稅法以來錢日重物日輕,民所輸三倍其初,詔百官議革其弊。戶部尚書楊於陵以爲:'錢者所以權百貨,留遷有無,所宜流散,不應蓄聚。今稅百姓錢,藏之公府。又開元中天下鑄錢七十餘爐,歲入百萬,今才十餘爐,歲入十五萬,又積於商賈之室及流入四夷。又大曆以前淄青、太原、魏博貿易雜用鉛鐵,嶺南雜用金銀丹砂象齒,今一用錢。如此則錢焉得不重!物焉得不輕!今宜使天下輸稅課者皆用穀帛,廣鑄錢而禁滯積及出塞者,則錢日滋矣!'朝廷從之,始令兩稅皆輸布絲纊,獨鹽酒課用錢。"應該指出,《資治通鑑》對這場爭論的概括無疑是準確的,但其將元和十五年八月之事排列在"長慶元年九月"則顯然是有問題的。 錢:錢幣。《國語·周語》:"景王二十一年,將鑄大錢。"韋昭注:"錢者,金幣之名,所以貿易買物、通財用者也。古曰泉,後轉曰錢。"韓愈《送石處士序》:"人與之錢則辭。" 貨:貨物,商品。《易·繫辭》:"聚天下之貨,交易而退。"《漢書·食貨志》:"通財鬻貨曰商。" 議狀:向上呈送的發表己見的文書。袁甫《論流民札子》:"各上議狀,不許聯名,庶幾人人得盡己見,免至雷同塞責。"范鎮《東齋記事》卷二:"其家奏嫡孫合與不合傳重,下禮院議。於是宋景文公判太常,不疑、次道與予爲禮官,景文公遂令三人各爲議狀。"

②進止:意旨,命令。《北齊書·顏之推傳》:"帝時有取索,恒令中使傳旨,之推稟承宣告,館中皆受進止。"溫大雅《大唐創業起居注》卷一:"突厥之報帝書也,謂使人曰:'唐公若從我語,即宜急報,我遣大達官往取進止。'" 百姓:人民,民衆。《書·泰誓》:"百姓有過,在予一人。"孔穎達疏:"此'百姓'與下'百姓懍懍'皆謂天下衆民也。"《論語·顏淵》:"百姓足,君孰與不足? 百姓不足,君孰與足?" 衆情:衆人的情緒。陳子昂《感遇十二首》五:"貴人棄疵賤,下士嘗殷憂。衆情累外物,恕己忘内修。"杜荀鶴《獻長沙王侍郎》:"文星漸見射台星,皆仰爲霖沃衆情。" 國用:國家的費用或經費。《禮記·王制》:"冢宰制國用,必於歲之杪,五穀皆入,然後制國用。"鄭玄注:"如今度支經用。"《後漢書·袁安傳》:"無故勞師遠涉,損費國用。" 輕:賤,不貴重。《漢書·食貨志》:"錢益多而輕,物益少而貴。"顏師古注引臣瓚曰:"鑄錢者多,故錢輕,輕亦賤也。"韓愈《錢重物輕狀》:"錢重物輕,爲弊頗甚。" 重:昂貴,價高。《管子·乘馬數》:"彼物輕則見泄,重則見射。"《文選·張協〈雜詩十首〉一〇》:"尺燼重尋桂,紅粒貴瑤瓊。"李善注:"《戰國策》……楚國食貴於玉,薪貴於桂。" 徵:徵收。《逸周書·大匡》:"程課物徵,躬競比藏。"韓愈《送韓侍御歸所治序》:"至則出贓罪吏九百餘人……使耕其便近地,以償所負,釋其粟

之在吏者四十萬斛不徵。” 百寮：亦作“百僚”，百官。《後漢書·鄧彪傳》：“彪在位清白，爲百僚式。”《新五代史·周太祖紀》：“文武百寮，六軍將校，議擇賢明，以承大統。”

③ 黎庶：黎民。《史記·孟子荀卿列傳》：“騶衍睹有國者益淫侈，不能尚德，若《大雅》整之於身，施及黎庶矣！”范仲淹《奏上時務書》：“國侵則害加黎庶，德敗則禍起蕭墻。” 剥奪：盤剥，掠奪。陳子昂《上蜀川安危事》：“實緣官人貪暴，不奉國法；典吏遊容，因此侵漁。剥奪既深，人不堪命。”元稹《叙詩寄樂天書》：“厚加剥奪，名爲進奉，其實貢入之數百一焉！” 議論：謂評論人或事物的是非、高低、好壞，亦指非議，批評。《史記·貨殖列傳》：“臨淄亦海岱之間一都會也，其俗寬緩闊達，而足智，好議論。”《顏氏家訓·勉學》：“及有吉凶大事，議論得失，蒙然張口，如坐雲霧。” 號令：發佈的號召或命令。《禮記·月令》：“〔季秋之月〕是月也，申嚴號令。”《史記·屈原賈生列傳》：“入則與王圖議國事，以出號令。”

④ 賦税：田賦和捐税的合稱。《管子·山至數》：“古者輕賦税而肥籍斂。”韓愈《潮州祭神文五首》二：“農夫桑婦，將無以應賦税繼衣食也。” 一法：統一的法令。《荀子·王霸》：“君者，論一相，陳一法，明一指，以兼覆之，兼炤之，以觀其盛者也。”白居易《宗實上人》：“今古雖殊同一法，瞿曇抛却轉輪王。” 厚薄：猶親疏。《三國志·傅嘏傳》：“嘏常論才性同異，鍾會集而論之。”裴松之注：“若皆知其不終，而情有彼此，是爲厚薄由於愛憎，奚豫於成敗哉？以愛憎爲厚薄，又虧於雅體矣！”元稹《唐故中大夫尚書刑部侍郎上柱國隴西縣開國男贈工部尚書李公墓誌銘》：“考行取友甚峻，能銖兩人倫，而滔滔者莫見其厚薄。” 一概：概爲古代量糧食時刮平斗斛之木，引申爲同一種標準。曹植《黃初五年令》：“諸吏各敬爾在位，孤推一概之平，功之宜賞，於疏必與；罪之宜戮，在親不赦。”《資治通鑑·晉穆帝永和十二年》：“自古帝王居中州者，政化各殊，趙爲奸詐，秦敦信義，豈得一概

待之乎!"胡三省注:"概所以平斗斛,一概待之,言無所高下也。" 廉
能:清廉能幹。《周禮·天官·小宰》:"以聽官府之六計,弊群吏之
治……二曰廉能。"元稹《追封王潛母齊國大長公主制》:"不因恩澤以
求郎,每致忠貞而事主。使勤貴富,戒斁廉能。" 蒞:臨視,治理。
《易·明夷》:"明夷,君子以蒞衆。"孔穎達疏:"君子能用此明夷之道
以臨於衆。"《北齊書·蕭祗傳》:"于時江左承平,政寬人慢,祗獨蒞以
嚴切,梁武悦之。" 生息:生殖蕃息。韓愈《潮州刺史謝上表》:"天戈
所麾,莫不寧順。大宇之下,生息理極。"生存,生活。李覯《惜雞》:
"行行求飲食,欲以助生息。" 貪愚:貪婪而又愚昧。韓琦《辭免武康
軍節度使表第二表》:"臣早綜書生,久服武事。豈貪愚有欲於利? 蓋
忠憤不知其勞!"蘇頌《工部侍郎致仕掌公墓誌銘》:"用兵之法,或使
貪愚,豈皆清方之士望令舉者,但保明其材武,則翹勇之人皆出而爲
用也。" 敗傷:猶傷敗,敗壞。《顏氏家訓·雜藝》:"蕭子雲改易字體,
邵陵王頗行僞字……朝野翕然以爲楷式,畫虎不成,多所傷敗。"蘇軾
《繳還詞頭奏狀·李定》:"今既言者如此,朝廷勘會得實,而使無母不孝
之人,猶得以通議大夫分司南京,即是朝廷亦許如此等類得據高位,傷
敗風教,爲害不淺。" 理:謂治理得好,秩序安定,與"亂"相對。白居易
《法曲歌》:"法曲法曲舞霓裳,政和世理音洋洋。"王讜《唐語林·政事》:
"數年之間,漁商闐湊,州境大理。" 明驗:明顯的證驗或應驗。《後漢
書·袁安傳》:"安到郡,不入府,先往案獄,理其無明驗者,條上出之。"
王勃《三國論》:"以知曹孟德不爲人下,事之明驗也。"

⑤ 嶺:特指五嶺。《史記·南越列傳》:"會暑濕,士卒大疫,兵不
能逾嶺。"韓愈《送鄭尚書序》:"嶺之南,其州七十,其二十二隸嶺南節
度府。" 金銀:黃金和白銀。《列子·周穆王》:"化人之宫,構以金
銀。"韓愈《順宗實錄》:"盡得其所虜掠金銀、婦女等,皆獲致其家。"
貨幣:充當一切商品的等價物的特殊商品,貨幣是價值的一般代表,
可以購買任何別的商品。《後漢書·光武帝紀》:"王莽亂後,貨幣雜

用布、帛、金、粟。"蘇軾《關隴遊民私鑄錢與江淮漕卒爲盜之由策》："後之世賦取無度，貨幣無法，義窮而詐勝。"　巴：古族名，國名，其族主要分佈在今川東、鄂西一帶。陳子昂《白帝城懷古》："日落滄江晚，停橈問土風。城臨巴子國，臺没漢王宮。"杜甫《諸葛廟》："久遊巴子國，屢入武侯祠。竹日斜虛寢，溪風滿薄帷。"　交易：物物交換，後多指做買賣，貿易。《易·繫辭》："日中爲市，致天下之民，聚天下之貨，交易而退，各得其所。"《史記·平準書》："農工商交易之路通，而龜貝金錢刀布之幣興焉！"　黔巫：指四川巫山及古黔中一帶。元稹《酬樂天東南行詩一百韻》："鯨吞近溟漲，猿鬧接黔巫。"温庭筠《送崔郎中赴幕》："一別黔巫似斷弦，故交東去更淒然。心遊目送三千里，雨散雲飛二十年。"　水銀：即汞。《史記·秦始皇本紀》："以水銀爲百川江河大海，機相灌輸。"葛洪《抱朴子·金丹》："凡草木燒之即燼，而丹砂燒之成水銀，積變又還成丹砂。"　硃砂：亦作"朱砂"，礦物名，舊稱丹砂，煉汞的主要原料，色鮮紅，可作顏料，亦供藥用。以湖南辰州産者爲最佳，故又稱辰砂。白居易《自詠》："朱砂賤如土，不解燒爲丹。玄鬢化爲雪，未聞休得官。"殷七七《醉歌》："琴彈碧玉調，藥鍊白硃砂。解醞頃刻酒，能開非時花。"　繒綵：亦作"繒采"，彩色繒帛。賈誼《新書·勢卑》："以漢而歲致金絮繒綵，是入貢職於蠻夷也。"《南史·朱百年傳》："有時出山陰爲妻買繒采五三尺，好飲酒，遇醉或失之。"　巾帽：指頭巾或帽子。蘇軾《江上值雪效歐陽體仍不使皓白潔素等字》："高人著屐踏冷冽，飄拂巾帽真仙姿。"陳師道《送趙承議》："林湖更覺追隨盡，巾帽猶堪語笑傾。"　市：做買賣，貿易。《左傳·僖公三十三年》："鄭商人弦高將市於周。"《荀子·修身》："故良農不爲水旱不耕，良賈不爲折閱不市。"

⑥ 前人：前面的人。王讜《唐語林·雅量》："夫前人唾者，發於怒也。汝今拭之，是惡前人唾而拭，是逆前人怒也。"梅堯臣《朱武太博通判常州兼寄胡武平》："願君思前人，文雅庶未墜。"　後人：後面

的人,後繼的人。《韓非子·內儲說》:"夫竈一人煬焉! 則後人無從見矣!"陳奇猷集釋:"舊注:一人煬則蔽竈之光,故後人不見之。"荀悦《漢紀·武帝紀》:"建以數千當單於數萬,力戰百餘,士盡死,無二心,自歸而斬之,是示後人無返意也。"　擾:混亂,煩亂。《孫子·行軍》:"軍擾者,將不重也。"桓寬《鹽鐵論·詔聖》:"民之仰法,猶魚之仰水。水清則靜,濁則擾。擾則不安其居,靜則樂其業。"　耗:虧損,消耗。葛洪《抱朴子·極言》:"夫有盡之物,不能給無已之耗;江河之流,不能盈無底之器也。"韓愈《論淮西事宜狀》:"金帛糧畜,耗於賞給。"　贏:超過,多餘。《周禮·考工記·弓人》:"橋幹欲孰於火而無贏。"鄭玄注:"贏,過孰也。"王安石《寓言十五首》三:"物贏我收之,物窘出使營。"

　　⑦ 兩稅:即"兩稅法",唐德宗建中年間開始實行的新賦稅法,因稅分夏秋兩季繳納,故稱。兩稅法是唐代後期直至明代中葉田賦制度的基礎。《新唐書·楊炎傳》:"炎疾其敝,乃請爲'兩稅法',以一其制。凡百役之費,一錢之斂,先度其數而賦於人,量出制入。戶無主客,以見居爲簿;人無丁中,以貧富爲差。不居處而行商者,在所州縣稅三十之一,度所取與居者均,使無僥利。居人之稅,秋夏兩入之,俗有不便者三之。其租、庸、雜役悉省,而丁額不廢。其田畝之稅,率以大曆十四年墾田之數爲準,而均收之。夏稅盡六月,秋稅盡十一月,歲終以戶賦增失進退長吏,而尚書度支總焉!"亦省稱"兩稅"。白居易《重賦》:"國家定兩稅,本意在憂人。"《新唐書·德宗紀》:"〔建中元年〕二月丙申,初定兩稅。"　三品:三種,三類。《易·巽》:"六四:悔亡,田獲三品。"高亨注:"田,獵也。品,種也。筮遇此爻,其悔將亡,行獵將得三種獵物。"《書·禹貢》:"厥貢惟金三品。"孔傳:"金、銀、銅也。"孔穎達疏:"鄭玄以爲銅三色也。"　上供:唐宋時所徵賦稅中解交朝廷的部分。杜牧《銀青光祿大夫檢校禮部尚書兼御史大夫充浙江西道都團練觀察處置等使上柱國清河郡開國公食邑三千戶贈吏部尚書崔公行狀》:"民有宿逋不可減於上供者,必代而輸之。"《宋史·

高宗紀》：“紹興元年春正月己亥朔……蠲兩浙夏税和買紬絹絲綿，減閩中上供銀三分之一。” 留使：唐制：賦税中應送繳節度、觀察使府者，初名送使，後稱留使。《舊唐書·食貨志》：“令州縣鑄錢……其鑄本，請以留州、留使年支未用物充，所鑄錢便充軍府州縣公用。”《舊五代史·張延朗傳》：“不欲令有積聚，係官財貨留使之外，延朗悉遣取之。”《資治通鑑·後晉高祖天福元年》引此文，胡三省注曰：“唐制：諸州財賦爲三：一上供，輸之京師以供上用也；二送使，輸送於節度、觀察使府；三留州，留爲州家用度。其後天下悉裂爲藩鎮，支郡則仍謂之留州，會府則謂之留使。” 留州：唐賦税名，指留作地方州縣使用的税收。元稹《中書省議賦税及鑄錢等狀》：“今天下州縣，有山野溪洞無布帛絲綿之處，得以九穀百貨一物已上、但堪本處交易用度者，並許折納，便充留州、留使錢數。”《新唐書·食貨志》：“憲宗分天下之賦以爲三，一曰上供，二曰送使，三曰留州。” 量出爲入：意謂根據每年的支出決定税賦的多少。袁樞《通鑑紀事本末》卷三二：“生物之豐敗由天，用物之多少由人，是以聖王立程量入爲出，雖遇灾難，下無困窮。理化既衰，則乃反是量出爲入。”蘇轍《亡兄子瞻端明墓誌銘》：“若量出爲入，毋多取於民，則足矣！” 定額：規定數額。陸贄《貞元改元大赦制》：“内外官禄及俸錢手力雜給等，委中書門下度支即參詳定額聞奏。”李翱《疏絶進獻》：“今節度觀察使之進獻，必曰軍府羨餘，不取於百姓。且供軍及留州錢各有定額，若非兵士闕數不填及減刻所給，則錢帛非天之所雨也，非如泉之可湧而生也，不取於百姓，將安取之哉？”

⑧ 節將：持節的大將，泛指總軍戎者。《陳書·高祖紀》：“若樂隨臨川王及節將立效者，悉皆聽許。”元稹《和李校書新題樂府十二首·立部伎》：“如今節將一掉頭，電卷風收盡摧挫。” 進獻：進呈，呈獻。《左傳·襄公二十五年》：“子展執縶而見，再拜稽首，承飲而進獻。”白居易《賀雨》：“乃命罷進獻，乃命賑饑窮。” 國恩：指封建時代王朝或君主所賜予的恩惠。李密《陳情事表》：“尋蒙國恩，除臣洗

馬。《舊唐書・李德裕傳》:"孜孜夙夜,上報國恩。"　賂遺:以財物贈送或買通他人。《史記・匈奴列傳》:"漢遣中郎將蘇武厚幣賂遺單于,單于益驕,禮甚倨,非漢所望也。"蔣防《霍小玉傳》:"雖生之書題竟絕,而玉之想望不移,賂遺親知,使通消息。"　私名:猶私客,私人。《列子・黃帝》:"范氏有子曰子華,善養私名,舉國服之。"張湛注:"遊俠之徒也。"葉適《法度總論三・吏胥》:"更迭爲之,無根固窟穴之患,無保引私名之弊,而封建之勢因以去矣!"　鏹:成串的錢。《文選・左思〈蜀都賦〉》:"藏鏹巨萬,鈋攬兼呈。"劉逵注:"鏹,錢貫也。"指錢幣。唐無名氏《王法曹歌》:"見錢滿面喜,無鏹從頭喝。"銀子或銀錠。《南史・郭祖深傳》:"累金積鏹,侍列如仙,不田不商,何故而爾?"帛:古代絲織物的通稱。《漢書・朱建傳》:"臣衣帛,衣帛見;臣衣褐,衣褐見:不敢易衣。"杜甫《自京赴奉先縣詠懷五百字》:"彤庭所分帛,本自寒女出。"　樓榭:高臺之上的房屋,亦泛指樓房。酈道元《水經注・濟水》:"韓王聽訟觀臺,高十五仞,雖樓榭泯滅,然廣基似於山嶽。"陳子昂《春日登金華觀》:"山川亂雲日,樓榭入烟霄。"　第宅:猶宅第,住宅。《漢書・趙倢伃傳》:"順成侯有姊君姁,賜錢二百萬,奴婢第宅以充實焉!"杜甫《秋興八首》四:"王侯第宅皆新主,文武衣冠異昔時。"　俸入:官員的俸祿收入。李元綱《厚德錄》卷二:"王(繕)曰:'某碌碌經生,仕無他志,苟仰俸入以養妻子,得罪無害。'"王栐《燕翼詒謀錄》卷二:"國初,士大夫俸入甚微,簿、尉月給三貫五百七十而已,縣令不滿十千。"　常:固定不變。《左傳・昭公元年》:"疆場之邑,一彼一此,何常之有?"《莊子・齊物論》:"言未始有常。"郭象注:"彼此言之,故是非無定。"　公私:公家和私人。杜甫《憶昔二首》二:"憶昔開元全盛日,小邑猶藏萬家室。稻米流脂粟米白,公私倉廩俱豐實。"元稹《茅舍》:"農收次邑居,先室後臺樹。啓閉既及期,公私亦相借。"　分:分開,劃分。《易・繫辭》:"方以類聚,物以群分,吉凶生矣。"《文心雕龍・原道》:"夫玄黃色雜,方圓體分。"

⑨ 度支：官署名，魏晉始置，掌管全國的財政收支，長官爲度支尚書。南北朝以度支尚書領度支、金部、倉部、起部四曹，隋開皇初改度支尚書爲民部尚書，唐因避太宗李世民諱，改民部爲户部，旋復舊稱。劉長卿《送度支留後若侍御之歙州便赴信州省覲》：“國用憂錢穀，朝推此任難。即山榆莢變，降雨稻花殘。”駱浚《題度支雜事典庭中柏樹》：“榦聳一條青玉直，葉鋪千疊緑雲低。争如燕雀偏巢此？却是鴛鴦不得栖。” 轉運：運輸。荀悦《漢紀·宣帝紀》：“今見轉運煩費，傾國家不虞之用以贍一隅，臣愚以爲不便。”本文指以運輸爲主務的官署，隸屬度支。王維《送元中丞轉運江淮》：“薄税歸天府，輕徭賴使臣。歡沾賜帛老，恩及卷綯人。”《舊唐書·代宗紀》：“（寶應元年六月）壬申，以通州刺史劉晏爲户部侍郎，兼御史大夫、京兆尹，充度支轉運鹽鐵諸道鑄錢等使。” 經費：舊指國家經常費用。韓愈《順宗實録》：“乙丑，停鹽鐵使進獻，舊鹽鐵錢物悉入正庫，一助經費。”蘇軾《范景仁墓誌銘》：“以今賦入之數十七爲經費，而儲其三以備水旱非常。” 月進：唐德宗時地方官吏爲買寵而逐月進獻財物，稱爲月進。韓愈《順宗實録》：“至貞元末，遂月有獻焉！謂之月進。”《新唐書·食貨志》：“初，德宗居奉天，儲畜空窘……朱泚既平，於是帝屬意聚斂，常賦之外，進奉不息。劍南西川節度使韋皋有日進，江西觀察使李兼有月進。” 三節：舊俗稱端午、中秋、春節爲三節。元稹《唐故中大夫尚書刑部侍郎上柱國隴西縣開國男贈工部尚書李公墓誌銘》：“（李建）歸爲殿中侍御史，有詔天下俟三節來獻。先是襄帥均獻在邸，亟相命俟節以獻之，公力争，不可意，作《謬官詩》。”一説正至三節是指皇上生日、端午、冬至、元旦。《唐會要·祥瑞》：“（元和）四年閏三月敕：其諸道進獻，除降誕、端午、冬至、元正任以土貢修其慶賀，其餘雜進，除二日條所供外，一切勒停。如違越者，所進物送納左藏庫，仍委御史臺具名聞奏。”

⑩ 重柄：猶大權。白居易《除閻巨源充邠寧節度使制》：“門下：華夷要地，實爲蕃漢。鈇鉞重柄，必授忠賢。”杜光庭《青城令莫庭乂

爲副使修本命周天醮詞》：“臣切以張某久持重柄，獨運赤心，上稟聖謀，仰遵廟略。”　利權：爵祿和權柄。《左傳·襄公二十三年》：“子在位，其利多矣！既有利權，又執民柄，將何懼焉？”魏泰《東軒筆錄》卷二：“〔陳晉公恕〕晚年多病，乞解利權。”　徼恩：求取恩寵。歐陽修《辭免青州第三札子》：“若退而懇辭，則有稽違君命、煩言屢瀆之罪，然比於矯詐邀恩，則其罪似輕。”蘇頌《贈右僕射高若訥謚文莊》：“又傳丞相言斜封徼恩，一切願罷，外戚肺腑，不可預政。”　怨府：衆怨歸聚之所。《左傳·昭公十二年》：“平子欲使昭子逐叔仲小，小聞之，不敢朝。昭子命吏謂小待政於朝，曰：‘吾不爲怨府。’”杜預注：“言不能爲季氏逐小，生怨禍之聚。”《史記·趙世家》：“毋爲怨府，毋爲禍梯。”

⑪ 臨：監視，監臨，引申爲統治，治理。《史記·三王世家》：“今昭帝始立，年幼，富於春秋，未臨政，委任大臣。”韓愈《祭故陝府李司馬文》：“歷臨大邑，惟政有聲。”　億兆：指庶民百姓，猶言衆庶萬民。蔡邕《太尉汝南李公碑》：“憲天心以教育，沐垢濁以揚清，爲國有賞，蓋有億兆之心。”元稹《酬別致用》：“達則濟億兆，窮亦濟毫氂。”　群寮：亦作“群僚”，百官。孫樵《與李諫議行方書》：“於是膠群僚之口，縛諫官之舌。”劉禹錫《唐故相國贈司空令狐公集紀》：“在藩聳萬夫之觀望，立朝責群寮之煩舌。”　藩鎮：唐代初年在重要各州設都督府，睿宗時設節度大使，玄宗時又在邊境設置十節度使，通稱“藩鎮”。各藩鎮掌管一個地區的軍政，後來權力逐漸擴大，兼管民政、財政，掌握全部軍政大權，形成地方割據，常與朝廷對抗。獨孤及《唐故大理少卿兼侍御史河南獨孤府君墓誌銘并序》：“天寶十四載安禄山反，朝廷以淮、肥、海、沂，三吳咽喉，宜擇良佐以貳藩鎮，命府君爲泗州長史。”李頻《陝府上姚中丞》：“關東領藩鎮，關下授旌旄。覓句秋吟苦，酬恩夜坐勞。”　侈靡：奢侈浪費。《呂氏春秋·節喪》：“侈靡者以爲榮，儉節者以爲陋。”奢華。《舊唐書·蕭復傳》：“少秉清操，其群從兄弟，競飾輿馬，以侈靡相尚。”　風憲：古代御史掌糾彈百官，正吏治之職，故

以"風憲"稱御史。元結《辭監察御史表》："臣自布衣,未逾數月,官忝風憲,任廉戎旅。"司馬光《初除中丞上殿札子》："臣蒙陛下聖恩,拔於衆臣之中,委以風憲,天下細小之事,皆未足爲陛下言之。" 贓罪:指貪污受賄罪。《南齊書·蕭惠基傳》："典籤何益孫贓罪百萬,棄市,惠朗坐免官。"元稹《西州院》："文案床席滿,卷舒贓罪名。" 精核:精細考核。《後漢書·順帝紀》："其簡序先後,精核高下,歲月之次,文武之宜,務存厥衷。"《新唐書·張九齡傳》："今若刺史縣令精核其人,則管內歲當選者,使考才行。" 考課:按一定標準考核官吏優劣,分別等差,決定升降賞罰,謂之"考課"。《三國志·夏侯玄傳》："自長以上,考課遷用,轉以能升。"《舊唐書·職官志》："凡考課之法,有四善:一曰德義有聞,二曰清慎明著,三曰公平可稱,四曰恪勤匪懈。善狀之外,有二十七最。" 字人:撫治百姓。《隋書·刑法志》："始乎勸善,終乎禁暴,以此字人,必兼刑罰。"《資治通鑑·唐代宗大曆十二年》："縣令,字人之官。"

⑫ 錢幣:錢,多指金屬貨幣。《漢書·食貨志》："於是天子與公卿議,更造錢幣以贍用,而摧浮淫並兼之徒。"葉適《財總論》："蔡京繼之行鈔法,改錢幣,誘賺商旅。" 輕重:我國歷史上關於調節商品、貨幣流通和控制物價的理論。《管子》有《輕重篇》論述最詳,清末曾有人將政治經濟學稱爲"輕重學"。《史記·齊太公世家》："桓公既得管仲,與鮑叔、隰朋、高傒修齊國政,連五家之兵,設輕重魚鹽之利,以贍貧窮,祿賢能,齊人皆說。"白居易《辨水旱之災明存救之術策》："蓋管氏之輕重,李悝之平糴,耿壽昌之常平者,可謂不涸之食,不竭之府也。" 大錢:面值大的錢幣。《國語·周語》："景王二十一年,將鑄大錢。"韋昭注引賈逵云："大錢者,大於舊,其價重也。"《漢書·食貨志》："王莽居攝……於是更造大錢,徑寸二分,重十二銖,文曰大錢五十。" 私鑄:私人製造。張九齡《敕議放私鑄錢》："且欲不禁私鑄,其理如何?公卿百僚,詳議可否!朕將親覽,擇善而從。"杜甫《歲晏

行》:"況聞處處鬻男女,割慈忍愛還租庸。往日用錢捉私鑄,今許鉛錫和青銅。"　龜貝:龜甲和貝殼,古代亦用作貨幣,至秦而廢。《史記‧平準書論》:"農工商交易之路通,而龜貝金錢刀布之幣興焉!"王融《永明九年策秀才文》:"既龜貝積寢,緡緍專用。"　皮:貨幣的一種,參閱古代貨幣"刀布"。《管子‧國蓄》:"先王爲其途之遠,其至之難,故託用於其重:以珠玉爲上幣,以黃金爲中幣,以刀布爲下幣。"《史記‧平準書論》:"農工商交易之路通,而龜貝、金錢、刀布之幣興焉!"　刀:古代錢幣名,以青銅製成,主要流行於戰國時代的齊、燕、趙三國,分齊莒刀、尖首刀、明刀、鈍首刀等種類,其上鑄有文字,秦時廢,西漢末王莽一度仿製,旋廢。《墨子‧經說》:"刀糴相爲賈,刀輕則糴不貴,刀重則糴不易。"畢沅校注:"(刀)謂泉刀。"《漢書‧食貨志》:"錯刀,以黃金錯其文,曰'一刀直五千'。"　埋藏:藏在泥土或其他細碎物體之中。葛洪《抱朴子‧鈞世》:"經荒歷亂,埋藏積久,簡編朽絕,亡失者多。"白居易《予以長慶二年冬十月到杭州明年秋九月始與范陽盧賈汝南周元範蘭陵蕭悅清河崔求東萊劉方輿同遊恩德寺之泉洞竹石籍甚久矣及茲目擊果愜心期因自嗟云到郡周歲方来入寺半日復去俯視朱綬仰睇白雲有愧於心遂留絕句》:"雲水埋藏恩德洞,簪裾束縛使君身。暫来不宿歸州去,應被山呼作俗人。"本文的"禁埋藏"指不允許將錢幣埋藏在地下,以免影響錢幣的流通。　銷毀:熔化毀掉。《舊唐書‧宋璟傳》:"又禁斷惡錢,發使分道檢括銷毀之。"歐陽修《歸田録》卷一四:"〔李照〕得古編鐘一枚,工人不敢銷毀,遂藏於太常。"　器用:器皿用具。《書‧旅獒》:"無有遠邇,畢獻方物,惟服食器用。"王讜《唐語林‧補遺》:"司徒鄭貞公每在方鎮公廳,陳設器用,無不精備。"本文的"禁器用"是指不允許將錢幣熔化製造其他器皿。　滯積:積壓,亦指積壓的財物。《左傳‧襄公九年》:"國無滯積,亦無困人。"潘勖《冊魏公九錫文》:"粟帛滯積,大業惟興。"本文的"禁滯積"是指不允許將錢幣囤積起來,不在市場上流通。　損益:增減,盈虧。《易·損》:"損剛益柔有時,損益盈虛,與時偕行。"《漢書·禮樂志》:"王者必因前王之禮,順時施宜,有所損益,即民之心,稍稍製作,至太平而大備。"　行:實施。《易·繫辭》:"形而上者謂之道,形而下者謂之器,化而裁之謂之變,推而行之謂之通。"孔穎達疏:"因推此以可變而施行之,謂之通也。"秦觀《主術》:"政事之臣得以舉其職,議論之臣得以行其言。"

⑬　積錢:儲藏的錢財。《史記·天官書》:"大水處,敗軍場,破國之虛,下有積錢,金寶之上,皆有氣,不可不察。"《南史·江禄傳》:"禄先為武寧郡,頗有資産,積錢於壁,壁為之倒,迮銅物皆鳴。"　守尹:太守、府尹。歐陽修《河南府司録張君墓表》:"既罷,又辟司録,河南人多賴之。而守尹屢薦其材,君亦工書,喜為詩。"《山西通志·張敞傳》:"比更守尹,如霸等數人,皆不稱職,京師寖廢,長安市偷盜尤多,百賈苦之。"　賣鬻:出售。《晉書·五行志》:"而饑疫薦臻,戎晉並困,朝廷不能振,詔聽相賣鬻。"李世民《斷賣佛像敕》:"自今已後,工匠皆不得預造佛道形像賣鬻。"　欺濫:謂以假當真,以次充好,指假錢、劣錢。蘇籀《改秩箋謝資政》:"竊以銓管千條之密,鈎考五仕之嚴,抑欺濫與僥浮……"　市井:古代城邑中集中買賣貨物的場所。《管子·小匡》:"處商必就市井。"尹知章注:"立市必四方,若造井之制,故曰市井。"《漢書·貨殖傳序》:"商相與語財利於市井。"顔師古注:"凡言市井者,市,交易之處;井,共汲之所,故總而言之也。"　鞭:古代官刑名之一,以鞭抽打的薄刑。《書·舜典》:"鞭作官刑。"孔傳:"以鞭爲治官事之刑。"高承《事物紀原·鞭》:"《虞書》曰:'鞭作官刑',則得名於堯舜之代,始以爲薄刑之用。"　黜:貶降,罷退。《論語·微子》:"柳下惠爲士師,三黜。"韓愈《黄陵廟碑》:"元和十四年春,余以言事得罪,黜爲潮州刺史。"　告訐:責人過失或揭人陰私。《漢書·刑法志》:"及孝文即位……論議務在寬厚,耻言人之過失。化行天下,告訐之俗易。"顔師古注:"訐,面相斥罪也。"蘇軾《上韓丞

相論灾傷手實書》:"昔之爲天下者,惡告訐之亂俗也,故有不干己之法,非盜及强奸不得捕告。"　蓄藏:積蓄儲藏。《荀子·榮辱》:"於是又節用御欲,收斂蓄藏以繼之也。"蘇轍《次韵柳見答》:"烹煎厓蜜真牽强,慚愧山峰久蓄藏。"

⑭　救弊:糾正弊端。班固《白虎通·三教》:"王者設三教何? 承衰救弊欲民反正道也。"朱敬則《魏武帝論》:"救弊即可,仁則未知。"　賞罰:亦作"賞罰",獎賞和懲罰。《書·康王之誥》:"惟新陟王,畢協賞罰,戡定厥功,用敷後人休。"李康《運命論》:"賞罰懸於天道,吉凶灼乎鬼神。"　聖祖:帝王的先祖,多特指開國的高祖。《漢書·王子侯表》:"大哉,聖祖之建業也! 後嗣承序以廣親親。"《孔子家語·賢君》:"孔子曰:'昔者夏桀貴爲天子,富有四海,忘其聖祖之道,壞其典法,廢其世祀。'"　神宗:古代指堯廟,一說指堯太祖文祖之宗廟。《書·大禹謨》:"正月朔旦,受命于神宗。"孔傳:"神宗,文祖之宗廟。言神,尊之。"後亦用以指天子的祖廟。《樂府詩集·誠敬》:"虔奉蘋藻,肅事神宗。"　前賢:前代的賢人或名人。陸機《豪士賦》:"巍巍之盛,仰邈前賢。洋洋之風,俯冠來籍。"杜甫《戲爲六絶句》一:"今人嗤點流傳賦,不覺前賢畏後生。"　愚臣:大臣對君主自稱的謙詞。曹植《上責躬應詔詩表》:"是以愚臣徘徊於恩澤,而不敢自棄者也。"《魏書·劉文曄傳》:"愚臣所見,猶有未申。"　革弊:革除弊害。白居易《答宰相杜佑等賀德音表》:"思革弊以救灾,在濟人而損己。"《宋史·唐恪傳》:"革弊當以漸,宜擇今日之所急者先之。"　奏聞:臣下將事情向帝王報告。《後漢書·安帝紀》:"三司之職,内外是監,既不奏聞,又無舉正。"薛用弱《集異記·葉法善》:"玄宗承祚繼統,師於上京,佐佑聖主,凡吉凶動静,必預奏聞。"　伏聽:謂俯伏聽命。孫楚《爲石仲容與孫皓書》:"北面稱臣,伏聽告策。"元積《爲河南府百姓訴車》:"伏聽詳察處分,謹録狀上。"　敕旨:帝王的詔旨。蕭統《謝敕賚制旨大涅槃經講疏啓》:"後閣應敕,木佛子奉宣敕旨。"《新唐書·百

官志》："五日敕旨,百官奏請施行則用之。"

[編年]

《年譜》引述本文"奉進止……宰相奉宣進止如前者"一段文字之後云:"據《册府元龜》卷五〇一《邦計部·錢幣》三,是穆宗元和十五年閏正月下此詔。"没有説明本文的具體撰寫年月。《年譜新編》引述的編年理由同《年譜》,但同樣没有説明撰寫本文的具體日期。《編年箋注》的編年理由除《年譜》、《年譜新編》所引述者外,增加了《唐大詔令集補編·令百僚陳意見以革貨輕錢重之弊》一條證據,"定其時爲元和十五年(八二〇)閏正月",但仍然没有説明撰寫本文的具體日期。

我們以爲,根據本文"奉進止……宰相奉宣進止如前者"、《唐大詔令集補編·令百僚陳意見以革貨輕錢重之弊》、《册府元龜·邦計部·錢幣》等三條資料,本文應該撰寫於元和十五年閏正月十七日之後一二日之內,亦即閏正月十八日或十九日,地點在長安,元稹時任膳部員外郎之職。

◎ 令狐楚等加階制(一)①

門下:朕聞君法天大,臣體君命,數名等威,上下以兩②。昔漢丞相金印紫綬,黄扉黑轓,亦所以異車服于百辟也③。今朕宰相階級不稱,甚無謂焉! 既當行慶之恩,宜用加崇之典④。

守門下侍郎、同中書門下平章事、賜紫金魚袋令狐楚,端慎嚴恪,夙夜在公,按度懸衡,守而不失⑤。守中書侍郎、同中書門下平章事、賜紫金魚袋蕭俛,深敏敬恭,窹寐思理,伏蒲焚槁，知無不爲⑥。守中書侍郎、同中書門下平章事、賜紫金魚袋段文昌，坦易堅白，風雨有常，推賢舉能，如恐不及⑦。咨汝三后，弼予一人。汝爲股肱耳目以賚予，予敷心腹腎腸以告汝⑧。汝其一乃志以奉上，周乃惠以接下，敬乃事以臨官，是三者，孫叔敖嘗用之於楚矣⑨！位愈高而士愈戴，禄愈厚而人愈懷。夫以朕之不敏不明，尚克用濟，實賴吾二三臣朝夕之誨⑩。

《詩》云："無言不讎(二)，無德不報。"爰因進等之詔，用申交警之詞。各竭乃誠，同底于道⑪。康天下，平太階，而後越級之賜行焉！兹謂叙常，非以爲報⑫。楚可太中大夫，俛可朝議大夫，文昌可中散大夫，餘各如故⑬。

録自《元氏長慶集》卷四九

[校記]

（一）令狐楚等加階制：《全文》同，楊本、叢刊本作"令狐楚等加階"，各備一説，不改。

（二）無言不讎：原本作"無言不訓"，叢刊本、《全文》同，據《詩經·大雅·抑》改。楊本作"無言不訓"，《元稹集》改作"無言不讎"，但誤作"據《詩經·大雅·蕩》改"。

[箋注]

① 令狐楚等：指唐穆宗初登帝位時的三位宰相：令狐楚、蕭俛、段文昌。《舊唐書·憲宗紀》："(元和十四年)七月丁丑朔……丁酉，以河陽三城懷州節度使、朝議郎、使持節懷州諸軍事、守懷州刺史、兼御史大夫、賜紫金魚袋令狐楚可朝議大夫、守中書侍郎、同中書門下

平章事。"《舊唐書·穆宗紀》:"(元和)十五年正月……丁未,集群臣班於月華門外,貶門下侍郎同平章事皇甫鎛爲崖州司户。戊申,上見宰臣於紫宸門外。辛亥,以朝議郎、守御史中丞、飛騎尉、襲徐國公、賜緋魚袋蕭俛爲朝散大夫、守中書侍郎,中書舍人、翰林學士、武騎尉、賜紫金魚袋段文昌爲中書侍郎同平章事。" 加階:晉升官階。薛能《加階》:"二年中散似嵇康,此日無功換寵光。唯有一般酬聖主,勝於東晉是文章。"劉肅《大唐新語·持法》:"履霜曰:'准令當刑能申理者,加階而編入史,乃侍御史之美也。'"

②門下:亦即"門下省",官署名。《舊唐書·職官志》:"門下省:秦漢初置侍中,曾無臺省之名。自晉始置門下省,南北朝皆因之。龍朔改爲東臺,光宅改爲鸞臺,神龍復。"王維《春日直門下省早朝》:"騎省直明光,雞鳴謁建章。遙聞侍中珮,暗識令公香。"杜甫《野人送朱櫻》:"憶昨賜霑門下省,退朝擎出大明宫。金盤玉箸無消息,此日嘗新任轉蓬。" 君命:君王的命令,君王的使命。《孫子·九變》:"城有所不攻,地有所不争,君命有所不受。"梅堯臣《送李密學赴亳州》:"譙郡君命重,苦縣祖風殊。" 等威:與一定的身分、地位相應的威儀。《左傳·文公十五年》:"伐鼓於朝,以昭事神,訓民事君,示有等威,古之道也。"杜預注:"等威,威儀之等差。"葛洪《抱朴子·仁明》:"服牛馬以息負步,序等威以鎮禍亂。" 上下:指位分的高低,猶言君臣、尊卑、長幼。《易·泰》:"上下交而其志同也。"孔穎達疏:"上,謂君也;下,謂臣也。"《吕氏春秋·論威》:"義也者,萬事之紀也。君臣上下親疏之所由起也。"高誘注:"上,長;下,幼。"

③金印:舊時帝王或高級官員金質的印璽。《史記·孝武本紀》:"是時上方憂河決,而黄金不就,乃拜(樂)大爲五利將軍。居月餘,得四金印。"蘇轍《觀捕魚》:"人生此事最便身,金印垂腰定何益?"紫綬:紫色絲帶,古代高級官員用作印組,或作服飾。《漢書·百官公卿表》:"相國、丞相,皆秦官,金印紫綬。"李白《門有車馬客行》:"空談

霸王略，紫綬不挂身。"　黃扉：古代丞相、三公、給事中等高官辦事的地方，以黃色塗門，故稱。《南史·梁武陵王紀傳》："武帝諸子罕登公位，唯紀以功業顯著，先啓黃扉。"唐彥謙《賀李昌時禁苑新命》："黃扉議政參元化，紫殿稱觴拂壽星。"也指丞相、三公、給事中等官位。《舊唐書·郭承嘏傳》："文宗謂宰臣曰：'承嘏久在黃扉，欲優其禄俸，暫令廉問近關。而諫列拜章，惜其稱職，甚美事也。'乃復爲給事中。"黑轓：車旁黑色的擋泥板，借指官家的車子。《後漢書·輿服志》："公、列侯安車，朱班輪，倚鹿較，伏熊軾，皁繒蓋，黑轓，右騑。"曾鞏《奉和滁州九詠·幽谷晚飲》："毋徐黑轓召，當馳四方賀。"　車服：車輿禮服。《書·舜典》："敷奏以言，明試以功，車服以庸。"孔傳："功成則賜車服以表顯其能用。"孔穎達疏："人以車服爲榮，故天子之賞諸侯，皆以車服賜之。"　百辟：百官。《宋書·孔琳之傳》："羨之內居朝右，外司輦轂，位任隆重，百辟所瞻。"白居易《醉後走筆酬劉五主簿長句之贈》："閶闔晨開朝百辟，冕旒不動香烟碧。"

④　階級：指尊卑上下的等級。王符《潛夫論·班禄》："上下大小，貴賤親疏，皆有等威，階級衰殺。"《三國志·顧譚傳》："臣聞有國有家者，必明嫡庶之端，異尊卑之禮，使高下有差，階級逾邈。"官的品位、等級。《舊唐書·高宗紀》："佐命功臣子孫及大將軍府僚佐已下今見存者，賜階級有差，量才處分。"　不稱：不相稱，不相副。《詩·曹風·候人》："彼其之子，不稱其服。"鄭玄箋："不稱者，言德薄而服尊。"《史記·文帝本紀》："〔孝文皇帝〕德厚侔天地……明象乎日月，而廟樂不稱，朕甚懼焉！"　無謂：没有意義。《史記·秦始皇本紀》："如此，則子議父，臣議君也，甚無謂，朕弗取焉！"韓愈《雜詩四首》四："蛙黽鳴無謂，閤閤衹亂人。"　行慶：猶行賞。《禮記·月令》："命相布德和令，行慶施惠，下及兆民。"鄭玄注："慶謂休其善也。"《續資治通鑑·宋太宗至道二年》："先是郊祀行慶，中外官吏皆進秩，(寇)準遂率意輕重，其素所喜者多得臺省清秩，所惡及不知者即叙退之。"

崇:尊崇,推重。《文心雕龍·詔策》:"晉氏中興,唯明帝崇才。"韓愈《石鼓歌》:"方今太平日無事,柄任儒術崇丘軻。"

⑤ 守:猶攝,暫時署理職務,多指官階低而署理較高的官職。高承《事物紀原·守官》:"漢有守令守郡尉,以秩未當得而越授之,故曰守,猶今權也。則官之有守,自漢始也……《通典》曰:試,未正命也,階高官卑稱行,階卑官高稱守。"《後漢書·王允傳》:"初平元年,代楊彪爲司徒,守尚書令如故。"韓愈《送湖南李正字序》:"今愈以都官郎守東都省。" 端慎:莊重謹慎。陸贄《虔王申光隨蔡等州節度使制》"言皆副誠,事必求當。端慎可以鎮俗,寬厚可以長人。底綏一方,庶允憂屬。"李曄《誅崔昭緯詔》:"左降官崔昭緯……不能忠貞報國,端慎處身,潛交結於奸臣,致漏泄於機事。" 嚴恪:莊嚴恭敬。《漢書·匡衡傳》:"正躬嚴恪,臨衆之儀也。"顏師古注:"嚴讀曰儼。"柳宗元《伯祖妣趙郡李夫人墓誌銘》:"夫人生於良族,嶷然殊異……高朗而不傷其柔,嚴恪而不害其和。" 夙夜:朝夕,日夜。桓寬《鹽鐵論·刺復》:"是以夙夜思念國家之用,寢而忘寐,飢而忘食。"柳宗元《爲劉同州謝上表》:"庶當刻精運力,夙夜祇勤,上奉雍熙,旁流愷悌。" 度:法度,規範。《左傳·昭公三年》:"公室無度。"《後漢書·清河孝王傳》:"蒜爲人嚴重,動止有度。" 懸衡:謂輕重相等,勢均力敵,指對法度的嚴格執行。《漢書·鄒陽傳》:"臣聞秦倚曲臺之宮,懸衡天下,畫地而不犯。"顏師古注引如淳曰:"言其懸法度於其上也。"齊己《酬西蜀廣濟大師兄見寄》:"楚外已甘推絕唱,蜀中誰敢共懸衡?" 不失:不偏離,不失誤。《易·隨》:"出門交有功,不失也。"孔穎達疏:"以所隨之處不失正道,故出門即有功也。"《論衡·量知》:"御史之遇文書,不失分銖。"劉盼遂集解:"不失分銖,不出一點差錯。"不遺漏,不喪失。《老子》:"天網恢恢,疏而不失。"魏源本義:"恢恢疏闊而自無漏網之人也。"《文心雕龍·辨騷》:"酌奇而不失其真,翫華而不墜其實。"

⑥ 深敏:精深敏捷。《三國志·夏侯尚傳》:"尚薨,諡曰悼侯。"

裴松之注引王沈《魏書》：“〔尚〕智略深敏，謀謨過人。”《魏書·劉芳傳》：“〔劉芳〕才思深敏，特精經義，博聞强記，兼覽《蒼》、《雅》，尤長音訓，辨析無疑。”　敬恭：恭敬奉事，敬慎處事。《詩·大雅·雲漢》：“敬恭明神，宜無悔怒。”元稹《于季友授右羽林將軍制》：“爾其敬恭，無替朕命。”　寤寐：醒與睡，常用以指日夜。《詩·周南·關雎》：“窈窕淑女，寤寐求之。”毛傳：“寤，覺；寐，寢也。”錢起《秋夜作》：“寤寐怨佳期，美人隔霄漢。”　思理：猶思致，才思情致。《資治通鑑·宋文帝元嘉二十八年》：“〔王僧綽〕好學，有思理，練悉朝典。”胡三省注：“思理，猶言思致也。”猶構思。《文心雕龍·神思》：“故思理爲妙，神與物遊。”　伏蒲：漢元帝欲廢太子，史丹候帝獨寢時，直入臥室，伏青蒲上泣諫，後因以“伏蒲”爲犯顏直諫的典故。韓愈《答張徹》：“峨豸忝備列，伏蒲愧分涇。”黃滔《長安書事》：“伏蒲無一言，草疏賀德音。”　焚藁：猶焚草，燒掉底稿。《舊唐書·高士廉傳》：“士廉既任遇益隆，多所表奏，成輒焚稿，人莫知之。”《宋史·張庭堅傳》：“庭堅言論深切，退輒焚稿。”又作焚草，燒掉奏稿，以示謹密。《宋書·謝弘微傳》：“〔弘微〕每有獻替及論時事，必手書焚草，人莫之知。”　不爲：不做，不幹。《詩·衛風·淇奧》：“善戲謔兮！不爲虐兮！”《孟子·梁惠王》：“爲長者折枝，語人曰：‘我不能。’是不爲也，非不能也。”

⑦坦易：坦率平易。韓琦《祭少師歐陽公永叔文》：“襟懷坦易，事貴窮理，言無飾僞。”呂陶《朝議大夫黎公墓誌》：“常謂《春秋》緣舊史之文，假聖師之筆，行王者之事。其文坦易，其法簡嚴。思之不必太深，求之不必太過。”　堅白：語出《論語·陽貨》：“不曰堅乎？磨而不磷；不曰白乎？涅而不緇。”何晏集解引孔安國曰：“言至堅者磨之而不薄，至白者染之於涅而不黑。”謂君子雖在濁亂而不能污，後因以“堅白”形容志節堅貞，不可動搖。《三國志·徐邈王基等傳論》：“王基學行堅白。”武元衡《秋日對酒》：“波瀾暗超忽，堅白亦磷緇。”　風雨：颮風下雨。《書·洪範》：“月之從星，則以風雨。”干寶《搜神記》卷

一四:"王悲思之,遣往視覓,天輒風雨,嶺震雲晦,往者莫至。"比喻危難和惡劣的處境。《漢書·朱博傳》:"〔朱博〕稍遷爲功曹,伉俠好交,隨從士大夫,不避風雨。" 常:固定不變。《左傳·昭公元年》:"疆埸之邑,一彼一此,何常之有?"《莊子·齊物論》:"言未始有常。"郭象注:"彼此言之,故是非無定。" 推賢:推薦賢人。《禮記·儒行》:"儒有内稱不辟親,外舉不辟怨,程功積事,推賢而進。"《晉書·傅玄傳》:"疾惡如仇,推賢樂善。" 舉能:舉薦能幹之人。蘇頲《授崔銑起居舍人制》:"朝請郎前試通事舍人崔銑……趨侍西掖,沿聞東觀,期書法以無隱,俾舉能而有聲。"孫逖《授崔翹尚書右丞制》:"門下:司會之府,尤重於紀綱;舉能而官,必慎於名器。"

⑧ 后:古代對長官、郡守或將領的尊稱。《晉書·應詹傳》:"其後天下大亂,詹境獨全。百姓歌之曰:'亂離既普,殆爲灰朽。僥倖之運,賴兹應后。'"貫休《上孫使君》:"豈知吾后意,憂此毗陵最。" 弼:糾正,輔佐。《書·益稷》:"予違汝弼,汝無面從,退有後言。"孔傳:"我違道,汝當以義輔正我。"《史記·汲鄭列傳》:"天子置公卿輔弼之臣,寧令從諛承意,陷主於不義乎?" 股肱:比喻左右輔佐之臣。《漢書·蘇武傳》:"上思股肱之美,乃圖畫其人於麒麟閣,法其形貌,署其官爵姓名。"劉向《説苑·君道》:"楚國之有不穀也,由身之有匈脇也;其有令尹司馬也,由身之有股肱也。" 耳目:比喻輔佐或親信之人。《書·益稷》:"帝曰:'臣作朕股肱耳目。'"孔穎達疏:"君爲元首,臣爲股肱耳目,大體如一身也。"《舊唐書·姚珽傳》:"臣以庸杇,濫居輔弼,虚備耳目。" 賚:賞賜,賜予。《詩·商頌·烈祖》:"既載清酤,賚我思成。"毛傳:"賚,賜也。"朱熹集傳:"賚,與也。"《文選·張衡〈東京賦〉》:"發京倉,散禁財,賚皇寮,逮輿臺。"薛綜注:"賚,賜也。" 心腹:比喻要害部位。《東觀漢記·來歙傳》:"上以略陽囂所依阻,心腹已壞,則制其支體易也。"《朱子語類》卷一三〇:"靖康之禍,縱元城了翁諸人在,亦了不得。伯謨曰:心腹潰了。" 腎腸:猶言肺腑,比喻誠

意。《書·盤庚》:"今予其敷心腹腎腸,歷告爾百姓于朕志。"孔傳:
"布心腹,言輸誠於百官以告志。"孔穎達疏:"是腹心足以表內,腎腸
配言之也。"傅咸《明意賦》:"敷腎腸以爲效兮,豈文飾之足修。"

⑨ 奉上:侍奉君主。《漢書·遊俠傳序》:"於是背公死黨之議
成,守職奉上之義廢矣!"沈約《齊故安陸昭王碑文》:"至公以奉上,鳴
謙以接下。"　接下:善待下屬。陳子昂《唐故袁州參軍李府君妻清河
張氏墓誌銘》:"至乃恭於奉上,順於接下,仁孝以承宗祀,慈惠以睦閨
門,則雍雍蹌蹌,必由其道矣!"顏真卿《金紫光祿大夫守太子太傅兼
宗正卿贈司空上柱國隴西郡開國公李公神道碑》:"公虛中自牧,接下
愈恭,與物盡推誠之心,正身無氣餕之忌。"　臨官:履行當官的責任。
陳子昂《九隴縣獨孤丞遺愛碑》:"彭州九隴縣丞獨孤君,有恭懿之行,
果毅之才,臨官以莊,敬事而信,清名苦節,勤恪勵躬,廉而不矜,利以
不洮,有特立之操焉!"張詠《金陵郡齋述懷》:"官舍四邊多種竹,潮溝
一面近生蘆。病嫌見客低徊甚,老覺臨官氣味粗。"　孫叔敖:事見
《史記·孫叔敖傳》:"孫叔敖者,楚之處士也,虞丘相進之於楚莊王,
以自代也。三月爲楚相,施教導民,上下和合,世俗盛美,政緩禁止,
吏無奸邪,盜賊不起。秋冬則勸民山採,春夏以水,各得其所便,民皆
樂其生。莊王以爲幣輕,更小以爲大,百姓不便,皆去其業。市令言
之相曰:'市亂,民莫安其處,次行不定。'相曰:'如此幾何頃乎?'市令
曰:'三月頃。'相曰:'罷! 吾今令之復矣!'後五日朝,相言之王曰:
'前日更幣以爲輕,市令來言曰:市亂,民莫安其處,次行之不定。臣
請遂令復如故。'王許之,下令三日而市復如故。楚民俗好庳車,王以
爲庳車不便馬,欲下令使高之。相曰:'令數下,民不知所從,不可。
王必欲高車,臣請教閭里使高其梱,乘車者皆君子,君子不能數下
車。'王許之,居半歲,民悉自高其車。此不教而民從其化,近者視而
效之,遠者四面望而法之。故三得相而不喜,知其材自得之也;三去
相而不悔,知非己之罪也。"張說《登九里臺是樊姬墓》:"楚國所以霸,

樊姬有力焉！不懷沈尹禄，誰諳叔敖賢？"周曇《孫叔敖》："童稚逢蛇嘆不祥，慮悲來者爲埋藏。是知陽報由陰施，天爵昭然契日彰。"

⑩ 位：職位，地位。《吕氏春秋·勸學》："故爲師之務，在於勝理，在於行義，理勝義立，則位尊矣！"夏侯湛《東方朔畫贊》："栖遲下位，聊以從容。" 戴：尊奉，擁戴。《國語·周語》："庶民不忍，欣戴武王。"韋昭注："戴，奉也。"韓愈《徐偃王廟碑》："偃王雖走死失國，民戴其嗣，爲君如初。" 禄：俸給，古代制禄之法，或賜或頒無定，或田邑或粟米或錢物歷代差等不一。《易·夬》："君子以施禄及下，居德則忌。"《史記·孔子世家》："衛靈公問孔子：'居魯得禄幾何？'對曰：'奉粟六萬。'" 懷：懷念，思念。曹操《苦寒行》："延頸長嘆息，遠行多所懷。"《新唐書·李絳傳》："絳雖去位，猶懷不能已。" 不敏：謙詞，猶不才。《論語·顏淵》："回雖不敏，請事斯語矣！"《漢書·司馬遷傳》："小子不敏，請悉論先人所次舊聞，不敢闕。" 不明：不賢明。《史記·殷本紀》："帝太甲既立三年，不明，暴虐，不遵湯法，亂德，於是伊尹放之於桐宫。"干寶《晉紀總論》："故齊王不明，不獲思庸於亳。"本文用作謙詞。 誨：教導，訓誨。《詩·小雅·緜蠻》："飲之食之，教之誨之。"白居易《讀張籍古樂府》："讀君學仙詩，可諷放佚君。讀君董公詩，可誨貪暴臣。"

⑪ 不讎：亦作"不仇"，不回答。《詩·大雅·抑》："無言不讎，無德不報。"朱熹集傳："讎，答。" 不報：不回報，不答復。《東觀漢記·丁鴻傳》："鴻當襲封，上書讓國於盛，書不報。"王維《不遇詠》："北闕獻書寢不報，南山種田時不登。" 進等：晉升爵位品階。徐鉉《故唐大理司直鄂州漢陽令贈衛尉少卿樊君神道碑》："使還，議賞增秩進等，遷壽州壽春縣主簿。"宋庠《授楊崇勋開府儀同三司依前檢校太尉河陽三城節度使加食邑實封制》："宜循進等之授，益寵于宣之良，往對光亨，無煩訓諭。" 交警：互相警戒。朱熹《答吕伯恭》："所懼自修不力，無以率人。然果能行之，彼此交警，亦不爲無助耳！"葉適《上寧

宗皇帝札子》三："自是以來，羽檄交警，增取之目，大者十數，而東南之賦，遂以八千萬緡爲額焉！"　竭誠：忠誠，盡心。《漢書・劉向傳》："賴忠正大臣絳侯、朱虛侯等竭誠盡節以誅滅之，然後劉氏復安。"《舊唐書・德宗紀》："賴天地降祐，人祇協謀，將相竭誠，爪牙宣力，群盜斯屏，皇維載張。"　底：奉獻，給與。《書・禹貢》："三邦底貢厥名，包匭菁茅。"《書・泰誓》："以爾有衆，底天之罰。"　道：政治主張或思想體系。《論語・衛靈公》："道不同，不相爲謀。"劉禹錫《學阮公體三首》一："少年負志氣，通道不從時。"

　　⑫　天下：古時多指全國。賀遂亮《贈韓思彥》："意氣百年内，平生一寸心。欲交天下士，未面已虛襟。"楊炯《夜送趙縱》："趙氏連城璧，由來天下傳。送君還舊府，明月滿前川。"　太階：古星名，即三臺，上臺、中臺、下臺各二星，相比而斜上，如階級然，故名。《文選・揚雄〈長楊賦〉》："是以玉衡正而太階平也。"李善注："泰階者，天之三階也。上階上星爲天子，下星爲女主；中階上星爲諸侯三公，下星爲卿大夫；下階上星爲元士，下星爲庶人。三階平則陰陽和，風雨時，歲大登，民人息，天下平，是謂太平。"張説《唐封泰山樂章・豫和六首》四："寰宇謐，太階平。"指三公之位。王儉《褚淵碑文》："公之登太階而尹天下，君子以爲美談。"　越級：不按照一般的次序升遷。張倚《長才廣度沉迹下僚策》："故得百僚無濫，九有昇平，不聞濡翼之譏，永絶爛頭之誚。仲長亡越級之論，賈生無調下之悲。"司馬光《上皇帝疏》："又巧設倖門，進拔所愛，超資越級，欺罔衆人，抑壓孤寒。"　叙常：按年資晉用才能、政績一般的人。元稹《才識兼茂明於體用策》："四曰叙常之式，其有業不通於學，才不應於文，政不登於最，行不加於人，則限以停年課資之格而役任之。"

　　⑬　太中大夫：文散官，從四品上。張説《大周故宣威將軍楊君碑并序》："居無何，拜朝散大夫，行通事舍人，俄而加太中大夫檢校天官員外郎。"賈彦璇《大唐故忠武將軍行薛王府典軍上柱國平棘縣開國

男李府君墓誌銘并序》："君諱無慮，字忠眷，隴西人也……曾祖貴，隋太中大夫、延州刺史、涼國公，皇朝封隴西公。" 朝議大夫：文散官，正五品下。樊衡《河西破蕃賊露布》"朝議大夫、守左散騎侍郎、河西節度經略使營田九姓長行轉運等事使、判武威郡事、赤水軍使、攝御史中丞、賜紫金魚袋、上柱國臣某……"常袞《授楊綰吏部侍郎制》"朝議大夫、守尚書左丞、集賢殿學士、副知院事、兼修國史楊綰……" 中散大夫：文散官，正五品上。楊炯《杜袁州墓誌銘》："轉虢州司馬，制授朝散大夫、婺州司馬，又遷蘇州長史，加中散大夫。"于肅《內給事諫議大夫韋公神道碑》："嗣子中散大夫、守內侍省、上柱國、賜紫金魚袋守宗，次子……皆在紹前修，佩服嚴訓，永慕蓼莪之痛，長懷創鉅之悲。"

［編年］

《年譜》編年："元和十五年二月丁丑以後撰。"理由是：《制》云："既當行慶之恩，宜用加崇之典。'"《編年箋注》編年本文於"元和十五年（八二〇）二月"，根據是：一、"此《制》同時加階者爲令狐楚、蕭俛、段文昌。"二、"文中云：'既當行慶之恩，宜用加崇之典。'"三、"《穆宗即位赦》有'內外文武見任致仕官，三品已上賜爵一級，四品以下加一階'之條文。"四、蕭俛於穆宗即位之月入相，令狐楚於元和十五年七月出爲宣歙觀察使。《年譜新編》編年："制云：'既當行慶之恩，宜用加崇之典。'制作於元和十五年二月丁丑稍後。"

我們以爲，一、據《舊唐書·穆宗紀》，蕭俛、段文昌拜相在唐穆宗即位之月，亦即元和十五年閏正月初八，而令狐楚罷相在同年七月二十七日，故同時給三位"同平章事"加階應該在這一時段。二、本文云："既當行慶之恩，宜用加崇之典。"應該是這一時段內的慶典活動，亦即元和十五年二月五日的即位慶典，本文即是慶典活動的內容之一。三、三位宰相的加階應該是當日慶典活動的重要內容之一，理應在當日或次日向令狐、蕭、段三人宣讀，故我們以爲本文應該撰作於

“二月五日”慶典之後,有可能是當日就已經撰就的文篇。據此,我們以爲本文撰作於元和十五年二月五日當日或稍後一日,地點在長安,元稹時任膳部員外郎試知制誥之職。故我們認爲,本文撰作於“二月”的説法值得商榷。

◎ 王仲舒等加階制^{(一)①}

門下:階陛所以升堂奧也,歷清貫者亦由是而登進焉②!國朝由散官而命爲大夫者,凡十一等。以銀青朝散爲名者,非我特制,則不克授③。蓋門户有榮軒之榮,腰佩有龜綬之異也④。

朝議郎、守中書舍人王仲舒等,或歷職清近,代予格言⑤;或分命藩方,宣我程品⑥。或縣(同懸)車以請老,或持節以臨人⑦。或親或能,或勞或久,皆承霈澤之慶,宜當並命之榮。凡爾四十有三人,各服我休命,並朝散大夫,餘如故⑧。

録自《元氏長慶集》卷四九

[校記]

(一)王仲舒等加階制:《全文》同,楊本、叢刊本作“王仲舒等加階”,各備一説,不改。

[箋注]

① 王仲舒:元稹同時代人,時任中書舍人。《舊唐書·王仲舒傳》:“王仲舒,字弘中,太原人。少孤貧,事母以孝聞,嗜學工文,不就鄉舉。凡與結交,必知名之士,與楊凴、梁肅、裴樞爲忘形之契。貞元

十年策試賢良方正能直言極諫等科，仲舒登乙第，超拜右拾遺。裴延齡領度支，矯誕大言，中傷良善，仲舒上疏極論之。累轉尚書郎，元和五年自職方郎中知制誥。仲舒文思溫雅，制誥所出，人皆傳寫。京兆尹楊憑爲中丞李夷簡所劾，貶臨賀尉。仲舒與憑善，宣言於朝，言夷簡掎摭憑罪，仲舒坐貶硤州刺史，遷蘇州。穆宗即位，復召爲中書舍人，其年出爲洪州刺史、御史中丞、江南西道觀察使。江西前例榷酒私釀法深，仲舒至鎮，奏罷之。又出官錢二萬貫，代貧戶輸稅。長慶三年冬，卒於鎮。”權德輿《送王仲舒侍從赴衢州覲叔父序》：“士有抗方外之迹，以世教爲桎梏者。不然，則必由於文章之途，以其合大中之道，天理發於心術，周於事業，此賢士君子之所以致思也。”韓愈《福先塔寺題名》：“處士石洪浚川、吏部員外王仲舒宏中、水部員外鄭楚相叔敖、洛陽縣令潘宿陽乾明、國子博士韓愈退之、前試左武衛胄曹李演廣文、前杭州錢塘縣尉鄭絃文明，元和三年十月九日同遊。”

② 階陛：宮殿的臺階。《史記·刺客列傳》：“王僚使兵陳自宮至光之家，門戶階陛左右皆王僚之親戚也。”酈道元《水經注·泗水》：“城內有漢高祖廟，廟前有三碑，後漢立廟基，以青石爲之，階陛尚存。” 堂奧：廳堂和內室，奧，室的西南隅。洪邁《夷堅丙志·九聖奇鬼》：“明夜十六人復集，自設供張，變堂奧爲廣庭。”深處，喻指朝廷、禁中。元稹《崔元略等加階制》：“光我侍從之臣，且優致政之老。詔賢詔德，於是乎在。堂奧益近，爾其敬之。” 清貫：清貴的官職，指侍從文翰之官。陳鴻《長恨歌傳》：“叔父昆弟皆列在清貫，爵爲通侯。”《資治通鑑·唐憲宗元和九年》：“上始命宰相選公卿、大夫子弟文雅可居清貫者。”胡三省注：“史炤曰：‘貫，事也。’清貫，猶言清職也。”登進：升進，使上前。《書·盤庚》：“盤庚乃登進厥民。”孔傳：“升進，命使前。”孔穎達疏：“盤庚乃升進其民，延之使前，而衆告之。”引申爲舉用，進用。《漢書·劉向傳》：“稱譽者登進，忤恨者誅傷。”

③ 國朝：指本朝。韓愈《薦士》：“國朝盛文章，子昂始高蹈。”舒

元興《八月五日中部官舍讀唐曆天寶已來追愴故事》：“將尋國朝事，靜讀柳芳曆。”　散官：有官名而無固定職事之官，與職事官相對而言。漢制，朝廷對大僚重臣於本官之外加賜名號，而實無官守。魏晉、南北朝因之，隋代始定散官之制。唐、宋、金、元因之。文散官有開府儀同三司、特進、光禄大夫等；武散官有驃騎將軍、輔國將軍、鎮國將軍等。其品秩之高下，待遇之厚薄，各代不一。《隋書·百官志》：“居曹有職務者爲執事官，無職務者爲散官。”陸游《施司諫注東坡詩序》：“東坡蓋嘗直史館，然自謫爲散官，削去史館之職久矣！”大夫：古職官名，周代在國君之下有卿、大夫、士三等；各等中又分上、中、下三級。後因以大夫爲任官職者之稱，秦漢以後中央要職有御史大夫，備顧問者有諫大夫、中大夫、光禄大夫等。唐宋尚存御史大夫及諫議大夫。爵位名，如秦漢分爵位爲公士、上造等二十級，其中大夫居第五級，官大夫爲第六級，公大夫爲第七級，五大夫爲第九級。隋、唐、明、清的光禄大夫、榮禄大夫原爲文職散官的稱謂，專爲封贈時用。　銀青：亦即銀印青綬，白銀印章和繫印的青色綬帶，秦漢制，吏秩比二千石以上皆銀印青綬，以後用作高級階官名號。《漢書·百官公卿表》：“御史大夫，秦官，位上卿，銀印青綬，掌副丞相。”顏師古注引臣瓚曰：“《茂陵書》：御史大夫秩中二千石。”亦省作“銀青”。高適《遇沖和先生》：“三命謁金殿，一言拜銀青。”陸游《老學庵筆記》卷五：“今官制：光禄大夫轉銀青，銀青轉金紫，金紫轉特進。”　朝散：朝散大夫的省稱，隋時設置的散官名，唐宋時文階官之制，從五品下稱朝散大夫。盧象《奉和張使君宴加朝散》：“佐理星辰貴，分榮涣汗深。言從大夫後，用答聖人心。”白居易《聞行簡恩賜章服喜成長句寄之》：“吾年五十加朝散，爾亦今年賜服章。”　特制：以手詔形式宣行的詔令。《資治通鑑·魏高貴鄉公甘露二年》：“〔吳主〕問左右侍臣曰：‘先帝數有特制，今大將軍問事，但令我書可邪？’”胡三省注：“特制，謂特出上意，以手詔宣行也。”徐浩《唐尚書右丞相中書令張公神道碑》：

“嗣子拯，居喪以孝聞，立身以行著。陷在寇逆，不受僞官。及收復兩京，特制拜朝散大夫、太子右贊善大夫。” 不克：不能。《詩·齊風·南山》：“析薪如之何？匪斧不克。”鄭玄箋：“克，能也。”獨孤及《唐故朝散大夫潁川郡長史贈秘書監河南獨孤公靈表》：“以世故坎壈不克遷祔者，十一年矣！”

④ 門戶：房屋牆院的出入處。《孟子·告子》：“朝不食，夕不食，飢餓不能出門戶。”杜甫《遣興五首》二：“歸來懸兩狼，門戶有旌節。”榮戟：有繒衣或油漆的木戟，古代官吏所用的儀仗，出行時作爲前導，後亦列於門庭。《後漢書·輿服志》：“公以下至二千石，騎吏四人，千石以下至三百石、縣長，二人，皆帶劍，持榮戟爲前列。”《舊唐書·張儉傳》：“唐制三品以上，門列榮戟。” 腰佩：古代繫在腰間以別不同官階的一種佩件。白居易《對鏡吟》：“如今所得須甘分，腰佩銀龜朱兩輪。”元稹《故中書令贈太尉沂國公墓誌銘》：“公與子布同日登將壇，諸子洎伯季龜綢金銀被腰佩者十數人，不亦多乎哉！” 龜綢：猶龜綬。揚雄《太玄·格》：“格其珍類，龜綢屬。”范望注：“龜爲印，綢爲綬。”《宋史·陳洪進傳》：“榮戟在門，龜綢盈室。”

⑤ 歷職：謂先後連續任職。《後漢書·陳蕃傳》：“臣執自思省，前後歷職，無它異能，合亦食禄，不合亦食禄。”李密《陳情事表》：“且臣少仕僞朝，歷職郎署。” 清近：謂居官清貴，接近皇帝。范仲淹《潤州謝上表》：“伏念臣起家孤平，蒙上獎拔，置於清近之列。”歐陽修《辭侍讀學士札子》：“臣伏見侍讀之職，最爲清近，自祖宗以來，尤所慎選。” 格言：含有教育意義可爲準則的話。《三國志·崔琰傳》：“蓋聞盤于游田，《書》之所戒，魯隱觀魚，《春秋》譏之。此周孔之格言，二經之明義。”沈約《奏彈王源》：“且非我族類，往哲格言，薰不猶雜，聞之前典。”

⑥ 分命：任命。陸機《辯亡論》：“分命鋭師五千。”皇甫曾《送和西蕃使》：“白簡初分命，黄金已在腰。” 藩：指封建王朝的侯國或屬國、屬地。《後漢書·明帝紀》：“〔永平五年〕，驃騎將軍東平王蒼罷歸

藩。"司馬光《溫公續詩話》:"龐穎公籍喜爲詩,雖臨邊典藩,文案委積,日不廢三兩篇,以此爲適。"指唐代的節度使或明清時期的布政使。元稹《授劉悟檢校司空幽州節度使制》:"嘗見委於先朝,屢作藩於右地。" 程品:法式,規範。《史記·張丞相列傳》:"若百工,天下作程品。"元稹《批王播謝官表》:"縣道益貧,職業壞隳,程品差戾,議論講貫,殊無古風。"

⑦ 縣車:懸置其車,謂辭官致仕。《漢書·薛廣德傳》:"〔薛廣德〕與丞相定國、大司馬車騎將軍史高俱乞骸骨,皆賜安車駟馬……東歸沛,太守迎之界上。沛以爲榮,縣其安車傳子孫。"顏師古注:"縣其所賜安車以示榮也,致仕縣車,蓋亦古法。"《資治通鑑·漢桓帝延熹二年》:"今大將軍位極功成,可爲至戒;宜遵縣車之禮,高枕頤神。"指致仕之年,一般爲七十歲。《漢書·韋賢傳》:"我之退征,請于天子……懸車之義,以洎小臣。"顏師古注引應劭曰:"古者七十,縣車致仕。"《三國志·徐宣傳》:"宣曰:'七十有縣車之禮,今已六十八,可以去矣!'乃固辭疾遜位,帝終不許。" 請老:官吏請求退休養老。《左傳·襄公三年》:"祁奚請老,晉侯問嗣焉!"杜預注:"老,致仕。"《新唐書·李夷簡傳》:"久之,請老,朝廷謂夷簡齒力可任,不聽,以右僕射召,辭不拜。" 持節:古代使臣奉命出行,必執符節以爲憑證。《史記·張釋之馮唐列傳》:"是日令馮唐持節赦魏尚,復以爲雲中守。"韓愈《送殷員外序》:"丞相其選宗室四品一人,持節往賜君長,告之朕意。" 臨人:唐人避李世民之諱,臨人即"臨民",治民。《後漢書·崔寔傳》:"初,寔在五原,常訓以臨民之政,寔之善績,母有其助焉!"《宋書·劉道彥傳》:"善於臨民,在雍部政績尤著,蠻夷前後叛戾不受化者,並皆順服。"

⑧ 親:指親近的人。李白《蜀道難》:"所守或匪親,化爲狼與豺。"信任,相信。《史記·樂毅列傳》:"恐侍御者之親左右之說,不察疏遠之行。" 能:在某方面有才能有本領。《易·繫辭》:"乾知大始,

坤作成物；乾以易知，坤以簡能。"孔穎達疏："坤以簡能者，簡謂簡省凝靜，不須繁勞。以此爲能，故曰坤以簡能也。"諸葛亮《前出師表》："將軍向寵，性行淑均，曉暢軍事，試用於昔日，先帝稱之曰能。" 勞：操勞，勞動。《書·金縢》："昔公勤勞王家，惟予冲人弗及知。"《孟子·滕文公》："或勞心，或勞力；勞心者治人，勞力者治於人。" 久：時間長。《詩·邶風·旄丘》："何其久也？必有以也。"韓愈《閔己賦》："久拳拳其何故兮？亦天命之本宜。" 霈澤：喻恩澤。李嘉祐《江湖秋思》："共望漢朝多霈澤，蒼蠅早晚得先知。"范仲淹《鄧州謝上表》："迺宣霈澤，以安黎元。" 並命：一同受命。權德輿《太原鄭尚書遠寄新詩走筆酬贈》："昔歲經過同二仲，登朝並命慚無用。"張署《贈韓退之》："白簡趨朝曾並命，蒼梧左宦一聯翩。" 四十有三人：與王仲舒同時加階拜授恩澤之人，其餘不詳。 有：助詞，無義，用在名詞或數詞的前面。《宋史·林栗傳》："時汝翼在成都，聞之，逃歸，調集家丁及役八砦義軍，列陳于沱河橋，與官軍戰，潰，汝翼遁去，俘其徒四十有三人。"《歷代通鑑輯覽》卷一六："初，高祖封功臣爲列侯百四十有三人，其封爵之誓曰：'使黃河如帶，泰山若礪。國以永存，爰及苗裔。申以丹書之信，重以白馬之盟。" 休命：美善的命令，多指天子或神明的旨意。《易·大有》："君子以遏惡揚善，順天休命。"韓愈《順宗實錄》："必能宣祖宗之重光，荷天地之休命。"

[編年]

《年譜》編年："元和十五年二月丁丑以後撰。"理由是："《制》云：'皆承霈澤之慶，宜當並命之榮。'《制》稱王仲舒爲'中書舍人'，據《舊唐書·穆宗紀》云：'（元和十五年六月戊寅）以中書舍人王仲舒爲洪州刺史、御史中丞，充江西觀察使。'可見此《制》不應撰於六月戊寅以後。"《編年箋注》據《舊唐書·王仲舒傳》的"中書舍人"、《舊唐書·穆宗紀》的王仲舒出任"江西觀察使"時間以及本文的"霈澤之慶"，得出

"推知此《制》作於元和十五年（八二〇）二月以後，六月以前。元稹時爲祠部郎中知制誥。"《年譜新編》所舉證據同《編年箋注》，結論是："制當作於元和十五年二月丁丑後、六月戊寅前。"

我們以爲，《年譜》的"元和十五年二月丁丑以後撰"編年沒有規定下限，不知"以後"到什麽時候。《年譜新編》的"二月丁丑後、六月戊寅前"雖然有了上下限，但此下限無疑是錯誤的。《編年箋注》的"二月以後，六月以前"，從字面理解，意即包括三月、四月與五月，但不包含二月，也不包括六月，更是離譜。

我們以爲，一、《舊唐書·穆宗紀》："（元和十五年）六月辛未朔……戊寅……以中書舍人王仲舒爲洪州刺史、御史中丞，充江西觀察使。"故六月八日之後，王仲舒已經不是本文所示的"中書舍人"，這是本文的下限，因此可以直接排除穆宗朝長慶元年正月三日的改元慶典與同年七月十八日的上尊號慶典。二、而本文有"皆承霈澤之慶，宜當並命之榮"之語，它毫無疑問應該指穆宗朝初期三次慶典中元和十五年二月五日的登位慶典，本文即撰作於二月五日或稍後一二日內，地點在長安。當時元稹擔任膳部員外郎試知制誥之職，而不是《編年箋注》認定的任職"祠部郎中知制誥"。

◎ 武儒衡等加階制(一)①

某乙等：古人以朝散大夫爲榮，是以自矜於歌詠②。况今由是級者，則服色驟加，誠足貴矣③！

儒衡等皆吾内外之臣，並在賢能之選④。頃因慶澤，第許崇階⑤。朕不食言，勉當嘉命⑥。

錄自《元氏長慶集》卷四九

［校記］

（一）武儒衡等加階制：《全文》同，楊本、叢刊本作“武儒衡等加階”，各備一説，不改。

［箋注］

① 武儒衡：中唐名相武元衡之弟。李翺《兵部侍郎贈工部尚書武公墓誌銘》：“公諱儒衡，字庭碩，年二十四得進士第，歷四門助教。故相鄭公餘慶尹河南，奏授伊闕尉，充水陸運判官。及鄭公守東都，又請自佐，得監察御史，轉殿中。御史臺奏其材，詔即以爲真歷侍御史、司封員外郎、户部郎中，遷諫議大夫。三月，以本官知制誥，歲滿，轉中書舍人。二年，遷禮部，入謝賜三品衣、魚。數月，丁尊夫人憂，再期服，除權知兵部侍郎。月餘，母夫人暴卒，公一號絶氣，久而乃息，遂得重疾，不能見親友。既祥，益病，長慶四年四月壬辰，竟薨，年五十六。”《舊唐書·武儒衡傳》：“憲宗以元衡橫死王事，嘗嗟惜之，故待儒衡甚厚。累遷户部郎中，十二年權知諫議大夫事，尋兼知制誥。皇甫鎛以宰相領度支，剥下以媚上，無敢言其罪者。儒衡上疏論列，鎛密訴其事，帝曰：‘勿以儒衡上疏，卿將報怨耶？’鎛不復敢言。儒衡氣岸高雅，論事有風彩，群邪惡之，尤爲宰相令狐楚所忌。元和末年，垂將大用，楚畏其明俊，欲以計沮之，以離其寵。有狄兼謨者，梁公仁傑之後，時爲襄陽從事。楚乃自草制詞，召狄兼謨爲拾遺，曰：‘朕聽政餘暇，躬覽國書，知奸臣擅權之由，見母后竊位之事，我國家神器大寶，將遂傳於他人。洪惟昊穹，降鑒儲祉，誕生仁傑，保佑中宗，使絶維更張，明辟乃復。宜福胄胤，與國無窮。’及兼謨制出，儒衡泣訴於御前，言其祖平一在天后朝辭榮終老，當時不以爲累。憲宗再三撫慰之，自是薄楚之爲人。然儒衡守道不回，嫉惡太甚，終不至大任……遷禮部侍郎，長慶四年卒，年五十六。”武儒衡與元稹爲同期之人，元

積衆多政敵之一。元和十五年八月前後武儒衡任職中書舍人，是祠部郎中知制誥臣元稹的直接上司，《舊唐書·武儒衡傳》又云：“尋正拜中書舍人，時元稹依倚內官，得知制誥，儒衡深鄙之。會食瓜閤下，蠅集於上，儒衡以扇揮之曰：‘適從何處來，而遽集於此？’同僚失色，儒衡意氣自若。”這是荒誕不根之言，拙稿《元稹考論·元稹的獻詩與元稹的升職》有論述，拜請參閱。

②　古人：古時的人。班昭《東征賦》：“盍各言志，慕古人兮！”韓愈《復志賦》：“考古人之所佩兮，閔時俗之所服。”　朝散：朝散大夫的省稱，隋時設置的散官名，唐宋時文階官之制，從五品下稱朝散大夫。張説《贈涼州都督上柱國太原郡開國公郭君碑奉敕撰》：“曾祖欽，瓜州大黄府統軍、上柱國，祖才，朝議郎、瓜州常樂縣令、上柱國，父師，朝散大夫、上柱國、贈伊州刺史。”白居易《初加朝散大夫又轉上柱國》：“且慚身忝官階貴，未敢家嫌活計貧。柱國勛成私自問，有何功德及生人？”　自矜：自負，自誇。《史記·太史公自序》：“文侯慕義，子夏師之；惠王自矜，齊秦攻之。”李白《與韓荆州書》：“白謨猷籌畫，安能自矜？”　歌詠：歌唱，吟詠。趙嘏《送滕邁郎中赴睦州》：“想到釣臺逢竹馬，只應歌詠伴猿聲。”羅大經《鶴林玉露》卷四：“余觀三百五篇，如桃、李、芍藥、棠棣、蘭之類，無不歌詠。”

③　級：等第，特指官爵的品級。《左傳·僖公九年》：“天子使孔曰：‘以伯舅耋老，加勞，賜一級，無下拜。’”杜預注：“級，等也。”《史記·秦始皇本紀》：“天下疫，百姓內粟千石，拜爵一級。”　服色：官員品服和吏民衣著的顏色。高承《事物紀原·服色》：“《隋禮儀志》曰：大業元年，煬帝詔牛弘、宇文愷等創造章服差等：五品已上通著紫袍，六品已下兼用緋綠，胥吏以青，庶人以白，屠商以皂，士卒以黄……《筆談》曰：中國衣冠，自北齊全用胡服，窄袖緋綠，此蓋其始也。”元稹《于季友授石羽林將軍制》：“榮以服色，列於藩垣。”　加：通“嘉”，褒獎。《管子·小匡》：“力死之功，猶尚可加也；顯生之功，將何如？”郭

沫若等集校引丁士涵曰:"加與嘉通。"劉向《列女傳·齊桓公姬》:"望色請罪,桓公加焉;厥使其內,立爲夫人。" 貴:地位顯要。《論語·里仁》:"子曰:富與貴,是人之所欲也。不以其道得之,不處也。"《漢書·金日磾傳》:"日磾兩子貴,及孫則衰矣!"

④ 內外:指朝廷和地方。韓愈《答魏博田僕射書》:"僕射公忠賢,德爲內外所宗。"白居易《秦中吟十首·重賦》:"厥初防其淫,明敕內外臣。稅外加一物,皆以枉法論。" 賢能:有德行有才能。《韓非子·人主》:"賢能之士進,則私門之請止矣!"《史記·太史公自序》:"且士賢能而不用,有國者之恥。"

⑤ 頃:頃刻,短時間。《墨子·非儒》:"有頃,聞齊將伐魯,告子貢曰:'賜乎! 舉大事於今之時矣!'"《荀子·正論》:"譬之是猶以塼塗塞江海也,以焦僥而戴太山也,蹎跌碎折不待頃矣!"楊倞注:"頃,少頃也。"近來,剛才。曹丕《與吳質書》:"頃何以自娛? 頗復有所述造不?"陸游《老學庵筆記》卷三:"岐公以書再求曰:'頃蒙贈言,乃爲或者藏去。'" 慶澤:指皇帝的恩澤。元稹《處分幽州德音制》:"又念八州之內,九賦用殷,慶澤旁流,所宜霑貸。"《宋史·樂志》:"躬承寶訓表欽崇,慶澤布寰中。" 崇階:高位,高官。元稹《姚文壽可冠軍大將軍右監門衛將軍知內侍省事制》:"憂服既除,庸功可獎,崇階厚秩,兼以命之。"徐鉉《游簡言左僕射平章事制》:"是用命作左相,陟兹鸞臺。進金紫之崇階,典圖書之秘府。勛爵並賦,併示寵名。"

⑥ 食言:言已出而又吞没之言,謂言而無信。《書·湯誓》:"爾無不信,朕不食言。"孔傳:"食盡其言,僞不實。"蘇軾《與曾子宣書》七:"乞限一月,所敢食言者有如河,願公一笑而恕之。" 嘉命:稱朝廷授官賜爵的敕命。陳子昂《爲河內王等論軍功表》:"伏奉月日制書,録臣等在軍微功,特加前件勛封。嘉命聿至,寵渥載優。伏對慚魂,殞首顛越。"儲光羲《哥舒大夫頌德》:"嘉命列上第,德輝照天京。"

[編年]

《年譜》編年:"當作於元和十五年二月丁丑,或長慶元年正月辛丑,或長慶元年七月壬子。"理由是:"《制》云:'頃因慶澤,第許崇階。'"《編年箋注》編年本文:"元和十五年(八二〇)二月。"理由是:一、據《舊唐書·武儒衡傳》,武儒衡拜職中書舍人,而中書舍人爲正五品上。二、據《穆宗即位赦》:"內外文武見任、致仕官,三品已上,賜爵一級,四品以下,加一階。"三、本文有"頃因慶澤,第許崇階"之語,"知爲即位赦也"。《年譜新編》根據本文"頃因慶澤,第許崇階"之語,編年本文"元和十五年二月稍後撰"。

我們以爲,《年譜》編年本文爲三個慶典之一,但又不肯定是其中的哪一個,含糊不清。《編年箋注》舉證理由不少,但編年本文"元和十五年(八二〇)二月"之結論尚欠精准。《年譜新編》編年本文"元和十五年二月稍後撰"的結論有誤,因爲其毫無道理排除了"二月五日"或"二月五日稍後一二日"。

我們以爲本文應該編年元和十五年二月丁丑,亦即二月五日當日或稍後一二日之內,理由是:一、武儒衡拜職中書舍人的記載,除《舊唐書·武儒衡傳》外,尚有元稹《中書省議舉縣令狀》"元和十五年八月日,中書舍人臣武儒衡等奏,駕部郎中知制誥臣李宗閔、中書舍人臣王起、庫部郎中知制誥臣牛僧孺、祠部郎中知制誥臣元稹"的可信記載,還有《唐會要》卷一八"元和十四年二月,太常丞王諲上疏,請去太廟朔望上食,詔令百官詳議……中書舍人武儒衡議曰……"的佐證。二、據《舊唐書·職官志》,中書舍人爲文散官,正五品上,正屬於元和十五年二月五日《穆宗即位赦》"內外文武見任、致仕官,三品已上,賜爵一級,四品以下,加一階"的"加階"範圍之內。三、本文有"頃因慶澤,第許崇階"之語,進一步明確其與元和十五年二月五日的《穆宗即位赦》有關連。四、本文文題爲"武儒衡等加階制",它與元稹的《令狐楚等加階制》、《李逢吉等加階制》、《王仲舒等加階制》完全一致,應該是同時所作,而上述三篇制誥均作於元和十五年二月五日當日或稍後一二日內。據此,我們編年本文與《令狐楚等加階制》等三篇制文同期,地點在長安,元稹時任膳部員外郎試知制誥之職。

◎ 崔元略等加階制^{(一)①}

敕:崔元略等^(二):階之設二十有九^(三),有庸有事,有叙有加。用是四者,以詔百吏②。由郎而上,至于元略,曰加曰叙。由瀘而下至於弘景^(四),曰事曰庸③。

光我侍從之臣,且優致政之老^{(五)④}。詔賢詔德,於是乎在。堂奧益近,爾其敬之⑤。

録自《元氏長慶集》卷四九

[校記]

(一)崔元略等加階制:《全文》同,楊本、叢刊本作"崔元略等加階",《英華》、《文章辨體彙選》作"授崔元略等加階制",各備一説,不改。

(二)敕:崔元略等:原本作"某官某乙",楊本、叢刊本、《全文》同,據《英華》、《文章辨體彙選》改。

(三)階之設二十有九:原本作"階之設二十",楊本、叢刊本同,據《英華》、《文章辨體彙選》、《全文》改。

(四)由瀘而下至於弘景:原本作"進而下至于景",楊本、叢刊本、《全文》同,據《英華》、《文章辨體彙選》改。

(五)且優致政之老:楊本、叢刊本、《英華》、《文章辨體彙選》、《全文》同,盧校作"且優致仕之老",兩詞義同,各備一説,不改。

［箋注］

①　崔元略：元稹同僚之一，時任左散騎常侍。《新唐書·崔元略傳》：“崔元略，博州人……元略第進士，更辟諸府，遷累殿中侍御史，以刑部郎中知御史雜事，進拜中丞。時李夷簡召爲大夫，故詔元略留司東臺，改京兆少尹，行府事，數月遷爲尹，徙左散騎常侍。初，中丞闕，議者屬崔植，而元略謬謂植入閣不如儀，使御史彈治。及宰相以二人進，元略果得之。植恨悵，既當國，以元略爲宣撫党項使。辭疾不行，植奏：‘不少責，無以示群臣。’乃出爲黔南觀察使，徙鄂岳，久乃拜大理卿。敬宗初……”李渤《考校京官奏》：“其崔元略冠供奉官之首，合考上下；緣與于皐上下考，于皐以犯贓處死，准令須降，請賜考中中。”

②　敕：古時自上告下之詞，漢時凡尊長告誡後輩或下屬皆稱敕，南北朝以後特指皇帝的詔書。《新唐書·百官志》：“凡上之逮下，其制有六：一曰制，二曰敕，三曰冊，天子用之。四曰令，皇太子用之。五曰教，親王、公主用之。六曰符，省下於州，州下於縣，縣下於鄉。下之達上其制有六：一曰表，二曰狀，三曰箋，四曰啓，五曰辭，六曰牒。諸司相質其制有三：一曰關，二曰刺，三曰移。”文同《送潘司理秘校》一：“下馬便呈新授敕，開箱爭認舊縫衣。”　階：官階，品級。《漢書·匡衡傳》：“平原文學匡衡材智有餘，經學絶倫，但以無階朝廷，故隨牒在遠方。”顏師古注：“階謂升次也，隨牒，謂隨選補之恆牒，不被招擢者。”張蠙《贈水軍都將》：“平生爲有安邦術，便别秋曹最上階。”二十有九：古代官吏的等級，始于魏晉，從一品到九品，共分九等。北魏時每品各分正、從，第四品起正、從又各分上下階，共爲三十等。唐宋文職與北魏同，隋及元、明、清保留正、從品，而無上下階之稱，共分十八等。爲何一説“二十九”，一説“三十”？不得而解，疑原本“二十”是“三十”之誤，僅備一説。　庸：功勛。《左傳·昭公四年》：“告之以文辭，董之以武師，雖齊不許，君庸多矣！”杜預注：“庸，功也。”王儉《褚淵碑文》：“雖無受脤出車之庸，亦有甘寢秉羽之績。”　事：事業，

功業。《荀子·正名》："正利而爲謂之事，正義而爲謂之行。"楊倞注："爲正道之事利則謂之事業。"《三國志·先主傳》："今漢室陵遲，海內傾覆，立功立事，在於今日。" 叙：按規定的等級次第授官職，按勞績的大小給予獎勵。《周禮·天官·宮伯》："凡在版者，掌其政令，行其秩叙。"鄭玄注："叙，才等也。"賈公彥疏："秩謂依班秩受祿；叙者，才藝高下爲次第。"《續資治通鑒·元泰定帝泰定元年》："宜追贈死者，優叙其子孫。" 加：通"嘉"，褒獎。《管子·小匡》："力死之功，猶尚可加也；顯生之功，將何如？"郭沫若等集校引丁士涵曰："加與嘉通。"劉向《列女傳·齊桓公姬》："望色請罪，桓公加焉；厥使其內，立爲夫人。" 百吏：指公卿以下衆官。《國語·周語》："王乃使司徒咸戒公卿、百吏、庶民。"《荀子·強國》："及都邑官府，其百吏肅然，莫不恭儉敦敬忠信而不楛，古之吏也。"

③ 鄍：人名，姓氏無考，事迹無傳。 瀍：人名，姓氏不詳，其餘無考。 弘景：人名，姓氏失考，生平不詳。

④ 侍從：隨侍帝王或尊長左右。《漢書·史丹傳》："自元帝爲太子時，丹以父高任爲中庶子，侍從十餘年。"元稹《進馬狀》："臣竊聞道路相傳，車駕欲暫游幸溫湯，未知虛實者。臣職居守土，侍從無因。" 致政：猶致仕，指官吏將執政的權柄歸還給君主。《禮記·王制》："五十而爵，六十不親學，七十致政。"鄭玄注："還君事。"《國語·晉語》："范武子退自朝，曰：'……余將致政焉！'"韋昭注："致，歸也。"

⑤ 賢：指有德行或有才能的人。賈誼《過秦論》："皆明智而忠信，寬厚而愛人，尊賢而重士。"包何《相里使君第七男生日》："誰道衆賢能繼體！須知箇箇出於藍。" 德：指有德行的人。《周禮·司士》："以德詔爵。"鄭玄注："德謂賢者。"《孟子·離婁》："天下有道，小德役大德。" 堂奧：喻指朝廷、禁中。杜牧《夏侯瞳除忠武軍節度副使薛途除涇陽尉充集賢校理等制》："途以文行策名節，趨清遠，言於後進，實爲秀人。延閣典校，丞相所請，勉循階級，以至堂奧。"劉摯《論政令

奏》：“聖人制法造令於堂奧之上，熟復兢慎，若不得已者。”

[編年]

《年譜》編年本文於“元和十五年二月丁丑以後撰”，理由是：“《制》云：‘光我侍從之臣，且優致政之老。’據《舊唐書‧穆宗紀》云：‘(長慶元年正月)癸亥，以左散騎常侍崔元略爲黔州刺史，充黔中觀察使。’《制》稱崔元略爲‘侍從之臣’，指左散騎常侍。”《編年箋注》編年：“此《制》爲元略等加階，有庸有事，有叙有加，涉及多人，具體年月難以確知，權定於元和十五年(八二〇)至長慶元和(八二一)元稹任知制誥期間。”《年譜新編》編年本文於“庚子至辛丑所作其他文章”欄内，沒有説明編年理由。

我們以爲，《年譜》“二月丁丑以後”的編年意見雖然可取，但其編年理由存在明顯的漏洞：所引“據《舊唐書‧穆宗紀》云：‘(長慶元年正月)癸亥，以左散騎常侍崔元略爲黔州刺史，充黔中觀察使。’”因爲“長慶元年正月己亥朔”，據干支推算，“癸亥”應該是正月二十五日，此前穆宗朝尚有長慶元年正月初三的改元慶典，因此“崔元略爲黔州刺史，充黔中觀察使”的時間不能排除“改元慶典”，本文撰作時間不能斷然定爲“二月丁丑以後”。而《編年箋注》與《年譜新編》的編年意見，祇是框定本文作於元稹任職知制誥臣期間，連本文撰作至少應該在穆宗朝三個慶典活動的前兩個慶典之時也沒有確定，可以編年而無故不予編年，很不應該。

我們以爲，一、本文“階之設二十有九，有庸有事，有叙有加。用是四者，以詔百吏”云云，表明應該撰作於穆宗朝三大慶典之一。二、《舊唐書‧穆宗紀》長慶元年正月二十五日“崔元略爲黔州刺史，充黔中觀察使”的記載，可以排除長慶元年七月十八日的上尊號慶典。三、據上引《新唐書‧崔元略傳》，崔元略與崔植有一段糾葛發生在此期間之前，崔植拜相，隨即報復：“植……既當國，以元略爲宣撫党項使。辭疾不行，植奏：‘不少責，無以示群臣。’乃出爲黔南觀察使。”據《舊唐書·穆宗紀》，崔植拜相在元和十五年八月二十九日。《舊唐書·穆宗紀》又云：“（元和十五年）冬十月庚午朔……乙酉涇州奏吐蕃退去。時夏州節度使田緒貪猥，侵刻党項羌，羌引西蕃入寇，賴郝玼、李光顏奮命拒之，方退。”由於“田緒貪猥”而引發李唐與党項的矛盾，李唐事後自然要進行“宣撫”，而這是一個吃力不討好的苦差使，弄得不好還有性命之憂，故崔元略“辭疾不行”。崔元略裝病之事應該發生在元和十五年十月十六日之後，等待崔元略病好，崔植隨即以此爲由，給予應有的懲罰，出爲黔南觀察使。在元和十五年的冬季，崔元略是一個灰色的角色。故長慶元年正月三日的改元慶典之時，崔元略不可能有“加階”的美事；即使幸而加階，也不會在多人加階的制文中，以崔元略爲首。如此，本文撰作於長慶元年改元慶典之時的可能性也就可以排除。故我們認爲，本文應該撰作于元和十五年二月五日唐穆宗登位慶典之時，或稍後一二日之內，與《令狐楚等加階制》、《王仲舒等加階制》、《武儒衡等加階制》等制文作於同時，地點在長安，元稹時任膳部員外郎試知制誥之職。

◎ 胡証等加階制⁽一⁾①

門下：寧遠將軍兼左金吾衛大將軍、御史大夫、充左街使、賜紫金魚袋胡証等②：近古赦天下，則勛秩階爵因緣而行，亦欲與卿大夫同美利也③。

爾等率其屬部，分義甚明，皆吾勞臣，是有恩獎，益進榮級，宜其允恭。可依前件⁽二⁾④。

錄自《元氏長慶集》卷四九

[校記]

（一）胡証等加階制：《全文》同，楊本、叢刊本作"胡証授定遠將軍"，各備一説，不改。

（二）可依前件：原本無，《全文》同，據楊本、叢刊本、盧校補。

[箋注]

① 胡証：元稹同時期人，時任左金吾衛大將軍，是負責皇帝大臣警衛、儀仗以及徼循京師、掌管治安的武職官員。《舊唐書・胡証傳》："胡証，字啓中，河東人……証，貞元中繼登科，咸寧王渾瑊辟爲河中從事。自殿中侍御史拜韶州刺史，以母年高，不可適遠，改授太子舍人。襄陽節度使于頔請爲掌書記，檢校祠部員外郎。元和四年由侍御史歷左司員外郎、長安縣令、户部郎中。田弘正以魏博內屬，請除副貳，乃兼御史中丞，充魏博節度副使，仍兼左庶子，入遷左諫議大夫。九年以党項寇邊，以証有安邊才略，乃授單于都護、御史大夫、振武軍節度使。前任將帥非統馭之才，邊事曠廢，朝廷故特用証以鎮。十三年徵爲金吾大將軍，依前兼御史大夫。十四年充京西京北巡邊使，訪其利害以聞。長慶元年太和公主出降回紇，詔以本官檢校工部尚書充和親使……不辱君命，使還，拜工部侍郎。敬宗即位之初，檢校户部尚書守京兆尹，數月遷左散騎常侍。寶曆初，拜户部尚書、判度支，上表乞免，願效藩服。二年，檢校兵部尚書、廣州刺史，充嶺南節度使。太和二年以疾上表，求還京師。是歲十月，卒于嶺南，時年七十一……廣州有海舶之利，貨貝狎至。証善蓄積，務華侈，厚自奉養，童奴數百，于京城修行里起第，連亘閭巷，嶺表奇貨，道途不絶，京邑推爲富家。証素與賈餗善，及李訓事敗，禁軍利其財，稱証子溵匿餗，乃破其家。一日之內，家財並盡。軍人執溵入左軍，仇士良命斬之以狥。時溵弟湘爲太原從事，忽白晝見綠衣人無首，血流被

5017

地,入于室,湘惡之。翌日渡凶問至,而湘獲免。"王建《贈胡証將軍》:"書生難得是金吾,近日登科記總無。半夜進儺當玉殿,未明排仗到銅壺。朱牌面上分官契,黄紙頭邊押敕符。恐要蕃中新道路,指揮重畫五城圖。"王建《和胡將軍寓直》:"宫鴉栖定禁槍攢,樓殿深嚴月色寒。進狀直穿金戟槊,探更先傍玉鈎欄。漏傳五點班初合,鼓動三聲仗已端。遥見正南宣不坐,新栽松樹喚人看。"元稹長慶元年正月三日有《郭釗等轉勛制》也曾提及胡証:"証居環尹,夜警晝巡。"與王建《贈胡証將軍》、《和胡將軍寓直》《舊唐書·胡証傳》所述,互爲印證。

② 將軍:戰國時始爲武將名,漢代皇帝左右的大臣稱大將軍、車騎將軍、前將軍、後將軍、左將軍、右將軍等;臨時出征的統帥有別加稱號者,如樓船將軍、材官將軍等。魏晉南北朝時,將軍有各種不同的職權和地位,如中軍將軍、龍驤將軍等,多爲臨時設置而有實權;如驍騎將軍、遊擊將軍等,則僅爲稱號。唐十六衛、羽林、龍武、神武、神策等軍,均于大將軍下設將軍之官。蘇頲《同餞陽將軍兼源州都督御史中丞》"右地接龜沙,中朝任虎牙。然明方改俗,去病不爲家。"劉希夷《將軍行》:"將軍闢轅門,耿介當風立。諸將欲言事,逡巡不敢入。"街使:巡視京師六街的官吏。《新唐書·百官志》:"左右街使,掌分察六街徼巡。"《舊五代史·梁太祖紀》:"七月壬子,宴宰臣、河南尹、翰林學士、兩街使于甘水亭。"

③ 近古:指距今不遠的古代,與遠古相對而言。江淹《蕭領軍讓司空並敦勸啓》:"既鑠近古,垂耀中葉。"元稹《和樂天贈樊著作》:"如何至近古,史氏爲閑官?" 勛:指勛官的等級,勛官是授給有功官員的一種榮譽稱號,没有實職。隋置上柱國至都督,凡十一等,初名散官,至唐始別稱爲勛官。定用上柱國、柱國、上大將軍、大將軍、上輕車都尉、輕車都尉、上騎都尉、騎都尉、驍騎尉、飛騎尉、雲騎尉、武騎尉,凡十二等,起正二品,至從七品。韓愈《故金紫光禄大夫董公行狀》:"階累升爲金紫光禄大夫,勛累升爲上柱國。"元稹《獻滎陽公詩

五十韻序》:"其於勛位崇懿在國籍,族地清甲編世家,政事德美播謳謠,儉仁慈愛被親戚,非小儒造次之所盡。"　秩:官職,品位。《左傳・文公六年》:"委之常秩。"杜預注:"常秩,官司之常職。"《晉書・卞敦傳》:"竟以畏懦貶秩三等。"　階:官階,品級,表示官員品級的稱號,以別於職事官而言。例如正一品爲光禄大夫,從一品爲榮禄大夫之類,祇用于封贈,並非實官。賈至《爲韋相讓幽國公表》:"貪榮冒寵,非臣所圖,伏願俯垂矜憫,捨此階爵。"《朱子語類》卷一一二:"後世官職益紊,今遂以三公、三孤之官,爲階官貼職之類,不復有師保之任,論道經邦之責矣!"　爵:爵位,官位。《詩・小雅・角弓》:"民之無良,相怨一方,受爵不讓,至於已斯亡。"孔穎達疏:"受其官爵,不以相讓。"韓愈《清邊郡王楊燕奇碑文》:"階爲特進,勛爲上柱國,爵爲清邊郡王,食虛邑自三百户至三千户,真食五百户終焉!"　因緣:機會,緣分。《史記・田叔列傳》:"〔任安〕少孤貧困,爲人將車之長安,留,求事爲小吏,未有因緣也。"韓愈《答李秀才書》:"時吾子在吳中,其後愈出在外,無因緣相見。"　卿大夫:卿和大夫,後借指高級官員。《國語・魯語》:"卿大夫朝考其職,晝講其庶政。"《史記・汲鄭列傳》:"至黯七世,世爲卿大夫。"　美利:大利,豐厚的利益。《易・乾》:"乾始能以美利利天下,不言所利,大矣哉!"杜甫《南池》:"皇天不無意,美利戒止足。"

④ 分義:謂遵守名分,爲所宜爲。《荀子・強國》:"禮樂則修,分義則明,舉錯則時,愛利則形。如是,百姓貴之如帝,高之如天。"楊倞注:"分,謂上下有分;義,謂各得其宜。"《北史・楊愔傳》:"撫養孤幼,慈旨温顏,咸出仁厚。重分義,輕貨財,前後賜與,多散之親族。"　勞臣:功臣。《管子・立政》:"有功力未見於國而有重禄者,則勞臣不勸。"《新唐書・陳子昂傳》:"臣聞勞臣不賞,不可勸功;死士不賞,不可勸勇。"　恩獎:謂尊長給予的誇獎或獎勵。江淹《爲蕭驃騎讓太尉增封第二表》:"不能曲流慈炤,遂乃徒洽恩獎。"韓愈《與華州李尚書書》:"愈於久故遊從之中,伏蒙恩獎知待,最深最厚,無有比者。"　榮

級:榮譽爵位。《南史·劉瓛傳》:"近初奉教,便自希得託迹客遊之末,而固辭榮級,其故何邪?"皎然《哭吳縣房聳明府》:"恨以榮級淺,嘉猷未及宣。" 允恭:信實而恭勤。《書·堯典》:"允恭克讓,光被四表,格於上下。"孔傳:"允,信。"孔穎達疏引鄭玄曰:"不懈於位曰恭。"《三國志·牽招傳》:"曹公允恭明哲,翼戴天子,伐叛柔服,寧靜四海。"

[編年]

《年譜》編年本文於"當作於元和十五年二月丁丑,或長慶元年正月辛丑,或長慶元年七月壬子",根據是:"《制》云:'近古赦天下,則勛秩階爵,因緣而行……'"《編年箋注》根據"胡証因充和親使有功拜工部侍郎,而此《制》不及之"的史實,得出"可知非因册尊號也"的判斷,"推知此《制》成於元和十五年(八二〇)二月或長慶元年(八二一)正月"。《年譜新編》根據"制云:'近古赦天下,則勛秩階爵,因緣而行。'當指元和十五年二月即位赦。"

我們以爲,本文"近古赦天下,則勛秩階爵因緣而行"之語,表明是穆宗朝三次慶典活動中的加階進爵內容。而《舊唐書·穆宗紀》:"(長慶元年)五月丙申朔……皇妹太和公主出降迴紇登羅骨没施合毗伽可汗。甲子,命金吾大將軍胡証充送公主入迴紇使,兼册可汗;又以太府卿李銳爲入迴紇婚禮使……秋七月乙未朔……壬子,群臣上尊號曰文武孝德皇帝。是日,上受册於宣政殿,禮畢,御丹鳳樓,大赦天下……辛酉,太和長公主發赴迴紇,上以半仗御通化門臨送,群臣班於章敬寺前。"三次慶典活動,胡証均在長安,均有可能受到加階封爵。《舊唐書·穆宗紀》:"(長慶二年)閏十月戊子朔,入迴紇使金吾大將軍胡証、副使光禄卿李憲、婚禮使衛尉卿李銳、副使宗正少卿李子鴻等送太和公主自蕃中迴。"《舊唐書·胡証傳》:"不辱君命,使還,拜工部侍郎。"胡証拜工部侍郎應該在長慶二年閏十月之時或其後,故《編年箋注》作出"可知非因册尊號也"的判斷的根據是錯誤的。

　　那末本文究竟作於三次慶典活動中的哪一次?有一個現象值得我們注意:在元稹擔任知制誥臣所起草的"某某某等加階制"的六個制文中,如《令狐楚等加階制》、《李逢吉等加階制》、《王仲舒等加階制》、《武儒衡等加階制》、《崔元略等加階制》,都是多人在同一制文中加階,都是撰作於元和十五年二月五日當日或稍後一二日之内,據此我們認爲本文也應該與上述五個制文作於同時。我們以爲,本文應該撰成於元和十五年二月丁丑之後一二天之内,因爲元稹不可能根據即位赦文當場撰成,而且按照當時的成規,制文應該拜請唐穆宗最後審定恩准,所以公佈於二月五日之後一二日之内。地點在長安,元稹時任膳部員外郎試知制誥之職。

　　據此,我們對《年譜》的"當作於元和十五年二月丁丑,或長慶元年正月辛丑,或長慶元年七月壬子"不能苟同,對《編年箋注》"推知此《制》成於元和十五年(八二〇)二月或長慶元年(八二一)正月"無法認同,對《年譜新編》論證本文編年"二月丁丑"説的時候没有否定屬於後面兩次慶典活動就貿然認定前一次表示遺憾。

● 授張奉國上將軍皇城留守制①

　　敕:環太微諸星,有上將、次將之列⁽一⁾。所以拱衛宸極,誰何不若?予置上將軍以禦侮,率是道也②。

　　前皇城留守張奉國,謙能養勇,明以資忠。卑飛翕翼於未擊之前,痛心疾首於見危之際。常擒狡猾⁽二⁾,克定妖氛。行賞計功,屢昇榮級③。

　　朕愛其忠厚,難以外遷。稍移要胃之間,不失爪牙之任。

爲吾守禁，勉爾干城。可檢校兵部尚書，兼左衛上將，依前充皇城使(三)④。

録自《元氏長慶集》補遺卷四

［校記］

（一）次將之列：原本作“次將之例”，《英華》同，據《文章辨體彙選》、《全文》改。

（二）常擒狡猾：《文章辨體彙選》、《全文》同，《英華》作“能擒狡猾”，各備一説，不改。

（三）可檢校兵部尚書，兼左衛上將，依前充皇城使：《英華》、《全文》同，《文章辨體彙選》無此三句，各備一説，不改。

［箋注］

① 授張奉國上將軍皇城留守制：現存《元氏長慶集》未見，但馬本《元氏長慶集》補遺卷四、《英華》、《全文》刊載，署名元稹，據補。張奉國：兩《唐書》未見其傳記，《册府元龜·名字》：“張奉國，本名子良，爲李錡牙門右職。錡叛，子良與錡甥裴行立等密圖錡，生致闕庭，平浙右。憲宗追赴京師，親自襃慰，擢爲右金吾將軍，兼御史大夫，改名奉國。”元稹有《唐故開府儀同三司檢校兵部尚書兼左驍衛上將軍充大内皇城留守御史大夫上柱國南陽郡王贈某官碑文銘》，記述張奉國生平甚詳，請參閲。另外，《舊唐書·裴度傳》：“憲宗以淮西賊平，因功臣李光顔等來朝，欲開内宴，詔六軍使修麟德殿之東廊。軍使張奉國以公費不足，出私財以助用，訴於執政。度從容啓曰：‘陛下營造，有將作監等司局，豈可使功臣破産營繕？’上怒奉國泄漏，乃令致仕。”《唐會要》“（元和）十三年二月”有同樣的記載，後又云：“……上怒奉國葷漏泄，令奉國致仕，斥李文悦、梁希逸歸私第，俄釋不問。”兩

條材料給人的感覺，似乎此“張奉國”就是本文的“張奉國”，張奉國有此值得稱譽的經歷，元稹撰寫的碑文銘理應大書特書，但《碑文銘》一字未提，一可疑也。其二，《唐會要》：“（元和）十三年四月，内出印二紐，賜左右三軍辟仗使。舊制：内官爲六軍辟仗使，監視刑賞，奏察違謬，猶外方征鎮之監軍使，初不置印。於時監軍使張奉國、李文悦，嘗見工徒出入官衙，慮外患初息，禁中營繕或多，因白宰相，冀以論諫。宰相裴度遂諫之，上怒奉國等不自陳而外議禁中事，絕其朝請軍。數日，納度之諫，乃釋之。”據此，此“張奉國”應該是一名宦官，與本文的“張奉國”無涉。兩年之後，亦即長慶二年，已經被彈劾的元稹爲無人肯撰寫墓誌銘的張奉國撰寫墓誌銘，其《唐故開府儀同三司檢校兵部尚書兼左驍衛上將軍充大内皇城留守御史大夫上柱國南陽郡王贈某官碑文銘》：“南陽王姓張氏，諱奉國，本名子良，以某年月日薨于家。”全文洋洋灑灑，極力讚揚張奉國忠於李唐的品行。白居易《論孫璹張奉國狀·張奉國》：“奉國當徐州用兵之時，已有殊效；及李錡作亂之日，又立大功。”　上將軍：官名，漢以吕禄爲上將軍，後無建置。唐則各衛有上將軍之官，宋仍之，金、元時以其名爲武臣散官，明廢。李翱《唐故特進左領軍衛上將軍兼御史大夫平原郡王贈司空柏公神道碑》：“公諱良器，字公亮。生十二年，安禄山陷東郡，獲嘉守縣印不去，爲賊將所害。”白居易《李演贈太子少保制》：“故奉天定難功臣開府儀同三司檢校兵部尚書兼左衛上將軍御史大夫李演，忠信以爲幹，義勇以爲器，器與幹合，郁成將材。”　皇城：京城的内城，亦泛指京城。王起《請禁皇城南六坊内朱雀門至明德門夾街兩面坊及曲江側近不得置私廟奏》：“伏以朱雀門及至德門，凡有九坊，其長興坊是皇城南第三坊，便有朝官私廟，實則逼近宫闕。”令狐楚《皇城中花園譏劉白賞春不及》：“五鳳樓西花一園，低枝小樹盡芳繁。洛陽才子何曾愛？下馬貪趨廣運門。”　皇城留守：負責皇城守備及安全之官員。杜牧《王剗除皇城留守制》：“王剗……可檢校刑部尚書，兼右領軍衛上將軍、御史大夫,充大內皇城留守,散官如故。"李瀍《孝明太皇太后山陵優勞德音》:"兩儀衛官及中使大內皇城留守並押當官等,五品已上六品已下,各加一階。"

②太微:亦作"大微",古代星官名,三垣之一,位於北斗之南,軫、翼之北,大角之西,軒轅之東。諸星以五帝座爲中心,作屏藩狀。《楚辭·遠遊》:"召豐隆使先導兮,問大微之所居。"王逸注:"博訪天庭在何處也。大,一作太。"《史記·天官書》:"衡,太微,三光之廷。匡衛十二星,藩臣:西,將;東,相;南四星,執法;中,端門;門左右,掖門。"古以爲天庭。用指朝廷或帝皇之居。沈遘《謝兩府三啓》:"抱槧懷鉛,出入乎承明之署;荷囊持橐,上下乎太微之廷。" 上將次將:星名。《史記·天官書》:"斗魁戴匡六星,曰文昌宮:一曰上將,二曰次將。"《漢書·天文志》:"斗爲帝車,運於中央,臨制四海,分陰陽,建四時,均五行,移節度,定諸紀,皆繫於斗。斗魁戴筐六星,曰文昌宮,一曰上將,二曰次將,三曰貴相,四曰司命,五曰司禄,六曰司災。" 拱衛:環繞,衛護。白居易《駙馬都尉鄭何除右衛將軍制》:"周設七萃,漢列八屯,皆以拱衛王宮,肅嚴徼道,統兹騎吏,其屬親賢。"薛元賞《東都神主議》:"今國家定周、秦之兩地,爲東西之兩宅,辟九衢而立宮闕,設百司而嚴拱衛。" 宸極:即北極星。《晉書·律曆志》:"昔者聖人擬宸極以運璇璣,揆天行而序景曜,分辰野,敬農時,興物利,皆以繫順兩儀,紀綱萬物者也。"借指帝王。徐陵《爲陳武帝作相時與北齊廣陵城主書》:"日月所鑒,天地所明,豈敢虛言欺妄宸極?"比喻帝位。《文選·劉琨〈勸進表〉》:"宸極失御,登遐醜裔。"李善注:"宸極,喻帝位。"《舊唐書·蘇安恒傳》:"今太子孝敬是崇,春秋既壯,若使統臨宸極,何異陛下之身!" 不若:不如,比不上。《墨子·親士》:"歸國寶不若獻賢而進士。"柳宗元《非國語·不藉》:"夫福之求,不若行吾言之大德也;人之用,不若行吾言之和樂以死也。" 禦侮:謂抵禦外侮。《周書·魏玄傳》:"灌瓜贈藥,雖有愧於昔賢;禦侮折衝,足方駕於前烈。"指武臣。

《漢書·王莽傳》：“故尚書令唐林爲胥附，博士李充爲犇走，諫大夫趙襄爲先後，中郎將廉丹爲禦侮，是爲四友。”蘇軾《賜王文鬱銀絹獎諭敕書》：“汝以禦侮之才，當專城之寄。”　道：方法，途徑。《商君書·更法》：“治世不一道，便國不必法古。”吳曾《能改齋漫錄·五世九世同居》：“潞州有一農夫，五世同居，太宗討并州，過其舍，召其長，訊之曰：‘若何道而至此。’其長對曰：‘臣無他，惟忍耳！’”

③ 謙：謙虛，謙讓。《書·大禹謨》：“滿招損，謙受益。”韓愈《苦寒》：“太昊弛維綱，畏避但守謙。”　養勇：培養勇氣。《墨子·雜守》：“養勇高奮，民心百倍。”曾鞏《賀熙寧十年南郊禮畢大赦表》：“宅仁由義，縉紳之徒成材於學校；超距蹋鞠，熊羆之旅養勇於營屯。”　明：懂得，瞭解。通曉。《荀子·正名》：“以兩易一，人莫之爲，明其數也。”《南史·劉慧斐傳》：“慧斐尤明釋典，工篆隸。”　資忠：實行忠義之道。潘岳《閑居賦》：“是以資忠履信以進德，修辭立誠以居業。”劉琨《答盧諶詩》：“資忠履信，武烈文昭。”　卑飛：低飛。《孫子·勢》：“鷙鳥之疾，至於毀折者，節也。”李靖注：“鷙鳥如擊，卑飛斂翼，皆言待之而後發也。”後用以比喻仕進不利，屈身微職。杜甫《贈鄭十八賁》：“卑飛欲何待？捷徑應未忍。”范仲淹《送黃灝員外》：“卑飛塵土味甚薄，達宦風波憂更深。”　翕翼：合攏翅膀，亦比喻屈身辱志。枚乘《七發》：“飛鳥聞之，翕翼而不能去。”崔篆《慰志賦》：“遂翕翼以委命兮！受符守乎艮維。”　擊：攻打，進攻。《史記·白起王翦列傳》：“王翦果代李信擊荆。”高適《宋中送族侄式顏》：“大夫東擊胡，胡塵不敢起。胡人山下哭，胡馬海邊死。”　痛心疾首：形容痛恨到極點。《左傳·成公十三年》：“諸侯備聞此言，斯是用痛心疾首，暱就寡人。”杜預注：“疾，亦痛也。”趙元一《奉天錄序》：“睹此妖孽，搖動中原，莫不痛心疾首。”　見危之際：義近“見危授命”，謂在危難關頭，勇於獻身。《論語·憲問》：“見利思義，見危授命，久要不忘平生之言，亦可以爲成人矣！”《漢書·叙傳》：“欒公哭梁，田叔殉趙，見危授命，誼動明主。”

"常擒狡猾"兩句：事見《舊唐書·李錡傳》：憲宗即位之後，元和二年，迫於外界的壓力，李錡也不得不自請入朝，李錡乃署判官王澹爲留後，朝廷也拜李錡爲左僕射。但他很快又反悔，故意遷延，不肯離開浙西節度使府。接著又一反常態，"遂諷將士以給冬衣日殺澹而食之，監軍使聞亂，遣衙將趙琦慰喻，又臠食之。復以兵注中使之頸，錡佯驚救鮮之，囚於別館。遂稱兵，室五劍，分授管內鎮將，令殺刺史。"公開亮出了反叛李唐朝廷的旗號："遣兵馬使張子良、李奉仙、田少卿領兵三千分略宣、池等州。三將夙有向順志，而錡甥裴行立亦思向順，其密謀多決於行立，乃迴戈趣城，執錡於幕，縋而出之，斬於闕下。"傳文中的"張子良"，即後來根據唐憲宗詔命而改名的張奉國。狡猾：詭詐刁鑽，亦指詭詐刁鑽之人。《左傳·昭公二十六年》："若我一二兄弟甥舅，獎順天法，無助狡猾，以從先王之命……則所願也。"秦觀《任臣策》："後世狂夫小子狡猾不道之人，或假其名以資盜，竊其器以售奸。" 克定：《詩·周頌·桓》："桓桓武王，保有厥土。于以四方，克定厥家。"鄭玄箋："能定其家先王之業，遂有天下。"後因稱安定或平定爲"克定"。《後漢書·桓帝紀》："既建明哲，克定統業。天人協和，萬國咸寧。"楊炯《唐恒州刺史建昌公王公神道碑》："南陽克定，應圖讖而作司空。" 妖氛：亦作"妖雰"，不祥的雲氣，多喻指凶災、禍亂。曹植《魏德論》："神戈退指，則妖雰順制。"《隋書·衛玄傳》："近者妖氛充斥，擾動關河。" 行賞：進行賞賜。《禮記·月令》："立夏之日，天子親帥三公九卿大夫以迎夏於南郊，還反，行賞，封諸侯，慶賜遂行，無不欣説。"《史記·樂毅列傳》："燕昭王大説，親至濟上勞軍，行賞饗士，封樂毅於昌國，號爲昌國君。" 計功：計算功績。《左傳·襄公十九年》："夫銘，天子令德，諸侯言時計功。"杜預注："舉得時，動有功，則可銘也。"沈括《夢溪筆談·權智》："然青之用兵，主勝而已，不求奇功，故未嘗大敗，計功最多，卒爲名將。" 榮級：榮譽爵位。《南史·劉瓛傳》："近初奉教，便自希得託迹客遊之末,而固辭榮級,其故何邪?"皎然《哭吳縣房聳明府》:"恨以榮級淺,嘉猷未及宣。"

　　④"朕愛其忠厚"兩句:在憲宗朝,張奉國立功之初,白居易曾經有《論孫璹張奉國狀・張奉國》文,建議朝廷外遷張奉國爲方鎮,此兩句就是回答以白居易爲代表的任爲方鎮的意見:"奉國當徐州用兵之時,已有殊效;及李錡作亂之日,又立大功。忠節赤誠,海內推服。近來將校,少有比倫。已蒙聖恩,授金吾大將軍,以示獎勸。以臣所見,更宜與一方鎮,以感動天下忠臣之志,以摧攝天下奸臣之心。何者?奉國之事,無人不知;方鎮之榮,無人不愛。若奉國更得節度使,天下聞知,人皆爲貪寵榮,誰不争效忠順? 萬一若一方有事,一帥負恩,則麾下偏裨,競爲奉國,亂臣賊子,不敢不息。一則明勸忠貞,二則暗銷禍亂。聖人機柄,正在於斯。今奉國聞已有年,亦宜速用。事不可失,臣深惜之。然以奉國未曾爲理人官,恐未可便授大鎮。若近邊次節度有要替處,與奉國最爲得宜。" 忠厚:忠實厚道。《荀子・禮論》:"禮者謹於治生死者也……故事生不忠厚,不敬文,謂之野;送死不忠厚,不敬文,謂之瘠。"楊倞注:"忠厚,忠心篤實。"韓愈《唐故檢校尚書左僕射右龍武軍統軍劉公墓誌銘》:"長子元一,樸直忠厚。" 外遷:舊時謂京官調任地方官。《漢書・五行志》:"劉向以爲先是上復徵用周堪爲光禄勛,及堪弟子張猛爲太中大夫,石顯等復譖毀之,皆出外遷。"《新唐書・孔温業傳》:"大中時爲吏部侍郎,求外遷,宰相白敏中顧同列曰:'吾等可少警,孔吏部不樂居朝矣!'" 婁:星宿名,即"婁宿",星宿名,二十八宿之一,西方白虎七宿的第二宿。在白羊座,有β、γ、α三星。《禮記・月令》:"季冬之月,日在婺女;昏婁中。"《南齊書・天文志》:"六年九月癸巳,月蝕在婁宿九度加,時在寅之少弱虧,起東北角,蝕十五分之十一。" 胃:星宿名,二十八宿之一,西方白虎七宿的第三宿。《史記・天官書》:"胃爲天倉。"張守節正義:"胃三星……胃主倉廪,五穀之府也。占:明則天下和平,五穀豐稔;不

然，反是也。"楊炯《渾天賦》："奎爲封豕，參爲白虎，胃爲天倉，婁爲衆聚。"婁宿與胃宿分屬第二宿與第三宿，相距很近。　爪牙：喻勇士，衛士。《詩·小雅·祈父》："祈父！予王之爪牙。"鄭玄箋："此勇力之士。"陸贄《普王荆襄江西道兵馬都元帥制》："三事大夫竭誠於内，群帥爪牙宣力於外。"比喻武臣。《漢書·陳湯傳》："戰克之將，國之爪牙，不可不重也。"顏真卿《右武衛將軍臧公神道碑銘》："公兄左羽林軍大將軍平盧副持節懷亮，以方虎之才，膺爪牙之任。"　守禁：守衛禁地。《北史·武成諸子傳》："琅邪王死後，諸王守禁彌切。"《舊唐書·陳少遊傳》："杜少誠爲僞僕射、淮南節度，令先平壽州，後取廣陵。建封於霍丘堅柵，嚴加守禁，少誠竟不能進。"　干城：比喻捍衛或捍衛者。《詩·周南·兔罝》："赳赳武夫，公侯干城。"獨孤及《爲獨孤中丞天長節進鏡表》："位至剖竹，任兼干城。"

［編年］

《年譜》編年本文於"庚子至辛丑所作其他制誥"欄内，理由是："元稹《唐故開府儀同三司檢校兵部尚書兼左驍衛上將軍充大内皇城留守御史大夫上柱國南陽郡王贈某官碑文銘》云：'轉左驍衛上將軍，充大内皇城留守。'無年月。"《編年箋注》編年："據《舊唐書·穆宗紀》：長慶二年三月'壬寅，左驍衛上將軍張奉國卒'。則其授'檢校兵部尚書，兼左衛上將，依前充皇城使'在長慶二年三月以前。權定此《制》撰於元和十五年（八二〇）至長慶元年（八二一）元稹任知制誥期間。"《年譜新編》編年本文於"庚子至辛丑所作其他文章"欄内，没有說明編年理由。

我們以爲，一、本文雖然没有編入《元氏長慶集》，但被編入《英華》、《文章辨體彙選》、《全文》之内，署名元稹，應該屬於元稹的作品。二、本文屬於制誥範疇，應該是元稹知制誥任内的作品，亦即在元和十五年二月五日至長慶元年十月十九日期間的作品。三、根據本文任命張奉國爲"皇城使",所不同的祇是在張奉國原來的官銜上又加上新銜以示恩寵,應該屬於唐穆宗登位初期重新組建皇城保衛系統的內容之一,與《荆浦授左清道率府率制》、《王惠超等授左清道率府率制》兩文的內容相近,應該作於同時,亦即元和十五年二月五日稍後,地點在長安,元稹新任膳部員外郎試知制誥之職。

◎ 姚文壽可冠軍大將軍右監門衛將軍知內侍省事制^{(一)①}

敕:姚文壽出入中外,備嘗劇職。静以自勝,高而益謙②。先皇帝以其忠厚謹信^(二),知書有文。每決務宮內^(三),付以密命。已事而復,終無漏言③。

朕方藉良能,奪其情禮。起自哀疚^(四),命爲監臨④。和而有常,威而不侮^(五)。修身處衆,兩得其宜。憂服既除,庸功可獎。崇階厚秩,兼以命之⑤。無忘慎修,用副毗倚。可冠軍大將軍、行右監門衛將軍、知內侍省事,封賜如故^{(六)⑥}。

錄自《元氏長慶集》卷四九

[校記]

(一)姚文壽可冠軍大將軍右監門衛將軍知內侍省事制:《全文》同,楊本、叢刊本作"姚文壽右監門衛將軍知內侍省事",各備一説,不改。

(二)先皇帝以其忠厚謹信:原本作"先皇帝以其忠愿謹信",楊本、叢刊本、《全文》同,據盧校改。

(三)每決務宮內:楊本、叢刊本、《全文》作"每決務宮中",各備一説,不改。

（四）起自哀疚：叢刊本、《全文》同，楊本作"起自哀疾"，各備一說，不改。

（五）威而不悔：楊本、叢刊本、《全文》同，盧校作"威亦不悔"，各備一說，不改。

（六）可冠軍大將軍、行右監門衛將軍、知內侍省事，封賜如故：原本無，《全文》同，據楊本、盧校、叢刊本補。

［箋注］

① 姚文壽：兩《唐書》無傳，但有零星記載，時間均在本文之後：《舊唐書·穆宗紀》："（長慶二年）八月己未朔……癸酉，韓充奏：今月六日，發軍入汴州界，營于千塔。丙午，汴州監軍姚文壽與兵馬使李質同謀，斬李齐及其黨薛志忠、秦鄰等。丁丑，韓充入汴州。"《新唐書·馮宿傳》："長慶時……拜河南尹，洛苑使姚文壽縱部曲奪民田，匿于軍，吏不敢捕。府大集，部曲輒與文壽偕來，宿掩取榜殺之。" 冠軍大將軍：古將軍名號，魏晉南北朝皆設冠軍將軍，唐代設冠軍大將軍，爲武散官。穆員《冠軍大將軍檢校左衛將軍開國男安定梁公墓誌銘》："錄前後功，超拜左衛軍，加號冠軍，封鶉觚縣開國公。"徐鉉《太弟太保馮延已落起復加特進制》："可落起復冠軍大將軍加特進，餘並如故。" 監門：禁衛宮門之官。《隋書·百官志》："左右監門，各率一人，副率二人，掌諸門禁。"王涯《宮詞三十首》四："頭白監門掌來去，問頻多是最承恩。" 內侍省：官署名，多由宦官主事。《舊唐書·職官志》："內侍省：《星經》有宦者四星，在天市垣，帝坐之西。《周官》有巷伯、寺人之職，皆內官也。前漢宮官，多用士人，後漢始用宦者爲宮官。晉置大長秋卿爲後宮官，以宦者爲之。隋爲內侍省，煬帝改爲長秋監，武德復爲內侍，龍朔改爲內侍監，光宅改爲司宮臺，神龍復爲內侍省也。內侍二員（從四品上），內常侍六人（正五品下）。內侍之職，掌在內侍奉、出入宮掖宣傳之事，總掖廷、宮闈、奚官、內僕、內府

五局之官屬。内常侍爲之貳。凡皇后祭先蠶,則相儀。后出,則爲之夾引。"權德輿《唐故右神策護軍中尉右街功德使開認儀同三司守右武衛大將軍知内侍省事上柱國樂安縣開國公内侍省少監致仕贈揚州大都督府孫公神道碑銘》:"元和元年冬十月,内省少監致仕孫公寢疾,薨於京師廣化里私第,享年若干。"

②　出入:謂朝廷内外,指出將入相。王丘《奉和聖製送張尚書巡邊》:"出入敷能政,謀猷體至公。"杜甫《投贈哥舒開府二十韻》:"智謀垂睿想,出入冠諸公。"　中外:朝廷内外,中央和地方。劉義慶《世説新語·言語》:"孔融被收,中外惶怖。"司馬光《與吳相書》:"竊見國家自行新法以來,中外恟恟,人無愚智,咸知其非。"　備嘗:受盡,嘗盡。《左傳·僖公二十八年》:"險阻艱難,備嘗之矣!"韓愈《順宗實錄》:"上常親執弓矢,率軍後先導衛,備嘗辛苦。"　劇職:指重要職務。《新唐書·柳渾傳》:"白志貞除浙西觀察使,渾奏:'志貞興小史,縱嘉其才,不當超劇職。'"蘇舜欽《朝奉大夫王公行狀》:"公兄雍,時亦爲三司判官,公曰:'是皆劇職,吾兄弟並命,妨寒士之進。'"　自勝:克制自己。《老子》:"勝人者有力,自勝者强。"《史記·商君列傳》:"反聽之謂聰,内視之謂明,自勝之謂强。"　謙:謙虛,謙讓。《書·大禹謨》:"滿招損,謙受益。"韓愈《苦寒》:"太昊弛維綱,畏避但守謙。"

③　先皇帝:前代帝王。陸贄《奉天論前所答奏未施行狀》:"先皇帝繼守恭勤,而益之以和惠。惠則有感,和則有親。雖時繼艱屯,而衆不離析。"元稹《浙東論罷進海味狀》:"臣伏見元和十四年,先皇帝特詔荊南,令貢荔枝。"　忠厚:忠實厚道。《荀子·禮論》:"禮者謹於治生死者也……故事生不忠厚,不敬文,謂之野;送死不忠厚,不敬文,謂之瘠。"楊倞注:"忠厚,忠心篤實。"《史記·鄭世家》:"子産者,鄭成公少子也。爲人仁愛人,事君忠厚。"　謹信:恭謹誠信,語本《論語·學而》:"謹而信,汎愛衆。"邢昺疏:"言恭謹而誠信也。"《後漢書·臧宫傳》:"宫以謹信質樸,故常見任用。"黃滔《司直陳公墓誌

銘》：“公爲人謹信，居家純孝。” 知書：亦即“知書達禮”，謂有文化，知禮法。張懷瓘《書估》：“有好事公子，頻紆雅顧，問及自古名書，頗爲定其差等，曰可謂知書矣！”劉禹錫《天平軍節度使廳壁記》：“惟鄆州在春秋爲須句之國……故其人知書，風俗信厚。” 決：決斷，決定。《漢書·西南夷兩粵朝鮮傳》：“漢使安國少季諭王、王太后入朝，令辯士諫大夫終軍等宣其辭，勇士魏臣輔其決。”顏師古注：“助令決策也。”《三國志·諸葛亮傳》：“吾不能舉全吳之地，十萬之衆，受制於人，吾計決矣！” 務：事業，工作。《史記·蘇秦列傳》：“周人之俗，治產業，力工商，逐什二以爲務。”韓愈《送許郢州序》：“是非忠乎君而樂乎善，以國家之務爲己任者乎？” 密命：秘密的敕命。《晉書·閔王承傳》：“仰豫密命，作鎮南夏，親奉中詔，成規在心。”韓愈《除崔群戶部侍郎制》：“具官崔群……比參密命，弘益既多；及貳儀曹，升擢惟允。” 已：完畢。《戰國策·齊策》：“左右惡張儀，曰：‘儀事先王不忠。’言未已，齊讓又至。”《史記·樗里子甘茂列傳》：“蘇代許諾，遂致使於秦，已，因説秦王曰：‘甘茂，非常士也。’” 復：告訴，回答，回復。《管子·中匡》：“管仲會國用，三分之二在賓客，其一在國，管仲懼而復之。”尹知章注：“復，白也。”《文選·司馬相如〈子虛賦〉》：“先生又見客，是以王辭而不復，何爲無用應哉！”李善注引司馬彪曰：“復，答也。” 漏言：泄漏密言或情況。《穀梁傳·文公六年》：“襄公死，處父主竟上事，夜姑使人殺之，君漏言也。”《三國志·先主傳》：“時許帝尚存，故群下不敢漏言。”

④ 藉：同“借”，因，憑藉，依託。《管子·內業》：“彼道自來，可藉與謀。”尹知章注：“藉，因也，因其自來而與之謀。”《商君書·開塞》：“故王者以賞禁，以刑勸，求過不求善，藉刑去刑。” 良能：賢能，指賢良而有才能之人。《後漢書·循吏傳序》：“又王渙、任峻之爲洛陽令，明發奸伏，吏端禁止……亦一時之良能也。”指賢良而有才能。元稹《贈裴行立左散騎常侍制》：“累更事任，益見良能。” 情禮：感情與禮

儀。袁宏《三國名臣序贊》：“君親自然，匪由名教。敬授既同，情禮兼到。”《資治通鑑·梁武帝天監元年》：“澄待以客禮，寶寅請喪君斬衰之服，澄遣人曉示情禮，以喪兄齊衰之服給之。”　哀疚：悲痛，多指居喪。陶潛《悲從弟仲德》：“慈母沉哀疚，二胤纔數齡。”王安石《與郭祥正太博書》二：“雖在哀疚，把玩不能自休。”　監臨：負有監察臨視責任的官吏。薛能《監郡犍爲將歸使府登樓寓題》：“幾日監臨向蜀春？錯拋歌酒强憂人。”《舊唐書·楊炎傳》：“宰臣於庶官，比之監臨，官市賈有羨利，計其利以乞取論罪，當奪官。”

　　⑤　和：和順，平和。《史記·淮南衡山列傳》：“漢中尉至，(淮南)王視其顏色和。”韓愈《與祠部陸員外書》：“其爲人賢而有材，志剛而氣和。”　常：典章法度。《國語·越語》：“肆與大夫觴飲，無忘國常。”韋昭注：“常，舊法。”《文選·張衡〈東京賦〉》：“布教頒常。”李善注：“常，舊典也。”　威：顯示的使人畏懼懾服的力量。《老子》：“民不畏威，則大威至。”高亨正詁：“言民不畏威，則君之威權礙止而不通行也。”韓愈《黃家賊事宜狀》：“長有守備，不同客軍，守則有威，攻則有利。”　侮：欺負，侮弄。《詩·邶風·柏舟》：“覯閔既多，受侮不少。”孔穎達疏：“我受小人侵侮不少，故怨之也。”潘勖《冊魏公九錫文》：“袁紹逆常，謀危社稷，憑恃其衆，稱兵內侮。”　修身：陶冶身心，涵養德性，儒家以修身爲教育八條目之一。權德輿《獨孤公謚議》：“議曰：獨孤及剛方直清，根於性術。其修身蒞官，確然處中。立言遣辭，有古風格。”元稹《授杜元穎戶部侍郎依前翰林學士制》：“慎獨以修身，推誠以事朕。”　處衆：與衆人相處。李舟《爲崔大夫請入奏表》：“臣防身寡智，處衆多尤。但恐讒謗之聲，日聞天聽。”元稹《宋常春等可內侍省內僕局令制》：“夫處衆莫若順，犯衆則不安。約身莫若廉，奉身則不足。”　憂服：謂因父母死而居憂服喪，亦指喪服。《禮記·檀弓》：“雖吾子儼然在憂服之中，喪亦不可久也，時亦不可失也，孺子其圖之。”《晉書·顧和傳》：“古人或有釋其憂服以祗王命，蓋以才足幹

時，故不得不體國徇義。” 除：舊時守孝期滿，去喪服，謂之“除”。《禮記·雜記》：“親喪外除，兄弟之喪内除。”《禮記·喪服小記》：“故期而祭，禮也。期而除喪，道也。祭不爲除喪也。”孫希旦集解：“期而除喪者，謂練而男子除首絰，婦人除要帶，祥而總除衰杖也。” 庸功：功績，功勳。《後漢書·朱祐傳贊》：“帝績思乂，庸功是存。”李賢注：“庸，勳也。言將興帝績，則念勳功之臣也。”元稹《春六十韵》：“歌聲齊錫宴，車服獎庸功。” 崇階：高位，高官。崔嘏《授高元裕等加階制》：“是用因兹大慶，錫以崇階。各敬爾儀，無忝休命。”獨孤霖《撫王紘開府儀同三司守司空制》：“尚德尊賢，與親親而並建。崇階顯位，表授受以爲庸。” 厚秩：豐厚的俸禄。《北史·隋河間王弘傳論》：“河間屬乃葭莩，地非寵逼，故高位厚秩，與時終始。”何承天《上安邊論》：“有急之日，民不知戰。至乃廣延賞募，奉以厚秩。”

⑥ 慎修：謹慎修行。《書·皋陶謨》“慎厥身修，思永。”孔傳：“慎修其身，思爲長久之道也。”班固《答賓戲》：“慎修所志，守爾天符。” 毗倚：親近倚重，多指皇帝對大臣的信賴。《晉書·王祥傳》：“詔曰：‘太保元老高行，朕所毗倚，以隆政道者也。’”王禹偁《擬陳王判開封府制》：“撫育我黎民，宣佈我德化。卹惸獨以惠，戢豪右以威。式觀器能，以副毗倚。”

［編年］

《年譜》編年本文於“庚子至辛丑所作其他制誥”、《年譜新編》編年於“庚子至辛丑所作其他文章”欄内，没有説明理由。《編年箋注》編年：“權定此《制》撰於元和十五年（八二〇）至長慶元年（八二一）元稹知制誥期間。”

我們以爲，一、《年譜》認爲本文是“庚子至辛丑”所作實在過於籠統，《編年箋注》斷定的“元和十五年（八二〇）至長慶元年（八二一）元稹知制誥期間”實質上與《年譜》基本相同，僅僅換了一種説法而已，

不過"其他制誥"與"其他文章"還是有所區別,前者多少框定在元稹
任職知制誥的二十個月的時間内,而後者竟然寬泛到兩整年二十五
個月的時間之内。《年譜新編》斷言"庚子至辛丑所作其他文章"的錯
誤是不言而喻的,因爲"文章"不等於"制誥"。二、據《舊唐書》等史書
記載,唐憲宗之突然辭世,是由於"内官陳弘志弒逆",此事與宦官頭
目吐突承璀有何聯繫,難以確指,但作爲宦官頭目,定然難逃其咎。
又《舊唐書·吐突承璀傳》:"惠昭太子薨,承璀建議請立澧王寬爲太
子,憲宗不納,立遂王宥。穆宗即位,銜承璀不佑己,誅之。"《舊唐
書·穆宗紀》:"(元和十五年)夏四月壬申朔,丁丑,澧王寬薨。"《新唐
書·十一宗諸子》:"澧王惲,始王同安,後進王。惠昭之喪,吐突承璀
議復立儲副,意屬惲。帝自以穆宗爲太子,帝崩之夕,承璀死,王被
殺,秘不發喪。久之以告,廢朝三日。"吐突承璀雖然被殺,澧王寬也
莫名其妙地被殺,但唐憲宗時期任用的大批宮衛宦官,應該都是吐突
承璀的黨羽,難以再加任用。尤其是擔負皇帝寢衛這樣重要的職責,
更需要及時替換新人接任。本文即是這一大換班工程之一,而大換
班工程必須在唐穆宗登位之初進行,否則唐穆宗的安全難以保證,唐
穆宗難免不走唐憲宗的老路。三、而姚文壽不僅有"出入中外,備嘗
劇職。静以自勝,高而益謙。先皇帝以其忠厚謹信,知書有文。每決
務官内,付以密命。已事而復,終無漏言"之可信賴品德,而且還因爲
時當唐憲宗遇害之時,姚文壽正處在守喪期間,沒有參與謀害唐憲宗
的罪惡勾當,"朕方藉良能,奉其情禮。起自哀疚,命爲監臨"云云就
是最清楚不過的表述。據此,本文應該撰成於穆宗朝登位之時,結合
元稹參與知制誥職責的起始時間是元和十五年二月五日的事實,本
文即應該撰寫於其後不久,地點在長安,元稹時任膳部員外郎、試知
制誥之職。

◎ 徐智岌可雲麾將軍右監門
衞將軍知內侍省事制^{(一)①}

敕:徐智岌:邠之地,后稷、公劉之所理也。俗饒稼穡,土宜六擾^(二)。內扞郊圻,外攘夷狄②。故吾特命《禮》、《樂》、《詩》、《書》之上將,俾爲長城。立監臨戎,亦慎茲選③。

以爾自更事任,已著公方。端介而不失人心^(三),謙和而能宣朕命④。寵以將軍之號,仍加內省之榮。復職舊藩,勉終前效。可雲麾將軍、右監門衞將軍、知內侍省事,餘如故^{(四)⑤}。

錄自《元氏長慶集》卷四九

[校記]

(一)徐智岌可雲麾將軍右監門衞將軍知內侍省事制:《全文》同,楊本、叢刊本、盧校作“徐智岌右監門衞將軍”,各備一説,不改。

(二)土宜六擾:原本作“土宜六優”,據楊本、叢刊本、盧校、《全文》改。

(三)端介而不失人心:楊本、叢刊本、《全文》同,盧校作“端謹而不失人心”,各備一説,不改。

(四)可雲麾將軍、右監門衞將軍、知內侍省事,餘如故:原本無,《全文》同,據楊本、叢刊本、盧校補。

[箋注]

① 徐智岌:兩《唐書》無傳,除本文外,也不見零星記載。本文文

題與《姚文壽可冠軍大將軍右監門衞將軍知內侍省事制》基本相同，應該也是宦官頭目之一。　　雲麾將軍：古代將軍的名號，始置於南朝梁代，陳、隋沿設。唐宋定爲武散階。《新唐書·百官志》：「〔兵部〕武散階四十有五：從一品曰驃騎大將軍……從三品上曰雲麾將軍、歸德大將軍。」《宋史·職官志》：「武散官三十一……雲麾將軍從三品上。」　　監門：禁衞宮門之官。張説《贈潘州刺史馮君墓誌銘》：「少子力士，右監門衞大將軍。」王涯《宮詞三十首》四：「各將金鎖鎖宮門，院院青娥侍至尊。頭白監門掌來去，問頻多是最承恩。」　　內侍省：官署名，多由宦官主事。常袞《授吳承倩內侍省常侍制》：「漢置十二卿，其一尚禁中之事。所以司正伯之訓，奉詔奏之嚴。高選令才，俾之參掌。」張仲素《內侍護軍中尉彭獻忠神道碑》：「六年遷知內侍省事，充弓箭庫使。」

　　② 邠：同「豳」，古代諸侯國名，周后稷的曾孫公劉由邰遷居於此，在今陝西省彬縣。《孟子·梁惠王》：「昔者大王居邠，狄人侵之，去之岐山之下居之。」趙曄《吳越春秋·吳太伯傳》：「古公乃杖策去邠，逾梁山而處岐周。」　　后稷：周之先祖，相傳姜嫄踐天帝足迹，懷孕生子，因曾棄而不養，故名之爲「棄」。虞舜命爲農官，教民耕稼，稱爲「后稷」。周曇《唐虞門·后稷》：「人惟邦本本由農，曠古誰高后稷功？百穀且繁三曜在，牲牢郊祀信無窮。」貫休《上劉商州》：「丘軻文之天，代天有餘功。代天復代天，后稷何所從？」　　公劉：古代周族的領袖，傳爲后稷的曾孫。他遷徙豳地（今陝西旬邑）定居，不貪享受，致力於發展農業生産，後用爲仁君的典實。《隸釋·漢蜀郡屬國辛通達李仲曾造橋碑》：「西征鄹國，撫育犁元，除煩省苛，公劉之仁。」劉得仁《送王書記歸邠州》：「從事公劉地，元戎舊禮賢。」　　稼穡：耕種和收穫，泛指農業勞動。《孟子·滕文公》：「后稷教民稼穡。」《史記·貨殖列傳》：「好稼穡，殖五穀。」　　六擾：指六畜。《逸周書·職方》：「其畜宜六擾。」孔晁注：「家所畜曰擾。」《周禮·夏官·職方氏》：「河南曰豫州……其畜宜六擾，其穀宜五種。」鄭玄注：「六擾，馬、牛、羊、豕、犬、

雞。” 扞:保護,保衛。《書·文侯之命》:“汝多修,扞我於艱。”蔡沈集傳:“扞衛我於艱難。”《左傳·文公六年》:“親帥扞之,送致諸竟。”杜預注:“扞,衛也。” 郊圻:都邑的疆界,邊境。《書·畢命》:“申畫郊圻,慎固封守,以康四海。”孔穎達疏:“郊圻,謂邑之境界。”郊野,郊外。高適《同陳留崔司户早春宴蓬池》:“同官載酒出郊圻,晴日東馳雁北飛。” 攘:驅逐,排斥,抵禦。《公羊傳·僖公四年》:“桓公救中國而攘夷狄。”酈道元《水經注·河水》:“自孝武出師,攘之於漠北,匈奴失陰山。” 夷狄:古稱東方部族爲夷,北方部族爲狄,常用以泛稱除華夏族以外的各族。元稹《塞馬》:“夷狄寢烽候,關河無戰聲。何由當陣面,從爾四蹄輕?”白居易《江南遇天寶樂叟》:“歡娱未足燕寇至,弓勁馬肥胡語喧。幽土人遷避夷狄,鼎湖龍去哭軒轅。”

③ 特命:特别命令。《三國志·崔林傳》:“周武王封黄帝、堯、舜之後。及立三恪,禹、湯之世,不列於時,復特命他官祭也。”特别任命。《宋史·職官志》:“淳熙三年,特命李燾以秘書監權同修國史、權實録院同修撰。” 樂:指《樂經》,儒家六經之一。《莊子·天運》:“丘治《詩》、《書》、《禮》、《樂》、《易》、《春秋》六經。”應劭《風俗通·窮通·孔子》:“〔孔子〕自衛反魯,删《詩》、《書》,定《禮》、《樂》,制《春秋》之義,著素王之法。” 上將:主將,統帥。《孫子·地形》:“料敵制勝,計險阨遠近,上將之道也。”葛洪《抱朴子·清鑒》:“咸謂勇力絶倫者,則上將之器;洽聞治亂者,則三九之才也。” 俾:使。《詩·邶風·緑衣》:“我思古人,俾無訧兮。”毛傳:“俾,使。”《新唐書·裴冕傳》:“陛下宜還冕於朝,復俾輔相,必能致治成化。” 長城:喻指可資倚重的人或堅不可摧的力量。《宋書·檀道濟傳》:“道濟見收,脱幘投地曰:‘乃復壞汝萬里之長城。’”《新唐書·秦系傳》:“長卿自以爲五言長城,系用偏師攻之,雖老益壯。” 監:古代官名,多指主管監察的官員。《商君書·禁使》:“今恃多官衆吏,官立丞、監。”《新唐書·則天武皇后傳》:“置控鶴府,有監,有丞及主簿、録事等,監三品。” 臨戎:

親臨戰陣，從軍。《三國志·高貴鄉公髦傳》："今宜皇太后與朕暫共臨戎，速定醜虜，時寧東夏。"李商隱《漫成五章》四："不妨常日饒輕薄，且喜臨戎用草萊。"　慎：謹慎，慎重。劉義慶《世說新語·德行》："晉文王稱阮嗣宗至慎，每與之言，言皆玄遠，未嘗臧否人物。"杜甫《鄭典設自施州歸》："名賢慎所出，不肯妄行役。"

　　④ 事任：職務，職責。元稹《贈裴行立左散騎常侍》："〔裴行立〕累更事任，益見良能。"蔡條《鐵圍山叢談》卷六："梁師成者，則坐籌帷幄，其事任類左輔政者。"　公方：公正方直，也指公正方直的人。《漢書·杜周傳》："近諂諛之人而遠公方，信讒賊之臣以誅忠良。"韋應物《示從子河南尉班》："拙直余恒守，公方爾所存。"　端介：方正耿介。顧況《嘉興監記》："故端介之節，風彩自高；繼夫漕運，波委陸溢：此天下之利器也，可示人乎？"段成式《塑像記》："輅爲學性端介敏辯，王公多伏之。"　人心：人的心地。《孟子·滕文公》："我亦欲正人心，息邪説，距詖行，放淫辭，以承三聖者。"梅堯臣《送懷倅李太傅》："朝騎快馬暮可到，風物人心皆故鄉。"　謙和：謙虛平和。《晉書·鄧攸傳》："性謙和，善與人交。賓無貴賤，待之若一。"王維《責躬薦弟表》："(王)縉言不忤物，行不上人，植性謙和，執心平直。"　朕命：皇帝的命令。陸贄《賈耽東都留守制》："董制軍師，安集疲瘵。統御都邑，握持紀綱。懋昭厥猷，無替朕命。"白居易《除李絳平章事制》："十年之間，位至丞相。何以報國？在乎匪躬。欽哉懋哉！無忝朕命！"

　　⑤ 將軍：泛指高級將領。《史記·項羽本紀》："臣與將軍戮力而攻秦，將軍戰河北，臣戰河南。"鮑照《代東武吟》："將軍既下世，部曲亦罕存。"本文指徐智岌的"雲麾將軍"與"右監門衛將軍"。　內省：指宮中。《後漢書·和熹鄧皇后》："宮禁之重，而使外舍久在內省，上令陛下有私幸之譏，下使賤妾獲不知足之謗。"《舊唐書·長孫順德傳》："太宗踐祚，真食千二百户，特賜以宮女，每宿內省。"本文指徐智岌的知內侍省之事。　藩：本文指唐代的節度使。韋應物《廣陵行》：

"雄藩鎮楚郊,地勢鬱岧嶢。雙旌擁萬戟,中有霍嫖姚。"元稹《授劉悟檢校司空幽州節度使制》:"嘗見委於先朝,屢作藩於右地。" 勉終:意謂善始善終。白居易《與南詔清平官書》:"勉終令圖,以嗣遐矚。"文天祥《治道》:"臣始以不息二字,爲陛下勉終。"

[編年]

《年譜》、《編年箋注》、《年譜新編》編年本文的理由與結論均同於《姚文壽可冠軍大將軍右監門衞將軍知內侍省事制》。

本文文題與"姚文壽制"如此相似,我們的編年意見也與"姚文壽制"完全相同,理由也大致相似,此不重複。

● 授劉泰清左武衞將軍制⁽一⁾①

敕:劉泰清:文武並用,必推其才。久次不遷,則有昇叙。以爾踐更吏職,星歲頗淹。例當酬勞,用進常秩②。

奮我武衞⁽二⁾,以列周廬,斯亦信臣之任也。其勤厥職,式副予恩。可游擊將軍、守左武衞將軍③。

錄自《元氏長慶集》補遺卷四

[校記]

(一)授劉泰清左武衞將軍制:《淵鑑類函》、《全文》同,《英華》作"劉泰清左武衞將軍制",各備一說,不改。

(二)奮我武衞:《英華》、《淵鑑類函》同,《全文》作"分我武衞",各備一說,不改。

[箋注]

① 授劉泰清左武衞將軍制：本文不見《元氏長慶集》刊載，但馬本《元氏長慶集》卷四、《英華》、《全文》收録，據補。　劉泰清：人名，宦官，除本文外，未見兩《唐書》及其他文獻記載。　武衞：軍制名，漢末曹操爲丞相，設武衞營，魏文帝置武衞將軍以統率禁旅。隋置左右武衞，各置大將軍、將軍，唐因隋制。高承《事物紀原·武衞》："後漢末，曹公爲丞相，有分營，魏武帝置武衞將軍，隋始分左右。《續事始》曰：魏許褚從太祖破馬超，遷武衞中郎將。武衞之號，自褚始也。"張九齡《和許給事中直夜簡諸公》："未央鐘漏晚，仙宇藹沈沈。武衞千廬合，嚴扃萬户深。"杜甫《故武衞將軍輓歌三首》一："嚴警當寒夜，前軍落大星。壯夫思感決，哀詔惜精靈。"

② 文武：文臣和武將，文武官員。《南史·宋武帝紀》："謁漢長陵，大會文武於未央殿。"牛希濟《奉詔賦蜀主降唐》："滿城文武欲朝天，不覺鄰師犯塞烟。"　並用：全都使用，一同使用。《左傳·襄公二十七年》："天生五材，民並用之。"郭璞《江賦》："咨五才之並用，寔永德之靈長。"　才：才力，才能。左思《魏都賦》："通若任城，才若東阿。"王安石《三司鹽鐵副使陳述古衞尉少卿制》："具官某：以才自奮，能世其家。"　久次：指在相同官階上年頭很長。《史記·儒林列傳》："孝景時，〔董仲舒〕爲博士，下帷講誦，弟子傳以久次相受業，或莫見其面。"《後漢書·黄琬傳》："舊制光禄舉三署郎，以高功久次才德尤異者爲茂才四行。"李賢注："久次，謂久居官次也。"　不遷：謂官爵不升遷。崔沔《吳興姚府君神道碑》："九班留滯，四載不遷。"王維《韋公神道碑銘》："馮衍竟廢，揚雄不遷。抑古人而有之，何夫子之命也？"昇叙：晉升。《新唐書·選舉志》："且吏部甲令雖曰度德居任，量才授職，計勞升叙。然考校之法，皆在書判簿歷言辭。"沈既濟《選舉論》："夫古今選用之法，九流常叙，有三科而已，曰德也，才也，勞也。而今選曹皆不及焉，何以言之？且吏部之本，存乎甲令，雖曰度德居官，量

才授職，計勞升秩，其文具矣！” 踐更：交替任職，先後任職。《舊唐書·楊於陵傳》：“居朝三十餘年，踐更中外，始終不失其正。”柳宗元《爲崔中丞請朝覲表》：“中外踐更，出入迭用。” 吏職：指官職，官吏的職責。《後漢書·馬武傳》：“有功，輒增邑賞，不任以吏職，故皆保其福祿，終無誅譴者。”《舊唐書·吕諲傳》：“諲性謹守，勤於吏職，雖同僚追賞，而塊然視事，不離案簿。” 星歲：歲月。鮑照《謝永安令解禁止啓》：“雖誓投纖生，昊天罔極，乞無犬馬，孤慚星歲。”喬知之《和李侍郎古意》：“調絲獨彈聲未移，感君行坐星歲遲。” 淹：久，長久。玄奘《大唐西域記·磔迦國》：“歲月既淹，率其邑人，矯殺迦濕彌羅王而自尊立。”《新唐書·姚崇傳》：“崇尤長吏道，處決無淹思。” 酬勞：謂用財物、官職等酬謝。《周書·武帝紀上》：“尊年尚齒，列代弘規。序舊酬勞，哲王明範。”周煇《清波别志》卷下：“醫者索酬勞，那得許多錢物？” 常秩：一定的職務。《左傳·文公六年》：“予之法制，告之訓典，教之防利，委之常秩。”杜預注：“常秩，官司之常職。”朱弁《曲洧舊聞》卷四：“韓子華在翰苑日，乃以布衣常秩充選，而莫有繼之者。”

③奮：發揚，振奮。《詩·大雅·常武》：“王奮厥武，如震如怒。”賈誼《過秦論》：“及至始皇，奮六世之餘烈，振長策而御宇内。” 周廬：古代皇宫周圍所設警衛廬舍。《史記·秦始皇本紀》：“衛令曰：‘周廬設卒甚謹，安得賊敢入宫？’”裴駰集解引薛綜曰：“士傅宫外，内爲廬舍，晝則巡行非常，夜則警備不虞。”楊炯《崇文館宴集詩序》：“周廬綺合，廨署星分。” 信臣：忠誠可靠之臣。《左傳·宣公十五年》：“寡君有信臣，下臣獲考死，又何求？”柳宗元《與顧十郎書》：“賴中山劉禹錫等遑遑惕憂，無日不在信臣之門，以務白大德。” 勤職：謂忠於職守，工作勤懇。常衮《授韋諤給事中制》：“五年勤職，時謂淹才。”陸贄《冬至大禮大赦制》：“勵精勤職，夙夜在公。” 式：語助詞。《詩·大雅·蕩》：“式號式呼，俾晝作夜。”《舊唐書·文宗紀》：“載軫在予之責，宜降恤辜之恩，式表殷憂，冀答昭誠。” 副：相稱，符合。

《漢書·禮樂志》：“哀有哭踴之節，樂有歌舞之容，正人足以副其誠，邪人足以防其失。”《後漢書·黄瓊傳》：“盛名之下，其實難副。”　遊擊將軍：武散官，從五品上。《舊唐書·張守珪傳》：“及賊敗，守珪以功特加遊擊將軍。”《舊唐書·王毛仲傳》：“王毛仲，本高麗人也，父游擊將軍……”

［編年］

　　《年譜》編年本文於“庚子至辛丑所作其他制誥”、《編年箋注》“庚子至辛丑所作其他文章”欄内，没有説明理由。《編年箋注》編年：“權定此《制》撰於元和十五年(八二〇)至長慶元年(八二一)元稹知制誥期間。”

　　我們以爲，一、《年譜》、《編年箋注》認爲本文是“庚子至辛丑”、“元和十五年(八二〇)至長慶元年(八二一)元稹知制誥期間”所作實在過於籠統，而《年譜新編》斷言“庚子至辛丑所作其他文章”則存在錯誤，因爲“文章”不一定等於“制誥”。二、據《舊唐書》等史書記載，唐憲宗之突然辭世，是由於“内官陳弘志弑逆”，吐突承璀作爲宦官頭目，定然難逃其咎。又《舊唐書·吐突承璀傳》：“惠昭太子薨，承璀建議請立澧王寬爲太子，憲宗不納，立遂王宥。穆宗即位，銜承璀不佑己，誅之。”《舊唐書·穆宗紀》：“(元和十五年)夏四月壬申朔，丁丑，澧王寬薨。”吐突承璀雖然被殺，澧王寬也莫名其妙地病故，但唐憲宗時期任用的大批宫衞宦官，應該都是吐突承璀的黨羽，難以信任，再加任用。尤其是擔負皇帝寢衞這樣重要的職責，更需要及時替換新人接任。本文即是這一大換班工程之一，而大換班工程必須在唐穆宗登位之初進行，否則唐穆宗的安全難以保證，也難免不是唐憲宗同樣的下場。三、據本文，劉泰清不僅“文武”有“才”，而且“踐更吏職，星歲頗淹”，“久次不遷”，顯然是没有得到原任宦官頭目吐突承璀信任與重用之人，因此正應該是唐穆宗可以信賴之人，故而劉泰清應該

"則有昇叙","例當酬勞,用進常秩"。據此,本文應該撰成於穆宗朝登位之時,結合元稹參與知制誥職責的起始時間是元和十五年二月五日的事實,本文即應該撰寫於其後不久,地點在長安,元稹時任膳部員外郎、試知制誥之職。

◎ 邵常政等可内侍省内謁者監制⁽一⁾①

敕:天子有内諸臣,所以參侍奉,備傳達,而將外諸臣之復也②。其或久更事任,績效甄明者,必擇其良能而分命焉③!

元從興元、朝議郎、行内侍邵常政等:或扈從於艱難之際,或服勤著廉善之名。宜序班資,用優階秩④。夫奠東司而臨象教,爾無忘於肅清⑤;將成命以察戒行,爾無忘於畏慎⑥;正閨閣以親賓客,爾無忘於敬恭⑦。行是三者,可以長守其禄位,而不離于榮近矣! 各揚爾職,稱朕意焉! 可依前件⁽二⁾⑧。

錄自《元氏長慶集》卷四九

[校記]

（一）邵常政等可内侍省内謁者監制:《全文》同,楊本、盧校、叢刊本作"邵常政内侍省内謁者監",各備一説,不改。

（二）可依前件:原本無,據楊本、叢刊本、盧校、《全文》補。

[箋注]

① 邵常政:兩《唐書》無傳,除本文外,也不見其他文獻的零星記載。 内侍省:官署名,多由宦官主事。于邵《内侍省内常侍孫常楷

神道碑》：“公姓孫氏，諱常楷，京兆涇陽人也。有魁岸之姿，有沉毅之略。”馮審《謝獎諭表》：“今月日，本道監軍使、内侍省宫闈令劉某至。”内謁者：宫官名，掌内外傳旨通報之事，多由宦官擔任。《漢書·宣帝紀》：“内謁者令郭穰夜至郡邸獄，吉拒閉，使者不得入。”顏真卿《謝贈官表》：“謹因中使、内謁者監張抱誠，冒死陳謝以聞。”

② 内臣：宫廷的近臣。《榖梁傳·莊公二十三年》：“祭叔來聘，其不言使，何也？天子之内臣也。不正其外交，故不與使也。”韓愈《順宗實録》：“二十餘日，中外不通，兩宫安否，朝臣咸憂懼，莫知所爲。雖翰林内臣，亦無知者。”指宦官，太監。元稹《宋常春等内僕局令》：“敕：近制選内臣之善於其職者，監視諸鎮，蓋所以將我腹心之命達于爪牙之士也。”　侍奉：侍候，服侍。白居易《劉泰倫可起復謁者監制》：“古者有中涓謁者，皆侍奉親近之臣也。今之寵秩，亦由舊焉！”《舊唐書·職官》：“内侍之職，掌在内侍奉、出入宫掖宣傳之事。”傳達：通報，轉告。《周禮·夏官·太僕》：“大喪，始崩，戒鼓傳達于四方。”孔穎達疏：“謂以鼓聲相傳聞達四方。”蘇軾《故龍圖閣學士滕公墓誌銘》：“諫官楊繪言宰相不當以其子判鼓院，上曰：‘繪不習朝廷事，鼓院傳達而已，何與於事？’”　將：傳達，表達。《儀禮·士相見禮》：“請還贄於將命者。”鄭玄注：“將，猶傳也。傳命者，謂擯相者。”《後漢書·章帝紀》：“聘問以通其意，玉帛以將其心。”　外臣：指朝臣，與大内的宦官稱内臣相對。陳商《請定義安太後服制狀》：“伏請皇帝降服期周，以日易月之制。十三日釋服，其内外臣寮，便以其日除釋。”錢鏐《代州刺史傅瑤妻邱氏封吴興縣君等制》：“是宜增大名之國，開初命之封，亦所以榮外臣而勉内助也。”　復：告訴，回答。《管子·中匡》：“管仲會國用，三分之二在賓客，其一在國，管仲懼而復之。”尹知章注：“復，白也。”《文選·司馬相如〈子虚賦〉》：“先生又見客，是以王辭而不復，何爲無用應哉！”李善注引司馬彪曰：“復，答也。”

③ 事任：職務，職責。常袞《授李季卿右散騎常侍李涵尚書右丞

制》：“並才望推重，聲華茂著。竭誠之效，早見於艱虞；從政之績，備彰於事任。”權德輿《論度支疏》：“上副求理之意，下遂陳力之宜，則事任交修，職業不廢。” 績效：功績。《後漢書·荀彧傳》：“原其績效，足享高爵。”《舊唐書·夏侯孜傳》：“録其績效，擢處鈞衡。” 甄明：顯明。《北史·信都芳傳》：“又私撰曆書，名曰《靈憲曆》，算月頻大頻小，食必以朔，證據甚甄明。”元稹《元蒟等可餘杭等州刺史制》：“以蒟之理課甄明，以弘度之奏議詳允……” 良能：賢能。張九齡《敕處分縣令》：“今既各膺獎用，當盡良能。期月有成，聲能若著。所列清要，惟待賢才。既爾有聞，不患無位。”吴保安《與郭仲翔書》：“吾子國相猶子，幕府碩才，果以良能，而受委寄。” 分命：命令，任命。陸機《辯亡論》：“分命鋭師五千。”皇甫曾《送和西蕃使》：“白簡初分命，黄金已在腰。”

④ 元從興元：即“興元元從奉天定難功臣”之簡稱，《新唐書·兵志》：“自肅宗以後，北軍增置威武、長興等軍，名類頗多，而廢置不一。惟羽林、龍武、神武、神策、神威最盛，總曰左右十軍矣！其後京畿之西，多以神策軍鎮之，皆有屯營。軍司之人散處甸内，皆恃勢凌暴，民間苦之。自德宗幸梁還，以神策兵有勞，皆號‘興元元從奉天定難功臣’。” 朝議郎：文散官，正六品上。韓休《授杜暹等侍御史制》：“朝議郎、行殿中侍御史杜暹，禮樂之器，直方效節；通直郎、殿中侍御史、内供奉馮宗，文儒之業，堅正在心。”常衮《授趙涓給事中制》：“朝議郎、檢校尚書吏部郎中兼御史中丞、賜緋魚袋趙涓，純白高朗，儒林表儀。炳文揚彩，時謂清拔。” 行：謂兼攝官職。李隆基《贈王仁皎太尉益州大都督制》：“宜令銀青光禄大夫守工部尚書上柱國鼓城郡開國侯劉知柔攝鴻臚卿監護，通議大夫行京兆尹上護軍崔琬爲副……”常衮《授京兆尹魏少游加御史大夫制》：“金紫光禄大夫、行京兆尹、上柱國、鉅鹿郡開國公魏少游，直方其行，簡亮在躬。有玉壺之清澄，兼龍泉之斷割。” 内侍：官名，隋置内侍省，所掌皆宮廷内部事物。雖亦參用士人，主要仍爲宦官之職。唐代沿用不改，全部以太監充當。

楊巨源《端午日伏蒙內侍賜晨服》:"綵縷纖仍麗,凌風卷復開。方應五日至,應自九天來。"張仲素《內侍護軍中尉彭獻忠神道碑》:"烈考諱令俊,皇朝議郎、行內侍省內謁者監,保安福履,宏闡義訓,鐘慶濟美,傳於藎臣。"　扈從:隨從皇帝出巡。宋之問《扈從登封途中作》:"扈從良可賦,終乏掞天才。"封演《封氏聞見記·鹵簿》:"百官從駕謂之扈從,蓋臣下侍從至尊,各供所職,猶僕御扈養以從上,故謂之扈從耳!"　艱難:危難,禍亂。《隋書·虞世基傳》:"裁定艱難,平壹區宇。"韓愈《此日足可惜贈張籍》:"誰云經艱難?百口無夭殤。"　服勤:謂服持職事勤勞。干寶《搜神記》卷一:"永雖小人,必欲服勤致力,以報厚德。"韋應物《謝櫟陽令歸西郊》:"自樂陶唐人,服勤在微力。"　廉善:清廉而政績優異。《周禮·天官·小宰》:"以聽官府之六計,弊群吏之治:一曰廉善,二曰廉能,三曰廉敬,四曰廉正,五曰廉法,六曰廉辨。"鄭玄注:"聽,平治也,平治官府之計有六事。弊,斷也。既斷以六事,又以廉爲本。善,善其事有辭譽也。"按,"廉善"……"廉辨"之'廉',均應作'察'字解,義爲考察、查訪。然舊訓沿用已久,不可廢,本文即是其中一例。　班資:官階和資格。韓愈《進學解》:"商財賄之有亡,計班資之崇庳。"范仲淹《潤州謝上表》:"削內閣之班資,奪神州之寄任。"　階秩:指官吏的職位和品級。蘇頲《授向遊仙義王府長史等制》:"公勤不偷,課效斯著。俾遷階秩之寵,仍加章服之榮。"《舊唐書·魏玄同傳》:"復患階秩雖同,人才異等,身且濫進,鑒豈知人?"

⑤ 東司:唐代設於東都洛陽的官署總稱。韓愈《送侯參謀赴河中幕》:"東司絕教授,遊宴以爲恒。"白居易《再授賓客分司》:"分命在東司,又不勞朝謁。"　象教:釋迦牟尼離世,諸大弟子想慕不已,刻木爲佛。以形象教人,故稱佛教爲象教。蕭繹《內典碑銘集林序》:"象教東流,化行南國。"王維《工部楊尚書夫人贈太原郡夫人京兆王氏墓誌銘》:"男以無雙令德,降帝子於鳳樓;女則第一解空,歸法王之象教。"

肅清：猶清平，多指國家、社會安定太平，法紀嚴明。《漢書·韋賢傳》：“王朝肅清，唯俊之庭，顧瞻余躬，懼穢此征。”陸機《漢高祖功臣頌》：“二州肅清，四邦咸舉。”

⑥ 成命：既定的天命。《詩·周頌·昊天有成命》：“昊天有成命，二后受之。”陶潛《感士不遇賦》：“奉上天之成命，師聖人之遺書。”戎行：行伍，軍隊。宋璟《奉和聖製送張說巡邊》：“帝道薄存兵，王師尚有征。是關司馬法，爰命總戎行。”韋元甫《木蘭歌》：“老父舊羸病，何以強自扶？木蘭代父去，秣馬備戎行。” 畏慎：戒惕謹慎。《東觀漢記·樊準傳》：“〔準〕明習漢家舊事，周密畏慎。”《顏氏家訓·教子》：“父母威嚴而有慈，則子女畏慎而生孝矣！”

⑦ 闈闥：宮中小門。《三輔黃圖·雜録》：“闈闥，宮中小門也。”引申指宮廷或内室。蘇洵《上皇帝書》：“刀鋸之餘，必無忠良。縱有區區之小節，不過闈闥掃灑之勤，無益於事。” 賓客：客人的總稱。《詩·小雅·吉日》：“發彼小豝，殪此大兕，以御賓客，且以酌醴。”姚合《晦日宴劉值録事宅》：“花落鶯飛深院静，滿堂賓客盡詩人。” 敬恭：恭敬奉事，敬慎處事。《詩·大雅·雲漢》：“敬恭明神，宜無悔怒。”元稹《于季友授右羽林將軍制》：“爾其敬恭，無替朕命。”

⑧ 禄位：俸給與爵次，泛指官位俸禄。《周禮·天官·大宰》：“四曰禄位，以馭其士。”鄭玄注：“禄，若今之月奉也；位，爵次也。”李頎《别梁鍠》：“雖云四十無禄位，曾與大軍掌書記。” 榮近：榮耀親近，指顯官近臣之位。陸贄《論兩河及淮西利害狀》：“是以循循默默，尸居榮近。日日以愧，自春徂秋。心雖懷憂，言不敢發。此臣之罪也，亦臣之分也。”劉禹錫《與歌者米嘉榮》：“唱得涼州意外聲，舊人唯數米嘉榮。近來時世輕先輩，好染髭鬚事後生。”

[編年]

　　《年譜》、《編年箋注》、《年譜新編》編年本文的理由與結論均同於

《姚文壽可冠軍大將軍右監門衞將軍知內侍省事制》。

　　我們的編年意見也與"姚文壽制"完全相同,理由也大致相似,本文應該與《授劉泰清左武衞將軍制》作於同時,此不重複。

◎ 劉惠通授謁者監制(一)①

　　敕:宣議郎、內侍省宮闈局令、賜緋魚袋劉惠通(二):愿吾愛之,俾在左右。將我密命,達於四方②。去盡行人之詞,還致諸臣之復。言必忠信,事無尤違。使朕不出戶而知三軍之意者,爾有力焉③!

　　深念其勤,將以爲報(三)。階秩兼進,用示恩榮。可依前件(四)④。

録自《元氏長慶集》卷五〇

[校記]

　　(一)劉惠通授謁者監制:楊本、叢刊本同,《英華》、《文章辨體彙選》作"授劉惠通內謁者監制",《全文》作"授劉惠通謁者監制",各備一説,不改。

　　(二)宣議郎、內侍省宮闈局令、賜緋魚袋劉惠通:原本作"宣議郎、內侍省宮閑局令、賜緋魚袋劉惠通",楊本、叢刊本同,《文章辨體彙選》作"具官劉惠通",查閲《舊唐書·職官志》,唐代無"宮閑局令"之官職,據《英華》改。

　　(三)將以爲報:楊本、叢刊本、《英華》、《文章辨體彙選》、《全文》同,《英華》注"一作將有以報",語義不順,不從不改。

　　(四)可依前件:叢刊本、《全文》同,楊本、《英華》作"各依前件",各備一説,不改。

［箋注］

① 劉惠通：人名，宦官，兩《唐書》無傳，僅《册府元龜》提及："（寶曆二年二月）甲子詔：今年三月上巳日，文武百僚宜准舊例於曲江宴集。三月甲戌，宰相百僚翰林學士曲江宴，命中使劉惠通等頒賜食物。""詔書"於二月二十六日下達，"曲江宴"三月七日舉行，劉惠通奉命"頒賜食物"。　謁者監：内侍省屬員，爲"文職事官"，正六品下。《舊唐書·職官志》："内謁者監掌内宣傳，凡諸親命婦朝會，所司籍其人數，送内侍省。"白居易《劉泰倫可起復謁者監制》："敕：朝議郎、前行内侍省内謁者監、上柱國、賜紫金魚袋劉泰倫……可起復朝議大夫、行内侍省内謁者監。"樊衡《爲幽州長史薛楚玉破契丹露布》："宣慰使、内謁者監普心寂與判官、掖庭局監潘進忠，别敕行人李如意等銜命至，便申慰諭。三軍蹈舞，呼聲動天。"

② 宣議郎：官名，文散官，從七品下。韓凝《漢齊蓋廟碑》："緜是平帝聞之，深嘉其器，累徵釋褐，拜宣議郎。"王從敬《授陳山慶監察御史制》："敕：宣議郎、行大理評事、攝監察御史、河西節度採訪處置使判官陳山慶……可監察御史。　俾：使。《詩·邶風·緑衣》："我思古人，俾無訧兮。"毛傳："俾，使。"《新唐書·裴冕傳》："陛下宜還冕於朝，復俾輔相，必能致治成化。"　左右：近臣，侍從。《左傳·宣公二十年》："〔楚子〕左右曰：'不可許也，得國無赦。'"《北史·堯君素傳》："煬帝爲晉王時，君素爲左右。"　密命：秘密的敕命。《晉書·閔王承傳》："仰豫密命，作鎮南夏。親奉中詔，成規在心。"韓愈《除崔群户部侍郎制》："具官崔群……比參密命，弘益既多；及貳儀曹，升擢惟允。"四方：天下，各處。《淮南子·原道訓》："泰古二皇，得道之柄，立於中央，神與化遊，以撫四方。"高誘注："撫，安也。四方，謂之天下也。"《新唐書·吐蕃傳》："陛下平定四方，日月所照，並臣治之。"

③ 行人：使者的通稱。《管子·侈靡》："行人可不有私。"尹知章注："行人，使人也。"劉劭《人物志·流業》："辯給之材，行人之任也。"

諸臣：衆臣。杜牧《呂衛除左衛將軍李鏻右威衛將軍令狐朗除滑州別駕等制》：“衛爲天驕之魁，來就諸臣之位。誠敬忠信，不失其常。”杜光庭《謝允上尊號表》：“人歡富壽，政洽雍熙。文武諸臣，願增徽懿。中外瀝懇，華裔同辭。”　忠信：忠誠信實。張紹《武夷山冲佑宮碑》：“嗜欲之源開，知覺之路辟。禮樂弛而忠信薄，智慧出而詐僞生。”楊夔《湖州録事參軍新廳記》：“叔向所謂明察之官，忠信之長者，於此而見矣！”　尤違：過失，過錯。李德裕《代忠順報回鶻宰相書意》：“朝廷只要回鶻承順國家，常爲好事，惟行仁義，不作尤違，則朝廷欲疏隔回鶻一日不得。”杜光庭《皇帝於龍興觀醮玉局化詞》：“赦已往之尤違，錫將來之禎祚，使寶圖延永，社稷安寧，風雨均調，龍神輯睦，灾期蕩滌，罪咎銷平。”　三軍：軍隊的通稱。崔湜《大漠行》：“科斗連營太原道，魚麗合陣武威川。三軍遙倚仗，萬里相馳逐。”李嶠《旗》：“桂影承宵月，虹輝接曙雲。縱橫齊八陣，舒卷引三軍。”　有力：有功勞。《國語·晉語》：“自文公以來，有力於先君而子孫不立者，將授立之。”《史記·孫子吳起列傳》：“〔吳王〕西破强楚，入郢，北威齊晉，顯名諸侯，孫子與有力焉！”

④　深念：十分思念。《漢書·孝宣王皇后傳》：“孝宣王皇后，朕之姑，深念奉質共修之義，恩結於心。”元稹《鶯鶯傳》：“春風多厲，強飯爲嘉。慎言自保，無以鄙爲深念。”　勤：盡力多做，不斷地做。《書·周官》：“爾卿士，功崇惟志，業廣惟勤。”韓愈《進學解》：“業精于勤荒於嬉，行成于思毀於隨。”　報：回贈，回報。《詩·衛風·木瓜》：“投我以木瓜，報之以瓊琚，匪報也，永以爲好也。”韓愈《答張徹》：“辱贈不知報，我歌爾其聆。”　階秩：指官吏的職位和品級。元稹《邵常政內侍省內謁者監制》：“或扈從於艱難之際，或服勤著廉善之名，宜序班資，用優階秩。”李磎《授孫孟宣朝請大夫內侍省內謁者監等制》：“孫孟宣等……聲譽既洽，階秩宜遷。”　恩榮：謂受皇帝恩寵的榮耀。元奘《重請御製三藏聖教序表》：“豈止區區梵衆，獨荷恩榮？亦使蠢

蠢迷生,方超塵累而已。"匡白《江州德化東林寺白氏文集記》:"聖主求理,英王出藩。恩榮在上,典籍居前。"

[編年]

《年譜》、《編年箋注》、《年譜新編》編年本文的理由與結論均同於《姚文壽可冠軍大將軍右監門衛將軍知内侍省事制》。

我們的編年意見也與"姚文壽制"完全相同,理由也大致相似,應該與《邵常政等可内侍省内謁者監制》作於同時,此不重複。

◎ 宋常春等可内侍省内僕局令制^{(一)①}

敕:近制選内臣之善於其職者,監視諸鎮,蓋所以將我腹心之命,達於爪牙之士也②。

宣義郎、行内侍宋常春等:皆以謹信多才,得參侍從。更掌上府,尤見吏能。守官無毫髮之瑕,勵己有冰霜之操③。迹其聲實,可備監臨。汝其往哉! 予用訓爾④。

夫處衆莫若順,犯衆則不安;約身莫若廉,奉身則不足⑤。推是兩者,引而伸之,然後入可以近天子之光,出可以護將軍之旅矣⑥! 罔或失墜,以貽後艱。勉當柱國之榮,無忘立表之誓⑦。全寶可宣德郎^(二)、行内侍省宫闈局令、員外置同正員,常春可徵仕郎、内侍省内僕局令、員外置同正員⑧。

錄自《元氏長慶集》卷四九

[校記]

(一)宋常春等可内侍省内僕局令制:《全文》同,楊本、叢刊本、盧校作"宋常春等内僕局令",各備一説,不改。

（二）全寶可宣德郎：楊本、叢刊本同,《全文》作"全實可宣德郎",各備一説,不改。

［箋注］

① 宋常春：兩《唐書》無傳,但文獻中有零星記載：白居易元和四年底元和五年初之《與劉濟詔》："宋常春卿所密奏,具委事情,且宜叶和,以體朕意。故令宣慰,想當知悉。"估計宋常春在元和四年末曾出使河朔地區,參與對叛鎮王承宗的討伐。時元稹以監察御史分務東臺,有《爲河南府百姓訴車》等文篇。又《宋高僧傳·唐上都大安國寺好直傳》記載："太和中,（好直）遊五臺路,出京邑,一夕而去。前護戎郄志榮、宋常春二内侍尤味其道,孜孜遠招。開成初,再至京國,二貴人同力唱和。"知大和年間,宋常春已經官至"内侍"之高職。　　内侍省：由宦官組成的侍候皇帝的重要官署。《舊唐書·宦官傳》："唐制有内侍省,其官員：内侍四人,内常侍六人,内謁者監六人,内給事八人,謁者十二人,典引十八人,寺伯二人,寺人六人。別有五局：掖廷局,掌宮人簿籍;宮闈局掌宮内門禁,其屬有掌扇、給使等員;奚官局掌宮人疾病死喪;内僕局掌宮中供帳燈燭;内府局主中藏給納。五局有令、丞,皆内官爲之。"蘇遇《朱公神道碑》："授承議郎、内侍省内謁者監,以酬勳也。"李礎《授通議大夫行内侍省張建方起復本官制》："古之孝子,有爲祖母而行服三年者。雖有異於《禮經》,而見稱於史筆。"　　内僕局令：内侍省之屬吏,正八品下。《舊唐書·職官志》："内僕局令二人,丞二人……内僕令掌中宮車乘出入,導引丞爲之貳。凡中宮有出入,則令居左,丞居右而夾引之。"李德裕《馬公神道碑銘》："次子幽州監軍使、朝議大夫、行内侍省内僕局令、上柱國、賜緋魚袋元貫……"《文獻通考·職官考》："内僕局令二人,後漢有中宮僕令,掌車輿雜畜及導等。唐置二人。"

② 内臣：宦官，太監。權德輿《送黔中裴中丞閣老赴任》："五諫留中禁，雙旌輒上才。内臣持鳳詔，天廄錫龍媒。"白居易《輕肥》："意氣驕滿路，鞍馬光照塵。借問何爲者？人稱是内臣。" 善職：猶稱職。張説《大唐中散大夫行淄州司馬鄭府君神道碑》："在昔周王敦序九族，封懿親於鄭；維時鄭伯敬敷五教，賦善職於周。"《新唐書·岑文本傳》："時顏師古爲侍郎，自武德以來，詔誥或大事皆所草定。及得文本，號善職，而敏速過之。" 監視諸鎮：意謂由太監擔任的監軍使，監督各地節度使。《舊唐書·宦官傳》："玄宗尊重宮闈，中官稍稱旨，即授三品將軍，門施榮戟……持節討伐……奉使宣傳……皆爲委任之務。監軍則權過節度，出使則列郡辟易。" 監視：監督視察。語本《漢書·韋賢傳》："四方群后，我監我視。威儀車服，唯肅是履！"柳宗元《監祭使壁記》："《唐開元禮》：凡大祠若干，中祠若干，咸以御史監視，祠官有不如儀者以聞。"李德裕《馬公神道碑銘》："盡瘁事國，形神久疲。監視諸侯，琴書自怡。" 腹心：猶言至誠之心。《左傳·宣公十二年》："君之惠也，孤之願也，非所敢望也。敢布腹心，君實圖之。"《史記·淮陰侯列傳》："臣願披腹心，輸肝膽，效愚計，恐足下不能用也。" 爪牙：比喻武臣。《漢書·陳湯傳》："戰克之將，國之爪牙，不可不重也。"形容勇武。《國語·越語》："夫雖無四方之憂，然謀臣與爪牙之士，不可不養而擇也。"

③ 宣義郎：文散官，從七品。劉泊《百官賀朔旦冬至表》："伏見宣義郎李淳風表稱，竊見古曆分日，起於子半，勘得今歲十一月甲子朔旦冬至。"張九齡《賀册皇太子表》："謹遣所部官宣義郎、行枝江縣尉楊崇先奉表陳賀以聞，臣誠歡誠喜，頓首頓首，死罪死罪。" 謹信：恭謹誠信。語本《論語·學而》："謹而信，汎愛衆。"邢昺疏："言恭謹而誠信也。"黃滔《司直陳公墓誌銘》："公爲人謹信，居家純孝。" 多才：謂富於才智。杜甫《戲贈閿鄉秦少公短歌》："昨夜邀歡樂更無，多才依舊能潦倒。"韓愈《酬裴十六功曹》："多才自勞苦，無用秖因循。"

侍從：隨侍帝王或尊長左右。《漢書·史丹傳》：“自元帝爲太子時，丹以父高任爲中庶子，侍從十餘年。”《孔叢子·記義》：“宰予對曰：‘自臣侍從夫子以來，竊見其言不離道，動不違仁。’”　上府：指上層的政權機構。《南齊書·庾杲之傳》：“杲之歷在上府，以文學見遇。”蘇舜欽《上三司副使段公書》：“自謂今職在甸內，去京師不數舍，朝有施爲而夕聞焉！上府多士，如段公之樂道人善者故有焉！”　吏能：爲政的才能。《舊唐書·李憲傳》：“憲雖勛伐之家，然累歷事任皆以吏能擢用。”《舊唐書·王遂傳》：“王遂，宰相方慶之孫也，以吏能聞於時。”守官：盡力於自己的職守，忠心於自己的職分。李華《慶王府司馬徐府君碑》：“守官廉平，未嘗違道干譽，奉長臨下，小大悉心，一夫得罪，則爲之損容色。有可緩者，忻忻然出之，仁也。”韋弘景《封還劉士涇授太僕卿詔疏》：“《傳》曰：‘唯名與器，不可假人。’蓋士涇之謂。臣等職司違失，實在守官，其劉士涇新除太僕卿敕不敢行下，謹隨狀封進。”　毫髮：猶絲毫，極少，極細微。王充《論衡·齊世》：“方今聖朝承光武，襲孝明，有浸酆溢美之化，無細小毫髮之虧。”杜甫《敬贈鄭諫議十韵》：“毫髮無遺恨，波瀾獨老成。”　勵己：猶“勵志”，奮志，集中心思致力於某種事業。《舊唐書·李渤傳》：“渤恥其家污，堅苦不仕，勵志於文學，隱於嵩山，以讀書業文爲事。”猶“勵操”，勵節。《南史·韋叡裴邃傳論》：“韋、裴少年勵操，俱以學尚自立。晚節驅馳，各著功於戎馬。”　冰霜：比喻操守堅貞清白。《隸續·晉右軍將軍鄭烈碑》：“故雖夙罹不造，而能全老成之德；居無儋石，而能厲冰霜之絜。”韋應物《擬古詩十二首》一二：“冰霜中自結，龍鳳相與吟。絃以明直道，漆以固交深。”

④ 聲實：傳聞之聲望與實際之才幹。沈東美《奉和苑舍人宿直曉玩新池寄南省友》：“彈冠聲實貴，覆被渥恩偏。”孟郊《送黃構擢第後歸江南》：“能令幽静人，聲實喧九垓。”　監臨：負有監察臨視責任的官吏。薛能《監郡犍爲將歸使府登樓寓題》：“幾日監臨向蜀春，錯抛歌酒强憂人。”《舊唐書·楊炎傳》：“宰臣於庶官，比之監臨，官市賈有羨利，計其

利以乞取論罪，當奪官。" 訓：教誨，教導。《孟子·萬章》："三年，以聽伊尹之訓己也，復歸於亳。"趙岐注："以聽伊尹之教訓己，故復得歸之於亳。"任昉《劉先生夫人墓誌》："稟訓丹陽，弘風丞相。"

⑤ 處：相處，交往。《詩·小雅·黃鳥》："此邦之人，不可與處。"《莊子·德充符》："久與賢人處則無過。" 順：柔順，和順。《易·豫》："聖人以順動，則刑罰清而民服。"孔穎達疏："若聖人和順而動，合天地之德，故天地亦如聖人而爲之也。"韓愈《故江南西道觀察使贈左散騎常侍太原王公墓誌銘》："與其友處，順若婦女。" 犯：傷害，損害。《禮記·檀弓》："季子皋葬其妻，犯人之禾。"鄭玄注："犯，躐也。"《國語·周語》："水火之所犯，猶不可救，而況天乎？"韋昭注："犯，害也。" 不安：不安定，不安寧。《論語·陽貨》："食旨不甘，聞樂不樂，居處不安。"韓愈《孟東野失子》："地祇爲之悲，瑟縮久不安。" 約身：約束自身。《論語·顏淵》："克己復禮爲仁。"何晏集解引馬融注："克己，約身。"劉寶楠正義："約如約束之約。約身，猶言修身也。"《隸釋·漢費亭侯曹騰碑陰》："騰守足退居，約身自持。" 廉：不苟取，不貪。《孟子·離婁》："孟子曰：可以取，可以無取，取傷廉。可以與，可以無與，與傷惠。可以死，可以無死，死傷勇。"姚合《新昌里》："近貧日益廉，近富日益貪。以此當自警，慎勿信邪讒。" 奉身：守身。鄭處誨《明皇雜錄》卷上："〔盧懷慎〕爲黃門侍郎，在東都掌選事，奉身之具，纔一布囊耳！"獻身。王禹偁《官舍偶題》："奉身無實事，困我爲虛名。" 不足：不值得，不必。《史記·高祖本紀》："章邯已破項梁軍，則以爲楚地兵不足憂，乃渡河，北擊趙，大破之。"劉餗《隋唐嘉話》卷上："余自髫卯之年，便多聞往說，不足備之大典，故繫之小說之末。"

⑥ 引伸：亦作"引申"，延展推廣，謂由一事一義推延而及他事他義。語本《易·繫辭》："引而伸之，觸類而長之，天下之能事畢矣！"張九齡《故河南少尹竇府君墓碑銘》："而況於文雅緣飾，志業孔修，引伸足以長人，動用足以利物。"梁肅《止觀統例議》："予常戚戚於是，整其

宏綱，撮其機要，其理之所存，教之所急，或易置之，或引伸之。”　光：榮耀，榮寵，光彩。《漢書・禮樂志》：“下民之樂，子孫保光。”顏師古注：“言永保其光寵也。”韓愈《爲裴相公讓官表》：“周文用呂望於屠釣，齊桓起甯戚於飯牛，雪耻蒙光，去辱居貴。”　護：總領，統轄。《史記・樂毅列傳》：“樂毅於是並護趙、楚、韓、魏、燕之兵以伐齊，破之濟西。”司馬貞索隱：“護，謂總領之也。”王明清《揮麈後録》卷一〇：“遂倚郭仲威爲腹心，俾盡護諸將。”　旅：泛指軍隊。《詩・大雅・皇矣》：“王赫斯怒，爰整其旅。”毛傳：“旅，師。”《隋書・李密傳》：“明公以英傑之才而統驍雄之旅，宜當廓清天下，誅剪群凶。”

　　⑦ 失墜：亦作“失隊”，喪失。《左傳・文公十八年》：“先大夫臧文仲教行父事君之禮，行父奉以周旋，弗敢失隊。”《後漢書・袁安傳》：“孝明皇帝奉承先意，不敢失墜。赫然命將，爰伐塞北。”　後艱：猶後患。《詩・大雅・鳧鷖》：“公尸燕飲，無有後艱。”鄭玄箋：“艱，難也。”楊炯《鄎國公墓誌銘》：“卜其宅兆，俾無後艱。述其家風，謂之不朽。”　柱國：國都。《戰國策・齊策》：“安邑者，魏之柱國也；晉陽者，趙之柱國也；鄢郢者，楚之柱國也。”姚宏注：“柱國，都也。”鮑彪注：“言其於國，如室有柱。”官名，戰國時楚國設置，原爲保衛國都之官，後爲楚的最高武官，唐以後沿用作勛官的稱號。《鶡冠子・王鈇》：“柱國不政，使下情不上聞，上情不下究，謂之綠政。”《史記・樊酈滕灌列傳》：“〔灌嬰〕擊破楚騎於平陽，遂降彭城，虜柱國項陀。”　立表之誓：事見《史記・司馬穰苴列傳》：春秋末，齊國被晉燕侵伐，景公擢司馬穰苴爲將軍，寵臣莊賈爲監軍。穰苴與賈約期會於軍門，穰苴至，立表下漏而待。賈以驕慢誤時，穰苴乃斬賈示衆，三軍驚懼振奮，遂却晉燕之師。後因以“立表”爲嚴明軍紀之典。沈約《與謝朏敕》：“傾首東路，望兼立表。”梁獻《大閲賦》：“然後萊田立表，斬牲狥陣。施游旌，控高靰。百其勇，倍其信。駢馳翼驅，旅退旅進。鉦鐸鐲鐃之數，物有攸施；坐作疾徐之節，教無不順。咸以律而自勉，諒匪高而匪吝。”

⑧　全寶：人名，宦官。除本文外，不見史籍有其他記載，是與宋常春同制任命之同僚。　　宣德郎：文散官，正七品。崔損《祭成紀公文》：“維貞元十二年月日，朝議郎、右諫議大夫崔損……宣德郎、守駕部員外郎、知制誥權德輿……謹以庶羞之奠，敢昭告于門下平章事、贈太子太傅成紀公之靈。”李吉甫《賀赦表》：“謹遣所部宣德郎某奉表陳賀以聞。臣某誠惶誠恐，頓首頓首。”　　行：謂兼攝官職。《舊唐書·職官志》：“貞觀令以職事高者爲守，職事卑者爲行，仍各帶散位。”《舊唐書·李峴傳》：“至德二年十二月制曰：‘銀青光禄大夫、守禮部尚書李峴，饋軍周給，開物成務，可光禄大夫，行御史大夫兼京兆尹，封梁國公。”　　宮闈局令：官名，屬内侍省，由宦官擔任。《舊唐書·職官志》：“宮闈局：令二人（從七品下）……宮闈局令掌侍奉宮闈，出入管鑰。凡大享太廟，帥其屬詣於室。出皇后神主置於輿而登座焉！既事，納之。”權德輿《孫公神道碑銘》：“至德中，策勛至上柱國，起家掖庭局監，轉掖庭局丞、宮闈局令，再爲内謁者局，叙品至朝議大夫。”　　員外：即“員外郎”，官名，本指正員以外的郎官。晉武帝始設員外散騎常侍，員外散騎侍郎，簡稱員外郎。隋開皇時，尚書省二十四司各設員外郎一人，爲各司的次官。唐及以後，各部都有員外郎，位在郎中之次。寇坦《同張少府和厙狄員外夏晚初霽南省寓直時兼充節度判官之作》：“黄綬歸休日，仙郎復奏餘。晏居當夏晚，寓直會晴初。”韓愈《送殷員外序》：“由是殷侯侑自太常博士遷尚書虞部員外郎，兼侍御史。”　　正員：正式編制内的人員。張鷟《朝野僉載》卷一：“選司考練，總是假手冒名。勢家囑請手不把筆，即送東司；眼不識文，被舉南舘；正員不足，權、補、試、攝。”《新五代史·豆盧革傳》：“責授革費州司户參軍，（韋）説夷州司户參軍，皆員外置同正員。”徵仕郎：文散官，品第不詳。《歷代名臣奏議·郊廟》：“憲宗時，徵仕郎、守國子博士、史館修撰臣李翱等上陵廟日……”《舊唐書·劉世讓傳》：“劉世讓，字元欽，雍州醴泉人也，仕隋徵仕郎。”

[編年]

　　《年譜》、《編年箋注》、《年譜新編》編年本文的理由與結論均同於《姚文壽可冠軍大將軍右監門衛將軍知内侍省事制》。

　　我們的編年意見也與"姚文壽制"完全相同，理由也大致相似，本文應該與《邵常政等可内侍省内謁者監制》作於同時，此不重複。

◎ 王惠超等授左清道率府率制(一)①

　　敕：奉天定難功臣、壯武將軍、守右内率府率、充左街副使、上柱國王惠超等：率侍衛以導從吾於黄麾左右者，皆東朝之勤吏也②。

　　乘我出震之憂，逢時作解之慶，咸當序進，式示加恩③。並列周防，宜勤夙夜。可依前件④。

録自《元氏長慶集》卷四七

[校記]

　　（一）王惠超等授左清道率府率制：楊本、叢刊本作"王惠超左清道率府率"，《全文》作"授王惠超等左清道率府率制"，各備一説，不改。

[箋注]

　　① 王惠超：除本文之外，目前尚無他文獻可資查實。僅據本文，王惠超曾經跟隨唐德宗，參與奉天定難歷程。後來是唐穆宗李恒東宫時以及登位後的侍奉之臣。　　清道：又稱净街，清除道路，驅散行人，舊時常于帝王、官員出行時行之。《史記·司馬相如列傳》："且夫清道而後行，中路而後馳，猶時有銜橛之變。"沈約《齊明帝哀策文》：

"伐金鼓以清道,揚悲笳而啓路。" 率府:古官署名,秦設,漢因之。晉有五率府,即左衛率、右衛率、前衛率、後衛率和中衛率。南北朝及隋迭有因革,至唐乃有十率府,皆太子屬官,掌東宮兵仗、儀衛及門禁、徼巡、斥候等事。杜甫《官定後戲贈(時免河西尉,爲右衛率府兵曹)》:"不作河西尉,淒涼爲折腰。老夫怕趨走,率府且逍遥。"秦系《獻薛僕射有序》:"系家於剡山,向盈一紀。大曆五年,人或以其文聞于鄮留守薛公。無何,奏系右衛率府倉曹參軍。意所不欲,以疾辭免,因將命者,輒獻斯詩。"

② 奉天定難功臣:《舊唐書·德宗紀》:"(興元元年正月)詔:應赴奉天並進收京城將士,並賜名奉天定難功臣。身有過犯,減罪三等。子孫過犯,減罪二等。先稅除陌間架等錢、竹木茶漆等稅並停。"《舊唐書·陸贄傳》:"德宗至梁,欲以谷口已北從臣賜號曰'奉天定難功臣',谷口以南隨扈曰'元從功臣',不選朝官内官,一例俱賜。"壯武將軍:武散官,正四品下。陳子昂《爲建安王祭苗君文》:"維某年月日,朔方道大總管、建安郡王攸宜以酒饌之奠祭故壯武將軍左玉鈐衛中候左三軍營主苗君之靈。"元稹《荆浦授左清道率府率制》:"敕:奉天定難功臣、壯武將軍、行右清道率府率、上柱國、賜紫金魚袋、左龍武軍宿衛荆浦等……" 街使:巡視京師六街的官吏。《新唐書·百官志》:"左右街使,掌分察六街徼巡。"《舊五代史·梁太祖紀》:"七月壬子,宴宰臣、河南尹、翰林學士、兩街使于甘水亭。" 上柱國:官名,戰國楚制,凡立覆軍斬將之功者,官封上柱國,位極尊寵。北魏置柱國大將軍,北周增置上柱國大將軍,唐宋也以上柱國爲武官勛爵中的最高級,柱國次之,歷代沿用。白居易《馬上作》:"處世非不遇,榮身頗有餘。勛爲上柱國,爵乃朝大夫。"《舊五代史·唐明宗紀》:"詔曰:'上柱國,勛之極也……今後凡加勛,先自武騎尉,十二轉方授上柱國。'" 黄麾:古代天子或大臣所乘車輿的裝飾品。王圻《三才圖會·黄麾》:"《通典》曰:黄帝振兵,設五旗五麾,則黄麾製自有熊始

也。漢鹵簿有前後黄麾。《開元禮義纂》,唐太宗法夏后之前制,取中方之正色,故制大麾色黄。"《東觀漢記・班超傳》:"建初八年,稱超爲將兵長使,假鼓吹黄麾。"沈佺期《上之回》:"黄麾搖畫日,青幰曳松風。"　東朝:即東宮,太子所居。《文選・顏延之〈應詔宴曲水作詩〉》:"帝體麗明,儀辰作貳;君彼東朝,金昭玉粹。"李善注:"東朝,東宮也。"韓愈《順宗實錄》:"皇太子見百寮於東朝,百寮拜賀。"借指太子。《文選・陸機〈答賈長淵〉詩》:"東朝既建,淑問峨峨。"李善注:"謂潛懷太子也。"庾信《周太子太保步陸逞神道碑》:"天子以大臣之喪,躬輟聽訟;東朝以師傅之尊,親臨攢祭。"倪璠注:"東朝,謂太子也。"

③ 出震:八卦中的"震"卦位應東方,出震即出於東方。《易・説卦》:"帝出乎震。"崔憬曰:"帝者,天之王氣也,至春分則震王而萬物出生。"暗喻帝皇登位。徐陵《勸進梁元帝表》:"伏惟陛下出震等於勛華,鳴謙同於旦奭。握圖秉鉞,將在御天;玉勝珠衡,先彰元后。"劉禹錫《武陵書懷五十韵》:"繼明懸日月,出震統乾坤。"　作解:謂解救百姓。劉禹錫《代杜司徒謝追贈表》:"陛下應乾御極,作解庇人。"王禹偁《賀御樓肆赦表》:"澤流率土,仍推作解之恩。"　序進:按規定的等級次第升遷。陸贄《請許臺省長官舉薦屬吏狀》:"夫求才貴廣,考課貴精。求廣在於各舉所知,長吏之薦擇是也;考精在於按名責實,宰臣之序進是也。"柳宗元《爲文武百官請復尊號第五表》:"群材序進,百職交修,烽燧不驚,兵戎以息,鑽鑿不用,獄訟以衰。六氣和而風雨時,五穀昌而倉廩實。庶政之康也,誠由教化以致雍熙。"

④ 並列:並排平列,不分主次。《史記・三王世家》:"蓋聞周封八百,姬姓並列,或子男附庸。"王融《永明十一年策秀才文五首》四:"是以三王異道而共昌,五霸殊風而並列。"　周防:謹密防患。柳宗元《上西川武元衡相公謝撫問啓》:"某愚陋狂簡,不知周防。失於夷途,陷在大罪。"王禹偁《聞鴞》:"報國惟直道,謀身昧周防。"　勤:盡

力多做，不斷地做。《書·周官》："爾卿士，功崇惟志，業廣惟勤。"韓愈《進學解》："業精于勤荒於嬉，行成于思毀於隨。" 夙夜：朝夕，日夜。桓寬《鹽鐵論·刺復》："是以夙夜思念國家之用，寢而忘寐，飢而忘食。"柳宗元《爲劉同州謝上表》："庶當刻精運力，夙夜祇勤。上奉雍熙，旁流愷悌。"

［編年］

《年譜》編年本文於"庚子至辛丑所作其他制誥"欄內，没有説明理由。《編年箋注》《年譜新編》均根據本文"乘我出震之憂，逢時作解之慶"之語，前者編年本文"撰於元和十五年（八二〇）正月丙午以後不久，元稹時在祠部員外郎試知制誥任"。後者編年本文"元和十五年作"。

我們以爲：一、"庚子"是元和十五年，而"辛丑"是長慶元年，元稹祇在這兩個年份從事過知制誥的工作，所以这样的編年實際上等於没有編年。而且《年譜》"庚子至辛丑所作其他制誥"的提法本身就存在問題，因爲無論是元和十五年還是長慶元年，元稹都没有從頭至尾都參與知制誥的工作，元稹元和十五年二月五日才以膳部員外郎的身份試知制誥，而長慶元年十月十九日元稹從中書舍人翰林承旨學士被降爲工部侍郎，不可能再有知制誥的職責，無緣無故把元和十五年的正月、閏正月、二月五日之前以及長慶元年的十月十九日之後、十一月、十二月包含在内是不合適的。二、順便説一句，元稹從來没有任職"祠部員外郎試知制誥"，更没有在唐穆宗剛剛登位的"正月丙午"之時就任職試知制誥的工作。而且"正月丙午"的提法也非常不確切，因爲唐穆宗登位在元和十五年閏正月"丙午"，亦即閏正月初三，而非"正月丙午"，元和十五年正月的干支紀日中没有"丙午"。《穆宗即位册文》："維元和十五年歲次庚子，閏正月甲辰朔，三日丙午……"就是明證。《編年箋注》在這裏的錯誤接二連三，一些提法也離開基本史實太遠，連我們都覺得有點汗顏。三、根據本文"乘我出震之憂，逢時作解之慶"之語，明言是唐穆宗初登帝位之時，本文應該屬於可以明確編年的文篇，不應該含含糊糊編年"庚子至辛丑"或"元和十五年"。四、據《穆宗即位赦》："興元奉天功臣及蔡鄆立功將士，普恩之外更賜勛爵，亡殁者與追贈。"與本文"王惠超"的身份一一相切。據此，我們以爲本文應該撰作於元和十五年二月五日唐穆宗因登位而大赦天下之時，具體時間或稍後"二月五日"一二日，地點在長安，元稹時任膳部員外郎試知制誥之職。《年譜》、《年譜新編》的編年太籠統，而《編年箋注》的編年則是錯誤的，請讀者注意鑒別。

◎ 荆浦授左清道率府率制^{(一)①}

敕：奉天定難功臣、壯武將軍、行右清道率府率、上柱國、賜紫金魚袋、左龍武軍宿衛荆浦等②：初，朕宅憂西朝^(二)，祇受丕訓。爾或執撽金吾，清道前馬；或操緫戈戟，立陛周廬③。

星拱翼舒，誰何不若！迺詔超陟，因及序常④。用報有勞，且升久次。各揚其職，無棄厥司。可依前件^{(三)⑤}。

録自《元氏長慶集》卷四七

［校記］

（一）荆浦授左清道率府率制：楊本、叢刊本作"荆浦左清道率府率"，《全文》作"授荆浦等左清道率府率制"，各備一説，不改。

（二）朕宅憂西朝：楊本、叢刊本同，《全文》作"朕宅憂西廟"，各備一説，不改。

（三）可依前件：原本作"可"，楊本、叢刊本同，據《全文》補。

[箋注]

① 荆浦授左清道率府率制:本文與《王惠超等授左清道率府率制》爲性質相類的同時之作。《編年箋注》也認爲《王惠超等授左清道率府率制》作於"元和十五年(八二〇)正月丙午以後不久",認爲本文"疑此《制》撰於元和十五年(八二〇)穆宗即位之後不久。"亦即兩文都作於穆宗登位之後不久,但又將它們分編兩處,中間相隔二十五篇之多,如中間的《白居易授尚書主客郎中知制誥制》作於元和十五年十二月二十八日之前一二日,其後再隔兩篇的《貶令狐楚衡州刺史制》作於元和十五年八月三十日之前的一二日之內。如此混亂的編排,實在有點讓人看不明白。這樣的編年,對讀者來説還有意義嗎?這樣的學術研究,還有它的學術價值嗎?另外,元和十五年並無"正月丙午",應該是"閏正月丙午"之誤。　荆浦:除本文之外,目前尚無其他文獻可資查實。僅據本文,荆浦曾經跟隨唐德宗參與奉天定難歷程,後來是唐穆宗李恒東宮時以及登位後的侍奉之臣。　率:泛指首領。桓寬《鹽鐵論·疾貪》:"《春秋》刺譏不及庶人,責其率也。"《晉書·李矩傳》:"童齔時,與群兒聚戲,便爲其率,計畫指授,有成人之量。"

② 奉天:縣名,京兆府所管二十三縣之一。建中、興元間,李希烈、朱滔、田悦、王武俊、李納等人叛亂,唐德宗曾經避難於此。境內有"梁山",《元和郡縣志·京兆府》:"高宗天皇大帝乾陵所在,因名曰奉天。其山即《禹貢》所云壺口治梁及岐,又古公亶父逾梁山至于岐下,及秦立梁山宮,皆此山也。"戴叔倫《奉天酬別鄭諫議雲迖盧拾遺景亮見別之作》:"巨孽盜都城,傳聞天下驚。陪臣九江畔,走馬来赴難。"許渾《贈蕭鍊師序》:"鍊師,貞元初自梨園選爲内妓,善舞柘枝,宮中莫有倫比者,寵錫甚厚。及駕幸奉天,以病不獲隨輦,遂失所止。"　龍武軍:唐代禁軍名,五代梁稱"龍武兵"。韓愈《唐故檢校尚書左僕射右龍武軍統軍劉公墓誌銘》:"天子以爲恭,即其家拜檢校左

僕射,右龍武軍統軍。"《新五代史·李彥威傳》:"八月壬辰,彥威、叔琮以龍武兵宿禁中,夜二鼓,以兵百人叩宮門奏事。"亦省稱"龍武"。許景先《奉和聖製送張尚書巡邊》:"龍武三軍氣,魚鈴五校名。"李華《含元殿賦》:"熊羆之旅,董以龍武。"

③ 宅憂:處在父母喪事期間。《書·説命》:"王宅憂。"孔穎達疏:"言王居父憂。"韓愈《司徒兼侍中中書令贈太尉許國公神道碑銘》:"上之宅憂,公讓太宰;養安蒲阪,萬邦絶等。"這裏指唐憲宗歸天,作爲兒子的唐穆宗正處在父喪之中,故言。　西朝:指西京長安。《文選·張衡〈東京賦〉》:"故函谷擘柝於東,西朝顛覆而莫持。"薛綜注:"東謂函谷,在京之東;西朝,則京師也。"齊己《送胤公歸關》:"西朝歸去見高情,應戀香燈近聖明。關令莫疑非馬辯,道安還跨赤驢行。"　丕訓:重大的訓導。韓愈《順宗實錄》三:"朕奉若丕訓,憲章前式。"元稹《授李絳檢校右僕射兼兵部尚書制》:"予小子銘鏤丕訓,夙夜求思。"　金吾:古官名,負責皇帝大臣警衛、儀仗以及徼循京師、掌管治安的武職官員。漢有執金吾,唐宋及以後有金吾衛、金吾將軍、金吾校尉等。盧照鄰《長安古意》:"佳氣紅塵暗天起,漢代金吾千騎來。"蘇味道《正月十五夜》:"金吾不禁夜,玉漏莫相催。"　清道:又稱淨街,清除道路,驅散行人,舊時常於帝王、官員出行時行之。蘇頲《扈從温泉奉和姚令公喜雪》:"清道豐人望,乘時漢主遊。恩暉隨霰下,慶澤與雲浮。"張説《奉和聖製同劉晃喜雨應制》:"厭浥塵清道,空濛柳映臺。最宜三五夜,晴月九重開。"　前馬:在馬前護衛或引導。《周禮·夏官·齊右》:"凡有牲事則前馬。"鄭玄注:"王見牲則拱而式,居馬前却行備驚奔也。"《國語·越語》:"然後卑事夫差,宦士三百人於吳,其身親爲夫差前馬。"韋昭注:"前馬,前驅,在馬前也。"　操總:掌握要領。蘇舜欽《論西事狀》:"大抵不過訓練兵卒、積芻粟而已,其言泛雜,無所操總。"　戈戟:戈和戟,亦泛指兵器。《司馬法·定爵》:"弓矢禦,殳矛守,戈戟助。"胡曾《詠史詩·流沙》:"七雄戈戟

亂如麻,四海無人得坐家。" 立:站立。《書·顧命》:"一人冕執劉立於東堂。"《史記·項羽本紀》:"噲遂入,披帷西嚮立。" 陛:臺階。韓愈《祭湘君夫人文》:"外無四垣,堂陛頹落,牛羊入室,居民行商,不來祭享。"專指宮殿的臺階。趙抃《上仁宗乞命臣僚等講無隱諱》:"伏望惜堂陛之崇,秘奎壁之彩,慎重命賜,杜絕倖望,上下之理從而益明,朝廷中外莫大幸也!" 周廬:古代皇宮周圍所設警衛廬舍。《史記·秦始皇本紀》:"衛令曰:'周廬設卒甚謹,安得賊敢入宮?'"裴駰集解引薛綜曰:"士傅宮外,內爲廬舍,晝則巡行非常,夜則警備不虞。"楊炯《崇文館宴集詩序》:"周廬綺合,廨署星分。"

④ 星拱:謂如衆星環繞北斗。語出《論語·爲政》:"爲政以德,譬如北辰,居其所,而衆星共之。"柳宗元《邕州柳中丞作馬退山茅亭記》:"諸山來朝,勢若星拱。" 翼舒:猶"翼衛",護衛。《舊唐書·牛徽傳》:"兩朝多難,茂貞實有翼衛之功。"猶"翼翼",恭敬謹慎貌。《漢書·禮樂志》:"王侯秉德,其鄰翼翼。"顏師古注:"翼翼,恭敬也。"超陞:越格提升。元稹《楊嗣復授尚書兵部郎中制》:"爾其試守茲任,爲予簡稽。苟能修明,旋議超陞。"鄒浩《宗室令㮰特贈朝請郎制》:"既奄終於一世,用超陞於三官。尚其有知,服此追命。" 序常:指官吏按常例升遷,猶"序列",謂按某種標準排列先後。袁宏《後漢紀·靈帝紀》:"孝沖皇帝母虞大家、質帝母陳夫人,皆誕育聖明而未有諡號,今當以母氏序列于外戚,雖在薨歿,猶宜爵贈。"猶"序班",官員的班行位次。李肇《翰林志》:"興元二年,敕翰林學士朝服序班,宜准諸司官知制誥例。"

⑤ 有勞:有功勞。《左傳·昭公十二年》:"昔諸侯遠我而畏晉,今我大城陳、蔡、不羹,賦皆千乘,子與有勞焉!諸侯其畏我乎!"韓愈《河南少尹裴君墓誌銘》:"其在徐州府,能勤而有勞,在朝以恭儉守其職。" 久次:指年資長短。《史記·儒林列傳》:"孝景時〔董仲舒〕爲博士,下帷講誦,弟子傳以久次相受業,或莫見其面。"久居官次。《後

漢書·黃琬傳》:"舊制光祿舉三署郎,以高功久次才德尤異者爲茂才四行。"李賢注:"久次,謂久居官次也。"　揚:發揚,繼承。劉歆《移書讓太常博士》:"今聖上德通神明,繼統揚業,亦淯此文教錯亂。"王中《頭陀寺碑文》:"於昭有齊,式揚洪烈。"　職:職務,職業,職分,職責。《韓非子·揚權》:"周合刑名,民乃守職;去此更求,是謂大惑。"韓愈《順宗實錄》:"太子職當侍膳問安,不宜言外事。"　厥:代詞,其,表示領屬關係。《書·伊訓》:"古有夏先後方懋厥德,罔有天災。"韓愈《祭柳子厚文》:"遍告諸友,以寄厥子,不鄙謂余,亦托以死。"　司:職守,職責。《書·胤征》:"俶擾天紀,遐棄厥司。"孔傳:"司,所主也。"韓愈《除崔群戶部侍郎制》:"選賢與能,於今雖重。擇才均賦,自古尤難。往慎乃司,以服嘉命。"

[編年]

　　《年譜》、《年譜新編》均編年本文於"庚子至辛丑所作其他制誥"欄內,都沒有說明理由。《編年箋注》:"據此《制》中'初,朕宅憂西朝,祗受丕訓'推之,疑此《制》撰於元和十五年(八二〇)穆宗即位之後不久。"唐穆宗即位在元和十五年閏正月初三,那時元稹雖在長安,但尚不在試知制誥任上,《編年箋注》此說不確。

　　我們以爲本文與《王惠超等授左清道率府率制》爲性質相同、作期相同的文篇,它應該撰作於元和十五年二月五日唐穆宗因登位而大赦天下之時,具體時間或稍後於"二月五日"一二日,地點在長安,元稹時任膳部員外郎試知制誥之職。至於理由,我們已經在《王惠超等授左清道率府率制》編年中作了詳盡的表述,此不重複。

◎ 七女封公主制^{(一)①}

　　門下：長女等：抱子弄孫之榮，貴賤之大情也②。朕以四海，奉皇太后於南宮。問安之時，諸女侍側③。

　　《螽斯》之慶，上慰慈顏；《鳲鳩》之仁，內懷均養④。雖穠華可尚^(二)，出閣未期；而湯沐先施，分封有據⑤。宜加美號，以表令儀。可依前件，主者施行^{(三)⑥}。

録自《元氏長慶集》卷四九

［校記］

　　（一）七女封公主制：楊本、叢刊本作"七女封公主"，《英華》、《文章辨體彙選》、《淵鑑類函》、《全文》均誤作"第七女封公主制"，與"長女等"、"諸女侍側"的説法不符，不從不改。

　　（二）雖穠華可尚：楊本、叢刊本同，《英華》、《全文》作"雖穠華尚少"，各備一説，不改。

　　（三）可依前件，主者施行：原本無，據楊本、叢刊本、《英華》、《淵鑑類函》、《全文》補。《編年箋注》也録入此兩句，但未作任何説明，校勘如此隨意，不知如何取信於讀者？《文章辨體彙選》作"可依前件"，録以備考。

［箋注］

　　① 七女：七個女兒。"七女"云云明白如話，本來是不需要註釋，但偏偏在這麼清楚的詞語面前，《年譜》竟然將"七個女兒"解讀爲"第七女"，得出了荒謬不經的結論。在唐人的詩文裏面，"七女"也好，"三女"也罷，都是七個女兒或三個女兒的意思。元稹《有唐贈太子少

保崔公墓誌銘》：“公再娶，前夫人榮陽鄭之尚女，後夫人范陽盧國倚女，封范陽郡君。七女三男，三女既嫁，鄭出也。兩男三女出於盧。”李商隱《爲外姑隴西郡君祭張氏女文》：“吾配汝先世二十餘年，七女五男，撫之如一。”如果是“第七女”，唐人的説法不會以“七女”稱呼。張説《郎國長公主神道碑》：“皇唐郎國長公主者，睿宗之第七女也，母曰崔國妃。”李翱《於湖州別女足墓文》：“維長慶元年，歲次辛丑，十二月癸亥朔，十九日辛巳，父舒州刺史翱，以酒果之奠，敬別于第七女足娘子之靈。”　　封：帝王以爵位、土地、名號等賜人。《墨子·魯問》：“請裂故吳之地方百里以封子。”《舊唐書·玄宗楊貴妃》：“有姊三人，皆有才貌，玄宗並封國夫人之號。”　　公主：帝王、諸侯之女的稱號。高承《事物紀原·公主》：“《春秋公羊傳》曰：天子嫁女於諸侯，至尊不自主婚，必使同姓者主之，謂之公主，蓋周事也。《史記》曰：公叔相魏，尚魏公主，文侯時也，蓋僭天子之女也。《春秋指掌碎玉》曰：天子嫁女，秦漢以來使三公主之，故呼公主也。”馮鑒《續事始》卷一〇：“漢制：天子女爲公主，姊妹曰長公主，帝姑爲大長公主。”

　　② 長女：排行最大的女兒。《易·説卦》：“巽一索而得女，故謂之長女。”《梁國惠康公主挽歌二首（公主，憲宗長女，下嫁于頓之子季友。元和中薨，詔令百官進詩）》一：“定諡芳聲遠，移封大國新。巽宮尊長女，台室屬良人。”　　抱子：猶言生子。《詩·大雅·抑》：“借曰未知，亦既抱子。”馬瑞辰通釋：“此詩‘抱子’……猶言生子也。”黃庭堅《明叔知縣和示過家上冢二篇輒復初韵》一：“少時無老境，身到乃盡信。此來見抱子，別日多未亂。”　　弄孫：逗玩孫兒。崔鴻《十六國春秋·石虎》：“但抱子弄孫，日爲樂耳！”戴敏《鄭公家》：“弄孫時擲果，留客旋煎茶。”也常常作“含飴弄孫”，含著飴糖逗小孫子，形容老人自娛晚年，不問他事的樂趣。《東觀漢記·明德馬皇后傳》：“穰歲之後，惟子之志，吾但當含飴弄孫，不能復知政事。”王禹偁《賀册皇太后表》：“問安侍膳，載趨長樂之宮；含飴弄孫，永鎮顯親之殿。”　　貴賤：

富貴與貧賤，指地位的尊卑。《易・繫辭》：“卑高以陳，貴賤位矣！”韓康伯注：“天尊地卑之義既列，則涉乎萬物貴賤之位明矣！”辛延年《羽林郎》：“男兒愛後婦，女子重前夫。人生有新故，貴賤不相逾。” 大情：常情。劉孝標《廣絕交論》：“陽舒陰慘，生民大情。”白居易《與元九書》：“夫貴耳賤目，榮古陋今，人之大情也。”

③ 四海：猶言天下，全國各處。《史記・高祖本紀》：“大王起微細，誅暴逆，平定四海，有功者輒裂地而封王侯。”李紳《古風二首》一：“春種一粒粟，秋成萬顆子。四海無閑田，農夫猶餓死。” 皇太后：皇帝的母親。蔡邕《獨斷》卷下：“帝母曰皇太后。”韓愈《太原郡公神道碑文》：“公諱用，字師柔，太原人，莊憲皇太后之弟，今天子之舅。”南宮：南面的住室或宮殿。《儀禮・喪服》：“子不私其父，則不成爲子，故有東宮，有西宮，有南宮，有北宮，異居而同財。”庾信《道士步虛詞十首》八：“北闕臨玄水，南宮生絳雲。” 問安：問候尊長起居。《送恒操上人歸江外觀省》：“依佛不違親，高堂與寺鄰。問安雙樹曉，求膳一僧貧。”梅堯臣《送河東轉運劉察院》：“行臺知不遠，能使問安頻。” 侍側：陪侍左右。《論語・先進》：“閔子侍側，闇闇如也。”《後漢書・寇恂傳》：“崇，將也，得帶劍侍側。卒有變，足以相當。”

④《螽斯》：《詩經》篇名，《詩・周南・螽斯序》：“螽斯，后妃子孫眾多也，言若螽斯不妒忌，則子孫眾多也。”後用爲多子之典實。《後漢書・順烈梁皇后》：“夫陽以博施爲德，陰以不專爲義，螽斯則百，福之所由興也。” 慈顔：慈祥和藹的容顔，稱尊上的音容，多指母親而言。獨孤及《代於京兆請停官侍親表》：“專力養則有妨吏職，徇公事則闕奉慈顔。”蘇軾《鄧忠臣母周挽詞》：“慈顔如春風，不見桃李實。”鳲鳩：即布穀鳥。《詩・曹風・鳲鳩》：“鳲鳩在桑，其子七兮。”毛傳：“鳲鳩，秸鞠也。鳲鳩之養七子，朝從上下，莫從下上，平均如一。”鄭玄注：“興者，喻人君之德當均一於下也。”這裏元稹就巧妙運用典故，與“七女”呼應，而《年譜》視這樣的典故於不見，糊裏糊塗將“七女”解

讀爲“第七女”，我們相信稍稍細心的讀者想來決不會如此理解“七女”的真正含義。後用爲君以仁德待下的典實。曹植《上責躬詩表》：“七子均養者，鳲鳩之仁也。”元稹《授牛元翼成德軍節度使制》：“而又忠孝謹廉，慈仁和惠，愛養士伍，均如鳲鳩，鎮之三軍，爭在麾下。”

　　⑤ 穠華：指女子青春美貌。語本《詩·召南·何彼穠矣》：“何彼穠矣！唐棣之華。”鄭玄箋：“何乎彼戎戎者？乃杕之華。興者，喻王姬顔色之美盛。”王讜《唐語林·補遺》：“公主……幼而聰惠，長而韶敏。穠華秀整，令德芬馨。”代指公主。蘇頲《裴君士太子少詹事制》：“地稱垂棘之寶，門降穠華之貴。”　尚：專指娶公主爲妻。《史記·張耳陳餘列傳》：“張敖已出，以尚魯元公主故，封爲宣平侯。”司馬貞索隱：“韋昭曰：‘尚，奉也，不敢言取。’崔浩云：‘奉事公主。’”王讜《唐語林·賞譽》：“郭曖尚昇平公主，盛集文士，即席賦詩，公主帷而觀之。”出閤未期：元稹另有《上陽白髮人》：“王無妃媵主無婿，陽亢陰滛結災累。何如決壅順衆流，女遣從夫男作吏！”所表述的主旨與本文一致。出閤亦作“出閣”，亦即公主出嫁。　未期：無期，謂不知何日。張衡《歸田賦》：“徒臨川以羨魚，俟河清乎未期。”劉義慶《世說新語·規箴》：“王公攝其次曰：‘後面未期，亦欲盡所懷？願公勿復談！’”　湯沐：指湯沐邑，周代供諸侯朝見天子時住宿並沐浴齋戒的封地。《禮記·王制》：“方伯爲朝天子，皆有湯沐之邑於天子之縣內。”鄭玄注：“給齊戒自絜清之用，浴用湯，沐用潘。”孔希旦集解：“方伯湯沐之邑在天子之縣內者，即《左氏》、《公羊》所謂朝宿之邑也，《左氏》、《公羊》以在京師者爲朝宿之邑，在泰山下者爲湯沐之邑，其實京師及泰山下之邑，皆爲朝王而居宿，皆所以齊戒自潔清也。”也指國君、皇后、公主等收取賦稅的私邑。《戰國策·楚策》：“秦王有愛女而美，又簡擇宮中佳麗好習音者，以歡從之；資之金玉寶器，奉以上庸六縣爲湯沐邑，欲因張儀內之楚王。”楊炯《瀘州都督王湛神道碑》：“母常山公主，河東有湯沐邑，因家焉！”　分封：分地以封諸侯。《史記·秦本紀

論》："秦之先爲嬴姓，其後分封，以國爲姓。"權德輿《酬張秘監閣老喜太常中書二閣老與德輿同日遷官相代之作》："珠樹共飛栖，分封受紫泥。正名推五字，貴仕仰三珪。"

⑥ 美號：褒揚讚美的稱號。班固《白虎通·號》："所以有夏、殷、周號何？以爲王者受命，必立天下之美號以表功，自克明易姓爲子孫制也。"《漢書·王莽傳》："聖王之法，臣有大功則生有美號，故周公及身在而託號於周。" 令儀：指美好的儀容、風範。司空圖《障車文》："夫人琁躚瀹發，金縷延長，令儀淑德，玉秀蘭芳。"秦觀《蔡氏哀詞》："惟夫人之高誼兮，真一時之女英；既富有此好德兮，又申之以令儀。"

［編年］

《年譜》編年本文於"庚子至辛丑所作其他制誥"欄内，理由是："據《唐會要》卷六《公主》、《新唐書》卷八十三《諸公主列傳》，穆宗第七女爲義昌公主，無册封年月。"《編年箋注》引録本文"朕以四海奉皇太后於南宫，問安之時，諸女侍側……雖穠華可尚，出閣未期，而湯沐先施，分封有據"，又引"《舊唐書·穆宗紀》：元和十五年七月'乙巳，詔：今月六日，是朕載誕之辰，奉迎皇太后於宫中上壽'。疑此《制》撰於其時，即元和十五年（八二○）七月"。《年譜新編》的編年理由以及結論完全與《編年箋注》同。

《年譜》没有真正讀懂本文，將"七女"誤讀爲"第七女"，進而得出"穆宗第七女爲義昌公主"這樣荒謬的結論，同時又無緣無故將唐憲宗之女，亦即唐穆宗之姐妹誤作唐穆宗之女兒。我們之所以這樣説，理由是：一、本文云"長女等"、"諸女"。"長女"不能是"第七女"，"諸女"也不會是一女，而是"等"女，同時也正好符合"鳲鳩""養七子"的典故原意，關於"鳲鳩"的註釋，已見上文，此不複述。二、"鳲鳩"是"養七子"而不是"養七孫"，而"七女"如果不是唐憲宗的女兒而是唐穆宗的女兒的話，在"皇太后"郭氏面前，"七女"都是"孫輩"，又如何解釋"鳲鳩之仁"這一典故？三、據《新唐書·穆宗八女》，唐穆宗有女八人，其中"安康公主"與《元稹年譜》認定爲"第七女"的"義昌公主"都是"道士"，與本文"七女""出閣未期"之數不合。四、據《新唐書·憲宗十八女》，唐憲宗十八女中，除去"蚤薨"、"道士"、"下嫁"之外，年幼而"出閣未期"者應該滿足"七人"之數，正與本文所言相符。

　　《年譜》認爲本文是"庚子至辛丑"所作實在過於籠統，也無法同意《編年箋注》、《年譜新編》編年本文於元和十五年七月的結論。我們以爲，本文應該撰作於元和十五年二月五日穆宗朝登位慶典之時，理由是：一、本文"朕以四海，奉皇太后於南宮"云云，明顯是唐穆宗初登帝位的口吻。二、元和十五年二月，郭氏已經是"皇太后"，《舊唐書·憲宗懿安皇后郭氏》："憲宗懿安皇后郭氏……元和十五年正月，穆宗嗣位。閏正月，册爲皇太后。"與本文"皇太后"之稱一一相符。三、元和十五年二月五日，唐穆宗因慶賀登位而大赦天下，進爵百僚，諸多皇女，自然亦在册封之列，尤其是與唐穆宗爲同一父親的姐姐與妹妹，更應該册封。據此，本文應該撰成於元和十五年二月五日穆宗朝登位慶典之時，或稍後一二日之内，地點自然是在長安，元稹時任膳部員外郎試知制誥之職。

◎ 于季友授右羽林將軍制^{(一)①}

　　敕：具官于季友：天子六軍，必有材官，伏飛超乘，挽強之士在焉！董之以威，待之以信②。分八舍之衆寡，均二廣之勞逸。不吳不揚，不掉不挫，皆將軍之命也^{(二)③}。是以李大亮上直禁中，而文皇甘寢，則心腹爪牙之任，斯不細矣④！

　　以爾季友，時予舊姻。念往興懷，度才思用⑤。榮以服色，列于藩垣。爾其敬恭^(三)，無替朕命。可守右羽林將軍知軍事，仍賜紫金魚袋(四)⑥。

録自《元氏長慶集》卷四六

[校記]

（一）于季友授右羽林將軍制：楊本、叢刊本同，《英華》、《文章辨體彙選》作“授于季友羽林將軍制”，《英華》與文後所述“可守右羽林將軍知軍事，仍賜紫金魚袋”不符，《全文》作“授于季友右羽林將軍制”，各備一說，不改。

（二）皆將軍之命也：楊本、叢刊本、《全文》同，《英華》、《文章辨體彙選》作“皆將軍之令也”，各備一說，不改。

（三）爾其敬恭：楊本、叢刊本、《英華》、《文章辨體彙選》同，《全文》作“爾其恭敬”，各備一說，不改。

（四）可守右羽林將軍知軍事，仍賜紫金魚袋：楊本、叢刊本、《英華》、《全文》同，《文章辨體彙選》無。

[箋注]

① 于季友：于頔之第四子，尚唐憲宗之長女永昌公主。《舊唐書·憲宗紀》：“（元和八年）二月乙酉朔，辛卯……宰相于頔男、太常丞敏專殺梁正言奴，棄溷中。事發，頔與男季友素服待罪，貶頔恩王傅，于敏長流雷州，錮身發遣。殿中少監、駙馬都尉于季友誑罔公主，藏隱內人，轉授凶兄，移貯外舍，傷風黷禮，莫大於茲，宜削奪所任官，令在家修省。贊善大夫于正、秘書丞于方，並停見任，皆頔之子也。捕獲受于頔賂爲致出鎮人梁正言，及交構權貴僧鑒虛，並付京兆府杖死……（十二年四月）辛丑，駙馬都尉于季友居嫡母喪，與進士劉師服歡宴夜飲。季友削官爵，笞四十，忠州安置。師服笞四十，配流連州。于頔不能訓子，削階。” 羽林：禁衛軍名，漢武帝時選隴西、天水、安

定、北地、上郡、西河等六郡良家子宿衛建章宮,稱建章營騎。後改名羽林騎,取爲國羽翼,如林之盛之意。隋以左右屯衛所領兵爲羽林,唐置左右羽林軍。《古詩源·柏梁詩》:"郡國士馬羽林材,總領天下誠難治。"王建《羽林行》:"出來依舊屬羽林,立在殿前射飛禽。"　將軍:唐十六衛、羽林、龍武、神武、神策等軍,均於大將軍下設將軍之官。白居易《前右羽林將軍李彥佐服闋重除本官兼御史中丞知軍事制》:"軍有羽林,用法星象。統之爪士,以拱宸居。"李郢《贈羽林將軍》:"虬鬚憔悴羽林郎,曾入甘泉侍武皇。雕沒夜雲知御苑,馬隨仙仗識天香。"

②　具官:猶具位。韓愈《除崔群户部侍郎制》:"具官崔群,體道履仁,外和内敏,清而容物,善不近名。"司馬光《乞去新法之病民傷國者疏》:"月日,具官臣司馬光,謹昧死再拜上疏太皇太后陛下皇帝陛下。"　六軍:指唐之禁軍六軍。《新唐書·百官志》:"左右龍武、左右神武、左右神策,號六軍。"按,《舊唐書·職官志》説六軍與此不同。王鳴盛《十七史商榷·新舊唐書》:"六軍,據《新志》以龍武、神武、神策各左右當之,而《舊志》説六軍則數左右羽林,而不數左右神策。《通典》説六軍與《舊志》同……要之,六軍之名乃取舊制書之,至中晚唐神策軍權最重,故《新志》以後定者言之歟,今未能詳考。"　材官:有材力者。《漢書·晁錯傳》:"材官騶發,矢道同的,則匈奴之革笥木薦弗能支也。"顏師古注:"材官,有材力者。"杜甫《諸將五首》一:"多少材官守涇渭,將軍且莫破愁顏。"仇兆鰲注引《唐志》:"況材官不知其多少,大抵皆侍官輩耳!"　佽飛:即佽非,春秋楚勇士。《淮南鴻烈解·道應訓》:"荆有佽非,得寶劍於干隊,還反度江,至於中流。陽侯之波,兩蛟夾繞其船。佽非謂枻船者曰:'嘗有如此而得活者乎?'對曰:'未嘗見也。'於是佽非瞋目,勃然攘臂拔劍曰:'武士可以仁義之禮説也,不可劫而奪也!此江中之腐肉朽骨,棄劍而已,余有奚愛焉?'赴江刺蛟,遂斷其頭。船中人盡活,風波畢除,荆爵爲執圭。孔

子聞之,曰:‘夫善載腐肉朽骨棄劍者,伙非之謂乎?’故老子曰:‘夫唯無以生爲者,是賢於貴生焉!’”李白《觀伙飛斬蛟龍圖贊》:“伙飛斬長蛟,遺圖畫中見。”後亦泛指勇士。韋應物《漢武帝雜歌三首》二:“左有伙飛落霜翮,右有孤兒貫犀革。何爲臨深親射蛟? 示威以奪諸侯魄。” 超乘:引申指勇士、武士。沈約《應詔樂游苑餞呂僧珍》:“超乘盡三屬,選士皆百金。”形容勇猛敏捷。王充《論衡·無形》:“凡可冀者,以老翁變爲嬰兒,其次,白髮復黑,齒落復生,身氣丁强,超乘不衰,乃可貴也。” 挽强:謂拉引硬弓。杜甫《前出塞九首》六:“挽弓當挽强,用箭當用長。”陸游《老學庵筆記》卷五:“姚福進者……以挽强名於秦隴間,至今西人謂其族爲姚硬弓家。” 董:督察,監督。《書·大禹謨》:“戒之用休,董之用威,勸之以九歌,俾勿壞。”《後漢書·謝夷吾傳》:“昔爲陪隸,與臣從事,奮忠毅之操,躬史魚之節,董臣嚴綱,勖臣懦弱,得以免戾,寔賴厥勛。” 威:顯示的使人畏懼懾服的力量。《老子》:“民不畏威,則大威至。”高亨正詁:“言民不畏威,則君之威權礙止而不通行也。”韓愈《黃家賊事宜狀》:“長有守備,不同客軍,守則有威,攻則有利。” 待信:謂以誠信相待。《三國志·張嶷傳》:“嶷初見費禕爲大將軍,恣性汎愛,待信新附太過,嶷書戒之。”《北齊書·孫騰傳》:“騰早依附高祖,契闊艱危,勤力恭謹,深見待信。”

③ 八舍:古代庶子宿衛王宮的八處休沐之所,後借指皇帝近臣宮內住處。庾信《周隴右總管長史贈少保豆盧公神道碑》:“內參常伯,榮高八舍。”沈佺期《自考功員外授給事中》:“旭日千門起,初春八舍歸。”亦作“八次”,古代庶子宿衛王宮之處,因在王宮之四方四隅,故云八。《周禮·天官·宮伯》:“授八次八舍之職事。”鄭玄注:“衛王宮者,必居四角四中,於徼候便也。鄭司農云:‘庶子衛王宮,在內爲次,在外爲舍。’次,其宿衛所在;舍,其休沐之處。” 衆寡:多或少。《論語·堯曰》:“君子無衆寡,無小大,無敢慢。”《孫子·謀攻》:“識衆寡之用者勝。” 二廣:春秋楚國軍制名,謂左右二部。《左傳·宣公

十二年》："其君之戎分爲二廣，廣有一卒，卒偏之兩。"楊伯峻注："其
君之戎謂楚王之親兵戎車也，楚王親兵分爲左右兩部，每部皆名曰
廣。"後亦泛指兩支部隊。《舊五代史·唐莊宗紀》："帝分軍爲二廣，
追躡數十里，獲阿保機之子。"　勞逸：勞苦與安逸。《左傳·哀公元
年》："勤恤其民，而與之勞逸。"《舊唐書·李元諒傳》："身率軍士，與
同勞逸。"　不吳不揚：不損傷。《詩·魯頌·泮水》："烝烝皇皇，不吳
不揚。"毛傳："揚，傷也。"孔穎達疏："《釋詁》文揚與誤爲類，故爲傷，
謂不過誤不損傷也。"《宋史·樂志》："止戈曰武，惟聖爲能。御得其
道，無敢不庭。整我六師，稽諸七德。不吳不揚，有嚴有翼。"　不掉
不挫：不掉，不振。韓愈《雨中寄孟刑部幾道聯句》："撞宏聲不掉，輸
邈瀾逾殺。"王伯大音釋："不掉，不振也。"挫，失敗，毀損。《管子·五
輔》："是以小者兵挫而地削，大者身死而國亡。"《新唐書·陸贄傳》：
"務所難，勉所短，勞費百倍，終無成功。雖果成之，不挫則廢。"　命：
命令，下令。韓愈《元和聖德詩》："皇帝曰嗟，其又可許。爰命崇文，
分卒禁禦。"《太平廣記·功德山》："衙中只留功德山已下酋長，訊之，
並是巢賊之黨；將欲自二州相應而起，咸命誅之。"

　　④ 李大亮：唐初負責警衛的武臣，甚得唐太宗信任，死後陪葬昭
陵，事見《舊唐書·李大亮傳》："李大亮，雍州涇陽人……後拜左衛大
將軍，(貞觀)十七年，晉王爲皇太子，東宮僚屬皆盛選重臣，以大亮兼
領太子右衛率，俄兼工部尚書，身居三職，宿衛兩宮，甚爲親信。大亮
每當宿直，必通宵假寐。太宗嘗勞之曰：'至公宿直，我便通夜安臥。'
其見任如此。太宗每有巡幸，多令居守。房玄齡甚重之，每稱大亮有
王陵、周勃之節，可以當大位。大亮雖位望通顯，而居處卑陋，衣服儉
率。至性忠謹，雖妻子不見其惰容，事兄嫂有同於父母……十八年，
太宗幸洛陽，令大亮副司空，玄齡居中。尋遇疾，太宗親爲調藥，馳驛
賜之……死之日，家無珠玉可以爲唅，唯有米五石、布三十端……太
宗爲舉哀於別次，哭之甚慟，廢朝三日，贈兵部尚書、秦州都督，謚曰

懿,陪葬昭陵。"曾鞏《上杜相公書》:"唐之相曰房、杜,當房、杜之時,所與共事則長孫無忌、岑文本。主諫諍則魏鄭公、王珪,振綱維則戴胄、劉洎,持憲法則張元素、孫伏伽,用兵征伐則李勣、李靖,長民守土則李大亮。其餘爲卿大夫,各任其事,則馬周、溫彥博、杜正倫、張行成、李綱、虞世南、褚遂良之徒,不可勝數。" 上直:上班,當值。《晉書·王濟傳》:"和嶠性至儉,家有好李,帝求之,不過數十。濟候其上直,率少年詣園,共啖畢,伐樹而去。"王建《贈田將軍》:"自執金吾長上直,蓬萊宮裏夜巡更。" 禁中:指帝王所居宮內。蔡邕《獨斷》卷上:"禁中者,門戶有禁,非侍御者不得入,故曰禁中。"王昌齡《蕭駙馬宅花燭》:"青鸞飛入合歡宮,紫鳳銜花出禁中。" 文皇:指唐太宗李世民,因太宗謚文武大聖皇帝,故稱。羅隱《聞大駕巡幸》:"靜思貴族謀身易,危覺文皇創業難。"《宋史·寇準傳》:"上由是嘉之曰:'朕得寇準,猶文皇之得魏徵也。'" 甘寢:靜臥,安睡。柳宗元《寄許京兆孟容書》:"即冥然長辭,如得甘寢,無復恨矣!"蘇軾《次韵孔毅父久旱已而甚雨三首》二:"老夫作罷得甘寢,臥聽墻東人響屧。" 心腹:親信,在身邊參與機密的人物。《後漢書·竇融傳》:"憲既平匈奴,威名大盛,以耿夔、任尚等爲爪牙,鄧疊、郭璜爲心腹。"陸機《辯亡論》:"周瑜、陸公、魯肅、呂蒙之儔,入爲心腹,出作股肱。" 爪牙:喻勇士,衛士。《詩·小雅·祈父》:"祈父!予王之爪牙。"鄭玄箋:"此勇力之士。"陸贄《普王荊襄江西道兵馬都元帥制》:"三事大夫竭誠於內,群帥爪牙宣力於外。" 細:微小,與大相對。《左傳·襄公四年》:"吾子舍其大而重拜其細,敢問何禮也?"張祜《塞上曲》:"莫道功勳細,將軍昔戍師。"

⑤"以爾季友"兩句:事見《舊唐書·于頔傳》:"及憲宗即位,威肅四方,頔稍戒懼。以第四子季友求尚主,憲宗以長女永昌公主降焉……元和中,内官梁守謙掌樞密,頗招權利。有梁正言者,勇於射利,自言與守謙宗盟情厚,頔子敏與之遊處。正言取頔財賄,言賂守

謙，以求出鎮。久之無效，敏責其貨於正言，乃誘正言之僮，支解棄於
溷中。八年春，敏奴王再榮詣銀臺門告其事，即日捕頓孔目官沈璧、
家僮十餘人於内侍獄鞠問。尋出付臺獄，詔御史中丞薛存誠、刑部侍
郎王播、大理卿武少儀爲三司使按問，乃搜死奴於其第，獲之。頓率
其男贊善大夫正、駙馬都尉季友，素服單騎，將赴闕下，待罪於建福
門。門司不納，退於街南，負墙而立，遣人進表。閤門使以無引不受，
日没方歸。明日復待罪於建福門，宰相喻令還第，貶爲恩王傅。敏長
流雷州，錮身發遣。殿中少監、駙馬都尉季友追奪兩任官階，令其家
循省。左贊善大夫正、秘書丞方並停見任。孔目官沈璧決四十，配流
封州。奴犀牛與劉幹同手殺人，宜付京兆府決殺。敏行至商山，賜
死。梁正言、僧鑒虛並付京兆府決殺。頓，其年十月改授太子賓客。
十年，王師討淮蔡，諸侯貢財助軍，頓進銀七千兩、金五百兩、玉帶二，
詔不納，復還之。十三年，頓表求致仕，宰臣擬授太子少保，御筆改爲
太子賓客。其年八月卒，贈太保，謚曰‘厲’。”　舊姻：原先的姻親，即
俗所謂“老親”。《漢書·王吉傳》：“反懷詐譴之辭，欲以攀救舊姻之
家。”劉琨《答盧諶》：“郁穆舊姻，嬿婉新婚。”　興懷：引起感觸。王羲
之《蘭亭集序》：“俯仰之間，已爲陳迹，猶不能不以之興懷。”《舊唐
書·李源傳》：“言念於此，慨然興懷。”　度才思用：義近“人盡其才”、
“野無遺才”，根據各人的才幹，充分發揮才能。《淮南子·兵略訓》：
“若乃人盡其才，悉用其力，以少勝衆者，自古及今未嘗聞也。”《周
書·蘇亮等傳論》：“既焚林而訪阮，亦榜道以求孫，可謂野無遺才，朝
多君子。”

　　⑥ 服色：官員品服和吏民衣著的顏色。白居易《初除尚書郎脱
刺史緋》：“親賓相賀問何如？服色恩光盡反初。頭白喜拋黃草峽，眼
明驚拆紫泥書。”高承《事物紀原·服色》：“《隋禮儀志》曰：大業元年，
煬帝詔牛弘、宇文愷等創造章服差等：五品已上通著紫袍，六品已下
兼用緋綠，胥吏以青，庶人以白，屠商以皁，士卒以黃。”　藩垣：藩籬

和垣墻，泛指屏障。語本《詩·大雅·板》：“價人維藩，大師維垣。”毛傳：“藩，屏也，垣，墻也。”本文比喻衛國的重臣。韓愈《與鳳翔邢尚書書》：“今閣下爲王爪牙，爲國藩垣。” 敬恭：恭敬奉事，敬慎處事。《詩·大雅·雲漢》：“敬恭明神，宜無悔怒。”儲光羲《敬酬陳掾親家翁秋夜有贈》：“宗黨無遠近，敬恭依仁人。” 無替：不廢，無盡。沈佺期《册金城公主文》：“率由嬪則，無替爾儀，載光本朝，俾乂蕃服，豈可不慎歟？”陶翰《狐白裘賦》：“貞休利乎蕃玦，悔吝生乎妄人。儻兹道之無替，遮遺芳於後塵。”

[編年]

《年譜》、《年譜新編》編年本文於“庚子至辛丑所作其他制誥”、“庚子至辛丑所作其他文章”欄內，都沒有説明理由。《編年箋注》編年：于季友“授右羽林將軍之具體年月難以確定，要之不出元和十五年（八二〇）至長慶元年（八二一）間。”

我們以爲，一、《年譜新編》編年本文於“庚子至辛丑所作其他文章”、《編年箋注》編年本文“要之不出元和十五年（八二〇）至長慶元年（八二一）間”的表述均是是不準確的，因爲元稹擔任知制誥臣並非包含元和十五年、長慶元年全部時日的二十五個月，而是掐頭去尾之後實際衹有二十個月不到的時間。而《年譜》的“庚子至辛丑所作其他制誥”的表述也過於籠統。二、《舊唐書·于頔傳》：“其子季友從獵苑中，訴於穆宗，賜謚曰思。”于季友既能“從獵苑中”，其身份應該已經是“右羽林將軍知軍事”，擔任唐穆宗“從獵苑中”的安全職責。三、“從獵”活動一般在冬季進行，據我們對《更賜于頔謚制》“作於元和十五年冬天”的編年，本文無疑應該在《更賜于頔謚制》之前，亦即元和十五年冬季之前。四、以一般的情理推測，考慮到唐憲宗之長女永昌公主的切身感受，永昌公主已經沐浴唐穆宗登位的新恩，而永昌公主的丈夫于季友却在“忠州安置”，於情於理，肯定不妥，自然在頒佈《七女封公主制》的同時或其後，下達本文。五、根據我們在《姚文壽可冠軍大將軍右監門衞將軍知內侍省事制》論述的編年理由，唐穆宗即位之初，吐突承璀與澧王寬雖然"被殺"、"被病故"，但吐突承璀的黨羽仍然遍佈宮中，此時的唐穆宗急需啓用自己信得過的臣僚來捍衞自己的安全，估計于季友就是在這樣的情況下被重新任用的。據此，本文應該與《七女封公主制》、《王悦等可昭武校尉行左千牛備身制》同時，亦即元和十五年二月五日穆宗朝登位慶典之時，地點在長安，元稹時任膳部員外郎、試知制誥之職。

◎ 王悦等可昭武校尉行左千牛備身制⁽一⁾①

敕：執千牛刀以侍奉吾左右者，命子弟之選也②。莊憲皇后姪王悦等：或勛戚蔭餘，或公卿貴胤③。

佩觿有趨蹌之美⁽二⁾，釋褐參侍從之榮。勉奉我朝廷之儀⁽三⁾，敬順爾父兄之教。可依前件⁽四⁾④。

録自《元氏長慶集》卷四九

［校記］

（一）王悦等可昭武校尉行左千牛備身制：《全文》同，楊本、叢刊本作"王悦昭武校尉行左千牛備身"，盧校作"王悦昭武校尉行千牛備身"，各備一説，不改。

（二）佩觿有趨蹌之美：楊本、叢刊本、《全文》同，盧校作"佩玉有趨蹌之美"，各備一説，不改。

（三）勉奉我朝廷之儀：楊本、叢刊本、《全文》同，張校作"勉學我朝廷之儀"，各備一説，不改。

（四）可依前件：原本無，據楊本、叢刊本、《全文》補。

[箋注]

① 王悦：人名，不見史籍記載，僅見本文。而據文題"王悦等"，估計不是王悦一人，而是身份背景類如之人，他們都應該是"勳戚蔭餘"或"公卿貴胤"，其餘無考。　昭武校尉：武散官，正六品上。《舊唐書·宣宗紀》："（大中十二年）二月，以前邕管經略招討處置使、朝議郎、邕州刺史、御史中丞、賜紫金魚袋段文楚爲昭武校尉、右金吾衛將軍。"韓愈《唐故昭武校尉守左金吾衛將軍李公墓誌銘》："公諱道古，字某，曹成王子。"　行：謂兼攝官職。李隆基《贈王仁皎太尉益州大都督制》："宜令銀青光禄大夫、守工部尚書、上柱國、鼓城郡開國侯劉知柔攝鴻臚卿監護，通議大夫、行京兆尹、上護軍崔琬爲副……"常袞《授京兆尹魏少游加御史大夫制》："金紫光禄大夫、行京兆尹、上柱國、鉅鹿郡開國公魏少游，直方其行，簡亮在躬，有玉壺之清澄，兼龍泉之斷割。"　左千牛備身：官名。《舊唐書·職官志》："千牛備身左右：衛官已上、王公已下高品子孫起家爲之。"楊炯《唐恒州刺史建昌公王公神道碑》："次子師表，左千牛備身，遷尚輦直長，歷許州臨潁、博州堂邑、滄州樂陵、綿州萬安、果州西充五縣令，能傳祖業，克嗣家聲。"權德輿《裴君志銘》："其孤曰定，爲左千牛備身。"

② 千牛刀：刀名，語本《莊子·養生主》："〔庖丁〕所解數千牛矣！而刀刃若新發於硎。"後因以"千牛刀"稱鋒利的刀，亦代稱御刀。《北史·魏紀》："丙午，帝率南陽王寶炬、清河王亶、廣陽王湛、斛斯椿以五千騎宿於灅西楊王別舍，沙門都維那惠臻負璽持千牛刀以從。"《通典·職官》"左右千牛衛，後漢有千牛備身，掌執御刀，因以名職"原注："謝綽《宋拾遺》有千牛刀，即人君防身刀也。"　命：同"名"，著名。義近"命世"，著名於當世，多用以稱譽有治國之才者。《漢書·楚元王傳贊》："聖人不出，其間必有命世者焉！"高適《酬秘書弟兼寄幕下諸公》："信知命世奇，適會非常功。"又義近"命世才"，著名於當世的傑出人才，能治國的人才。黃滔《賀清源僕射新命》："雖言嵩嶽秀崔

虺，少降連枝命世才。"韋莊《對雨獨酌》："能詩豈是經時策？愛酒元非命世才。"　子弟：子與弟，對父兄而言，亦泛指子侄輩。《孟子·梁惠王》："今燕虐其民，王往而征之。民以爲將拯己於水火之中也，簞食壺漿以迎王師。若殺其父兄，係累其子弟，毀其宗廟，遷其重器，如之何其可也？"《漢書·中山靖王劉勝傳》："其後更用主父偃謀，令諸侯以私恩自裂地分其子弟，而漢爲定制封號，輒別屬漢郡。"

③ 莊憲皇后：《舊唐書·莊憲皇后傳》："順宗莊憲皇后王氏……后幼以良家子選入宮爲才人，順宗在藩時，代宗以才人賜之，時年十三。大曆十三年生憲宗皇帝，立爲宣王孺人。順宗升儲，册爲良娣。后言容恭謹，宮中稱其德行。順宗即位，疾恙未平，后供侍醫藥，不離左右。屬帝不能言，册禮將行復止。及永貞内禪，册爲太上皇后。元和元年正月順宗晏駕，五月尊太上皇后爲皇太后。册禮畢，憲宗御紫宸殿宣赦，太后居興慶宮。后性仁和恭遜，深抑外戚，無絲毫假貸，訓厲内職，有母儀之風焉！元和十一年三月，崩於南内之咸寧殿，謚曰莊憲皇后。"　勳戚：有功勳的皇親國戚。《宋書·江夏王義恭傳》："仰惟勳戚，震慟於厥心。"白居易《王士則除右羽林大將軍制》："左驍衛將軍王士則，勳戚之家，義方之子，發身學劍，餘力知書。"　蔭：庇蔭，封建時代子孫因先世有功勞而得到封賞或免罪。《隋書·柳述傳》："少以父蔭，爲太子親衛。"《新唐書·顏杲卿傳》："杲卿以蔭調遂州司法參軍。"　公卿：三公九卿的簡稱，也泛指高官。《論語·子罕》："出則事公卿，入則事父兄。"元稹《祭禮部庾侍郎太夫人文》："公卿委累，賢彦駢繁。"　貴胤：貴家子弟。《舊唐書·昭宗紀》："（大順元年十二月庚午）李克用代漠强宗，陰山貴胤，呼吸而風雲作氣，指麾而草樹成形。"《五燈會元·青原下四世道吾智禪師法嗣》："天然貴胤，本非功德。合乾坤育勢，隆始末一朝。"

④ 佩觿：佩戴牙錐。觿，象骨製成的解繩結的角錐，亦用爲飾物。佩觿，表示已成年，具有才幹。《詩·衛風·芄蘭》："芄蘭之支，

童子佩觿。"毛傳："觿所以解結,成人之佩也。"劉向《說苑·修文》："能治煩决亂者佩觿,能射御者佩韘。" 趨蹌:形容步趨中節,古時朝拜晉謁須依一定的節奏和規則行步。《詩·齊風·猗嗟》："巧趨蹌兮!"孔穎達疏："禮有徐趨疾趨,爲之有巧有拙,故美其巧趨蹌兮!"王禹偁《乞差官通攝謁廟大禮使表》："既列三臺之首,合居五使之先。顧筋力之不支,慮趨蹌之失度。輒伸悃愊,冀免遺差。" 釋褐:脱去平民衣服,喻始任官職。揚雄《解嘲》："夫上世之士,或解縛而相,或釋褐而傅。"《周書·李基傳》："大統十年,〔李基〕釋褐員外散騎常侍。" 侍從:隨侍帝王或尊長左右。《漢書·史丹傳》："自元帝爲太子時,丹以父高任爲中庶子,侍從十餘年。"元稹《進馬狀》："右臣竊聞道路相傳,車駕欲暫游幸温湯,未知虛實者。臣職居守土,侍從無因。" 朝廷之儀:亦即朝儀,朝廷的禮儀。《周禮·夏官·司士》："正朝儀之位,辨其貴賤之等。"《宋書·徐爰傳》："爰便僻善事人,能得人主微旨。頗涉書傳,尤悉朝儀。" 敬順:敬重順從。《史記·五帝本紀》："乃命羲和,敬順昊天,數法日月星辰,敬授民時。"猶敬慎。《淮南子·道應訓》："成王問政於尹佚曰:'吾何德之行,而民親其上?'對曰:'使之時而敬順之。'"劉文典集解引王念孫曰:"順與慎同。" 父兄:猶父老。《國語·晉語》："大夫非不能也,讓父兄也。"韋昭注:"父兄,長老也。"《史記·項羽本紀》："縱江東父兄憐而王我,我何面目見之?"

[編年]

《年譜》、《年譜新編》編年本文於"庚子至辛丑所作其他制誥"、"庚子至辛丑所作其他文章"欄内,没有理由。《編年箋注》編年:"王悦乃莊憲皇后之侄,所謂勛戚蔭餘也。權定此《制》撰於元和十五年(八二〇)至長慶元年(八二一)元稹知制誥期間。"

我們以爲,《年譜》、《年譜新編》認爲本文是"庚子至辛丑"所作實在過於籠統，《編年箋注》斷定的“元和十五年（八二〇）至長慶元年（八二一）元稹知制誥期間”，編年實質上與《年譜》、《年譜新編》相同，僅僅換了一種説法而已。我們以爲，本文應該與《七女封公主制》撰作於同時，亦即元和十五年二月五日穆宗朝登位慶典之時，理由是：一、“七女”以太后之女而得以加封“公主”之榮銜，而本文的“王悦等”“或勛戚蔭餘，或公卿貴胤”，兩者相近相似，故在唐穆宗登位的慶典活動中同時給予加封，合情合理。二、“莊憲皇后”屬於唐穆宗祖輩，她的侄子應該是唐穆宗的父輩，與“七公主”一樣，都是皇親國戚，理應同樣對待同時加封。三、莊憲皇后病故於元和十一年三月，她的侄子完全符合登位慶典中加封晉爵的規定，“王悦等”自然應該與“七公主”一併或優先考慮。據此，本文應該撰成於元和十五年二月五日穆宗朝登位慶典之時，具體時間或在稍後一二日之內，地點自然是在長安，元稹時任膳部員外郎試知制誥之職。

◎ 崔適等可翊麾校尉守左千牛備身制^{(一)①}

　　敕：三品子崔適等：左右備身，在吾旒扆之側，非貴遊子弟之可親信者，不在選中②。

　　爾等閥閱甚崇，教誨斯至。事我猶事父，畏法猶畏師③。勿惰勿佻，以期無悔^(二)，斯可與成人並行於朝廷矣！可依前件^{(三)④}。

録自《元氏長慶集》卷四九

［校記］

　　（一）崔適等可翊麾校尉守左千牛備身制：《全文》同，楊本、叢刊本作“崔適翊麾校尉守左千牛備身”，各備一説，不改。

（二）以期無悔：原本作“以期無誨”，語義不通，楊本、《全文》同，據盧校改。

（三）可依前件：原本無，據楊本、叢刊本、《全文》補。

［箋注］

① 崔適：人名，兩《唐書》無傳，僅《明一統志·常州府》記載唐代名宦：“崔適：常州司馬，軺車所至，平反審克。”不知是否是同一人，待考，其餘不詳。　翊麾校尉：《舊唐書·職官志》：“從七品上，武散官。”《唐六典·尚書兵部》：“從七品上曰翊麾校尉，下曰翊麾副尉。”千牛備身：官名，掌侍從宿衛。《資治通鑑·隋恭帝義寧元年》：“一女，適太子千牛備身臨汾柴紹。”胡三省注：“《隋志》：東宮左、右内率府有千牛備身八人，掌執千牛刀。以千牛名刀者，取其解千牛而芒刃不頓。”獨孤及《唐故朝散大夫潁川郡長史贈秘書監河南獨孤公靈表》：“洛南生左千牛備身諱元慶，公之祖也。”

② 三品：古代官吏的等級之一，共有九品。九品之制，始於魏晉，從一品到九品，共分九等。北魏時每品各分正、從，第四品起正、從又各分上下階，共爲三十等。張説《讓兵部尚書平章事表》：“伏奉九月十九日制書到并州，授臣兵部尚書同中書門下三品。”張九齡《敕皇太子納妃》：“皇太子舅、尚輦奉御趙回進特與三品，仍改三品官。”備身：官名，東漢有千牛備身，北魏、北齊與隋有千牛備身與備身左右，唐有左右千牛備身、備身左右與備身。其職責掌執御刀，宿衛侍從，因以名官。《魏書·宣武胡后傳》：“其後太后從子都統僧敬與備身左右張車渠等數十人謀殺叉，復奉太后臨朝。”獨孤及《尚書祠部員外郎贈陝州刺史裴公行狀》：“起家以門，調補千牛備身，歷太子通事舍人、太常寺主簿。”　旒扆：借稱帝王，旒爲帝王的冕旒，扆爲帝王座位後的屏風，故稱。陸龜蒙《徐方平後聞赦因寄襲美》：“新春旒扆御鼙軒，海内初傳涣汗恩。”借稱帝位。《舊唐書·高宗紀論》：“大帝往

在藩儲,見稱長者;暨升旒扆,頓異明哉!"　　貴遊:指無官職的王公貴族,亦泛指顯貴者。《周禮·地官·師氏》:"掌國中失之事以教國子弟,凡國之貴遊子弟學焉!"鄭玄注:"貴遊子弟,王公之子弟。遊,無官司者。"韋應物《長安道》:"貴遊誰最貴？衛霍世難比。"　　親信:親近信任的人。《周書·劉雄傳》:"少機辯,慷慨有大志。大統中,起家爲太祖親信。"元稹《叙詩寄樂天書》:"朝廷大臣以謹愼不言爲樸雅,以時進見者不過一二親信,直臣義士往往抑塞。"　　選:量才授官,銓選。荀悦《漢紀·武帝紀》:"始昌,魯人也……上甚重之,以選爲昌王太傅。"韓愈《河南少尹李公墓誌銘》:"公諱素……以明經選,主虢之弘農簿,又尉陝之芮城。"

③ 閥閱:泛指門第、家世。《顏氏家訓·風操》:"江南人事不獲已,須言閥閱,必以文翰,罕有面論者。"盧文弨補注:"此閥閱言家世。"秦觀《王儉論》:"自晉以閥閱用人,王謝二氏最爲望族。"　　教誨:教導,訓誨。《書·無逸》:"古之人,猶胥訓告,胥保惠,胥教誨。"劉長卿《別李氏女子》:"臨歧方教誨,所貴和六姻。"　　斯:副詞,皆、盡。《書·金縢》:"周公居東二年,則罪人斯得。"孔穎達疏:"罪人於此皆得,謂獲三叔及諸叛逆者。"《吕氏春秋·報更》:"宣孟曰:'斯食之,吾更與女。'乃復賜之脯二束與錢百。"高誘注:"斯,猶盡也。"　　至:達到極點。《國語·越語》:"陽至而陰,陰至而陽。"韋昭注:"至,謂極也。"《史記·春申君列傳》:"臣聞物至則反,冬夏是也。"張守節正義:"至,極也,極則反也。冬至,陰之極;夏至,陽之極。"　　事:侍奉,供奉。《孟子·梁惠王》:"是故明君制民之産,必使仰足以事父母,俯足以畜妻子。"《漢書·丁姬傳》:"孝子事亡如事存。"　　畏:敬重,心服。《論語·子罕》:"後生可畏,焉知來者之不如今也？"《禮記·曲禮》:"賢者狎而敬之,畏而愛之。"鄭玄注:"心服曰畏。"　　法:規章,制度。《周禮·天官·大宰》:"以八法治官府。"陸德明釋文:"法,古法字。"孫詒讓正義:"法本爲刑法,引申之,凡典禮文制通謂之法。"《孟子·離

婁》："遵先王之法而過者，未之有也。" 師：老師，先生。《論語·爲政》："溫故而知新，可以爲師矣!"韓愈《師説》："師者，所以傳道授業解惑也。"

④ 惰：懈怠，懶惰。《論語·子罕》："語之而不惰者，其回也與!"韓愈《袁州刺史謝上表》："微臣惟當布陛下惟新之澤，守國家承平之規，勸以耕桑，使無怠惰而已。" 佻：不穩重，不莊重。陳琳《爲袁紹檄豫州》："謂其鷹犬之才，爪牙可任，至乃愚佻短略，輕進易退。"《資治通鑑·漢靈帝中平六年》："帝以辯輕佻無威儀，欲立協，猶豫未決。"胡三省注："佻，輕薄也。" 悔：悔恨，後悔。《淮南子·氾論訓》："故桀囚於焦門，而不能自非其所行，而悔不殺湯於夏臺。"王昌齡《閨怨》："忽見陌頭楊柳色，悔教夫婿覓封侯。" 斯可與成人並行於朝廷矣：在唐代，左右千牛備身一般由年齡十多歲的少年充任，並且往往是由白身揭褐出仕，事見《唐會要·十二衛》："貞元七年十二月五日，兵部奏事條：取門地清華，容儀整肅，年十一以上十四以下，試讀一小經，兼薄解弓馬……敕旨，依奏。" 成人：德才兼備的人，猶完人。《論語·憲問》："子路問成人，子曰：'若臧武仲之知，公綽之不欲，卞莊子之勇，冉求之藝，文之以禮樂，亦可以爲成人矣!'"成年。劉長卿《送姨子弟往南郊》："別時兩童稚，及此俱成人。" 並行：同時流行。《漢書·食貨志》："貨泉徑一寸，重五銖，文右曰'貨'，左曰'泉'，枚直一，與貨布二品並行。"封演《封氏聞見記·文字》："大篆、小篆，亦名籀書，與古文並行。其次而雜書之，凡爲百本，使與存者並行。" 朝廷：指以君王爲首的中央政府。《史記·汲鄭列傳》："大將軍聞，愈賢黯，數請問國家朝廷所疑，遇黯過於平生。"任華《雜言寄杜拾遺》："而我不飛不鳴亦何以? 只待朝庭有知己。"

[編年]

《年譜》、《年譜新編》分別編年本文於"庚子至辛丑所作其他制諮"、"庚子至辛丑所作其他文章"欄內,沒有説明理由。《編年箋注》編年:"權定此《制》撰於元和十五年(八二○)至長慶元年(八二一)元積知制諮期間。"

我們以爲,一、《年譜》、《年譜新編》認爲本文是"庚子至辛丑"所作的結論,實在過於籠統,而《編年箋注》斷定的"元和十五年(八二○)至長慶元年(八二一)元積知制諮期間"的意見,實質上與《年譜》、《年譜新編》的結論相同,僅僅换了一種説法而已。二、本文應該與《王悦等可昭武校尉行左千牛備身制》撰作於同時,亦即元和十五年二月五日穆宗朝登位慶典之時,理由首先是:"王悦等""或勛戚蔭餘,或公卿貴胤",本文"三品子"、"貴遊子弟"云云,兩者相近相似,故應該在唐穆宗登位的慶典活動中同時給予加封,合情合理。其次,據《舊唐書》等史書記載,唐憲宗之突然辭世,是由於"内官陳弘志弑逆",又據《舊唐書·吐突承璀傳》,吐突承璀被誅,吐突承璀的大批黨羽,難以再加任用,尤其是擔負皇帝寢衛這樣重要的職責,更需要及時替换可靠的新人接任,本文即屬於這一大换班工程。據此,本文應該撰成於穆宗朝登位之時,結合元積參與知制諮職責的起始時間是元和十五年二月五日的事實,本文即應該撰寫於其後不久,地點自然是在長安,元積時任膳部員外郎試知制諮之職。

◎ 諸使收淄青叙錄將士等授官爵勛制(一)①

某等:能執干戈,討定逋孼,功懋懋賞,厥惟舊哉②!分命庶官,秩建五等。次用于十有二勛,式示等威,蓋以勞之小大爲上下也③。

錄自《元氏長慶集》卷四九

[校記]

（一）諸使收淄青叙録將士等授官爵勛制：《全文》同，楊本、叢刊本作"諸使收淄青叙録將士等授官爵勛"，各備一説，不改。

[箋注]

① 諸使：指唐以後受朝廷特派負責處理某種政務的官員。《新唐書·百官志》："凡諸使下三院御史內供奉，其班居正臺監察御史之上。"高承《事物紀原·諸使》："《宋朝會要》曰：唐制百職皆九寺三監分典，開元中，始置諸使，朝廷有詔，則云諸司、諸使以該之。"　淄青：唐方鎮名，或稱淄青平盧，或稱平盧。寶應元年（762）置，天祐二年（905）爲朱全忠所併。其間節度使李正己祖孫三代割據達五十四年之久。韓翃《送高員外赴淄青使幕》："遠水流春色，回風送落暉。人趨雙節近，馬遞百花歸。"鮑溶《和淮南李相公夷簡喜平淄青迴軍之作》："横笛臨吹發曉軍，元戎幢節拂寒雲。搜山羽騎乘風引，下瀨樓船背水分。"　叙録：記載。《三國志·薛瑩傳》："臣聞五帝三王皆立史官，叙録功美，垂之無窮。"陸贄《奉天改元大赦制》："其有食實封者，子孫相繼，代代無絶。其餘叙録及功賞條件，待收京日並準去年十月十七日、十一月十四日敕處分。"　將士：本爲將帥士卒，以後泛指全軍人員。《管子·樞言》："霸主積於將士，衰主積於貴人。"《後漢書·光武帝紀》："於是大饗將士，班勞策勛。"　官：官職，官位，官銜。《荀子·正論》："夫德不稱位，能不稱官，賞不當功，罰不當罪，不祥莫大焉！"韓愈《元和聖德詩》："哀憐陣殁，廩給孤寡。贈官封墓，周帀宏溥。"　爵：爵位，官位。《漢書·高帝紀》："二月癸未，令民除秦社稷，立漢社稷，施恩德，賜民爵。"顔師古注引臣瓚曰："爵者，禄位。民賜爵，有罪得以減也。"韓愈《清邊郡王楊燕奇碑文》："階爲特進，勛爲上柱國，爵爲清邊郡王，食虚邑自三百户至三千户，真食五百户終焉！"

勳:功勳,功勞。《書·大禹謨》:"爾尚一乃心力,其克有勳。"指勳官的等級。韓愈《故金紫光禄大夫董公行狀》:"階累升爲金紫光禄大夫,勳累升爲上柱國。"

　②　干戈:干和戈是古代常用武器,因以"干戈"用作兵器的通稱。桓寬《鹽鐵論·世務》:"兵設而不試,干戈閉藏而不用。"葛洪《抱朴子·廣譬》:"干戈興則武夫奮,《韶》《夏》作則文儒起。"　討定:討伐平定。《魏書·李長仁傳》:"〔李長仁〕又從尉元討定南境,賜爵延陵男。"《魏書·尒朱榮傳》:"尋屬肅宗崩,事出倉卒。榮聞之大怒,謂鄭儼、徐紇爲之,與元天穆等密議稱兵入匡朝廷,討定之。"　逋孽:指流竄的寇孽。《北史·達奚武若干惠等傳論》:"于時外虞孔熾,内難方殷,羽檄交馳,戎軒屢駕,終能蕩清逋孽,克固鴻基。"杜弼《檄梁文》:"於是睿略紛紜,靈武冠世,盪滌逋孽,尊主康邦。"　功懋懋賞:意謂立大功者得厚賞,語見《書·湯誓》:"德懋懋官,功懋懋賞,用人惟已,改過不吝。"孔傳:"勉於德者,則勉之以官;勉於功者,則勉之以賞;用人之言,若自已出,有過則改,無所吝惜,所以能成王業。"《歷代名臣奏議·治道》:"《商書》曰:'德懋懋官,功懋懋賞。'雖堯舜三代,群臣猶須官賞以勸立功德,而況今人哉!"　厥惟舊哉:語見《書·湯誓》:"初,征自葛,東征西夷怨,南征北狄怨,曰:'奚獨後予?'攸徂之民,室家相慶,曰:'徯予後? 後來其蘇。'民之戴商,厥惟舊哉。"孔傳:"怨者辭也。湯所往之民,皆喜曰:'待我君來,其可蘇息。'舊謂初征自葛時。"蘇頌《職方員外郎夏旻可屯田郎中駕部員外郎俞康直可虞部郎中散官如故虞部員外郎鄭諤可職方員外郎散官如故虞部員外郎姜正顏可比部員外郎國子博士傅共可虞部員外郎》:"周之六廉,唐之四善,皆天官比吏之法。今之考課參用其制,視功賦禄,厥惟舊哉!"

　③　分命:命令,任命。陸機《辯亡論》:"分命鋭師五千。"皇甫曾《送和西蕃使》:"白簡初分命,黄金已在腰。"　庶官:百官,多指一般官員。《書·周官》:"推賢讓能,庶官乃和。"曹植《與楊德祖書》:"采

庶官之實録,辨時俗之得失。" 秩:官職,品位。《晉書·卞敦傳》:
"竟以畏懦貶秩三等。"韓愈《雪後寄崔二十六丞公》:"秩卑俸薄食口
衆,豈有酒食開客顔?" 五等:五個等級。《禮記·王制》:"王者之制
禄爵,公、侯、伯、子、男五等。"《孟子·萬章》:"天子一位,公一位,侯
一位,伯一位,子男同一位,凡五等也。"孫奭疏:"《孟子》所言周制,
《王制》所言夏商之制也。" 十二勛:授給有功官員的榮譽稱號,分多
種等級,但没有實職。北周時本以奬勵有功的戰士,後漸及朝官。隋
置上柱國至都督,凡十一等,初名散官,至唐始别稱爲勛官,定用上柱
國、柱國、上大將軍、大將軍、上輕車都尉、輕車都尉、上騎都尉、騎都
尉、驍騎尉、飛騎尉、雲騎尉、武騎尉,凡十二等,起正二品,至從七品。
等威:與一定的身分、地位相應的威儀。《左傳·文公十五年》:"伐鼓
於朝,以昭事神,訓民事君,示有等威,古之道也。"杜預注:"等威,威
儀之等差。"葛洪《抱朴子·仁明》:"服牛馬以息負步,序等威以鎮禍
亂。" 勞:功勞,功績。《新唐書·劉幽求傳》:"幽求自謂有勞於國,
在諸臣右,意望未滿。"蘇舜欽《咨目一》:"有過則罷歸宫邸,有勞則優
與遷秩。"

[編年]

　　《年譜》根據唐穆宗《登極德音》以及《舊唐書·憲宗紀》平定李師
道的時間,編年:"此《制》元和十五年二月丁丑以後撰。"《編年箋注》
根據同樣的理由,編年本文撰作時間:"元和十五年(八二〇)二月。"
《年譜新編》根據同樣的理由,編年本文元和十五年。

　　元和十五年二月五日《穆宗即位赦》:"興元奉天功臣及蔡鄆立功
將士,普恩之外,更賜勛爵,亡殁者與追贈。"本文"淄青叙録將士"亦
即"蔡鄆立功將士"中的"鄆立功將士"。據《舊唐書·憲宗紀》,討伐
李師道開始於元和十三年七月,結束於第二年二月,參加討伐的有宣
武、魏博、義成、武寧、横海五鎮,本文即是李唐對參加平叛將士的褒

獎。據此,本文應該撰作於元和十五年二月五日唐穆宗登極慶典之時,亦即二月五日之時或其後一二日之内,地點在長安,元稹時任膳部員外郎試知制誥之職。《年譜》的意見雖然可取,但最好明確爲"二月五日之時或其後一二日之内",而不要以模糊不清的"以後"表示。《編年箋注》、《年譜新編》的意見籠統有餘,精確不足,請讀者不要隨便採用。

◎ 高允恭授尚書户部郎中判度支案制^{(一)①}

敕:行刑部員外郎、飛騎尉高允恭^(二):《書》云:"明德慎罰。"明猶慎之,况朕不德②! 兹用省于有司之獄,莫不伏念隱悼,周知其情^{(三)③}。

惟爾允恭,告我祥刑^(四),罔不率協。稽爾明效,陟于地曹_(允恭以刑部郎中陟户部)^(五)。大比生齒之書,仍掌析毫之牘④。

戎車方駕,物力未豐。剖滯應期,斯任不細⑤。推爾惟客之意,罔或失財;用爾無害之文,以懲刻下⑥。客不欲過^(六),過則不終^(七);文不欲繁,繁則不逮^{(八)⑦}。率是數者^(九),時維厥中。可守尚書户部郎中^(一〇)、判度支案,散官、勳如故⑧。

録自《元氏長慶集》卷四六

[校記]

(一) 高允恭授尚書户部郎中判度支案制:楊本、叢刊本同,《英華》作"授高允恭户部郎中判度支案制",《全文》作"授高允恭尚書户部郎中判度支案制",《古儷府》作"授高允恭户部郎中判度支案制",但僅録"大比生齒之書"以下六句,各備一説,不改。

（二）行刑部員外郎飛騎尉高允恭：原本作“允恭”，楊本、叢刊本同，據《英華》、《全文》補改。

（三）周知其情：《英華》同，楊本、宋浙本、叢刊本、《全文》作“周知物情”，各備一說，不改。

（四）告我祥刑：楊本、叢刊本、《全文》同，《英華》作“告我詳刑”，兩者義項相通，各備一說，不改。

（五）陟于地曹：楊本作“陟予他曹”，叢刊本、《英華》、《全文》作“陟于他曹”，各備一說，不改。

（六）吝不欲過：《英華》、《全文》同，與上文“推爾惟吝之意”相接，楊本、叢刊本作“惟不欲過”，詞義不佳，不從不改。

（七）過則不終：《英華》、《全文》同，楊本、叢刊本作“過則不逮”，各備一說，不改。

（八）文不欲繁，繁則不逮：《英華》、《全文》同，楊本、叢刊本無此兩句，與下文“率是數者”或“率是二者”不接，疑有脫漏。《四庫全書考證》：“《高允恭授尚書制》：‘吝不欲過，過則不終；文不欲繁，繁則不逮。’原本‘吝’訛‘惟’，又脫‘文不欲繁’八字，並據《英華》改增。”

（九）率是數者：楊本、叢刊本同，《英華》、《全文》作“率是二者”，各備一說，不改。

（一〇）可守尚書戶部郎中：楊本、叢刊本、《全文》同，《英華》作“可守戶部郎中”，各備一說，不改。

［箋注］

① 高允恭：兩《唐書》無傳，僅《舊唐書·敬宗紀》：“（長慶四年二月）戊子，河北告哀使、諫議大夫高允恭卒於東都。”《編年箋注》引錄《舊唐書·敬宗紀》條，作“長慶元年二月”，誤。除本文外，元積另有《高允恭授侍御史知雜事制》，作於本文之後。　戶部郎中：從五品上，《舊唐書·職官志》：“郎中、員外之職，掌分理戶口、井田之事。”盧

僎《季冬送戶部郎中使黔府選補》：“握鏡均荒服，分衡得大同。徵賢一臺上，補吏五溪中。”杜牧《韓賓除戶部郎中裴處權除禮部郎中孟璲除工部郎中等制》：“尚書天下之本，郎官皆爲清秩，非科名文學之士，罕與其選。”　判度支：管理戶部的日常事務，度支即戶部的別稱。李絳《兵部尚書王紹神道碑》：“自倉部員外郎遷戶部、兵部郎中，專判戶部事。未半歲，超拜戶部侍郎，寵賜金紫，復加朝散大夫，即舊官判度支，特遷戶部尚書，所領仍舊。”元稹《授范季睦尚書倉部員外郎制》：“權知倉部員外郎判度支案范季睦：野有餓殍不知發，狗彘食人之食不知檢，此經常之失政也……可尚書倉部員外郎依前判度支案，充京西、京北糴使。”　判：署理。《北齊書·鮮于世榮傳》：“七年，後主幸晉陽，令世榮以本官判尚書右僕射事。”楊巨源《胡二十拜戶部兼判度支》：“清機果被公材撓，雄拜知承聖主恩。廟略已調天府實，國征方覺地官尊。”

　　②　行：謂兼攝官職。陳子昂《上蜀川安危事》：“惟乞早降使按察……通直郎、行右拾遺陳子昂狀。”李迥秀《授何彥則侍御史制》：“朝議郎、行左肅政臺侍御史、上柱國、借緋何彥則……可朝散大夫、左肅政臺侍御史，勳如故。”　刑部員外郎：刑部屬員，刑部郎中的副手，從六品上，“郎中、員外郎之職，掌貳尚書、侍郎，舉其典憲，而辨其輕重。”韓偓《余自刑部員外郎爲時權所擠值盤石出鎮藩屏朝選賓佐以余充職掌記》：“正叨清級忽從戎，況與燕臺事不同。開口漫勞矜道在，撫膺唯合哭途窮。”李華《揚州司馬李公墓誌銘》：“長子規，前刑部員外郎兼侍御史；次子覲，故沂州沂水縣丞……”　飛騎尉：勳官，從六品上。令狐楚《授裴度彰義軍節度使制》：“朝議大夫、守中書侍郎、同中書門下平章事、飛騎尉、賜紫金魚袋裴度，爲時降生，協朕夢卜，精辨宣力，堅明納忠。”韓愈《舉錢徽自代狀》：“朝散大夫、守太子右庶子、飛騎尉錢徽……可以專刑憲之司，參輕重之議。”　書：指《尚書》。《禮記·經解》：“溫柔敦厚，《詩》教也；疏通知遠，《書》教也。”《文心雕

龍·徵聖》：“《易》稱‘辨物正言，斷辭則備’；《書》云‘辭尚體要，弗惟好異’。” 明德：彰明德行。《管子·君臣》：“此先王所以明德圉奸，昭公滅私也。”《荀子·成相》：“明德慎罰，國家既治四海平。” 不德：不修德行，缺乏德行。《漢書·文帝紀》：“人主不德，布政不均，則天示之灾以戒不治。”潘勗《册魏公九錫文》：“朕以不德，少遭閔凶，越在西土，遷于唐衛。”

③ 有司：官吏，古代設官分職，各有專司，故稱。李邕《春賦》：“於是明詔有司，攄求時令，邁惟一之德，究吹萬之性。”顔真卿《宋公神道碑銘》“長壽三年從調，判入高等，有司特聞，天后親問所欲。”伏念：猶俯念，下念，謂在上者體察下情。程皓《駁顔真卿論韋陟不得謚忠孝議》：“况忠孝侯之傅鵲印，唐堯之代，即有此官。伏念美名，請依前謚。”元稹《加裴度鎮州四面招討使制》：“《傳》云：‘死者不可復生，刑者不可復續。’是以先王斬一支指，殺一犬彘，莫不伏念隱悼，至於旬時決而行者，蓋不得已也。” 隱悼：沉痛悼念。《國語·晉語》：“使寡君之紹續昆裔，隱悼播越，託在草莽，未有所依。”韋昭注：“隱，憂也。”李隆基《册謚殤皇帝文》：“感念親懿，用隱悼於厥心。” 周知：遍知。《周禮·地官·大司徒》：“以天下土地之圖，周知九州之地域廣輪之數。”鄭玄注：“周，猶遍也。”王安石《本朝百年無事札子》：“太祖躬上智獨見之明，而周知人物之情僞，指揮付託，必盡其材。”

④ 祥刑：同“詳刑”，謂善用刑罰。《書·吕刑》：“有邦有土，告爾祥刑。”孔傳：“告汝以善用刑之道。”楊炎《鳳翔出師紀聖功頌》：“以雷雨洗川澤，以皇風清怨怒；以大賞議勤勞，以成功告宗廟；以祥刑去聾昧，以惠政哀困窮。” 罔：無，没有。《書·湯誓》：“爾不從誓言，予則孥戮汝，罔有攸赦。”《史記·秦始皇本紀》：“二十有六年，初併天下，罔不賓服。” 率：順服，順從。《逸周書·大匡解》：“以詔牧其方，三州之侯咸率。”孔晁注：“率，奉順也。”《舊唐書·懿宗紀》：“西戎款附，北狄懷柔，獨惟南蠻奸宄不率。” 協：悦服。《爾雅·釋詁》：“悦……

協,服也。"郭璞注:"皆謂喜而服從。"韓愈《奏汴州得嘉禾嘉瓜狀》:
"邇無不協,遠無不賓。"　稽:考核,查考。《易·繫辭》:"於稽其類。"
孔穎達疏:"稽,考也。"《漢書·司馬遷傳》:"網羅天下放失舊聞,考之
行事,稽其成敗興衰之理。"　明效:明顯的效果。《漢書·匈奴傳
贊》:"此則和親無益,已然之明效也。"曹植《陳審舉表》:"伯樂馳千
里,明君致太平,誠任賢使能之明效也。"　陟:提拔,升遷。《書·舜
典》:"三載考績,三考,黜陟幽明。"孔傳:"黜退其幽者,升進其明者。"
《文心雕龍·史傳》:"舉得失以表黜陟,徵存亡以標勸戒。"　地曹:即
户部的郎官之職。《舊唐書·職官志》:"光宅元年九月,改尚書省爲
文昌臺,左右僕射爲文昌左右相,吏部爲天官,户部爲地官,禮部爲春
官,兵部爲夏官,刑部爲秋官,工部爲冬官……"劉禹錫《奚公神道
碑》:"公少以名器自任……由地曹郎綜吏部。"本文指高允恭即將任
職的户部郎中之職。　大比:周制,每三年調查一次人口及其財物,
稱大比。《周禮·地官·小司徒》:"及三年則大比。"鄭玄注:"大比謂
使天下更簡閱民數及其財物也。"獨孤及《謝加司封郎中賜紫金魚袋
表》:"亦冀俗稍務本,人漸足食,使貢賦之入,歲增月長。三歲大比,
以版圖歸於有司。"　生齒:古時以嬰兒長乳齒始登載户籍。《周禮·
秋官·司民》:"掌登萬民之數,自生齒以上,皆書於版。"鄭玄注:"男
八月,女七月而生齒。"借指百姓、人數。元稹《沂國公魏博多政碑》:
"興乃圖六州之地域,籍其人與三軍之生齒,自軍司馬已下,至於郡邑
吏之廢置,盡獻於先帝。"《宋史·河渠志》:"橫遏西山之水,不得順流
而下,瀦溢於千里,使百萬生齒居無廬、耕無田,流散而不復。"　析毫
之牘:户部記載全國物産、稅賦的官府文書。謝朓《落日悵望》:"情嗜
幸非多,案牘偏爲寡。"蘇軾《代吕申公上初即位論治道二首》二:"而
尚書諸曹,文牘繁重,窮日之力,書紙尾不暇,此皆苛察之過也。"

　⑤ 戎車:兵車。《書·牧誓》:"武王戎車三百兩,虎賁三百人。"
《詩·小雅·采薇》:"戎車既駕,四牡業業。"　物力:可供使用的物

資。《漢書·食貨志》:"生之有時,而用之亡度,則物力必屈。"韓愈《黃家賊事宜狀》:"兵鎮所處,物力必全。"　剖:剖析。《文選·張衡〈思玄賦〉》:"通人暗於好惡兮,豈昏惑而能剖?"李善注:"剖,分明也。"黎幹《十詰十難》:"剖析毫厘,分別異同。序墳典之凝滯,指子傳之乖謬。"　滯:滯澀,阻礙,不流暢。《文選·宋玉〈高唐賦〉》:"九竅通鬱,精神察滯。"李善注引高誘曰:"鬱滯,不通也。"《三國志·李嚴傳》:"亮亦與達書曰:'部分如流,趨捨罔滯,正方性也。'"　應期:猶如期。李白《爲宋中丞請都金陵表》:"怨氣上激,水旱薦臻;重罹暴亂,百姓力屈。即欲平殄蠻賊,恐難應期。"韓愈《賀雨表》:"龍神效職,雷雨應期。"

⑥ 吝:吝嗇,愛惜,捨不得。《論語·泰伯》:"子曰:'如有周公之才之美,使驕且吝,其餘不足觀也已。'"《舊唐書·裴延齡傳》:"陛下與人終始之意則美矣! 其於改過勿吝,去邪勿疑之道或未盡善。"無害:無枉害,謂公平處事。《墨子·號令》:"守之所親,舉吏貞廉、忠信、無害、可任事者,其飲食酒肉勿禁。"王充《論衡·程材》:"是以選舉取常故,案吏取無害。"漢代有"無害都吏",亦稱"無害吏",猶言公平吏,謂能公正執法、主持公道的官吏。《後漢書·百官志》:"秋冬遣無害吏,案訊諸囚。"《史記·蕭相國世家》:"以文無害。"裴駰集解引《漢書音義》:"《律》有無害都吏,猶今言公平吏。"　刻下:刻薄下屬。魏徵《理獄聽諫疏》:"故爲上者,以苛爲察,以功爲明,以刻下爲忠,以訐多爲功,譬猶廣革,大則大矣! 裂之道也。"崔涵《議州縣官月料錢狀》:"富戶既免其徭,貧戶則受其弊,傷人刻下,俱在其中。"

⑦ 過:過分,太甚。《論語·先進》:"子貢問:'師與商也孰賢?'子曰:'師也過,商也不及。'"蘇軾《上神宗皇帝書》:"臣始讀此書,疑其太過。"　不終:沒有結果,沒有到底。《左傳·僖公十六年》:"明年齊有亂,君將得諸侯而不終。"蘇轍《龍川略志》卷二:"〔趙生〕家本代州,名吉,事五臺僧不終,棄之遊四方。"　繁:多。《左傳·成公十七

年》:"今衆繁而從余三年矣! 無傷也。"杜預注:"繁,猶多也。"韓愈
《送張道士序》:"或是章奏繁,裁擇未及斯。"　不逮:不足之處,過錯。
《漢書·文帝紀》:"詔曰……及舉賢良方正能直言極諫者,以匡朕之
不逮。"顏師古注:"不逮者,意慮所不及。"韓愈《進順宗實錄表狀》:
"史官沈傳師等採事得於傳聞,詮次不精,致有差錯。聖明所鑒,毫髮
無遺。恕臣不逮,重令刊正,今並添改訖。"

　　⑧ 率:語首助詞,無義。蔡邕《太傅安樂鄉文恭侯胡公碑》:"喜
感公之義,率慕黄鳥之哀。"劉知幾《史通·自叙》:"民者,冥也。冥然
罔知,率彼愚蒙,墻面而視。"　厥:助詞,無義。《書·多士》:"誕淫厥
泆。"韓愈《贈張童子序》:"能在是選者,厥惟艱哉!"

[編年]

　　《年譜》没有編年本文。《編年箋注》編年:"據《舊唐書·穆宗
紀》:元和十五年十二月'己丑,以庫部郎中、知制誥牛僧孺爲御史中
丞'。高允恭遷御史知雜事在僧孺遷御史中丞後不久,而授尚書户部
郎中判度支在任御史知雜事前。推知此《制》撰於元和十五年(八二
〇)。"《年譜新編》在元和十五年編年本文:"元稹《高允恭授侍御史知
雜事制》云:'……而御史丞僧孺,首以朝議郎、守尚書户部郎中、判度
支案、飛騎尉高允恭聞於予曰……'"又引《舊唐書·穆宗紀》"元和十
五年十二月己丑"條,然後説:"高允恭遷御史知雜事在僧孺遷御史中
丞後不久,而授尚書户部郎中判度支在任御史知雜事前。故制當作
於元和十五年。"但《年譜新編》僅僅隔開《李立則檢校虞部員外郎知
鹽鐵東都留後》一篇,又將本文重複編年,與《年譜》一樣,同屬於
疏漏。

　　我們以爲,一、據拙稿《高允恭授侍御史知雜事制》編年,"高允恭
雜事制"應該撰作於元和十五年十二月二十一日之後數日至十二月
三十日之間,而"高允恭雜事制"稱高允恭爲"朝議郎、守尚書户部郎

中、判度支案、飛騎尉",本文毫無疑問應該在"高允恭雜事制"之前所作。二、本文:"惟爾允恭,告我祥刑,罔不率協"云云,明顯是唐穆宗元和十五年年初初登帝位時的口吻。而且,"戶部郎中判度支案"之職,掌管著李唐王朝的經濟命脈,是不可一時或缺的官員,故唐穆宗登位伊始,首先應該考慮的問題。再結合元稹元和十五年二月五日任職膳部員外郎、試知制誥臣之事實,本文應該撰作於元和十五年二月五日之後不久,撰文地點在長安。

● 授韋審規等左司戶部郎中等制^①

敕:尚書郎會天下之政,上可以封還制誥,下可以黜陟牧守^(一),居可以優游殿省,出可以察視違尤,非第一流不議茲選^②。

守職方郎中、上騎都尉韋審規等,皆歷踐臺閣,閑達憲章。或滿歲當遷,或擇才斯授。皆極一時之妙,足爲三署之光^③。

於戲!提紀綱而分命六聰,左右司之職甚重;登生齒以比董九賦,人曹郎之任非輕。勉竭彌綸之心,勿虛俊茂之舉。可依前件^{(二)④}。

錄自《元氏長慶集》補遺卷四

[校記]

(一)下可以黜陟牧守:《英華》、《淵鑑類函》、《全文》作"下可以昇負牧守",各備一說,不改。

(二)可依前件:《英華》、《全文》同,《淵鑑類函》無,各備一說,不改。

［箋注］

　　① 授韋審規等左司户部郎中等制：本文不見於《元氏長慶集》刊載，但馬本《元氏長慶集》卷四、《英華》、《全文》收録，歸屬元稹，據補入。　　韋審規：據現有文獻，韋審規的行蹤大致可以歸納如下：元和十五年之前，歷職守職方郎中、上騎都尉。元和十五年年初，拜職左司户部郎中，有元稹《贈韋審規等父制》"敕：朕嗣立之二月五日，在宥天下，澤被幽顯。凡百執事，延崇于先。而守尚書左司郎中韋審規父、大理卿漸等，生有列爵，殁有懿行。德積于身，慶儲于後。嘉乃令子，爲吾望郎。遂可有司之奏，以錫先臣之命。可依前件"爲證。長慶元年，韋審規出任西川節度副使，輔助段文昌治理西川，有白居易《韋審規可西川節度副使御史中丞李虞仲崔戎姚向温會等並西川判官皆賜緋各檢校省官兼御史制》可證。《寶刻類編》還有"韋審規壽題名（長慶元年成都）"的記載。其後歷職京兆少尹，據《册府元龜》記載："（長慶）三年九月，南詔遣使朝貢，以京兆少尹韋審規爲册立南詔使。"有一本《唐雲南行紀》的書，作者韋齊休叙述的就是隨同韋審規出使南詔時的紀實之行，文云："《晁氏志》韋齊休二卷：長慶三年，從韋審規使雲南，紀往來道里及見聞。序謂雲南所以能爲唐患者，以開道越嶲耳！若自黎州之南清溪關外盡斥棄之疆場，可以無虞。不然，憂未艾也！及唐之亡，禍果由此。本朝棄嶲州不守，而蜀遂無邊患。"又據《滇略》記載："穆宗長慶四年，始賜勸利印。是歲勸利死，弟豐祐嗣，朝廷遣京兆少尹韋審規持節臨册，豐祐遣洪成酋等入謝。"《編年箋注》："韋審規：於史無傳。"隨後就語焉不詳，錯失諸多有關韋審規的第一手材料，非常可惜。　　左司户部郎中：尚書省的重要屬吏，職權甚重。《舊唐書・職官志》："左右司郎中各一員（並從五品上。隋置，武德初省。貞觀初復置，龍朔二年改爲左右丞務，咸亨復也），左司郎中，副左丞所管諸司事，省署鈔目，勘稽失，知省內宿直之事。若右司郎中闕，則併行之。"本制所授官職，並非一人，但僅以韋審規爲

代表,其餘同制衆人無考。

②尚書郎:官名,東漢之制,取孝廉中之有才能者入尚書臺,在皇帝左右處理政務,初入臺稱守尚書郎中,滿一年稱尚書郎,三年稱侍郎。魏晉以後尚書各曹有侍郎、郎中等官,綜理職務,通稱爲尚書郎。《樂府詩集·木蘭詩》:"可汗問所欲,'木蘭不用尚書郎,願借明駝千里足,送兒還故鄉。'"沈佺期《送韋商州弼》:"會府應文昌,商山鎮國陽。聞君監郡史,暫罷尚書郎。" 會:熟習,通曉,表示懂得怎樣做或有能力善於做某事。《敦煌變文集·維摩詰經講經文》:"年才長大,稍會東西,不然遣學經營。"《大唐三藏取經詩話》卷上:"主人曰:'此中人會妖法,宜早迴來。'" 政:政令,政策。《逸周書·命訓》:"震之以政,動之以事。"朱右曾校釋:"政,政令。"荀悦《漢紀·惠帝紀》:"參爲相國,遵何之政"。 封還:緘封退還,多指封還詔敕,意即不認可詔敕所示,但自己無權處置,祇能封還,希望皇上收回成命。《漢書·王嘉傳》:"〔哀帝〕益封董賢二千户……嘉封還詔書,因奏封事。"唐以後爲門下省給事中的主要職務之一。費衮《梁溪漫志·學士不草詔》:"唐制惟給事中得封駁,本朝富鄭公在西掖封還遂國夫人詞頭,自是舍人遂皆得封繳。"又作"封駁",亦作"封駮",封還並對詔敕之不當者加以駁正。此制漢時已有,但無專職掌管。東漢明帝時,鍾離意爲尚書僕射,亦"獨敢諫争,數封還詔書"。至唐始由門下省掌管,對有失宜詔敕可以封還,有錯誤者則由給事中駁正。五代廢,宋太宗時復唐舊制,明罷門下省長官,詔敕有不便者,由六科給事中駁正,清代給事中與御史職掌合併,此制遂廢。白居易《鄭覃可給事中制》:"給事中之職,凡制敕有不便於時者,得封奏之;刑獄有未合於理者,得駁正之。"司馬光《乞合兩省爲一札子》:"蓋以中書出詔令,門下掌封駁,日有争論,紛紜不決,故使兩省先於政事堂議定,然後奏聞。"王鏊《震澤長語·官制》:"唐初,始合三省。中書主出命,門下主封駁,尚書主奉行。"顧炎武《日知録·封駁》:"漢哀帝封董賢而丞相王

嘉封還詔書,後漢鍾離意爲尚書僕射,數封還詔書。自是,封駁之事多見於史,而未以爲專職也。唐制,凡詔敕皆經門下省,事有不便,得以封還。而給事中有駁正違失之掌,著於六典。"　制誥:皇帝的詔令。元稹《制誥(有序)》:"制誥本於《書》,《書》之誥命、訓誓,皆一時之約束也。"劉禹錫《酬樂天醉後狂吟十韵》:"詩家登逸品,釋氏悟真筌。制誥留臺閣,歌詞入管弦。"　黜陟:指人才的進退,官吏的升降。《後漢書·韋義傳》:"〔韋義〕數上書順帝,陳宜依古典,考功黜陟,徵集名儒,大定其制。"韓愈《送李愿歸盤谷序》:"理亂不知,黜陟不聞。"牧守:州郡的長官,州官稱牧,郡官稱守。《漢書·翟方進傳》:"持法刻深,舉奏牧守九卿,峻文深詆,中傷者尤多。"白居易《張聿可衢州刺史制》:"牧守之任,最親吾人。"　優遊:謂從容致力於某事。楊炯《王勃集序》:"君又以幽贊神明,非杼軸於人事;經營訓導,乃優遊於聖作。"《續資治通鑑·宋真宗大中祥符三年》:"昔漢武帝將行封禪大禮,欲優遊其事,故先封中嶽,祀汾陰,始巡幸郡縣,浸尋于泰山。"殿省:宮廷與臺省。《宋書·徐羨之傳》:"檀道濟,先朝舊將,威服殿省。"常衮《謝每日賜食狀》:"入趨殿省,常奉憂人之旨;出在朝堂,每思克己之功。"　察視:考察,視察。王定保《唐摭言·怨怒》:"其爲御史也,則察視臧否,糾遏奸邪。"吳曾《能改齋漫録·事實》:"蓋元豐末,陸師閔提舉川陝茶馬,運茶抵陝,蜀人苦之。中丞蘇轍、御史呂陶以爲言,司馬丞相建遣户部郎官黃廉往察視。"　違尤:即"尤違",過失,過錯。《書·君奭》:"弗永遠念天威,越我民罔尤違。"孔傳:"言君不長遠念天之威,而勤化於我民,使無過違之闕。"元稹《劉惠通授謁者監制》:"言必忠信,事無尤違。"　第一流:第一等。戴叔倫《長門怨》:"自憶專房寵,曾居第一流。移恩向他處,暫妒不容收。"許渾《早秋寄劉尚書》:"天生心識富人侯,將相門中第一流。"

③ 歷踐:過去多次踐行,謂任職。張説《爲郭振讓官》:"臣某言:臣本書生,幸事先帝,歷踐清職,遂參機密。"白居易《除孔戣等官制》:

"並歷踐朝行，恪勤官次；諫垣郎署，藹其休聲。" 臺閣：漢時指尚書臺，後亦泛指中央政府機構。《後漢書·仲長統傳》："光武皇帝慍數世之失權，忿强臣之竊命，矯枉過直，政不任下，雖置三公，事歸臺閣。"李賢注："臺閣，謂尚書也。"王安石《送李宣叔倅漳州》："朝廷尚賢俊，磊砢充臺閣。" 閑：通"簡"，檢閱，視察。《管子·幼官》："閑男女之畜，修鄉間之什伍。"郭沫若等集校引丁士涵曰："'閑'與'簡'通。《廣雅》'簡，閱也'。" 憲章：典章制度。《後漢書·袁紹傳》："觸情放慝，不顧憲章。"吳兢《貞觀政要·論赦令》："智者不肯爲惡，愚人好犯憲章。"引申指法度。李白《古風》一："廢興雖萬變，憲章亦已淪。"王琦注："憲章，謂詩之法度。" 滿歲：任職期滿。元稹《授杜元穎户部侍郎依前翰林學士制》："職勞可舉，德懋宜升。不俟逾時，寧拘滿歲？"《續資治通鑒·宋理宗寶祐三年》："朝士遷除，各守滿歲之法。如先朝臣僚奏請遷轉格式，可討論以聞。" 三署：漢時五官署、左署、右署之合稱。《後漢書·和帝紀》："引三署郎召見禁中。"李賢注引《漢官儀》："三署謂五官署也，左、右署也，各置中郎將以司之。郡國舉孝廉以補三署郎，年五十以上屬五官，其次分在左、右署。"沈佺期《酬蘇員外味道夏晚寓直省中見贈》："明朝題漢柱，三署有光輝。"

④ 於戲：猶於乎，感嘆詞。《禮記·大學》："《詩》云：'於戲！前王不忘。'君子賢其賢而親其親，小人樂其樂而利其利。"吳少微《哭富嘉謨》："吾友適不死，於戲社稷臣。" 紀綱：法度。崔瑗《座右銘》："世譽不足慕，唯仁爲紀綱。"韓愈《雜説四首》二："善計天下者，不視天下之安危，察其紀綱之理亂而已矣！" 六聰：借喻"六部"，隋唐至清，中央行政機構分吏、户、禮、兵、刑、工六部。秦漢之中央行政爲九卿所分掌，魏晉以後由尚書分曹治事，曹便漸變爲後來的部。隋初於尚書省立吏、祠、度支、左户、都官、五兵六部，唐改祠部爲禮部，度支爲户部，左户爲工部，都官爲刑部，五兵爲兵部，統歸尚書省管轄。劉敞《宋故贈尚書左僕射王公行狀》："寶元元年，召入翰林爲學士，改尚

書六部員外郎知審官。"文彥博《奏吏户刑部官久任》："臣伏覩先朝復尚書省六部二十四司,欲其分治職事悉如唐制。"　生齒:長出乳齒,古時以嬰兒長乳齒始登載户籍。《周禮·秋官·司民》："掌登萬民之數。自生齒以上,皆書於版。"鄭玄注："男八月、女七月而生齒。"借指人數。元稹《沂國公魏博多政碑》："興乃圖六州之地域,籍其人與三軍之生齒,自軍司馬已下,至於郡邑吏之廢置,盡獻於先帝。"因户部的職責之一是登記全國的户數與人口,故言。　　九賦:周代的九類賦稅。《周禮·天官·大宰》："以九賦斂財賄:一曰邦中之賦,二曰四郊之賦,三曰邦甸之賦,四曰家削之賦,五曰邦縣之賦,六曰邦都之賦,七曰關市之賦,八曰山澤之賦,九曰幣餘之賦。"鄭玄注："邦中在城郭者,四郊去國百里,邦甸二百里,家削三百里,邦縣四百里,邦都五百里,此平民也。關市、山澤謂占會百物,幣餘謂占賣國中之斥幣,皆未作當增賦者。"按,前六種賦稅皆以地區遠近爲區別,徵土地産物;關市之賦徵商旅稅,山澤之稅徵礦、漁、林業稅,幣餘之賦指不屬以上各類的其他賦稅。後以"九賦"泛指各類賦稅。鮑照《喜雨奉敕作》："關市欣九賦,倉廩開萬箱。"《南齊書·武帝紀》："軍國器用,動資四表,不因厥産,咸用九賦。"　人曹郎:指户部郎中,本稱"民曹郎",唐代因避唐太宗李世民之諱,改稱"人曹郎"。元稹《高允恭授侍御史知雜事制》："復以人曹郎佐掌邦計,懸石允釐,撓而不煩,簡而不傲,静專動直,志行修明。"韓雍《送户部祁主事致和奉使便道還東莞省母復還京師》："人曹郎佐非常士,十載聲華海内欽。奉使久持清白操,寧親今遂孝思心。"　彌綸:經緯,治理。《文選·李康〈運命論〉》："言足以經萬世而不見信於時,行足以應神明而不能彌綸於俗。"吕延濟注："言時君不能用之使廣理於俗也。"陳亮《謝鄭侍郎啓》："彌綸妙手,經濟長才。"　俊茂:才智傑出的人。《漢書·武帝紀贊》："遂疇咨海内,舉其俊茂,與之立功。"陸機《辨亡論》："疇咨俊茂,好謀善斷。"

[編年]

《年譜》編年本文於元和十五年，"撰於《贈韋審規等父制》之前"。《編年箋注》："此《制》初授審規左司郎中，宜在《贈韋審規等父制》以前。權定其撰於元和十五年（八二〇）。"但其排列在《贈韋審規等父制》之後七十三篇之處，實在無法理解其中的奧妙所在。《年譜新編》編年本文於元和十五年，認爲："作於《贈韋審規父漸等》之前，疑僞。"但仍然排列在《贈韋審規父漸等》之後。

我們以爲：一、元稹另有《贈韋審規等父制》，有"朕嗣立之二月五日，在宥天下，澤被幽顯。凡百執事，延崇于先"一段話，可以斷定《贈韋審規等父制》撰成於元和十五年二月五日之時或稍後一二日之內。二、《贈韋審規等父制》又有"守尚書左司郎中韋審規父、大理卿漸"的另一段話，已經明確韋審規的身份是"尚書左司郎中"，正與本文相符，説明本文應該撰成於《贈韋審規等父制》同時。三、元稹是在元和十五年二月五日前後才以膳部員外郎的身份參與試知制誥的工作，出於元稹之手的本文，不可能早於二月五日。四、而《穆宗登位赦》在免罪、晉爵、加階的同時，自然也給予現任百官以加官的機會，估計韋審規即是在唐穆宗登位之時，從職方郎中、上騎都尉的職位，升任更爲重要的左司戶部郎中，故本文有"提紀綱而分命六聰，左右司之職甚重；登生齒以比董九賦，人曹郎之任非輕"之言。五、作爲旁證，《贈韋審規等父制》有"德積于身，慶儲于後。嘉乃令子，爲吾望郎"之語，充分説明韋審規這次的晉級加官，應該是唐穆宗對他的恩典，故在《贈韋審規等父制》中再次提及。據此，本文應該撰成於元和十五年二月五日之時，或稍後一二日之內，撰寫於《贈韋審規等父制》之前，地點在長安，元稹時任膳部員外郎、試知制誥之職。

◎ 鄭涵授尚書考功郎中馮宿刑部郎中制^{(一)①}

敕：二帝三王之所以仁聲無窮，績用明而刑罰當也。尚書郎專是兩者，疇將若予^②？

僉曰：前國子博士充史館修撰鄭涵文無害^(二)，可以彰善惡；守歙州刺史馮宿思無邪^(三)，可以盡哀矜^{(四)③}。庶尹百吏之能否，四海九州之性命，用汝參斷，汝其戒之^④。

夫刻則害善，放則利淫，滯則不通，流則自撓。惟是四者，時考之難^⑤。亟則失情，緩則留獄，深則礙恕，縱則生奸。惟是四者，時刑之難^⑥。八者不亂，然後可以有志於理矣！朕所注意^(五)，爾其盡心。涵可考功郎中，宿可刑部郎中，餘並如故^{(六)⑦}。

錄自《元氏長慶集》卷四六

[校記]

（一）鄭涵授尚書考功郎中馮宿刑部郎中制：楊本、叢刊本同，《英華》、《文章辨體彙選》作“授鄭涵考功郎中馮宿刑部郎中等制”，《全文》作“授鄭涵尚書考功郎中馮宿刑部郎中等制”，各備一說，不改。

（二）前國子博士、充史館修撰鄭涵文無害：原本作“涵文無害”，楊本、叢刊本同，據《英華》、《文章辨體彙選》、《全文》補。

（三）守歙州刺史馮宿思無邪：原本作“宿思無邪”，楊本、叢刊本同，據《英華》、《文章辨體彙選》、《全文》補。

（四）可以盡哀矜：張校宋本同，楊本、叢刊本、宋浙本、《英華》、

《文章辨體彙選》、《全文》作“可以盡哀敬”，各備一説，不改。

（五）朕所注意：楊本、叢刊本、《全文》同，《英華》、《文章辨體彙選》作“朕實注意”，各備一説，不改。

（六）涵可考功郎中，宿可刑部郎中，餘並如故：原本作“可”，楊本、叢刊本同，據《英華》、《文章辨體彙選》、《全文》不改。

［箋注］

① 鄭涵：鄭餘慶之子，歷憲宗、穆宗、敬宗、文宗四朝。《舊唐書·鄭澣傳》：“澣本名涵，以文宗藩邸時名同，改名澣。貞元十年舉進士，以父謫官，累年不任。自秘書省校書郎遷洛陽尉，充集賢院修撰，改長安尉、集賢校理，轉太常寺主簿，職仍故。遷太常博士，改右補闕。獻疏切直，人爲危之。及餘慶入朝，憲宗謂餘慶曰：‘卿之令子，朕之直臣，可更相賀。’遂遷起居舍人，改考功員外郎。刺史有驅迫人吏上言政績請刊石紀政者，澣探得其情，條責‘廉使’，巧迹遂露，人服其敏識。時餘慶爲僕射，請改省郎，乃換國子博士、史館修撰。丁母憂，除喪，拜考功郎中。復丁内艱，終制，退居汜上。長慶中，徵爲司封郎中、史館修撰，累遷中書舍人。文宗登極，擢爲翰林侍講學士。上命撰《經史要録》二十卷，書成，上喜其精博，因摘所上書語類，上親自發問，澣應對無滯，錫以金紫。太和二年，遷禮部侍郎，典貢舉二年，選拔造秀，時號得人。轉兵部侍郎，改吏部，出爲河南尹，皆著能名。入爲左丞，旋拜刑部尚書兼判左丞事，出爲山南西道節度觀察使、檢校户部尚書、興元尹兼御史大夫。餘慶之鎮興元，創立儒宮，開設學館，至澣之來，復繼前美。開成四年閏正月以户部尚書徵，詔下之日，卒于興元，年六十四，贈右僕射，謚曰宣，有文集制誥共三十卷，行于世。”白居易《鄭涵等太常博士制》：“某官鄭涵等，並早以文行，久從吏職，輩流之間，頗爲淹滯。”王涇《授李渤給事中鄭涵中書舍人等制》：“朝散大夫、守尚書司封郎中、知制誥、上柱國鄭涵，操履堅明，雄

文炳蔚。虛懷宏達,雅思冲深。立言嘗見其著誠,秉志頗聞其經遠。"
考功郎中:吏部屬員,負責内外官吏的考定。《舊唐書·職官志》:"考
功郎中,從五品上,龍朔二年改爲司績大夫,咸亨初乃復……郎中員
外郎之職,掌内外文武官吏之考課。凡應考之官家,具錄當年功過行
能,本司及本州長官對衆讀,議其優劣,定爲九等考第,各於所由司準
額校定,然後送省。内外文武官,量遠近以程之有差,附朝集使送簿
至省。每年别敕定京官位望高者二人,其一人校京官考,一人校外官
考。又定給事中、中書舍人各一人,其一人監京官考,一人監外官考。
郎中判京官考,員外判外官考。其檢覆同者,皆以功過上使。京官則
集應考之人對讀注定,外官對朝集使注定。凡考課之法有四善:一曰
德義有聞,二曰清慎明著,三曰公平可稱,四曰恪勤匪懈。善狀之外
有二十七最,其一曰獻可替否,拾遺補闕,爲近侍之最。其二曰銓衡
人物,擢盡才良,爲選司之最。其三曰揚清激濁,褒貶必當,爲考校之
最。其四曰禮制儀式,動合經典,爲禮官之最。其五曰音律克諧,不
失節奏,爲樂官之最。其六曰決斷不滯,與奪合理,爲判事之最。其
七曰都統有方,警守無失,爲宿衛之最。其八曰兵士調習,戎裝充備,
爲督領之最。其九曰推鞫得情,處斷平允,爲法官之最。其十曰仇校
精審,明於刊定,爲校正之最。其十一曰承旨敷奏,吐納明敏,爲宣納
之最。其十二曰訓導有方,生徒充業,爲學官之最。其十三曰賞罰嚴
明,攻戰必勝,爲將帥之最。其十四曰禮義興行,肅清所部,爲政教之
最。其十五曰詳錄典正,辭理兼舉,爲文吏之最。其十六曰訪察精
審,彈舉必當,爲糾正之最。其十七曰明於勘覆,稽失無隱,爲勾檢之
最。其十八曰職事修理,供承强濟,爲監掌之最。其十九曰功課皆
充,丁匠無怨,爲役使之最。其二十曰耕耨以時,收穫成課,爲屯官之
最。其二十一曰謹於蓋藏,明於出納,爲倉庫之最。其二十二曰推步
盈虛,究理精密,爲曆官之最。其二十三曰占候醫卜,效驗居多,爲方
術之最。其二十四曰譏察有方,行旅無壅,爲關津之最。其二十五曰

市廛不擾，奸濫不作，爲市司之最。其二十六曰牧養肥碩，蕃息孳多，爲牧官之最。其二十七曰邊境肅清，城隍修理，爲鎮防之最。一最以上，有四善，爲上上。一最以上，有三善，或無最而有四善，爲上中。一最以上爲二善，或無最而有三善，爲上下。一最以上而有一善，或無最而有二善，爲中上。一最以上，或無最而有一善，爲中中。職事粗理，善最不聞，爲中下。愛憎任情，處斷乖理，爲下上。背公向私，職務廢闕，爲下中。居官陷詐，貪濁有狀，爲下下。"盧綸《赴池州拜覲舅氏留上考功郎中舅》："衰榮同族少，生長外家多。別業桑榆在，沾衣血淚和。"崔嘏《授薛廷范淮南副使制》"考功郎中薛廷范等：吾命重臣，往鎮淮海，其所選署賓僚，得以參用朝列。" 馮宿：事迹見《舊唐書·馮宿傳》："馮宿，東陽人……登進士第，徐州節度張建封辟爲掌書記。後建封卒，其子愔爲軍士所立，李師古欲乘喪襲取。時王武俊且觀其釁。愔恐懼。計無所出。宿乃以檄書招師古而説武俊曰：'張公與君爲兄弟，欲同力驅兩河歸天子，衆所知也。今張公殁，幼子爲亂兵所脅，内則誠款隔絶於朝廷，外則境土侵逼於强寇。孤危若此，公安得坐視哉？誠能奏天子，念先僕射之忠勛，舍其子之迫脅，使得束身自歸，則公於朝廷有靖亂之功，於張氏有繼絶之德矣！'武俊大悦，即以表聞。由是朝廷賜愔節鉞，仍贈建封司徒。宿以嘗從建封，不樂與其子處，乃從浙東觀察使賈全府辟。愔恨其去己，奏貶泉州司户，徵爲太常博士。王士真死，以其子承宗不順，不加謚。宿以爲懷柔之義，不可遺其忠勞，乃加之美謚。轉虞部、都官二員外郎。元和十二年，從裴度東征，爲彰義軍節度判官。淮西平，拜比部郎中。會韓愈論佛骨，時宰疑宿草疏，出爲歙州刺史。入爲刑部郎中。十五年，權判考功。宿以宰臣及三品已下官，故事内校考别封以進，翰林學士職居内署，事莫能知，請依前書上考。諫官、御史亦請仍舊，並書中上考。長慶元年，以本官知制誥。二年，轉兵部郎中，依前充職。牛元翼以深州不從王庭凑，詔授襄州節度使。元翼未出深州，爲庭凑所圍。二年，以宿檢校右庶子、兼御史中丞、賜紫金魚袋，往總留務。監軍使周進榮不遵詔命，宿以狀聞。元翼既至，宿歸朝，拜中書舍人，轉太常少卿。敬宗即位，宿常導引乘輿，出爲華州刺史。以父名拜章乞罷，改左散騎常侍，兼集賢殿學士，充考制策官。太和二年，拜河南尹。時洛苑使姚文壽縱部下侵欺百姓，吏不敢捕。一日，遇大會，嘗所捕者傲睨於文壽之側，宿知而掩之，杖死。太和四年，入爲工部侍郎。六年，遷刑部侍郎，修《格後敕》三十卷。遷兵部侍郎，九年出爲劍南東川節度使，檢校禮部尚書。開成元年十二月卒，廢朝，贈吏部尚書，謚曰懿，有文集四十卷。"韓愈《答馮宿書》："古人有言曰：'告我以吾過者，吾之師也。'願足下不憚煩，苟有所聞，必以相告。吾亦有以報子，不敢虛也，不敢忘也。愈再拜。"白居易《馮宿除兵部郎中知制誥制》："宿立朝歷御史、博士、郡守、尚書郎，在仕進途不爲不遇，然不登茲選，未足其心。"　刑部郎中：刑部屬員，《舊唐書·職官志》："(刑部)郎中：從五品上，隋曰憲部郎，武德爲刑部郎中，龍朔改爲司刑大夫……郎中員外郎之職，掌貳尚書、侍郎，舉其典憲，而辨其輕重。凡文法之名有四：一曰律，二曰令，三曰格，四曰式。凡律，十有二章：一名例，二禁衛，三職制，四戶婚，五廐庫，六擅興，七賊盜，八鬬訟，九詐僞，十雜律，十一捕亡，十二斷獄，而大凡五百條。令，二十有七篇，分爲三十卷。第一至第七曰官品職員，八祠，九戶，十選舉，十一考課，十二宮衛，十三軍防，十四衣服，十五儀制，十六鹵簿，十七公式，十八田，十九賦役，二十倉庫，二十一廐牧，二十二關市，二十三醫疾，二十四獄官，二十五營繕，二十六喪葬，二十七雜令，而大凡一千五百四十六條。凡格，二十四篇。式，三十三篇。以尚書、御史臺、九寺、三監、諸軍爲目。凡律，以正刑定罪。令，以設範立制。格，以禁違正邪。式，以軌物程事。乃立刑名之制五焉：一笞，二杖，三徒，四流，五死。笞刑五，杖刑五，徒刑五，流刑三，死刑二。而斷獄之大典，有十惡、八議、五聽、六贓。贖配之典，具在《刑法志》。凡決死刑，皆於中書門下詳覆。凡死罪,枷而杻。婦人及流徒,枷而不杻。官品及勛散之階第七已上,鎖而不枷。在京諸司,則徒已上送大理,杖已下當司斷之。若金吾糾獲,亦送大理。凡決大辟罪,在京者,行決之司,皆五覆奏;在外者,刑部三覆奏。若犯惡逆已上,及部曲奴婢殺主者,一覆奏。凡京城決囚之日,減膳徹樂。每歲立春後至秋分,不得決死刑。大祭祀及致齋、朔望。上下弦、二十四氣、雨未晴、夜未明、斷屠月日及休假,亦如之。凡犯流罪已下,應除免官,當未奏身死者,免其追奪。流移之人,皆不得弃放妻妾,及私遁還鄉。至六載,然後聽仕。即本犯不應流而特配流者,三載已後聽仕。其應徒則皆配居作。凡禁囚,五日一慮。凡鞫獄官與被鞫人有親屬仇嫌者,皆聽更之。凡在京諸司見禁囚,每月二十五已前,本司録其所犯及禁時月日,以報刑部。凡國有赦宥之事,先集囚徒於闕下,命衛尉樹金雞,待宣制訖,乃釋之。”孫逖《授鄭岩萬年縣令制》:“中大夫、行尚書刑部郎中、上柱國鄭岩,形神俊秀,理識通明,標幹術於公方,飾文詞於吏道。”元稹《齊煦可饒州刺史王堪可澧州刺史制》:“尚書刑部郎中齊煦、岳州刺史王堪等……”

　　② 二帝三王:指唐堯、虞舜、夏禹、商湯、周文王(或周武王)。《文選‧揚雄〈羽獵賦〉》:“昔在二帝三王,宮館臺榭……財足以奉郊廟、御賓客、充庖厨而已。”李善注引應劭曰:“堯、舜、夏、殷、周也。”韓愈《董公行狀》:“所奏於上前者,皆二帝三王之道。”　仁聲:指施行仁德而贏得的聲譽。揚雄《羽獵賦》:“仁聲惠於北狄,武誼動於南鄰。”王安石《送王蒙州》:“仁聲已逐春風到,使節猶占夜斗行。”　無窮:無盡,無限,指事物沒有窮盡。《史記‧田單列傳論》:“兵以正合,以奇勝。善之者,出奇無窮。”《通典‧選舉》:“人之心智,蓋有涯分,而九流七略,書籍無窮。”　績用:猶功用。《書‧堯典》:“九載,績用弗成。”孔傳:“三考九年,功用不成,則放退之。”《後漢書‧循吏傳序》:“若杜詩守南陽,號爲‘杜母’,任延、錫光移變邊俗,斯其績用之最章

章者也。"　　刑罰：刑指肉刑、死刑；罰指以金錢贖罪，後泛指依照法律對違法者實行的强制處分。《史記·呂太后本紀》："刑罰罕用，罪人是希。"《舊唐書·韋湊傳》："善善者，懸爵賞以勸之也；惡惡者，設刑罰以懲之也。"　　尚書郎：官名，魏晉以後尚書各曹有侍郎、郎中等官，綜理職務，通稱爲尚書郎。韋應物《始除尚書郎別善福精舍》："簡略非世器，委身同草木。逍遥精舍居，飲酒自爲足。"岑參《韋員外家花樹歌》："君家兄弟不可當，列卿御史尚書郎。朝回花底恒會客，花撲玉缸春酒香。"　　疇：誰。《文選·司馬相如〈封禪文〉》："罔若淑而不昌，疇逆失而能存？"李善注引應劭曰："疇，誰也。"杜甫《九日寄岑參》："安得誅雲師，疇能補天漏？"　　若：順從，滿意。《書·堯典》："帝曰：'疇咨若予采？'"孔傳："采，事也，復求誰能順我事者？"《穀梁傳·莊公元年》："不若於道者，天絶之也。"范寧注："若，順。"《編年箋注》在"疇將若予"的"箋證"中引用《尚書·堯典》"帝曰：'疇咨若予采？'"作爲書證，這並没有錯。但接下來却云："毛傳：'復求誰能順我事者。'""毛傳"應該是"孔傳"之誤筆，《尚書》有"漢孔氏傳，唐陸德明音義，孔穎達疏"，並無"毛傳"之説。毛傳是《毛詩故訓傳》的簡稱，爲漢人訓釋《詩經》之作。《漢書·藝文志》著録三十卷，但言毛公作，未著其名。鄭玄《詩譜》稱："魯人大毛公爲《詁訓傳》於其家，河間獻王得而獻之，以小毛公爲博士。"至陸璣《毛詩草木鳥獸蟲魚疏》始言大毛公爲漢魯國人毛亨，小毛公爲漢趙國人毛萇。後世因以《故訓傳》爲毛亨作，亦有以爲乃毛萇作或毛亨作而萇有所增益者。其詁訓大抵本先秦學者的意見，保存了許多古義，雖有錯誤，但仍爲研究《詩經》的重要文獻，通行的《十三經注疏》即採用《毛傳》。鄭玄《毛詩傳箋》及孔穎達《毛詩正義》爲箋釋疏解《毛傳》之作。清代研究《毛傳》，著名的有陳奂的《詩毛氏傳疏》和馬瑞辰的《毛詩傳箋通釋》。幸請讀者加以辨别，不要輕信隨意之説。

③　僉：都，皆。《書·堯典》："僉曰：'於，鯀哉！'"《新唐書·辛秘

傳》：“僉謂祕材任將帥，會河東范希朝出討王承宗，召祕爲希朝司馬，主留務。” 國子：指國子學。《北史·儒林傳論》：“明元時，改國子爲中書學，立教授博士……及遷都洛邑，詔立國子、太學、四門、小學。”《新唐書·百官志》：“〔國子監〕掌儒學訓導之政，總國子、太學、廣文、四門、律、書、算，凡七學。” 博士：古代學官名，六國時有博士，秦因之，諸子、詩賦、術數、方伎皆立博士。漢文帝置一經博士，武帝時置“五經”博士，職責是教授、課試，或奉使、議政。晉置國子博士，唐有太學博士、太常博士、國子博士、太醫博士、律學博士、書學博士、算學博士等，皆教授官。《史記·循吏列傳》：“公儀休者，魯博士也，以高第爲魯相。”張繼《酬張二十員外前國子博士竇叔向》：“故交日零落，心賞寄何人？幸與馮唐遇，心同迹復親。” 史館：官修史書的官署名，北齊時設立，唐太宗時始由宰相兼領，以後沿爲定制。韓愈《唐故祕書少監贈絳州刺史獨孤府君墓誌銘》：“二年，兼職史館。”《宋史·神宗紀》：“〔元豐四年〕詔曾鞏充史館修撰，專典史事。” 修撰：官名，唐代史館有修撰，掌修國史。《舊唐書·職官志》：“修撰直館：天寶已後他官兼領史職者，謂之史館修撰，初入爲直館也。元和六年宰相裴泊奏登朝官領史職者，並爲修撰，未登朝官入館者，並爲直館修撰。中以一人官高者判館事，其餘名目並請不置，從之。”元稹《高鈇可守起居郎依前充史館修撰何士乂可尚書水部員外郎制》：“鈇可守起居郎，依前充史館修撰，士乂可尚書水部員外郎，餘如故。”白居易《獨孤郁守本官知制誥制》：“考功員外郎、史館修撰獨孤郁，爲人沉實，敏行寡言。粲然文藻，秀出於衆。” 無害：無枉害，謂公平處事。《墨子·號令》：“守之所親，舉吏貞廉、忠信、無害、可任事者，其飲食酒肉勿禁。”《史記·酷吏列傳》：“然亞夫弗任，曰：‘極知禹無害，然文深，不可以居大府。’”司馬貞索隱引蘇林曰：“言若無比也，蓋云其公平也。”漢代有“無害都吏”，亦稱“無害吏”，猶言公平吏，謂能公正執法、主持公道的官吏。《後漢書·百官志》：“秋冬遣無害吏，案訊諸囚。”《史記·蕭相國世家》：“以文無害。”裴駰集解引《漢書音義》：“《律》有無害都吏，猶今言公平吏。”　彰：顯揚，表彰。《孟子·告子》：“尊賢育才，以彰有德。”《舊唐書·郭子儀傳》：“聖旨微婉，慰諭綢繆，彰微臣一時之功，成子孫萬代之寶。”　善惡：好壞，褒貶。李康《運命論》：“善惡書於史册，毀譽流於千載。”曾鞏《史館申請》三：“善惡可勸戒，是非後世當考者，書之，其細故常行，更不備書。”　無邪：謂無邪僻，無邪曲。《禮記·樂記》：“中正無邪，禮之質也。”《史記·李斯列傳》：“臣無邪，則天下安；天下安，則主嚴尊。”　盡：達到極限。《呂氏春秋·明理》：“五帝三皇之於樂，盡之矣！”高誘注：“盡，極。”高適《別馮判官》：“關山唯一道，雨雪盡三邊。”　哀矜：哀憐，憐憫。《書·吕刑》：“皇帝哀矜庶戮之不辜。”傅玄《傅子·法刑》：“司寇行刑，君爲之不舉樂，哀矜之心至也。”

④ 庶尹：指百官。《文選·陸機〈辨亡論〉》：“庶尹盡規於上，四民展業於下。”吕延濟注：“庶尹，百官也。”杜甫《乾元元年華州試進士策問五首》：“今聖朝紹宣王中興之洪業於上，庶尹備山甫補袞之能事於下，而東寇猶小梗，率土未甚辟，總彼賦税之獲，盡贍軍旅之用，是官御之舊典闕矣！”　百吏：指公卿以下衆官。《國語·周語》：“王乃使司徒咸戒公卿、百吏、庶民。”《韓詩外傳》卷六：“如是則群下百吏，莫不修己，然後敢安仕。”　能否：有才能與否。《漢書·諸葛豐傳》：“臣豐駑怯，文不足以勸善，武不足以執邪，陛下不量臣能否，拜爲司隸尉。”《晉書·武帝紀》：“古者歲書群吏之能否，三年而誅賞之。”四海：猶言天下，全國各處。盧象《寒食》：“子推言避世，山火遂焚身。四海同寒食，千秋爲一人。”李白《永王東巡歌十一首》二：“三川北虜亂如麻，四海南奔似永嘉。但用東山謝安石，爲君談笑静胡沙。”　九州：古代分中國爲九州，這裏代指中國。韓愈《東都遇春》：“少年氣真狂，有意與春競。行逢二三月，九州花相映。”張祜《書憤》：“三十未封侯，顛狂遍九州。平生鎮鋣劍，不報小人讎。”　性命：生命。《荀子·

哀公》："故知既已知之矣……則若性命肌膚之不可易也。"諸葛亮《出師表》："苟全性命於亂世，不求聞達於諸侯。" **參斷**：猶"參與"，預聞而參議其事，介入參加，參與決斷。《晉書·唐彬傳》："朝有疑議，每參預焉！"《宋書·薛安都傳》："事之本末，備皆參豫。" **戒**：防備，警戒，鑒戒。《詩大序》："言之者無罪，聞之者足以戒。"《新唐書·康承訓傳》："可師恃勝不戒，弘立以兵襲之，可師不克陣而潰。"

⑤ **刻**：刻薄，苛刻。《呂氏春秋·處方》："齊令周最趣章子急戰，其辭甚刻。"陳奇猷校釋："今語謂'言語刻薄'，即此謂辭刻也。"《史記·酷吏列傳》："用法益刻，蓋自此始。" **善**：善行，善事，善人。《易·坤》："積善之家，必有餘慶。"《史記·吳王濞列傳》："蓋聞爲善者，天報之以福。" **放**：放鬆，放縱，放蕩。《文選·嵇康〈與山巨源絕交書〉》："又讀《莊》《老》，重增其放。"李善注："放，謂放蕩。"《新唐書·隴西恭王博義傳》："驕佚不循法度，使妾數百，曳羅紈，甘粱肉，放於聲樂以自娛。" **淫**：貪欲，貪心。《禮記·緇衣》："故君民者，章好以示民俗，慎惡以御民之淫，則民不惑矣！"鄭玄注："淫，貪侈也。"《三國志·毛玠傳》："人情淫利，爲法所禁，法禁於利，勢能害之。" **滯**：積聚，凝結，積壓。曹攄《思友人》："情隨玄陰滯，心與迴飆俱。"王安石《乞制置三司條例》："市之不售，貨之滯於民用，則吏爲斂之，以待不時而買者。" **不通**：阻塞，不通達。《左傳·成公十三年》："東道之不通，則是康公絕我好也。"《楚辭·九辯》："閔奇思之不通兮！將去君而高翔。" **流**：放縱，無節制。《易·繫辭》："旁行而不流，樂天知命，故不憂。"王弼注："應變旁通而不流淫也。"《新唐書·武平一傳》："夫禮慊而不進即銷，樂流而不反則放。" **自撓**：自找麻煩，自尋煩惱。杜牧《上宰相求湖州第二啓》："四月二日，某於潯陽北渡赴官，與弟顗決，手哭曰：'我家世德，汝復無罪，斯疾也豈遂瘤乎？然有石生，慎無自撓。'"盧肇《宣州新興寺碑銘》："有設疑以試公者曰：'三界虛妄，群生顛倒。可有修行，能解纏縛？孰爲智慧，可化凡愚？胡爲

乎公之區區，徒自撓耳？’”　考：舊時考核官吏的成績曰“考”，其考語亦曰“考”。王讜《唐語林・雅量》：“盧尚書承慶，總章初，考內外官。有督運遭風失米，盧考之曰：監運損糧，考中下。”朱翌《猗覺寮雜記》卷下：“唐考功法，雖執政大臣，皆有考詞，亦有賜考者，亦有自書其考者。”按古代考績決定黜陟，以任滿一年者爲一考。《宋史・職官志》：“凡內外官，計在官之日，滿一歲爲一考，三考爲一任。”

　　⑥　亟：性急，急躁。《左傳・襄公二十四年》：“皆笑曰：‘公孫之亟也。’”杜預注：“亟，急也，言其性急不能受屈。”元稹《茅舍》：“惜其心太亟，作役無容暇。”　情：實情，情況。《易・咸》：“觀其所恆，而天地萬物之情可見矣！”《史記・高祖本紀》：“列侯諸將無敢隱朕，皆言其情。吾所以有天下者何？”　緩：遲，慢。《韓詩外傳》卷七：“天有燥濕，絃有緩急，柱有推移，不可記也。”韓愈《岳陽樓別竇司直》：“於嗟苦駑緩，但懼失宜當。”　留獄：稽延獄訟。《易・旅》：“君子以明慎用刑而不留獄。”孔穎達疏：“此以靜止明察，審慎用刑而不稽留獄訟。”白居易《牛僧孺可戶部侍郎制》：“而書命無繁詞，決事無留獄，受寵有憂色，納忠多苦言。”　深：深入。《左傳・僖公十五年》：“晉侯謂慶鄭曰：‘寇深矣！若之何？’”《孫子・九地》：“入人之地深，背城邑多者，爲重地。”杜佑注：“遠去己城郭，深入敵地，心意專一，謂之重地。”恕：寬宥，原諒。《戰國策・趙策》：“老臣病足，曾不能疾走，不得見久矣！竊自恕。而恐太后玉體之有所郄也，故願望見太后。”《隋書・鄭譯傳》：“俄而進上柱國，恕以十死。”　縱：釋放。《漢書・高帝紀》：“自度比至皆亡之，到豐西澤中亭，止飲，夜皆解縱所送徒。”韓愈《平淮西碑》：“凡蔡卒三萬五千，其不樂爲兵，願歸爲農者十九，悉縱之。”奸：奸邪，罪惡。《左傳・僖公二十四年》：“棄德崇奸，禍之大者也。”《漢書・趙廣漢傳》：“郡中盜賊，閭里輕俠，其根株窟穴所在，及吏受取請求銖兩之奸，皆知之。”　刑：刑法，法度。《書・呂刑》：“王享國百年，耄荒，度作刑以詰四方。”《左傳・隱公十一年》：“許無刑而伐

之,服而舍之。”杜預注:“刑,法也。”韓愈《送浮屠文暢師序》:“道莫大乎仁義,教莫正乎禮樂刑政。”

⑦ 亂:無秩序,混亂。《逸周書·武稱》:“岠嶮伐夷,并小奪亂。”朱右曾校釋:“百事失紀曰亂。”王通《中説·王道》:“制理者參而不一乎？陳事者亂而無緒乎？” 有志:有志向,有志氣。王粲《詠史》:“人生各有志,終不爲此移。”韓愈《送區册序》:“〔區册〕入吾室,聞詩書仁義之説,欣然喜,若有志於其間也。” 理:謂治理得好,秩序安定,與“亂”相對。《後漢書·劉平傳》:“其後每屬縣有劇賊,輒令平守之,所至皆理。”王讜《唐語林·政事》:“數年之間,漁商闐湊,州境大理。”注意:重視,關注。《史記·酈生陸賈列傳》:“天下安,注意相;天下危,注意將。”白居易《與希朝詔》:“自首領已下,卿宜等第給付。其部落家口等遠經跋涉,宜稍安存,以勸歸心,用副注意。” 盡心:竭盡心力。語出《書·康誥》:“往盡乃心,無康好逸豫,乃其乂民。”《孟子·梁惠王》:“寡人之於國也,盡心焉耳矣!”《後漢書·杜詩傳》:“詩身雖在外,盡心朝廷。讜言善策,隨事獻納。”

［編年］

《年譜》編年:“《制》稱鄭涵(澣)爲'前國子博士,充史館修撰鄭涵',據《舊唐書·鄭澣傳》云:'乃換國子博士,史館修撰。丁母憂,除喪,拜考功郎中。復丁內艱。'鄭餘慶卒於元和十五年十一月。涵爲考功郎中,當在以前。《制》稱馮宿爲'守歙州刺史'。據《全唐文》卷六四三王起《馮公神道碑銘》云:'會韓文公愈以京師迎佛骨,上疏切諫,忌公者因上之怒也,誣公實爲之,出刺歙州……在歙周歲……徵拜刑部郎中。'元和十四年正月,韓愈貶潮州刺史。馮宿貶歙州刺史,亦在此時。'在歙周岁'而爲刑部郎中,當爲十五年事。”《編年箋注》據同樣的理由,認爲:“韓愈諫迎佛骨在元和十四年,韓愈、馮宿貶官在同年,則宿入爲刑部郎中在元和十五年。鄭涵拜考功郎中在鄭餘

慶辭世以前。故二人同時受封在元和十五年(八二〇)。"《年譜新編》
據同樣的理由,得出同樣的結論:"鄭餘慶卒於元和十五年十一月二
十五日……制作於(鄭涵)丁父憂之前……元和十四年正月,韓愈貶
潮州刺史,馮宿貶歙亦當在此時。下推'周歲',其爲刑部郎中當在元
和十五年。"

　　《年譜》、《編年箋注》、《年譜新編》所舉都可以作爲我們編年的理
由加以接受,但我們的結論却與他們並不相同:據《舊唐書·憲宗
紀》:"十四年春正月庚辰朔……丁亥……迎鳳翔法門寺佛骨至京師,
留禁中三日,乃送詣寺,王公士庶奔走捨施如不及。刑部侍郎韓愈上
疏極陳其弊。癸巳,貶愈爲潮州刺史。"據其干支推算,韓愈諫迎佛骨
在元和十四年正月八日,出貶潮州刺史在同月十四日,馮宿貶歙州刺
史當在其後數日之内。"周歲"的含義就是"一年",如果延至"十一月
二十五日"之前,實際時間已經接近兩年,史籍不應該如此表述。李
純《禁采銀坑户令采銅助鑄詔》:"應天下商賈先蓄見錢者,委所在長
吏,分明曉諭,令收市貨物。官中不得輒有程限,逼迫商人,任其貨
易,以求便利。計周歲之後,此法遍行,朕當別立新規,設蓄錢之禁。
所以先有告示,許其方圓,意在他時,行法不貸。"白居易《府酒·變
法》:"自慚到府未周歲,惠愛威稜一事無。"以此下推,馮宿入拜刑部
郎中當在元和十五年正月十四日"數日"之後。結合元稹元和十五年
二月五日開始參與知制誥的實際情況,本文應該撰成於元和十五年
二月五日之後數日,應該在二月之内爲宜。而這樣的編年,也正切合
鄭涵在父親鄭餘慶病卒之前拜職"考功郎中"的史籍記載。撰文的地
點在長安,元稹新任膳部員外郎試知制誥之職。

◎ 高鈇可守起居郎依前充史館修撰
何士乂可尚書水部員外郎制^{(一)①}

　　敕：行而不息者，時也；久而不可泯者，書也。微史氏，吾其面墙於堯、舜、禹、湯之事矣^②！尚書郎亦有會計奏議之重，非博達精究之才，其可以充備茲選乎^③？

　　高鈇、何士乂等，富有文章，優於行實。捃拾匡益，殆無闕遺^④。前以東觀擇才，因而命鈇。視其所以，足見書詞。俾伺朕之起居，遂編之於簡牘，不亦詳且實耶^⑤？而士乂亦以久次當遷，移補郎位。允膺清秩，無忘慎終^⑥。鈇可守起居郎，依前充史館修撰，士乂可尚書水部員外郎。餘如故^⑦。

　　　　　　　　　錄自《元氏長慶集》卷四七

［校記］

　　（一）高鈇可守起居郎依前充史館修撰何士乂可尚書水部員外郎制：楊本、叢刊本作"高鈇授起居郎"，盧校作"高鈇授起居郎制"，《全文》作"授高鈇起居郎依前充史館修撰何士乂可尚書水部員外郎制"，各備一説，不改。

［箋注］

　　① 高鈇：史迹見《舊唐書・高鈇傳》："高鈇，字翹之……元和初進士及第，判入等，補秘書省校書郎。累遷至右補闕，充史館修撰。十四年，上疏請不以内官爲京西北和糴使。十五年，轉起居郎，依前充職。鈇孤貞無黨，而能累陳時政得失。長慶元年，穆宗憐之，面賜

緋於思政殿,仍命以本官充翰林學士。二年,遷兵部員外郎,依前充職……"　起居郎:職官名,門下省屬吏,《舊唐書‧職官志》:"起居郎二員(從六品上。古無其名,隋始置起居舍人二員。貞觀二年省起居舍人,移其職於門下,置起居郎二員。明慶中又置起居舍人,始與起居郎分在左右。龍朔二年改爲左史,咸亨復,天授元年又改爲左史,神龍復也。)起居郎掌《起居注》,録天子之言動法度,以修記事之史。凡記事之制,以事繫日,以日繫月,以月繫時,以時繫年。必書其朔日甲乙,以紀曆數。典禮文物,以考制度。遷拜旌賞以勸善,誅伐黜免以懲惡。季終則授之國史焉(自漢獻帝後,歷代帝王有'起居注',著作編之,每季爲卷,送史館也)!"權德輿《權公文集序》:"自晉州霍邑縣尉四遷至咸陽尉,由右補闕拜起居郎。"白居易《新樂府‧紫毫筆(譏失職也)》:"臣有姦邪正衙奏,君有動言直筆書。起居郎,侍御史,爾知紫毫不易致。"　史館:官修史書的官署名,北齊時設立,唐太宗時始由宰相兼領,以後沿爲定制。韓愈《唐故秘書少監贈絳州刺史獨孤府君墓誌銘》:"二年,兼職史館。"《宋史‧神宗紀》:"〔元豐四年〕詔曾鞏充史館修撰,專典史事。"　修撰:官名,唐代史館有修撰,掌修國史。常袞《授荀尚史館修撰制》:"處士荀尚:昔荀卿、荀悦,並有著書,而尚遠承儒史之業,深得述作之意。思精大體,經通王道。"裴垍《上德宗實録表》:"臣與修撰官、秘書少監蔣武以去年八月論著絶筆,勒成《德宗實録》五十卷。"　何士乂:史籍無傳,白居易有《何士乂可河南縣令制》:"敕:漢朝郎官,出宰百里。故今京邑令缺,多命尚書郎補焉!朝議郎、尚書水部員外郎何士乂:慎檢和易,介然有常。守而勿失,可使從政。然能佩弦以自導,帶星以自勤,則緩急勞逸之間,必使適宜而會理矣!以爾舒退,故吾進之。可守河南縣令,散官如故。"據此及本文,知何士乂先歷職朝議郎、尚書水部員外郎,後晉升京畿河南縣令劇職,其餘不詳。　水部員外郎:職官名,工部屬吏,從六品上。《舊唐書‧職官志》:"郎中、員外郎之職,掌天下川瀆陂池之政令,以導達溝洫,堰决河渠。凡舟檝溉灌之利,咸總而舉之。凡天下水泉,三億二萬三千五百五十九。其在遐荒絶域,殆不可得而知矣!其江、河自西極達於東溟,中國之大川者也。其餘百三十五水,是爲中川。其又千二百五十二水,斯爲小川也。若渭、洛、汾、濟、漳、淇、淮、漢,皆亘達方域,通濟舳艫,從有之無,利於生人者也。凡天下造舟之梁四(河則蒲津、大陽、河陽,洛則孝義也),石柱之梁四(洛則天津、永濟、中橋,霸則霸橋),木柱之梁三(皆渭川,便橋、中渭橋、東渭橋也)。巨梁十有一,皆國工修之,其餘皆所管州縣隨時營葺。其大津無梁,皆給船人,量其大小難易,以定其差。"權德輿《趙公神道碑銘》:"既免喪,徵拜水部員外郎。"白居易《喜張十八博士除水部員外郎》:"老何歿後吟聲絶,雖有郎官不愛詩。無復篇章傳道路,空留風月在曹司。"

② 不息:不停止。馬王堆漢墓帛書《經法·國次》:"天地無私,四時不息。"韓愈《上考功崔虞部書》:"行之以不息,要之以至死。" 時:泛指光陰,歲月。《楚辭·離騷》:"及年歲之未晏兮,時亦猶其未央。"張衡《思玄賦》:"盍遠迹以飛聲兮,孰謂時之可蓄?" 泯:消滅,消失,消除。《詩·大雅·桑柔》:"亂生不夷,靡國不泯。"孔穎達《春秋正義序》:"漢德既興,儒風不泯。" 書:書寫,記錄,記載。《易·繫辭》:"書不盡言,言不盡意。"《左傳·隱公四年》:"衛人逆公子晉于邢,冬十二月,宣公即位,書曰:衛人立晉。" 微:無,没有。《論語·憲問》:"微管仲,吾其被髮左衽矣!"《國語·周語》:"微我,晉不戰矣!"韋昭注:"微,無也。" 史氏:史家,史官。于邵《送太子僕馬公序》:"嘗讀舊史氏,見汲長孺之爲人,與之並生其時,則隨從長者,不敢避風雨,況今之有人而舍勤乎!"韓愈《答劉秀才論史書》:"史氏褒貶大法,《春秋》已備之矣!" 面墻:《書·周官》:"不學墻面,莅事惟煩。"孔傳:"人而不學,其猶正墻面而立,臨政事必煩。"孔穎達疏:"人而不學,如面向墻無所覩見。以此臨事,則惟煩亂不能治理。"後因以

"面墙"比喻不學而識見淺薄。蔡邕《表太尉董公可相國》:"〔邕〕新來入朝,不更郎承,攝省文書,其由面墙。"《後漢書·左雄傳》:"郡國孝廉,古之貢士,出則宰民,宣協風教。若其面墙,則無所施用。"　堯:傳說中古帝陶唐氏之號。《易·繫辭》:"神農氏没,黄帝、堯、舜氏作。"《史記·五帝本紀》:"帝嚳崩,而摯代立。帝摯立不善,而弟放勛立,是爲帝堯。"　舜:五帝之一,傳說中我國父系氏族社會後期部落聯盟的賢明首領,姚姓,有虞氏,名重華,史稱虞舜或舜,相傳受堯禪讓,後禪位於禹,死在蒼梧。杜甫《風疾舟中伏枕書懷三十六韵奉呈湖南親友》:"軒轅休製律,虞舜罷彈琴。尚錯雄鳴管,猶傷半死心。"李賀《苦篁調嘯引》:"二十三管咸相隨,唯留一管人間吹。無德不能得此管,此管沈埋虞舜祠。"　禹:古代部落聯盟的領袖,姒姓,名文命,鯀之子,又稱大禹、夏禹、戎禹。原爲夏後氏部落領袖,奉舜命治理洪水,領導百姓疏通江河,興修溝渠,發展農業。據傳治水十三年中,三過家門不入,後被選爲舜的繼承人,舜死後即位,建立夏代,後世視爲聖王。宋之問《遊雲門寺》:"龕依大禹穴,樓倚少微星。遝嶂圍蘭若,回溪抱竹庭。"賈島《送周判官元範赴越》:"城上秋山生菊早,驛西寒渡落潮遲。已曾幾遍隨旌斾,去謁荒郊大禹祠。"　湯:商朝的開國之君,又稱成湯、成唐、武湯、武王、天乙等。《書·湯誓》:"伊尹相湯伐桀。"《孟子·梁惠王》:"是故湯事葛。"

③ 尚書郎:官名,東漢之制,取孝廉中之有才能者入尚書臺,在皇帝左右處理政務,初入臺稱守尚書郎中,滿一年稱尚書郎,三年稱侍郎。魏晉以後尚書省各曹有侍郎、郎中等官,綜理職務,通稱爲尚書郎。沈佺期《送韋商州弼》:"會府應文昌,商山鎮國陽。聞君監郡史,暫罷尚書郎。"陶翰《贈鄭員外》:"數年侍御史,稍遷尚書郎。人生志氣立,所貴功業昌。"　會計:核計,計算。《周禮·地官·舍人》:"歲終則會計其政。"蘇舜欽《諮目》:"先令兩府與三司,會計天下一歲之費幾何? 一歲之入幾何?"　奏議:臣下向帝王上書言事,條議其是

非,謂之奏議。《東觀漢記·光武帝紀》:"有司奏議曰:'追迹先代,無郊其五運之祖者。'"李上交《近事會元·廢樞密院》:"先是桑維翰免樞機之務,以劉處讓代之,奏議多不稱旨。" 博達:博學通達。應劭《風俗通·葉令祠》:"《周書》稱:'靈王太子晉,幼有盛德,聰明博達,師曠與言,弗能尚也。'"元結《賀蘭進明詩序》:"員外好古博達,經籍滿腹。其所著述一百餘篇,頗究天人之際。" 精究:精心研究。《晉書·董景道傳》:"董景道通明《春秋三傳》、《京氏易》、《馬氏尚書》、《韓詩》,皆精究大義。"何薳《春渚紀聞·寄寂堂墨如犀璧》:"賀方回、張秉道、康爲章皆能精究和膠之法,其製皆如犀璧也。" 充備:參預,充當。蔡邕《讓尚書乞在閑冗表文》:"遂用臣邕充備機密。"《後漢書·宦者傳序》:"嬪媛、侍兒、歌童、舞女之玩,充備綺室。"

④ 文章:才學。韓愈《河南府法曹參軍盧府君夫人苗氏墓誌銘》:"夫人年若干,嫁河南法曹盧府君,諱貽,有文章德行。"張齊賢《洛陽縉紳舊聞記·少師佯狂》:"時僧雲辨,能俗講,有文章,敏於應對。" 行實:行爲樸厚。陳子昂《故宣議郎騎都尉行曹州離狐縣丞高府君墓誌銘》:"黃河一直,青松萬仞。性惟仁孝,行實溫恭。文義必以潤身,名節由其徇物。"韓愈《舉薦張籍狀》:"學有師法,文多古風。沈默靜退,介然自守。聲華行實,光映儒林。" 捃拾:拾取,收集。《東觀漢記·范丹傳》:"推鹿車載妻子,捃拾自資。"劉禹錫《答道州薛侍郎論方書書》:"或取諸屑近,亦以捃拾。" 匡益:匡正補益。《後漢書·劉瑜傳》:"今三公在位,皆博達道蓺,而各正諸己,莫或匡益者,非不智也,畏死罰也。"王讜《唐語林·方正》:"我與卿言於此不盡,可來延英,訪及大政,多所匡益。" 殆:副詞,當,必。《商君書·更法》:"臣聞之,疑行無名,疑事無功。君亟定變法之慮,殆無顧天下之議之也。"高亨注:"殆,猶當也。"《新唐書·契苾何力傳》:"若人心如鐵石,殆不背我。" 闕遺:缺失,疏忽。《文選·司馬相如〈封禪文〉》:"是以湯武至尊嚴,不失肅祗;舜在假典,顧省闕遺。"呂延濟注:"言舜居重

位,常自顧省察,恐政治有所闕遺。"《後漢書·郎顗傳》:"如有闕遺,退而自改。"

　　⑤ 東觀:東漢洛陽南宮內觀名,明帝詔班固等修撰《漢記》於此,書成名爲《東觀漢記》。章帝、和帝之時,爲皇宮藏書之府,後因以稱國史修撰之所。徐陵《謝敕賚燭盤賞答齊國移文啓》:"臣職居南史,身典東觀。謹述私榮、傳之方策。"劉禹錫《送分司陳郎中祗召直史館重修三聖實録》:"遠取南朝貴公子,重修東觀帝王書。"　所以:所作,所爲。《論語·爲政》:"子曰:'視其所以,觀其所由,察其所安,人焉廋哉? 人焉廋哉?'"張賈《衡誠懸賦》:"宰物者必察其所持,爲政者必視其所以。"　書詞:亦作"書辭",文辭。《文心雕龍·詔策》:"是以淮南有英才,武帝使相如視草;隴右多文士,光武加意於書辭。豈直取美當時,亦敬慎來葉矣!"獨孤良弼《并州太原縣令路公神道碑》:"以良弼冀公幕府之舊,見托書詞。"　俾:使。《詩·邶風·綠衣》:"我思古人,俾無訧兮。"毛傳:"俾,使。"《新唐書·裴冕傳》:"陛下宜還冕於朝,復俾輔相,必能致治成化。"　起居:特指皇帝的飲食寢興等一切日常生活狀況。《漢書·哀帝紀》:"臣願且得留國邸,旦夕奉問起居。"《宋書·志序》:"今以班固、馬彪二志,晉宋《起居》,凡諸記註,悉加推討,隨條辨析,使悉該詳。"舊時歷朝皇帝都有《起居注》記載皇帝的言行,兩漢時由宮內修撰,魏晉以後設官專修,唐宋時凡朝廷命令赦宥、禮樂法度、賞罰除授、群臣進對、祭祀宴享、臨幸引見、四時氣候、户口增減、州縣廢置等事,皆按日記載。《後漢書·明德馬皇后》:"〔太后〕自撰《顯宗起居注》,削去兄防參醫藥事。"《舊唐書·經籍志》:"乙部爲史,其類十有三:……五曰起居注,以紀人君言動。"　簡牘:指文書,書籍,書簡。蕭統《文選序》:"若斯之流,又亦繁博,雖傳之簡牘,而事異篇章,今之所集,亦所不取。"《舊唐書·韋元甫傳》:"元甫精於簡牘,錫詳於訊覆。"　詳實:詳細確實。《文心雕龍·史傳》:"若司馬彪之詳實,華嶠之準當,則其冠也。"蘇籀《欒城先生遺

言》:"予幸獲與之周旋,聽其誦說,放失舊聞,多得其詳實。"

⑥ 久次:指年資長短。《史記·儒林列傳》:"孝景時,〔董仲舒〕爲博士,下帷講誦,弟子傳以久次相受業,或莫見其面。"久居官次。《後漢書·黃琬傳》:"舊制光禄舉三署郎,以高功久次才德尤異者爲茂才四行。"李賢注:"久次,謂久居官次也。" 遷:晉升或調動。《史記·張丞相列傳》:"〔申屠嘉〕以材官蹶張從高帝擊項籍,遷爲隊率。"葉適《江陵府修城記》:"天子遷趙公金紫光禄大夫,以寵褒之。" 郎位:指職居樞要的郎官之位。甯原悌《論時政疏五篇》:"尚書曠職,則於方伯求材;郎位闕官,必以循良擢用。"賈至《授韋少游祠部員外郎等制》:"南宫郎位,是登題柱之才;左禁諫臣,方求折檻之直。" 允膺:猶承當。沈約《齊故安陸昭王碑文》:"公以宗室羽儀,允膺嘉選。"任昉《爲褚諮議蓁讓代兄襲封表》:"臣門籍勳蔭,光錫土宇,臣貴世載承家,允膺長德。" 清秩:清貴的官職。韋應物《送五經趙隨登科授廣德尉》:"明經有清秩,當在石渠中。獨往宣城郡,高齋謁謝公。"李紳《重入洛陽東門》:"每慚清秩容衰齒,猶有華簪寄病身。驅馬獨歸尋裏巷,日斜行處舊紅塵。" 慎終:善終。陸贄《李澄贈司空制》:"既明且哲,以保其身,求之昔賢,鮮克全備。良以謀始匪易,慎終尤難。"白居易《崔元備張惟素鄭覃陸灃韋弘景賜爵制》:"禮莫重於復土,事莫大於慎終。"

⑦ 可:謂批准任命。元稹《追封宋若華河南郡君制》"特追封邑,豈礙彝章?可贈河南郡君。"《舊唐書·德宗紀》:"伊西北庭節度觀察使李元忠可北庭大都護,四鎮節度留後郭昕可安西大都護、四鎮節度觀察使。" 守:猶攝,暫時署理職務。元稹《楊元卿可涇原節度使制》:"守右金吾衛將軍、權句當左街事楊元卿,衣冠貴胄,文武長材。嘗求三略之師,恥學一夫之敵。"高承《事物紀原·守官》:"漢有守令守郡尉,以秩未當得而越授之,故曰守,猶今權也。則官之有守,自漢始也……《通典》曰:試,未正命也,階高官卑稱行,階卑官高稱守。"

充：充當，擔任。《書·冏命》：“爾無昵於憸人，充耳目之官，迪上以非先王之典。”孔傳：“汝無親近於憸利小子之人，充備侍從在視聽之官，道君上以非先王之法。”韓愈《入關詠馬》：“歲老豈能充上駟？力微當自慎前程。”

［編年］

《年譜》、《編年箋注》、《年譜新編》均編年本文於元和十五年，理由都是：“《舊唐書·高釴傳》：‘累遷至右補闕，充史館修撰……（元和）十五年，轉起居郎，依前充職。’”

我們以爲，一、《年譜》、《編年箋注》、《年譜新編》的編年都有點含混：據《舊唐書·高釴傳》：“十五年轉起居郎，依前充職”的記載，本文寫作時間雖然在元和十五年，但元稹元和十五年二月五日才以膳部員外郎充任試知制誥的工作，故本文最早祇能撰於元和十五年二月五日之後，而不可籠統説“元和十五年”。二、白居易有《何士乂可河南縣令制》，知何士乂先歷職朝議郎、尚書水部員外郎，後晉升京畿河南縣令之劇職。據《舊唐書·穆宗紀》，白居易元和十五年十二月二十八日拜職主客郎中、知制誥臣。據白居易《商山路有感序》，白居易“長慶二年七月”離開中書舍人、知制誥任，出任杭州刺史，又據《舊唐書·穆宗紀》，白居易出任杭州刺史的具體時日在長慶二年七月十四日。《何士乂可河南縣令制》即應該撰成於“元和十五年十二月二十八日”至“長慶二年七月十四日”期間，以高釴在“元和十五年”拜職“起居郎”，再結合白居易制文的撰作時間，高釴拜職“起居郎”和何士乂拜職“水部員外郎”的任命應該在元和十五年的前期。三、高釴擔任的是起居郎的職責，品位雖然祇是“從六品上”，但負責的却是皇帝日常起居記錄以及對每一件朝政處理重要職責，并記錄在史册之上，傳至後世，揚名萬代。對此職責，任何一個皇帝都不可能不加以充分的重視，在“一朝天子一朝臣”的當時，新登位的天子不可能仍然任用前朝天子使用過的起居郎舊人，自然在登位初期，重新任用自己信得過的親信擔任這一重要職務，"俾伺朕之起居"，"編之於簡牘"。從現存《舊唐書》來看，元和十五年、長慶元年的《穆宗紀》記載確實非常"詳且實"，高鉷應該是忠誠於唐穆宗，盡心供職。據此，高鉷與何士義的任命應該在唐穆宗登位之初期，亦即元稹以膳部員外郎資格拜命試知制誥臣的元和十五年二月五日之後不久，地點在長安。

◎ 常元亮等權知橋陵制⁽一⁾①

敕：常元亮等：大宗正言，爾等或親或能，備識其行。誠盡才辦，可以修奉園陵②。吾先帝之衣冠所在，夙夜思念，哀敬不忘。爾其盡恭⁽二⁾，以勗諸吏。可依前件⁽三⁾③。

錄自《元氏長慶集》卷四八

［校記］

（一）常元亮等權知橋陵制：楊本、宋浙本、盧校、叢刊本作"常亮元權知橋陵臺令"，《全文》作"常亮元等權知橋陵制"，各備一說，不改。《編年箋注》將原本的"常元亮"改爲"常亮元"，沒有出校，不妥。

（二）爾其盡恭：叢刊本、《全文》同，楊本作"示其盡恭"，各備一說，不改。

（三）可依前件：原本無，《全文》同，據楊本、盧校、叢刊本補。

［箋注］

① 常元亮：別本又作"常亮元"，但均不見有任何文獻記載。據本文，屬王室親族，元和十五年曾任職"權知橋陵臺令"，從五品，其餘不詳。《舊唐書·職官志》："獻陵、昭陵、恭陵、橋陵八陵令，武德諸陵

令從七品下，永徽二年加獻、昭二陵令爲從五品，已後諸陵並相承，依獻、昭二陵也。"而"常元亮"之後有一"等"字，説明除了常元亮，同制中還有別的官員，與常元亮一起受封授職。具體究竟有多少人，今已無考。　權知：謂代掌某官職。于邵《李公去思頌》："嶺南經略使判官權知容州留後事監察御史裏行同郡李牢，始以文學居辟選之首，遂參帷席。復以謀能當器任之重，留總軍府。"權德輿《使持節郴州諸軍事權知郴州刺史賜緋魚袋李公墓誌銘》："君諱伯康，字士豐，隴西成紀人。"　橋陵：唐睿宗李旦之陵，在陝西省蒲城縣北豐山地區。《舊唐書·睿宗紀》："(開元四年)秋七月己亥，上尊謚曰大聖貞皇帝，廟號睿宗，冬十月庚午葬于橋陵。"《舊唐書·玄宗紀》："(開元十七年)十一月……丙申，謁橋陵，上望陵涕泣，左右並哀感，制奉先縣同赤縣。"據有關文獻記載，唐憲宗安葬的景陵，也在橋陵地區。張説《禮儀使賀五陵祥瑞表并答制》："右，臣等伏以陛下孝通天地，親朝五陵。拜橋陵，則紫氣見，獲白兔，甘露降，白鴿巢，天光清和，日色明朗……"杜甫《橋陵詩三十韻因呈縣内諸官(睿宗葬橋陵，改蒲城爲奉先，官如赤縣)》："先帝昔晏駕，兹山朝百靈。崇岡擁象設，沃野開天庭。"

② 大宗正：官名，宗正寺之正職，從三品上，掌管王室親族的事務。《舊唐書·職官志》："(宗正寺)卿之職，掌九族六親之屬籍，以別昭穆之序，並領崇玄署。"《舊唐書·杜伏威傳》："太宗之圍王世充，遣使招之，伏威請降，高祖遣使就拜東南道行臺尚書令、江淮以南安撫大使、上柱國，封吳王，賜姓李氏，預宗正屬籍。"　修奉：修繕供奉。《東觀漢記·光武紀》："宜以時修奉濟陽城陽縣堯帝之冢。"《宋史·禮志》："祖宗陵寢久淪異域，今金國既割還故地，便當遣宗室使相與臣僚前去修奉灑掃。"　園陵：帝王的墓地。《後漢書·光武帝紀》："赤眉焚西京宮室，發掘園陵。"李賢注："園謂塋域，陵謂山墳。"《舊唐書·韋湊傳》："湊以自古園陵無建碑之禮，又時正旱儉，不可興功。

飛表極諫,工役乃止。"

③ 先帝:前代已故的帝王。《史記·淮南衡山列傳》:"淮南王長廢先帝法,不聽天子詔。"諸葛亮《前出師表》:"先帝創業未半,而中道崩殂。"這裏指安葬在橋陵地區包括唐憲宗在内的已故李唐皇帝,如睿宗、中宗、玄宗、代宗、德宗、順宗等人。 衣冠:衣和冠。《管子·形勢》:"言辭信,動作莊,衣冠正,則臣下肅。"牛僧孺《玄怪録·元無有》:"未幾至堂中,有四人,衣冠皆異,相與談諧,吟詠甚暢。"這裏代指李唐帝皇的衣冠。 夙夜:朝夕,日夜。杜正倫《册彭王元則文》:"無違禮以害身,無縱欲以敗俗,夙夜匪懈,罔有後羞,可不慎歟?"高適《謝上劍南節度使表》:"救蒼生之疲弊,寬陛下之憂勤,乃臣丹誠,縷縷於夙夜。" 思念:想念,懷念。《國語·楚語》:"吾聞君子唯獨居思念前世之崇替者,與哀殯喪,於是有嘆,其餘則否。"荀悦《漢紀·武帝紀》:"上思念李夫人不已。" 哀敬:悲痛莊敬。《荀子·禮論》:"故喪禮者無他焉!明死生之義,送以哀敬而終周藏。"江淹《雜體詩·效袁淑〈從駕〉》:"宫廟禮哀敬,枌邑道嚴玄。" 恭:謂敬慎不懈。《書·堯典》:"允恭克讓,光被四表,格於上下。"孔穎達疏引鄭玄曰:"不懈於位曰恭。"張衡《思玄賦》:"恭夙夜而不貳兮,固終始之所服。" 勖:勉勵。《書·泰誓》:"勖哉夫子,罔或無畏。"孔傳:"勖,勉也。"《後漢書·謝夷吾傳》:"奮忠毅之操,躬史魚之節,董臣嚴綱,勖臣懦弱。"李賢注:"勖,勵也。"

[編年]

《年譜》、《年譜新編》分别編年本文於"庚子至辛丑所作其他制誥"、"庚子至辛丑所作其他文章"欄内。《編年箋注》編年:"權定此《制》撰於元和十五年(八二〇)至長慶元年(八二一)元稹知制誥期間。"

《年譜》、《年譜新編》所限定的"庚子至辛丑"時間段爲兩年二十五個月,超出了元稹知制誥時限二十個半月有四個多月,這樣的框定不僅不夠確切，而且還存在著錯誤。即使如《編年箋注》限定的"元稹知制誥期間"，前後長達二十個半月，也過於籠統。

　　我們以爲，本文可以進一步編年：一、橋陵是唐睿宗李旦之陵，在當時的奉先縣北豐山地區，地當今陝西省蒲城縣。《舊唐書·玄宗紀》："(開元四年十月)庚午，葬睿宗大聖貞皇帝於橋陵。"張説《郯國長公主神道碑》："恩旨陪葬於橋陵，不祔不從，古之道也。"不少李唐皇帝的陵墓就羅列在那裏，如中宗的定陵、玄宗的泰陵、代宗的元陵、德宗的崇陵、順宗的豐陵以及諸多太子、公主的陵墓等等。而唐憲宗就安葬在景陵，《舊唐書·穆宗紀》："(元和十五年五月)庚申，葬憲宗於景陵。"而景陵也在唐睿宗李旦陵等諸多皇陵附近，《舊唐書·敬宗紀》："(長慶四年四月)己未，割富平縣之豐水鄉、下邽縣之翟公鄉、澄城縣之撫道鄉、白水縣之會賓鄉，以奉景陵。"富平縣、下邽縣、澄城縣、白水縣圍繞著李旦陵等帝皇陵所在的奉先縣。而張祜《憲宗皇帝挽歌詞》"壽域無千載，泉門是九重。橋山非遠地，雲去莫疑峰"則明白無誤標示唐憲宗的景陵就在橋山亦即橋陵地區。二、據《舊唐書·憲宗紀》，唐憲宗因宦官被害而突然暴亡，時在元和十五年正月二十六日，年僅四十三歲。屬於意外死亡，故唐憲宗的陵寢事先也許還沒有準備好，不得不臨時修建。三、任命常元亮爲權知橋陵臺令，是爲安葬憲宗預作準備，是安葬憲宗的最先步驟之一，因所有事關景陵的準備事項，都要通過橋陵臺令去落實。何況常元亮等人"或親或能"，是"修奉園陵"最合適的人選。此制誥應該在唐憲宗暴亡之後不久、景陵開始修建之前下達。而任命常元亮爲橋陵臺令理應在令狐楚"將赴山陵"之前，由常元亮負責陵寢前期選址施工等諸多事項。無論如何不會延遲至唐憲宗安葬的元和十五年五月十九日。而令狐楚在元稹代筆的《爲令狐相國謝賜金石凌紅雪狀》表示"將赴山陵"在元和十五年四月。四、元稹以膳部員外郎的身份試知制誥在元和十五年二月五日，此時離開唐憲宗暴亡已經有四十多天，也正是應該安排橋陵臺令的時候。據此,本文應該撰成於元和十五年二月五日之後不久,地點在長安,元稹新任膳部員外郎、試知制誥之職。

◎ 裴堪授工部尚書致仕制^{(一)①}

　　敕:《書》曰:"冲子嗣,則無遺壽耇。"②朕以渺末,憲章祖宗。是用錫于邦伯庶尹,至于舊有位人。式示加恩^(二),以期于理③。

　　而裴堪等奉事先帝,無非舊老。更歷中外,備有典刑。以疾以年,皆致厥政④。遺名自遂,勇退推高。並沐新恩,例升榮級。禆朕厥德^(三),猶俟安車。可依前件⑤。

録自《元氏長慶集》卷四六

[校記]

　　(一)裴堪授工部尚書致仕制:楊本、叢刊本同,《全文》作"加裴堪工部尚書致仕制",各備一説,不改。

　　(二)式示加恩:原本作"式示知恩",叢刊本、《全文》同,據楊本、宋浙本、盧校改。

　　(三)禆朕厥德:楊本、叢刊本、《全文》同,宋浙本、盧校作"禆朕闕德",各備一説,不改。

[箋注]

　　① 裴堪:憲宗朝大臣,致仕於唐憲宗後期,病故於唐敬宗之時。《五禮通考·宗廟時享》:"《文獻通考》:貞元九年,太常博士韋彤、裴堪等議曰……"《舊唐書·憲宗紀》:"(元和六年)夏四月乙丑朔,戊辰……以諫議大夫裴堪爲同州防禦使……(元和七年十一月)甲申,

以同州刺史裴堪爲江西觀察使。"《舊唐書・敬宗紀》："（寶曆元年）閏七月壬午朔……丙戌，户部尚書致仕裴堪卒。"根據本文，疑"户部尚書"是"工部尚書"之誤。白居易《除裴堪江西觀察使制》："江西七郡，列邑數十，土沃人庶，今之奧區。財賦孔殷，國用所繫。兹爲重寄，宜付長才。同州刺史裴堪，素蓄器幹，久經任遇。日者資其忠諒，入爲諫議大夫。藉其良能，出爲左馮翊。曾未周歲，政立績成。區區一郡，未盡其用。鍾陵要鎮，可以委之。夫簡其條章，平其賦役，徇公率正，以臨其人，而人不安，未之有也。祗服厥命，往修乃官。仍兼中憲，以示優寵。可江西觀察使，兼御史中丞。"元稹也在《郭釗等轉勛制》中提及裴堪："堪致厥政，時惟舊老。"並可參閱。　工部尚書：尚書省工部主官。《舊唐書・職官志》"工部尚書：正三品，南朝謂之起部。有所營造，則置起部尚書，畢則省之。隋初改置工部尚書。龍朔爲司平太常伯，光宅改爲冬官尚書，神龍復舊也。"本文是對致仕之人的贈官，并非職事官。岑參《故河南尹岐國公贈工部尚書蘇公挽歌二首》一："河尹恩榮舊，尚書寵贈新。一門傳畫戟，幾世駕朱輪？"元稹《唐故中大夫尚書刑部侍郎上柱國隴西縣開國男贈工部尚書李公墓誌銘》："始以進士第二人試校秘書郎，判容州招討事，復調爲本官。"　致仕：辭去官職。《公羊傳・宣公元年》："退而致仕。"何休注："致仕，還禄位於君。"白居易《不致仕》："七十而致仕，禮法有明文。"

② 書：指《尚書》，姚華《論文後編・目録》："《書》之爲文，篇二十有九，體綜爲四：一典，二謨，三誓，四誥。"《禮記・經解》："温柔敦厚，《詩》教也；疏通知遠，《書》教也……故《詩》之失愚，《書》之失誣。"《文心雕龍・徵聖》："《易》稱'辨物正言，斷辭則備'；《書》云'辭尚體要，弗惟好異'。"　冲子：冲人。《書・召誥》："今冲子嗣，則無遺壽考。"孔傳："童子，言成王少，嗣位治政。"游酢《遊廌山集・論語雜解》："成王自謂：'予冲子，夙夜毖祀。'"　壽考：老年人。壽，長壽，活得歲數

大。《書·洪範》："五福：一曰壽，二曰富，三曰康寧，四曰攸好德，五曰考終命。"孔穎達疏："'一曰壽，'年得長也。"《論語·雍也》："知者動，仁者靜；知者樂，仁者壽。"耇，年老，高壽。《詩·小雅·南山有臺》："樂只君子，遐不黃耇。"毛傳："黃，黃髮也；耇，老也。"《漢書·韋賢傳》："歲月其徂，年其逮耇。"顏師古注："耇者，老人面色如垢也。"

③眇末：微末，古代帝王自謙之詞。陸宸《封棣王虔王沂王遂王制》："肆予眇末，叨獲纂承。賴至道之元慈，鍾列聖之餘慶。"劉承祐《封錢弘俶爲吳越國王玉冊文》："伊朕眇末，虔奉先訓。嗣位之始，即疇懋功。" 憲章：效法。《禮記·中庸》："仲尼祖述堯舜，憲章文武。"蘇軾《集英殿春宴教坊詞·教坊致語》："憲章六聖之典謨，斟酌百王之禮樂。" 祖宗：特指帝王的祖先。段同泰《廢隱太子等四廟議》："臣愚以爲貢禹上書，匡衡奏記，理異於此，事匪其倫。何者？上述祖宗，遠論壇墠，往復於商周之際，徘徊於遷毀之間。"高郢《魯議》："且如王者祖有功而宗有德，祖宗之廟，代代不毀。" 是用：因此。《左傳·襄公八年》："如匪行邁謀，是用不得於道。"張衡《東京賦》："百姓弗能忍，是用息肩於大漢，而欣戴高祖。" 錫：賜予。《詩·大雅·崧高》："既成藐藐，王錫申伯：四牡蹻蹻，鉤膺濯濯。"鄭玄箋："召公營位，築之已成，以形貌告於王，王乃賜申伯。"陸游《過張王行廟》："善人錫之福，奸僞亦擊汝。" 邦伯：州牧，古代用以稱一方諸侯之長。《書·召誥》："命庶殷侯甸男邦伯。"孔傳："邦伯，方伯，即州牧也。"後因稱刺史、知州等一州的長官。杜甫《同元使君舂陵行序》："得（元）結輩十數公，落落然參錯天下爲邦伯，萬物吐氣，天下小安可待矣！"仇兆鰲注："《唐書·元結傳》：'代宗立，結授著作郎，久之，拜道州刺史。'"陳師道《寄鄧州杜侍郎》："請公酌此壽百年，弈弈長爲此邦伯。"本文指裴堪的"同州防禦使"、"江西觀察使"而言，前者實爲刺史，後者兼觀察使府治州刺史。 庶尹：眾官之長。《書·益稷》："百獸率舞，庶尹允諧。"孔傳："尹，正也，眾正官之長。"蔡沈集傳："庶尹者，眾

百官府之長也。"指百官。《文選·陸機〈辨亡論〉》:"庶尹盡規於上,四民展業於下。"呂延濟注:"庶尹,百官也。"　有位:居官。《書·微子》:"乃罔畏畏,咈其耇長,舊有位人。"孔穎達疏:"違戾其耇老之長與舊有爵位致仕之賢人。"指居官之人。《書·伊訓》:"制官刑,儆於有位。"孔傳:"言湯制治官刑法,以儆戒百官。"　式:語助詞。《詩·大雅·蕩》:"式號式呼,俾晝作夜。"《舊唐書·文宗紀》:"載軫在予之責,宜降恤辜之恩,式表殷憂,冀答昭誡。"　示:顯現,表示。《禮記·禮運》:"刑仁講讓,示民有常。"韓愈《贈別元十八協律六首》一:"臨當背面時,裁詩示繾綣。"　加恩:賜予恩惠。白居易《贈劉總太尉冊文》:"茲朕所以廢朝軫念,備禮加恩,庸建爾於上公,蓋褒贈之崇重者也。"元稹《王炅等升秩制》:"言念功庸,宜升秩序。榮以憲署,命之崇班。特示加恩,匪用彝典。"　以期:表示通過上文所說的做法,希望達到下文的目的。李白《送戴十五歸衡嶽序》:"而此君獨潛光後世,以期大用,鯤海未躍,鵬霄悠然。不遠千里,訪余以道。"沈亞之《上九江鄭使君書》:"書成,亞之題帛引弓,射書於常山帥。帥得書,以期請降。"　理:治理,整理。《淮南子·原道訓》:"夫能理三苗、朝羽民……其惟心行者乎!"高誘注:"理,治也。"顧敻《虞美人》二:"起來無語理朝妝,寶匣鏡凝光。"

④ 奉事:侍候,侍奉。《戰國策·秦策》:"薛公入魏而出齊女……齊女入魏而怨薛公,終以齊奉事(秦昭)王矣!"李公佐《南柯太守傳》:"前奉賢尊命,不棄小國,許令次女瑤芳,奉事君子。"　先帝:前代已故的帝王。田再思《服母齊衰三年議》:"何必乖先帝之旨,阻人子之情,虧仁孝之心,背德義之本?"陸贄《均節賦稅恤百姓六條》:"肅宗撥滔天之災,而急於功賞;先帝邁含垢之德,而緩於糾繩。"　無非:無一不是,不外乎。《管子·禁藏》:"伍無非其人,人無非其里,里無非其家。"尹知章注:"雖伍長亦選能者爲之也。"《史記·燕召公世家》:"今王言屬國於子之,而吏無非太子者,是名屬子之,而實太子用

事也。" 舊老:過去的老臣。陸贄《奉天論前所答奏未施行狀》:"元宗躬定大難,手振宏綱。開懷納忠,克己從諫。尊用舊老,采拔群材。"李德裕《論儀鳳以後大臣褒贈狀》:"當天后革命之初,宗室英賢、將相舊老、忠於國者相繼受誅。" 更歷:經歷,閱歷。歐陽詹《右街副使廳壁記》:"濮陽公先以節行選,次以材能擇,加之以更歷,因之以故舊,得建州別駕、前尚衣奉御高陽許公以聞。"李翱《祭楊僕射文》:"更歷中外,聲華日盛。咸期作相,爲國之慶。" 中外:朝廷之內外,中央和地方。郭子儀《請宣示儉德表》:"臣等備位宰臣,職當毗贊。恐聖烈無紀,臣下未知,請編之史策,宣示中外。"張延賞《請追諡常王傅吳兢奏》:"故常王傅吳兢,先朝史臣,歷踐中外,大行忠信,彰於朝野。"典刑:亦作"典型",謂舊法,常規。《詩·大雅·蕩》:"雖無老成人,尚有典刑。"鄭玄箋:"猶有常事故法可案用也。"蘇軾《次韵子由送蔣夔赴代州學官》:"功利爭先變法初,典型獨守老成餘。"典範。蘇舜欽《代人上申公祝壽》:"天爲移文象,人思奉典型。" 致政:猶致仕,指官吏將執政的權柄歸還給君主。《禮記·王制》:"五十而爵,六十不親學,七十致政。"鄭玄注:"還君事。"《淮南子·氾論訓》:"成王既壯,周公屬籍致政,北面委質而臣事之。"高誘注:"致,猶歸也。" 厥:助詞,無義。《書·多士》:"誕淫厥泆。"韓愈《贈張童子序》:"能在是選者,厥惟艱哉!"

⑤ 遺名:謂遺棄名位。曹植《七啓》:"予聞君子不遯俗而遺名,智士不背世而滅勛。"《樂府詩集·滿歌行》郭茂倩題解:"莊周遺名,名垂千載。" 遂:如願,順從。《詩·曹風·候人》:"彼其之子,不遂其媾。"朱熹集傳:"遂,稱;媾,寵也。遂之爲稱,猶今人謂遂意曰稱意。"杜甫《羌村三首》一:"世亂遭飄蕩,生還偶然遂。" 勇退:勇於隱退,見機急退。謝瞻《于安城答靈運》:"歲寒霜雪嚴,過半路愈峻。量己畏友朋,勇退不敢進。"權德輿《寄臨海郡崔稺璋》:"志士誠勇退,鄙夫自包羞。" 高:清高,高尚。《韓非子·五蠹》:"輕辭天子,非高也,

勢薄也。”杜甫《敬寄族弟唐十八使君》：“物白諱受玷，行高無污真。”沐：受潤澤，引申爲蒙受。段成式《題商山廟》：“偶出雲泉謁禮闈，篇章曾沐漢皇知。”岳飛《乞依樞副舊例叙位札子》：“臣近蒙恩除樞密副使，已具懇辭，未沐矜許。”　恩：德澤，恩惠。《孟子·梁惠王》：“今恩足以及禽獸，而功不至於百姓者，獨何與？”曹植《求通親親表》：“誠可謂恕己治人，推惠施恩者矣！”　例升：按例升遷。石敬瑭《朝臣除外任准同在朝例升進敕》：“宜今後應朝臣中有藉材特除外任者，秩滿無遺闕，將來擬官之時，在外一任，同在朝一任昇進。”唐無名氏《對立功流例判》：“摧凶殺敵，已立殊功；准格酬庸，例昇榮級。”　榮級：榮譽爵位。《南史·劉瓛傳》：“近初奉教，便自希得託迹客遊之末，而固辭榮級，其故何邪？”皎然《哭吳縣房聳明府》：“恨以榮級淺，嘉猷未及宣。”　裨：彌補。《國語·晉語》：“夫霸王之勢，在德不在先歃，子若能以忠信贊君，而裨諸侯之闕，歃雖在後，諸侯將載之，何爭於先？”韋昭注：“裨，補也。”補益。韓愈《進學解》：“頭童齒豁，竟死何裨！”厥：助詞，無義。楊炯《隰州縣令李公墓誌銘》：“吉兆占熊，嘉名贈鯉。聿修厥德，必復其始。”符載《犀浦縣令楊府君墓誌銘》：“發緒洪流，丕承和粹，世嗣厥德，休有光耀。”　安車：古代可以坐乘的小車，古車立乘，此爲坐乘，故稱安車，供年老的高級官員及貴婦人乘用，高官告老還鄉或徵召有重望的人，往往賜乘安車。安車多用一馬，禮尊者則用四馬。《漢書·張禹傳》：“爲相六歲，鴻嘉元年，以老病乞骸骨，上加優再三乃聽許。賜安車駟馬，黃金百斤，罷就第。”皇甫謐《高士傳·韓康》：“桓帝時，乃備元纁安車以聘之。使者奉詔造康，康不得已，乃佯許諾，辭安車，自乘柴車冒晨先發。”

[編年]

　　未見《年譜》編年。《編年箋注》編年本文：“不出元稹任祠部員外郎試知制誥及正拜之元和十五年(八二〇)至長慶元年(八二一)間。”

《年譜新編》編年本文於"庚子至辛丑所作其他文章"欄内,没有説明理由。

　　作爲應該準確無誤表述元稹生平的"年譜",《年譜》疏漏對本文的編年很不應該。《編年箋注》所述元稹官職"祠部員外郎試知制誥"是錯誤的,元稹一生並未任此官職,元稹"試知制誥"時的挂名官職是"膳部員外郎"。正拜是指正式拜官,如權德輿《論裴延齡不應復判度支疏》"臣職在諫曹,合采群議。正拜已來,今已旬日。道路云云,無不言此"就是其中顯著的例子。元稹正拜知制誥臣在元和十五年五月九日,至長慶元年二月十六日,元稹升任中書舍人翰林承旨學士,已經超出知制誥臣"正拜"的範疇,故《編年箋注》的表述存在常識性的錯誤。而且,無故包含元和十五年二月五日之前的正月、閏正月以及長慶二月十六日之後的諸多時日,更不應該。《年譜新編》的表述存在同樣的問題。

　　其實,本文可以進一步編年:一、本文"是用錫于邦伯庶尹,至于舊有位人。式示加恩,以期于理"、"而裴堪等奉事先帝,無非舊老。更歷中外,備有典刑。以疾以年,皆致厥政。遺名自遂,勇退推高"云云表明,裴堪致仕應該在憲宗朝。二、元稹《郭釗等轉勳制》中提及裴堪:"堪致厥政,時惟舊老。"而此文作於長慶元年正月初三之後一二日之内李唐改元長慶慶典之時,而本文並未提及唐穆宗對裴堪"轉勳"的恩典,從側面證明本文應該作於長慶元年正月初三之前的元和十五年。三、本文"朕以渺末,憲章祖宗"、"並沐新恩,例升榮級"云云,已經表明本文是李桓初登帝位時所作,具體時間應該在唐穆宗登位慶典之時的二月五日之後數日之内。

◎ 贈田弘正等父制(一)①

門下：朕聞昔者明王之以孝理天下也，莫不因嚴以教敬，推類以明恩②。朕以眇身(二)，欽承大寶，爲億兆人之君父，奉十一聖之宗祧③。捧烏號，知群臣有良弓之思；瞻彼蒼，念群臣有所天之感④。是用仲月五日，申命有司，大錫追崇，式彰餘慶⑤。

而魏博等州節度觀察處置等使、魏州大都督府長史田弘正亡父、贈兵部尚書庭玠等，教必以忠，殁而不朽。茂仲弓之德，而位屈當年；副孔父之恭，而福流來裔⑥。

惟爾弘正，爲朕方叔，以殿大邦。惟爾夷簡，爲朕河間(李夷簡宗室宰相，故云)(三)，以光宗籍。惟爾度，爲朕呂望，以司專征⑦。

子有勞於王家，父豈忘於錫命？進以師長之贈，加之保傅之尊。咨爾三臣，告是五廟。永錫忠孝，贊於邦家。可依前件⑧。

録自《元氏長慶集》卷五〇

[校記]

（一）贈田弘正等父制：《全文》同，楊本、盧校、叢刊本作“贈田弘正父庭玠等”，各備一説，不改。

（二）朕以眇身：原本作“朕以渺身”，據楊本、叢刊本、《全文》改。

（三）爲朕河間(李夷簡宗室宰相，故云)：《全文》同，楊本、叢刊本作“爲朕河間”，下無注文，各備一説，不改。

[笺注]

① 田弘正：李唐功臣，對穩定中唐河朔亂局，發揮了關鍵作用，是耳熟能詳的歷史人物。田弘正的名字，經常出現在元稹的詩文集中，元稹《沂國公魏博德政碑》、《故中書令贈太尉沂國公墓誌銘》對田弘正的生平、功績有詳細評述，故這裏對他的歷史功績，就不作細緻詳盡的介紹。裴度《論田弘正討李師道疏》："魏博一軍，不同諸道，過河之後，却退不得，便須進擊，方見成功。"韓愈《魏博節度觀察使沂國公先廟碑銘》："元和八年十一月壬子……傳詔曰：'田弘正始有廟京師，朕惟弘正先祖父，厥心靡不向帝室，訖不得施，乃以教付厥子；維弘正銜訓事嗣，朝夕不怠，以能迎天之休，顯有丕功。維父子繼忠孝，予維寵嘉之，是以命汝愈銘。"

② 明王：聖明的君主。《左傳・宣公十二年》："古者明王伐不敬。"王通《中說・天地》："願執明王之法，使天下無冤人。" 孝：謂孝道。《孝經・庶人》："自天子至於庶人，孝無終始，而患不及者，未之有也。"李隆基注："始自天子，終於庶人，尊卑雖殊，孝道同致。"李密《陳情表》："伏望聖朝以孝治天下，凡在故老，猶蒙矜育。況臣孤苦，特爲尤甚。" 理：治理，整理。《淮南子・原道訓》："夫能理三苗、朝羽民……其惟心行者乎！"高誘注："理，治也。"顧敻《虞美人》二："起來無語理朝妝，寶匣鏡凝光。" 莫不：無不，没有一個不。《左傳・成公十六年》："民生敦厖，和同以聽，莫不盡力，以從上命。"韓愈《韓滂墓誌銘》："天固生之邪？偶自生邪？天殺也邪？其偶自死邪？莫不歸於死，壽何少多？" 嚴：嚴厲，嚴格。《韓非子・難》："知微之謂明，無救赦之謂嚴。"陳天麟《太倉稊米集序》："公謂子曰：作詩先嚴格律，然後及句法。" 教敬：義近"修敬"，表示敬意。《史記・廉頗藺相如列傳》："於是趙王乃齋戒五日，使臣奉璧，拜送書於庭。何者，嚴大國之威以修敬也。"周輝《清波別志》卷上："三四十年前，占辭修敬，以頓首再拜爲重。" 推類：猶類推，謂比類而推究。王充《論衡・實知》：

"凡聖人見禍福也,亦揆端推類,原始見終。"蘇軾《郊祀奏議》:"秦燔
詩書,經籍散亡,學者各以意推類而已。"　明恩:謂賢明君王的恩惠。
王安石《被召作》:"榮祿嗟何及?明恩愧未酬。"秦觀《賀孫中丞啓》:
"光奉明恩,進陞中憲。"

　③眇身:猶言微末之身,封建帝后的自謙之詞。《漢書·武帝
紀》:"朕以眇身承至尊,兢兢焉惟德菲薄,不明于禮樂,故用事八神。"
《北齊書·神武帝紀》:"以朕眇身,遇王武略,不勞尺刃,坐爲天子。"
欽承:恭敬地繼承或承受。曹丕《與鍾大理書》:"嘉貺益腆,敢不欽
承?"王維《爲崔常侍謝賜物表》:"臣幸居無事,待罪西門,恭守嘉謨,
欽承成憲。"　大寶:《易·繫辭》:"聖人之大寶曰位。"後因以"大寶"
指帝位。楊衒之《洛陽伽藍記·永寧寺》:"正以糠秕萬乘,錙銖大寶,
非貪皇帝之尊,豈圖六合之富?"《舊唐書·德宗紀》:"朕以寡德,祗膺
大寶。"　億兆:指庶民百姓,猶言衆庶萬民。蔡邕《太尉汝南李公
碑》:"憲天心以教育,沐垢濁以揚清,爲國有賞,蓋有億兆之心。"元稹
《酬別致用》:"達則濟億兆,窮亦濟毫厘。"　君父:特稱天子。曹植
《求自試表》:"昔耿弇不俟光武,亟擊張步,言不以賊遺于君父也。"蘇
軾《再論積欠六事四事札子》:"只爲朝廷惜錢,不爲君父惜民,類皆如
此。"　十一聖:自李唐建國,至唐穆宗之前,正統觀念認爲前後有十
一位帝皇登極,他們是高祖、太宗、高宗、中宗、睿宗、玄宗、肅宗、德
宗、順宗、憲宗。其實在李唐的歷史上,在唐玄宗之前,還有武則天,
在位二十一年,但出於封建正統觀念,一般不計在內。除此而外,還
有義宗,但未登大位,屬崩後追尊,故也不計在內;殤帝李重茂,爲韋
庶人所立,韋庶人臨朝稱制很快敗亡,李重茂主動遜位,故也不計在
內。　宗祧:宗廟。《左傳·襄公二十三年》:"紇不佞,失守宗祧,敢
告不吊?紇之罪,不及不祀。"杜預注:"遠祖廟爲祧。"陸贄《奉天改元
大赦制》:"朕嗣守丕構,君臨萬方,失守宗祧,越在草莽。"

　④"捧烏號"兩句:傳說黃帝鑄鼎於荆山鼎湖,得道而仙,乘龍而

上,其臣援弓射龍,欲下黃帝,不能也。烏,於也;號,呼也。於是抱弓而號,因名其弓爲烏號之弓也。後以"烏號"指良弓。《太平御覽》卷三四七引陳琳《武庫賦》:"弓則烏號、越棘、繁弱、角端。"駱賓王《從軍中行路難二首》二:"百發烏號遙碎柳,七尺龍文迥照蓮。"也表示對死者哀悼。酈道元《水經注·廬江水》:"〔匡俗〕屢逃徵聘,廬於此山,時人敬之。俗後仙化,空廬猶存。弟子覩室悲哀。哭之旦暮,事同'烏號'。"葉適《何參政挽歌三首》二:"佳哉鳳凰壘,悲甚付烏號。" 彼蒼:《詩·秦風·黃鳥》:"彼蒼者天,殲我良人。"孔穎達疏:"彼蒼蒼者,是在上之天。"後因以代稱天。蔡琰《悲憤詩二首》一:"彼蒼者何辜,乃遭此戹禍?"孟浩然《行至漢川作》:"萬壑歸於海,千峰劃彼蒼。"

⑤ 是用:因此。王勃《續書序》:"是用屬精激憤,宵吟晝詠,庶幾乎學而知之者,其修身慎行,恐辱先也。"駱賓王《螢火賦有序》:"是用中宵而作,達旦不暝,覩茲流螢之自明,哀此覆盆之難照。" 仲月:指每季的第二個月,即農曆二、五、八、十一月,因處每季之中,故稱。錢起《過鳴皋隱者》:"仲月霽春雨,香風生藥田。"《新唐書·禮樂志》:"禮不祭墓,唐家之制,春、秋仲月以使具鹵簿衣冠巡陵。"本文指元和十五年二月,該年閏正月,故其"仲月",實際上已經是當年的第三個月。 申命:重申教命,再命。《易·巽》:"重巽以申命。"孫星衍集解引陸績曰:"巽爲命令,重命令者,欲丁寧也。"高亨注:"《巽》之卦像是君上重申其教命,故曰:'重巽以申命。'"命令。李白《比干碑》:"申命郡縣,封墳葺祠。"柳宗元《終南山祠堂碑》:"皇帝使中謁者,禱于終南山,申命京兆尹韓府君,祗飭祀事,考視祠制。" 有司:官吏,古代設官分職,各有專司,故稱。張說《請封太山表並批答》:"乃命有司,速定大典,臣不勝懇禱,敢昧死再拜。"張九齡《籍田之制》:"宜令禮官博士詳擇典故,有司速即施行。" 錫:賜予恩寵或財物。《漢書·武帝紀》:"三適謂之有功,乃加九錫。"韓愈《息國夫人墓誌銘》:"昔在貞元,有錫自天。" 追崇:對死者追加封號。《梁書·侯景傳》:"景又矯

蕭棟詔,追崇其祖爲大將軍,考爲丞相。"劉知幾《史通·稱謂》:"至如元氏起于邊朔,其君乃一部之酋長耳! 道武追崇所及,凡二十八君。"
式:用,以,以此。《書·盤庚》:"式敷民德,永肩一心。"孔穎達疏:"用此布示於民。"柳宗元《舜廟祈晴文》:"敢望誅黑蜦,挾陰蜺,式乾后土,以廓天倪。" 彰:顯揚,表彰。《孟子·告子》:"尊賢育才,以彰有德。"《舊唐書·郭子儀傳》:"聖旨微婉,慰諭綢繆,彰微臣一時之功,成子孫萬代之寶。" 餘慶:指留給子孫後輩的德澤。《易·坤》:"積善之家,必有餘慶。"《南史·齊高帝諸子論》:"梁武革齊,弗取前轍。子恪兄弟,並皆錄用。雖見梁武之弘裕,亦表文獻之餘慶。"

⑥ 庭玠:田弘正父親,亦是中唐名將之一。《舊唐書·田弘正傳》:"(田)廷玠,幼敦儒雅,不樂軍職,起家爲平舒丞,遷樂壽、清池、束城、河間四縣令,所至以良吏稱。大曆中,累官至太府卿、滄州別駕,遷滄州刺史,兼御史中丞,充橫海軍使。承嗣與淄青李正己、恒州李寶臣不協,承嗣既令廷玠守滄州,而寶臣、朱滔聯兵攻擊,欲兼其土宇。廷玠嬰城固守,連年受敵,兵盡食竭,人易子而食,卒無叛者,卒能保全城守。朝廷嘉之,遷洺州刺史,又改相州。屬薛蒿之亂,承嗣蠶食薛嵩所部,廷玠守正字民,不以宗門回避而改節。建中初,族姪悅代承嗣領軍政,志圖凶逆,慮廷玠不從,召爲節度副使。悅奸謀頗露,廷玠謂悅曰:'爾藉伯父遺業,可稟守朝廷法度,坐享富貴,何苦與恒、鄆同爲叛臣? 自兵亂以來,謀叛國家者可以歷數,鮮有保完宗族者。爾若狂志不悛,可先殺我,無令我見田氏之赤族也!'乃謝病不出。悅過其第而謝之,廷玠杜門不納,將吏請納。建中三年,鬱憤而卒。弘正,廷玠之第二子。"《資治通鑑》卷二二六等有類似記載,可參閱。 教必以忠:亦即"教忠",謂教以忠誠之道理,語出《左傳·僖公二十三年》:"子之能仕,父教之忠,古之制也。"朱弁《曲洧舊聞》卷一○:"覽觀謠俗,無忘遺愛之厚,永念教忠之餘,皆謂是也。" 歿:死,去世。《史記·屈原賈生列傳》:"伯樂既歿兮,驥將焉程兮?"《周書·

鄭孝穆傳》："父叔四人並早歿。" 不朽：不磨滅，永存。《左傳·襄公二十四年》："大上有立德，其次有立功，其次有立言，雖久不廢，此之謂不朽。"《後漢書·李固傳》："明公躋伯成之高，全不朽之譽，豈與此外戚凡輩耽榮好位者同日而論哉！" 茂：引申爲昌盛，豐碩。《詩·小雅·南山有臺》："樂只君子，德音是茂。"鄭玄箋："茂，盛也。"韓愈《河南府法曹參軍盧府君夫人苗氏墓誌銘》："赫赫苗宗，族茂位尊。"仲弓：春秋魯冉雍的字，也稱子弓，孔子的學生，以德行著稱。《史記·仲尼弟子列傳》："孔子以仲弓爲有德行，曰：'雍也可使南面。'"《孔子家語·七十二弟子解》："冉雍字仲弓，伯牛之宗族，生於不肖之父，以德行著名。" 位屈：屈才。白居易《早春雪後贈洛陽李長官長水鄭明府二同年》："朱紱洛陽官位屈，青袍長水俸錢貧。有何功德紆金紫？若比同年是幸人。"《舊唐書·魏元忠》："願降寬大之詔，使各言其志。無令汲黯直氣，臥死于淮陽；仲舒大才，位屈于諸侯相。"本文意謂田庭玠雄心壯志，僅僅官至節度使，最後難酬壯志，鬱鬱而終。副：相稱，符合。《後漢書·黃瓊傳》："盛名之下，其實難副。"李咸用《和友人喜相遇十首》三："人生口心宜相副，莫使堯階草勢斜！" 孔父：指孔子。《後漢書·申屠剛傳》："損益之際，孔父攸嘆。"李賢注引《說苑》曰："孔子讀《易》，至《損》、《益》，則喟然而嘆。"王坦之《廢莊論》："孔父非不體遠，以體遠故用近；顏子豈不具德，以德備故膺教。"福流：猶"福佑"，賜福保佑。《漢書·哀帝紀》："陛下聖德寬仁，敬承祖宗，奉順神祇，宜蒙福佑子孫千億之報。"顏師古注："《大雅·假樂》之詩曰：'干祿百福，子孫千億。'言成王宜衆宜人，天所保佑，求得福祿，故子孫衆多也。"《顏氏家訓·名實》："忘名者，體道合德，享鬼神之福佑，非所以求名也。" 來裔：後世子孫。蔡邕《太尉汝南李公碑》："銘勒顯於鐘鼎，清烈光於來裔。"張九齡《開鑿大庾嶺路序》："泊古所不載，寧可默而無述也！盍刊石立紀，以貽來裔，是以追之琢之，樹之不朽。"

⑦　方叔：周宣王時賢臣。《詩·小雅·采芑》："顯允方叔，征伐獫狁，蠻荊來威。"鄭玄箋："方叔先與吉甫征伐獫狁，今特往伐蠻荊，皆使來服于宣王之威，美其功之多也。"曹植《求自試表》："以方叔、邵虎之臣，鎮衞四境，爲國爪牙者，可謂當矣！"　殿：鎮撫，鎮守。《詩·小雅·采菽》："樂只君子，殿天子之邦。"毛傳："殿，鎮也。"韓愈《南海神廟碑》："詔用前尚書右國子祭酒魯國孔公爲廣州刺史，兼御史大夫，以殿南服。"　大邦：大的州郡。朱浮《爲幽州牧與彭寵書》："豈有身帶三綬，職典大邦，而不顧恩義，生心外叛者乎！"韓愈《河南府同官記》："于時河東公爲左僕射宰相，出藩大邦，開府漢南。"　河間：唐高祖從兄弟，李唐宗室，與李夷簡的宗室身份相應。在李唐一統天下的過程中，功績卓著，可與李世民相提並論。《舊唐書·河間王孝恭傳》："河間王孝恭，琛之弟也。高祖克京師，拜左光祿大夫，尋爲山南道招慰大使。自金州出於巴蜀，招携以禮，降附者三十餘州。孝恭進擊朱粲，破之，諸將曰：'此食人賊也！爲害實深，請坑之！'孝恭曰：'不可！自此已東，皆爲寇境，若聞此事，豈有來降者乎？'盡赦而不殺，由是書檄所至，相繼降款……(孝恭)寬恕退讓，無驕矜自伐之色。太宗甚加親待，諸宗室中莫與爲比……十四年暴薨，年五十，太宗素服舉哀，哭之甚慟，贈司空、揚州都督，陪葬獻陵，謚曰'元'，配享高祖廟庭……贊曰……河間孝恭，獨稱軍功。"《新唐書·宗室傳贊》："贊曰……至河間之功，江夏之略，可謂宗室標的者也。"　宗籍：皇族的譜牒。吕温《代賀生擒李錡表》："賊錡身齒人倫，家承宗籍，三朝任遇，五族輝光。"曾鞏《公族議》："後世公族無封國埰地之制，而有列於朝，有賜於府，是亦親而貴之，愛而富之之意也。其名書于宗籍者，繁衍盛大，實國家慶。"　吕望：即周初人吕尚，尚年老，隱於漁釣，文王出獵，遇於渭濱，與語大悅，曰："吾太公望子久矣！"故號之曰太公望，後世亦稱吕望。《楚辭·離騷》："吕望之鼓刀兮，遭周文而得舉。"《文心雕龍·銘箴》："吕望銘功於昆吾，仲山鏤績於庸器。"　專征：受命

自主征伐。班固《白虎通·考黜》:"好惡無私,執義不傾,賜以弓矢,使得專征。"陶潛《命子詩》:"桓桓長沙,伊勳伊德。天子疇我,專征南國。"這裏指裴度元和十二年受命統軍征討淮西叛亂並最終平定獲勝之事。

⑧ 有勞:有功勞。韓愈《董公行狀》:"天子念爾有勞,故下詔禁侵犯。"元稹《荊浦授左清道率府率制》:"乃詔超陟,因及序常。用報有勞,且升久次。" 王家:猶王室,王朝,朝廷。呂溫《道州律令要録序》:"太尉侍中勤勞王家,惠于生人。"强至《上參政趙侍郎啓》:"十載台路,一心王家。" 錫命:天子有所賜予的詔命。《易·師》:"王三錫命。"孔穎達疏:"三錫命者,以其有功,故王三加錫命。"張九齡《恩賜樂遊園宴應制》:"寶筵延錫命,供帳序群公。" 師長:衆官之長。《書·盤庚》:"嗚呼!邦伯師長,百執事之人,尚皆隱哉!"孔穎達疏:"衆官之長,故爲三公六卿也。"《舊唐書·盧群傳》:"但得百寮師長肝膽,不用三軍羅綺金銀。"疑對三名亡父的追贈中,有與"師長"、"保傅"相關的官職,當然所賜都是榮銜虛職。 保傅:古代保育、教導太子等貴族子弟及未成年帝王、諸侯的男女官員,統稱爲保傅。《戰國策·秦策》:"居深宮之中,不離保傅之手。"《南史·諸照傳》:"照少有高節,王儉嘗稱才堪保傅。" 五廟:古代諸侯立五廟,即父、祖、曾祖、高祖、始祖之廟。《禮記·祭法》:"諸侯立五廟、一壇、一墠。曰考廟,曰王考廟,曰皇考廟,皆月祭之。顯考廟、祖考廟享嘗乃止。"《公羊傳·莊公三年》:"請後五廟,以存姑姊妹。" 忠孝:忠於君國,孝於父母。蘇頲《九月九日望蜀臺》:"青松繫馬攢巖畔,黄菊留人籍道邊。自昔登臨湮滅盡,獨聞忠孝兩能傳。"杜甫《覽柏中允兼子侄數人除官制詞因述父子兄弟四美載歌絲綸》:"紛然喪亂際,見此忠孝門。蜀中寇亦甚,柏氏功彌存。" 賚:賞賜,賜予。《詩·商頌·烈祖》:"既載清酤,賚我思成。"毛傳:"賚,賜也。"朱熹集傳:"賚,與也。"《魏書·食貨志》:"靈太后曾令公卿已下任力負物而取之,又數賚禁内左右,所

費無貲，而不能一丐百姓也。”　邦家：國家。《詩·小雅·南山有臺》：“樂只君子，邦家之基。”鄭玄箋：“人君既得賢者，置之於位，又尊敬以禮樂，樂則能爲國家之本。”《後漢書·皇甫規傳論》：“故能功成於戎狄，身全於邦家也。”

［編年］

　　《年譜》編年本文於“元和十五年十月乙酉以前”，理由是：一、“《制》稱弘正爲‘魏博等州節度觀察處置等使、魏州大都督府長史’。”二、“據《舊唐書·穆宗紀》云：‘(元和十五年十月)乙酉，以魏博等州節度觀察等使、光禄大夫、檢校司徒、兼侍中、魏博大都督府長史、上柱國、沂國公、食邑三千户、實封三百户田弘正可檢校司徒、兼中書令、鎮州大都督府長史、成德軍節度、鎮冀深趙等州觀察處置等使。’”《編年箋注》、《年譜新編》據同樣的理由，得出同樣的結論。

　　《年譜》、《編年箋注》、《年譜新編》的編年理由有誤，編年結論無法成立。一、本文：“魏博等州節度觀察處置等使、魏州大都督府長史”，與《舊唐書·憲宗紀》記載一一切合：“(元和十四年)九月丙子朔……甲辰，以魏博節度使、光禄大夫、檢校司徒、同平章事、兼魏州大都督長史、上柱國、沂國公、食邑三千户田弘正依前檢校司徒、兼侍中、賜實封三百户，時弘正三上表乞留闕庭，不許。”二、而《年譜》、《編年箋注》、《年譜新編》所引録的《舊唐書·穆宗紀》“(元和十五年十月)乙酉，以魏博等州節度觀察等使、光禄大夫、檢校司徒、兼侍中、魏博大都督府長史、上柱國、沂國公、食邑三千户、實封三百户田弘正可檢校司徒、兼中書令、鎮州大都督府長史、成德軍節度、鎮冀深趙等州觀察處置等使”與本文表述并不相符，“魏博等州節度觀察處置等使、魏州大都督府長史”是前職，與後職“鎮州大都督府長史、成德軍節度、鎮冀深趙等州觀察處置等使”並不相同，明眼人一加對照，就知錯誤所在，無需他人饒舌。三、本文“朕以眇身，欽承大寶，爲億兆人之君父,奉十一聖之宗祧。捧烏號,知群臣有良弓之思;瞻彼蒼,念群臣有所天之感。是用仲月五日,申命有司,大錫追崇,式彰餘慶"的一段話,明確無誤告訴我們,本文應該撰成於元和十五年二月五日唐穆宗登極慶典晉升百僚、追贈已故父母祖先之時。據此,我們以爲本文應該撰成於元和十五年二月五日登位慶典之時,或稍後一二日之内,地點在長安,元稹剛剛任職膳部員外郎試知制誥。

◎ 贈田弘正等母制^{(一)①}

門下:檢校司徒田弘正母、贈韓國太夫人鄭氏等,《詩》云:"哀哀父母,生我劬勞……欲報之德,昊天罔極。""子欲養而親不待"之詞也②。

朕有臣弘正等,皆社稷之臣也。或寄重股肱,或親連肺腑③。而克忠於國,克孝於家。歌康公念母之詩,感日磾見圖而泣④。朕方推廣孝,以闡大猷,乃詔有司,深惟贈典⑤。

若曰:幽魏并揚^(二),實鎮之大,既以命於勛賢;齊晉清河,惟號之美,可用光於窀穸^(三)。永錫爾類,予何愛焉^{(四)⑥}!

嗚呼! 子爲列嶽之崇,母用追封之禮,亦可謂生榮死哀,孝子事親之終也。惟爾欽哉,無或失墜。可依前件⑦。

錄自《元氏長慶集》卷五〇

[校記]

(一)贈田弘正等母制:楊本、盧校、叢刊本作"贈田弘正母鄭氏等",《全文》作"贈田弘正母鄭氏等制",各備一説,不改。

(二)若曰幽魏并揚:原本作"若曰幽魏并楊",楊本同,據《全文》改。

　（三）可用光於窀穸：楊本同，《全文》作"何用光於窀穸"，各備一說，不改。

　（四）予何愛焉：《全文》同，楊本誤作"子何愛焉"，不從不改。

[笺注]

　① 田弘正：李唐功臣，他的父親田庭玠、兒子田布，亦都對李唐平定各地叛亂藩鎮都作出過重要貢獻，可謂三代勛臣，一門忠良。在元稹的詩文集中，對他們的歷史功績，一再給予不吝筆墨的褒揚，想來讀者與我們一樣，深有同感。如元稹《謝准朱書撰田弘正碑文狀》："伏以田弘正首變魏俗，彰先帝之睿謀。近入鎮州，宣陛下之神武。積成忠懇，大有勛勞。"又如元稹《招討鎮州制》："然而田弘正首以六州之衆歸於朝廷，開先帝之雄圖，變河朔之舊俗。"

　② 太夫人：漢制，列侯之母稱太夫人。《漢書·文帝紀》："令列侯太夫人、夫人、諸侯王子及吏二千石無得擅徵捕。"顏師古注引如淳曰："列侯之妻稱夫人。列侯死，子復爲列侯，乃得稱太夫人。子不爲列侯，不得稱也。"後世官吏之母，不論存歿，亦稱太夫人。楊炯《中書令汾陰公薛振行狀》："尋拜中書舍人、宏文館學士，三十二，丁太夫人憂去職，起爲黃門侍郎。"韓愈《祭左司李員外太夫人文》："維年月日，某官某等謹以清酌庶羞之奠，敬祭于某縣太君鄭氏尊夫人之靈。"

"哀哀父母"四句：見於《詩經·小雅·蓼莪》，詩篇寫兒女對父母辛勤養育自己的懷念，抒發自己不得終養父母的苦痛，亦即本文"子欲養而親不待之詞也"之意。全詩如下，其一："蓼蓼者莪，匪莪伊蒿。哀哀父母，生我劬勞。"其二："蓼蓼者莪，匪莪伊蔚。哀哀父母，生我勞瘁。"其三："瓶之罄矣！維罍之恥。鮮民之生，不如死之久矣！無父何怙？無母何恃？出則銜恤，入則靡至。"其四："父兮生我，母兮鞠我。拊我畜我，長我育我，顧我復我，出入腹我，欲報之德，昊天罔極。”其五：“南山烈烈，飄風發發。民莫不谷，我獨何害。”其六：“南山律律，飄風弗弗。民莫不穀，我獨不卒。” 哀哀：悲傷不已貌。《詩·小雅·蓼莪》：“哀哀父母，生我劬勞。”鄭玄箋：“哀哀者，恨不得終養父母，報其生長己之苦。”李咸用《湘浦有懷》：“鴻雁哀哀背朔方，餘霞倒影畫瀟湘。” 劬勞：勞累，勞苦。《後漢書·胡廣傳》：“臣等竊以爲廣在尚書，劬勞日久。”儲光羲《同王十三維偶然作十首》一：“歸來悲困極，兄嫂共相譊。無錢可沽酒，何以解劬勞？” 昊天：蒼天，昊，元氣博大貌。《書·堯典》：“乃命羲和，欽若昊天，曆象日月星辰，敬授人時。”《文心雕龍·正緯》：“原夫圖籙之見，乃昊天休命。” 罔極：語見《詩·小雅·蓼莪》，朱熹集傳：“言父母之恩，如天無窮，不知所以爲報也。”後因以“罔極”指父母恩德無窮。曹植《求通親親表》：“終懷《蓼莪》罔極之哀。”張說《盧舍郞像贊》：“《詩》云：‘哀哀父母，生我劬勞……欲報之德，昊天罔極。’是傷不可止也！”

③ 社稷：舊時亦用爲國家的代稱。《禮記·檀弓》：“能執干戈以衛社稷。”銀雀山漢墓竹簡《孫臏兵法·見威王》：“戰不勝，則所以削地而危社稷也。” 寄重：猶借重。錢起《送李九歸河北》：“文武資人望，謀猷簡聖情……寄重分符去，威仍出閫行。”李益《送韓將軍還邊》：“聖心戎寄重，未許讓恩私。” 股肱：比喻左右輔佐之臣。《書·益稷》：“臣作朕股肱耳目。”《漢書·蘇武傳》：“上思股肱之美，乃圖畫其人于麒麟閣，法其形貌，署其官爵姓名。”這裏指田弘正，朝廷倚重的大臣。 肺腑：同“肺附”，比喻帝王的宗室近親。《史記·魏其武安侯列傳》：“上初即位，富於春秋，（田）蚡以肺腑爲京師相。”司馬貞索隱：“腑音府，肺音廢，言如肝肺之相附。又云：柿，木札；附，木皮也。”《三國志·劉璋傳》：“劉豫州，使君之肺腑，可與交通。”這裏指李夷簡，李唐宗室的近親，故言。

④ 克忠：謂事君能竭誠盡心。《書·伊訓》：“居上克明，爲下克忠。”孔穎達疏：“事上竭誠。”蔡沈集傳：“言能盡事上之心。”李華《淮

南節度使尚書左僕射崔公頌德碑銘》:"思崔公出鎮之崇,克孝克忠,宣帝之武,恢帝之功。"　克孝:謂事父母能竭盡孝心。呂溫《陳先生墓表》:"若夫爲養克孝,居喪致毀,事亡如存,朋友孜孜,兄弟怡怡,於鄉恂恂,與物熙熙……"胡宿《李珣可文州刺史制》:"具官某,柔恭克孝,通敏且材。侍子舍而無違,出後家而有裕。"　康公念母之詩:事見《詩經·秦風·渭陽》,其一:"我送舅氏,曰至渭陽。何以贈之? 路車乘黃。"其二:"我送舅氏,悠悠我思。何以贈之? 瓊瑰玉佩。"毛詩序:"渭陽,康公念母也。康公之母,晉獻公之女。文公遭麗姬之難,未反,而秦姬卒,穆公納文公。康公時爲太子,贈送文公于渭之陽,念母之不見也。我見舅氏,如母存焉! 及其即位,思而作是詩也。"　日磾見圖而泣:事見《前漢書·金日磾傳》:"金日磾,字翁叔,本匈奴休屠王太子也……日磾母教誨兩子,甚有法度,上聞而嘉之。病死,詔圖畫于甘泉宮,署曰:'休屠王閼氏。'日磾每見畫常拜,鄉之涕泣,然後乃去。"顏真卿《康公神道碑》:"昔蕭相國舉宗佐命,金日磾七葉珥貂,望古儔今,可謂同德。"蘇軾《論古》:"秦之由余、漢之金日磾,唐之李光弼、渾瑊之流,皆蕃種也,何負於中國哉?"

　　⑤ 廣孝:謂將孝親之心推及他人。《禮記·坊記》:"于父之執,可以乘其車,不可衣其衣,君子以廣孝也。"元稹《祭翰林白學士太夫人文》:"用至於二門之童孺,莫不達廣孝之深情。"　大猷:謂治國大道。《詩·小雅·巧言》:"奕奕寢廟,君子作之。秩秩大猷,聖人莫之。"鄭玄箋:"猷,道也;大道,治國之禮法。"白居易《爲宰相請上尊號第二表》:"伏惟陛下略揚謙之小節,弘祖宗之大猷。"　深惟:深思,深入考慮。《戰國策·韓策》:"此安危之要,國家之大事也,臣請深惟而苦思之。"《後漢書·西域傳序》:"漢興,高祖窘平城之圍,太宗屈供奉之恥,故孝武憤怒,深惟久長之計。"　贈典:古代朝廷推恩重臣,把官爵授給官員已死父母及祖先的典禮,封贈之制,起于晉宋,至唐始備,所贈官爵品位以及受贈的輩份歷代不同,漸後漸優。元稹《贈鄭餘慶

太保制》：“乞言既阻，贈典宜加。追書保養之榮，用彰明允之德。”李德裕《贈裴度太師制》：“沮謝之初，朋黨異義，贈典不稱，人情欝然。”

⑥ 若：連詞，至於，用在句首以引起下文。《孟子·梁惠王》：“若民，則無恒產，因無恒心。”《史記·伯夷列傳》：“若至近世，操行不軌，專犯忌諱，而終身逸樂，富厚累世不絕。” 幽：幽州，時爲幽州盧龍軍節度使治府，節度使爲劉總。《舊唐書·憲宗紀》：“（元和五年九月）壬戌，以瀛州刺史劉總起復受幽州長史，充幽州盧龍軍節度使。”《舊唐書·穆宗紀》：“（長慶元年三月）癸丑，以幽州盧龍軍節度副大使、知節度事、押奚契丹兩蕃經略等使、檢校司空、同中書門下平章事、楚國公劉總可檢校司徒、兼侍中、天平軍節度、鄆曹濮等州觀察等使。”劉總之母，與田弘正之母、裴度之母、李夷簡之母一起得以追贈，而《編年箋注》則云：“此《制》所贈者爲田弘正、李夷簡、裴度三人之母……弘正等三人之母各獲贈國夫人封號。”劉總及其母如果地下有知，不知是否要爲榮譽而與《編年箋注》的著者對薄公堂？ 魏：魏州，時爲魏博節度使治府，節度使爲田弘正。《舊唐書·憲宗紀》：“（元和七年）冬十月乙未，魏博三軍舉其衙將田興知軍州事。時田季安死，子懷諫年十一，爲副大使、知軍府事，軍政一決於家僮蔣士則，數易大將，軍情不安。因田興入衙，兵環而劫請，興頓僕於地，軍衆不散。興曰：‘欲聽吾命，勿犯副大使！’衆曰：‘諾！’但殺蔣士則等十數人而止。即日移懷諫於外，令朝京師。甲辰，以魏博都知兵馬使、兼御史中丞、沂國公田興爲銀青光禄大夫、檢校工部尚書、兼魏州大都督府長史、充魏博節度使……（元和八年）二月乙酉朔，辛卯，田興改名弘正……（元和十五年十月）乙酉，以魏博等州節度觀察等使、光禄大夫、檢校司徒、兼侍中、魏博大都督府長史、上柱國、沂國公、食邑三千户、實封三百户田弘正可檢校司徒、兼中書令、鎮州大都督府長史、成德軍節度、鎮冀深趙等州觀察處置等使。” 并：《編年箋注》所據底本，亦即馬本作“并”，而《編年箋注》誤用爲“並”，而且對此字不作解

釋，大概認爲它是一個無足輕重的連詞吧！其實"并"是一個不應該忽略的重要地名。河東節度使治府太原，太原原來爲并州，當時裴度任職河東節度使。《元和郡縣志·河南道》："太原府（并州），今爲河東節度使理所。《禹貢》：冀州之域。《禹貢》曰：既修太原，注曰高平曰原，今以爲郡名。《舜典》曰：肇十有二州。王肅注曰：舜爲冀州之北太廣，分置并州，至夏復爲九州，省并州，合于冀州，周之九州，復置并州。"《舊唐書·憲宗紀》："（元和十四年四月）丙子，制金紫光禄大夫、門下侍郎、同中書門下平章事、兼弘文館大學士、上柱國、晉國公、食邑三千户裴度可檢校左僕射、兼門下侍郎、平章事、太原尹、北都留守，充河東節度觀察處置等使。"《舊唐書·穆宗紀》："（長慶二年二月）丁亥，以河東節度使、司空、兼門下侍郎、平章事裴度守司徒、平章事，充東都留守，判東都尚書省事、都畿汝防禦使、太微宮等使。"揚：揚州，時爲淮南節度使治府，李夷簡時任淮南節度使。《舊唐書·憲宗紀》："（元和十三年七月）辛丑，以門下侍郎、同平章事李夷簡檢校左僕射、同平章事、揚州大都督府長史、淮南節度使。"《舊唐書·穆宗紀》："（長慶二年三月）壬子，以新授東都留守裴度爲揚州大都督府長史，充淮南節度使……甲寅……以前淮南節度使李夷簡爲右僕射。"　實鎭之大：意謂幽州盧龍軍節度使府、魏博節度使府、河東節度使府、淮南節度使府，應該是李唐所有藩鎭中管轄範圍較大並且地位比較重要的藩鎭。《編年箋注》認爲："此《制》所贈者爲田弘正、李夷簡、裴度三人之母，宜與《贈田弘正等父制》同時。所謂'幽魏並揚，實鎭之大，既以命於勛賢'，謂弘正、夷簡、度三人曾鎭三地，立下汗馬功勞。按夷簡、裴度先後以平章事爲淮南節度使。淮南道古屬揚州，故謂。弘正等三人之母各獲贈國夫人封號。"《編年箋注》之結論，實屬想當然的胡言亂語，其一，裴度出鎭淮南，在長慶二年三月，那時元稹已經不在知制誥的崗位上，如何撰寫本文？《舊唐書·穆宗紀》："（長慶二年三月）壬子，以新授東都留守裴度爲揚州大都督府長史、充淮南節度使。”就是明證。其二,論者或爲曾經擔任“裴度充幽鎮兩道招撫使”、“鎮州四面行營都招討使”的職務,或許本文中的“幽”即是指代裴度?《舊唐書·穆宗紀》:“(長慶元年八月)乙丑,以河東節度裴度充幽鎮兩道招撫使……冬十月甲子朔,丙寅……以河東節度使裴度充鎮州四面行營都招討使。”雖然還在元稹知制誥的任期之內,但裴度的“幽鎮兩道招撫使”、“鎮州四面行營都招討使”都是臨時性質的職務,前面都帶著“河東節度使”的職銜。《編年箋注》無緣無故將幽州盧龍軍節度使劉總除名,將劉總之母除名,實在很不應該。而且,在元和十五年十月,田弘正的職務已經從“魏州”節度使變爲“鎮州”節度使,更與文題《贈田弘正等母制》不相切合。其三,裴度從元和十四年起,至長慶二年,一直在河東節度使任,裴度與幽、魏、揚無關,但裴度與“并州”有關,“并”就是指代河東,指代裴度。 　勛賢:有功勛有才能的人。《後漢書·朱景王杜等傳論》:“若乃王道既衰,降及霸德,猶能授受惟庸,勛賢皆序,如管隰之迭升桓世,先趙之同列文朝。”元稹《故中書令贈太尉沂國公墓誌銘》:“十五年,會上新即位,成德表帥,上曰:‘非吾勛賢,莫可入者。’” “齊晉清河”三句:意謂無論是齊國太夫人、晉國太夫人的封號,還是清國太夫人、河國太夫人的封號,都是封號中的美稱,都可以使地下的祖先風風光光。當然,“清河”是一個地名,還是兩個地名,待考。 　窀穸:墓穴。《隸釋·漢泰山都尉孔宙碑》:“窀穸不華,明器不設。”《後漢書·趙咨傳》:“玩好窮於糞土,伎巧費於窀穸。”

⑦ 嗚呼:嘆詞,表示讚美或慨嘆。《書·旅獒》:“嗚呼!明王慎德,四夷咸賓。”韓愈《柳子厚墓誌銘》:“嗚呼! 士窮乃見節義。” 列嶽:亦作“列岳”,高大的山嶽,喻位高名重者。任昉《爲齊明帝讓宣城郡公第一表》:“驃騎上將之元勛,神州儀刑之列岳。”李陽冰《唐李翰林草堂集序》:“王公趨風,列岳結軌。” 追封:死後封爵。《後漢書·袁紹傳》:“自立爲遼東侯、平州牧,追封父延爲建義侯。”高承《事物紀

原·追封》:"《漢書·張賀傳》:賀爲掖庭令,宣帝以皇曾孫收養掖庭,恩甚密,及帝即位,追思賀,封恩德侯,此則追封之始也。"　生榮:猶表彰,生,通"旌"。《管子·侈靡》:"章明之毋滅,生榮之毋失。"郭沫若等集校:"'生'字假爲'旌'。"杜牧《歸融贈左僕射制》:"敕:有祿位而享富貴,啓手足而歸壞樹。身殁名著,生榮死哀,蔚爲大臣,宜遵贈典。"　死哀:哀痛死者。陳子昂《爲宗舍人謝賻贈表》:"陛下降哀,又見憫悼。惠賜禮物,過越典章。生榮死哀,重疊若此。"孫逖《太子右庶子王公神道碑》:"兄弟妻子,生榮死哀,士則嬪儀,盡在於是。"　孝子:孝順父母的兒子。王延壽《魯靈光殿賦》:"忠臣孝子,烈士貞女,賢愚成敗,靡不載叙。"韓愈《復仇狀》:"蓋以爲不許復仇,則傷孝子之心,而乖先王之訓。"　無或:不要。《呂氏春秋·貴公》:"故《鴻範》曰:'無或作好,遵王之道;無或作惡,遵王之路。'"高誘注:"或,有也。"李翰《鳳閣王侍郎傳論贊并序》:"博采前志,旁求故實,輒加撰録,無或闕遺。"　失墜:亦作"失隊"喪失。《左傳·文公十八年》:"先大夫臧文仲教行父事君之禮,行父奉以周旋,弗敢失隊。"《後漢書·袁安傳》:"孝明皇帝奉承先意,不敢失墜,赫然命將,爰伐塞北。"

[編年]

　　《年譜》、《編年箋注》的編年理由及結論同《贈田弘正等父制》,亦即"元和十五年十月乙酉以前",《年譜新編》編年理由同《年譜》、《編年箋注》,但結論卻是"元和十五年十月後",無論是《年譜》、《編年箋注》,還是《年譜新編》,都是無法苟同的理由與結論。

　　我們根據劉總、李夷簡、裴度、田弘正任職"幽揚并鎮"的時間,再參考我們的《贈田弘正等父制》編年理由,本文的結論也同《贈田弘正等父制》,亦即本文應該撰成於元和十五年二月五日登位慶典之時,或稍後一二日之內,地點在長安,元稹剛剛任職膳部員外郎試知制誥。

需要説明的是:《年譜》將《贈田弘正等父制》、《贈田弘正母鄭氏等制》編年在一起,這並沒有錯,但在《贈田弘正等父制》之後稱"《制》稱弘正爲'魏博等州節度觀察處置等使、魏州大都督府長史'。"在《贈田弘正母鄭氏等制》後稱:"《制》云:'幽魏并揚,實鎮之大。'""幽魏并揚"的説法是準確的,可惜《編年箋注》沒有注意,自説自話作"幽魏並揚"。但《年譜》接著説:"據《舊唐書·穆宗紀》云:'(元和十五年十月)乙酉,以魏博等州節度觀察等使、光禄大夫、檢校司徒、兼侍中、魏博大都督府長史、上柱國、沂國公、食邑三千户、實封三百户田弘正可檢校司徒、兼中書令、鎮州大都督府長史、成德軍節度、鎮冀深趙等州觀察處置等使。'"並且作出"兩《制》當撰於元和十五年十月乙酉以前"判斷是錯誤的。《年譜新編》對《贈田弘正等父制》"是用仲月五日,申命有司,大錫追崇,式彰餘慶"之語視而不見,在自己"參前制"的提示下,竟然編年"元和十五年十月後",其結論則錯得更是離譜。

另外,本文與《贈田弘正等父制》稍有不同的是:《贈田弘正等父制》所追贈封號是田弘正、李夷簡、裴度三人之亡父,本文所追贈封號是劉總、田弘正、李夷簡、裴度四人之亡母。至於《贈田弘正等父制》爲何祇追贈三人之亡父,沒有提及或刻意迴避劉總之父劉濟,而本文却追贈四人之亡母? 我們以爲或許因劉總是謀殺其父劉濟的兇手,因此不便因劉總的功勛而封贈其父劉濟,或許因爲其父劉濟已經"詔贈太師","謚曰莊武",官職遠遠高於田弘正、李夷簡、裴度三人之父的官職。《舊唐書·劉濟傳》:"濟在鎮二十餘年,雖輸忠款,竟不入覲,又謀殺其弟滋。滋歸國,爲信臣。及濟疾,次子總與濟親吏唐弘實通謀,酖殺濟,數日乃發喪,時年五十四。詔贈太師,廢朝三日,賻禮有加,謚曰莊武。"《舊唐書·憲宗紀》:"(元和五年)秋七月己亥朔……乙卯,幽州節度使劉濟爲其子總鴆死。"已經揭示其原因所在。

◎ 贈烏重胤等父制^(一)①

敕：朕聞水積者不涸，德積者不窮。肆我高祖武皇帝傳
序累聖，逮予沖人^(二)，嗣守朝廷之常，不克是懼②。而侯甸藩
服，亦克用乂，誠賴吾邦伯庶君之不墜吾祖宗之典也。追念
本始，無忘爾先。永錫追榮，用章彝訓③。

檢校司空、使持節滄州刺史烏重胤亡父、贈工部尚書承
玼等，根本粹茂，源流浚發。載誕頗牧，降生申甫④。或並列
藩方，或常參鼎鼐。承我制詔，備陳孝思。皆曰閱禮資忠，實
賴先臣之教⑤。欲報之德，願言克從。遂命褒崇，以光幽
顯^(三)。可依前件⑥。

錄自《元氏長慶集》卷五〇

[校記]

（一）贈烏重胤等父制：《全文》同，楊本、盧校、叢刊本作"贈烏重
胤父承玼等"，各備一說，不改。

（二）逮予沖人：《全文》同，楊本作"逮子沖人"，語義不順，不從
不改。

（三）以光幽顯：原本作"以示幽顯"，《全文》同，楊本作"以□幽
顯"，據盧校改。

[箋注]

① 贈：賜死者以爵位或榮譽稱號。張說《平偃師碑尾》："錫類之
恩，俾覃於卿士；哀榮之典，宜旌於泉路，可贈蒲州長史。"元稹《有唐

贈太子少保崔公墓誌銘》："以長慶三年二月四日薨於洛陽時邕里，壽至七十一年，官至戶部尚書、贈太子少保，階至正議大夫，勛至上柱國，爵至安平縣開國男，紫服金魚之賜，其尚矣！"　烏承玼：中唐戰將之一，有功於李唐。《新唐書·烏承玼傳》："烏承玼，字德潤，張掖人。開元中，與族兄承恩皆爲平盧先鋒，沈勇而決，號'轅門二龍'。契丹可突于殺其王邵固降突厥，而奚亦亂，其王魯蘇挈族屬及邵固妻子自歸。是歲，奚、契丹入寇，詔承玼擊之，破於捺禄山。二十二年，詔信安王禕率幽州長史趙含章進討，承玼請含章曰：'二虜固劇賊，前日戰而北，非畏我，乃誘我也，公宜畜鋭以折其謀。'含章不信，戰白城，果大敗。承玼獨按隊出其右，斬首萬計，可突于奔北奚。渤海大武藝與弟門藝戰國中，門藝來，詔與太僕卿金思蘭發范陽、新羅兵十萬討之，無功。武藝遣客刺門藝於東都，引兵至馬都山，屠城邑。承玼窒要路，塹以大石，亘四百里，虜不得入。於是流民得還，士少休，脱鎧而耕，歲省度支運錢。安慶緒使史思明守范陽，思明恃兵强，爲自固計。慶緒密遣阿史那承慶、安守忠就督事，且圖之。承玼勸思明曰：'唐家中興，與天下更始，慶緒偷肆晷刻，公殆與俱亡？有如束身本朝，湔洗前污，此反掌功耳！'思明善之，斬承慶等，奉表聽命。始，承恩爲冀州刺史，失守，思明護送東都，故肅宗使自雲中趨幽州開説思明，與承玼謀投釁殺之，不克，死。承玼奔李光弼，表爲冠軍將軍，封昌化郡王，爲石嶺軍使。王恩禮爲節度使，軍政倚辦焉！久之，移疾還京師，卒，年九十六。子重胤，別傳。"

②　涸：水枯竭。《孟子·離婁》："苟爲無本，七八月之間雨集，溝澮皆盈，其涸也，可立而待也。"《漢書·公孫弘傳》："山不童，澤不涸。"顏師古注："涸，水竭也。"　德積者：即積德者，指德行高尚的人。《國語·晉語》："畢故刑，赦囚繫，宥閑罪，薦積德。"韋昭注："薦，進也；積德之士進用之。"徐安貞《田公德政之碑》："既庶能富，逋亡歸來。非德之致，其誰有哉！水積則流，德積則揚。"　高祖：開國之君

的廟號。《三國志·諸葛亮傳》:"益州險塞,沃野千里,天府之土,高祖之國,以成帝業。"《新唐書·高祖紀》:"貞觀三年,太上皇徙居大安宮。九年五月,崩於垂拱前殿,年七十一,謚曰太武,廟號高祖。"　傳序:謂父死子繼,世代相傳。《左傳·昭公七年》:"日我先君共王引領北望,日月以冀,傳序相授,於今四王矣!"韓愈《潮州刺史謝上表》:"四聖傳序,以至陛下。"　累聖:歷代君主。王安石《本朝百年無事札子》:"蓋累聖相繼,仰畏天,俯畏人,寬仁恭儉,忠恕誠愨,此其所以獲天助也。"王讜《唐語林·補遺》:"累聖知之而不能遠,惡之而不能去,睿旨如此,天下幸甚!"　沖人:年幼的人,多爲古代帝王自稱的謙辭。《書·盤庚》:"肆予沖人,非廢厥謀。"孔傳:"沖,童。"孔穎達疏:"沖、童,聲相近,皆是幼小之名。自稱童人,言己幼小無知,故爲謙也。"《舊唐書·高駢傳》:"朕雖沖人,安得輕侮!"　嗣守:繼承並遵守和保持。《晉書·慕容超載記》:"今陛下嗣守社稷,不宜以私親之故而降統天之尊。"韓愈《順宗實錄》:"朕嗣守洪業,敷弘理道。"　不克:不能。《詩·齊風·南山》:"析薪如之何,匪斧不克。"鄭玄箋:"克,能也。"不能戰勝。《詩·大雅·常武》:"不測不克,濯征徐國。"鄭玄箋:"其勢不可測度,不可攻勝。"

③ 侯甸:侯服與甸服,古代王畿週邊千里以內的區域。《後漢書·王暢傳》:"郡爲舊都侯甸之國,園廟出於章陵,三后生自新野。"李賢注:"五百里甸服,千里侯服。"《南史·齊紀》:"斯實尚父故藩,世作盟主,紀綱侯甸,率由舊則。"　藩服:古九服之一,古代分王畿以外之地爲九服,其封國區域離王畿最遠的稱"藩服"。《周禮·職方氏》:"乃辨九服之邦國:方千里曰王畿,其外方五百里曰侯服,又其外方五百里曰甸服,又其外方五百里曰男服,又其外方五百里曰采服,又其外方五百里曰衛服,又其外方五百里曰蠻服,又其外方五百里曰夷服,又其外方五百里曰鎮服,又其外方五百里曰藩服。"賈公彥疏:"言藩者,以其最在外爲藩籬,故以藩爲稱。"後用以指藩國或藩臣。《後

漢書·西羌傳》:"夏後氏末及商周之際,或從侯伯征伐有功,天子爵之,以爲藩服。" 乂:治理。《書·堯典》:"浩浩滔天,下民其咨,有能俾乂。"孔傳:"乂,治也。"《舊唐書·杜佑傳》:"將施有政,用乂邦家。"邦伯:州牧,古代用以稱一方諸侯之長。《書·召誥》:"命庶殷侯甸男邦伯。"孔傳:"邦伯,方伯,即州牧也。"後因稱刺史、知州等一州的長官。杜甫《同元使君春陵行序》:"得結輩十數公,落落然參錯天下爲邦伯,萬物吐氣,天下小安可待矣!"仇兆鰲注:"《唐書·元結傳》:'代宗立,結授著作郎,久之,拜道州刺史。'" 庶:非正妻生的孩子,宗族的旁支,與"嫡"相對。《左傳·文公十八年》:"天乎!仲爲不道,殺適立庶。"("適"同"嫡",正妻稱"嫡妻",正妻所生之子稱"嫡子"。《左傳·莊公八年》:"僖公之母弟曰夷仲年,生公孫無知,有寵於僖公,衣服禮秩如適,襄公絀之。"杜預注:"適,大子。"《漢書·杜欽傳》:"其夜地震未央宮殿中,此必適妾將有爭寵相害而爲患者,唯陛下深戒之。"顏師古注:"適讀曰嫡。嫡謂正後也。"《三國志·吳主五子傳論》:"霸以庶干適,奮不遵軌度,固取危亡之道也。")陸機《五等論》:"使萬國相維,以成盤石之固;宗庶雜居,而定維城之業。" 不墜:不辱。《國語·晉語》:"知禮可使,敬不墜命。"猶不失。《北齊書·李渾傳》:"〔梁武帝〕謂之曰:'伯陽之後,久而彌盛,趙李人物,今實居多。常侍曾經將領,今復充使,文武不墜,良屬斯人。'" 祖宗:特指帝王的祖先。元萬頃《郊丘明堂等嚴配議》:"伏惟高祖神堯皇帝鑿乾構象,辟宇開基;太宗文武聖皇帝紹統披元,循機闡極;高宗天皇大帝宏祖宗之大業,廓文武之宏規。"宋務光《洛水漲應詔上直言疏》:"伏願欽祖宗之丕烈,惕王業之艱難,遠佞人,親有德。" 追念:回憶,回想。《左傳·成公十三年》:"復修舊德,以追念前勳。"《漢書·淮南厲王劉長傳》:"追念皋過,恐懼,伏地待誅不敢起。" 本始:原始,本初。《荀子·禮論》:"性者,本始材樸也;僞者,文理隆盛也。"《史記·秦始皇本紀》:"從臣嘉觀,原念休烈,追誦本始。" 追榮:爲死者追加恩榮。

《北齊書·楊愔傳》："追榮之盛，古今未之有也。"權德輿《謝手詔不聽回官秩表》："自是典章，豈必更回官秩？已詔追榮，良增嘉嘆者。"章：表彰，顯揚。《漢書·董仲舒傳》："朕夙寤晨興，惟前帝王之憲，永思所以奉至尊，章洪業，皆在力本任賢。"酈道元《水經注·睢水》："命縣人長照爲文，用章不朽之德。"　彝訓：日常的訓誡，尊長的教誨。《書·酒誥》："聰聽祖考之彝訓。"孔傳："言子孫皆聰聽父祖之常教。"《文心雕龍·宗經》："三極彝訓，其書言經。"范文瀾注："彝訓猶言常訓。"

　　④ 檢校：官名，晉始設，散官，非職事官。李嶠《授劉如玉崔融等右史制》："朝散大夫、行太子舍人劉如玉，朝散大夫、檢校麟臺著作佐郎崔融等……"賈至《授韋少游祠部員外郎等制》："少遊可檢校祠部員外郎，登可右拾遺。"　司空：官名，相傳少昊時所置，周爲六卿之一，即冬官大司空，掌管工程。漢改御史大夫爲大司空，與大司馬、大司徒並列爲三公，後去大字爲司空，歷代因之，後來常常被用作褒獎大臣的榮銜。岑參《奉送李太保兼御史大夫充渭北節度使》："詔出未央宮，登壇近總戎。上公周太保，副相漢司空。"李嘉祐《訪韓司空不遇》："圖畫風流似長康，文詞體格效陳王。蓬萊對去歸常晚，叢竹閑飛滿夕陽。"　根本：植物的根幹。梅堯臣《送孫曼卿赴舉》："欲變明年花，曾不根本移。"事物的根源，基礎，最主要的部分。《韓非子·解老》："上不屬天，而下不著地，以腸胃爲根本，不食則不能活。"《史記·白起王翦列傳論》："翦爲宿將，始皇師之，然不能輔秦建德，固其根本，偷合取容，以致殞身。"　粹茂：猶"峻茂"，猶繁茂。《楚辭·離騷》："冀枝葉之峻茂兮，願竢時乎吾將刈。"王逸注："峻，長也。"《文心雕龍·宗經》："根柢盤深，枝葉峻茂。"猶"葰茂"，茂盛貌。《史記·司馬相如列傳》："誇條直暢，實葉葰茂。"　源流：水的本源和支流。《後漢書·五行志》："則水不潤下。"劉昭注引鄭玄曰："無故源流竭絕，川澤以涸，是謂不潤下。"指事物的起源和發展。《荀子·富國》："故禹

十年水,湯七年旱,而天下無菜色者……是無它故焉! 知本末源流之謂也。" 浚發:迅速發展。桓寬《鹽鐵論·取下》:"君篤愛,臣盡力,上下交讓,天下平。'浚發爾私',上讓下也;'遂及我私',先公職也。"謂很快顯現出來。沈約《齊故安陸昭王碑文》:"爰始濯纓,清猷浚發。" 載:助詞,用在句首或句中,起加強語氣的作用。《詩·鄘風·載馳》:"載馳載驅,歸唁衛侯。"毛傳:"載,辭也。"高亨注:"載,猶乃也,發語詞。"柳宗元《唐鐃歌鼓吹曲·靖本邦》:"皇謨載大,惟人之慶。" 誕:生育,出生。《後漢書·襄楷傳》:"昔文王一妻,誕致十子。"王讜《唐語林·夙慧》:"其母將誕之夕,夢人與秤,曰'持之秤量天下文士。'" 頗牧:廉頗與李牧,戰國名將,這裏借喻烏承玼、烏重胤等諸多本文受到褒獎的將領。羅隱《遁迹》:"華馬憑誰問? 胡塵自此多。因思漢文帝,中夜憶廉頗。"周曇《春秋戰國門·郭開》:"秦襲邯鄲歲月深,何人沾贈郭開金? 廉頗還國李牧在,安得趙王爲爾擒?"降生:猶出世,誕生。方干《哭王大夫》:"爲政舊規方利國,降生直性已歸天。峴亭悒咽知無極,渭曲馨香莫計年!"蘇鶚《蘇氏演義》卷上:"今豐縣有漢祖廟,雲本漢祖降生之宅,其廟最靈,邑人乃敬事之。"申甫:周代名臣申伯和仲山甫的並稱。《詩·大雅·崧高》:"維申及甫,維周之翰。"借指賢能的輔佐之臣。《梁書·元帝紀》:"大國有蕃,申甫惟翰。"本文仍然在讚揚烏承玼、烏重胤等諸多將領的文韜武略。

⑤ 藩方:指唐代的節度使。元稹《王仲舒等加階制》:"或歷職清近,代予格言;或分命藩方,宣我程品;或懸車以請老,或持節以臨人;或親或能,或勞或久,皆承霈澤之慶,宜當並命之榮。"劉禹錫《代裴相祭李司空文》:"入爲羽儀,出領藩方。既師百辟,又副丞相。" 鼎蕭:喻指宰相等執政大臣。蘇頲《唐紫微侍郎贈黃門監李乂神道碑》:"鼎蕭遞襲,簪纓相望。"權德輿《故司徒兼侍中贈太傅北平王挽詞》:"授律勛庸盛,居中鼎蕭和。" 制詔:皇帝的命令。蔡邕《獨斷》:"漢天子正號曰皇帝,自稱曰朕,臣民稱之曰陛下,其言曰制詔。"韋執誼《翰林

院故事記》：“雖有密近之殊，然亦未定名，制詔書敕，猶或分在集賢。”
備陳：詳盡陳述。《後漢書·荀彧傳》：“彧復備陳得失，用移臣議。”趙
憬《上審官六議表》：“頃奉表章，備陳肝膈。陛下以臣性拙直，身病可
矜，不棄屢微，尚加委任。”　孝思：孝親之思。《詩·大雅·下武》：
“永言孝思，孝思維則。”毛傳：“則其先人也。”鄭玄箋：“長我孝心之所
思，所思者其維則三後之所行，子孫以順祖考爲孝。”《魏書·趙琰
傳》：“年餘耳順，而孝思彌篤。”　閱：匯總，匯合。陸機《嘆逝賦》：“川
閱水以成川，水滔滔而日度。”酈道元《水經注·漸江水》：“江廣百里，
狹處二百步，高山帶江，重蔭被水，江閱漁商，川交樵隱。”　資忠：實
行忠義之道。潘岳《閑居賦》：“是以資忠履信以進德，修辭立誠以居
業。”劉琨《答盧諶詩》：“資忠履信，武烈文昭。”　先臣：古代臣子稱自
己已死的祖先、父親爲“先臣”，有時君主也稱臣下的祖先、父親爲先
臣。杜甫《進雕賦表》：“亡祖、故尚書膳部員外郎、先臣審言，修文於
中宗之朝，高視於藏書之府。故天下學士，到於今而師之。”常袞《謝
贈官表》：“伏奉今日恩命，臣亡祖、故慶王文學、先臣楚珪贈兵部尚
書，亡祖母王氏贈齊國夫人……”

⑥ 欲報之德：時時不忘報答父母養育之恩。語見《詩經·小
雅·蓼莪》：“父兮生我，母兮鞠我。拊我畜我，長我育我。顧我復我，
出入腹我。欲報之德，昊天罔極。”《編年箋注》引用本書證，誤爲《詩
經·大雅·蓼莪》。　願言：思念殷切貌。《詩·衛風·伯兮》：“願言
思伯，甘心首疾。”鄭玄箋：“願，念也。我念思伯，心不能已。”華岳《早
春即事》：“願言相約花前醉，莫放春容過海棠。”　克：能夠。《書·舜
典》：“慎徽五典，五典克從。”孔傳：“五教能從，無違命。”《詩·齊風·
南山》：“析薪如之何？匪斧不克。”毛傳：“克，能也。”　褒崇：讚揚推
崇。《後漢書·陳忠傳》：“忠意常在褒崇大臣，待下以禮。其九卿有
疾，使者臨問，加賜錢布，皆忠所建奏。”劉知幾《史通·載文》：“凡百
具寮，王公卿士，始有褒崇，則謂其珪璋特達，善無可加；旋有貶黜，則

比諸斗筲不才，罪不容責。" 幽顯：猶陰陽，亦指陰間與陽間。《北史·李彪傳》："天下斷獄起自初秋，盡於孟冬。不於三統之春，行斬絞之刑。如此則道協幽顯，仁垂後昆矣！"陳子昂《爲程處弼辭放流表》："存者流離，亡者哀痛；辛酸幽顯，爲世所悲。"本文指已經故世的烏承玼等亡靈與當時在世的烏重胤等人。

[編年]

《年譜》編年："《制》稱烏重胤爲'檢校司空、使持節滄州刺史'，當撰於《加烏重胤檢校司徒制》之前。"《編年箋注》編年："此《制》稱烏重胤官銜爲'檢校司空、使持節滄州刺史'，《舊唐書·烏重胤傳》載：'及屯軍深州，重胤以朝廷制置失宜，賊方憑凌，未可輕進，觀望累月。穆宗急於誅叛，遂以杜叔良代之，以重胤檢校司徒，兼興元尹，充山南西道節度使。'據《穆宗紀》，叔良代重胤刺深州在長慶元年十月。而《加烏重胤檢校司徒制》中有'幽鎮既亂，人心或搖'之語，推知重胤亡父承玼受贈工部尚書在此前。今定《贈烏重胤等父制》撰於長慶元年（八二一）八月以前。"《年譜新編》編年："制云：'檢校司空、使持節滄州刺史烏重胤亡父……'當作於前制之前。"而前制就是《加烏重胤檢校司徒制》，《年譜新編》認定作於"長慶元年八月至十月間"。

我們無法同意《年譜》、《編年箋注》、《年譜新編》的編年理由與編年結論。一、本文稱烏重胤的官銜之一是"檢校司空"，這是烏重胤在唐穆宗元和十五年年初登位之前就已經取得的官銜，《舊唐書·烏重胤傳》："自王師討淮西三年，重胤與李光顏犄角相應，大小百餘戰，以至元濟誅，就加檢校尚書右僕射，轉司空。"《新唐書·烏重胤傳》："帝討淮蔡，詔重胤以兵壓賊境，割汝州隸其軍。與李光顏相掎角，大小百餘戰。凡三年，賊平。再遷檢校司空，進邠國公，徙橫海軍。"《舊唐書·憲宗紀》："（元和十二年）十一月丙戌朔……忠武軍節度使李光顏、河陽節度使烏重胤並檢校司空。"二、本文稱烏重胤的另一個官銜是"使持節滄州刺史",這也是元和十三年就已經履任的職務,而且一直延續到長慶元年十月。《舊唐書·憲宗紀》:"(元和十三年)十一月辛巳朔……壬寅,以河陽節度使烏重胤爲滄州刺史、橫海軍節度、滄景德棣觀察等使……(長慶元年)冬十月甲子朔……戊寅……滄州烏重胤奏於饒陽破賊……丙戌,以深冀行營節度使杜叔良爲滄州刺史、橫海軍節度使,以代烏重胤。授重胤檢校司徒、興元尹,充山南西道節度使。"三、本文:"肆我高祖武皇帝傳序累聖,逮予冲人……"明顯是唐穆宗初登帝位,并在登位慶典之時褒獎先朝亡故和其他舊臣以示恩寵的口吻。據此,我們以爲本文應該撰作於元和十五年二月五日登位慶典之時或稍後,地點在長安,元積剛剛拜職膳部員外郎、試知制誥之職。

◎ 贈韋審規等父制^{(一)①}

敕:朕嗣立之二月五日,在宥天下,澤被幽顯。凡百執事,延崇于先^②。

而守尚書左司郎中韋審規父、大理卿漸等^(二),生有列爵,殁有懿行。德積于身,慶儲于後^③。嘉乃令子,爲吾望郎。遂可有司之奏,以錫先臣之命。可依前件^④。

録自《元氏長慶集》卷五〇

[校記]

(一) 贈韋審規等父制:《全文》同,楊本、叢刊本作"贈韋審規父漸等",各備一説,不改。

(二) 而守尚書左司郎中韋審規父、大理卿漸等:叢刊本、《全文》同,楊本誤作"而守尚書左司郎中章審規父、大理卿漸等",不從不改。

［箋注］

① 贈:賜死者以爵位或榮譽稱號。《後漢書·鄧騭傳》:"悝閶相繼並卒,皆遺言薄葬,不受爵贈。"趙昇《朝野類要·入仕》:"生曰封,死曰贈。" 韋審規:《編年箋注》:"韋審規:於史無傳。"隨後就語焉不詳,似乎真的無話可以向讀者提供。其實,在現存的古代文獻中,韋審規有諸多有關韋審規的第一手材料,白白錯過豈非可惜。元和十五年之前,韋審規歷職守職方郎中、上騎都尉。元和十五年年初,韋審規拜職左司户部郎中,元稹有《授韋審規等左司户部郎中等制》"敕:尚書郎會天下之政,上可以封還制誥,下可以黜陟牧守,居可以優游殿省,出可以察視違尤,非第一流不議茲選。守職方郎中、上騎都尉韋審規等,皆歷踐臺閣,閑達憲章。或滿歲當遷,或擇才斯授。皆極一時之妙,足爲三署之光。於戲! 提紀綱而分命六聰,左右司之職甚重;登生齒以比董九賦,人曹郎之任非輕。勉竭彌綸之心,勿虛俊茂之舉。可依前件"爲證。長慶元年,韋審規輔助段文昌治理西川,出任西川節度副使,有白居易《韋審規可西川節度副使御史中丞李虞仲崔戎姚向温會等並西川判官皆賜緋各檢校省官兼御史制》可證:"敕:西川曰益部,地有險,府有兵,礙戎屏華,號爲難理。故吾命文昌爲帥長,俾鎮撫焉! 次命審規爲上介,俾左右焉! 又命虞仲、戎、向、會等爲庶僚,俾咨度焉! 進言者,謂文昌賢而審規輩才。以才佐賢,蜀必理矣! 輟三署吏,贊丞相府,假憲官職,加臺郎暨一命再命之服以遺之,其於張大光榮,與四方征鎮之賓寮不侔矣! 爾等苟佐吾丞相以善政聞,使吾無一方之憂,吾寧久遺汝於諸侯乎? 爾其勉之! 可依前件。"《寶刻類編》還有"韋審規壽題名(長慶元年成都)"的記載,進一步證實白居易制文所言不虛。其後歷職京兆少尹,據《册府元龜》記載:"(長慶)三年九月,南詔遣使朝貢,以京兆少尹韋審規爲册立南詔使。"又據《滇略》記載:"穆宗長慶四年,始賜勸利印。是歲勸利死,弟豐祐嗣,朝廷遣京兆少尹韋審規持節臨册,豐祐遣洪成酋

等入謝。"《滇考》也有類似的記載。另外，宋人趙希弁《郡齋讀書後志》、宋人王應麟《玉海》都有文字涉及韋審規，與《唐雲南行紀》所記基本相同，作者韋齊休叙述的就是隨同韋審規出使南詔時的紀實之行，文云："《晁氏志》韋齊休二卷：長慶三年，從韋審規使雲南，紀往來道里及見聞。序謂雲南所以能爲唐患者，以開道越嶲耳！若自黎州之南清溪關外盡斥棄之疆場，可以無虞。不然，憂未艾也！及唐之亡，禍果由此。本朝棄嶲州不守，而蜀遂無邊患。"《雲南通志》卷一八下之二："韋審規：京兆少尹，長慶三年持節册封南詔豐佑。"《新唐書·南蠻傳》："長慶三年……穆宗使京兆少尹韋審規持節臨册，豐祐遣洪成酋、趙龍些、楊定奇入謝天子。"　制：指帝王的命令。《史記·秦始皇本紀》："臣等昧死上尊號，王爲'泰皇'，命爲'制'，令爲'詔'。"裴駰集解引蔡邕曰："制書，帝者制度之命也，其文曰'制'。"張九齡《上張燕公書》："今登封沛澤，千載一時，而清流高品不沾殊恩，胥吏末班先加章黻，但恐制出之日，四方失望。"

　②嗣立：謂繼承君位。《國語·晉語》："及景子長於公宮，未及教訓而嗣立矣！亦能纂修其身以受先業，無謗於國。"袁康《越絕書·外傳春申君傳》："烈王死，幽王嗣立。"　在宥：《莊子·在宥》："聞在宥天下，不聞治天下也。"郭象注："宥使自在則治，治之則亂也。"成玄英疏："宥，寬也。在，自在也……《寓言》云，聞諸賢聖任物自在寬宥，即天下清謐。"後因以"在宥"指任物自在，無爲而化，多用以讚美帝王的"仁政"、"德化"。謝靈運《九日從宋公戲馬臺集送孔令》："在宥天下理，吹萬群方悦。"《舊唐書·代宗紀》："今將大振綱維，益明懲勸，肇舉改元之典，弘敷在宥之澤，可大赦天下，改廣德三年爲永泰元年。"　澤：恩德，恩惠。《書·多士》："殷王亦罔敢失帝，罔不配天其澤。"柳宗元《答元饒州論政理書》："是澤不下流，而人無所告訴，其爲不安亦大矣！"　被：覆蓋。《書·禹貢》："導菏澤，被孟豬。"孔傳："孟豬，澤名，在菏東北，水流溢，覆被之。"《文選·張衡〈東京賦〉》："芙蓉

覆水，秋蘭被涯。"薛綜注："被，亦覆也。" 幽顯：猶陰陽，亦指陰間與陽間。王勃《碑廣州寶莊嚴寺舍利塔碑》："天人合契，幽顯同心。"元稹《告贈皇考皇妣文》："今皇帝二月五日制書，澤被幽顯，小子稹參奉班榮，得用封贈。" 執事：有職守之人，官員。《書·盤庚》："嗚呼！邦伯師長百執事之人，尚有隱哉！"孔穎達疏："其百執事謂大夫以下，諸有職事之官皆是也。"元稹《范季睦授尚書倉部員外郎制》："新熟之時，豈宜無備？乃詔執事，聿求其才。乘我有秋，大實倉廩。" 延：延續，延長，伸長。《左傳·成公十三年》："君亦悔禍之延，而欲徼福於先君獻穆。"陸機《長歌行》："茲物苟難停，吾壽安得延！" 崇：尊崇，推重。《詩·周頌·烈文》："無封靡於爾邦，維王其崇之。"朱熹集傳："崇，尊尚也。"韓愈《石鼓歌》："方今太平日無事，柄任儒術崇丘軻。"先：先世，祖先。《漢書·禮樂志》："喪祭之禮廢，則骨肉之恩薄而背死忘先者眾。"顏師古注："先者先人，謂祖考。"韓愈《河南府同官記》："嗣紹家烈，不違其先。"稱呼死者的敬詞，多用於尊者。《國語·魯語》："吾聞之先姑曰：'君子能勞，後世有繼。'"韋昭注："夫之母曰姑，歿曰先姑。"阮籍《爲鄭冲勸晉王箋》："自先相國以來，世有明德。"

③ 大理卿：李唐中央有九寺：太常寺、光祿寺、衛尉寺、宗正寺、太僕寺、大理寺、鴻臚寺、司農寺、太府寺，大理寺即是其中之一。大理卿爲大理寺主官，從四品上。《舊唐書·職官志》："大理寺：卿一員，少卿二員，卿之職，掌邦國折獄詳刑之事，少卿爲之貳。凡犯至流死，皆詳而質之，以申刑部；仍於中書、門下詳覆。凡吏曹補署法官，則刑部尚書、侍郎議其人可否，然後注擬。"白居易《許季同可秘書監制》："敕：大理卿許季同，國朝以來，有劉得威、張文瓘、唐臨爲大理卿，有魏徵、虞世南、顏師古爲秘書監，設官之重，得賢之盛，人到於今稱之。"杜牧《奉送中丞姊夫儔自大理卿出鎮江西叙事書懷因成十二韻》："惟帝憂南紀，搜賢與大藩。梅仙調步驟，庾亮拂囊鞬。" 列爵：指爵位。《商君書·錯法》："列爵祿賞不道其門，則民不以死爭位

矣!”《文選‧張衡〈西京賦〉》:“列爵十四,競媚取榮。”薛綜注:“從皇
后以下,凡十四等。”　懿行:善行。元稹《故金紫光禄大夫檢校司徒
兼太子少傅贈太保鄭國公食邑三千户嚴公行狀》:“無何,太保公諸子
以稹門吏之中恩顧偏厚,且狀官閥,且訃日時,願布有司,以旌懿行。”
《新唐書‧柳公綽傳》:“實藝懿行,人未必信;纖瑕微累,十手爭指
矣!”　德:道德,品德。《易‧乾》:“君子進德修業。”《周禮‧師氏》:
“以三德教國子。”鄭玄注:“德行,内外之稱,在心爲德,施之爲行。”
慶:祝賀,慶賀。《周禮‧春官‧大宗伯》:“以賀慶之禮,親異姓之
國。”賈公彦疏:“言賀慶者,謂諸侯之國有喜可賀可慶之事,王使大夫
往,以物慶賀之。”《新唐書‧岑文本傳》:“始爲中書令,有憂色,母問
之,答曰:‘非勳非舊,貴重位高,所以憂也。’有來慶者,輒曰:‘今日受
吊不受賀。’”

　　④嘉:嘉許,表彰。《書‧文侯之命》:“汝多修,扞我於艱,若汝
予嘉。”韓愈《師説》:“余嘉其能行古道,作《師説》以貽之。”　令子:猶
言佳兒,賢郎,多用於稱美他人之子。《南史‧任昉傳》:“〔任昉〕四歲
誦詩數十篇,八歲能屬文,自製《月儀》,辭義甚美。褚彦回嘗謂遙曰:
‘聞卿有令子,相爲喜之。所謂百不爲多,一不爲少。’”李商隱《五言
述德獻上杜七兄僕射》:“過庭多令子,乞墅有名甥。”　望郎:郎中的
古稱。李商隱《酬令狐郎中見寄》:“望郎臨古郡,佳句灑丹青。”羅隱
《篋中得故王郎中書》:“鳳里前年别望郎,丁寧唯恐滯吳鄉。勸疏杯
酒知妨事,乞與書題作裹糧。”　有司:官吏,古代設官分職,各有專
司,故稱。元稹《觀兵部馬射賦》:“此蓋有司之拔萃,固非吾君之右
汝。”賈島《送雍陶及第歸成都寧親》:“半應陰隲與,全賴有司平。歸
去峰巒衆,别來松桂生。”　先臣:古代自己或對方稱已死的祖先、父
親爲“先臣”。《左傳‧文公十五年》:“宋華耦來盟……公與之宴,辭
曰:‘君之先臣督,得罪於宋殤公,名在諸侯之策,臣承其祀,其敢辱
君?’”杜預注:“耦,華督曾孫也。”陸機《謝平原内史表》:“世無先臣宣

力之效,才非丘園耿介之秀。"

[編年]

《年譜》、《年譜新編》根據本文"朕嗣立之二月五日,在宥天下,澤被幽顯"一段話,以及唐穆宗元和十五年丁丑亦即二月五日《登極德音》"中書、門下,并諸道節度使、諸州府長官、東都留守,及京常參官、諸軍使等父母祖父祖母並節級與追贈"的話,認定本文"元和十五年二月丁丑以後撰"、"元和十五年二月丁丑稍後作"。《編年箋注》根據同樣的理由,認爲本文撰作"時在元和十五年(八二〇)二月","元稹在祠部員外郎試知制誥任"。

我們以爲,《年譜》、《編年箋注》、《年譜新編》所舉理由無誤,但"二月"的説法太籠统,而"丁丑以後"、"丁丑稍後"的説法也不明確,究竟"以後"、"稍後"到什麼時候? 我們以爲,有本文"朕嗣立之二月五日,在宥天下,澤被幽顯"一段話作爲主證,又有《唐大詔令集・穆宗即位赦》作爲旁證,本文應該編年元和十五年二月五日之時或稍後一二日之内,地點在長安,元稹時任膳部員外郎試知制誥之職,而不是《編年箋注》所説的"在祠部員外郎試知制誥任"。

◎ 追封李逢吉等母制 (一)①

敕:孝子之於事親也,貧則有啜菽之歡,仕則有捧檄之慶,離則有陟屺之嘆,殁則有累茵之悲。推而言之,其揆一也。不有追錫,何以達情②?

檢校吏部尚書使持節襄州刺史李逢吉母、贈平陽郡太夫人王氏等,皆朕公卿之母也。或象感台階,生申及甫;或氣鍾河嶽,非龔則黄③。出入恩榮,羽儀中外。苟無善訓,安得令人？簡想徽猷，用弘封邑。式光子道，以盛母儀。可依前件④。

録自《元氏長慶集》卷五〇

[校記]

（一）追封李逢吉等母制：楊本、叢刊本作"追封李逢吉母王氏等"，《全文》作"追封李逢吉母王氏等制"，各備一說，不改。

[箋注]

① 李逢吉：唐穆宗爲太子時的東宮師傅之一，這時在襄州，出任山南東道節度使。《舊唐書・李逢吉傳》："李逢吉，字虛舟，隴西人……七年與司勛員外郎李巨並爲太子諸王侍讀，九年改中書舍人，十一年二月權知禮部貢舉、騎都尉、賜緋。四月，加朝議大夫、門下侍郎、同平章事，賜金紫……逢吉天與奸回，妒賢傷善。時用兵討淮蔡，憲宗以兵機委裴度，逢吉慮其成功，密沮之，繇是相惡。及度親征，學士令狐楚爲度制辭，言不合旨，楚與逢吉相善，帝皆黜之，罷楚學士，罷逢吉政事，出爲劍南東川節度使、檢校兵部尚書。穆宗即位，移襄州刺史、山南東道節度使。"楊巨源《答振武李逢吉判官》："近來時輩都無興，把酒皆言肺病同。唯有單于李評事，不將華髮負春風。"令狐楚《遊晉祠上李逢吉相公》："不立晉祠三十年，白頭重到一淒然。泉聲自昔鏘寒玉，草色雖秋耀翠鈿。"　制：指帝王的命令。《禮記・曲禮》："國君死社稷，大夫死衆，士死制。"鄭玄注："制，謂君教令，所使爲之。"《史記・秦始皇本紀》："臣等昧死上尊號，王爲'泰皇'，命爲'制'，令爲'詔'。"裴駰集解引蔡邕曰："制書，帝者制度之命也，其文曰'制'。"

② 孝子：孝順父母的兒子。楊炯《唐上騎都尉高君神道碑》："金

友玉昆,忠臣孝子。窮號積於心髓,創鉅纏於肌骨。"孫逖《太子右庶子王公神道碑》:"神明昭格,姻族嗟稱,此又孝妻、孝子之誠感也。"事:侍奉,供奉。《易·蠱》:"不事王侯,志可則也。"《孟子·梁惠王》:"是故明君制民之產,必使仰足以事父母,俯足以畜妻子。"《漢書·丁姬傳》:"孝子事亡如事存。" 啜菽:亦作"啜菽飲水",吃豆類,喝清水。語出《禮記·檀弓》:"子路曰:'傷哉貧也! 生無以爲養,死無以爲禮也。'子曰:'啜菽飲水,盡其歡,斯之謂孝。'"後因以爲貧家孝子事親之典。周必大《二老堂雜誌·記聞人滋五説》:"以啜菽配飲水,謂貧者之孝也。" 捧檄:東漢毛義有孝名,張奉去拜訪他,剛好府檄也至,要毛義去任守令,毛義拿到檄,表現出高興的樣子,張奉因此看不起他。後來毛義母死,毛義終於不再出去做官,張奉才知道他不過是爲親屈,感嘆自己知他不深,後來以"捧檄"爲爲母出仕的典故。駱賓王《夏日遊德州贈高四序》:"而太夫人在堂,義須捧檄,因仰長安而就日,赴帝鄉以望雲。"權德輿《送岳州溫録事赴任》:"鮮巾州主簿,捧檄不辭遙。" 陟屺:《詩·魏風·陟岵》:"陟彼屺兮,瞻望母兮。"鄭玄箋:"此又思母之戒,而登屺山而望也。"後因以"陟屺"爲思念母親之典。裴耀卿《皇太子衣服稱謂議》:"是故悲臨於渭陽,感動於陟屺,陪邑於先原,建封於貴里:所以教天下之爲子。"夏侯孜《唐懿宗元昭皇太後謚册文》:"逮事靡及於循陔,吉徒哀於陟屺。敢舉追崇之典,甯申顧復之思。" 累茵:《孔子家語·致思》:"子路見於孔子曰:'負重致遠不擇地而休,家貧親老不擇禄而仕。昔者由也事二親之時,常食藜藿之實,爲親負米百里之外。親歿之後,南游於楚,從車百乘,積粟萬鍾,累茵而坐,列鼎而食,願欲食藜藿,爲親負米不可復得也……'孔子曰:'由也事親,可謂生事盡禮,死事盡思者也!'"後因以"累茵之悲"爲悲念已故父母的典故。楊億《魏奉禮昭文知吉州龍泉縣》:"少列悲先露,高堂泣累茵。嘉賓碣館閉,遺業寢丘貧。"胡宿《集賢相宋庠母鍾氏可追封晉國太夫人制》:"載崇陪幄之聯,彌動累茵之感。"

揆：道理，準則。《孟子·離婁》：“地之相去也，千有餘里。世之相後也，千有餘歲。得志行乎中國，若合符節。先聖後聖，其揆一也。”《隋書·高祖紀》：“湯代於夏，武革於殷。干戈揖讓，雖復異揆。應天順人，其道靡異。”

③ 公卿：泛指高官。蘇頲《廣達樓下夜侍酺宴應制》：“東岳封迴宴洛京，西墉通晚會公卿。樓臺絕勝宜春苑，燈火還同不夜城。”孟浩然《自洛之越》：“扁舟泛湖海，長揖謝公卿。且樂杯中物，誰論世上名！”　台階：三台星亦名泰階，故稱台階，古人以爲有三公之象，因以指三公之位或宰輔重臣。《後漢書·崔駰傳》：“不以此時攀台階，闞紫闥，據高軒，望朱闕，夫欲千里，而咫尺未發，蒙竊惑焉！”李賢注：“三台謂之三階，三公之象也。”《後漢書·郎顗傳》：“三公上應台階，下同元首。”　申甫：周代名臣申伯和仲山甫的並稱。《詩·大雅·崧高》：“維申及甫，維周之翰。”借指賢能的輔佐之臣。《梁書·元帝紀》：“大國有蕃，申甫惟翰。”元稹《贈烏重胤等父制》：“載誕頗牧，降生申甫。”　河嶽：亦作“河岳”，黃河和五岳的並稱。語本《詩·周頌·時邁》：“懷柔百神，及河喬岳。”毛傳：“喬，高也。高岳，岱宗也。”孔穎達疏：“言高岳岱宗者，以巡守之禮必始於東方，故以岱宗言之，其實理兼四岳。”後泛指山川。謝朓《爲宣成公拜章》：“惟天爲大，日星度其象；謂地蓋厚，河岳宣其氣。”文天祥《正氣歌》：“天地有正氣，雜然賦流形。下則爲河岳，上則爲日星。”　龔黃：漢循吏龔遂與黃霸的並稱，亦泛指循吏。《宋書·良吏傳論》：“漢世戶口殷盛，刑務簡闊，郡縣治民，無所橫擾……龔黃之化，易以有成。”蘇軾《吳中田婦嘆》：“龔黃滿朝人更苦，不如却作河伯婦。”

④ 出入：謂朝廷內外，指出將入相。沈佺期《自考功員外授給事中》：“惠移雙管筆，恩降五時衣。出入宜真選，遭逢每濫飛。”杜甫《奉濟驛重送嚴公四韻》：“列郡謳歌惜，三朝出入榮。”　恩榮：謂受皇帝恩寵的榮耀。杜審言《送高郎中北使》：“歲月催行旅，恩榮變苦辛。

歌鐘期重錫，拜手落花春。"劉長卿《送蔣侍御入秦》："朝見及芳菲，恩榮出紫微。晚光臨仗奏，春色共西歸。" 羽儀：《易·漸》："鴻漸於陸，其羽可用爲儀。"孔穎達疏："處高而能不以位自累，則其羽可用爲物之儀表，可貴可法也。"後因以"羽儀"比喻居高位而有才德，被人尊重或堪爲楷模。《漢書·叙傳》："皇十紀而鴻漸兮，有羽儀於上京。"顏師古注引張晏曰："成帝時，班况女爲倢伃，父子並在京師爲朝臣也。"沈約《齊故安陸昭王碑文》："公以宗室羽儀，允膺嘉選。" 中外：朝廷内外，中央和地方。劉義慶《世説新語·言語》："孔融被收，中外惶怖。"司馬光《與吳相書》："竊見國家自行新法以來，中外恟恟。人無愚智，咸知其非。" 令人：品德美好的人。《詩·邶風·凱風》："凱風自南，吹彼棘薪。母氏聖善，我無令人。"鄭玄箋："令，善也。"《舊唐書·韋挺楊纂等傳論》："周、隋以來，韋氏世有令人，鬱爲冠族。而安石嗣立，竟大其門。" 徽猷：美善之道。猷，道，指修養、本事等。《詩·小雅·角弓》："君子有徽猷，小人與屬。"毛傳："徽，美也。"鄭玄箋："猷，道也，君子有美道以得聲譽，則小人亦樂與之而自連屬焉！"李夷簡《西亭暇日書懷十二韻獻上相公》："憲省忝陪屬，岷峨嗣徽猷。提携當有路，勿使滯刀州。" 封邑：古時帝王賜給諸侯、功臣以領地或食邑。《史記·晉世家》："賞從亡者及功臣，大者封邑，小者尊爵。"酈道元《水經注·河水》："右逕劉仲城北，是漢祖兄劉仲之封邑也。" 子道：子女對父母應遵循的道德規範。《史記·五帝本紀》："舜父瞽叟頑，母嚚，弟象傲，皆欲殺舜。舜順適不失子道，兄弟孝慈。"《漢書·五行志》："董仲舒以爲成（魯成公）居喪亡哀戚心，數興兵戰伐，故天災其父廟，示失子道，不能奉宗廟也。" 母儀：指作母親的儀範。王維《工部楊尚書夫人贈太原郡夫人京兆王氏墓誌銘》："婦道允諧，母儀俱美。"趙璘《因話録》卷一："〔貞懿皇后〕母儀萬國，化洽六宫。"

［編年］

《年譜》編年：“《制》稱李逢吉爲‘襄州刺史’。據《舊唐書·穆宗紀》云：‘（元和十五年〔閏〕月）丁巳，以劍南東川節度使李逢吉爲襄州刺史，充山南東道節度使。’……元和十五年二月丁丑以後撰。”《年譜新編》編年與《年譜》同。《編年箋注》編年：“此《制》本《穆宗即位赦》條文‘……’李逢吉元和十五年初由劍南東川節度使移鎮襄州刺史、山南東道節度使，合於追封之規定……此《制》作於元和十五年（八二〇）二月，元稹在祠部員外郎試知制誥任。”

順便多説一句，《年譜》的“元和十五年〔閏〕月丁巳”表達不確，應該是“元和十五年閏正月丁巳”，亦即元和十五年閏正月十四日，有《舊唐書·穆宗紀》爲證。《編年箋注》的“元和十五年（八二〇）二月，元稹在祠部員外郎試知制誥任”的表達有誤，元稹一生，並未歷職“祠部員外郎”，應該是“膳部員外郎”之誤。

我們以爲，根據本文以及《舊唐書·穆宗紀》、《穆宗即位赦》顯示的材料，應該是唐穆宗登位慶典時的作品。但理由還需要補充，結論也仍需微調：一、穆宗朝前期共有三次重大的慶典活動，即元和十五年二月五日的登位慶典、長慶元年正月初三的改元慶典、長慶元年七月十八日的上尊號慶典，如果再説全面一點，還應該包括元和十五年七月六日唐穆宗的聖誕慶典在内。而李逢吉山南東道節度使的官職起自元和十五年二月十四日，終於長慶二年二月，任職時間已經涵蓋了穆宗朝前期三次慶典活動，如何認定究竟是哪一次呢？二、第一次登位慶典之時，亦即元和十五年二月五日之時，李逢吉已經在“襄州刺史”任，其已故母親也完全符合“追封”的規定，如果没有其他理由，毫無疑問應該予以追封。因此《編年箋注》認定的“二月”不僅籠統，而且還把二月五日之前的時日也涵蓋在内，不妥。而《年譜》、《年譜新編》認定的“元和十五年二月丁丑以後撰”的結論也應該商榷，因爲“以後”是個可以無限延長的時間概念。據此，我們以爲本文應該撰成於元和十五年二月初五之後一二日之内，地點在長安，元稹時任膳部員外郎、試知制誥之職。

◎ 追封王璠等母制^{(一)①}

敕：守起居舍人賜緋魚袋王璠母、贈成紀縣太君李氏等：古人云"生願爲人兄"，欲奉養之日長也。若此，則及子之貴，顯親之榮，能幾何人？是以聖王因心以設教，由是揚名追孝之禮生焉②！

朕宅帝位，思弘大孝。乃詔執事，追用疏封③。而璠等，皆以諷賦語言，得參侍從。欲報之嘆，發乎肺肝。追加啓土之榮，用深罷社之痛。可依前件④。

錄自《元氏長慶集》卷五〇

[校記]

（一）追封王璠等母制：楊本、盧校、叢刊本作"追封王璠母李氏等"，《全文》作"追封王璠母李氏等制"，各備一説，不改。

[箋注]

① 追封：死後封爵。權德輿《張公遺愛碑銘》："德宗皇帝不視朝三日，册贈太傅，詔郎吏吊祠，禮賵以加。其後累贈太師，易曰貞武，追封上谷郡王。"元稹《贈田弘正等母制》："嗚呼！子爲列嶽之崇，母用追封之禮，亦可謂生榮死哀，孝子事親之終也。" 王璠：其父王礎，貞元中拜職秘書少監，官終黔中觀察使、御史中丞，貞元十五年七月病卒，"以王礎，廢朝一日。觀察使卒，廢朝，自礎始也"。穆宗登位之時，王璠爲起居舍人。後參與甘露事變，被赤族。《舊唐書·王璠

傳》：“王璠，字魯玉。父礎，進士，文辭知名。元和五年，擢進士第，登宏辭科。風儀修飾，操履甚堅，累辟諸侯府。元和中入朝爲監察御史，再遷起居舍人，副鄭覃宣慰於鎮州……”

②　起居舍人：史官之一，從六品上。《舊唐書·職官志》：“起居舍人：掌修記言之史，録天子之制誥、德音，如記事之制，以記時政損益。季終，則授之於國史。”岑參《佐郡思舊遊序》：“己亥歲春三月，參自補闕轉起居舍人。夏四月，署虢州長史。”常袞《授孔述睿起居舍人制》：“左右史正用第一流，其選殆精於尚書郎也。”　太君：封建時代官員母親的封號，唐制，四品官之妻爲郡君，五品爲縣君。其母邑號，皆加爲太君。韓愈《祭左司李員外太夫人文》：“某官某等，謹以清酌庶羞之奠，敬祭于某縣太君鄭氏尊夫人之靈。”元稹《有唐贈太子少保崔公墓誌銘》：“母曰范陽盧氏，贈本部太君。”　生願爲人兄：本語又見元稹《誨侄等書》：“故李密云‘生願爲人兄’，得奉養之日長。”但不見李密本人之文，想來已經遺失。林同《李密》，序云：“祖母劉年九十六，謂報劉之日短。又言爲人子者，願爲人兄，事親之日長。”詩云：“事親苦日短，爲子願爲兄。懇懇報劉語，令人涕泗橫。”王禮《具慶堂記》：“古人有云：‘孝子愛日。’又曰：‘爲人子者，願爲人兄，不願爲人弟。’知此，有不惕然於具慶之日者乎？”　奉養：侍奉，贍養。《管子·形勢解》：“主惠而不解，則民奉養。”《後漢書·吳榮傳》：“榮嘗躬勤家業，以奉養其姑。”　及子之貴：因官位顯貴而榮及子孫。白居易《兵部郎中知制誥馮宿侍御史裴注義武軍行軍司馬御史中丞蕭籍饒州刺史齊照（曒）鄧州刺史渾鐬並可朝散大夫同制》：“凡品秩之制有九，自五而上謂之貴階……此之所以爲貴者，蔭及子，命及妻，豈唯腰白金、服赤芾、從大夫之後而已？”李東陽《封翰林院編修可閑顧翁墓誌銘》：“按顧氏，本江南著姓，蓋自晉已然，居華亭者若干世。翁曾祖秀，一以行稱。祖文，理考顯，皆力本修行。而父德尤著，所謂遺善處士者。寔生翁，翁亦不仕，治家政，及子貴，曰：‘吾可以閑矣！’”　及：至，到

達。《論語·衛靈公》:"師冕見,及階,子曰:'階也。'及席,子曰:'席也。'"蘇軾《上富丞相書》:"勇冠於天下,而仁及於百世。" 顯親:謂使雙親榮顯。白居易《與劉總詔》:"卿義深報國,孝重承家。既感顯親之恩,願竭戴君之節。"徐鉉《高逸休壽州司馬制》:"而愛敬之切,發於中誠。乞循回授之文,庶遂顯親之義。辭旨懇激,覽之惻然。俾允所陳,且成其美。" 聖王:古指德才超群達於至境之帝王。《孟子·滕文公》:"聖王不作,諸侯放恣,處士橫議,楊朱、墨翟之言盈天下。"柳宗元《封建論》:"彼封建者,更古聖王堯、舜、禹、湯、文、武而莫能去之;蓋非不欲去之也,勢不可也。" 因心:謂親善仁愛之心。《詩·大雅·皇矣》:"維此王季,因心則友。"毛傳:"因,親也。"陳奐傳疏:"因訓親,親心即仁心。"《舊唐書·孝友傳序》:"善於兄弟,必能因心廣濟。" 設教:實施教化。《易·觀》:"聖人以神道設教,而天下服矣!"《晉書·刑法志》:"古人有言:'善爲政者,看人設教。'" 揚名:傳播名聲。《孝經·開宗明義》:"立身行道,揚名於後世,以顯父母,孝之終也。"李白《東海有勇婦》:"豈如東海婦,事立獨揚名!" 追孝:追行孝道於前人,指敬重宗廟、祭祀等,以盡孝道。《書·文侯之命》:"追孝于前文人。"孔穎達疏:"追行孝道於前世文德之人。"《禮記·坊記》:"修宗廟,敬祀事,教民追孝也。"

③ 宅:居於某一職位,任職。《書·大禹謨》:"格汝禹,朕宅帝位三十有三載,耄期倦於勤,汝惟不怠,總朕師。"柳宗元《分寧進奏院記》:"皇帝宅位十一載。" 帝位:皇位,天子之位。《書·舜典》:"帝曰:'格汝舜,詢事考言,乃言底可績三載,汝陟帝位。'"《後漢書·光武帝紀》:"更始因其資以據帝位。" 弘:廓大,光大。《論語·衛靈公》:"人能弘道,非道弘人。"楊巨源《上劉侍中》:"一言弘社稷,九命備珪璋。" 孝:孝道。《孝經·庶人》:"自天子至於庶人,孝無終始,而患不及者,未之有也。"李隆基注:"始自天子,終於庶人,尊卑雖殊,孝道同致。"李密《陳情表》:"伏望聖朝以孝治天下,凡在故老,猶蒙矜

育,況臣孤苦,特爲尤甚。"　執事:有職守之人,官員。《書·盤庚》:
"嗚呼! 邦伯師長百執事之人,尚有隱哉!"孔穎達疏:"其百執事謂大
夫以下,諸有職事之官皆是也。"元稹《范季睦授尚書倉部員外郎制》:
"執事非無膽,高堂念有親。昨緣秦苦趙,來往大梁頻。"　疏封:分
封,帝王把土地或爵位分賜給臣子。白居易《崔元備張惟素鄭覃陸灃
韋弘景賜爵制》:"賞不敢忘,爵不敢愛。爾宜疏封,服命而揚之。"張
孝祥《畫堂春·上老母壽》:"看取疏封湯沐,何妨頻棹觥舡!"

　　④ 語言:言語。《漢書·燕刺王劉旦傳》:"上棄群臣,無語言。"
韓愈《寄三學士》:"或慮語言泄,傳之落冤讎。"特指書面語。元稹《叙
詩寄樂天書》:"全盛之氣,注射語言。雜糅精粗,遂成多大。"　侍從:
隨侍帝王或尊長左右。《漢書·史丹傳》:"自元帝爲太子時,丹以父
高任爲中庶子,侍從十餘年。"元稹《進馬狀》:"右臣竊聞道路相傳,車
駕欲暫游幸温湯,未知虚實者。臣職居守土,侍從無因。"　欲報之
嘆:時時感慨報答父母的養育之恩。語見《詩經·小雅·蓼莪》:"父
兮生我,母兮鞠我。拊我畜我,長我育我。顧我復我,出入腹我。欲
報之德,昊天罔極。"　肺肝:比喻内心。《禮記·大學》:"人之視己如
見其肺肝然。"《新唐書·袁滋傳》:"性寬易,與之接者,皆謂可見肺
肝。"　啓土:分土,分封土地。《文選·史岑〈出師頌〉》:"今我將軍,
啓土上郡。"張銑注:"啓,開也。上郡謂驃所封也。"沈約《常僧景等封
侯詔》:"宜命爵啓土,以獎厥勞。"　罷社:停止社祭。《三國志·王修
傳》:"年七歲喪母,母以社日亡,來歲鄰里社,修感念母,哀甚。鄰里聞
之,爲之罷社。"後用爲對别人喪母表示哀悼之典。劉禹錫《唐興元節度
使王公先廟碑》:"及聞訃,永嘉人輟春罷社,薦紳間以不淑相弔焉!"

[編年]

　　《年譜》編年理由:"《舊唐書·王播傳》云:'元和中入朝爲監察御
史,再遷起居舍人,副鄭覃宣慰於鎮州。'(《新唐書·王播傳》同)鄭覃

'往鎮州宣慰'是穆宗元和十五年十一月癸卯所派遣(《舊唐書·穆宗紀》)。此《制》稱王璠爲'守起居舍人',是元和十五年十一月癸卯以後王璠之官銜。"《年譜》又云:"《唐大詔令集·典禮·南郊·長慶元年正月南郊改元赦》、《帝王·冊尊王赦·長慶元年冊尊王赦》均云:'文武常參官並致仕官……父母亡歿與贈官及邑號。'"結論是:"撰于長慶元年正月辛丑或七月壬子。"《編年箋注》編年:"據《舊唐書·穆宗紀》,元和十五年十一月癸卯,制:'宜令諫議大夫鄭覃往鎮州宣慰,賜錢一百萬貫。'此《制》稱璠爲起居舍人,是元和十五年十一月以後、職方郎中以前之官銜。長慶元年(八二一)正月改元大赦,七月冊尊號大赦,皆有文武常參官并致仕官父母亡歿與贈官及邑號之規定,推知此《制》撰於其時。"《年譜新編》以《南郊改元赦》與《長慶元年冊尊號赦》爲根據,引文云:"文武常參官并致仕官……父母亡歿與贈官及邑號。"得出"當撰於長慶元年正月辛丑或七月壬子後"的結論。

我們無法苟同《年譜》、《編年箋注》、《年譜新編》的編年結論。一、本文:"守起居舍人、賜緋魚袋王璠……"説明本文撰寫之時王璠已是起居舍人,僅不過由於他官階稍低而署理較高的官職,故曰"守"而已。兩《唐書》本傳均云王璠遷任起居舍人之後作爲鄭覃的副使"宣慰鎮州",而鄭覃"宣慰鎮州"在元和十五年十一月癸卯,那末王璠任職起居舍人的時間應在元和十五年十一月癸卯之前而絕不是以後。《年譜》、《編年箋注》:"此《制》稱王璠爲'守起居舍人'是元和十五年十一月癸卯以後王璠之官銜。"顯因疏忽把事情搞顛倒了。二、我們還以爲,並非祇有改元慶典、冊尊號慶典有《年譜》、《編年箋注》、《年譜新編》所引的赦文,同樣的內容也出現在元和十五年二月五日的登位赦文中,隨隨便便排除登位慶典顯然是不合適的。三、本文:"朕宅帝位,思弘大孝。乃詔執事,追用疏封。"明顯是初登帝位的口吻,文題"追封……"也與《追封孔戣等母制》、《追封李逢吉等母制》、《追封李遜等母制》、《追封王潛母齊國大長公主制》等制誥一一相似,應該是同時所作。據此，本文應該撰作於元和十五年二月五日登位慶典之時，地點在長安，元稹剛剛拜職膳部員外郎、試知制誥之職。

◎ 爲蕭相謝追贈祖父祖妣亡父表[1]

恩波下濟，澤被窮泉；天眷旁臨，日聞幽穸。臣某（中謝）[2]。

臣祖臣父，或勳或賢，義著族姻，名書國籍[3]。逮臣不肖，有累前人，妄繼玄成之官，實愧仲弓之德[4]。

自陛下遣臣待罪宰相，不能有以匡逮聖明，齷齪知慚，屏營失據[5]。常恐孔氏銘鼎[一]，折足可期；于啓閭門，構堂無所[6]。豈謂偶逢昌運，幸沐殊私，赦臣致寇之辜，念臣積善之本，追崇祖禰，錫命官封[7]。子道有光，升卿之言果驗；孫謀表慶，令伯之報方申[8]。海嶽恩深，涓埃效淺，彷徨自顧，局蹐何安！無任感德忘軀之至[9]。

錄自《元氏長慶集》卷三四

［校記］

（一）常恐孔氏銘鼎：楊本、叢刊本作"常恐孔傳銘鼎"，《全文》作"常恐孔悝銘鼎"，各備一説，不改。

［箋注］

① 蕭相：即蕭俛，元和十五年閏正月初八拜相，長慶元年正月二十四日罷相。在蕭俛任職宰相期間，除本文外，元稹先後另有《爲蕭相讓官表》、《爲蕭相謝告身狀》、《爲蕭相國謝太夫人國號誥身狀》，一共四篇文章爲蕭俛代筆。　追贈：死後贈官。高承《事物紀原·追

贈》："自武王克商，追王太王王季，故後代有追謚、追尊之典，兩漢逮今，人臣亦有追贈之制。"《後漢書·公孫述傳》："初，常少、張隆勸述降，不從，並以憂死。帝下詔追贈少爲太常，隆爲光禄勛。"韓愈《馬府君行狀》："其弟少府監暢，上印綬，求追贈。"　祖父：父親的父親。《禮記·喪服小記》："祖父卒，而後爲祖母後者三年。"陶潛《晉故征西大將軍長史孟府君傳》："祖父揖，元康中爲廬陵太守。"　祖妣：稱已故祖母。《後漢書·孝安帝紀》："戊申，追尊皇考清河孝王曰孝德皇，皇妣左氏曰孝德皇后，祖妣宋貴人曰敬隱皇后。"歐陽修《瀧岡阡表》："祖妣累封吳國太夫人。"　亡父：已經不在人世的父親。江淹《爲蕭太傅謝追贈父祖表》："奉宣詔書，追贈臣亡祖某太常卿，亡父某爲散騎常侍、特進、左光禄大夫。"陸贄《請還田緒所寄撰碑文馬絹狀》："右，田緒使節度隨軍劉瞻送書與臣，其書意緣，奉進止，令爲其亡父承嗣撰遺愛碑文，故送前件馬絹等以申情……"

　②恩波：謂帝王的恩澤。丘遲《侍宴樂游苑送張徐州應詔》："參差別念舉，蕭穆恩波被。"劉駕《長門怨》："御泉長繞鳳皇樓，只是恩波別處流。"　下濟：指君王施恩惠於臣下百姓。《文選·顏延之〈車駕幸京口侍遊蒜山作〉》："宣遊弘下濟，窮遠凝聖情。"吕向注："大爲下濟之道，以成聖人之情。"白居易《策林·策尾》："幸遇陛下發旁求之詔，垂下濟之恩。"　窮泉：猶九泉，指墓中。《文選·潘岳〈哀永逝文〉》："委蘭房兮繁華，襲窮泉兮朽壤。"吕延濟注："窮泉，墓中也。"白居易《李白墓》："可憐荒隴窮泉骨，曾有驚天動地文。"　天眷：指帝王對臣下的恩寵。《晉書·庾冰傳》："非天眷之隆，將何以至此？"元稹《爲蕭相讓官表》："伏望再移天眷，重選時英。"　天：稱君王。樂史《楊太真外傳》："虢國不施粧粉，自衒美豔，常素面朝天。"儲光羲《洛中貽朝校書衡朝即日本人也》："萬國朝天中，東隅道最長。吾生美無度，高駕仕春坊。"　眷：恩遇，恩寵。應璩《與滿公琰書》："昔侯生納顧於夷門，毛公受眷於逆旅，無以過也。"杜甫《贈特進汝陽王二十

韵》:"服禮求毫髮,惟忠忘寢興。聖情常有眷,朝退若無憑。"　幽爻:
墓穴。元稹《贈賻王承宗制》:"三軍求帥,承元繼志,雅有兄風。雄藩
既耀於連枝,寵秩宜加於幽爻。"白居易《故光禄卿致仕李恕贈右散騎
常侍制》:"生加爵寵,没及褒榮。兹惟舊章,用慰幽爻。"

③ 勛:功勛,功勞。《書·大禹謨》:"爾尚一乃心力,其克有勛。"
韓愈《祭馬僕射文》:"東征淮蔡,相臣是使。公兼邦憲,以副經紀。殲
彼大魁,厥勛孰似?"　賢:有德行,多才能。《書·大禹謨》:"克勤於
邦,克儉於家,不自滿假,惟汝賢。"韋應物《餞雍聿之潞州謁李中丞》:
"主人才且賢,重士百金輕。"　義:謂符合正義或道德規範。《論語·
述而》:"不義而富且貴,於我如浮雲。"《韓非子·忠孝》:"湯武自以爲
義而弑其君長。"　族姻:家族和姻親。《左傳·襄公二十六年》:"雖
楚有材,晉實用之。子木曰:'夫獨無族姻乎?'"楊伯峻注:"族,同宗;
姻,親戚。"獨孤及《唐故大理寺少卿兼侍御史河南獨孤府君墓誌銘并
序》:"和禮正家,敦睦族姻。自疏及親,必慈必愛。"　名:功業,功名。
《孫臏兵法·將義》:"將者不可以不信,不信則令不行,令不行則軍不
摶,軍不摶則無名。"《國語·周語》:"用巧變以崇天災,勤百姓以爲己
名。"韋昭注:"名,功也。"名聲,名譽。《易·乾》:"不成乎名,遯世無
悶。"孔穎達疏:"不成乎名者,言自隱黜,不成就令名,使人知也。"
國籍:國家的典籍,史籍。《北史·李彪傳》:"今求都下乞一静處,綜
理國籍,以終前志,官給事力,以充所須。"元稹《獻滎陽公詩五十韵
啓》:"其於勛位崇懿在國籍,族地清甲編世家,政事德美播謳謡,儉仁
慈愛被親戚,非小儒造次之所盡。"

④ 不肖:不成材,不正派。《漢書·武帝紀》:"代郡將軍敖、雁門
將軍廣,所任不肖,校尉又背義妄行,棄軍而北。"顔師古注:"肖,似
也。不肖者,言無所象類,謂不材之人也。"蘇軾《上富丞相書》:"翰林
歐陽公不知其不肖,使與於制舉之末,而發其倡狂之論。"自謙之稱。
《戰國策·齊策》:"今齊王甚憎張儀,儀之所在,必舉兵而伐之。故儀

願乞不肖身而之梁。"韓愈《上考功崔虞部書》:"愈不肖,行能誠無可取。" 前人:從前的人。《書·大誥》:"敷前人受命,茲不忘大功。"《史記·周本紀》:"修其訓典,朝夕恪勤,守以敦篤,奉以忠信。奕世載德,不忝前人。" 玄成:漢代韋賢于宣帝時代蔡義爲丞相,元帝時,其少子玄成復以明經歷位至丞相,後借指能繼承先輩相位的人。岑參《僕射裴公挽歌》:"莫埋承相印,留著付玄成。"王定保《唐摭言·公薦》:"相公五君詠曰:'淒涼丞相府,餘慶在玄成。'" 仲弓:春秋魯冉雍的字,也稱子弓,孔子的學生,以德行著稱。《論語·雍也》:"仲弓問子桑伯子,子曰:'可也簡。'"《史記·仲尼弟子列傳》:"孔子以仲弓爲有德行,曰:'雍也,可使南面。'"

⑤ 待罪:古代官吏任職的謙稱,意謂不勝其職而將獲罪。司馬遷《報任少卿書》:"僕賴先人緒業,得待罪輦轂下二十餘年矣!"范仲淹《天章閣待制滕君墓誌銘》:"予時待罪政府,嘗力辯之。" 匡:輔佐,輔助。《詩·小雅·六月》:"王于出征,以匡王國。"馬瑞辰通釋:"匡者,助也。'以匡王國',猶云'以佐天子'也。"《周書·文帝紀》:"及居官也,則晝不甘食,夜不甘寢,思所以上匡人主,下安百姓。" 逮:追上,趕上。《公羊傳·成公二年》:"郤克眇魯衛之使,使以其辭而爲之請,然後許之,逮于袁婁而與之盟。"何休注:"逮,及也,追及國佐于袁婁也。"曹植《七啓》:"縱輕體以迅赴,景追形而不逮。" 聖明:皇帝的代稱。劉琨《勸進表》:"或多難以固邦國,或殷憂以啓聖明。"李翱《再請停率修寺觀錢狀》:"閣下去年考制策,其論釋氏之害於人者,尚列爲高等,冀感悟聖明。" 齷齪:器量局促,狹小。《文選·張衡〈西京賦〉》:"獨儉嗇以齷齪,忘蟋蟀之謂何。"薛綜注:"《漢書》注曰:齷齪,小節也。"鮑照《代放歌行》:"小人自齷齪,安知曠士懷?" 屏營:惶恐,彷徨。柳宗元《上武元衡謝撫問啓》:"先賜榮示,奉讀流涕,以懼以悲,屏營舞躍,不敢寧處。"白居易《答桐花詩》:"無人解賞愛,有客獨屏營。" 失據:失去憑依。《文選·宋玉〈神女賦〉》:"徊腸

傷氣,顛倒失據。"李善注:"毛萇《詩傳》曰:'據,依也。'"《後漢書·皇甫嵩傳》:"所在燔燒官府,劫略聚邑,州郡失據,長吏多逃亡。"

⑥ 孔氏銘鼎:亦即"孔鼎",正考父廟之鼎,正考父係孔子先祖。《左傳·昭公七年》:"及正考父佐戴武宣,三命茲益共,故其鼎銘云:'一命而僂,再命而傴,三命而俯。循墻而走,亦莫余敢侮。饘於是,鬻於是,以餬余口。'其共也如是。"杜預注:"考父廟之鼎。"歐陽修《集古錄目序》:"湯盤、孔鼎、岐陽之鼓,岱山、鄒邑、會稽之刻石……皆三代以來至寶,怪奇偉麗、工妙可喜之物。"　折足:亦即"折足覆餗",《易·繫辭》:"《易》曰:'鼎折足,覆公餗,其形渥,凶。'言不勝其任也。"餗,鼎内食物。後以"折足覆餗"比喻力不能勝任,必至敗事。《後漢書·謝弼傳》:"今之四公,唯司空劉寵斷斷守善,餘皆素餐致寇之人,必有折足覆餗之凶。"　于啓:即"于公",漢代于定國之父。《漢書·于定國傳》:"于定國,字曼倩,東海郯人也。其父于公爲縣獄史,郡決曹,決獄平,羅文法者于公所決皆不恨,郡中爲之生立祠,號曰'于公祠'……父死後,定國亦爲獄史……于定國爲廷尉,民自以不冤……始定國父于公其閭門壞,父老方共治之。于公謂曰:'少高大門閭,令容駟馬高蓋車。我治獄多陰德,未嘗有所冤,子孫必有興者!'至定國爲丞相,永爲御史大夫,封侯傳世云。"此典意謂上代留惠於民,後代必然興旺。元稹《酬樂天餘思不盡加爲六韵之作》:"蔡女圖書雖在口(蔡琰口誦家書四百餘篇),于公門户豈生塵(樂天常贈予詩云:'其心如肺石,動必達窮民。東川八十家,冤憤一言申。'因感無兒之嘆,故予自有此句)?"　閭門:里巷的大門。《書·武成》:"式商容閭。"孔穎達疏引《説文》:"閭,族居里門也。"《淮南子·時則訓》:"門閭無閉,關市無索。"　構堂:《書·大誥》:"若考作室,既底法,厥子乃弗肯堂,矧肯構?"孔傳:"以作室喻治政也,父已致法,子乃不肯爲堂基,況肯構立屋乎?"後因以"構堂"比喻先人的基業。《舊唐書·高宗紀贊》:"伏戎於寢,構堂終墜。自蘊禍胎,邦家疹瘁。"　無所:没

有地方,没有處所。枚乘《七發》:"今夫貴人之子,必宮居而閨處,内有保母,外有傅父,欲交無所。"韓愈《祭張給事文》:"上不負汝,爲此不祥,將死無所。"

⑦ 昌運:興隆的國運。顏延之《拜陵廟作》:"敕躬慚積素,復與昌運並。"韓愈《賀皇帝即位表》:"伏維皇帝陛下,承列聖之丕績,當中興之昌運。" 赦臣致寇之辜:事見《舊唐書·蕭俛傳》:"(元和)九年,改駕部郎中,知制誥内職如故。坐與張仲方善,仲方駁李吉甫諡議,言用兵徵發之弊,由吉甫而生。憲宗怒,貶仲方,俛亦罷學士,左授太僕少卿。" 積善:累積善行。《易·坤》:"積善之家,必有餘慶;積不善之家,必有餘殃。"韓愈《與孟尚書書》:"積善積惡,殃慶自各以其類至。" 追崇:對死者追加封號。《梁書·侯景傳》:"景又矯蕭棟詔,追崇其祖爲大將軍,考爲丞相。"王讜《唐語林·政事》:"錫望守城而死,已有追崇。" 祖禰:先祖和先父,亦泛指祖先。蔡邕《鼎銘》:"乃及忠文,克慎明德,以服享祖禰之遺風,悉心臣事,用媚天子。"《舊唐書·段文昌傳》:"以先人墳墓在荆州,別營居第以置祖禰影堂,歲時伏臘,良辰美景享薦之。" 錫命:天子有所賜予的詔命。《易·師》:"王三錫命。"孔穎達疏:"三錫命者,以其有功,故王三加錫命。"張九齡《恩賜樂遊園宴應制》:"寶筵延錫命,供帳序群公。" 官封:皇帝贈予的官爵。張説《撥川郡王碑奉敕撰》:"長子盧,襲官封,繼事業。次子舊久,特拜郎將。"洪邁《容齋四筆·宰相贈本生父母官》:"昉再入相,表其事求贈所生父、祖官封。"

⑧ 子道:子女對父母應遵循的道德規範。《史記·五帝本紀》:"舜父瞽叟頑,母嚚,弟象傲,皆欲殺舜。舜順適不失子道,兄弟孝慈。"《孔叢子·嘉言》:"文王之興,附者六州。六州之衆,各以子道來。故區區之臺,未及期日而已成矣!" 光:榮耀,榮寵,光彩。《詩·大雅·韓奕》:"百兩彭彭,八鸞鏘鏘,不顯其光。"鄭玄箋:"光,猶榮也。"韓愈《爲裴相公讓官表》:"周文用吕望於屠釣,齊桓起甯戚

於飯牛，雪耻蒙光，去辱居貴。”　升卿之言果驗：子孫事業有成，得以光宗耀祖。事見《後漢書·虞詡傳》：“虞詡字升卿，陳國武平人也。祖父經，爲郡縣獄吏，案法平允，務存寬恕。每冬月，上其狀，恒流涕隨之。嘗稱曰：‘東海于公高爲里門，而其子定國卒至丞相。吾決獄六十年矣！雖不及于公，其庶幾乎子孫何必不爲九卿邪？’故字詡曰升卿……永和初，遷尚書令。以公事去官，朝廷思其忠，復徵之，會卒。臨終謂其子恭曰：‘吾事君直道，行己無愧。所悔者，爲朝歌長時，殺賊數百人，其中何能不有冤者？自此二十餘年，家門不增一口，斯獲罪於天也！’恭有俊才，官至上黨太守。”　孫謀：順應天下人心的謀略，孫，通“遜”，語出《詩·大雅·文王有聲》：“詒厥孫謀，以燕翼子。”鄭玄箋“孫，順也……傳其所以順天下之謀，以安其敬事之子孫。”一説“孫謀”是爲子孫籌畫的意思。朱熹集傳：“謀及其孫，則子可以無事矣！”王維《裴僕射濟州遺愛碑》：“爲其身計，保乎忠貞。將爲孫謀，貽以清白。”黄庭堅《神宗皇帝挽詞三首》一：“孫謀開二聖，末命對三靈。今代誰班馬？能書汗簡青。”　表慶：呈現吉祥。張華《正德舞歌》：“象容表慶，協律被聲。”蕭綱《菩提樹頌》：“鳥記稱祥，龍書表慶。”　令伯之報方申：長大成人，不忘長輩養育之恩。令伯是李密之字，李密有《陳情表》傳流後世，事見《晉書·李密傳》：“李密字令伯，犍爲武陽人也。一名虔，父早亡，母何氏改醮。密時年數歲，感戀彌至，烝烝之性，遂以成疾，祖母劉氏躬自撫養。密奉事以孝謹聞，劉氏有疾，則涕泣側息，未嘗解衣。飲膳湯藥，必先嘗後進，有暇則講學忘疲……泰始初，詔徵爲太子洗馬，密以祖母年高，無人奉養，遂不應命，乃上疏曰：‘臣以險釁，夙遭閔凶。生孩六月，慈父見背。行年四歲，舅奪母志。祖母劉愍臣孤弱，躬見撫養。臣少多疾病，九歲不行。零丁辛苦，至於成立。既無伯叔，終鮮兄弟。門衰祚薄，晚有兒息。外無朞功强近之親，内無應門五尺之童。煢煢孑立，形影相吊。而劉早嬰疾病，常在床蓐。臣侍湯藥，未嘗廢離……但以劉日薄西山，氣息奄奄。人命危淺，朝不慮夕。臣無祖母，無以至今日；祖母無臣，無以終餘年。母孫二人，更相爲命。是以私情區區，不敢棄遠。臣密今年四十有四，祖母劉今年九十有六，是臣盡節於陛下之日長，而養劉之日短也。烏鳥私情，願乞終養……'"

⑨ 海嶽恩深：義近"海嶽高深"，"嶽"通"岳"，海之深，山之高，形容極爲高深。《北史·越王侗傳》："徒承海岳之恩，未有涓塵之答。"羅隱《龍泉東下却寄孫員外》："恩如海岳何時報？恨似烟花觸處生。"涓埃：細流與微塵，比喻微小。《周書·蕭撝傳》："臣披款歸朝，十有六載，恩深海岳，報淺涓埃。"杜甫《野望》："惟將遲暮供多病，未有涓埃答聖朝。" 彷徨：謂坐立不安，心神不定。班固《白虎通·宗廟》："念親已没，棺柩已去，悵然失望，彷徨哀痛。"孟雲卿《傷情》："爲長心易憂，早孤意常傷。出門先躊躇，入户亦彷徨。" 局蹐：局促不安。《後漢書·秦彭傳》："奸吏局蹐，無所容詐。"柳宗元《上李中丞獻所著文啓》："退自局蹐，不知所裁。" 感德：爲其德行所感動。徐陵《勸進梁元帝表》："芝房感德，咸出銅池。"感激恩德。張説《右羽林大將軍王公神道碑奉敕撰》："謀臣飲恩於望表，猛將感德於事外。"李德裕《論太和五年八月將故維州城歸降准詔却執送本蕃就戮人吐蕃城副使悉怛謀狀》："伏乞宣付中書，各加褒贈，冀華夷感德，幽顯伸冤，警既往之倖心，激將來之峻節。" 忘軀：奮不顧身。獨孤及《送成都成少尹赴蜀序》："公曰：士感遇則忘軀，臣受命則忘家。"李華《唐丞相故太保贈太師韓國公苗公墓誌銘并序》："磊落臣節，深沈廟謨。智能逃難，忠則忘軀。"

[編年]

《年譜》編年本文："元和十五年所撰。"但没有具體的時間，理由是："長慶元年正月，蕭俛罷相。"《編年箋注》也編年本文於元和十五年，同樣没有具體的時間，理由是："據《舊唐書·蕭俛傳》，俛當穆宗即位之月拜中書侍郎、平章事，長慶元年正月守左僕射，進封徐國公，罷知政事,則稱之爲'相國',宜在十五年之内……據以上事實,有關蕭相之制均撰於元和十五年(八二〇)。"《年譜新編》同樣編年本文於元和十五年,同樣沒有具體的時間,理由是據《資治通鑑》關於蕭俛免相的記載:"(長慶元年正月)壬戌,俛罷爲右僕射。俛固辭僕射,二月癸酉,改吏部尚書。""蕭俛在相位一年,以上有關蕭俛之制均元和十五年作"。

　　我們以爲,《年譜》、《編年箋注》、《年譜新編》籠統編年本文於元和十五年是不合適的,它應該也可以進一步編年。元和十五年二月五日(丁丑)《登極德音》云:"中書、門下並諸道節度使、諸州府長官、東都留守及京常參官、諸軍使等父母、祖父母並節級與追贈。"所述與《爲蕭相謝追贈祖父祖妣亡父表》兩相符合,追贈應該在元和十五年二月五日之後一二日進行,故可斷定本文爲是追贈之後所作,時在當日或其後一二日所作,地點在長安,元稹當時剛剛新任膳部員外郎試知制誥之職。

◎ 爲蕭相謝賜太夫人國號告身狀^{(一)①}

　　恩賜臣母國號告身一通。

　　右,今月日^(二),某乙奉宣恩旨,賜臣母前件告身。恩光灼燿,捧戴兢惶,對揚天休,無任戰越^②。臣家傳儒素,母實劬勞,每織屨以資臣宦游^(三),嘗斷織以勉臣師學^③。念臣庸昧,本望非高,所希捧檄之榮,敢思開國之慶^{(四)④}!

　　陛下恩加望外,簡自宸衷,石竁封疆,已光於萬葉;蕊珠文字,重降於九霄^⑤。朝野謂之殊私,宗族以爲榮觀^⑥。臣及臣母,以抃以歡。誓將齋戒洗心,永奉真人之誥^(五);緘縢在笥,深藏大帝之符^{(六)⑦}。寶過金籙,瑞同鵠印。蓼蕭知感,雨露難酬。無任抃躍戴恩之至(七)⑧。

録自《元氏長慶集》卷三六

[校記]

(一)爲蕭相謝賜太夫人國號告身狀：原本作"爲蕭相國謝太夫人國號誥身狀"，楊本、叢刊本、《全文》同，據《英華》、《淵鑑類函》以及下文改。

(二)今月日：原本作"某月日"，楊本、叢刊本、《全文》同，據《英華》改。《淵鑑類函》無此上兩句以及此句下六句，録以備考，不從不改。

(三)每織屨以資臣宦游：《英華》、《淵鑑類函》、叢刊本、《全文》同，楊本作"每織屨以資臣官游"，刊刻之誤，不從不改。

(四)敢思開國之慶：楊本、叢刊本同，《英華》、《淵鑑類函》、《全文》作"敢萌開國之慶"，各備一説，不改。

(五)永奉真人之誥：蘭雪堂本、叢刊本、《英華》、《淵鑑類函》、《全文》同，楊本作"永奉其人之誥"，刊刻之誤，不從不改。

(六)深藏大帝之符：原本作"深藏太常之符"，楊本、叢刊本同，據《英華》、《淵鑑類函》、《全文》改。

(七)無任抃躍戴恩之至：楊本、叢刊本同，《英華》、《全文》作"無任抃躍兢懼之至"，《淵鑑類函》無此句及以上兩句，各備一説，不改。

[箋注]

① 蕭相：即蕭俛，曾經是元稹的同年與同僚。時任宰相，這時是包括元稹在内的百僚之首，後來則成了元稹的政敵。元稹有《爲蕭相讓官表》、《爲蕭相謝追贈祖父祖妣亡父表》、《爲蕭相謝告身狀》等代蕭俛撰寫的文稿，説明其時兩人關係密切。蕭俛與元稹交惡是因爲

元稹奉命撰寫《令狐楚衡州刺史制》，得罪了令狐楚，也得罪了令狐楚的政治盟友蕭俛，我們在其後再詳細介紹。　　太夫人：漢制，列侯之母稱太夫人。《漢書·文帝紀》：“令列侯太夫人、夫人、諸侯王子及吏二千石無得擅徵捕。”顏師古注引如淳曰：“列侯之妻稱夫人，列侯死，子復爲列侯，乃得稱太夫人。子不爲列侯，不得稱也。”後世官吏之母，不論存歿，亦稱太夫人。宋之問《鄧國太夫人挽歌》：“鸞死鉛妝歇，人亡錦字空。悲端若能減，渭水亦應窮。”杜甫《奉賀陽城郡王太夫人恩命加鄧國太夫人》：“衛幕銜恩重，潘輿送喜頻。濟時瞻上將，錫號戴慈親。”　　國號：朝廷命婦“國夫人”的封號，亦稱有此封號者。孫光憲《北夢瑣言》卷九：“楊相女適裴坦長子，嫁資豐厚，什器多用金銀。坦尚儉，聞之不樂。一日，與國號及兒女輩到新婦院。”張綱《韓肖胄母文氏特封國號》：“朕惟天步方艱，戎衣未定，爰擇近輔，往使鄰邦。受命而行，既盡大臣之節，勸子以義，又聞賢母之言。”　　告身：古代授官的文憑。《北齊書·傅伏傳》：“周克并州，遣韋孝寬與其子世寬來招伏……授上大將軍、武鄉郡開國公，即給告身。”白居易《妻初授邑號告身》：“弘農舊縣授新封，鈿軸金泥誥一通。我轉官階常自愧，君加邑號有何功？”

②恩賜：朝廷的賞賜。李嶠《人日侍宴大明宮恩賜綵縷人勝應制》：“鳳城景色已含韶，人日風光倍覺饒。桂吐半輪迎此夜，蕚開七葉應今朝。”張説《恩賜樂遊園宴》：“漢苑佳遊地，軒庭近侍臣。共持榮幸日，來賞艷陽春。”　　奉宣：宣佈帝王的命令。《漢書·黃霸傳》：“時上垂意於治，數下恩澤詔書，吏不奉宣。”杜甫《奉謝口敕三司推問狀》：“今日已時，中書侍郎平章事張鎬奉宣口敕，宜放推問。”　　恩旨：猶恩典。王維《賀古樂器表》：“臣維言伏見今月七日中書門下敕牒，道士申太芝奏稱伏奉恩旨，令臣往名山修功德。”沈既濟《枕中記》：“數年，帝知冤，復追爲中書令，封燕國公，恩旨殊異。”　　恩光：猶恩澤。錢起《和王員外雪晴早朝》：“紫微晴雪帶恩光，繞仗偏隨鵷鷺行。

長信月留寧避曉,宜春花滿不飛香。"竇叔向《寒食日恩賜火》:"恩光及小臣,華燭忽驚春。電影隨中使,星輝拂路人。" 灼爍:亦作"灼耀",義同"灼灼",鮮明貌,彰著貌。潘岳《夏侯常侍誄》:"英英夫子,灼灼其俊。"李賀《公莫舞歌序》:"會中壯士,灼灼於人。"葉蔥奇注:"昭昭在人耳目。" 捧戴:托舉,扶擁。劉禹錫《謝冬衣表》:"殊錫稠疊,延及偏裨。慶抃失圖,捧戴相賀。"元稹《後湖》:"提携翁及孫,捧戴婦與姑。" 兢惶:驚懼惶恐。江總《爲陳六宮謝章》:"克柔陰化,兢惶並集。"《舊唐書·杜佑傳》:"塵瀆聖聰,兢惶無措。" 對揚:古代常語,屢見於金文,凡臣受君賜時多用之,兼有答謝、頌揚之意。《書·説命》:"敢對揚天子之休命。"孔傳:"對,答也,答受美命而稱揚之。"《詩·大雅·江漢》:"虎拜稽首,對揚王休,作召公考,天子萬壽。"朱熹集傳:"言穆公既受賜,遂答稱天子之美命,作康公之廟器,而勒策王命之辭以考其成,且祝天子以萬壽也。"轉爲偏義,謂答謝,報答。蔡邕《司空文烈侯楊公碑》:"虔恭夙夜,不敢荒寧,用對揚天子丕顯休命。"《舊唐書·王義方傳》:"不能盡忠竭節,對敭王休。策蹇勵駑,祇奉皇眷。"唐宋以來爲官吏除授後謝恩的一種儀式。宋敏求《春明退朝録》卷中:"吏部流内銓,每除官,皆云權判。正衙謝,復正謝前殿,引選人謝辭。繇唐以來,謂之對揚。" 天休:指天子的恩庥。許渾《江西鄭常侍赴鎮之日有寄因酬和》:"布令滕王閣,裁詩郢客樓。即應歸鳳沼,中外贊天休。"周曇《三代門·文王》:"昭然明德報天休,禴祭惟馨勝殺牛。二老五侯何所詐?不歸商受盡歸周。" 戰越:因惶恐而戰慄,越,殞越,惶恐,多用於章表或上書。張九齡《進龍池聖德頌狀》:"謹隨封進以聞,塵黷宸嚴,伏增戰越。"蘇轍《上洪州孔大夫論徐常侍墳書》:"轍言非所職,干冒高明,不勝戰越。"

③ 家傳:家中世代相傳。《陳書·江總傳》:"及長,篤學有辭采,家傳賜書數千卷,總晝夜尋讀,未嘗輟手。"張淏《雲谷雜記·太宗識見》:"神宗忽問呂曰:'卿體中無恙否?'對曰:'臣無事。'斯須又問:

‘卿果覺安否？’呂又對曰：‘臣不敢強。’……後數日，果感疾，迤邐不起。豈識鑒之妙得於家傳，故同符如此。”　儒素：儒者的素質，謂符合儒家思想的品格德行。《三國志·袁渙傳》：“霸弟徽，以儒素稱。”王讜《唐語林·德行》：“柳應規以儒素進身，始入省，便造新宅，殊不若且税居之爲善也。”　劬勞：勞累，勞苦。《詩·小雅·蓼莪》：“哀哀父母，生我劬勞。”《後漢書·胡廣傳》：“臣等竊以爲廣在尚書，劬勞日久。”　織屨：用麻、草、絲、革等爲材料編織鞋子。《孟子·滕文公》：“彼身織屨，妻辟纑，以易之也。”《漢書·翟方進傳》：“母憐其幼，隨之長安，織屨以給方進。”　宦遊：舊謂外出求官或做官。《漢書·司馬相如傳》：“長卿久宦遊，不遂而困，來過我。”孟元老《東京夢華録序》：“僕從先人宦遊南北，崇寧癸未到京師，卜居於州西金梁橋西夾道之南。”　斷織：相傳孟軻少時，廢學歸家，孟母方績，因引刀斷其機織，曰：“子之廢學，若吾斷斯織也！”軻因勤學自奮，師事子思，遂成大儒，後遂用爲母親督子勤學的典故。駱賓王《上兗州張司馬啓》：“加以承斷織之慈訓，得鋭志於書林；奉過庭之嚴規，遂容情於義圃。”余靖《曾祖母追封魏國太夫人賈氏可追封國太夫人》：“曾高之室某、曾祖母某氏，言容有則，宗姻爲範。卜鄰傳芳，早勤胎教。斷織成訓，聿光彤史。”　師學：從師學習。元稹《唐故建州蒲城縣尉元君墓誌銘》：“予與君伯季之間，十歲相得，師學然諾，出入宴遊，無不同也。”白居易《襄州別駕府君事狀》：“又別駕府君即世，諸子尚幼，未就師學。夫人親執詩書，晝夜教導，恂恂善誘，未嘗以一棒一杖加之。”

④ 庸昧：謂資質愚鈍，才識淺陋，常用作謙詞。《周書·于瑾傳》：“此是家事，素雖庸昧，何敢有辭！”《舊唐書·裴延齡傳》：“良以內顧庸昧，一無所堪；忽蒙眷知，唯以誠直。”　本望：本來的願望。《宋書·劉道濟傳》：“比傳人情不甚緝諧，當以法御下，深思自警，以副本望。”范攄《雲溪友議》卷一：“鄭使君所須，各依來數一半，以戎旅之際，不全副其本望也。”　捧檄：典見東漢人毛義爲了養母而委屈自

己,違背歷來的志向而外出求官的故事,後以"捧檄"爲爲母出仕的典故。駱賓王《渡瓜步江》:"捧檄辭幽徑,鳴根下貴洲。"伍喬《送江少府授延陵後寄》:"束書西上謁明主,捧檄南歸慰老親。" 開國:即"開國承家"之緊縮語,謂建立邦國,繼承封邑。《易・師》:"大君有命,開國承家。"孔穎達疏:"若其功大,使之開國爲諸侯;若其功小,使之承家爲卿大夫。"劉知幾《史通・世家》:"案世家之爲義也,豈不以開國承家,世代相續?"

⑤ 宸衷:帝王的心意。沈約《瑞石像銘》:"泛彼遼碣,瑞我國東。有符皇德,乃眷宸衷。就言鷲室,栖誠梵宫。"《舊唐書・楊發傳》:"禮之疑者,決在宸衷。" 石窌:古邑名,春秋齊地,故址在今山東省長清縣東南。《左傳・成公二年》記載齊國與晉國交戰,結果齊師敗績而回:"齊師敗矣! 辟女子,女子曰:'君免乎?'曰:'免矣!'曰:'銳司徒免乎?'曰:'免矣!'曰:'苟君與吾父免矣! 可若何?'乃奔,齊侯以爲有禮,既而問之,辟司徒之妻也,予之石窌。"後用以泛指封地。張説《贈吏部尚書蕭公神道碑》:"封其石窌,俾承土宇之榮;表以金章,永閟珩璜之飾。" 萬葉:萬世,萬代。《晉書・武帝紀》:"見土地之廣,謂萬葉而無虞;覩天下之安,謂千年而永治。"吳兢《貞觀政要・納諫》:"微臣竊思秦始皇之爲君也,藉周室之餘,因六國之盛,將貽之萬葉。" 蕊珠:"蕊珠宫"之省稱,道教經典中所説的仙宫,本文借指李唐宫苑。顧雲《華清詞》:"相公清齋朝蕊宫,太上符籙龍蛇蹤。"邵雍《二色桃》:"疑是蕊宫雙姊妹,一時俱肯嫁春風。" 九霄:道家謂仙人的居處。《文選・沈約〈游沈道士館〉》:"鋭意三山上,託慕九霄中。"張銑注:"九霄,九天仙人所居處也。"李白《明堂賦》:"比乎昆山之天柱,蠹九霄而垂雲。"王琦注:"按道書,九霄之名,謂赤霄、碧霄、青霄、絳霄、黅霄、紫霄、練霄、玄霄、縉霄也。一説以神霄、青霄、碧霄、丹霄、景霄、玉霄、琅霄、紫霄、火霄爲九霄。"喻皇帝居處。杜甫《臘日》:"口脂面藥隨恩澤,翠管銀罌下九霄。"

⑥ 朝野：朝廷與民間，亦指政府方面與非政府方面。《後漢書·杜喬傳》："由是海內嘆息，朝野瞻望焉！"韓愈《爲宰相賀雪表》："見天人之相應，知朝野之同歡。"　殊私：謂帝王對臣下的特別恩寵。徐堅《奉和聖製送張說赴集賢院學士賜宴賦得虛字》："殊私光輔弼，榮送列簪裾。座引中廚饌，杯錫上尊餘。"戎昱《觀衛尚書九日對中使射破的》："盛宴傾黃菊，殊私降紫泥。月營開射圃，霜旆拂晴霓。"　宗族：謂同宗同族之人。《周禮·春官·大宗伯》："以飲食之禮，親宗族兄弟。"《爾雅·釋親》："父之黨爲宗族。"　榮觀：榮盛的景象。《舊唐書·德宗紀》："命宰臣諸將送(李)晟入新賜第，教坊樂，京兆府供帳食饌，鼓吹導從，京城以爲榮觀。"司馬光《論上元遊幸札子》："臣等竊惟上元觀燈，本非典禮，正以時和年豐，欲與百姓同樂，爲太平之榮觀而已。"

⑦ 抃：鼓掌，拍手表示歡欣。《呂氏春秋·古樂》："帝譽乃令人抃。"高誘注："兩手相擊曰抃。"《韓詩外傳》卷二："桀拍然而抃，盍然而笑。"　歡：快樂，喜悦。《書·洛誥》："公功肅將祗歡。"孔穎達疏："公功已進且大矣，天下皆樂公之功，敬而歡樂。"潘岳《笙賦》："樂聲發而盡室歡，悲音奏而列坐泣。"　齋戒：古人在祭祀前沐浴更衣、整潔身心，以示虔誠。《孟子·離婁》："雖有惡人，齋戒沐浴，則可以祀上帝。"劉晃《祭汾陰樂章》："大君出震，有事郊禋。齋戒既肅，馨香畢陳。"　洗心：洗滌心胸，比喻除去惡念或雜念。《易·繫辭》："聖人以此洗心。"徐浩《寶林寺作》："洗心聽經論，禮足蠲凶灾。"　真人：《史記·秦始皇本紀》："始皇曰：吾慕真人，自謂'真人'，不稱朕。"後因指統一天下的所謂真命天子。張衡《南都賦》："方今天地之雎剌，帝亂其政，豺虎肆虐，真人革命之秋也。"《梁書·韋叡傳》："天下真人，殆興於吾州矣！"　誥：皇帝的制敕。韋應物《寄令狐侍郎》："西掖方掌誥，南宮復司春。夕燕華池月，朝奉玉階塵。"錢起《喜李侍御拜郎官入省》："粉署花驄入，丹霄紫誥垂。直廬驚漏近，賜被覺霜移。"　緘

縢:封固。《後漢書·陽球傳》:"諸奢飾之物,皆各緘縢,不敢陳設。"王禹偁《茶園十二韵》:"緘縢防遠道,進獻趁頭番。" 笥:即笥篋,竹製的小箱子。《南史·宋廬江王褘傳》:"兩宮所遺珍玩,塵於笥篋。"羅隱《廣陵秋夜讀進士常修三篇因題》:"入蜀歸吳三首詩,藏於笥篋重於師。" 大帝:對上古聖德帝王的敬稱。《逸周書·殷祝》:"昔大帝作道,明教士民。"孔晁注:"大帝,謂禹。"《史記·孝武本紀》:"聞昔大帝興神鼎一,一者一統,天地萬物所繫終也。"司馬貞索隱:"顏師古以大帝即太昊伏犧氏,以在黃帝之前故也。"這裏指代唐穆宗,溢美之詞。 符:古代憑證符券、符節、符傳等信物的總稱。《戰國策·秦策》:"穰侯使者,操王之重,決裂諸侯,剖符於天下,征敵伐國,莫敢不聽。"鮑彪注:"符,信也,謂軍符。漢制,以竹,長六寸,分而相合……《漢文紀》云:'郡國守相爲銅虎符、竹使符。'《索隱》云:'《漢舊儀》,銅虎符發兵,竹使符出入徵發。'"《韓非子·守道》:"爲符,非所以豫尾生也,所以使衆人不相謾也。"

⑧ 金籯:儲存黃金的竹器,語出《漢書·韋賢傳》:"韋賢字長孺,魯國鄒人也。"韋賢志學,以《詩》、《書》教授,成鄒魯之地大儒,本始年間拜相,政績卓著。"賢四子,長子方山,爲高寢令,早終。次子弘,至東海太守。次子舜,留魯守墳墓。少子玄成,復以明經歷位至丞相,故鄒魯諺曰:'遺子黃金滿籯,不如一經。'"顏師古注引如淳曰:"籯,竹器,受三四斗。"孟郊《城南聯句》:"積照涵德鏡,傳經儷金籯。" 鵲印:亦作鵲石,干寶《搜神記》卷九:"常山張顥爲梁州牧,天新雨後,有鳥如山鵲,飛翔入市,忽然墜地,人爭取之,化爲圓石。顥椎破之,得一金印,文曰'忠孝侯印',顥以上聞,藏之秘府。後議郎汝南樊衡夷上言:'堯舜時舊有此官,今天降印,宜可復置。'顥後官至太尉。"後來遂以"鵲石"爲官員應天命升遷的典實。岑參《獻封大夫破播仙凱歌六首》三:"丈夫鵲印搖邊月,大將龍旗掣海雲。"張鷟《滄州弓高縣實性寺釋迦像碑》:"羊車映玉,煥昇氣於淮川;鵲印流金,鬱靈符於寶

軸。”　蓼蕭:《詩·小雅·蓼蕭序》:“《蓼蕭》,澤及四海也。”《左傳·襄公二十六年》:“國景子相齊侯,賦《蓼蕭》。”杜預注:“《蓼蕭》,《詩·小雅》,言太平澤及遠,若露之在蕭,以喻晉君恩澤及諸侯。”後因以“蓼蕭”指君王的恩澤。白居易《楊造等亡母追贈太君制》:“《蓼蕭》之澤,宜自葉而流根。”　雨露:比喻君王的恩澤。張説《十五日夜御前口號踏歌詞二首》:“花萼樓前雨露新,長安城裏太平人。龍銜火樹千重燈,雞踏蓮花萬歲春。”沈佺期《初達驩州》:“雨露何時及? 京華若個邊? 思君無限淚,堪作日南泉。”　酬:報答。《左傳·昭公二十七年》:“令尹將必來辱,爲惠已甚,吾無以酬之,若何?”《資治通鑑·晉惠帝永寧元年》:“殷幼孤貧,養曾祖母以孝聞。人以縠帛遺之,殷受而不謝,直云:‘待後貴當相酬耳!’”　戴恩:感恩戴德。陳子昂《爲將軍程處弼謝放流表》:“使魑魅窮魂重生聖日,糞土殘命不滅荒陬。荷德戴恩,萬死無報,不勝感荷再生之慶。”張説《爲薛稷讓官表》:“臣稷言,伏奉制書,除臣工部尚書。寵靈俯逮,營魄震飛。揣分何加? 戴恩無力!”

[編年]

　　《年譜》編年本文於元和十五年,但没有具體的時間,理由是:“長慶元年正月,蕭俛罷相。”《編年箋注》編年本文於元和十五年,同樣没有具體的時間,理由是:“據《舊唐書·蕭俛傳》,俛當穆宗即位之月拜中書侍郎、平章事,長慶元年正月守左僕射,進封徐國公,罷知政事,則稱之爲‘相國’,宜在十五年之内……據以上事實,有關蕭相之制均撰於元和十五年(八二〇)。”《年譜新編》編年本文於元和十五年,理由是據《資治通鑑》關於蕭俛在相位的記載:“(長慶元年正月)壬戌,俛罷爲右僕射。俛固辭僕射,二月癸酉,改吏部尚書。”“蕭俛在相位一年,以上有關蕭俛之制,均元和十五年作”。

　　我們以爲,《年譜》、《編年箋注》、《年譜新編》籠統編年本文於元和十五年是不合適的。據《舊唐書·穆宗紀》,唐穆宗元和十五年閏正月初三登位，蕭俛也在同月初八拜相。隨後，唐穆宗爲自己的登極大赦天下，封贈百官。元和十五年二月五日（丁丑）《登極德音》云："中書、門下並諸道節度使、諸州府長官、東都留守及京常參官、諸軍使等父母、祖父母並節級與追贈。父母存者與官封已經追贈，更與改贈。"所述與本文兩相符合。蕭俛的祖父祖母以及父親已經謝世，朝廷據《登極德音》已經在二月五日追贈，有元稹《爲蕭相謝追贈祖父祖妣亡父表》爲證。而蕭俛的母親健在人世，豈有死者給予追贈而健在人世的母親不加封贈之理？據此，封贈蕭俛母親的儀式也應該與其他官員健在的父輩、祖輩一起進行，亦即也應該在元和十五年二月五日之後一二日進行，本文是對朝廷封贈的謝狀，應該在封贈之後，故可斷定本文爲二月五日後一二日代蕭俛所作，地點在長安，元稹當時剛剛新任膳部員外郎試知制誥之職。

◎ 贈陳憲忠衡州刺史制^{(一)①}

敕：故元從奉天定難功臣、柳州刺史陳憲忠：在德宗時，執羈靮以從，遂加戡難之名；在憲宗時，沐雨露之恩，實被念功之詔②。

朕敬承先志，崇奬舊勛。爰命有司，用申常典。生有熊當其軾，殁有雁隨其車，可謂男子之哀榮矣！可贈使持節衡州諸軍事、衡州刺史③。

録自《元氏長慶集》五〇

[校記]

（一）贈陳憲忠衡州刺史制：《全文》同，楊本、叢刊本作"贈陳憲忠衡州刺史"，各備一説，不改。

［箋注］

① 贈：賜死者以爵位或榮譽稱號。《後漢書·鄧騭傳》：“悝、閶相繼並卒，皆遺言薄葬，不受爵贈。”趙昇《朝野類要·入仕》：“生曰封，死曰贈。”　陳憲忠：史籍文獻均不見記載，僅據本文，陳憲忠德宗朝爲“元從奉天定難功臣”，曾任職“柳州刺史”。又據郁賢皓先生《唐刺史考》考定，任職柳州刺史的時間在元和年間征討淮西之前，是王遂與柳宗元的前任。　衡州：州郡名，府治衡陽，地當今天湖南衡陽市。《元和郡縣志·衡州》：“秦屬長沙郡，漢爲酃縣地，吳分長沙之東部爲湘東郡，晉以郡屬湘州，隋開皇九年罷郡爲衡州，以衡山爲名。”杜甫《入衡州》：“兵革自久遠，興衰看帝王。漢儀甚照耀，胡馬何倡狂？”錢起《送費秀才歸衡州》：“南望瀟湘渚，詞人遠憶家。客心隨楚水，歸棹宿江花。”

② 元從奉天定難功臣：跟隨唐德宗逃難奉天的文武百官以及衆多軍將。《唐大詔令集·順宗即位赦》：“陝州元從寶應功臣、興元元從奉天定難功臣，賜爵勛有差，亡歿者與追贈。”《唐會要》卷四五：“興元元年……四月詔：諸軍從奉天隨從將士，並賜名‘元從奉天定難功臣’。從谷口已來隨從將士，賜名‘元從功臣’。”　羈靮：馬絡頭和韁繩，泛指馭馬之物。《禮記·檀弓》：“如皆守社稷，則孰執羈靮而從？”陳澔集解：“羈，所以絡馬；靮，所以靮馬。”韓愈《畫記》：“執羈靮立者二人。”　戡難：消弭禍亂。司空圖《太尉琅玡王公河中生祠碑》：“況頃者運屬履危，時當戡難。”《新唐書·陸贄傳》：“興元戡難功，雖爪牙宣力，蓋贄有助焉！”　雨露：比喻恩澤。魏元忠《修書院學士奉敕宴梁王宅》：“大君敦宴賞，萬乘下梁園。酒助閑平樂，人霑雨露恩。”張說《十五日夜御前口號踏歌詞二首》一：“花萼樓前雨露新，長安城裏太平人。龍銜火樹千重熖，雞踏蓮花萬歲春。”　念：思念，懷念。王褒《九懷·匡機》：“撫檻兮遠望，念君兮不忘。”杜甫《遣興》：“客子念故宅，三年門巷空。”　功：功勞，功績。《周禮·夏官·司勳》：“王功

曰勛,國功曰功。"《史記·項羽本紀》:"勞苦而功高如此,未有封侯之賞。"

③ 先志:先人的遺志。《魏書·高祖紀》:"朕猥承前緒,纂戎洪烈。思隆先志,緝熙政道。"白居易《大唐泗州開元寺臨壇律德明遠大師塔碑銘》:"道俗衆萬輩恭敬悲泣,備涅槃威儀。遷全身歸於湖西磚塔,遵本教而奉先志也。" 崇獎:推崇獎勵。《舊唐書·太宗紀》:"(貞觀二年六月)辛卯,上謂侍臣曰:'君雖不君,臣不可以不臣。裴虔通,煬帝舊左右也,而親爲亂首。朕方崇獎敬義,豈可猶使宰民訓俗。'"歐陽修《歸田録》卷一:"自太宗崇獎儒學,驟擢高科至輔弼者多矣!" 舊勛:昔日的功勛。蔡邕《陳留太守胡碩碑》:"奕世載德,不替舊勛。"《舊唐書·王武俊傳》:"十二年,上念舊勛,加檢校太尉,兼中書令。" 爰:助詞,無義,用在句首或句中,起調節語氣的作用。《詩·邶風·凱風》:"爰有寒泉,在浚之下。"柳宗元《代韋中丞賀元和大赦表》:"爰褒有客,尊賢之典惟新;載奉素王,宗予之道斯在。" 有司:官吏,古代設官分職,各有專司,故稱。有,助詞,放在名詞前面,無義。杜甫《病橘》:"寇盜尚憑陵,當君減膳時。汝病是天意,吾敢罪有司?"元結《舂陵行》:"軍國多所需,切責在有司。有司臨郡縣,刑法競欲施。"徐堅《論刑獄表》:"臣望申敕有司,敕令逆人外,不得輒爲勘責,收其賢能,示之曠蕩。"權德輿《唐御史大夫贈司徒贊皇文獻公李栖筠文集序》:"作《五君》詠,病有司詩賦取士非化成之道。" 常典:常例,固定的法典與制度。《後漢書·楊終傳》:"臣聞'善善及子孫,惡惡止其身',百王常典,不易之道也。"《魏書·世祖紀》:"夫有功受賞,有罪受誅,國之常典,不可暫廢。" 生有熊當其軾:古代高官出行的服色車飾。《後漢書·禮儀志》:"中二千石以上,有輜,左龍右虎,朱鳥玄武。公侯以上,加倚鹿伏熊。千石以下,緇布蓋墙,魚龍首尾而已。"《後漢書·輿服志》:"公、列侯,倚鹿伏熊,黑轓,朱班輪,鹿文飛軨,九斿降龍。卿,朱兩輪,五斿降龍。二千石以下,各從科品。"

雁隨其車:事見《會稽志·陵寢》:"虞國墓在餘姚縣西五里,孔曄記云:'國爲日南太守,有惠政。出則雙雁隨軒。及還會稽,雁亦隨焉!其卒也,猶於墓不去。'"又見《百越先賢志·虞國》:"虞國,餘姚人,漢末爲日南太守,有惠政。行部,每雙雁隨軒。及還餘姚,雁亦隨歸。國卒,雁栖墓側不去。"　哀榮:《論語·子張》:"其生也榮,其死也哀。"何晏集解:"故能生則榮顯,死則哀痛。"後因指生前死後皆蒙受榮寵。杜甫《八哀詩·贈左僕射鄭國公嚴公武》:"匡汲俄寵辱,衛霍竟哀榮。"特指死後的榮譽。《魏書·元澄傳》:"〔詔〕謚曰文宣王……百官會赴千餘人,莫不歔欷,當時以爲哀榮之極。"

[編年]

　　未見《年譜》編年本文,屬於不應該遺漏的遺漏。《編年箋注》編年:"此《制》云:'朕敬承先志,崇獎舊勛。爰命有司,用申常典。'則憲忠之追贈衡州刺史,其因長慶元年穆宗即位大赦或册尊號大赦乎?"《年譜新編》没有説明編年理由,結論是:"疑作於長慶元年。"

　　我們以爲,《年譜》的遺漏與《年譜新編》的"疑"都很不應該。而《編年箋注》的"長慶元年穆宗即位大赦"的説法更不應該。唐穆宗登位在元和十五年閏正月初三,登位大赦在元和十五年二月五日,根本不存在"長慶元年穆宗即位大赦"的史實,屬於編造歷史的行爲。

　　其實本文完全可以編年,本文:"朕敬承先志,崇獎舊勛。爰命有司,用申常典。"明顯是指初登帝位,"敬承先志",獎勵先朝功臣之舉。穆宗朝初期,有三次慶典活動:元和十五年二月初五的登位慶典、長慶元年一月三日的改元慶典、長慶元年七月十八日的上尊號慶典。如果一定要細追起來,還有一次即是元和十五年七月六日唐穆宗的生日慶典。但根據本文透露的信息,陳憲忠是唐德宗、唐憲宗的臣僚,病故於元和年間,對其追贈應該在穆宗登位慶典之時,故本文與後面三次慶典都没有關係,祇與第一次登位慶典有關。據此,本文應該撰成於元和十五年二月五日登位慶典之後，地點在長安，元稹剛剛拜授膳部員外郎、試知制誥之職。

◎ 鄭氏封才人制 (一)①

敕：古者天子設六宮以詔內理，是以《關雎》樂得淑女，憂在進賢。將聽《雞鳴》之詩，豈惟魚貫之序②！

鄭氏，山東令族，海內良家。每師班女之文，嘗慕樊姬之德③。桃姿焜燿，蘭行馨香。爰用擇才，冀無傷善。勉當選進之重，無忘和平之心！可才人 (二)④。

録自《元氏長慶集》卷四九

［校記］

（一）鄭氏封才人制：《全文》同，楊本、叢刊本、盧校作"鄭氏封才人"，各備一説，不改。

（二）可才人：原本無，《全文》同，據楊本、叢刊本、盧校補。

［箋注］

① 鄭氏：唐穆宗之妃子，來自"山東令族"，其餘不詳。　才人：宮中女官名，多爲妃嬪的稱號。漢置，晉代爵視千石以下，唐爲宮官正五品，後升正四品，嗣後歷代多曾沿置。《舊唐書·后妃傳》："唐因隋制，皇后之下，有貴妃、淑妃、德妃、賢妃各一人，爲夫人，正一品；昭儀、昭容、昭媛、修儀、修容、修媛、充儀、充容、充媛各一人，爲九嬪，正二品；婕妤九人，正三品；美人九人，正四品；才人九人，正五品；寶林二十七人，正六品；御女二十七人，正七品；采女二十七人，正八品；其餘六尚諸司，分典乘輿服御。"杜甫《哀江頭》："輦前才人帶弓箭，白馬

嚼齧黃金勒。翻身向天仰射雲，一笑正墜雙飛翼。"盧綸《天長久詞》五："臺殿雲深秋色微，君王初賜六宮衣。樓船泛罷歸猶早，行遣才人鬥射飛。"

② 六宮：古代皇后的寢宮，正寢一，燕寢五，合爲六宮。《禮記·昏義》："古者，天子后立六宮，三夫人、九嬪、二十七世婦、八十一御妻，以聽天下之内治，以明章婦順，故天下内和而家理。"鄭玄注："天子六寢，而六宮在後，六官在前，所以承副施外内之政也。"因用以稱后妃或其所居之地。《周禮·天官·内宰》："以陰禮教六宮。"鄭玄注："六宮謂后也。"白居易《長恨歌》："回眸一笑百媚生，六宮粉黛無顏色。"　内理：内治。白居易《大唐故賢妃京兆韋氏墓誌銘》："妃先以《采蘩》之誠奉於上，故能助霜露之感，薦於九廟……其餘坐論婦道，行贊内理。"楊鉅《册淑妃何氏爲皇后文》："朕博采大易，眇觀詩訓。觀柔剛感咸之象，賦鳴鳩肅雍之德。將以視天下之内理，叙人倫之大端。"　關雎：《詩·周南》篇名，爲全書首篇，也是十五國風的第一篇，全詩爲："關關雎鳩，在河之洲。窈窕淑女，君子好逑。參差荇菜，左右流之。窈窕淑女，寤寐求之。求之不得，寤寐思服。悠哉悠哉，輾轉反側。參差荇菜，左右采之。窈窕淑女，琴瑟友之。參差荇菜，左右芼之。窈窕淑女，鐘鼓樂之。"《詩·周南·關雎序》："《關雎》，后妃之德也，風之始也，所以風天下而正夫婦也。"《後漢書·皇后紀序》："故康王晚期，《關雎》作諷。"歷來對這首詩有不同理解，現代研究者或認爲是寫上層社會男女戀愛的作品，僅録以備考。　淑女：賢良美好的女子。《漢書·杜欽傳》："將軍輔政，宜因始初之隆，建九女之制，詳擇有行義之家，求淑女之質，毋必有色聲音技能，爲萬世大法。"顏師古注："惟求淑質，無論美色及音聲伎能，如此，則可爲萬代法也。"皇甫枚《三水小牘·步飛煙》："若能如執盈，如臨深，則皆爲端士淑女矣！"　進賢：謂進薦賢能之士。《周禮·春官·大司馬》："進賢興功，以作邦國。"賈公彥疏："進賢，諸臣舊在位有德行者並草

萊有德行未遇爵命者,進之使稱才仕用。"葛洪《抱朴子·臣節》:"上蔽人主之明,下杜進賢之路。" 雞鳴:雞叫,常指天明之前。《詩·鄭風·風雨》全詩爲:"風雨淒淒,雞鳴喈喈。既見君子,云胡不夷?風雨瀟瀟,雞鳴膠膠。既見君子,云胡不瘳?風雨如晦,雞鳴不已。既見君子,云胡不喜?"鮑照《行藥至城東橋》:"雞鳴關吏起,伐鼓早通晨。" 魚貫:遊魚先後接續,比喻一個挨一個地依序進行。《三國志·鄧艾傳》:"山高谷深,至爲艱險……將士皆攀木緣崖,魚貫而進。"陳子良《贊德上越國公楊素》:"雁行蔽虜甸,魚貫出長城。"

③ 山東:稱太行山以東地區。《史記·晉世家》:"冬十二月,晉兵先下山東。"杜甫《洗兵行》:"中興諸將收山東,捷書夜報清晝同。"仇兆鰲注:"山東,河北也。安禄山反,先陷河北諸郡。" 令族:指名門世族。陶潛《贈長沙公族祖詩》:"於穆令族,允構斯堂。諧氣冬暄,映懷圭璋。"王勃《梓州玄武縣福會寺碑》:"爰有縣令柳邊,河東令族。大業之年,來光上邑。" 海内:全國。劉長卿《送王員外歸朝》:"往來無盡目,離別要逢春。海内罹多事,天涯見近臣。"韋應物《經函谷關》:"秦皇既恃險,海内被吞食。及嗣同覆顛,咽喉莫能塞。" 良家:猶世家。《後漢書·陳蕃傳》:"初,桓帝欲立所幸田貴人爲皇后。蕃以田氏卑微,竇族良家,爭之甚固。"《晉書·武元楊皇后》:"泰始中,帝博選良家以充後宮……名家盛族子女,多敗衣瘁貌以避之。" 班女:指漢班昭,班固之妹,博學高才。班固著《漢書》未竟,昭續成之。入宮爲皇后、諸貴人師,著《女誡》等。令狐楚《代李僕射謝賜男絹等物並贈亡妻晉國夫人表》:"且翦葉爲珪,晉封所以稱其大;織縑如雪,班女由是詠其妍。"徐鉉《故昭容吉氏墓誌》:"昭容吉氏,麗瑤姬之質,富班女之文。" 樊姬:春秋楚莊王之姬,樊姬曾諫止楚莊王狩獵,使勤於政事,又激楚相虞丘子辭位而進賢相孫叔敖,楚莊王賴以稱霸。元稹《楚歌十首》四:"懼盈因鄭曼,罷獵爲樊姬。盛德留金石,清風鑒薄帷。"周曇《樊姬》:"側影頻移未退朝,喜逢賢相日從高。當時不有

樊姬問，令尹何由進叔敖？”

　　④桃姿：桃樹的姿態。典見《詩經·周南·桃夭》：“桃之夭夭，灼灼其華。之子於歸，宜其室家。桃之夭夭，有蕡其實。之子於歸，宜其家室。桃之夭夭，其葉蓁蓁。之子於歸，宜其家人。”《毛詩序》：“桃夭，后妃之所致也。不妒忌則男女以正，婚姻以時，國無鰥民也。”劉禹錫《和郴州楊侍郎玩郡齋紫薇花十四韻》：“興生紅藥後，愛與甘棠並。不學夭桃姿，浮榮在俄頃。”　焜燿：明照，照耀。《左傳·昭公三年》：“不腆之適，以備內宮，焜燿寡人之望。”陸德明釋文引服虔曰：“焜，明也；燿，明也。”柳宗元《爲李京兆祭楊凝文》：“冀兹競爽，焜燿儒林。”　蘭行：義近“蘭臭”，《易·繫辭》：“同心之言，其臭如蘭。”孔穎達疏：“謂二人同齊其心，吐發言語，氤氳臭氣，香馥如蘭也。”後因以“蘭臭”指情投意合。李曾伯《沁園春·餞稅巽甫》：“賴交情蘭臭，綢繆相好；宦情雲薄，得失何知？”　馨香：散播很遠的香氣。《國語·周語》：“其德足以昭其馨香，其惠足以同其民人。”韋昭注：“馨香，芳馨之升聞者也。”《古詩十九首·庭中有奇樹》：“馨香盈懷袖，路遠莫致之。”　爰：助詞，無義，用在句首或句中，起調節語氣的作用。《三國志·諸葛亮傳》：“前年燿師，馘斬王雙；今歲爰征，郭淮遁走。”柳宗元《代韋中丞賀元和大赦表》：“爰褒有客，尊賢之典惟新；載奉素王，宗予之道斯在。”　選進：義近“選名”，猶擇優。《文選·王融〈永明九年策秀才文五首〉一》：“子大夫選名昇學，利用賓王。”李善注：“《禮記》曰：司徒論選士之秀者，升之於學曰俊士。”義近“選良”，選擇優秀的人才。《司馬法·用衆》：“選良次兵，是爲益人之強。”　和平：溫和，和順。《荀子·君道》：“血氣和平，志意廣大。”韓愈《與祠部陸員外書》：“其爲人溫良誠信……和平而有立。”

［編年］

　　《年譜》、《年譜新編》分別編年本文於“庚子至辛丑所作其他制誥”、“庚子至辛丑所作其他文章”欄内,没有説明理由。《編年箋注》編年:“權定此《制》撰於元和十五年(八二〇)至長慶元年(八二一)元稹知制誥期間。”

我們以爲,一、本文爲元稹所作的制誥,而元稹任職知制誥臣起元和十五年二月五日,終於長慶元和十月十九日,本文即應該撰作於這一時期,前後時間爲二十個月,而非《編年箋注》所叙述的包含“元和十五年”、“長慶元年”在内的二十五個月,或《年譜新編》所認可的包含“庚子至辛丑”全部歲月的二十五個月。二、在唐代,“才人”是皇帝嬪妃的特有用語。新帝登位,其原來服務於嗣皇身邊的女性,根據新帝的往日喜好授予種種稱號,諸如皇后、貴妃、淑妃、德妃、賢妃、昭儀、昭容、昭媛、修儀、修容、修媛、充儀、充容、充媛、婕妤、美人、才人、寶林、御女、采女等等,鄭氏晉封才人應該是其中之一。據此,我們懷疑本文應該撰成於唐穆宗初登帝位之後不久,亦即元稹任職知制誥的起始時間元和十五年二月五日之後不久,地點在長安,元稹新任膳部員外郎、試知制誥之職。

● 授郭旼冀王府諮議制⁽⁻⁾①

敕:郭旼⁽⁻⁾:材任爪牙,姻連肺腑⁽三⁾。領轅門之右廣,假桂苑之元寮。夙著威名,嘗頒勇爵②。

元戎啓狀,慶澤覃恩。宜輟豹韜之雄,以資雁沼之畫。可行冀王府諮議參軍,餘如故⁽四⁾③。

録自《元氏長慶集》補遺卷四

[校記]

(一) 授郭旼冀王府諮議制:原本作“授郭皎冀王府諮議制”,《英華》、《淵鑑類函》、《古儷府》同，《資治通鑑考異》：“《舊·柳公權傳》作‘皎’，按子儀子侄名皆連日旁，今從《實錄》。”《考異》所言極是，據《舊唐書·郭子儀傳》，郭子儀有子八人，分別是：郭曜、郭旰、郭晞、郭昢、郭晤、郭曖、郭曙、郭映，郭子儀之侄子，自然也應該以“日”旁字爲名。又《舊唐書·文宗紀》、《舊唐書·柳公權傳》、《全文》題注以及本文“姻連肺腑”之意，以“郭旼”爲是，故改。

（二）郭旼：原本作“郭皎”，《英華》、《全文》同，據上條改。《淵鑑類函》、《古儷府》無，各備一説，不改。

（三）姻連肺腑：《英華》、《淵鑑類函》、《古儷府》同，《全文》作“姻聯肺腑”，各備一説，不改。

（四）可行冀王府諮議參軍，餘如故：《英華》、《全文》同，《淵鑑類函》、《古儷府》無，各備一説，不改。

［箋注］

① 授郭旼冀王府諮議制：本文不見於《元氏長慶集》，但馬本《元氏長慶集》補遺卷四、《英華》、《全文》收錄，歸屬元稹，據補入。　郭旼：平定安史之亂名將郭子儀之侄子，唐憲宗懿安皇后郭氏之從父。《舊唐書·文宗紀》：“（開成三年十月）乙巳，以左金吾將軍郭旼爲邠寧慶節度使。”《舊唐書·柳公權傳》：“開成三年轉工部侍郎，充職。嘗入對，上謂曰：‘近日外議如何？’公權對曰：‘自郭旼除授邠寧，物議頗有臧否。’帝曰：‘旼是尚父之從子，太皇太后之季父，在官無過，自金吾大將授邠寧小鎮，何事議論耶？’公權曰：‘以旼勳德，除鎮攸宜。人情論議者，言旼進二女入宮，致此拜除，此信乎？’帝曰：‘二女入宮參太后，非獻也。’公權曰：‘瓜李之嫌，何以戶曉？’因引王珪諫太宗出廬江王妃故事，帝即令南內使張日華送二女還旼。公權忠言匡益，皆此類也。”《舊唐書·文宗紀》：“（開成四年五月）丙午，邠寧節度使郭旼卒。”　冀王：《舊唐書·德宗順宗諸子傳》：“冀王絿，本名准，順宗

第十子。初授太常卿，封宣城郡王。貞元二十一年進封，太和九年薨。"《新唐書·順宗二十七子列傳》："冀王絿，初名湑，爲太常卿。王德陽，進王。王三十年，太和九年薨。" 諮議：即"親王府諮議參軍事"，正五品下。李白《贈崔諮議》："綠驥本天馬，素非伏櫪駒。長嘶向清風，倏忽凌九區。"戎昱《衡陽春日遊僧院》："曾共劉諮議，同時事道林。與君相掩淚，來客豈知心？"

　　② 爪牙：親信，黨羽，幫凶。《史記·酷吏列傳》："是以湯雖文深意忌不專平，然得此聲譽。而刻深吏多爲爪牙用者，依於文學之士。"元結《問進士》一："外以奉王命爲辭，内實理車甲，招賓客，樹爪牙。" 肺腑：比喻帝王的宗室近親。《史記·魏其武安侯列傳》："上初即位，富於春秋，（田）蚡以肺腑爲京師相。"司馬貞索隱："腑音府，肺音廢，言如肝肺之相附。又云：柿，木札；附，木皮也。"《三國志·劉璋傳》："劉豫州，使君之肺腑，可與交通。" 轅門：領兵將帥的營門。《六韜·分合》："大將設營而陳，立表轅門。"歐陽詹《許州送張中丞出臨潁鎮》："心誦陰符口不言，風驅千騎出轅門。" 右廣：春秋楚軍制，分左右廣，各有兵車十五乘，一説各有三十乘。《左傳·宣公十二年》："楚子爲乘廣三十乘，分爲左右。右廣雞鳴而駕，日中而説；左則受之，日入而説。許偃御右廣，養由基爲右；彭名御左廣，屈蕩爲右。"白居易《王士則除右羽林大將軍制》："滯於久次，宜有超升。俾領上軍，仍遷右廣。統良家之騎士，訓期門之材官。"《編年箋注》："右廣……郭旼曾任金吾大將軍，故云。"郭旼曾任"金吾大將軍"在唐文宗開成年間，本文撰成於唐穆宗朝，前後倒置，誤。 桂苑：栽有桂樹的林園。《文選·謝莊〈月賦〉》："乃清蘭路，肅桂苑。"李善注："桂苑，有桂之苑。"庾信《詠畫屏風詩二十五首》四："逍遙遊桂苑，寂絶到桃源。"本文借喻后妃居住之苑，因郭旼是唐憲宗懿安皇后郭氏之從父而言。元寮：大官，重要僚屬。劉言史《初下東周贈孟郊》："因依漢元寮，未似羈細輕。"盧肇《漢堤詩》："斯爲淫痍，孰往膏傅？惟汝元寮，僉舉明

哲。" 威名：威望，名聲。應劭《風俗通・世間多有蛇作怪者》："會武陵蠻夷黄高攻燒南郡，鴻卿以威名素著，選登亞將。"《周書・賀拔勝傳》："(韓)婁素聞勝威名，竟不敢南寇。" 勇爵：《左傳・襄公二十一年》："莊公爲勇爵，殖綽、郭最欲與焉！"杜預注："設爵位以命勇士。"後用以指武將。劉禹錫《復荆門縣記》："無幾何，有由勇爵而授赤社於兹者。"葉適《上孝宗皇帝札子》："右列未能登進勇爵，而儒生或以見薄爲愧。"

③ 元戎：主將，統帥。徐陵《移齊王》："我之元戎上將，協力同心，承稟朝謨，致行明罰。"柳宗元《故連州員外司馬凌君權厝志》："以謀畫佐元戎，常有大功。" 啓：啓奏，稟告。《玉臺新詠・古詩爲焦仲卿妻作》："府吏得聞之，堂上啓阿母。"韓愈《上鄭尚書相公啓》："愈啓：伏蒙仁恩，猥賜示問。" 慶澤：指皇帝的恩澤。蘇頲《扈從温泉奉和姚令公喜雪》："清道豐人望，乘時漢主遊。恩暉隨霰下，慶澤與雲浮。"陸贄《冬至大禮大赦制》："尹京實賴於肅清，主計尤資於辦集。所頒慶澤，宜越常倫。" 覃恩：廣施恩澤，舊時多用以稱帝王對臣民的封賞、赦免等。《舊唐書・趙宗儒傳》："今覃恩既畢，庶政惟新。"秦觀《鮮于子駿行狀》："覃恩遷都官員外郎，通判保安軍。" 豹韜：古代兵書《六韜》篇名之一，相傳爲周吕尚太公望所撰。劉長卿《奉餞元侍郎加豫章採訪兼賜章服（時初停節度）》："任重兼烏府，時平偃豹韜。澄清湘水變，分別楚山高。"殷堯藩《帝京二首》一："列郡徵才起俊髦，萬機獨使聖躬勞。開藩上相頒龍節，破虜將軍展豹韜。" 雁沼：即雁池，漢代梁孝王劉武所築兔園中的池沼名。《三輔黄圖・甘泉宮》："梁孝王好營宮苑囿之樂，作曜華宮，築兔園，園中有百靈山……又有雁池，池間有鶴洲、鳧渚，其諸宮觀相連，延亘數十里，奇果異樹，珍禽怪獸畢有。"李白《同吴王送杜秀芝赴舉入京》："欲折一枝桂，還來雁沼前。"王琦注："《西京雜記》：梁孝王築兔園，園中有雁池。"盧懷慎《奉和聖製龍池篇》："雁沼迥流成舜海，鼉書薦社應堯年。"

［編年］

《年譜》編年本文於"庚子至辛丑所作其他制誥"欄内,没有説明理由。《編年箋注》編年:"此《制》云:'元戎啓狀,慶澤覃恩。'疑其因大赦而授官,權定時在長慶元年(八二一)正月改元大赦之際。"《年譜新編》編年理由與結論與《編年箋注》相同。

我們以爲,一、本文爲元稹諸多制誥之一,而元稹任職知制誥臣起自元和十五年二月五日,終於長慶元年十月十九日,本文即毫無疑問應該撰寫於這一時期。二、根據本文"慶澤覃恩"以及《唐大詔令集》所示唐穆宗登位之後、元稹知制誥任内的即位、改元、上尊號三次慶典活動,本文無疑應該撰作於唐穆宗朝初期三次慶典活動中的其中一次。三、但僅僅根據"慶澤覃恩",確實難以考定本文究竟應該撰作於三次慶典活動中的哪一次? 如元稹《处分幽州德音制》:"又念八州之内,九賦用殷。慶澤旁流,所宜霑貸。"吕温《同舍弟恭歲暮寄晉州李六恊律三十韵》:"勸君休感嘆,與予陶希夷。明年郊天後,慶澤歲華滋。"就是表示不同内容慶典的例子。四、但冀王之封早於唐穆宗登位的時間,而郭旼也在唐穆宗登位之時就已經符合"慶澤覃恩"的條件,如果登位慶典不予"覃恩",反而在"改元"、"上尊號"慶典中加以"覃恩",於情於理均有所不合,故郭旼拜職"冀王府諮議參軍"最可能的時間應該是唐穆宗登位之時,亦即元和十五年二月五日之後不久,元稹時任膳部員外郎、試知制誥臣,撰文地點則在長安。

● 授王自勵原王府諮議制①

敕:王自勵:左右禁旅,非材力過人而忠厚謹信者(一),不在壁壘庫樓之地②。

惟爾自勵,備吾選中。平蔡之師,亦有功伐。追思舍爵之賞,攉授曳裾之寮③。特示新恩,且仍舊職。可檢校太子賓客兼原王府諮議參軍,依前殿中侍御史如故④。

録自《元氏長慶集》補遺卷四

[校記]

(一)非材力過人而忠厚謹信者:《英華》同,《全文》作"非才力過人而忠厚謹信者",各備一説,不改。

[箋注]

① 授王自勵原王府諮議制:本文不見於現存《元氏長慶集》,但馬本《元氏長慶集》補遺卷四、《英華》、《全文》收録,歸屬元稹,故據補入。　王自勵:除本文外,不見其他文獻記載。　原王:《舊唐書·蕭宗代宗諸子傳》:"原王逵,代宗第十九子。大曆十年封,太和六年薨。"　諮議:即"親王府諮議參軍事"。《舊唐書·職官志》:"親王府傅一人(從三品,漢官有王傅、太傅,魏晉後唯置師,國家因之,開元改爲傅),咨議參軍一人(正五品上)。"李白《贈崔諮議》:"緑驥本天馬,素非伏櫪駒。長嘶向清風,倏忽凌九區。"戎昱《衡陽春日遊僧院》:"曾共劉諮議,同時事道林。與君相掩淚,來客豈知心!"

② 禁旅:猶禁軍。《南史·劉懷珍傳》:"懷珍年老,以禁旅辛勤,求爲閑職。"《舊唐書·憲宗二十子等傳論》:"自天寶以降,内官握禁旅,中闈篡繼,皆出其心。"　材力:才能,能力。《漢書·東方朔傳》:"武帝初即位,徵天下舉方正賢良文學材力之士,待以不次之位。"王安石《上曾參政書》:"某聞古之君子立而相天下,必因其材力之所宜,形勢之所安而役使之。"　忠厚:忠實厚道。《荀子·禮論》:"禮者謹於治生死者也……故事生不忠厚,不敬文,謂之野;送死不忠厚,不敬文,謂之瘠。"楊倞注:"忠厚,忠心篤實。"《史記·鄭世家》:"子産者,

5211

鄭成公少子也。爲人仁愛人，事君忠厚。" 謹信：恭謹誠信。語本《論語·學而》："謹而信，汎愛衆。"邢昺疏："言恭謹而誠信也。"黃滔《司直陳公墓誌銘》："公爲人謹信，居家純孝。" 壁壘：軍營的圍牆，作爲進攻或退守的工事。《六韜·王翼》："修溝塹，治壁壘，以備守禦。"《史記·黥布列傳》："深溝壁壘，分卒守徼乘塞。" 庫樓：亦作"庫婁"，古星名，本文比喻兵庫。《晉書·天文誌》："庫樓十星，六大星爲庫，南四星爲樓。在角南一曰天庫，兵甲之府也。旁十五星，三三而聚者，柱也，中央四小星，衡也，主陳兵。東北二星，曰陽門，主守隘塞也。南門二星，在庫樓南天之外門也，主守兵。平星二星，在庫樓北，平天下之法獄事，廷尉之象也。"亦作"庫樓"，古星名。《楚辭·王褒〈九懷·思忠〉》："抽庫婁兮酌醴。"洪興祖補注："《晉·天文志》云'……'按庫樓形似酌酒之器，故云。"

③ 平蔡：指元和中期李唐討平淮西吳元濟叛鎮之事。柳宗元《柳州賀破東平表》："自克夏擒吳，剪蜀平蔡，殊類稽顙，群疑革心。"庾承宣《魏博節度使田布碑》："初自魏之裨將以謹幹至大將，自侍御史以討叛勞至大夫，以平蔡功爲金吾將軍……" 功伐：功勞，功勳。《管子·明法解》："如此，則群臣相推以美名，相假以功伐，務多其佼，而不爲主用。"《史記·項羽本紀論》："自矜功伐，奮其私智而不師古。" 追思：追念，回想。應劭《風俗通·葉令祠》："及其終也，葉人追思而立祠。"蘇軾《至真州再和二首》二："流落千帆側，追思百尺巔。" 舍爵：事見《左傳·桓公二年》："冬，公至自唐告於廟也。凡公行，告於宗廟。反行，飲至舍爵，策勳焉！禮也。"杜預注："爵，飲酒器也。既飲，置爵，則書勳勞於策，言速紀有功也。"韋述《贈東平郡太守章仇府君神道之碑》："罷柝置吏，班師舍爵。天子議以殊賞，酬其懋勳。" 擢授：提升。《後漢書·袁紹傳》："臣以負薪之資，拔於陪隸之中。奉職憲臺，擢授戎校。"《晉書·左思傳》："父雍，起小吏，以能擢授殿中侍御史。" 曳裾："曳裾王門"之省稱。杜甫《又作此奉衛王》：

"推轂幾年惟鎮静,曳裾終日盛文儒。"《漢書·鄒陽傳》:"飾固陋之心,則何王之門不可曳長裾乎?"後以"曳裾王門"比喻在王侯權貴門下作食客。李白《行路難三首》二:"彈劍作歌奏苦聲,曳裾王門不稱情。"

④ 恩:德澤,恩惠。《三國志·鍾會傳》:"臣輒奉宣詔命,導揚恩化,復其社稷。"江淹《北伐詔》:"經綸惟始,恩化甫洽。"　舊職:原先的職務。《左傳·襄公二十五年》:"城濮之役,文公佈命曰:'各復舊職。'"吳質《在元城與魏太子箋》:"壽王去侍從之娛,統東郡之任,其後皆克復舊職。"　太子賓客:東宮官屬,正三品,《舊唐書·職官志》:"掌侍從規諫,贊相禮儀。"顏真卿《通議大夫守太子賓客崔孝公宅陋室銘記》:"遷太子賓客,出兼懷州刺史。"白居易《授太子賓客歸洛》:"南省去拂衣,東都來掩扉。病將老齊至,心與身同歸。"　殿中侍御史:御史臺屬員,從七品上,《舊唐書·職官志》:"殿中侍御史掌殿廷供奉之儀式。"賈至《授裴綜起居郎制》:"殿中侍御史裴綜,緒業清純,言行敦敏。俾之直筆,庶勖厥官。"于邵《晚秋陪盧侍郎遊石橋序》:"殿中侍御史范陽盧子至,監理下國。"

[編年]

《年譜》、《年譜新編》編年本文於"庚子至辛丑所作其他制誥"、"庚子至辛丑所作其他文章"欄内,没有説明理由。《編年箋注》編年:"權定此《制》撰於元和十五年(八二〇)至長慶元年(八二一)元稹知制誥期間。"

本文爲元稹諸多制誥之一,而元稹任職知制誥臣起自元和十五年二月五日,終於長慶元年十月十九日,本文即毫無疑問應該撰寫於這一時期。據兩文的相似文題以及本文"特示新恩"之句,我們疑本文與《授郭旼冀王府諮議制》爲同期之作,編年之理由與意見與"郭旼制"相同,此不重複。

◎ 陳諫可循州刺史制⁽一⁾①

敕：封州刺史陳諫：倜儻好奇之士，常患於不慎，所從負累於俗。過而能改，人其捨諸（諫爲王叔文之黨，故云）②。

以爾諫敏於儒學，志於政經。自理臨封，尋彰美化。分憂是切，滿歲宜遷③。始求循吏之才，以撫遠方之俗。爾其樹德，朕不記瑕。可使持節循州刺史④。

録自《元氏長慶集》卷四八

［校記］

（一）陳諫可循州刺史制：楊本、宋浙本、叢刊本作“陳諫循州刺史”，《全文》作“授陳諫循州刺史制”，各備一説，不改。

［箋注］

① 陳諫：《新唐書·陳諫傳》：“諫警敏，嘗覽染署歲簿，悉能言其尺寸。所治，一閲籍，終身不忘。自河中少尹貶台州司馬，終循州刺史。”《舊唐書·陳諫傳》：“陳諫至叔文敗，已出爲河中少尹。自台州司馬量移封州刺史，轉通州卒。”疑《舊唐書》本傳之“通州”爲“循州”之誤，而《新唐書》本傳則缺“量移封州”之語。《舊唐書·王叔文傳》：“（王叔文）密結當代知名之士，而欲僥倖速進者與韋執誼、陸質、吕温、李景儉、韓曄、韓泰、陳諫、柳宗元、劉禹錫等十數人定爲死交。”《新唐書·杜佑傳》：“德宗崩，詔（杜佑）攝冢宰，進檢校司徒兼度支鹽鐵使，於是王叔文爲副。佑既以宰相不親事，叔文遂專權。後叔文以母喪還第，佑有所按決，郎中陳諫請須叔文，佑曰：‘使不可專邪？’乃出諫爲河中少尹。”《舊唐書·憲宗紀》：“（永貞元年十月）己卯，再貶

撫州刺史韓泰爲虔州司馬，河中少尹陳諫台州司馬，召州刺史柳宗元爲永州司馬，連州刺史劉禹錫朗州司馬，池州刺史韓曄饒州司馬，和州刺史凌準連州司馬，岳州刺史程异柳州司馬，皆坐交王叔文，初貶刺史，物議罪之，故再加貶竄。"《舊唐書·憲宗紀》："（元和元年八月）壬午，左降官韋執誼、韓泰、陳諫、柳宗元、劉禹錫、韓曄、凌準、程异等八人，縱逢恩赦，不在量移之限。"《舊唐書·憲宗紀》："（元和十年三月）乙酉，以虔州司馬韓泰爲章州刺史，以永州司馬柳宗元爲柳州刺史，饒州司馬韓曄爲汀州刺史，朗州司馬劉禹錫爲播州刺史，台州司馬陳諫爲封州刺史。"《舊唐書·穆宗紀》："（長慶元年三月）乙丑，以漳州刺史韓泰爲郴州刺史，汀州刺史韓曄爲永州刺史，循州刺史陳諫爲道州刺史，量移也。"根據達州地方誌研究專家鄧高《元稹與達州元九登高》一文揭示，元稹離開通州以後，通州刺史是陳諫，想來根據就是《舊唐書·陳諫傳》吧！在此錄備一說。根據元稹本文，此說應該商榷。　循州：州郡名，府治地當今廣東惠州。《元和郡縣志·嶺南道》："循州，本秦南海郡地，漢平南越，復置南海郡，今州即漢南海郡之博羅縣也。梁置梁化郡，隋開皇十年于此置循州，取循江爲名也。大業三年改爲龍川郡，武德五年復改爲循州……管縣六：歸善、博羅、興寧、海豐、河源、雷鄉。"盧綸《夜中得循州趙司馬侍郎書因寄回使》："瘴海寄雙魚，中宵達我居。兩行燈下淚，一紙嶺南書。"劉禹錫《傷循州渾尚書》："貴人淪落路人哀，碧海連天丹旐回。遙想長安此時節，朱門深巷百花開。"

②　封州：州郡名，府治地當今廣東封開。《元和郡縣志·嶺南道》："封州，秦爲南海郡之地，漢平南越，置蒼梧郡，今州即漢蒼梧郡之廣信縣地也。梁于此置梁信郡，屬成州，隋開皇十年改爲封州，大業三年罷州，以縣屬蒼梧郡。武德四年復置封州……管縣二：封川、開建。"蘇頲《授劉幽求左僕射制》："封州流人劉幽求，風雲玄感，川嶽粹靈，學綜九流，文窮三變。"獨孤及《唐故虢州弘農縣令天水趙府君

墓誌》："以直道事人，忤幽州刺史張守珪，貶封州開建縣尉。" 倜儻：
卓異，不同尋常。司馬遷《報任安書》："古者富貴而名摩滅，不可勝
紀，惟倜儻非常之人稱焉！"《資治通鑑‧晉惠帝永甯元年》："〔劉殷〕
博通經史，性倜儻有大志。"胡三省注："倜儻，卓異也。" 好奇：追求
新奇，喜歡標新立異。王充《論衡‧案書》："好奇無已，故奇名無窮。"
劉知幾《史通‧稱謂》："夫以淫亂之臣，忽隱其諱；正朔之後，反呼其
名。意好奇而輒爲，文逐韵而便作。" 慎：謹慎，慎重。劉義慶《世說
新語‧德行》："晉文王稱阮嗣宗至慎，每與之言，言皆玄遠，未嘗臧否
人物。"杜甫《鄭典設自施州歸》："名賢慎所出，不肯妄行役。" 負累：
負罪，獲罪。《史記‧魯仲連鄒陽列傳》："鄒陽客遊，以讒見禽，恐死
而負累，乃從獄中上書。"王維《責躬薦弟表》："臣頃負累，繫在三司，
縲上表祈哀，請代臣罪。" 諸：代詞"之"和疑問語氣詞"乎"的合音。
《左傳‧僖公二十三年》："晉公子有三焉！天其或者將建諸？君其禮
焉！"張鷟《遊仙窟》："豈敢在外談説，妄事加諸？"

③ 儒學：儒家學説，儒家經學。殷亮《顏魯公行狀》："故先賢傳
孔子弟子，達者七十二人，顏氏有其八，則顏氏之儒學可知也。"滕珦
《釋奠日國學觀禮聞雅頌》："聖上尊儒學，春秋奠茂勛。幸因陪齒列，
聊以頌斯文。" 政經：政治的常法，語出《左傳‧宣公十二年》："今兹
入鄭，民不罷勞，君無怨讟，政有經矣！"杜預注："經，常也。"白居易
《竇易直可給事中制》："器質智識，厚重閑敏，文合法要，學通政經。"
徐鉉《武成王廟碑》："下臣伏讀前史，窮探政經，莫不以兵戰爲危事，
目干戈爲凶器。" 臨封：即封州，因其曾一度改爲臨封郡，故言。《舊
唐書‧地理志》："封州：隋蒼梧郡之封川縣，武德四年平蕭銑，置封
州，天寶元年改爲臨封郡，乾元元年復爲封州。"李隆基《賜楊慎矜等
自盡並處置詔》："況犯贓私，情逾難恕，宜決六十，長流嶺南臨封郡。"
杜牧《王知信除左衛將軍史寰除右監門衛將軍等制》："臨封遠邦，蔡
亳兵部。分憂佐理，無忘謹廉。" 尋：尋找，謀求。陶潛《桃花源記》：

“太守即遣人隨其往，尋向所誌，遂迷不復得路。”杜甫《蜀相》：“丞相祠堂何處尋？錦官城外柏森森。”　彰：顯揚，表彰。《孟子·告子》：“尊賢育才，以彰有德。”《舊唐書·郭子儀傳》：“聖旨微婉，慰諭綢繆，彰微臣一時之功，成子孫萬代之寶。”　美化：美好的教化。杜荀鶴《獻長沙王侍郎》：“美化事多難諷誦，未如耕釣口分明。”《宋史·樂志》：“致安上治民之至德，著移風易俗之美化。”　分憂：《漢書·循吏傳序》：“〔孝宣〕常稱曰：‘庶民所以安其田裏，而亡嘆息愁恨之心者，政平訟理也，與我共此者，其唯二千石乎？’”顏師古注：“謂郡守、諸侯相。”後因以“分憂”代指郡守之職。白居易《賀平淄青表》：“臣名參共理，職忝分憂。”　滿歲：任職期滿。《漢書·尹翁歸傳》：“以高等入守右扶風，滿歲爲真。”元稹《授杜元穎户部侍郎依前翰林學士制》：“職勞可舉，德懋宜升，不俟逾時，寧拘滿歲？”　遷：晉升或調動。《管子·禁藏》：“夏賞五德，滿爵禄，遷官位，禮孝悌，復賢力，所以勸功也。”《史記·張丞相列傳》：“〔申屠嘉〕以材官蹶張從高帝擊項籍，遷爲隊率。”

④ 循吏：守法循理的官吏。《史記·太史公自序》：“奉法循理之吏，不伐功矜能，百姓無稱，亦無過行，作《循吏列傳》第五十九。”張説《奉和賜崔日知》：“明主徵循吏，何年下鳳凰？”　遠方：遠處。《論語·學而》：“子曰：‘……有朋自遠方來，不亦樂乎？’”蘇軾《上劉侍讀書》：“軾遠方之鄙人，遊於京師。”　樹德：施行德政，立德。劉向《説苑·至公》：“孔子聞之曰：‘善爲吏者樹德，不善爲吏者樹怨。’”《文心雕龍·序志》：“是以君子處世，樹德建言，豈好辯哉？不得已也！”瑕：比喻事物的缺點或人的過失、毛病。《左傳·閔公元年》：“諺曰：‘心苟無瑕，何恤乎無家？’”王讜《唐語林·豪爽》：“〔嚴武〕屬刺史章彝因小瑕，武怒，遽命杖殺之。”　持節：唐時諸州刺史加號持節，以總軍戎。岑參《奉和相公發益昌》：“相公臨戎別帝京，擁麾持節遠橫行。朝登劍閣雲隨馬，夜渡巴江雨洗兵。”杜甫《諸將五首》五：“主恩前後

三持節,軍令分明數舉杯。西蜀地形天下險,安危須仗出群材。"

[編年]

《年譜》編年本文於"元和十五年十月一日之前",理由是:"韓愈有《南海神廟碑》:'使持節循州諸軍事、守循州刺史陳諫書并篆額……元和十五年十月一日。'"《編年箋注》、《年譜新編》編年理由、編年結論同《年譜》。

我們以爲,一、本文是元稹諸多制誥之一,毫無疑問應該撰作於元稹擔任知制誥臣的元和十五年二月五日至長慶元年十月十九日之間。二、"二王八司馬"事件包括陳諫在内的故事發生在憲宗朝,據《舊唐書·憲宗紀》,元和十年陳諫已經從台州司馬量移爲封州刺史。而《唐大詔令集·穆宗即位赦》:"左降官量移近處,已經量移者更與量移。如復資者,即任依常調選,責授降資正員官者,亦與追改。"所述"量移""左降官"之條文,陳諫完全符合,故又從封州刺史再次量移爲循州刺史。三、據《舊唐書·穆宗紀》,一年之後,亦即長慶元年三月,陳諫又"量移"爲"道州刺史":"(長慶元年)三月丁酉朔……乙丑,以漳州刺史韓泰爲郴州刺史,汀州刺史韓曄爲永州刺史,循州刺史陳諫爲道州刺史,量移也。"據此,本文即應該撰作於元和十五年二月五日登位慶典之後不久,撰文地點在長安,元稹新任膳部員外郎、試知制誥之職。

◎ 駱怡等復職制^{(一)①}

敕:前江州司馬、員外同正員駱怡等:一眚而去其人,則改行自新之徒蔑由進矣! 況吏議不一,負累多門②。原涉不必終於廉夫,而周處卒爲名士,此亦日曩時之明驗也③。

爾等受譴既久，省宥斯頻。各勵日新，以期天秩。並復資品，宜乎愼終。可依前件④。

録自《元氏長慶集》卷四八

[校記]

（一）駱怡等復職制：《全文》同，楊本、宋浙本、盧校、叢刊本作"駱怡壽州長史"，各備一説，不改。

[箋注]

①　駱怡：兩《唐書》無傳，《舊唐書·憲宗紀》："（元和十一年）五月丁卯……宥州軍亂，逐刺史駱怡。"《資治通鑑·唐憲宗元和十一年》："宥州軍亂，逐刺史駱怡，夏州節度使田進討平之。"《陝西通志·紀事》："五月丁卯，宥州軍亂，逐其刺史駱怡，夏綏銀節度使田縉敗之。"　復職：恢復原來級別的職務。劉義慶《世説新語·紕漏》："親近憚劭貞正，譖云謗毁國事，被詰責，後還，復職。"韓淲《澗泉日記》卷中："靖國初，起知袞州，復職知潁昌。"本文指駱怡元和十一年因過失罷去宥州刺史之職務，被唐憲宗降爲江州司馬。時至元和十五年，唐穆宗登位，又恢復駱怡原來刺史級別"壽州長史"的職務。"長史"，官名，秦置，漢相國、丞相，後漢太尉、司徒、司空、將軍府各有長史。其後爲郡府官，掌兵馬。唐制，上州刺史別駕下，有長史一人，級別與刺史大致相當。

②　江州：州郡名，州治地當今江西九江。《元和郡縣志·江南道》："江州：《禹貢》荆揚二州之境……隋文帝平陳，置江州總管，移理溢城。大業三年，罷江州爲九江郡。武德四年討平林士弘，復置江州……管縣三：潯陽、彭澤、都昌。"宋之問《寒食江州蒲塘驛》："去年上巳洛橋邊，今年寒食廬山曲。遙憐鞏樹花應滿，復見吳洲草新綠。"

劉長卿《江州留別薛六柳八二員外》："白首辭同舍,青山背故鄉。離心與潮信,每日到潯陽。" 司馬:唐制,節度使屬僚有行軍司馬,又於每州置司馬,以安排貶謫或閑散的人。杜甫《所思》："苦憶荊州醉司馬,謫官樽俎定常開。九江日落醒何處? 一柱觀頭眠幾回?"楊巨源《寄江州白司馬》："江州司馬平安否? 惠遠東林住得無? 溢浦曾聞似衣帶,廬峰見說勝香爐。" 員外同正員:亦即雖然是員外的官職,實際等同於"正員"官職,亦即正式編制內的人員。張鷟《朝野僉載》卷一:"選司考練,總是假手冒名。勢家囑請手不把筆,即送東司;眼不識文,被舉南舘;正員不足,權補試攝。"《新五代史·豆盧革傳》:"責授革費州司戶參軍,(韋)說夷州司戶參軍,皆員外置同正員。" 眚:過失。《書·康誥》:"人有小罪非眚,乃惟終自作,不典式爾,有厥罪小,乃不可不殺。"《左傳·僖公三十三年》:"且吾不以一眚掩大德。" 改行:改變行爲。《後漢書·劉虞傳》:"公孫瓚雖有過惡,而罪名未正。明公不先告曉使得改行,而兵起蕭牆,非國之利。"《新唐書·陸贄傳》:"勞於服遠,莫若修近;多方以救失,莫若改行。" 自新:自己改正錯誤,重新做人。《史記·孝文本紀》:"妾願沒入爲官婢,贖父刑罪,使得自新。"葉適《代宗彥遠青詞》:"雖積罪以致禍,猶積哀而自新。" 蔑:無,沒有。《史記·孔子世家》:"夫子循循然善誘人,雖欲從之,蔑由也已。"也可視爲副詞,表示否定。《左傳·成公十六年》:"寧事齊楚,有亡而已,蔑從晉矣!" 吏議:指司法官吏關於處分定罪的擬議。《文選·司馬遷〈報任少卿書〉》:"拳拳之忠,終不能自列,因爲誣上,卒從吏議。"李周翰注:"有司以遷爲誣罔,天子終從獄吏之議。"沈作喆《寓簡》卷五:"人有才能而無過,朝廷自應用之;若其實有可用之材,不幸陷於吏議深文者,不因事起之,則遂爲廢人矣!" 不一:不相同,不一樣。《管子·禁藏》:"赦罪而不一,德雖厚,不譽者多。"陸機《豪士賦》:"夫立德之基有常,而建功之路不一。" 負累:負罪,獲罪。《史記·魯仲連鄒陽列傳》:"鄒陽客遊,以讒見禽,恐死而負累,乃從獄中上書。"連累。朱熹《答鞏仲至書》:"若不收回,將來不過又只如此,或更別生大害,負累後人。"　多門:亦即"政出多門",政令由許多部門發出,指領導無力,權力分散。語本《左傳·成公十六年》:"魯之有季孟,猶晉之有欒范也,政令於是乎成。今其謀曰:'晉政多門,不可從也。'"《資治通鑑·唐中宗景龍三年》:"時政出多門,濫官充溢,人以爲三無坐處,謂宰相、御史及員外官也。"

③ 原涉不必終於廉夫:事見《漢書·原涉傳》:"原涉,字巨先……酒客或譏涉曰:'子本吏二千石之世,結髮自修,以行喪推財禮讓爲名,正復讎取仇,猶不失仁義。何故遂自放縱,爲輕俠之徒乎?'涉應曰:'子獨不見家人寡婦邪? 始自約敕之時,意乃慕宋伯姬及陳孝婦,不幸壹爲盜賊所污,遂行淫失,知其非禮,然不能自還,吾猶此矣!'"　廉夫:廉士。李白《贈友人三首》二:"廉夫唯重義,駿馬不勞鞭。人生貴相知,何必金與錢!"《新唐書·貞順武皇后傳》:"夫惡木垂蔭,志士不息;盜泉飛溢,廉夫不飲。"　而周處卒爲名士:事見《晉書·周處傳》:"周處,字子隱,義興陽羨人也。父魴,吳鄱陽太守。處少孤,未弱冠,膂力絶人。好馳騁田獵,不修細行。縱情肆欲,州曲患之。處自知爲人所惡,乃慨然有改勵之志,謂父老曰:'今時和歲豐,何苦而不樂邪?'父老嘆曰:'三害未除,何樂之有?'處曰:'何謂也?'答曰:'南山白額猛虎,長橋下蛟并子爲三矣!'處曰:'若此爲患,吾能除之!'父老曰:'子若除之,則一郡之大慶,非徒去害而已!'處乃入山射殺猛獸,因投水搏蛟。蛟或沉或浮行數十里,而處與之俱。經三日三夜,人謂死,皆相慶賀。處果殺蛟而反,聞鄉里相慶,始知人患己之甚,乃入吳尋二陸。時機不在,見雲,具以情告,曰:'欲自修,而年已蹉跎,恐將無及……'雲曰:'古人貴朝聞夕改,君前途尚可,且患志之不立,何憂名之不彰?'"周處遂勵志好學,志存義烈,成一代名士。張說《周故通道館學士張府君墓誌銘》:"昔有周處,斬蛟契虎。易暴以儒,異代同矩。周命既没,鼎遷于隋。仕於二姓,君子不爲。昭昭盛

德，百代之規。"李瀚《蒙求》："劇孟一敵，周處三害。胡廣補闕，袁安倚賴。"　名士：指名望高而不仕的人。《禮記·月令》："〔季春之月〕勉諸侯，聘名士，禮賢者。"鄭玄注："名士，不仕者。"孔穎達疏："名士者，謂其德行貞絶，道術通明，王者不得臣，而隱居不在位者也。"《晉書·劉頌傳》："今閭閻少名士，官司無高能，其故何也？清議不肅，人不立德，行在取容，故無名士。"　曩時：往時，以前。賈誼《過秦論》："深謀遠慮，行軍用兵之道，非及曩時之士也。"葉夢得《石林燕語》卷七："諸帥府復得與家俱行，無復曩時之患矣！"　明驗：明顯的證驗或應驗。《後漢書·袁安傳》："安到郡，不入府，先往案獄，理其無明驗者，條上出之。"王勃《三國論》："以知曹孟德不爲人下，事之明驗也。"

④ 譴：舊時官吏被貶降或謫戍。宋之問《至端州驛見杜五審言沈三佺期閻五朝隱王二無競題壁慨然成詠》："逐臣北地成嚴譴，謂到南中每相見。豈意南中岐路多，千山萬水分鄉縣。"韋嗣立《奉和張岳州王潭州別詩序》："予昔忝省閣，與岳州張使君説、潭州王都督熊同官聯事，後承朝譴，各自東西。"　省：反省，檢查。《論語·學而》："曾子曰：吾日三省吾身，爲人謀而不忠乎？與朋友交而不信乎？傳不習乎？"司空圖《退居漫題七首》六："努力省前非，人生上壽稀。"　宥：寬恕，赦免。《左傳·成公三年》："二國圖其社稷，而求紓其民，各懲其忿，以相宥也，兩釋纍囚，以成其好。"杜預注："宥，赦也。"李朝威《柳毅傳》："〔錢塘君〕然後回告兄曰：'向者辰發靈虛，已至涇陽，午戰於彼，未還於此。中間馳至九天，以告上帝。帝知其冤，而宥其失。前所譴責，因而獲免。'"　日新：日日更新。《易·繫辭》："富有之謂大業，日新之謂盛德。"孔穎達疏："其德日日增新。"張華《勵志詩》："進德修業，暉光日新。"　天秩：爵位，俸禄。潘岳《夏侯常侍誄》："宜享遐紀，長保天秩。"《舊唐書·韋雲起傳》："臣恐物議以陛下官不擇賢，濫以天秩加以私愛。"　資品：資格和品級。《晉書·賀循傳》："至於才望資品，循可尚書郎，訥可太子洗馬、舍人。"《舊唐書·昭宗紀》：

5222

"今參詳近朝事例,若内官及諸衛將軍必須製冠服,即各依所兼正官,隨資品依令式服本官之服。"　慎終:義近"慎終如始",結束時仍然慎重,就同開始時一樣,指做事從頭至尾小心謹慎。《老子》:"慎終如始,則無敗事。"劉向《説苑·談叢》:"慎終如始,常以爲戒。"

［編年］

《年譜》、《年譜新編》編年本文於"庚子至辛丑所作其他制誥"、"庚子至辛丑所作其他文章"欄内,《編年箋注》編年:"權定此《制》撰於元和十五年(八二○)至長慶元年(八二一)作者知制誥期間。"

我們以爲,一、本文是元稹諸多制誥之一,據元稹知制誥臣的起止時間,本文毫無疑問應該撰成於元和十五年二月五日至長慶元年十月十九日之間。二、駱怡等人降職之事發生在元和十一年,《新唐書·憲宗紀》:"(元和十一年)五月丁卯,宥州軍亂,逐其刺史駱怡。"本文是對"左降官"駱怡等人的復職與量移,應該在唐穆宗登位之時。《唐大詔令集·穆宗即位赦》:"左降官量移近處,已經量移者更與量移。如復資者,即任依常調選,責授降資正員官者,亦與追改。"駱怡等人完全符合條件,應該"復資",也與本文"並復資品"之言相合。據此,本文應該撰成於唐穆宗登位之後的"大赦"之時,亦即元和十五年二月五日之後不久,撰文地點在長安,元稹新任膳部員外郎、試知制誥之職。

◎ 吉旼可守京兆府渭南縣令制^{(一)①}

敕:前河南府登封縣令吉旼^(二):畿邦之宰,任得其人,蓋有以乂我黎庶,足以張吾京師也②。自輦轂在鎬,灃洛務輕。長令之善康東人者^(三),往往移隸内史③。

今京兆尹季同（許季同），以旼有幹蠱之稱⁽四⁾，流聞于西，遂陳換縣之求，無替字人之術。可守京兆府渭南縣令④。

録自《元氏長慶集》卷四八

［校記］

（一）吉旼可守京兆府渭南縣令制：《陝西通志》同，楊本、宋浙本、叢刊本作"吉旼京兆府渭南縣令"，《英華》作"授東畿令吉旻西畿令制"，《全文》作"授吉旼京兆府渭南縣令制"，各備一説，不改。

（二）前河南府登封縣令吉旼：楊本、宋浙本、叢刊本、《陝西通志》、《全文》同，《英華》作"前河南府登封縣令吉旻"，白居易詩作"吉皎"，各備一説，不改。

（三）長令之善康東人者：《英華》、《陝西通志》、《全文》同，楊本、宋浙本、叢刊本作"長命之善康東人者"，各備一説，不改。

（四）以旼有幹蠱之稱：楊本、《陝西通志》、《全文》同，《英華》作"以皎有幹蠱之稱"，叢刊本作"以旼有幹蠱之稱"，各備一説，不改。

［箋注］

① 吉旼：白居易"七老會"與"九老會"成員之一，白居易《胡吉鄭劉盧張等六賢皆多年壽予亦次焉偶於弊居合成尚齒之會七老相顧既醉甚歡静而思之此會稀有因成七言六韻以紀之傳好事者》："七人五百七十歲，拖紫紆朱垂白鬚。手裏無金莫嗟嘆！樽中有酒且歡娱。詩吟兩句神猶王，酒飲三杯氣尚粗。兒峨狂歌教婢拍，婆娑醉舞遣孫扶。天年高過二疏傅，人數多於四皓圖。除却三山五天竺，人間此會更應無！"後面附七老之官職、籍貫、姓名、年齡："前懷州司馬安定胡杲，年八十九；衛尉卿致仕馮翊吉皎，年八十六；前右龍武軍長史榮陽鄭據，年八十四；前磁州刺史廣平劉真，年八十二；前侍御史内供奉官

范陽盧真，年八十一；前永州刺史清河張渾，年七十四；刑部尚書致仕太原白居易，年七十四。"後面又附言："已上七人，合五百七十歲，會昌五年三月二十一日於白家履道宅同宴，宴罷賦詩。時秘書監狄兼謩、河南尹盧貞以年未七十，雖與會而不及列。"吉旼在會昌五年年紀已經"八十六"歲，據此推算，應該出生在乾元二年（759），至本文撰寫的元和十五年，應該是六十一歲的高齡了。如果按照清人趙翼《甌北詩話》的說法，吉旼會昌五年已經"八十八"，那麼元和十五年之時已經六十三歲，僅錄以備考，當以白居易之說爲準。　　京兆府：州郡名，"自漢至今，常爲王者奧區"，西京長安所在。《元和郡縣志·京兆府》："管縣二十三：萬年、長安、昭應、三原、醴泉、奉天、奉先、富平、雲陽、咸陽、渭南、藍田、興平、高陵、櫟陽、涇陽、美原、華原、同官、鄠、盩厔、武功、好畤。"岑參《尹相公京兆府中棠樹降甘露詩》："相國尹京兆，政成人不欺。甘露降府庭，上天表無私。"白居易《京兆府新栽蓮（時爲盩厔縣尉，趨府作）》："昔在溪中日，花葉媚清漣。今來不得地，顦顇府門前。"　　渭南：京兆府屬縣之一，地當今陝西渭南。《元和郡縣志·京兆府》："渭南縣，本漢新豐縣地，苻秦時置。後魏孝明帝于今縣東南四里置渭南郡及南新豐縣，西魏廢帝二年改南新豐爲渭南縣，武德元年屬華州，五年改屬雍州。"盧綸《驛中望山戲贈渭南陸贄主簿》："官微多懼事多同，拙性偏無主驛功。山在門前登不得，鬢毛衰盡路塵中。"喻鳧《龍翔寺閣夜懷渭南張少府》："春城帶病別，秋塞見除書。況是神仙吏，仍非塵土居。"　　縣令：一縣之行政長官，唐時縣置令，縣有赤、畿、望、緊、上、中、下七等，不分令長。劉禹錫《答東陽於令寒碧圖詩》："東陽本是佳山水，何況曾經沈隱侯！化得邦人解吟詠，如今縣令亦風流。"沈顏《題縣令范傳真化洽亭》："前有淺山，屹然如屏。後有卑嶺，繚然如城。"

②　河南府：州郡名，地當今河南洛陽。《元和郡縣志·河南府》："武德四年討平充，復爲洛州，仍置總管府。其冬罷府置陝東道大行

臺，太宗爲大行臺尚書令。九年罷臺置洛州都督府，貞觀十八年廢府，顯慶二年置東都，則天改爲神都，神龍元年復爲東都，開元元年改洛州爲河南府，天寶元年改東都爲東京，至德元年復爲東都……管縣二十六：洛陽、河南、偃師、緱氏、鞏、伊闕、密、王屋、長水、伊陽、河陰、陽翟、潁陽、告成、登封、福昌、壽安、澠池、永寧、新安、陸渾、河陽、溫、濟源、河清、氾水。”呂溫《河南府試贖帖賦得鄉飲酒詩》：“酌言修舊典，刘楚始登堂。百拜賓儀盡，三終樂奏長。”李賀《河南府試十二月樂詞·七月》：“星依雲渚冷，露滴盤中圓。好花生木末，衰蕙愁空園。” 登封：河南府屬縣之一，地當今河南登封縣。《元和郡縣志·河南府》：“登封縣，本漢嵩高縣，武帝元封元年置，以奉太室，後省入陽城，累代因之。高宗將有事於中岳，分陽城、緱氏，置嵩城縣。萬歲登封元年，則天因封岳，改爲登封。嵩高山在縣北八里，亦名方外山，又云東曰太室，西曰少室。嵩高總名即中岳也。山高二十里，周迴一百三十里。”張九齡《奉和聖製登封禮畢洛城酺宴》：“大君畢能事，端扆樂成功。運與千齡合，歡將萬國同。”宋之問《扈從登封告成頌》：“複道開行殿，鉤陳列禁兵。和風吹鼓角，佳氣動旗旌。” 畿邦：亦作“邦畿”，京城附近的地區。《北史·王昕傳》：“詔曰：‘元景本自庸才，素無勣行。早霑纓紱，遂履清途。發自畿邦，超居詹事……’”王廉《週六服朝見》：“周時以洛爲邦畿，邦畿方千里。” 乂：治理。《書·堯典》：“浩浩滔天，下民其咨，有能俾乂。”孔傳：“乂，治也。”王禹偁《省試三傑佐漢孰優論》：“粵自有天地，建國家，歷代已來，固非賢而不乂也。” 黎庶：黎民。《史記·孟子荀卿列傳》：“騶衍睹有國者益淫侈，不能尚德，若《大雅》整之於身，施及黎庶矣！”范仲淹《奏上時務書》：“國侵則害加黎庶，德敗則禍起蕭墻。” 張：壯大，盛大，强大。《詩·大雅·韓奕》：“四牡奕奕，孔修且張。”毛傳：“修，長；張，大。”韓愈《送楊少尹序》：“而太史氏又能張大其事爲傳繼二疏蹤迹否？不落莫否？” 京師：《詩·大雅·公劉》：“京師之野，於時處處。”馬瑞辰通釋:"京爲翩國之地名……吳斗南曰:'京者,地名;師者,都邑之稱,如洛邑亦稱洛師之類。'其説是也。"後世因以泛稱國都。《公羊傳·桓公九年》:"京師者何?天子之居也。"《史記·儒林列傳》:"教化之行也,建首善自京師始,由内及外。"

③ 輦轂:皇帝的車輿,代指京城。《三國志·楊俊傳》:"今境守清静,無所展其智能,宜還本朝,宣力輦轂,熙帝之載。"也代指皇帝。曹植《求通親親表》:"出從華蓋,入侍輦轂。"　鎬:鎬京。《詩·小雅·魚藻》:"王在在鎬,豈樂飲酒?"朱熹集傳:"王何在乎?在乎鎬京也。"《逸周書·作雒》:"武王既歸,成歲十二月崩鎬,斬於岐周。"　瀍洛:瀍水和洛水的並稱,洛陽爲東周、東漢、魏、晉等朝都城,即今河南省洛陽市,地處瀍水兩岸、洛水之北,故多以二水連稱謂洛陽。《藝文類聚》卷九引張載《濛汜池賦》:"激通渠于千金,承瀍洛之長川。"劉孝標《辯命論》:"天地板蕩,左帶沸脣,乘間電發,遂覆瀍洛。"　東人:《詩·小雅·大東》:"東人之子,職勞不來。"朱熹集傳:"東人,諸侯之人也。"本指西周統治下的東方諸侯國之人,後泛指陝以東之人。李嘉祐《送王諫議充東都留守判官》:"背河見北雁,到洛問東人。憶昔遊金谷,相看華髮新。"杜甫《建都十二韵》:"建都分魏闕,下詔闢荆門。恐失東人望,其如西極存!"　内史:古政區名,秦代京畿附近由内史治理,即以官名爲名,不稱郡,治所在咸陽(今咸陽市東北),轄境相當今陝西關中平原。漢景帝時分左、右内史,武帝時又分左、右内史爲京兆尹、左馮翊和右扶風三個相當郡的政區,合稱"三輔"。《漢書·地理志》:"本秦京師爲内史,分天下作三十六郡。"顏師古注:"京師,天子所都畿内也。秦並天下,改立郡縣,而京畿所統,特號内史,言其在内,以別於諸郡守也。"

④ 京兆尹:官名,漢代管轄京兆地區的行政長官,職權相當於郡太守,後因以稱京都地區的行政長官。《漢書·百官公卿表》:"内史,周官,秦因之,掌治京師。景帝二年分置左〔右〕内史,右内史武帝太

初元年更名京兆尹。"韓愈《司徒許國公神道碑銘》:"其葬物,有司官給之,京兆尹監護。" 季同:即許季同,許孟容之弟,貞元八年進士及第,與韓愈、李絳、崔群等人爲同年,是榜多天下孤雋偉傑之士,號"龍虎榜"。元和十二年,曾拜職洋州刺史。元和十五年之時,許季同爲京兆尹。《新唐書·許季同傳》:"(許孟容)弟季同,始署西川韋皋府判官。劉闢反,棄妻子歸,拜監察御史。歷長安令,再遷兵部郎中。孟容爲禮部侍郎,徙季同京兆少尹。時京兆尹元義方出爲鄜坊觀察使,奏劾宰相李絳與季同舉進士爲同年,才數月輒徙。帝以問絳,絳曰:'進士、明經,歲大抵百人,吏部得官至千人,私謂爲同年,本非親與舊也。今季同以兄嫌徙少尹,豈臣所助邪? 且忠臣事君,不以私害公,設有才,雖親舊當白用。避嫌不用,乃臣下身謀,非天子用人意。'帝然之。終宣歙觀察使。"據《舊唐書·憲宗紀》:"元和七年春正月辛酉朔……辛未,以京兆尹元義方爲鄜州刺史、鄜坊丹延觀察使,以司農卿李鍤爲京兆尹。"許季同爲京兆少尹在元和七年正月,非本文撰成之元和十五年。從元和七年至元和十年,京兆尹就有李鍤、裴武、李修三人,許季同爲京兆尹不在其時,應該在元和十五年。 幹蠱:幹練有才能。封演《封氏聞見記·解紛》:"熊曜爲臨清尉,以幹蠱聞。"白居易《唐揚州倉曹參軍王府君志銘》:"行己以清廉聞,蒞事以幹蠱聞。" 流聞:輾轉傳聞,流播。《後漢書·劉盆子傳》:"吏人負獻,輒見剽劫,流聞四方,莫不怨恨。"《新唐書·房琯傳》:"始,邠以武將領刺史,故綱目廢弛,即治府爲營,吏攘民居相淆謹。琯至,一切革之,人以便安,政聲流聞。" 無替:不廢,無盡。《書·旅獒》:"王乃昭德之致於異姓之邦,無替厥服。"孔傳:"使無廢其職。"李頻《長安書懷投知己》:"與善應無替,垂恩本有終。" 字人:撫治百姓。《隋書·刑法志》:"始乎勸善,終乎禁暴,以此字人,必兼刑罰。"《資治通鑑·唐代宗大曆十二年》:"縣令,字人之官。"

［編年］

《年譜》編年："《制》云：'今京兆尹季同，以旼有幹蠱之稱。'"又引岑仲勉《唐集質疑》云："(長慶元年十月)己丑，以秘書監許季同爲華州刺史……《白氏長慶集》三二有大理卿許季同授秘書監制，是季同秘書監之前官爲大理卿。復次，《舊唐書·李渤傳》：'穆宗即位，召爲考功員外郎。十一月，定京官考……奏曰……大理卿許季同……合考中下。'是元和十五年底，季同已官大理卿，元稹制所稱京兆尹季同，斷爲十五年五月稹自祠部郎中知制誥後不久之事。"《年譜》接著又説："孝萱案：元稹有《授盧士玫權知京兆尹制》，撰於長慶元年初。許季同卸京兆尹在前，盧士玫權知京兆尹在後。《授吉旼可守京兆府渭南縣令制》中稱許季同爲京兆尹，當撰於《授盧士玫權知京兆尹制》之前。"《編年箋注》編年："據盧士玫元和十五年五月至長慶元年三月權知京兆尹之事實，季同尹京兆宜在長慶元年三月以後。《舊唐書·穆宗紀》：長慶元年十月'甲申，以京兆尹、御史大夫柳公綽爲吏部侍郎'。其時元稹爲工部侍郎，罷學士，固不可能草詔矣。權繫此《制》於長慶元年(八二一)。"《年譜新編》編年："制云：'今京兆尹季同，以旼有幹蠱之稱，流聞于西，遂陳換縣之求，無替字人之術。'作於盧士玫權知京兆尹後。"而《年譜新編》在《盧士玫權知京兆尹制》中稱盧士玫"權知京兆尹事在元和十五年下半年"。

我們以爲，一、《唐集質疑》、《年譜》"元稹制所稱京兆尹季同，斷爲十五年五月稹自祠部郎中知制誥後不久之事"的結論、《編年箋注》"權繫此《制》於長慶元年(八二一)"的斷語、《年譜新編》"在元和十五年下半年"之後的説法都是錯誤的。而據我們的考證，《盧士玫權知京兆尹制》撰作於元和十五年十二月下旬，并與《舊唐書·穆宗紀》的記載一一相符："(長慶元年三月)乙卯，以權知京兆尹盧士玫爲瀛州刺史，充瀛莫等州都團練觀察使，從劉總奏析置也……丁巳，以兵部侍郎柳公綽爲京兆尹，兼御史大夫……(十月)甲申，以京兆尹、御史大夫柳公綽爲吏部侍郎。"二、據《舊唐書·穆宗紀》,白居易元和十五年十二月二十八日始以主客郎中知制誥,故白居易《許季同可秘書監制》毫無疑問應該操作於長慶元年。而許季同自大理卿授職秘書監,其任職京兆尹更應該在大理卿之前,亦即元和十五年之時。三、而要明確本文之大致編年,許季同任職京兆尹的時間是關鍵。《舊唐書·李渤傳》:"其崔元略冠供奉之首,合考上下;緣與于皋上下考,于皋以犯贓處死,準令須降,請賜考中中。大理卿許季同,任使于皋、韋道冲、韋正牧,皆以犯贓,或左降,或處死,合考中下;然頃者陷劉闢之亂,棄家歸朝,忠節明著,今宜以功補過,請賜考中中。"《舊唐書·職官志》:"大理寺卿一員,少卿二員。卿之職,掌邦國折獄祥刑之事,少卿爲之貳。凡犯至流死,皆詳而質之,以申刑部,仍於中書、門下詳覆。凡吏曹補署法官,則與刑部尚書、侍郎議其人可否。然後注擬。"顯然,于皋、韋道冲、韋正牧因修奉憲宗園陵之事,不是大理卿之職責,不應該連累大理卿許季同而"合考中下"。四、《舊唐書·穆宗紀》:"(元和十五年)八月庚午朔……己卯……京兆府戶曹參軍韋正牧專知景陵工作,刻削厨料充私用,計贓八千七百貫文;石作專知官奉先縣令于皋刻削,計贓一萬三千貫,並宜決重杖處死。"京兆尹的兩名下屬因貪贓而被處死,京兆尹自然脫不了干係,故這時任職京兆尹的許季同因此而被"合考中下"也就在所難免了。五、據《舊唐書·憲宗紀》,唐憲宗安葬在元和十五年五月十九日。其景陵的修奉工程應該在元和十五年五月十九日之前完成,貪贓之事也應該在此之前發生。據此可以推知,許季同拜職京兆尹,應該在元和十五年五月十九日之前。而本文的撰作,結合元稹以膳部員外郎任職試知制誥的時間,也應該在此之前,具體時間當以元和十五年二月五日至三月間較爲合理,當時元稹剛剛拜職膳部員外郎、試知制誥臣,地點自然在長安。

● 授裴寰奉先縣令制^{(一)①}

敕：裴寰等：尹正務重，自掾屬已下，至于邦畿之長，往往選署以聞，從而可之，亦委任責成之義也^②。

以爾等或理謀居最，或保任稱能。將委劇曹，亦專近邑。各懋乃職，用酬爾知。可依前件^③。

録自《元氏長慶集》補遺卷五

［校記］

（一）授裴寰奉先縣令制：本文又見《英華》、《全文》，均未見異文。

［箋注］

① 授裴寰奉先縣令制：本文不見於現存《元氏長慶集》，但馬本《元氏長慶集》卷五、《英華》、《全文》收録，歸屬元稹，故據補入。　裴寰：兩《唐書》無傳，但《舊唐書·裴度傳》提及："（元和）九年十月，（裴度）改御史中丞。宣徽院五坊小使，每歲秋按鷹犬於畿甸，所至官吏必厚邀供餉，小不如意，即恣其須索，百姓畏之如寇盜。先是，貞元末，此輩暴橫尤甚，乃至張網羅於民家門及井，不令出入汲水，曰：'驚我供奉鳥雀！'又群聚於賣酒食家，肆情飲啖，將去，留蛇一篋，誠之曰：'吾以此蛇致供奉鳥雀，可善飼之，無使飢渴！'主人賂而謝之，方肯攜蛇篋而去。至元和初，雖數治其弊，故態未絕。小使嘗至下邽縣，縣令裴寰性嚴刻，嫉其凶暴，公館之外，一無曲奉。小使怒，構寰出慢言，及上聞，憲宗怒，促令攝寰下獄，欲以大不敬論。宰相武元衡等以理開悟，帝怒不解。度入延英奏事，因極言論列，言寰無罪，上愈

怒,曰:'如卿之言,寰無罪,即決五坊小使;如小使無罪,即決裴寰!'度對曰:'按罪誠如聖旨,但以裴寰爲令長,憂惜陛下百姓如此,豈可加罪?'上怒色遽霽,翌日,令釋寰。"元稹《上門下裴相公書》:"又安有救裴寰之罪、换禹錫之官則盡易,振天下之窮滯、行渙汗之條目則盡難,某雖至愚,未敢然也。"《編年箋注》涉及裴寰之時,疏漏如此重要之情節,僅僅以"於史無傳"四字輕輕帶過,誤導讀者,有失考察。也不見元稹《上門下裴相公書》所言,很不應該。 **奉先縣**:京兆府二十三屬縣之一,地當今陝西蒲城。《元和郡縣志·京兆府》:"奉先縣,本秦重泉縣,後魏省,至孝文帝,分白水縣置南白水縣,西魏改爲蒲城縣。本屬同州,開元四年以縣西北三十里有豐山,于此置睿宗橋陵,改爲奉先縣,隸京兆。"杜甫《自京赴奉先縣詠懷五百字》:"老妻寄異縣,十口隔風雪……入門聞號咷,幼子飢已卒。"柳宗元《唐故兵部郎中楊君墓碣》:"贞元十九年正月某日,守尚书兵部郎中杨君卒,某年月日,葬于奉先县某原。"

②**尹正**:節度使或京兆尹等主持一方之主官。白居易《薛元賞可華原縣令制》:"甸服之制也,署以尹正,承以令長,上下有統,而理化行焉!"李昂《授李石荆南節度使制》:"俾登大將之壇,仍持上相之印。尹正望府,兼視雄藩。增榮峻階,無忝朕命。可中書侍郎、同中書門下平章事,兼江陵尹,充荆南節度管内觀察處置等使。" **掾屬**:佐治的官吏,漢代自三公至郡縣,都有掾屬,人員由主官自選,不由朝廷任命。魏晉以後,改由吏部任免。《三國志·武帝紀》:"秋八月,公東征海贼。"裴松之注引王沈《魏書》:"〔曹操令曰:〕自今以後,諸掾屬治中別駕,常以月旦各言其失,吾將覽焉!"皇甫枚《三水小牘·步飛煙》:"武生爲府掾屬,公務繁夥,或數夜一直,或竟日不歸。" **邦畿**:王城及其所屬周圍千里的地域。《詩·商頌·玄鳥》:"邦畿千里,維民所止。"毛傳:"畿,疆也。"鄭玄箋:"王畿千里之内,其民居安,乃後兆域正天下之經界,言其爲政自内及外。"元稹《王沂河南府永甯縣令

等制》：“命汝好爵，時予加恩。勉字邦畿，無虐黎獻。”　選：量才授官，銓選。荀悦《漢紀·武帝紀》：“始昌，魯人也……上甚重之，以選爲昌王太傅。”韓愈《河南少尹李公墓誌銘》：“公諱素……以明經選，主簿之弘農簿，又尉陝之芮城。”　署：委任，任命。《後漢書·劉永傳》：“遂招諸豪傑沛人周建等，並署爲將帥。”韓愈《唐故秘書少監贈絳州刺史獨孤府君墓誌銘》：“楊於陵爲華州，署君鎮國軍判官。”　委任：付託，交托。《史記·張釋之馮唐列傳》：“委任而責成功，故李牧乃得盡其智慧。”《南史·宋武帝紀》：“後世若有幼主，朝事一委任宰相，母后不煩臨朝。”　責成：指令專人或機構負責完成任務。《韓非子·外儲説》：“人主者，守法責成以立功者也。”溫大雅《大唐創業起居注》卷三：“萬機百度，禮樂征伐，兵馬糧仗，庶績群官，並責成於相府。”

　　③理：治理，整理。《易·繫辭》：“理財正辭，禁民爲非曰義。”《淮南子·原道訓》：“夫能理三苗、朝羽民……其惟心行者乎！”高誘注：“理，治也。”　保任：特指向朝廷推薦人才而負擔保的責任。《舊唐書·薛登傳》：“謹案漢法，所與之主，終身保任。楊雄之坐田儀，責其昌薦；成子之居魏相，酬於得賢。”《宋史·選舉志》：“保任之制，銓注有格，概拘以法，法可以制平而不可以擇才，故予奪升黜，品式具在，而又責官以保任之。”　劇曹：泛指政務繁劇的郎官曹吏。孫逖《送趙大夫護邊》：“欲傳清廟略，先取劇曹郎。”陸游《賀禮部曾侍郎啓》：“刑名錢穀，獨號劇曹。”　近邑：靠近京城的縣城。孫逖《授盧朔萊州長史薛重輝括州長史制》：“咸以班列，遷於令長。雖恭所職，或異其能。工則度材，人無求備。宜從近邑，俾佐遠藩。”《三朝北盟會編·炎興》：“今聞已至近邑，頗駭衆聽。不知浚何施面目，敢見陛下也？”　懋：勤勉，努力。《書·舜典》：“汝平水土，惟時懋哉！”《文選·張衡〈東京賦〉》：“兆民勸於疆場，感懋力以耘耔。”李善注引《爾雅》：“懋，勉也。”　酬：報答。《左傳·昭公二十七年》：“令尹將必來辱，爲

惠已甚,吾無以酬之,若何?"《資治通鑑·晉惠帝永寧元年》:"殷幼孤貧,養曾祖母以孝聞。人以穀帛遺之,殷受而不謝,直云:'待後貴當相酬耳!'" 知:知遇,賞識。《管子·四稱》:"君知則仕,不知則已。"岑參《北庭西郊候封大夫受降回軍獻上》:"何幸一書生,忽蒙國士知。"

[編年]

《年譜》、《年譜新編》編年本文於"庚子至辛丑所作其他制誥"、"庚子至辛丑所作其他文章"欄內,《編年箋注》編年:"權定此《制》撰於元和十五年(八二〇)至長慶元年(八二一)元稹知制誥期間。"都沒有說明理由。

我們以爲,一、本文是元稹諸多制誥之一,據元稹知制誥臣的起止時間,本文毫無疑問應該撰成於元和十五年二月五日至長慶元年十月十九日之間。二、本文:"尹正務重,自掾屬已下,至于邦畿之長,往往選署以聞,從而可之,亦委任責成之義也。以爾等或理謀居最,或保任稱能。"明言裴寰等人出任京畿縣令,是由"尹正"亦即京兆尹的舉薦。那末這位京兆尹又是誰?他於何時舉薦裴寰等人?在元稹知制誥期間,京兆尹先後有元佑、許季同、盧士玫、柳公綽、張平叔等五人擔任,這位舉薦裴寰等人的京兆尹究爲何人?根據元稹《吉旼可守京兆府渭南縣令制》:"今京兆尹季同以旼有幹蠱之稱,流聞于西。遂陳換縣之求,無替字人之術。"本文與"吉旼制"處於同樣的情況,應該作於同一時期,同出於新任京兆尹許季同的請求,具體時間當以元和十五年二月五日至三月間較爲合理,當時元稹剛剛拜職膳部員外郎、試知制誥臣,撰文地點在長安。

◎ 元佑可洋州刺史制[（一）①]

　　敕：朝散大夫、守京兆尹、上騎都尉元佑：風俗之薄厚，由長吏之所尚也。聞爾佑以甲乙科爲校書郎，甚有名譽[②]。前朝以先臣不幸爲黜[（二）]，而自晦其身者十餘年[（三）]，何其爲子之多也[（四）③]！

　　自歷朝序，仁聲益彰。不雜風塵，徽猷遂遠[④]。洋州近郡，美惡足以流京師。將以慈惠祥和之道長理之[（五）]，此吾有望於爾矣[（六）]！可使持節洋州刺史[⑤]。

錄自《元氏長慶集》卷四八

［校記］

　　（一）元佑可洋州刺史制：楊本、宋浙本、盧校、叢刊本作“元佑洋州刺史”，《全文》作“授元佑洋州刺史制”，各備一說，不改。

　　（二）前朝以先臣不幸爲黜：楊本、叢刊本、盧校、《全文》作“一朝以先臣不幸爲黜”，元佑之父元琇被誣奏雖在德宗朝，但“前朝”不一定限定在“上一朝代”之義，也有“过去的朝代”之意。如劉禹錫《楊柳枝詞九首》一“請君莫奏前朝曲，聽唱新翻楊柳枝”就是其中一例，故可各備一說，不改。

　　（三）而自晦其身者十餘年：楊本、宋浙本、叢刊本、《全文》作“而自晦其身者二十年”，據《舊唐書·德宗紀》：“（貞元二年）十二月丁巳，以韓滉兼度支、諸道鹽鐵轉運使……貶尚書右丞、度支元琇爲雷州司户，爲韓滉誣奏，人以爲非罪，諫官屢論之……三年春正月丙戌朔……戊寅，度支鹽鐵轉運使、鎮海軍節度、浙江東西道觀察等使、檢校左僕射、同中書門下平章事、晉國公韓滉卒，贈太傅。”元佑之父元

琇被誣奏在貞元二年(786)十二月,至元和十五年(八二〇年),不是
"十餘年",也不是"二十年",應該是"三十餘年",疑脱一"三"字。如
以"元琇被誣奏",元佑"自晦其身",最終入朝爲官計,則可能是"十餘
年",也可能是"二十年",無從考實,故不改。

(四)何其爲子之多也:原本作"何其爲已之多也",語義不順,據
楊本、叢刊本、《全文》改。

(五)將以慈惠祥和之道長理之:楊本、宋浙本、叢刊本、《全文》
作"將以慈惠廉讓之道長理之",各備一説,不改。

(六)此吾有望於爾矣:楊本、叢刊本、《全文》同,盧校作"此吾有
虞於爾矣",各備一説,不改。

[箋注]

① 元佑:德宗朝名臣元琇之子,《元和姓纂·元》:"懷節孫待聘,
生琇,户部侍郎、右丞;生佑,工部員外郎。" 洋州:州郡名,州治西
鄉,今屬陝西。《元和郡縣志·興元府》:"本漢漢中郡成固縣地,先主
分成固,立南鄉縣,爲蜀重鎮。晉改爲西鄉縣,後魏宣武帝正始中,於
豐寧戍置豐寧郡,廢帝於此置洋州,因洋水爲名。隋大業二年廢洋
州,置洋川鎮,武德元年復於西鄉立洋州。"劉禹錫《和令狐相公晚泛
漢江書懷寄洋州崔侍郎閬州高舍人二曹長》:"雨過遠山出,江澄暮霞
生。因浮濟川舟,遂作適野行。"鄭谷《送祠部曹郎中鄴出守洋州》:
"爲儒欣出守,上路亦戎裝。舊製詩多諷,分憂俗必康。"

② 守:猶攝,暫時署理職務,多指官階低而署理較高的官職。
《戰國策·秦策》:"文信侯出走,與司空馬之趙,趙以爲守相。"高誘
注:"守相,假也。"高承《事物紀原·守官》:"漢有守令、守郡尉,以秩
未當得而越授之,故曰守,猶今權也。則官之有守,自漢始也……《通
典》曰:試,未正命也,階高官卑稱行,階卑官高稱守。" 風俗:相沿積
久而成的風氣、習俗。李泌《奉和聖製中和節曲江宴百寮》:"風俗時

有變,中和節惟新。軒車雙闕下,宴會曲江濱。"張子容《樂城歲日贈
孟浩然》:"半是吳風俗,仍爲楚歲時。更逢習鑿齒,言在漢川湄。"
薄厚:即厚薄,猶濃淡,稀稠。《周禮·天官·酒正》:"掌其厚薄之齊,
以共王之四飲三酒之饌。"賈思勰《齊民要術·餅法》:"蜜和水,水蜜
中半,以和米屑;厚薄令竹杓中下先試,不下,更與水蜜。"　長吏:舊
稱地位較高的官員。宋玉《高唐賦》:"長吏隳官,賢士失志。"陳鴻《長
恨歌傳》:"而恩澤勢力,則又過之,出入禁門不問,京師長吏爲之側
目。"　尚:尊崇,重視。《易·剝》:"君子尚消息盈虛,天行也。"孔穎
達疏:"君子通達物理,貴尚消息盈虛。"俞文豹《吹劍四錄》:"三代而
後,言學者與漢唐,漢尚傳注,唐尚詞章。"　甲乙科:科舉考試甲乙二
科的合稱,泛指科第。蕭穎士《送張翬下第歸江東》:"地盡東南美,朝
遺甲乙科。"王讜《唐語林·企羨》:"崔起居雍……兄明、序、福,兄弟
八人皆進士,列甲乙科。"　名譽:名望與聲譽。《墨子·修身》:"名不
徒生,而譽不自長,功成名遂。名譽不可虛假,反之身者也。"楊衒之
《洛陽伽藍記·崇真寺》:"宣明少有名譽,精經史。"

　　③ 前朝以先臣不幸爲黜:事見《舊唐書·韓滉傳》:"(貞元)二年
春,特封(韓滉)晉國公。其年十一月,來朝京師。時右丞元琇判度
支,以關輔旱儉,請運江淮租米以給京師。上以滉浙江東西節度,素
著威名,加江淮轉運使,欲令專督運務。琇以滉性剛愎,難與集事,乃
條奏滉督運江南米至楊子,凡一十八里,揚子以北皆元琇主之,滉深
怒於琇。琇以京師錢重貨輕,切疾之,乃於江東監院收獲見錢四十餘
萬貫,令轉送入關。滉不許,乃誣奏云:'運千錢至京師,費錢至萬,於
國有害。'請罷之。上以問琇,琇奏曰:'一千之重,約與一斗米均。自
江南水路至京,一千之所運,費三百耳!豈至萬乎?'上然之,遣中使
齎手詔令運錢,滉堅執以爲不可。其年十二月,加滉度支諸道轉運鹽
鐵等使,遂逞宿怒,累誣奏琇,貶雷州司户。其責既重,舉朝以爲非
罪,多竊議者。尚書左丞董晉謂宰臣劉滋、齊映曰:'元左丞忽有貶

責，未知罪名，用刑一濫，誰不危懼？假有權臣騁志，相公何不奏請三司詳斷之？去年關輔用兵，時方蝗旱，琇總國計，夙夜憂勤，以贍給師旅，不增一賦，軍國皆濟，斯可謂之勞臣也。今見播逐，恐失人心。人心一搖，則有聞雞起舞者矣！竊爲相公痛惜之！'滋、映但引過而已，給事袁高又抗疏申理之，滉誣以朋黨，寢而不行。"　前朝：上一朝代。《南史·檀道濟傳》："道濟立功前朝，威名甚重。"王實甫《西廂記》："夫主姓崔，官拜前朝相國。"　先臣：古代臣於君前稱自己已死的祖先、父親爲"先臣"。《左傳·文公十五年》："宋華耦來盟……公與之宴，辭曰：'君之先臣督，得罪於宋殤公，名在諸侯之策，臣承其祀，其敢辱君？'"杜預注："耦，華督曾孫也。"陸機《謝平原内史表》："世無先臣宣力之效，才非丘園耿介之秀。"　不幸：表示不希望發生而竟然發生。《漢書·卜式傳》："今天下不幸有事，郡縣諸侯未有奮繇直道者也。"劉禹錫《傷丘中丞并引》："河南丘絳有詞藻，與余同升進士科，從事鄴下，不幸遇害，故爲傷詞。"　黜：貶降，罷退。《論語·微子》："柳下惠爲士師，三黜。"韓愈《黃陵廟碑》："元和十四年春，余以言事得罪，黜爲潮州刺史。"　自晦：自隱才能，不使聲名彰著。《舊唐書·韓滉傳》："〔滉〕尤工書，兼善丹青，以繪事非急務，自晦其能，未嘗傳之。"《新唐書·輔公祐傳》："公祐内怏怏不平，乃與故人左游仙僞學辟穀以自晦。"　子：盡到做子女的義務和責任。《易·家人》："父父，子子，兄兄，弟弟，夫夫，婦婦，而家道正，正家而天下定矣！"《荀子·子道》："孝子所以不從命有三：從命則親危，不從命則親安，孝子不從命乃衷；從命則親辱，不從命則親榮，孝子不從命乃義；從命則禽獸，不從命則修飾，孝子不從命乃敬。故可以從而不從是不子也，未可以從而從是不衷也。"

④　朝序：猶朝列。《晉書·陸玩傳》："竟不能敷融玄風，清一朝序，咎責之來，於臣已重。"羅隱《與招討宋將軍書》："自爾天子不忍重困百姓，由是官未實爵，諸葛爽、安文祐皆自盜而升朝序也。"　仁聲：

指施行仁德而贏得的聲譽。揚雄《羽獵賦》：“仁聲惠於北狄，武誼動於南鄰。”元稹《鄭涵授尚書考功郎中馮宿刑部郎中制》：“二帝三王之所以仁聲無窮，績用明而刑罰當也。”　風塵：塵事，平庸的世俗之事。《顏氏家訓·省事》：“而爲執政所患，隨而伺察。既以利得，必以利治。微染風塵，便乖肅正。”戴叔倫《贈殷亮》：“山中舊宅無人住，來往風塵共白頭。”　徽猷：美善之道。猷，道，指修養、本事等。張楚《與達奚侍郎書》：“公往在臨淄，請僕爲曹掾。喜奉顏色，得接徽猷。”邵說《爲郭子儀讓華州及奉天縣請立生祠堂及碑第二表》：“今欲刊諸貞石，永播徽猷，實爲貪天之功，難勝踏地之愧。”

⑤ 近郡：指鄰近京城之郡。《後漢書·百官志》：“〔司隸校尉〕孝武帝初置，持節，掌舉百官以下，及京師近郡犯法者。”陸游《謝周樞使啓》：“入望清光，出臨近郡。”　美惡：美醜，好壞，指財貨、容貌、年成、政績等。《荀子·儒效》：“通財貨，相美惡，辨貴賤，君子不如賈人。”《後漢書·賈琮傳》：“刺史當遠視廣聽，糾察美惡，何有反垂帷裳以自掩塞乎？”　慈惠：猶仁愛。《左傳·成公十二年》：“於是乎有享宴之禮，享以訓共儉，宴以示慈惠。共儉以行禮，而慈惠以布政。”徐幹《中論·譴交》：“鄉有大夫，必有聰明慈惠之人，使各掌其鄉之政教禁令。”　祥和：吉祥和睦。李隆基《恤刑制》：“上元降鑒，應以祥和，思協平邦之典，致之仁壽之域。”強至《向負春遊辭以風雨開霽既久樂事未果因書百言聊以自戲》：“晴來又累朝，日暖風祥和。紅入桃李枝，綠轉池塘波。”　長理：義近“長治”，長期治平，永久安定。《漢書·賈誼傳》：“建久安之勢，成長治之業。”元稹《祈雨九龍神文》：“今夫蠢蠢何罪？物物何知？使不肖者長理，而災害隨至，無乃天之降罰不得其所耶？”　有望：有指望，寄希望。《左傳·昭公十六年》：“孺子善哉！吾有望矣！”邵說《筌蹄賦》：“好之者徒發嘆於終日，觀之者空起羨於臨川。斯無虞於即鹿，甯有望於烹鮮。”　持節：唐初，諸州刺史加號持節，後期持節之稱遂廢。岑參《奉和相公發益昌》：“相公臨戎別帝

京,擁旄持節遠橫行。朝登劍閣雲隨馬。夜渡巴江雨洗兵。"杜甫《諸將五首》五:"主恩前後三持節,軍令分明數舉杯。西蜀地形天下險,安危須仗出群材。"

[編年]

《年譜》編年本文於"庚子至辛丑所作其他制誥"欄內,沒有説明理由。《編年箋注》引録《唐刺史考》:"元佑於元和十四、五年爲京兆尹,許季同元和十四、五年爲洋州刺史。元佑由京兆爲洋州,季同由洋州爲京兆,疑爲同時之事"之後認爲:"此《制》宜撰於元和十五年(八二〇)元稹任祠部郎中知制誥期間。"《年譜新編》認爲:"許季同元和十五年爲京兆少尹,元佑或接替許季同爲洋州刺史,制當元和十五年作。"

我們以爲,一、《年譜》關於本文作於"庚子至辛丑所作其他制誥"的編年過於籠統,而《編年箋注》認爲"此《制》宜撰於元和十五年(八二〇)元稹任祠部郎中知制誥期間"恰恰是錯誤的,元稹任職祠部郎中知制誥在元和十五年五月九日之後,而本文顯然撰成於五月九日之前、二月五日之後。《年譜新編》所云"京兆少尹"是不對的,"元和十五年作"的結論同樣過於籠統。二、據我們在《吉旼可守京兆府渭南縣令制》中的編年考定,結合元稹元和十五年二月五日以膳部員外郎任職試知制誥的史實,許季同任職京兆尹在元和十五年五月十九日之前、二月五日之後。我們同意《唐刺史考》元佑接替許季同爲洋州刺史的推論,故元佑拜命洋州也應該與許季同拜命京兆尹同時。三、據《舊唐書·穆宗紀》、《舊唐書·李渤傳》等記載,許季同因爲屬下"京兆府户曹參軍韋正牧專知景陵工作,刻削厨料充私用,計贓八千七百貫文;石作專知官奉先縣令于翚刻削,計贓一萬三千貫,並宜決重杖處死",連累自己元和十五年被"合考中下"。據此可以推知,許季同應該在唐憲宗景陵建造之初,亦即元和十五年二月五日稍後就已經是京兆尹了,否則韋正牧、于睪的犯罪就不會連累到他。四、補充一點,據《舊唐書·穆宗紀》,白居易元和十五年十二月二十八日始以主客郎中知制誥,故白居易《許季同可秘書監制》毫無疑問應該撰作於長慶元年。而許季同自大理卿授職秘書監,其任職京兆尹更應該在大理卿之前,亦即元和十五年年初之時。根據許季同在任職京兆尹期間受到的牽連,本文應該撰成於元和十五年二月五日之後不久,至多遲至三月間,地點在長安,元稹時任膳部員外郎試知制誥之職。

◎ 元稹等可餘杭等州刺史制^{(一)①}

敕:朝散大夫守饒州刺史元稹等^(二):自天子至于侯甸男邦,大小之勢不同,子育黎元,其揆一也。是以郎官出宰百里,牧守入爲三公,此所以前代稱理古也^{(三)②}。近俗偷末,倒置是非。省寺以地望自高,郡縣以勢卑自劣。盤牙不解,稂莠不除,比比有之,患由此起③。

今餘杭、鍾離、新安、順政^(四),三有財用^(五),一鄰戎狄。將有所授,每難其人④。以稹之理課甄明,以弘度之奏議詳允,以玄亮之學古從政,以公逸之守道立身^(六),僉命爲邦^(七),庶可勝殘而去殺矣! 敬奉詔條,用慰煢獨。可依前件^{(八)⑤}。

錄自《元氏長慶集》卷四八

[校記]

(一)元稹等可餘杭等州刺史制:楊本、宋浙本、盧校、叢刊本作"元稹杭州刺史等",《全文》作"授元稹等餘杭等州刺史制",各備一说，不改。《英华》、《文章辨體彙選》作"授元輿等杭濠歙泗諸州刺史制"，根據正文"一鄰戎狄"之語，"杭、濠、歙、泗"四州中没有一州是"鄰戎狄"的，疑有誤，不取。

（二）朝散大夫守饒州刺史元蕢等：原本作"饒州刺史元蕢等"，楊本、叢刊本、《全文》同，據《英華》、《文章辨體彙選》"朝散大夫守饒州刺史元輿等"補改，但人名"元蕢"不作改動。

（三）此所以前代稱理古也：楊本、叢刊本、《英華》、《文章辨體彙選》同，《全文》作"此所以前代稱理也"，各備一説，不改。

（四）順政：楊本、叢刊本、《文章辨體彙選》、《全文》同，《英華》在其下注云："乃興州。"

（五）三有財用：楊本、叢刊本、《全文》同，《英華》、《文章辨體彙選》作"三有財賦"，各備一説，不改。

（六）以公遠之守道立身：楊本、叢刊本、《全文》同，《英華》、《文章辨體彙選》作"以達之守道立身"，各備一説，不改。

（七）僉命爲邦：叢刊本、錢校、《英華》、《文章辨體彙選》、《全文》同，楊本誤作"愈命爲邦"，不從不改。

（八）可依前件：原本作"可"，據楊本、叢刊本、《英華》、《文章辨體彙選》、《全文》補。

［箋注］

① 元蕢：不見史傳記載，曾任職右司郎中，河南人，元和十五年春至長慶二年七月在杭州刺史任，爲白居易之前任，白居易《冷泉亭記》："先是領郡者有相里君造虚白亭，有韓僕射皋作候仙亭，有裴庶子棠棣作觀風亭，有盧給事元輔作見山亭，及右司郎中河南元蕢最後作此亭。於是五亭相望，如指之列，可謂佳境殫矣！能事畢矣！後來者雖有敏心巧目，無所加焉！故吾繼之，述而不作。長慶三年八月十三日記。"田汝成《西湖遊覽志·北山勝迹》："冷泉亭：唐刺史元蕢建。

舊在水中。今依澗而立。'冷泉'二字,乃白樂天所書;'亭'字乃蘇子瞻續書,今亦亡矣!」　餘杭:杭州的屬縣之一,這裏指代杭州。《元和郡縣志·杭州》:「《禹貢》揚州之域,春秋時爲吳、越二國之境,其地本名錢塘,《史記》云秦始皇東遊至錢塘,臨浙江是也。漢屬會稽,《吳志》注云:西部都尉理所。陳禎明中置錢塘郡,隋平陳,廢郡爲州。管縣八:錢塘、餘杭、臨安、富陽、於潛、鹽官、新城、唐山。」劉長卿《奉餞郎中四兄罷餘杭太守承恩加侍御史充行軍司馬赴汝南行營》:「星使三江上,天波萬里通。權分金節重,恩借鐵冠雄。」顧況《酬房杭州》:「郡樓何其曠! 亭亭廣而深。故人牧餘杭,留我披胸衿。」

②　朝散大夫:文散官,從五品下。陳子昂《唐故朝議大夫梓州長史楊府君碑銘》:「是歲授公朝散大夫,除冀州司馬,又轉魏州司馬,皆知州事。」白居易《酬元郎中同制加朝散大夫書懷見贈》:「命服雖同黃紙上,官班不共紫垣前。青衫脫早差三日,白髮生遲校九年。」　饒州:州郡名,府治地當今江西波陽市。《元和郡縣志·饒州》:「本秦鄱陽縣也,屬九江郡。《鄱陽記》云:在揚州巳午之間,孫權分豫章立爲鄱陽郡,梁承聖二年改爲吳州,至陳光大元年省吳州,依舊置郡。隋開皇九年平陳,改鄱陽爲饒州,其城即吳芮爲番令所居城……管縣四:鄱陽、餘干、樂平、浮梁。」劉長卿《奉送盧員外之饒州》:「天書萬里至,旌旆上江飛。日向鄱陽近,應看吳岫微。」李嘉祐《送盧員外往饒州》:「爲郎復典郡,錦帳映朱輪。露冕隨龍節,停橈得水人。」　侯甸:侯服與甸服,古代王畿週邊千里以內的區域。《後漢書·王暢傳》:「郡爲舊都侯甸之國,園廟出於章陵,三後生自新野。」李賢注:「五百里甸服,千里侯服。」《南史·齊紀》:「斯實尚父故藩,世作盟主,紀綱侯甸,率由舊則。」　男邦:古代王城外六百至七百里地區內的男爵小國。《書·禹貢》:「〔甸服外〕五百里侯服:百里采,二百里男邦,三百里諸侯。」蔡沈集傳:「男邦,男爵小國也。」陳經詳解:「男,小國也,又其外三百里爲諸侯。自此以往,皆諸侯大國,次小國也。必先埰地,

次男邦乃及諸侯,先小後大。"《宋史·夏國傳》:"明年,遣六宅使伊州刺史賀從勖與文貴俱來,猶稱男邦泥定國兀卒上書父大宋皇帝。" 黎元:即黎民。董仲舒《春秋繁露·五行變救》:"救之者,省宮室,去雕文,舉孝弟,恤黎元。"潘岳《關中詩》:"哀此黎元,無罪無辜。" 揆:道理,準則。《孟子·離婁》:"地之相去也,千有餘里。世之相後也,千有餘歲。得志行乎中國,若合符節。先聖後聖,其揆一也。"《隋書·高祖紀》:"湯代於夏,武革於殷,干戈揖讓,雖復異揆,應天順人,其道靡異。" 郎官:謂侍郎、郎中等職。秦代置郎中令,爲皇帝左右親近的高級官員,屬官執掌護衛陪從、隨時建議等。西漢因秦制不變,東漢以尚書台爲行政中樞,其分曹任事者爲尚書郎,職權範圍擴大。魏、晉、南北朝時期尚書郎官之制略同於漢。隋分郎官爲侍郎與郎,唐六部郎官,郎中之外,更置員外郎。唐以後郎官的設置,基本上無大變革。《史記·袁盎晁錯列傳》:"〔袁盎曰〕'且陛下從代來,每朝,郎官上書疏,未嘗不止輦受其言。'"《後漢書·明帝紀》:"館陶公主爲子求郎,不許,而賜錢千萬。〔帝〕謂群臣曰:'郎官上應列宿,出宰百里,有非其人,則民受其殃,是以難之。'" 百里:古時一縣所轄之地,因以爲縣的代稱。《漢書·百官公卿表》:"縣大率方百里。"陶潛《酬丁柴桑》:"秉直司聰,惠於百里。"盧照鄰《失群雁序》:"溫縣明府以雁詩垂示,余以爲古之郎官,出宰百里,今之墨綬,入應千官,事止雁行,未宜傷嘆。至如贏卧空巖者,乃可爲失群慟耳!聊因伏枕多暇,以斯文應之。" 牧守:州郡的長官,州官稱牧,郡官稱守。《漢書·翟方進傳》:"持法刻深,舉奏牧守九卿,峻文深詆,中傷者尤多。"白居易《張聿可衢州刺史制》:"牧守之任,最親吾人。" 三公:古代中央三種最高官銜的合稱。周以太師、太傅、太保爲三公。西漢以丞相(大司徒)、太尉(大司馬)、御史大夫(大司空)爲三公,東漢以太尉、司徒、司空爲三公。唐宋沿東漢之制,以太尉、司徒、司空爲三公,但已非實職。徐彥伯《送特進李嶠入都袝廟》:"特進三公下,台臣百揆先。

孝圖開寢石,祠主卜牲筵。"張説《古泉驛》:"昔聞陳仲子,守義辭三公。身貸妻織屨,樂亦在其中。"　理古:致治之古代。權德輿《中嶽宗元先生吳尊師集序》:"觀其自古五化詩與大雅吟、步虛詞、遊仙雜感之作,或遐想理古,以哀世道,或磅礴萬象,用冥環樞,稽性命之紀,達人事之變,大率以嗇神挫鋭爲本。"元稹《戒勵風俗德音》:"朕聞昔者卿大夫相與讓於朝,士庶人相與讓於列,周成王措刑不用,漢文帝恥言人過,真理古也。"

③ 近俗:指近世。《拾遺記・前漢》附蕭綺録:"宣帝之世,有嘉穀玄稷之祥,亦不説今之所生,豈由神農、后稷播厥之功,抑亦王子所稱? 非近俗所食。"《南史・齊廢帝東昏侯紀》:"王侯貴人昏,連疊以真銀杯,蓋出近俗;又牢燭侈績,亦虧囊制。"　倒置:顛倒過來,指事物所處的狀況與正常的相反,如事物在順序、方位、道理等方面的顛倒。《莊子・繕性》:"喪己於物,失性於俗者,謂之倒置之民。"《文心雕龍・附會》:"使衆理雖繁,而無倒置之乖;群言雖多,而無棼絲之亂。"　省寺:古代朝廷"省"、"寺"兩類官署的並稱,亦泛指中央政府官署。杜甫《送顧八分文學適洪吉州》:"高歌卿相宅,文翰飛省寺。"元稹《告贈皇祖祖妣文》:"始兵部賜第於靖安里,下及天寶,五世其居,冕昇駢比,羅列省寺。"　地望:魏晉以下,行九品中正制,士族大姓壟斷地方選舉等權力,一姓與其所在郡縣相聯繫,稱爲地望。段成式《酉陽雜俎續集・支諾皋》:"韋斌雖生於貴門,而性頗厚質,然其地望素高,冠冕特盛。"陳亮《又祭呂東萊文》:"惟兄天資之高,地望之最,學力之深,心事之偉,無一不具。"　自高:自傲,抬高自己。《後漢書・袁紹傳》:"性矜愎自高,短於從善,故至於敗。"陳亮《甲辰秋答朱元晦書》:"後生小子遂以某爲假伯恭以自高,痴人面前真是不得説夢。"　郡縣:郡和縣的並稱,郡縣之名,初見於周。秦始皇統一中國,分國内爲三十六郡,爲郡縣政治之始。漢初封建制與郡縣制並行,其後郡縣遂成常制。張説《爲魏元忠作祭石嶺没陷士女文》:"北胡自

擅，賊虐不道。氣悍朔風，馬肥秋草。侵軼郡縣，驚逼稚老。"李吉甫《上元和郡縣圖志序》："自黃帝之方制萬國，夏禹之分別九州。辨方經野，因人緯俗，其揆一矣！"　盤牙：指盜賊或叛亂者。王符《潛夫論·述赦》："又重饋部吏，吏與通奸，利入深重，幡黨盤牙。"元稹《唐故朝議郎侍御史河南元君墓誌銘》："其在於京邑捕盜者八年，破囊橐，掘盤牙，不可勝數。"　稂莠：泛指對禾苗有害的雜草，常比喻害群之人。《後漢書·王符傳》："夫養稂莠者傷禾稼，惠奸軌者賊良民。"舒元輿《坊州按獄》："去惡猶農夫，稂莠須耘耨。"　比比：頻頻，屢屢，時時，處處。《詩·大雅·桑柔》："於乎有哀，國步斯頻。"鄭玄箋："頻，猶比也。哀哉！國家之政，行此禍害比比然。"《漢書·哀帝紀》："郡國比比地動。"顏師古注："比比，猶言頻頻也。"

④ 鍾離：濠州屬縣之一，這裏指代濠州，府治地當今安徽鳳陽。《元和郡縣志·濠州》："《禹貢》：揚州之域，春秋時爲鍾離子之國，後爲吳楚所爭之地……隋開皇三年改濠州，因水爲名。大業三年改爲鍾離郡……武德五年杜伏威附，改爲濠州……管縣三：鍾離、定遠、招義。"杜甫《乾元中寓居同谷縣作歌七首》四："有妹有妹在鍾離，良人早殁諸孤痴。長淮浪高蛟龍怒，十年不見來何遲？"張祜《題濠州鍾離寺》："遙遙東郭寺，數里占原田。遠岫碧光合，長淮清派連。"　新安：地名，代指歙州，府治地當今安徽歙縣。《元和郡縣志·歙州》："《禹貢》：揚州之域，春秋時屬越，秦時爲丹陽郡歙縣之地，其後或屬新都，或隸新安郡，或立新寧郡。隋開皇十二年，置歙州。武德中置都督，貞觀廢……管縣六：歙、黟、休寧、婺源、績溪、祁門。"崔顥《發錦沙村》："北上途未半，南行歲已闌。孤舟下建德，江水入新安。"綦毋潛《送賈恒明府兼寄溫張二司戶》："越客新安別，秦人舊國情。舟乘晚風便，月帶上潮平。"　順政：縣名，興州屬縣之一，這裏指代興州，州治今陝西略陽。《元和郡縣志·興州》："《禹貢》：梁州之域，戰國時爲白馬氏之東境，秦並天下，屬蜀郡。漢武帝元鼎六年，以白馬氏置武

都郡……廢帝二年改東益州爲興州，因武興郡爲名。隋大業二年，罷州爲順政郡，武德元年復置興州……管縣三：順政、長舉、鳴水。”《舊唐書·地理志》：“興州：隋順政郡，武德元年改爲興州，天寶元年改爲順政郡，乾元元年復爲興州……至京師九百四十八里，至東都一千七百八十一里。順政，漢沮縣，屬武都郡，後魏改爲略陽，晉置武興蕃以處互市，後魏於武興蕃置興州，仍以略陽爲順政。”　財用：財物，財富。《管子·重令》：“民不務經産，則倉廩空虛，財用不足。”趙彥衛《雲麓漫抄》卷四：“自漢以來，中國財用耗於虜，惟東漢爲甚。”　戎狄：古民族名，西方曰戎，北方曰狄。後以泛指西北少數民族。《漢書·匈奴傳》：“蕭望之曰：‘戎狄荒服，言其來服荒忽無常，時至時去。’”范仲淹《奏陝西河北攻守等策》：“臣等聞三代以還，皆有戎狄之患，以至侵陵中國，被於渭洛。”

　　⑤ 理：治理，整理。《易·繫辭》：“理財正辭，禁民爲非曰義。”《淮南子·原道訓》：“夫能理三苗、朝羽民……其惟心行者乎！”高誘注：“理，治也。”　課：賦稅，租稅。《隋書·食貨志》：“其課，丁男調布絹各二丈……男年十六，亦半課，年十八正課，六十六免課。”《新唐書·食貨志》：“凡主戶內有課口者爲課戶，若老及男廢疾、篤疾、寡妻妾、部曲、客女、奴婢及視九品以上官，不課。”　甄明：通曉。《晉書·崔遊傳》：“少好學，儒術甄明。”《北齊書·孫靈暉傳》：“後以儒術甄明，擢授太學博士。”　弘度：即侯弘度，元和十五年至長慶二年三月任職濠州刺史。《舊唐書·王智興傳》：“(崔)群治裝赴闕，智興遣兵士援送群家屬，至埇橋，遂掠鹽鐵院緡幣及汴路進奉物，商旅貲貨率十取七八。逐濠州刺史侯弘度，弘度棄城走。朝廷以罷兵，力不能加討，遂授智興檢校工部尚書、徐州刺史、御史大夫，充武寧軍節度、徐泗濠觀察使。”《資治通鑑·長慶二年》：“(三月)王智興遣輕兵二千襲濠州，丙辰，刺史侯弘度棄城奔壽州。”　奏議：文體名，古代臣下上奏帝王的各類文字的統稱，包括表、奏、疏、議、上書、封事等。曹丕《典

論·論文》："蓋奏議宜雅，書論宜理，銘誄尚實，詩賦欲麗。"文瑩《玉壺清話序》："文瑩收古今文章著述最多……其間神道碑、墓誌、行狀、實錄及奏議、碑表、野編、小說之類，傾十紀之文字，聚衆學之醇鬱。"詳允：平正允當。沈約《授蕭惠休右僕射詔》："才學淹通，識裁詳允。"《續資治通鑒·宋太祖乾德元年》："判大理寺事竇儀等上《重定刑統等書》，詔刊板摹印頒天下。儀等參酌輕重，時稱詳允。" 玄亮：即崔玄亮，元稹、白居易吏部乙科的同年，終生好友。《新唐書·崔玄亮傳》："崔玄亮，字晦叔，磁州昭義人。貞元初，擢進士第，累署諸鎮幕府。父喪，客高郵，臥苫終制，地下濕，因得痺病，不樂進取。元和初，召爲監察御史，累轉駕部員外郎，清慎介特，澹如也。稍遷密、歙二州刺史。歙人馬牛生駒犢，官籍蹄噭，故吏得爲奸，玄亮焚其籍，一不問。民山處，輸租者苦之，下令許計斛輸錢，民賴其利。歷湖、曹二州，辭曹不拜。太和四年，繇太常少卿改諫議大夫，朝廷推爲宿望，拜右散騎常侍。每遷官，輒讓形於色……" 學古：學習研究古代典籍。《書·周官》："學古入官。"孔傳："言當先學古訓，然後入官治政。"陳陶《續古二十六首》二五："學古三十載，猶依白雲居。" 從政：參與政事，處理政事。《漢書·叙傳》："周之廢興與漢異，昔周立爵五等，諸侯從政，本根既微，枝葉强大，故其末流有從橫之事，其勢然也。"顏師古注："言諸侯之國各別爲政。"韓愈《順宗實錄》："諸色人中……達於吏理，可使從政者，宜委常參官各舉所知。" 公遠：即鄭公遠，據白居易《故滁州刺史贈刑部尚書滎陽鄭公墓誌銘》，鄭公遠是鄭雲逵之弟，又據元稹《叙詩寄樂天書》，鄭雲逵是元稹的"外諸翁"。白居易有《興州刺史鄭公遠授王府長史李循授興州刺史同制》："敕：鄭公遠等，或以行稱，或以才舉。進修所致，班秩不卑。改命序遷，各適其用。且乘朱輪于郡邸，曳長裾于王門。士子名宦，至斯亦不爲不遇也。立朝案部，各敬爾官。可依前件。"據朱金城《白居易集箋校》考證，此文撰作於長慶元年至長慶二年間，正是元稹本文之續作。 守道：堅守某種道德規範。《後漢書・桓帝紀》:"杜絶邪僞請托之原,令廉白守道者得信其操。"岑參《送費子歸武昌》:"勿嘆蹉跎白髮新,應須守道勿羞貧。"　立身:處世,爲人。《史記・太史公自序》:"且夫孝始於事親,中於事君,終於立身。"寒山《詩三百三首》一〇一:"立身既質直,出語無諂諛。"　僉:都,皆。李白《趙公西候新亭頌》:"總是役也,伊二公之力歟! 過客沈吟以稱嘆,邦人聚舞以相賀,僉曰:'我趙公之亭也。'"周存《瑞龜游宮沼賦》:"帝乃出示百官,以議其瑞。僉曰:'至德之應也。'"　爲:治理。《國語・周語》:"是故爲川者,決之使導;爲民者,宣之使言。"曾鞏《王君俞哀詞》:"〔王君俞〕爲家不問田宅,平居無褻私、流侈之好。"　邦:地區,政區。蔡邕《劉鎮南碑》:"窮山幽谷,於是爲邦。"吳曾《能改齋漫録・方物》:"蜀之蓄鹽,與他邦異。"　勝殘去殺:實行仁政,使殘暴的人化而爲善,因而可以廢除刑殺。《論語・子路》:"善人爲邦百年,亦可以勝殘去殺矣!"何晏集解:"王曰:'勝殘,殘暴之人使不爲惡也;去殺,不用刑殺也。'"《漢書・禮樂志》:"故漢得天下以來,常欲善治,而至今不能勝殘去殺者,失之當更化而不能更化也。"　敬奉:真誠地奉行。《左傳・宣公十五年》:"後之人或者將敬奉德義以事神人,而申固其命。"袁宏《後漢紀・桓帝紀》:"姜肱字伯淮,彭城廣戚人。隱居静處,非義不行。敬奉舊老,訓導後進。"　詔條:皇帝頒發的考察官吏的條令。權德輿《送水部許員外出守郢州序》:"況漢南長帥,風行列都,郡守清静公廉,遵詔條而已。"柳宗元《謝除柳州刺史表》:"謹當宣佈詔條,盡竭駑蹇。皇風不異於遐邇,聖澤無間于華夷。庶答鴻私,以塞余罪。"　煢獨:孤獨。《南齊書・韓靈敏傳》:"又會稽人陳氏……鄉里稱爲義門,多欲取爲婦,長女自傷煢獨,誓不肯行。"《周書・武帝紀》:"癸丑,詔曰:'無侮煢獨,事顯前書;哀彼矜人,惠流往訓。'"

［編年］

《年譜》編年本文於元和十五年，理由是：“《制》云：‘今餘杭、鍾離、新安、順政……將有所授，每難其人。以蕢之理課甄明，以弘度之奏議詳允，以玄亮之學古從政，以公逵之守道立身，僉命爲邦，庶可勝殘而去殺矣。’據羅願《新安志》卷九《叙牧守（唐）》云：‘崔玄亮……元和十五年遷歙州，與杭州元蕢等同制，元稹爲制詞曰’云云。崔玄亮在馮宿後，當係接任。”《編年箋注》、《年譜新編》根據本文、《太平廣記·續定命録》以及《唐刺史考·杭州》所考，分別斷定：“則此《制》撰於元和十五年（八二○）。”“元和十五年撰。”

我們以爲，一、編年本文於元和十五年未免過於籠統，而且還把元和十五年二月五日之前元稹尚未任職試知制誥工作的歲月也莫名其妙地包含進去。二、《太平廣記·崔玄亮》有“元和十五年春，穆宗皇帝龍飛”而崔玄亮得拜命歙州刺史的記載，其中提到的段文昌確實在相位，蕭俛的職務也是門下侍郎之位，一一切合。而所謂的“龍飛”，即是皇帝登位。《易·乾》：“飛龍在天，利見大人。”孔穎達疏：“若聖人有龍德，飛騰而居天位。”後來遂以“龍飛”爲帝王的興起或即位。《文選·張衡〈東京賦〉》：“我世祖忿之，乃龍飛白水，鳳翔參墟。”薛綜注：“龍飛鳳翔，以喻聖人之興也。”劉知幾《史通·叙事》：“邦國初基，皆雲草昧；帝王兆迹，必號龍飛。”更與唐穆宗登位相符合。三、而元稹元和十五年二月五日才開始參與知制誥的工作，故本文應該撰成於元和十五年二月五日之後至三月三十日間，時候正是“春”天，元稹時在長安，剛剛拜命膳部員外郎、試知制誥之職。四、《唐刺史考》考定元蕢履任杭州刺史在“元和十五年”，考定崔玄亮履任歙州刺史亦在“元和十五年”，雖然沒有進一步明確爲元和十五年二月五日至三月三十日間，但還可以接受。而考定鄭公逵履任興州刺史在“元和末”，則比較含糊。考定侯弘度履任濠州刺史則在“長慶二年”，其前任是“張宿：元和十二年（未之任）”，元稹一制同命四人爲四州之刺史,時間無疑應該是同時,爲何却有如此之大的差異? 而長慶二年,元稹已經不在撰寫知制誥任上,《唐刺史考》關於侯弘度履任濠州刺史在"長慶二年"的結論則顯然有誤。

◎ 袁重光可雅州刺史李踐方可大理寺丞制^{(一)①}

　　敕:盧山郡貫平羌江^(二),帶印峽關,西南蠻經略之地也^{(三)②}。大理寺專獄犴,視刑書,我國家生人之司命也。任非其才,爲患不細③。

　　前鄜坊丹延等州觀察判官、侍御史、內供奉、賜緋魚袋袁重光,佐觀風於鄜時,聞有能名④。前湖南都團練判官兼監察御史李踐方,參練卒於湘中,號爲柔立^{(四)⑤}。

　　宜當慈惠之選,且盡哀敬之心。姑務勝殘,無或枉撓。佇爾布政,叶予好生。重光可使持節雅州刺史,散官、勳賜如故;踐方可大理寺丞⑥。

録自《元氏長慶集》卷四八

[校記]

　　(一)袁重光可雅州刺史李踐方可大理寺丞制:楊本、宋浙本、盧校、叢刊本作"袁重光雅州刺史李踐方大理寺丞",《全文》作"授袁重光雅州刺史李踐方大理寺丞制",各備一説,不改。

　　(二)盧山郡貫平羌江:原本作"盧國郡貫平羌江",楊本作"盧國郡書平羌江",叢刊本作"盧國郡貫平羌江",據《元和郡縣志》、《舊唐書·地理志》、盧校、《全文》改。

　　(三)西南蠻經略之地也:原本作"西南蠻經緯之地也",《全文》

作"西南蠻經□之地也",據楊本、宋浙本、叢刊本改。

（四）號爲柔立：原本作"號爲柔順",據楊本、宋浙本、叢刊本、《全文》改。

［箋注］

① 袁重光：兩《唐書》無傳,除本文外,亦無其他文獻記載。 雅州：州郡名,州治地當今四川雅安。《元和郡縣志·雅州》："後魏廢帝二年置蒙山郡于此,隋開皇十三年置蒙山縣并鎮,仁壽四年罷鎮改置雅州,因州境雅安山爲名,大業三年以雅州爲臨邛郡,武德元年復爲雅州。"陳子昂《諫雅州討生羌書》："竊聞道路云：國家欲開蜀山,自雅州道入討生羌,因以襲擊吐蕃……"白居易《唐州刺史韋彪授王府長史楊歸厚授唐州刺史劉旻授雅州刺史制》："敕：韋彪等,善官人者,先考其能,然後授以事,使輪轅鑿枘各適其用,則群職庶政得以交修。"李踐方：歷職户部郎中、魯王王府司馬、秘書監等職。《册府元龜》："（大和）五年七月甲申詔曰……宜令户部郎中李踐方充兩川安撫使。"《舊唐書·莊恪太子永傳》："（大和六年）因以户部侍郎庾敬休守本官兼魯王傅,太常卿鄭肅守本官兼王府長史,户部郎中李踐方守本官兼王府司馬。"《新唐書·定安公主傳》："定安公主始封太和,下嫁回鶻崇德可汗。會昌三年來歸,詔宗正卿李仍叔、秘書監李踐方等告景陵。" 大理寺丞：大理寺屬員,從六品上,《舊唐書·職官志》："（大理）卿之職,掌邦國折獄詳刑之事……（大理寺）丞掌分判寺事。"韋建《黔州刺史薛舒神道碑》："拜大理寺丞,敬爾縣獄。"權德輿《朝議郎行尚書倉部員外郎集賢院待制權府君墓誌銘》："朝廷以公文而無害,特拜監察御史,謙以自牧,換大理寺丞。"

② 盧山郡：州郡名,即雅州。《元和郡縣志·劍南道成都府》："臨翼郡、維川郡、天寶車、蓬山郡、交川郡、平戎城、盧山郡、江源郡、洪源郡、昆明軍、寧遠軍、雲南軍、澄川寨、南溪縣、歸誠郡,天寶元年

改蜀郡大都督府,十五年玄宗幸蜀,改爲成都府。"《舊唐書·地理志》:"雅州:隋臨邛郡,武德元年改爲雅州……天寶元年改爲盧山郡,乾元元年復爲雅州……在京師西南二千七百二十三里,至東都三千五百一里。"《新唐書·地理志》:"雅州盧山郡,下都督府,本臨邛郡,天寶元年更名。"《元和郡縣志·成都府》:"盧山郡(盧山,今雅州)。"
貫:通,貫通。《戰國策·楚策》:"禍與福相貫,生與亡爲鄰。"鮑彪注:"貫,猶通。"《史記·樂書》:"樂統同,禮别異,禮樂之説貫乎人情矣!"本文指平羌江水系自西北而東南,貫通雅州全境。　盧山郡:又名青衣水,在雅州境内,東南流至樂山市入岷江。《元和郡縣志·雅州》:"嚴道縣……平羌水經縣北二里","名山縣……名山水在縣東二百步,東南入平羌水","洪雅縣……青衣水,一名平羌水,經縣南一里"。
邛峽關:關名,在雅州。《舊唐書·李德裕傳》:"德裕(大和)六年復修邛峽關,移巂州於臺登城以扞蠻。"《新唐書糾謬》:"《南蠻傳》云:'入自邛峽關,圍雅州。'今案雅州止有邛崍關,'峽'乃'崍'字之誤也。"
西南蠻:位於我國西南部的少數民族部落總稱,包括東謝蠻、西趙蠻、牂柯蠻、南平獠、南詔蠻、驃國等。李隆基《封蒙歸義雲南王制》:"西南蠻都大酋帥、特進、越國公、賜紫袍金鈿帶七事歸義,挺秀西南,是稱酋傑。"張九齡《敕西南蠻大首領蒙歸義書》:"敕西南蠻大帥、特進蒙歸義及諸酋首領等:卿近在邊境,不比諸蕃。率種歸誠,累代如此。"　經略:經營治理。《左傳·昭公七年》:"天子經略,諸侯正封,古之制也。"杜預注:"經營天下,略有四海,故曰經略。"《漢書·叙傳》:"自昔黄唐,經略萬國。"

③ 大理寺:掌管刑獄的官署,秦漢置廷尉,掌刑辟,北齊設大理寺,歷代相沿。李端《酬前大理寺評事張芬》:"君家舊林壑,寄在亂峰西。近日春雲滿,相思路亦迷。"白居易《論姚文秀打殺妻狀》:"據刑部及大理寺所斷:准律,非因鬥争,無事而殺者,名爲故殺。"　獄犴:牢獄。《魏書·高祖紀》:"輕繫之囚,宜速决了,無令薄罪久留獄犴。"

訴訟。《漢書・刑法志》："原獄刑所以蕃若此者，禮教不立，刑法不明，民多貧窮，豪桀務私，奸不輒得，獄豻不平之所致也。" 刑書：刑法的條文。《書・呂刑》："哀敬折獄，明啟刑書胥占，咸庶中正。"《漢書・刑法志》："子産相鄭而鑄刑書。" 生人：猶百姓，民衆。《東觀漢記・馮衍傳》："今生人之命懸於將軍，將軍所仗必須良才，宜改易非任，更選賢能。"白居易《初加朝散大夫又轉上柱國》："柱國勛成私自問，有何功德及生人？" 司命：掌握命運，亦指關係命運者。《管子・國蓄》："五穀食米，民之司命也。"《孫子・虛實》："微乎，微乎！至於無形；神乎，神乎！至於無聲，故能爲敵之司命。"張預注："故敵人死生之命，皆主於我也。" 非才：無能，不才，指才不堪任。干寶《晉紀總論》："樹立失權，託付非才，四維不張，而苟且之政多也。"張鷟《朝野僉載》卷六："司刑司直陳希閔以非才任官，庶事凝滯。" 細：瑣碎，不重要。《左傳・襄公二十九年》："其細已甚，民弗堪也。"杜預注："譏其煩碎，知不能久。"《北史・齊孝昭帝紀》："陛下聰明至公，自可遠侔古昔，而有識之士咸言傷細，帝王之度頗爲未弘。"

④ 鄜坊丹延等州：即鄜坊節度觀察使府，領鄜、坊、丹、延四州。《舊唐書・肅宗紀》："（乾元三年正月）戊子，以朔方節度使郭子儀兼邠寧、鄜坊兩道節度使。"許渾《獻鄜坊丘常侍》："詔選將軍護北戎，身騎白馬臂彤弓。柳營遠識金貂貴，榆塞遥知玉帳雄。" 觀察：即"觀察使"，官名，唐於諸道置觀察使，位次於節度使，中葉以後，多以節度使兼領其職。無節度使之州，亦特設觀察使，管轄一道或數州，並兼領刺史之職，凡兵甲財賦民俗之事無所不領，謂之都府，權任甚重。韓愈《歐陽生哀辭》："今上初，故宰相常袞爲福建諸州觀察使，治其地。"《新唐書・百官志》："節度使封郡王，則有奏記一人；兼觀察使，又有判官、支使、推官、巡官、衙推各一人。" 判官：古代官名，唐代節度使、觀察使、防禦使均置判官，爲地方長官的僚屬，輔理政事。皎然《酬鄭判官湖上見贈》："葳葳湖南隱已成，如何星使忽知名？沙鷗慣

識無心客，今日逢君不解驚。"齊己《寄歸州馬判官》："郡帶女嬃名，民康境亦寧。晏梳秋鬢白，閑坐暮山青。"　**侍御史**：御史臺屬員，從六品下，"掌糾舉百寮，推鞫獄訟"。白居易《新樂府·紫毫筆》："臣有奸邪正衙奏，君有動言直筆書。起居郎，侍御史，爾知紫毫不易致。"薛能《蒙恩除侍御史行次華州寄蔣相》："林下天書起遁逃，不堪移疾入塵勞。黃河近岸陰風急，仙掌臨關旭日高。"　**内供奉**：官名，唐設殿中侍御史九人，其中三人爲内供奉，掌殿廷供奉之儀，糾察百官之失儀者。張九齡《上封事書》："宣義郎、左拾遺、内供奉臣張九齡，謹再拜……"獨孤及《唐故秘書監贈禮部尚書姚公墓誌銘并序》："公與今相國河南元公載及廣平宋少貞等十人，以條奏精辯，才冠等列，授右拾遺内供奉，歷左補闕。"　**緋魚袋**：指緋衣與魚符袋，舊時朝官的服飾，唐制：五品以上佩魚符袋。常衮《授韋元曾吏部郎中等制》："朝請大夫、前行尚書司封員外郎兼侍御史、護軍、賜緋魚袋元挹等，學業優深，詞華通贍，雅有縉紳之望。"元稹《授劉惠通謁者監制》："宣議郎、内侍省宫闈局令、賜緋魚袋劉惠通……去盡行人之詞，還致諸臣之復。"　**觀風**：謂觀察民情，瞭解施政得失，語出《禮記·王制》："命大師陳詩以觀民風。"顏延之《應詔觀北湖田收》："觀風久有作，陳詩愧未妍。"張説《奉和聖製暇日與兄弟同遊興慶宫作應制》："問俗兆人阜，觀風五教宣。"　**鄜時**：語出《史記·秦本紀》："十年，初爲鄜時（集解：徐廣曰：'鄜縣屬馮翊。'索隱：音敷，亦縣名。於鄜地作時，故曰鄜時。故《封禪書》曰：'秦文公夢黃蛇自天而下屬之地，止於鄜衍。'史敦以爲神，故立時。正義：《括地志》云：'三時原在岐州雍縣南二十里。《封禪書》云秦文公作鄜時，襄公作西時，靈公作吳陽上時，並此原上，因名也。'）用三牢。"賀知章《奉和御製春臺望》："華滋的皪丹青樹，顥氣氤氳金玉堂。尚有靈蛇下鄜時，還徵瑞寶入陳倉。"　**能名**：能幹的名聲。《後漢書·侯霸傳》："後爲淮平大尹，政理有能名。"杜甫《送梓州李使君之任》："籍甚黃丞相，能名自潁川。"

⑤ 都團練:官名,即都團練觀察使。《舊唐書·代宗紀》:"(大曆五年)九月丁丑,以宣歙池等州都團練觀察使、宣州刺史兼御史中丞陳少遊充浙江東道團練觀察使。"《舊唐書·代宗紀》:"(大曆十三年)四月丁亥,以浙西觀察留後李道昌爲蘇州刺史,兼御史中丞,充浙西都團練觀察使。" 練卒:操練兵卒。陸贄《論緣邊守備事宜狀》:"是以修封疆,守要害,塹蹊隧,壘軍營,謹禁防,明斥候,務農以足食,練卒以蓄威,非萬全不謀,非百克不鬥。"杜甫《新安吏》:"就糧近故壘,練卒依舊京。" 柔立:謂以温和的品性立身處世。劉劭《人物志·九徵》:"寬栗而柔立,土之德也。"李翱《左僕射傅公神道碑》:"夫人南陽張氏,柔立善斷。"

⑥ 慈惠:猶仁愛。《左傳·成公十二年》:"於是乎有享宴之禮,享以訓共儉,宴以示慈惠。共儉以行禮,而慈惠以布政。"徐幹《中論·譴交》:"鄉有大夫,必有聰明慈惠之人,使各掌其鄉之政教禁令。" 哀敬:憐恤,同情。《書·吕刑》:"哀敬折獄,明啓刑書胥占,咸庶中正。"孔傳:"當憐下人之犯法,敬斷獄之害人。"《荀子·禮論》:"故喪禮者無他焉!明死生之義,送以哀敬而終周藏。" 勝殘:遏制殘暴的人,使之不能作惡。何遜《七召·治化》:"覩勝殘於期月,見成俗於浹辰。"《舊唐書·憲宗紀》:"爲君之體,義在勝殘,命將興師,蓋非獲已。" 枉撓:亦作"枉橈",違法曲斷,偏私下公,使有理不申。《禮記·月令》:"〔孟秋之月〕斬殺必當,毋或枉橈。"孔穎達疏:"枉謂違法曲斷,橈謂有理不申,應重乃輕,應輕更重。"王禹偁《送牛冕序》:"君嘗倅二郡,牧一州,所在稱理,有龔黃之政焉!又嘗佐秋官,詳庶獄,事無枉撓,有於張之風焉!" 佇:企盼,期待。謝靈運《酬從弟惠連》:"夢寐佇歸舟,釋我吝與勞。"陸贄《博通墳典達于教化科文》:"虛襟以佇,側席以求。" 布政:施政。《史記·孝文本紀》:"人主不德,布政不均。"鍾會《檄蜀文》:"布政垂惠,而萬邦協和。" 葉:協助,幫助。皇甫湜《賦四相詩·中書令鍾紹京》:"謀猷葉聖朝,披鱗奮英

節。"歐陽修《讀裴寂傳》:"予嘗與尹師魯論魏晉而下,佐命功臣皆可貶絕,以其貳心舊朝,棄成大謀,雖曰忠於所事,而非人臣之正也。"
好生:愛惜生靈,不嗜殺。《書·大禹謨》:"好生之德,洽于民心。"《舊唐書·德宗紀》:"朕以王者之德,在乎好生;人君之體,務於含垢。"

[編年]

　　《年譜》、《年譜新編》編年本文於"庚子至辛丑所作其他制誥"、"庚子至辛丑所作其他文章"欄內,《編年箋注》編年:"此《制》具體年月難以確定,要不出元稹元和十五年(八二○)至長慶元年(八二一)在知制誥期間。"都沒有說明理由。事實上也等於沒有編年,因為元稹的制誥都必然撰作於這二十個半月之內。何況,"庚子至辛丑所作其他文章"的表述還存在一定問題,因為"文章"與"制誥"還是有所區別。

　　我們以為,一、本文:"前鄜坊丹延等州觀察判官、侍御史、內供奉、賜緋魚袋袁重光……"《舊唐書·憲宗紀》:"(元和十二年)十一月丙戌……以宣武軍都虞候韓公武檢校左散騎常侍、鄜州刺史、鄜坊丹延節度使……(元和十五年正月)庚子,以少府監韓璀為鄜州刺史、鄜坊丹延節度使。"韓愈《楚國夫人墓誌銘》:"夫人以元和十四年十一月一日薨于鄜之公府,春秋若干。大夫委節去位,奉喪以居東都。詔起之,辭以羸毀,不任即命。又加喻勉,固不變,天子嗟嘆之(孫曰:公武執喪不變,元和十五年正月,以弘弟充代公武為節度使)。"據此,袁重光離開鄜坊丹延等州觀察判官任應該在元和十五年正月。二、本文:"前湖南都團練判官兼監察御史李踐方……"《舊唐書·憲宗紀》:"(元和十四年十二月)乙卯,以諫議大夫、守中書侍郎、同中書門下平章事、上柱國、賜紫金魚袋崔群為潭州刺史,兼御史大夫,充湖南觀察使。"《舊唐書·崔群傳》:"元和七年,惠昭太子薨。穆宗時為遂王,憲宗以澧王居長,又多內助,將建儲貳,命群與澧王作《讓表》,群上言曰：'大凡已合當之，則有陳讓之儀；已不合當，因何遽有讓表？今遂王嫡長，所宜正位青宮。'竟從其奏……無何，群臣議上尊號，皇甫鎛欲加'孝德'兩字，群曰：'有睿聖則孝德在其中矣！'竟爲鎛所構，憲宗不樂，出爲湖南觀察都團練使。穆宗即位，徵拜吏部侍郎，召見別殿，謂群曰：'我昇儲位，知卿爲羽翼。'群曰：'先帝之意，元在陛下。'""穆宗即位"在元和十五年閏正月初三，估計崔群離開湖南觀察使任而進京拜職吏部侍郎，應該就在其後不久，而作爲"都團練判官兼監察御史李踐方"，其離開湖南觀察使府應該也在崔群離開之後，甚至是與崔群同時離開。據此，李踐方改拜新職，應該就在元和十五年年初。三、本文稱袁重光與李踐方時，前面均冠以一"前"字，説明兩人拜職新任之時，離開舊職已有一段時間。結合元稹知制誥的起止時間，本文應該撰成於元和十五年二月五日之後不久，以二三月間比較切合，撰文地點自然在長安，元稹時任膳部員外郎、試知制誥之職。

◎ 李立則可檢校虞部員外郎知鹽鐵東都留後制^{(一)①}

敕：李立則：國有移用之職曰轉運使，每歲傳置貨賄於京師。其大都要邑之中，則委吏以專留事。瀍洛之間，蓋其一也②。

而柳公綽言爾强白幹舉，吏難其倫，乞以臺省官假借恩榮，俾專劇務。勉服所職，無忘謹廉。可^{(二)③}。

録自《元氏長慶集》卷四八

[校記]

（一）李立則可檢校虞部員外郎知鹽鐵東都留後制：楊本、宋浙本、叢刊本作“李立則檢校虞部員外郎知鹽鐵東都留後”，《全文》作“授李立則檢校虞部員外郎知鹽鐵東都留後制”，各備一説，不改。

　　（二）可：原本無，《全文》同，據楊本、叢刊本補。《編年箋注》在本文之後補加“可”字，但没有出校。

［箋注］

　　① 李立則：兩《唐書》無傳，除本文外，未見其他文獻記載。　　虞部員外郎：據《舊唐書·職官志》，工部“其屬有四：一曰工部，二曰屯田，三曰虞部，四曰水部。”虞部員外郎爲工部之虞部的副職，從六品上，《舊唐書·職官志》：“郎中、員外郎之職，掌京城街巷種植，山澤苑囿，草木薪炭，供頓田獵之事。”孫逖《授劉繹虞部員外郎制》：“朝散大夫、行河南府倉曹參軍、關内道度支判官、上柱國、彭城縣開國侯劉繹……可尚書虞部員外郎，餘如故。”羅衮《倉部柏郎中墓誌銘》：“始遷虞部員外郎，賜緋魚袋。歲中轉虞部郎中，明年遷倉部郎中，加朝散大夫。”　　知：主持，執掌。《國語·越語》：“有能助寡人謀而退吴者，吾與之共知越國之政。”《吕氏春秋·長見》：“三年而知鄭國之政也。”高誘注：“知，猶爲也。”　　鹽鐵：本文是鹽鐵使之省稱，古代官名，唐代中葉以後特置，以管理食鹽專賣爲主，兼掌銀銅鐵錫的采冶，是握有財權的重要官職。《新唐書·食貨志》：“自兵起，流庸未復，税賦不足供費，鹽鐵使劉晏以爲因民所急而税之，則國足用。”亦省稱“鹽鐵”。《宋史·職官志》：“鹽鐵，掌天下山澤之貨、關市、河渠、軍器之事，以資邦國之用。”　　東都：即洛陽，唐時與西京長安相對。劉長卿《送李端公赴東都》：“軒轅征戰後，江海别離長。遠客歸何處？平蕪滿故鄉。”岑參《送魏升卿擢第歸東都因懷魏校書陸渾喬潭》：“井上桐葉雨，灞亭卷秋風。故人適戰勝，匹馬歸山東。”　　留後：官職名，唐中葉後，藩鎮坐大，節度使遇有事故，往往以其子侄或親信將吏代行職務，稱節度留後或觀察留後。亦有叛將推翻統師，自稱留後，而後由

朝廷補行正式任命者。《新唐書·兵志》：“兵驕則逐帥,帥强則叛上。或父死子握其兵而不肯代,或取捨由於士卒,往往自擇將吏,號爲‘留後’,以邀命於朝。”《舊唐書·裴度傳》：“節度副使王智興自河北行營率師還,逐節度使崔群,自稱留後。”本文指鹽鐵轉運使委任的留守洛陽以處理東都地域鹽鐵事務的李立則。

②移用:將某項資金挪作他用。《周禮·天官·職内》：“而叙其財以待邦之移用。”孫詒讓正義：“移用,謂轉運給他。”獨孤及《唐故商州録事參軍鄭府君墓誌銘并序》：“無何,遷上津令,專知轉運水陸漕輓。邦都移用,賴公而濟,徙大理評事。”　轉運使:官名,負責鹽鐵等貨物的運輸。《舊唐書·食貨志》：“其後掌財賦者,世有人焉！開元已前,事歸尚書省。開元已後,權移他官。由是有轉運使、租庸使、鹽鐵使、度支鹽鐵轉運使、常平鑄錢鹽鐵使、租庸青苗使、水陸運鹽鐵租庸使、兩稅使,隨事立名,沿革不一,設官分職。選賢任能得其人則有益於國家,非其才則貽患於黎庶,此又不可不知也……順宗即位,有司重奏鹽法,以杜佑判鹽鐵轉運使,理於揚州。”陸贄《韓滉檢校左僕射平章事制》：“可檢校左僕射同平章事,依前鎮海軍浙江東西節度觀察處置等使,兼充江淮轉運使,餘如故。”權德輿《韓公行狀》：“大曆初,轉運使劉尚書晏,盛選從事,分命四方。而江淮上流,爲之樞會。奏改屯田員外郎兼侍御史、知揚子留後,累歲就加司封郎中。”　傳置:指驛站轉運。蕭穎士《登宜城故城賦》：“荒凉我汝潁,牢落我睢涣。傳置載馳於商鄧,兵符薦集於淮漢。”令狐峘《顔魯公集神道碑》：“俄而寇陷京師,駕在靈武,往來傳置,梗圮不通。”　貨賄:財貨,財物。《周禮·天官·大宰》：“六曰商賈阜通貨賄。”鄭玄注：“金玉曰貨,布帛曰賄。”柳宗元《封建論》：“秦有天下……亟役萬人,暴其威行,竭其貨賄。”　大都:泛稱都邑之大者。《左傳·隱公元年》：“先王之制:大都不過參國之一;中,五之一;小,九之一。”《史記·三王世家》：“武帝曰:雒陽有武庫,敖倉,天下衝扼,漢國之大都也。”　邑:人

民聚居之處,大曰都,小曰邑。曹植《白馬篇》:"借問誰家子?幽並遊俠兒。少小去鄉邑,揚聲沙漠垂。"蘇洵《六國論》:"小則獲邑,大則得城。"　留事:指留守、留後一類的官職。《後漢書·荀彧傳》:"興平元年,操東擊陶謙,使彧守甄城,任以留事。"《南史·范泰傳》:"伯通意銳,當令擁戈前驅;以君持重,欲相委留事,如何?"特指唐代節度留後。《新唐書·李德裕傳》:"澤潞劉從諫死,其從子稹擅留事,以邀節度。"　瀍洛:瀍水和洛水的並稱,洛陽爲東周、東漢、魏、晉等朝都城(今河南省洛陽市,地處瀍水兩岸、洛水之北),故多以二水連稱謂其地。劉孝標《辯命論》:"天地板蕩,左帶沸脣。乘間電發,遂覆瀍洛,傾五都。"高適《登百丈峰二首》二:"晉武輕後事,惠皇終已昏。豺狼塞瀍洛,胡羯爭乾坤。"

③ 柳公綽:《舊唐書·柳公綽傳》:"柳公綽,字起之,京兆華原人也……公綽幼聰敏,年十八,應制舉,登賢良方正直言極諫科,授祕書省校書郎,貞元元年也。貞元四年,復應制舉,再登賢良方正科,時年二十一。制出,授渭南尉……慈隰觀察使姚齊梧奏爲判官,得殿中侍御史。冬,薦授開州刺史,入爲侍御史,再遷吏部員外郎。武元衡罷相鎮西蜀,與裴度俱爲元衡判官,尤相善。先度入爲吏部郎中,度以詩餞別,有'兩人同日事征西,今日君先捧紫泥'之句……元和……十一年,入爲給事中。李師道歸朝,遣公綽往鄆州宣諭,使還,拜京兆尹,以母憂免。十四年,起爲刑部侍郎,領鹽鐵轉運使。轉兵部侍郎兼御史大夫,領使如故。長慶元年罷使,爲京兆尹兼御史大夫。"劉禹錫《舉開州柳使君公綽自代狀》:"尚書屯田某官等,守開州刺史柳公綽。右,臣蒙恩授尚書屯田員外郎,伏準建中元年正月五日制,常參官上後三日,舉一人自代者。伏以前件官,以賢良方正再歊王庭,在流輩間號爲端士。昨除遠郡,人皆惜之。臣初蒙授官,得以論薦。多士之內,非無其人。竊惟用材,宜自遠始。謹具如前,謹錄奏聞,伏聽敕旨。貞元二十一年四月八日。"白居易《柳公綽可吏部侍郎制》:

"敕:京兆尹兼御史大夫柳公綽,長吏數易,爲害甚多。邇来都畿,未免斯弊。或苛急而人重困,或軟弱而奸不息,得其中者,其公綽乎!"

强白:强幹清廉。元稹《中書省議舉縣令狀》:"公幹强白者,拘以考淺;疾廢耄聵者,得在選中。倒置是非,無甚於此。"白居易《張徹宋申錫可並監察御史制》:"某官張徹,某官宋申錫,皆方直强白,可中御史。" **幹舉:**猶"幹敏",謂辦事幹練敏捷。《新唐書‧鄭元璹傳》:"元璹幹敏,所至常有譽。"陸游《南唐書‧徐玠傳》:"初爲小校,以幹敏稱。" **倫:**輩,類。《禮記‧曲禮》:"儗人必於其倫。"鄭玄注:"倫,猶類也。"《史記‧儒林列傳》:"如田子方、段乾木、吳起、禽滑厘之屬,皆受業於子夏之倫,爲王者師。" **臺省:**漢的尚書臺,三國魏的中書省,都是代表皇帝發佈政令的中樞機關。後因以"臺省"指政府的中央機構,南北朝以來,雖然尚書臺已多改稱尚書省,並逐漸形成中書、門下、尚書三省分權的制度,但"臺省"之稱仍沿用不變。《舊唐書‧劉祥道傳》:"漢魏以來,權歸臺省,九卿皆爲常伯屬官。"杜甫《醉時歌》:"諸公衮衮登臺省,廣文先生官獨冷。" **假借:**授予,給予。元稹《贈太保嚴公行狀》:"荆俗不理室居……公乃陶瓦積材,半入其直,勉勸假借,俾自爲之。"王安石《上仁宗皇帝言事書》:"臣故知當今在位多非其人,稍假借之權而不一一以法束縛之,則放恣而無不爲。" **恩榮:**謂受皇帝恩寵的榮耀。劉憲《奉和聖製立春日侍宴内殿出剪綵花應制》:"色濃輕雪點,香淺嫩風吹。此日叨陪侍,恩榮得數枝。"劉長卿《送蔣侍御入秦》:"朝見及芳菲,恩榮出紫微。晚光臨仗奏,春色共西歸。" **俾:**使。《詩‧邶風‧綠衣》:"我思古人,俾無訧兮。"毛傳:"俾,使。"《新唐書‧裴冕傳》:"陛下宜還冕於朝,復俾輔相,必能致治成化。" **專:**專斷,擅自行事。《禮記‧中庸》:"愚而好自用,賤而好自專。"《舊唐書‧石雄傳》:"我輩捍邊,但能除患,專之可也。" **劇務:**繁劇的事務。白居易《哀二良文》:"故其歷要官,參劇務,如刀劍發鉶,割而無滯。"文同《李堅甫净居雜題‧静叟》:"米鹽辭劇務,宮觀得清資。”　服：從事，致力。《詩·周頌·噫嘻》：“亦服爾耕，十千維耦。”鄭玄箋：“服，事也。”班固《西都賦》：“士承舊德之名氏，農服先疇之畎畝。”　謹廉：謹慎廉正。元稹《授牛元翼成德軍節度使制》：“而又忠孝謹廉，慈仁和惠，愛養士伍，均如鳲鳩。”汪應辰《應詔薦將帥辭免權宣撫札子》：“持身謹廉，御衆嚴整。”

[編年]

　　《年譜》編年：“《制》有‘而柳公綽言爾強白幹舉，吏難其倫，乞以臺省官假借恩榮，俾專劇務’等語。據《舊唐書·柳公綽傳》云：‘(元和)十四年，起爲刑部侍郎，領鹽鐵轉運使。轉兵部侍郎，兼御史大夫，領使如故。長慶元年，罷使，爲京兆尹、兼御史大夫。’又白居易《柳公綽罷鹽鐵守本官兵部侍郎制》云：‘今詔刑部尚書播代之。’元稹此《制》當撰於長慶元年二月壬申柳公綽罷鹽鐵使以前。”《編年箋注》編年理由同《年譜》，結論則是：“推知柳公綽任轉運使在長慶元年二月以前，其薦立則在元和十五年(八二○)。元稹時任祠部員外郎試知制誥，或已正拜。”《年譜新編》編年理由同《年譜》、《編年箋注》，結論爲：“疑制作於元和十五年。”

　　我們以爲，一、《編年箋注》所謂“元稹時任祠部員外郎試知制誥，或已正拜”云云是錯誤的，因爲元稹一生並未履行“祠部員外郎”之職。二、據本文，李立則出任“知鹽鐵東都留後”是由於柳公綽的舉薦，而柳公綽任鹽鐵轉運使始於元和十四年，終於長慶元年二月，本文編年“元和十五年”大致可取，但必須將元和十五年二月五日之前的兩個多月，亦即六十四天排除在外；還應該將長慶元年正月與二月柳公綽領鹽鐵使的三十五天包括進去。而《年譜》“元稹此《制》當撰於長慶元年二月壬申柳公綽罷鹽鐵使以前”的結論，編年本文於“長慶元年”的三十五天之內，則似乎不可取。三、元稹元和十五年二月五日已經擔任膳部員外郎、試知制誥之職，而柳公綽當時已經任職鹽鐵轉運使，又時值唐穆宗剛剛登位，鹽鐵之賦又關乎國計民生，屬於應該優先考慮之列，此時舉薦李立則爲東都留後，正在其時。故以爲李立則的拜命應該在元和十五年二月五日之後的春季較爲合理，撰文地點在長安，元稹時任膳部員外郎、試知制誥之職。

● 授蕭祐兵部郎中制^{(一)①}

敕：兵部郎中佐夏官，理邦國，以平不若，辨九法、九伐之重輕，稽五兵、五楯之衆寡②。非踐更臺閣、從容聞望者，不在兹位。流品既清，選任彌重③。

朝議郎、守尚書考功郎中、護軍^(二)、賜緋魚袋蕭祐，才行忠信，達於予聞④。課吏陟明，誕若攸職。拾青紫於儒術，擅金石之揮毫。允謂賢能，宜當慰薦。可守尚書兵部郎中，散官、勛賜如故⑤。

録自《元氏長慶集》補遺卷四

[校記]

（一）授蕭祐兵部郎中制：原本作"授蕭祐兵部郎中制"，《英華》、《全文》同，據西安碑林所藏《李夷簡家廟碑》、《舊唐書·憲宗紀》、兩《唐書》之《蕭祐傳》改，下同。

（二）護軍：原本作"上護軍"，《英華》、《全文》同，據據西安碑林所藏《李夷簡家廟碑》改。

[箋注]

① 授蕭祐兵部郎中制：今存《元氏長慶集》未見，但馬本《元氏長慶集》補遺卷四、《英華》、《全文》、西安碑林所藏《李夷簡家廟碑》收

入，歸名元稹，故據補入。　　蕭祐：《舊唐書·蕭祐傳》："蕭祐者，蘭陵人。少孤貧，耿介苦學，事親以孝聞。自處士徵拜左拾遺，累遷至考功郎中。祐博雅好古，尤喜圖書，前代鍾、王遺法，蕭、張筆勢，編序真偽爲二十卷，元和末進御，優詔嘉之。授兵部郎中，出爲虢州刺史、御史，入爲太常少卿，轉諫議大夫。逾月，爲桂州刺史、中丞桂管防禦觀察使。太和二年八月卒于官，贈右散騎常侍。祐閑澹貞退，善鼓琴，賦詩書畫盡妙，遊心林壑，嘯詠終日，而名人高士多與之遊，給事中韋溫尤重之，結爲林泉之友。"《舊唐書·憲宗紀》："(元和十四年)九月丙子朔，戊寅，考功郎中蕭祐進古畫古書二十卷。"蘇頌《題右軍帖》："卷末題蕭祐者，元和人，起處士，仕至桂管觀察使，書畫皆妙。嘗叙鍾王遺法、蕭張筆勢，編集真偽，爲二十卷上之。"王珪《華陽集附録》卷八："長慶某年月日，太常少卿蕭祐鑒定在王珪禹玉家，後有禹玉跋，以門下省印印之，時貴多跋後爲章。"　　兵部郎中：兵部屬員，從五品上。《舊唐書·職官志》："郎中一員，掌判帳及天下武官之階品、衛府之名數。"常袞《授邵説兵部郎中制》："學致其道，文道其變，沈靜有用，貞純秉彝。"元稹《表奏(有序)》："穆宗初，宰相更相用事，丞相段公一日獨得對，因請亟用兵部郎中薛存慶、考功員外郎牛僧孺，予亦在請中。"

　　② 夏官：官名，《周禮》載周時設置六官，以司馬爲夏官，掌軍政和軍賦。唐武則天時，曾改兵部尚書爲夏官，不久仍復舊名，後用爲兵部的别稱。張説《奉和聖製太行山中言志應制》："扈蹕參天老，承榮忝夏官。"權德輿《兵部侍郎舉人自代狀》："伏以夏官之貳，務切簡稽。國朝以來，望實皆重。其於選任，頗異他曹。"　　邦國：國家。劉琨《勸進表》："或多難以固邦國，或殷憂以啓聖明。"楊炯《少室山少姨廟碑》："瑤臺美化，闡邦國之風猷；銀榜嘉聲，茂君親之典禮。"　　不若：不善，强暴。王粲《荆州文學記官志》："虔夷不若，屢勘寇侮。"《新唐書·李晟傳》："昭文德，恢武功，威不若，康不乂。"　　九法：周治理

邦國的九種措施。《周禮·夏官·大司馬》：“大司馬之職，掌建邦國之九法，以佐王平邦國：制畿封國，以正邦國；設儀辨位，以等邦國；進賢興功，以作邦國；建牧立監，以維邦國；制軍詰禁，以糾邦國；施貢分職，以任邦國；簡稽鄉民，以用邦國；均守平則，以安邦國；以小事大，以和邦國。”泛指治理天下的各種大法。韓愈《與孟尚書書》：“楊墨交亂，而聖賢之道不明，則三綱淪而九法斁，禮樂崩而夷狄橫。” 九伐：古代指對九種罪惡的討伐。《周禮·夏官·大司馬》：“以九伐之法正邦國：馮弱犯寡則眚之，賊賢害民則伐之，暴內陵外則壇之，野荒民散則削之，負固不服則侵之，賊殺其親則正之，放弒其君則殘之，犯令陵政則杜之，外內亂、鳥獸行則滅之。”泛指征伐。《舊唐書·代宗紀》：“九伐之師，尚勤王略；千金之費，重困吾人。” 重輕：指重與輕、高與下。賈誼《新書·六術》：“喪服稱親疏以爲重輕，親者重，疏者輕。”曾鞏《王君俞哀辭》：“其爲辭章可道，恥出較重輕，漠然自如。” 五兵：泛指各種兵器。《隋書·達奚長儒傳》：“且戰且行，轉鬥三日，五兵咸盡，士卒以拳毆之。”獨孤及《慶鴻名頌》：“唐興百三十有八載，皇帝在賄天下，鑄五兵爲農器，栖萬姓於壽域。” 五楯：亦作“五盾”，五種盾牌。《周禮·夏官·司兵》：“司兵，掌五兵五盾。”鄭玄注：“五盾，干櫓之屬，其名未盡聞也。”《六家詩名物疏·擊鼓篇》：“《周禮》：司兵掌五兵五盾，各辨其物，與其等以待軍事。” 衆寡：多或少。《論語·堯曰》：“君子無衆寡，無小大，無敢慢。”《三國志·孫韶傳》：“權問青徐諸屯要害遠近，人馬衆寡，魏將姓名。”

③踐更：交替任職，先後任職。沈詢《授韋慤鄂岳節度使制》：“踐更華貫，揚歷顯途。懿效彰明，布於臺閣。”徐鉉《朱業江州節度使制》：“故中外之任，踐更攸宜。我有勛臣，咸曰名將。” 臺閣：漢時指尚書臺，後亦泛指中央政府機構。《後漢書·仲長統傳》：“光武皇帝慍數世之失權，忿強臣之竊命，矯枉過直，政不任下，雖置三公，事歸臺閣。”李賢注：“臺閣，謂尚書也。”王安石《送李宣叔倅漳州》：“朝廷

尚賢俊,磊砢充臺閣。"　從容:舉動。《楚辭·九章·懷沙》:"重華不
可遌兮,孰知余之從容!"王逸注:"從容,舉動也。"《文選·枚乘〈七
發〉》:"衆芳芬鬱,亂於五風,從容猗靡,消息陽陰。"呂延濟注:"從容,
猶舉動也。"　聞望:聲望,名望。葛洪《抱朴子·百里》:"或父兄貴
重,而子弟以聞望見選。"吳畦《唐贈左散騎常侍汝南韓公神道碑》:
"紫髯最冠於群公,青眼靡遺於衆卒。藹若聞望,喧然令圖。"　流品:
品類,等級,本指官階,後亦泛指門第或社會地位。《宋書·王僧綽
傳》:"元嘉二十六年,徙尚書吏部郎,參掌大選。究識流品,諳悉人
物,拔才舉能,咸得其分。"李商隱《祭長安楊郎中文》:"卓爾風標,朗
然流品。妍若春輝,烈如冬凜。"　選任:挑選任用。白居易《除李建
吏部員外郎制》:"六官之屬,選部郎首之,歷代以來,諸曹郎之中,擇
其踐歷久,考第高,加以有器局律度者遷焉!今之選任,亦由是矣!"
徐鉉《歙州觀察推官翟延祚可水部員外郎制》:"聞爾宰百里,佐廉車,
皆有政能。宜當選任,往祗乃事,無忝予恩。"

　　④ 朝議郎:文散官,正六品。常衮《授褚長孺祠部員外郎等制》:
"朝議郎、行起居郎、集賢殿直學士褚長孺等,國之才人,拔乎群萃,精
力於學。"柳宗元《唐故中散大夫檢校國子祭酒兼安南都護御史中丞
充安南本管經略招討處置等使上柱國武城縣開國男食邑三百户張公
墓誌銘并序》:"祖瑾,懷州武德縣令。考清,朝議郎、試大理寺丞,贈
右贊善大夫。"　考功郎中:吏部屬員,從五品上。《舊唐書·職官
志》:"郎中、員外郎之職,掌内外文武官吏之考課。凡應考之官家,具
錄當年功過行能,本司及本州長官對衆讀,議其優劣,定爲九等考第,
各於所由司準額校定,然後送省。"盧綸《赴池州拜覲舅氏留上考功郎
中舅》:"孤賤易蹉跎,其如酷似何?衰榮同族少,生長外家多。"錢翊
《授趙昌翰考功郎中制》:"噫!擇名曹,置名士,吾不知設官之始,獨
爲人乎?"　護軍:唐及以後歷朝置上護軍及護軍,爲僅有名號而無職
事的勛官。《資治通鑑·漢獻帝建安五年》:"以中護軍與張昭共掌衆

事。"胡三省注:"秦置護軍都尉,漢因之。高祖以陳平爲護軍中尉。武帝復以爲護軍都尉,屬大司馬。三國虎争,始有中護軍之官。《東觀記》曰:漢大將軍出征,置中護軍一人。魏晉以後,資輕者爲中護軍,資重者爲護軍將軍。然吳又有左右護軍,則吳制自是分中、左、右爲三部。"權德輿《正議大夫持節梓州諸軍事守梓州刺史兼御史大夫護軍賜紫金魚袋贈禮部尚書盧公神道碑銘》:"盧公諱坦,字保衡,涿郡范陽人也。" 才行:才智和德行。吳兢《貞觀政要‧論君臣鑒戒》:"夫功臣子弟,多無才行,藉祖父資蔭遂處大官。"蘇舜欽《薦王景仁啓》:"好學不倦,才行卓越。" 忠信:忠誠信實。《史記‧秦始皇本紀》:"此四君者,皆明知而忠信,寬厚而愛人,尊賢重士,約從離衡。"歐陽修《朋黨論》:"君子則不然,所守者道義,所行者忠信,所惜者名節。"

⑤ 課吏:考核官吏的政績。《漢書‧京房傳》:"房奏考功課吏法。"褚亮《策賢良問五道‧第二道》:"又西京課吏,其法何以? 鄣洛考功,衆議孰得?" 陟明:謂進用賢能,語本《書‧舜典》:"黜陟幽明。"白居易《王衆仲可衡州刺史制》:"衡湘之間,蠻越雜處。無以俗陋,不慎乃事;無以地遠,而怠厥心! 副吾陟明,俟汝奏課。"曾鞏《晁端彦金部員外郎制》:"僉曰爾材宜在兹位,國有陟明之典,待爾善於其官。" 誕:助詞,用於句首或句中,無實義。《書‧大誥》:"肆朕誕以爾東征。"王引之《經傳釋詞》卷六:"誕,句中助詞也。"《詩‧大雅‧生民》:"誕寘之隘巷,牛羊腓字之。誕寘之平林,會伐平林。誕寘之寒冰,鳥覆翼之。"王引之《經傳釋詞》卷六:"誕,發語詞也。" 攸:助詞,無義。《書‧盤庚》:"汝不憂朕心之攸困。"王引之《經傳釋詞‧攸》:"攸,語助也……言不憂朕心之困也。"《詩‧大雅‧皇矣》:"執訊連連,攸馘安安。" 青紫:本爲古時公卿綬帶之色,因借指高官顯爵。《漢書‧夏侯勝傳》:"勝每講授,常謂諸生曰:'士病不明經術,經術苟明,其取青紫如俛拾地芥耳!'"王先謙補注引葉夢得曰:"漢丞相、太

尉皆金印紫綬，御史大夫銀印青綬，此三府官之極崇者，勝云青紫謂此。"陳子昂《爲金吾將軍陳令英請免官表》："不以臣駑怯，更加寵命。授以青紫，遣督幽州。"　儒術：儒家的原則、學說、思想。杜甫《醉時歌》："儒術於我何有哉？孔丘盜蹠俱塵埃。不須聞此意慘愴，生前相遇且銜杯。"杜牧《洛中送冀處士東遊》："處士有儒術，走可挾車輈。壇宇寬帖帖，符彩高酋酋。"　金石：指古代鐫刻文字頌功紀事的鐘鼎碑碣之屬。《墨子·兼愛》："以其所書於竹帛，鏤於金石，琢於槃盂，傳遺後世子孫者知之。"孫詒讓間詁："《呂氏春秋·求人》篇云：'功績銘乎金石，著於槃盂。'高注云：'金，鐘鼎也；石，豐碑也。'"韓愈《平淮西碑》："既還奏，群臣請紀聖功被之金石。"　揮毫：運筆，謂書寫或繪畫。杜甫《飲中八仙歌》："張旭三杯草聖傳，脫帽露頂王公前，揮毫落紙如雲烟。"王安石《和王微之登高齋三首》三："揮毫更想能一戰，數窘乃見詩人才。"　賢能：有德行有才能。《韓非子·人主》："賢能之士進，則私門之請止矣！"《史記·太史公自序》："且士賢能而不用，有國者之恥。"　慰薦：猶推薦。劉禹錫《故荊南節度推官董府君墓誌》："弱歲嗜屬詩，工弈棋，用是索合於貴遊，多所慰薦。"王禹偁《監察御史朱府君墓誌銘》："有郭令之慰薦，受太宗之殊遇，而不及顯位，命使然也。"

[編年]

　　《年譜》編年："《制》稱蕭祐爲'守尚書考功郎中'，又有'擅金石之揮毫……宜當慰薦'等語。據《舊唐書·蕭祐傳》云：'累遷至考功郎中。祐博雅好古，尤喜圖畫。前代鍾、王遺法，蕭、張筆勢，編序真偽，爲二十卷，元和末進御，優詔嘉之，授兵部郎中。'同書《憲宗紀》云：'(元和十四年九月)戊寅，考功郎中蕭祐進古畫、古書二十卷。'《制》當撰於元和十五年。"《編年箋注》補充西安碑林所藏蕭祐所撰《李夷簡家廟碑》之材料，有"朝議郎、守尚書兵部郎中、護軍、賜緋魚袋蕭祐"字樣,碑於"元和十五年九月廿三日建",然後編年:"此《制》撰於元和十五年(八二〇)。"《年譜新編》編年理由與《編年箋注》相同,結論是:"制當作於進書畫之後不甚久……碑元和十五年九月廿三日建,制作於此前。"意即本文應該撰於元和十四年九月"之後不甚久"至"元和十五年九月廿三日"之前。

我們以爲,一、《年譜》、《編年箋注》編年本文於"元和十五年"的結論過於籠統,并存在錯誤。《年譜新編》的編年結論同樣籠統,也存在錯誤。二、元稹拜職膳部員外郎、試知制誥在元和十五年二月五日,故元和十五年年初的正月、閏正月以及二月五日之前的六十四天應該排除在外,本文應該撰成於元和十五年二月五日之後。三、蕭祐"元和十五年九月廿三日"之前已經自稱"朝議郎、守尚書兵部郎中、護軍、賜緋魚袋蕭祐",本文應該撰作於"元和十五年九月廿三日"之前。三、本文在不多的文字中提及蕭祐"擅金石之揮毫",對蕭祐元和十四年九月的獻書獻畫記憶猶新,疑本文應該撰作於元和十五年二月五日至三月間,撰文地點自然在長安,元稹時任膳部員外郎、試知制誥之職。

◎ 韋行立可處州刺史制[(一)①]

敕:守衛尉少卿、襲邢國公韋行立[(二)]:聞爾貴遊之子也,出入省寺二十餘年,終無尤違,斯亦鮮矣[②]!

江南諸郡,户籍非少,皆有賦入之難。爾爲吾往理縉雲,以宣朕化。無虐惸獨,俾傷惠和。可使持節處州刺史[(三)③]。

録自《元氏長慶集》卷四八

［校記］

　　（一）韋行立可處州刺史制：《文章辨體彙選》同，楊本、宋浙本、叢刊本作“韋行立處州刺史”，《全文》作“授韋行立處州刺史制”，各備一説，不改。

　　（二）守衛尉少卿、襲邢國公韋行立：《全文》同，楊本、宋浙本、叢刊本作“守衛尉少卿、襲邘國公韋行立”，《文章辨體彙選》作“具官韋行立”，各備一説，不改。

　　（三）可使持節處州刺史：楊本、叢刊本、《全文》同，《文章辨體彙選》無此句，各備一説，不改。

［箋注］

　　① 韋行立：兩《唐書》無傳，除本文外，還有元稹賦作於長慶四年之文《永福寺石壁法華經記》提及：“凡輸錢於經者，由十而上皆得名於碑，其輸錢之貴者，若杭州刺史、吏部郎中嚴休復，中書舍人、杭州刺史白居易，刑部郎中、湖州刺史崔元亮，刑部郎中、睦州刺史韋文悟，處州刺史韋行立，衢州刺史張聿，御史中丞、蘇州刺史李乂，御史大夫、越州刺史元稹，右司郎中、處州刺史陳岵。”朱慶餘《和處州韋使君新開南溪》：“地里光圖讖，樵人共説深。悠然想高躅，坐使變荒岑。疏鑿因殊舊，亭臺亦自今。静容猨暫下，間與鶴同尋。轉旆馴禽起，褰帷瀑溜侵。石稀潭見底，嵐暗樹無陰。躋險難通屐，攀栖稱抱琴。雲風開物意，潭水識人心。携榼巡花遍，移舟惜景沈。世嫌山水僻，誰伴謝公吟？” 處州：州郡名，州治地當今浙江麗水。《元和郡縣志·處州》：“隋開皇九年平陳，改永嘉爲處州，十二年又改爲括倉，大業三年復改爲永嘉郡。武德四年討平李子通，復立括州，仍置總管府。七年改爲都督府，貞觀元年廢府，天寶元年爲緡雲郡，乾元元年復爲括州，大曆十四年以與德宗廟諱同音，改處州。貞元六年刺史齊

抗以舊州湫隘,屢有水灾,北移四里就高原上……管縣六:麗水、松陽、緝雲、遂昌、青田、龍泉。"沈佺期《答甯處州書》:"書報天中赦,人從海上聞。九泉開白日,六翮起青雲。"皇甫冉《送處州裴使君赴京》:"山行朝復夕,水宿露爲霜。秋草連秦塞,孤帆落漢陽。"

　　②守:多指官階低而署理較高的官職。李純《授程異工部侍郎同平章事制》:"朝散大夫、守衛尉卿、御史大夫,充諸道鹽鐵轉運等使、賜紫金魚袋程異,厚備外嚴,沈機内朗。抱精微以致遠,本誠明以格物。"高承《事物紀原·守官》:"《通典》曰:……階卑官高稱守。"衛尉少卿:衛尉寺之副職,從四品上。《舊唐書·職官志》:"卿之職,掌邦國器械文物之事,總武庫、武器、守宮三署之官屬。少卿爲之貳。凡天下兵器入京師者,皆籍其名數而藏之。凡大祭祀、大朝會,則供其羽儀、節鉞、金鼓、帷帟、茵席之屬。"蘇頲《授鄭孝式衛尉少卿制》:"朝議大夫、守太子率更令鄭孝式……可守衛尉少卿。"張孚《臧府君神道碑銘》:"功累遷至衛尉少卿,尋加西受降城使。" 襲:承襲。《墨子·非攻》:"〔周武王〕襲湯之緒。"《文心雕龍·樂府》:"於是《武德》興乎高祖,《四時》廣於孝文,雖摹《韶》《夏》,而頗襲秦舊,中和之響,闃其不還。" 邢國公:粗粗查閱唐史,唐代晉封邢國公者有房玄齡、李密、蘇定方、王及善、程權等五人,未見韋姓見封邢國公者,難以考實,有待智者。 貴遊:指無官職的王公貴族,亦泛指顯貴者。《周禮·地官·師氏》:"掌國中失之事以教國子弟,凡國之貴遊子弟學焉!"鄭玄注:"貴遊子弟,王公之子弟。遊,無官司者。"韋應物《長安道》:"貴遊誰最貴?衛霍世難比。" 省寺:古代朝廷"省"、"寺"兩類官署的並稱,亦泛指中央政府官署。杜甫《送顧八分文學適洪吉州》:"高歌卿相宅,文翰飛省寺。"元稹《告贈皇祖祖妣文》:"始兵部賜第於靖安里,下及天寶,五世其居,冕昇駢比,羅列省寺。" 尤違:過失,過錯。《書·君奭》:"弗永遠念天威,越我民罔尤違。"孔傳:"言君不長遠念天之威,而勤化於我民,使無過違之闕。"元稹《劉惠通授謁者監

制》：“言必忠信，事無尤違。”　　鮮：少。《易·繫辭》：“百姓日用而不知，故君子之道鮮矣！”元稹《琵琶歌》：“曲名無限知者鮮，霓裳羽衣偏宛轉。”

③ 江南：指長江以南的地區，各時代的含義有所不同：漢以前一般指今湖北省長江以南部分和湖南省、江西省一帶，後來多指今江蘇、安徽兩省的南部和浙江省一帶。阮瑀《爲曹公作書與孫權》：“孤與將軍，恩如骨肉，割授江南，不屬本州。”張九齡《感遇》：“江南有丹橘，經冬猶綠林。”　　户籍：登記户口的册籍，古時也稱户版、丁籍、黄籍、籍帳。我國户籍制度建立於春秋、戰國之交。《管子·禁藏》已有“户籍田結”的記載。《史記·秦始皇本紀》載戰國初期政治經濟尚較落後的秦國於獻公十年實行“户籍相伍”的制度，《漢書·地理志》保存了最早的全國户口記録。以後歷代均定期分類審編，用以稽查人口，徵課賦税，調派勞役。常衮《免京兆府税錢制》：“國家計其户籍，俾出泉貨。著在令典，謂之兩税。天下通制，行之久矣！”姚合《寄杜師義》：“出處難相見，同城似異鄉。點兵尋户籍，燒藥試仙方。”　　賦：徵收或繳納賦税。《史記·平準書》：“量吏禄，度官用，以賦於民。”韓愈《送許郢州序》：“財已竭而斂不休，人已窮而賦愈急。”　　縉雲：本文代指處州，因天寶元年處州一度被改爲縉雲郡，故言。孫逖《送楊法曹按括州》：“東海天臺山，南方縉雲驛。溪澄問人隱，巖險煩登陟。”王維《送縉雲苗太守》：“手疏謝明主，腰章爲長吏。方從會稽邸，更發汝南騎。”　　宣化：傳佈君命，教化百姓。《漢書·宣帝紀》：“今吏或以不禁奸邪爲寬大，縱釋有罪爲不苛，或以酷惡爲賢，皆失其中，奉詔宣化如此，豈不謬哉！”皮日休《秦穆謚繆論》：“夫重耳之賢也，天下知之，又其從者足以相人國。如先立之，必能誅亂公子，去暴大夫，翼德於成周，宣化於汾晉。”　　惸獨：孤苦伶仃的人。《詩·小雅·正月》：“哿矣富人，哀此惸獨。”劉商《吊從甥》：“日晚河邊訪惸獨，衰柳寒蕪繞茅屋。”　　惠和：仁愛和順。《後漢書·和熹鄧皇后》：“政非惠和，不

圖於心；制非舊典，不訪於朝。"元稹《夏陽縣令陸翰妻河南元氏墓誌銘》："睦族以惠和，煦下以慈愛。"

[編年]

　　未見《年譜》編年本文，《編年箋注》編年："權定此《制》撰於元稹知制誥期間，即元和十五年（八二〇）至長慶元年（八二一）。"《年譜新編》編年本文於"庚子至辛丑所作其他文章"欄内，没有説明理由。

　　我們以爲，一、本文是元稹諸多制誥之一，據元稹知制誥臣的起止時間，本文毫無疑問應該撰成於元和十五年二月五日至長慶元年十月十九日之間。二、元稹作於"長慶四年四月十一日"的《永福寺石壁法華經記》曾兩次提及處州刺史："其輸錢之貴者，若……處州刺史韋行立……處州刺史陳岵。"據元稹"記"所載，"買工鑿經"，"始以元和十二年嚴休復爲刺史時惠皎萌厥心，卒以長慶四年白居易爲刺史時成厥事"。而"長慶四年四月十一日"元稹撰文之時，"今夫碑既文，經既石，而又九諸侯相率貢錢於所事"。以此推論，"處州刺史陳岵"的"輸錢"至少應該在長慶三年之時。三、據《册府元龜》記載，韋行立的前任苗稷元和十二年八月已經在處州任，如果以一般慣例刺史三年一任推算，至元和十四年、十五年，苗稷應該任滿，結合元稹知制誥臣的起止時間，韋行立拜任處州刺史應該在元和十五年。今暫時編年本文於元和十五年上半年，亦即二月五日至六月間，元稹時任膳部員外郎、試知制誥臣，或祠部郎中、知制誥臣，撰文地點自然在長安。

◎ 追封李遜等母制(一)①

　　敕：檢校禮部尚書使持節許州刺史李遜母、贈義封縣太君崔氏等②：昔康公貴爲諸侯，而念母之詞甚悲，悲親之不逮也。曾參仕三釜而其心甚樂，樂及於親也③。

　　今遜等有地千里，有禄萬鍾，頤指氣使，無不隨順。所不足者，其惟風樹寒泉之思乎④？朕方推廣孝，豈容加恩？並封啓邑之榮，咸慰循陔之念。可依前件⑤。

録自《元氏長慶集》卷五○

[校記]

　　（一）追封李遜等母制：《全文》同，楊本、叢刊本、盧校作"追封李遜母崔氏博陵郡太君"，各備一説，不改。

[箋注]

　　① 追封：死後封爵。張九齡《牛公碑銘》："十八年，有詔贈涇州長史。二十二年冬，且有後命，贈使持節涇州諸軍事涇州刺史，夫人追封太原郡夫人。"權德輿《武公神道碑銘》："再贈公吏部尚書，夫人始追封文水縣太君，益封汝陰郡太夫人。" 李遜：兩《唐書》有傳，元稹密友李建之兄。關於李建兄弟的家世，元稹有《唐故中大夫尚書刑部侍郎上柱國隴西縣開國男贈工部尚書李公墓誌銘》涉及，可參閱："按李發事魏，爲橫野將軍、申國公，十一世而生有唐綏州刺史明，明生太子中允進德，進德生昌明令珍玉，珍玉生雅州別駕、贈禮部尚書震，公即尚書第三子，諱建，字杓直。"李遜即是李建的兄長。白居易《除李遜京兆尹制》"近歲，京兆長吏數遷，誠不便時。抑有其故，或鈐鍵不謹，吏緣爲奸；或鉤距大煩，人受其弊。既非中道，皆不得已而罷

之。"白居易《答李遜等謝恩令附入屬籍表》:"卿先父頃逢多難,嘗立大功。每想忠勞,豈忘存歿! 念先臣之績,雖書名于太常,推同姓之恩;更附籍于宗正,俾增榮於一族,兼延寵于九原。卿等或詩禮承家,或弓裘奉業,咸鍾新命,慶屬本枝。省所謝陳,深嘉誠懇。"《舊唐書·李遜傳》:"李遜,字友道……(元和)十四年,拜許州刺史,充忠武節度、陳許澥蔡等州觀察處置等使……長慶元年,幽鎮繼亂,遜請身先討賊,不許,但命以兵一萬會于行營。遜奉詔,即日發兵,故先諸軍而至,由是進位檢校吏部尚書。尋改鳳翔節度使,行至京師,以疾陳乞,改刑部尚書。長慶三年正月卒,年六十三,廢朝一日,贈右僕射。"

② 檢校:官名,晉始設,張鷟《朝野僉載》卷一:"正員不足,權補試、攝、檢校之官。"李華《常州刺史廳壁記》:"永泰二年二月庚戌,贊皇公從子、檢校吏部員外郎華述。"賈耽《說文字源序》:"大曆中,篆故李司徒《新驛記》於東廳之門右,筆法古淡,識者宗師,猶子、檢校祠部員外郎騰能嗣其業。" 持節:官名,魏晉以後有使持節、持節、假節、假使節等,其權大小有別,皆爲刺史總軍戎者。唐初,諸州刺史加號持節,後有節度使,持節之稱遂廢。杜佑《僕射議》:"其襲舊名無實者,若今刺史皆云使持節,按前代使持節,得戮二千石,其王公已下封國,皆南面臣人,分茅建社。"呂溫《衡州刺史謝上表》:"臣某言:伏奉五月一日恩制,授臣使持節衡州諸軍事、守衡州刺史,散官、勳賜如故……" 太君:封建時代官員母親的封號,唐制,四品官之妻爲郡君,五品爲縣君。其母邑號,皆加"太"字。鄭餘慶《左僕射賈耽神道碑》:"公爲御史,先府君追贈太子中允,先夫人鞠氏贈東萊縣太君,歸本郡遷葬,鄉邦榮之。"李程《李光顏神道碑》:"册贈太尉,葬於太原縣東孝敬原,夫人隴西縣太君阿史那氏祔焉! 禮也。"

③ "昔康公貴爲諸侯"三句:事見《詩·秦風·渭陽》,其序曰:"《渭陽》,康公念母也。康公之母,晉獻公之女。文公遭麗姬之難,未反。而秦姬卒,穆公納文公。康公時爲太子,贈送文公于渭之陽,念

母之不見也。我見舅氏,如母存焉! 及其即位,思而作是詩也。"詩曰:"我送舅氏,曰至渭陽。何以贈之? 路車乘黃。"又曰:"我送舅氏,悠悠我思。何以贈之? 瓊瑰玉佩。"　"曾參仕三釜而其心甚樂"兩句:事見《莊子·寓言》:"曾子再仕而心再化,曰:'吾及親仕,三釜而心樂;後仕,三千鍾而不洎,吾心悲。'"　三釜:亦作"三鬴",古代一般年成每人每月的食米數量。《周禮·地官·廩人》:"凡萬民之食食者,人四鬴,上也;人三鬴,中也。"鄭玄注:"此皆謂一月食也。六斗四升曰鬴。"喻菲薄的俸祿。王安石《酬鄭閎中》:"三釜只知爲養急,五漿非敢在人先。"　親:父母,亦偏指父或母。《詩·豳風·東山》:"親結其縭,九十其儀。"孔穎達疏:"其母親自結其衣之縭。"張喬《送友人歸江南》:"親安誠可喜,道在亦何嗟!"

④ 千里:指面積廣闊。《後漢書·公孫瓚傳》:"今吾諸營樓櫓千里,積穀三百萬斛,食此足以待天下之變。"孟郊《喜雨》:"朝見一片雲,暮成千里雨。"　萬鍾:指優厚的俸祿。鍾,古量名。《孟子·告子》:"萬鍾則不辨禮義而受之,萬鍾於我何加焉!"沈作喆《寓簡》卷四:"位卿相,祿萬鍾,而志不得行焉! 則亦何樂乎?"　頤指氣使:謂以下巴的動向和臉色來指揮人,常以形容指揮別人時的傲慢態度或得心應手的情態。《左氏傳説·晉荀瑤圍鄭門於桔柣之門》:"知伯與趙襄子本並列爲卿,今乃頤指氣使,役以一卒之事,此全不近道理。"《孟子傳·梁惠王章句》:"此商君所以取重於秦,孫臏所以取重於齊,而蘇秦、張儀所以車馳轂擊頤指氣使横鶩於諸侯之上也。"　隨順:依順,依從。韓愈《答陳生書》:"所謂順乎在天者,貴賤窮通之來,平吾心而隨順之,不以累乎其初。"杜牧《唐故岐陽公主墓誌銘》:"章武皇帝,唐中興主。刑於正妃,教及嫡女。婉婉帝子,下嫁時賢。影逐響答,隨順纏綿。"　風樹:典見《韓詩外傳》卷九:"孔子行,聞哭聲甚悲,孔子曰:'驅,驅! 前有賢者,至則皋魚也,被褐擁鐮,哭於道傍。孔子辟車與之言曰:'子非有喪,何哭之悲也?'皋魚曰:'吾失之三

矣！少而遊學諸侯，以後吾親，失之一也。高尚吾志，間吾事君，失之二也。與友厚而小絶之，失之三矣！樹欲静而風不止，子欲養而親不待也。往而不可得見者，親也，吾請從此辭矣！'立槁而死。孔子曰：'弟子誠之，足以識矣！'於是門人辭歸而養親者十有三人。"後因以"風樹"爲父母死亡，不得奉養之典。《晉書·孝友傳序》："聚薪流慟，銜索興嗟，曬風樹以隕心，頫寒泉而沫泣，追遠之情也。"范仲淹《上執政書》："今親亡矣！縱使異日授一美衣，對一盛饌，尚當泣感風樹，憂思無窮。" 寒泉：《詩·邶風·凱風》："爰有寒泉，在浚之下。有子七人，母氏勞苦。"詩序謂"美七子能盡其孝道，以慰其母心"，後世遂以"寒泉"爲子女孝敬母親的典故。《文選·潘岳〈寡婦賦〉》："覽寒泉之遺嘆兮！詠《蓼莪》之餘音。"呂向注："孝子思養其親，故覽詠是篇而有遺嘆。"謝朓《齊敬皇后哀策文》："思寒泉之罔極兮！託彤管於遺詠。"

　　⑤ 廣孝：謂將孝親之心推及他人。《禮記·坊記》："於父之執，可以乘其車，不可衣其衣，君子以廣孝也。"元稹《祭翰林白學士太夫人文》："用至於二門之童孺，莫不達廣孝之深情。" 恩：德澤，恩惠。《孟子·梁惠王》："今恩足以及禽獸，而功不至於百姓者，獨何與？"曹植《求通親親表》："誠可謂恕己治人，推惠施恩者矣！" 啓邑：指郡國封號。常袞《謝妻封弘農郡夫人表》："伏以古者卿大夫之妻，咸曰命婦，亦曰内子。但有稱謂，皆無封邑。"白居易《薛伯高等亡母追贈郡夫人制》："永言聖善，宜及顯揚。俾追啓邑之封，式表統家之訓。"循陔：《詩·小雅》有《南陔》篇。毛傳謂："《南陔》，孝子相戒以養也。"其辭失傳，晉代束晳乃據毛傳爲之補作。《文選·束晳〈補亡詩六首·南陔〉》："循彼南陔，言采其蘭。眷戀庭闈，心不遑安。"李善注："循陔以采香草者，將以供養其父母。"後因稱奉養父母爲"循陔"。顔真卿《河南府參軍郭君神道碑銘》："天寶五載，大夫總渡瀘之師，緊君奉循陔之養。"劉禹錫《送太常蕭博士棄官歸養赴東都》："侍膳曾調

鼎,循陔更握蘭。"

[編年]

　　《年譜》、《年譜新編》編年:"《制》稱李遜爲'檢校禮部尚書,使持節許州刺史。'據《舊唐書‧憲宗紀》:'(元和十四年九月)癸未,以國子祭酒李遜檢校禮部尚書、許州刺史、忠武軍節度、陳許澂蔡等觀察使。'"《年譜》結論是"元和十五年二月丁丑以後撰",《年譜新編》則編入"元和十五年"欄內。《編年箋注》根據《舊唐書‧憲宗紀》"元和十四年九月癸未"條和《穆宗即位赦》:"中書、門下,并諸道節度使、諸州府長官、東都留守及京常參官、諸軍使等,父母祖父祖母並節級與追贈。"得出編年結論:"元和十五年(八二〇)二月。"

　　我們以爲,《年譜》、《編年箋注》、《年譜新編》所舉理由都可採納,但三書的結論未免籠統。《舊唐書‧穆宗紀》:"(元和十五年)三月癸卯朔,贈皇太后父郭曖太傅,母號國大長公主贈齊國大長公主。"與本文"朕方推廣孝,豈吝加恩"所云"方推廣孝"一一切合,本文即應該撰作於這時,亦即元和十五年三月之初,地點在長安,元稹時任試知制誥、膳部員外郎之職。

◎ 趙真長等加官制^{(一)①}

　　敕:臣播洎逢吉、尚書於陵所請劍南西川節度判官某官趙真長等^(二),皆以文學政事,得參公選。觀其列狀,尉薦甚勤。人各有知,朕無不可②。

　　矧以羊祜之風流盡在,文翁之學校復興。咨爾真長等,無替令猷,勉當毗贊③。淮河之師旅近息,荆江之賦入素殷。咨爾應等,無瘝厥官,以擾生聚④。

各揚乃職，用副朕懷。真長可行某官，依前充職。應可某官，充户部巡官，勾當河南、淮南等道兩税^(三)，餘如故⑤。

録自《元氏長慶集》卷四八

［校記］

（一）趙真長等加官制：《全文》同，楊本、宋浙本、盧校、叢刊本作"趙真長户部郎中兼侍御史等"，各備一説，不改。

（二）臣播洎逢吉、尚書於陵所請劍南西川節度判官某官趙真長等：原本作"臣藩洎逢吉、尚書於陵所請劍南西川節度判官某官趙真長等"，楊本、叢刊本、《全文》同，據《舊唐書·憲宗紀》："（元和）十三年春正月乙酉朔……辛亥，以禮部尚書王播爲成都尹、劍南西川節度使。"《舊唐書·穆宗紀》："（長慶元年）二月戊辰朔……壬申，以中書侍郎平章事段文昌檢校刑部尚書、同平章事、成都尹，充劍南西川節度等使……以劍南西川節度使王播爲刑部尚書，充鹽鐵轉運使。"元和十五年前後劍南西川節度使爲王播，而非王藩，徑改。《編年箋注》所據原本也與我們相同，爲馬元調本，但其不作任何説明，就擅自改"藩"爲"播"，雖然改對了，但没有出校，過分隨意。

（三）勾當河南、淮南等道兩税：原本作"勾當河南、河東等道兩税"，《全文》作"勾當河南、□□等道兩税"，上文有"淮河之師旅近息，荆江之賦入素殷"之言，應該指河南以及淮河流域，故據楊本、宋浙本、叢刊本改。

［箋注］

① 趙真長：史籍未見記載，僅盧綸有《送趙真長歸夏縣舊山依陽微君讀書》詩贈送："臨杯忽泫然，非是惡離筵。塵陌望松雪，我衰君少年。幽僧曝山果，寒鹿守冰泉。感物如有待，況依回也賢。"盧綸爲

“大曆十才子”之一，與錢起、李瑞同時。根據詩題，趙真長應該是盧綸的晚輩，但至本文撰寫的元和十五年，無論如何也應該是中年以後之人。依據本文，趙真長曾爲“劍南西川節度判官”，由於王播、李逢吉、楊於陵之請，拜職“户部郎中兼侍御史”，其餘不詳。　加官：於本職外兼領的其他官職。白居易《楊元諒等三十人加官制》：“宜以禄秩，酬其忠效。所謂材不失選，賞不逾時。亦欲使爲善者不疑，有功者速勸也。”杜牧《忠武軍都押衙檢校太子賓客王仲元等加官制》：“自艱難以來，言念許師，何役不行，何戰不會？”

　　② 播：即王播，《新唐書·王播傳》：“王播……久之，檢校户部尚書，爲劍南西川節度使。穆宗立，逐鎛，播求還。長慶初，召爲刑部尚書，復領鹽鐵，進中書侍郎、同中書門下平章事。”元稹《授王播刑部尚書諸道鹽鐵轉運等使制》：“劍南西川節度副大使知節度事中散大夫檢校户部尚書兼成都尹御史大夫賜紫金魚袋王播……可守刑部尚書充諸道鹽鐵、轉運等使，散官、勳如故。”　逢吉：即李逢吉，《新唐書·李逢吉傳》：“李逢吉……元和時，遷給事中、皇太子侍讀。改中書舍人，知禮部貢舉。未已事，拜門下侍郎、同中書門下平章事，詔禮部尚書王播署榜。逢吉性忌刻，險譎多端。及得位，務償好惡。裴度討淮西，逢吉慮成功，密圖沮止，趣和議者請罷諸道兵。憲宗知而惡之，出爲劍南東川節度使。穆宗即位，徙山南東道。緣講侍恩，陰結近倖。”吕温《祭座主故兵部尚書顧公文》“維貞元十年歲次甲申月日，門生侍御史王播、監察御史劉禹錫、陳諷、柳宗元、左拾遺吕温、李逢吉……謹以清酌之奠，祭於座主故兵部尚書東都留守顧公之靈。”　於陵：即楊於陵。元稹《中書省議賦税及鑄錢等狀》：“中書、門下奏：‘據楊於陵等議狀，請天下兩税、榷酒、鹽利等悉以布帛、絲綿等物充税，一切不徵見錢’者……”《新唐書·楊於陵傳》：“楊於陵……穆宗立，遷户部尚書。”　判官：古代官名，唐代節度使、觀察使、防禦使均置判官，爲地方長官的僚屬，輔理政事。韓愈《董公行狀》：“崔圓爲揚州，詔以

公爲圓節度判官。”徐鉉《稽神録·劉存》：“劉存爲舒州刺史，辟儒生霍某爲團練判官，甚可信任。” 文學：指儒家學説。《韓非子·六反》：“學道立方，離法之民也，而世尊之曰文學之士。”《史記·李斯列傳》：“臣請諸有文學《詩》《書》百家語者，蠲除去之。” 政事：謂有處理政治事務的才能。《晉書·王棱傳》：“從兄導以棱有政事，宜守大郡，乃出爲豫州太守。”《文心雕龍·書記》：“雖藝文之末品，而政事之先務也。” 公選：謂公開選拔，公衆薦舉。《漢書·董仲舒傳》：“廣延四方之豪俊，郡國諸侯公選賢良修絜博習之士。”曾鞏《中書舍人除翰林學士制》：“非智能材謂，拔出一時，豈稱公選？” 狀：功績，善狀。《史記·夏本紀》：“〔舜〕行視鯀之治水無狀，乃殛鯀於羽山以死。”司馬貞索隱：“言無功狀。”《漢書·賈誼傳》：“誼自傷爲傅無狀，常哭泣。”顏師古注：“無善狀。” 尉薦：慰藉。《漢書·趙廣漢傳》：“廣漢爲二千石，以和顏接士，其尉薦待遇吏，殷勤甚備。”顏師古注引如淳曰：“尉亦薦藉也。”顏真卿《和政公主神道碑》：“廣德元年冬，上既東幸……因至荆南。尉薦諸將，方隅載謐，職貢以修，主有力焉！” 有知：有知覺，有知識。范縝《神滅論》：“人之質所以異木質者，以其有知耳！”韓愈《復志賦》：“昔余之既有知兮，誠坎軻而艱難。” 不可：不答應，不准許。《穀梁傳·昭公三十一年》：“晉侯使荀櫟唁公於乾侯，唁公不得入於魯也，曰：‘既爲君言之矣！不可者意如也。’”范寧注：“言己已告魯求納君，唯意如不肯。”《史記·刺客列傳》：“誠得劫秦王，使悉反諸侯侵地，若曹沫之與齊桓公，則大善矣！則不可，因而刺殺之。”

③ 矧：況且，而況。《書·大誥》：“厥子乃弗肯堂，矧肯構？”孔傳：“子乃不肯爲堂基，況肯構立屋乎？”《隱居通議·古賦》引無名氏《梅花賦》：“山瘦兮月小，天空兮水光。落片景之冥鴻，照疏枝之夕陽。泆無人兮，霜封霧銷。挺孤獨兮，瘦節貞香。” 羊祜：史迹見《晉書·羊祜傳》：“羊祜，字叔子，泰山南城人也……嘗遊汶水之濱，遇父

老，謂之曰：'孺子有好相，年未六十，必建大功於天下！'既而去，莫知所在及……帝將有滅吳之志，以祜爲都督荆州諸軍事，假節散騎常侍、衛將軍如故。祜率營兵出鎮南夏，開設庠序，綏懷遠近，甚得江漢之心……祜樂山水，每風景，必造峴山，置酒言詠，終日不倦。嘗慨然嘆息，顧謂從事中郎鄒湛等曰：'自有宇宙，便有此山。由來賢達勝士，登此遠望，如我與卿者多矣！皆湮滅無聞，使人悲傷。如百歲後，有知魂魄，猶應登此也。'湛曰：'公德冠四海，道嗣前哲，令聞令望，必與此山俱傳。至若湛輩，乃當如公言耳！'"耿湋《登沃州山》："月如芳草遠，身比夕陽高。羊祜傷風景，誰云異我曹？"元稹《陽城驛》："今來過此驛，若吊汨羅洲。祠曹諱羊祜，此驛何不侔？"　風流：灑脱放逸，風雅瀟灑。《後漢書·方術傳論》："漢世之所謂名士者，其風流可知矣！"牟融《送友人》："衣冠重文物，詩酒足風流。"　文翁：漢代廬江舒人，景帝末爲蜀郡守，"仁愛好教化"，在成都起學官，入學者免除徭役，成績優者爲郡縣吏，每出巡視，"益從學官諸生明經飭行者與俱，使傳教令"。蜀郡自是文風大振，教化大興，後世用爲稱頌循吏的典故。杜甫《將赴荆南寄別李劍州》："但見文翁能化俗，焉知李廣不封侯？"范仲淹《依韵和并州鄭宣徽見寄二首》二："向此行春無限樂，却慚何道繼文翁？"　學校：專門進行教育的機構。《孟子·滕文公》："設爲庠、序、學、校以教之。"揚雄《百官箴·博士箴》："國有學校，侯有泮宫。"　無替：不廢，無盡。《書·旅獒》："王乃昭德之致於異姓之邦，無替厥服。"孔傳："使無廢其職。"李頻《長安書懷投知己》："與善應無替，垂恩本有終。"　令猷：指好的規章、制度。白居易《薦李晏韋楚狀·伊闕山平泉處士韋楚》："臣伏以念功振滯，前王之令猷；貢士推能，長吏之本職。"《舊唐書·高沐傳》："圖難忘死，爲臣之峻節；顯忠旌善，有國之令猷。"　毗贊：輔佐，襄助。《西京雜記》卷四："其有德任毗贊、佐理陰陽者，處欽賢之館。"《晉書·涼武昭王李玄盛後尹氏傳》："玄盛之創業也，謨謀經略多所毗贊。"

④ 師旅：指戰事。《魏書·安豐王延明傳》：“頻經師旅，人物凋弊。”陸贄《奉天請罷瓊林大盈二庫狀》：“天衢尚梗，師旅方殷。” 賦：田地稅，泛指賦稅。《漢書·食貨志》：“順於民心，所補者三：一曰主用足，二曰民賦少，三曰勸農功。”韓愈《送陸歙州詩序》：“當今賦出於天下，江南居十九。” 殷：衆，多。《詩·鄭風·溱洧》：“士與女，殷其盈矣！”《宋書·謝述傳》：“汝始親庶務，而任重事殷，宜寄懷群賢，以盡弼諧之美。” 應：人之名或人之姓氏，從“咨爾真長等”推得，“應”應該是人之名。拜職前估計與趙真長同在西川節度使府任職，本文表明其新任是“戶部巡官”，在楊於陵麾下供職，其餘不詳。 瘝：曠廢。《書·冏命》：“上以非先王之典，非人其吉，惟貨其吉。若時瘝厥官，惟爾大弗克祗厥辟，惟予汝辜。”義近“曠廢”，廢弛，荒廢。《漢書·孔光傳》：“百官群職曠廢，奸軌放縱，盜賊並起。” 厥：代詞，其，表示領屬關係。《書·伊訓》：“古有夏先後方懋厥德，罔有天災。”韓愈《祭柳子厚文》：“遍告諸友，以寄厥子。不鄙謂余，亦托以死。” 生聚：指百姓。郭周藩《譚子池》：“此有黃金藏，鎮在茲廟基。發掘散生聚，可以救貧羸。”秦觀《鮮于子駿行狀》：“矧縱大河衝注於中，則諸郡生聚其爲魚乎！”

⑤ 揚：發揚，繼承。《書·洛誥》：“以予小子，揚文武烈。”《書·立政》：“以覲文王之耿光，以揚武王之大烈。”王引之曰：《雒誥》曰：‘以予小子，揚文武烈。’《立政》曰：‘以揚武王之大烈。’皆謂續前人之業也，猶言嗣守文武大訓耳！”劉歆《移書讓太常博士》：“今聖上德通神明，繼統揚業，亦潛此文教錯亂。” 職：職務，職業，職分，職責。《書·周官》：“六卿分職，各率其屬，以倡九牧，阜成兆民。”《韓非子·揚權》：“周合刑名，民乃守職；去此更求，是謂大惑。” 懷：胸懷，懷抱。劉義慶《世說新語·文學》：“當共言詠，以寫其懷。”王安石《寄曾子固》：“高論幾爲衰俗廢，壯懷難值故人傾。” 行：謂兼攝官職。《後漢書·陳俊傳》：“是時太山豪傑多擁衆與張步連兵，吳漢言於帝曰：

‘非陳俊莫能定此郡。’於是拜俊太山太守，行大將軍事。”《資治通鑑·後漢高祖乾祐元年》：“丙寅，以（侯）益兼中書令，行開封尹。”戶部：古代官署名，秦爲治粟内史，漢爲大司農，三國以後，常置度支尚書及左民尚書，掌財用及戶籍，隋設民部尚書，唐因之，高宗即位，爲避太宗李世民諱，改稱戶部，爲六部之一，掌管全國土地、戶籍、賦稅、財政收支等事務，長官爲戶部尚書。沈佺期《和戶部岑尚書參迹樞揆》：“大君制六合，良佐參萬機。大業永開泰，臣道日光輝。”盧僎《季冬送戶部郎中使黔府選補》：“握鏡均荒服，分衡得大同。徵賢一臺上，補吏五溪中。”　巡官：官名，唐時節度、觀察、團練、防禦使僚屬，位居判官、推官之次。如董晉鎮大梁，以韓愈爲巡官，徐商鎮襄陽，以溫庭筠爲巡官。韓愈《論變鹽法事宜狀》：“臣即請差清強巡官檢責所在實户，據口團保，給一年鹽。”《新唐書·李洧傳》：“初，洧遣巡官崔程入朝。”　勾當：主管，料理。《北史·叙傳》：“事無大小，士彦一委仲舉，推尋勾當，絲髮無遺，於軍用甚有助焉。”范仲淹《與朱氏書》：“大郎來此，既不修學，又無事與他勾當，必難久住。”　兩稅：夏稅和秋稅的合稱，唐德宗時楊炎作兩稅法，合併租庸調爲一，令以錢輸稅，夏輸不超過六月，秋輸不超過十一月，故稱兩稅。白居易《重賦》：“國家定兩稅，本意在憂人。”《新唐書·德宗紀》：“〔建中元年〕二月丙申，初定兩稅。”

［編年］

　　《年譜》編年：“《制》云：‘敕臣藩洎逢吉、尚書於陵所請劍南西川節度判官、某官趙眞長等’云云。‘逢吉’即山南東道節度使李逢吉，‘尚書於陵’即戶部尚書楊於陵。據《舊唐書·穆宗紀》云：‘（元和十五年二月）辛丑，以戶部侍郎楊於陵爲户部尚書。’《制》當撰於十五年二月辛丑以後。”《年譜》迴避“王藩”應該是“王播”之誤，很不應該。《編年箋注》編年理由與《年譜》大致相同，僅據新舊《唐書》之《王播傳》,補充王播的有關材料,編年本文:"時在元和十五年(八二〇)二月。"不過,《編年箋注》所述李逢吉出任山南東道節度使在"元和十五年正月丁巳",《編年箋注》"元和十五年正月丁巳"應該是"元和十五年閏正月丁巳"之誤,《年譜新編》編年:"制稱於陵爲'尚書',據《舊唐書·穆宗紀》云:'(元和十五年二月)辛丑,以户部侍郎楊於陵爲户部尚書。'制當撰於元和十五年二月辛丑後。"

我們以爲,一、本文編年可以進一步細化:本文:"臣播洎逢吉、尚書於陵所請"云云,則本文編年定然與王播、李逢吉、楊於陵有關。二、元稹從事知制誥之職責,起元和十五年二月五日,終長慶元年十月十九日,本文必須撰作於這一時期之内。三、據《舊唐書·憲宗紀》:"(元和)十三年春正月乙酉朔……辛亥,以禮部尚書王播爲成都尹、劍南西川節度使。"《舊唐書·穆宗紀》:"(長慶元年)二月戊辰朔……壬申,以中書侍郎平章事段文昌檢校刑部尚書、同平章事、成都尹,充劍南西川節度等使……以劍南西川節度使王播爲刑部尚書,充鹽鐵轉運使。"在元稹任職知制誥臣的時日内,王播能够滿足本文條件的僅至長慶元年二月五日。《舊唐書·穆宗紀》:"(元和十五年閏正月)丁巳,以劍南東川節度使李逢吉爲襄州刺史,充山南東道節度使。以吏部侍郎王涯檢校禮部尚書、梓州刺史,充劍南東川節度使。"四、本文提及"矧以羊祜之風流盡在,文翁之學校復興",亦即寓意李逢吉已經在羊祜過去任職的襄陽任職。在元稹任職知制誥臣的時日内,李逢吉能够滿足本文條件的必須至元和十五年閏正月十四日以後。五、本文稱楊於陵爲"尚書",則本文應該撰成於楊於陵任職"户部尚書"之後。《舊唐書·穆宗紀》:"(元和十五年二月)辛丑,以户部侍郎楊於陵爲户部尚書。"在元稹任職知制誥臣的時日内,楊於陵能够滿足本文條件的必須至元和十五年二月二十九日以後。綜上所述,滿足以上五條之時日,應該是元和十五年二月二十九日之後,長慶元年二月五日之前。而結合元稹與李逢吉、楊於陵的任職情况,應該在元和十五年二月二十九日之後不久,亦即以三月爲宜。撰文地點在長安,元稹剛剛任職膳部員外郎、試知制誥之職。

◎ 寒食日毛空路示侄晦及從簡^{(一)①}

我昔孩提從我兄,我今衰白爾初成^{(二)②}。分明記取原頭路^(三),百世長須此路行③。

録自《元氏長慶集》卷八

[校記]

(一)寒食日毛空路示侄晦及從簡:楊本、叢刊本、《全詩》、《佩文韵府》同,《萬首唐人絶句》作“寒食日毛空路示侄”,語義相類,不改;《歲時雜詠》作“寒食日毛定路示侄晦及從簡”,語義不同,不改。

(二)我今衰白爾初成:楊本、叢刊本、《萬首唐人絶句》、《全詩》同,《歲時雜詠》作“我今衰向爾初成”,“向”字應該是“白”字的刊刻之誤,不改。

(三)分明記取原頭路:原本作“分明寄取原頭路”,楊本、叢刊本、《歲時雜詠》、《全詩》同,《佩文韵府》作“分明寄語原頭路”,語義不佳,不從不改,《萬首唐人絶句》、《全詩》注作“分明記取原頭路”,據改。

[箋注]

① 寒食日毛空路示侄晦及從簡:元稹另有《誨侄等書》篇,與此篇異曲同工,可以一併參讀:“告崙等:吾謫竄方始,見汝未期,粗以所懷,貽誨於汝:汝等心志未立,冠歲行登,古人譏十九童心,能不自懼? 吾不能遠諭他人,汝獨不見吾兄之奉家法乎? 吾家世儉貧,先人遺訓

常恐置產怠子孫,故家無樵蘇之地,爾所詳也!吾竊見吾兄自二十年來,以下士之祿,持窘絕之家,其間半是乞丐羈游,以相給足。然而吾生三十二年矣!知衣食之所自。始東都爲御史時,吾常自思,尚不省受吾兄正色之訓,而況於鞭笞詰責乎!嗚呼!吾所以幸而爲兄者,則汝等又幸而爲父矣!有父如此,尚不足爲汝師乎……今汝等父母天地,兄弟成行,不於此時佩服詩書以求榮達,其爲人耶?其曰人耶?吾又以吾兄所職易涉悔尤,汝等出入游從,亦宜切慎!吾誠不宜言及於此……" 　寒食日:節日名,在清明前一日或二日。相傳春秋時晉文公負其功臣介之推,介憤而隱於綿山,文公悔悟,燒山逼令出仕,之推抱樹焚死。百姓同情介之推的遭遇,相約於其忌日禁火冷食,以爲悼念,以後相沿成俗,謂之寒食。李嶠《寒食清明日早赴王門率成》:"日帶晴虹上,花隨早蝶來。雄風乘令節,餘吹拂輕灰。"張說《襄陽路逢寒食》:"去年寒食洞庭波,今年寒食襄陽路。不辭著處尋山水,祇畏還家落春暮。"我國有清明節或提前在清明節之前掃墓的習俗,因寒食節靠近清明節,故人們也常常在寒食節前後掃墓。舒頔《清明祭祖墓便過旌德柏齋宗家兼懷黟歙祁諸宗人》二:"杜陵清騎出,騎馬覓從孫。掃墓空增感,懷宗亦斷魂。"呂誠《寒食漫興書所見三首》一:"節序忽忽無那可,物情洶洶最堪憐。荒村閑寂無雞犬,何處人來掃墓田?" 　毛空路:不詳,疑是元氏家族在咸陽縣奉賢鄉洪瀆原祖塋的小地名。　晦:即元晦,元稹從兄弟、饒州刺史元洪之子,寶曆元年(825)制科及第,會昌元年(841)爲桂管觀察使,後歷浙東觀察使,終散騎常侍。《唐會要》卷七六:"寶曆元年四月,賢良方正能直言極諫科:唐紳、楊儉、韋端、符舒、元褒、蕭敞、楊魯士、來擇、趙祝、裴惲、韋繇、李昌寶、嚴楚封、李涯、蕭夷中、馮球、元晦及第,詳明吏理達於教化科:韋正貫及第,軍謀宏達材任邊將科:裴儔、侯雲章及第。"《唐大詔令集・(寶曆元年)放制舉人詔》:"元晦:詳閑吏理達於教化科第五上等。" 　從簡:元稹仲兄元秬的第二子,時爲曲沃尉。元稹《唐故朝議郎侍御史内供奉鹽鐵轉運河陰留後河南元君墓誌銘》:"有魏昭成皇帝十一代而生我隋朝兵部尚書府君,諱某。後五代而生我比部郎中、舒王府長史府君,諱某。君即府君之第二子也,諱某,字玄度。娶清河崔鄰女,生四子:長曰易簡,滎陽尉;次從簡,曲沃尉;次行簡,太樂丞;幼弘簡。長女適劉中孚,中孚早卒;次嬰疾,室居;次適蘇京,舉進士;次適李殊,殊妻早夭。"元稹上年亦即元和十四年九月二十六日剛剛病故,十一月十六日剛剛安葬在元氏家族祖塋,故其子在第二年的清明日再次來到家族祖墳祭祀祖先和父親。

② 昔:從前,過去,與"今"相對。《書·堯典》:"昔在帝堯,聰明文思,光宅天下。"杜審言《渡湘江》:"遲日園林悲昔遊,今春花鳥作邊愁。" 孩提:幼小,幼年。《孟子·盡心》:"孩提之童,無不知愛其親也。"趙岐注:"孩提,二三歲之間,在緥褓知孩笑,可提抱者也。"元稹《鶯鶯傳》:"余始自孩提,性不苟合。" 從:聽從,順從。《易·坤》:"或從王事,無成有終。"孔穎達疏:"或順從於王事。"韓愈《上賈滑州書》:"與之進,敢不勉;與之退,敢不從。" 兄:哥哥。《書·康誥》:"兄亦不念鞠子哀。"孔傳:"爲人兄亦不念稚子之可哀。"盧照鄰《送二兄入蜀》:"關山客子路,花柳帝王城。此中一分手,相顧憐無聲。"衰白:謂人老體衰鬢髮疏落花白,語本嵇康《養生論》:"至於措身失理,亡之於微,積微成損,積損成衰,從衰得白,從白得老,從老得終,悶若無端。"杜甫《收京三首》二:"生意甘衰白,天涯正寂寥。"王建《送韋處士老舅》:"如何二千里,塵土驅蹇瘠?良久陳苦辛,從頭嘆衰白。" 成:成年。《左傳·哀公五年》:"齊燕姬生子,不成而死。"杜預注:"不成,未冠也。"劉長卿《送姨子弟往南郊》:"別時兩童稚,及此俱成人。"

③ "分明記取原頭路"兩句:這是詩人在自家祖塋面前的感悟之語,意謂人生從來就是如此,不管是以前多少代,也不管以後多少世,不管你是願意還是不願意,每一個人都要走這一條回歸黃泉之路。

分明：明确，清楚。《韩非子·守道》："法分明则贤不得夺不肖，强不得侵弱，众不得暴寡。"元稹《内状诗寄杨白二员外》："彤管内人书细腻，金盦御印篆分明。" 记取：记住，记得。王諲《十五夜观灯》："妓杂歌偏胜，场移舞更新。应须尽记取，说向不来人。"刘禹锡《重寄表臣二首》一："对酒临流奈别何？君今已贵我蹉跎。分明记取星星鬓，他日相逢应更多。" 原头：源头。李频《百花原》："百花原头望京师，黄河水流无已时。穷秋旷野行人绝，马首东来知是谁？"《朱子全书》卷二四："问天命之谓性，此只是从原头说，否曰万物皆只同这一个原头。" 路：道路，路途。《易·说卦》："《艮》为山，为径路。"孔颖达疏："为径路，取其山虽高，有涧道也。"韩愈《雨中寄张籍》："放朝还不报，半路踢泥归。" 百世：世世代代，指久远的岁月。《文心雕龙·辨骚》："所谓金相玉质，百世无匹者也。"韩愈《祭田横墓文》："事有旷百世而相感者，余不自知其何心。" 长须：永远必须。令狐楚《塞下曲二首》二："边草萧条塞雁飞，征人南望泪沾衣。黄尘满面长须战，白发生头未得归。"霍总《塞下曲》："曾当一面战，频出九重围。但见争锋处，长须得胜归。" 此路：这一条道路，这里指通向黄泉之路。宋之问《鲁忠王挽词三首》二："人悲槐里月，马踏槿原霜。别向天京北，悠悠此路长。"骆宾王《乐大夫挽词五首》一："可叹浮生促，籲嗟此路难。丘陵一起恨，言笑几时欢？" 行：行走。《诗·唐风·杕杜》："独行踽踽，岂无他人？不如我同父。"杜甫《无家别》："久行见空巷，日瘦气惨悽。"

[编年]

未见《年谱》编年本诗，《编年笺注》编年："《寒食日毛空路示侄晦及从简》……周相录考证作于元和十五年（八二〇）。"《年谱新编》编年本诗于元和十五年，理由是："从简为元稹子。《册府元龟》卷一一《帝王部·宴享》云：'长庆元年二月辛卯寒食节，帝御麟德殿赐百寮

宴。帝自擊鞠,命禁軍設百戲,賜物有差。壬辰,又宴宰臣師保僕射
尚書翰林學士將軍軍使,賜物有差。'長慶元年寒食節,元稹已爲翰林
學士,當預此會,故此詩當爲元和十五年作。"

　　我們以爲,《年譜》遺漏本詩編年很不應該,而《年譜新編》、《編年
箋注》的編年意見雖然可取,但仍然有不少漏洞没有堵住,有許多道
理没有説清,有諸多應該舉證的證據没有舉證。比如,元稹留居西京
並非祇僅僅是元和十五年與長慶元年,還有元和四年"三月"之前的
諸多歲月,也有元和十年年初的短暫回京,還有長慶元年之後的長慶
二年等歲月,爲什麽祇能是"元和十五年"與"長慶元年"呢?

　　首先,元稹長慶元年及之前肯定在京城,元稹《同州刺史謝上
表》:"元和十四年,憲宗皇帝開釋有罪,始授臣膳部員外郎。"從虢州
長史奉詔回京,另外還有《舊唐書·穆宗紀》支持:"(長慶元年二月)
辛卯,寒食節,宴群臣於麟德殿,頒賜有差。壬辰,刑部侍郎李建卒。"
辛卯是二月二十四日,壬辰是二月二十五日,李建是元稹白居易的最
好朋友,他謝世之後,元稹有《唐故中大夫尚書刑部侍郎上柱國隴西
縣開國男贈工部尚書李公墓誌銘》、白居易有《祭李侍郎文》祭祀李
建。而長慶二年的春天,元稹也在西京,《舊唐書·穆宗紀》:"(長慶
二年)二月癸亥朔,甲子,詔雪王廷湊,仍授鎮州大都督府長史、御史
大夫,充成德軍節度、鎮冀深趙等州觀察等使。三軍將士,待之如初。
仍令兵部侍郎韓愈往彼宣諭……辛巳……以工部侍郎元稹守本官同
平章事。"而在韓愈受命之時,元稹當時在場,李翱《故正議大夫行尚
書吏部侍郎上柱國賜紫金魚袋贈禮部尚書韓公行狀》:"鎮州亂,殺其
帥田弘正,征之不克,遂以王庭湊爲節度使,詔公往宣撫。既行,衆皆
危之,元稹奏曰:'韓愈可惜!'穆宗亦悔,有詔令至境觀事勢,無必於
入!"甲子是二月二日,而辛巳是二月十九日,是日元稹拜相,這説明
長慶二年寒食節前後,元稹没有離開京城。而長慶二年六月五日,元
稹出貶同州,《舊唐書·穆宗紀》:"(長慶二年)六月甲戌朔,甲子,司

徒、平章事裴度守尚書右僕射，工部侍郎、平章事元稹爲同州刺史。”
此後，元稹於長慶三年八月轉任浙東觀察使之時，曾經回到西京，在
兵部拜領“雙旌雙節”。大和三年年底，元稹奉詔回京，但“不逾月”就
被排擠出京，於大和四年正月赴任鄂州，出任武昌軍節度使，第二年
七月二十二日就因暴病病故於任上。兩次回京，時間極爲短暫，而且
都不在寒食節前後。

　　至於本詩爲什麽不是元和四年“五六月”之前諸多在西京的歲月
所賦詠？一句話就可以説清：本詩云：“我今衰白爾初成。”元和四年
之時，元稹剛剛萌生白髮，談不上“衰白”；元和五年元稹《酬翰林白學
士代書一百韻》：“甯牛終夜永，潘鬢去年衰（予今年始三十二，去歲已
生白髮）。”剛剛生有“白髮”；元和十年元稹回京，同樣談不上“衰白”，
而且元稹在焦急地等待詔命中度過，隨即匆匆出京，再次奔赴貶地通
州。況且當時元稹的兄長、元從簡的父親元秬尚在人世，還輪不到元
稹來負起教訓侄子的責任。祇有元秬於元和十四年謝世之後，元稹
才可能賦詠本詩，以盡到做叔叔的責任。元稹《唐故朝議郎侍御史内
供奉鹽鐵轉運河陰留後河南元君墓誌銘》就真實地流露了這種對仲
兄元秬感恩報德的心境：“没之日，三子不侍，無一言之念，知叔季之
可以教侄也。室空墙壁，無一顧之憂，知叔季之可以任喪祭也。嗚
呼！愛我者張仲，知我者鮑叔！予生幾何？懼不克報。或不忘，記之
斯文。”尤其值得注意的是，詩題中爲何特地標明侄子“從簡”？這是
因爲元稹的仲兄、元從簡的父親元秬去年，亦即元和十四年九月十六
日剛剛病故，並於元和十四年十二月十一日剛剛安葬在元氏祖塋。
作爲他的兄弟元稹與他的兒子元從簡，自然應該在元秬安葬之後第
一個寒食節來臨之時，祭祀兄長，祭祀父親。而這，應該是本詩編年
元和十五年寒食節最主要的理由。

　　據此，我們編年本詩於元和十五年寒食節之時。我們的編年結
論不僅與《年譜新編》《編年箋注》編年“元和十五年作”有所不同，而

且列舉了必須舉證的證據,堵塞了諸多漏洞,想來讀者也一定會有自己的公正判斷吧!

◎ 別孫村老人(寒食日)(一)①

年年漸覺老人稀(二),欲別孫翁泪滿衣②。未死不知何處去? 此身終向此原歸③。

錄自《元氏長慶集》卷八

[校記]

(一)別孫村老人(寒食日):原本作"別孫村老人",下無"寒食日"三字,《萬首唐人絕句》同,據楊本、叢刊本、《全詩》改。

(二)年年漸覺老人稀:楊本、叢刊本、《全詩》同,《萬首唐人絕句》作"年年漸看老人稀",語義相類,不改。

[箋注]

① 別:離別。《楚辭‧離騷》:"余既不難夫離別兮,傷靈修之數化。"王逸注:"近曰離,遠曰別。"江淹《別賦》:"黯然銷魂者,唯別而已矣!"杜甫《石壕吏》:"天明登前途,獨與老翁別。"　孫村:小地名,村莊之名,疑是元氏家族祖塋附近的小地名,與元稹《寒食日毛空路示侄晦及從簡》詩中的"毛空路"可能是同一地點或相鄰的地點。未見其他文獻記載,因此難於舉出合乎實際的書證。　老人:老年人。《史記‧循吏列傳》:"〔子產〕治鄭二十六年而死,丁壯號哭,老人兒啼。"馮著《燕銜泥》:"雙燕碌碌飛入屋,屋中老人喜燕歸。裴回繞我床頭飛,去年爲爾逐黃雀。"本詩中的這位老人,疑是爲元氏家族照料祖塋的人。

② 年年：每年，一年又一年。盧照鄰《昭君怨》："漢地草應綠，胡庭沙正飛。願逐三秋雁，年年一度歸。"賈曾《有所思》："故人不共洛陽東，今來空對落花風。年年歲歲花相似，歲歲年年人不同。" 漸覺：在潛移默化中意識到。劉希夷《江南曲八首》七："北堂紅草盛丰茸，南湖碧水照芙蓉。朝遊暮起金花盡，漸覺羅裳珠露濃。"祖詠《送劉高郵棁使入都》："吳歌喧兩岸，楚客醉孤舟。漸覺潮初上，悽然多暮愁。" 稀：少，不多。《古詩十九首·西北有高樓》："不惜歌者苦，但傷知音稀。"杜甫《曲江二首》二："酒債尋常行處有，人生七十古來稀。" 淚滿衣：衣服上都是眼淚。李華《春遊吟》："所思杳何處？宛在吳江曲。可憐不得共芳菲，日暮歸來淚滿衣。"岑參《送崔子還京》："匹馬西從天外歸，揚鞭只共鳥爭飛。送君九月交河北，雪裏題詩淚滿衣。"

③ 未死：沒有死的時候，活著的時候。高適《自淇涉黃河途中作十三首》一二："一生雖貧賤，九十年未死。且喜對兒孫，彌慚遠城市。"戎昱《苦哉行五首》三："昔年買奴僕，奴僕來碎葉。豈意未死間，自為匈奴妾！" 何處：哪里，什麼地方。王維《嘆白髮》："宿昔朱顏成暮齒，須臾白髮變垂髫。一生幾許傷心事，不向空門何處銷？"崔顥《長干曲四首》一："君家何處住？妾住在橫塘。停船暫借問，或恐是同鄉。" 終向：最終走向的目的地。司馬扎《白馬津阻雨》："漳浦病多愁易老，茂陵書在信難通。功名儻遂身無事，終向溪頭伴釣翁。"李咸用《送李尊師歸臨川》："除存紫府無他意，終向青冥舉此身。辭我麻姑山畔去，蔡經蹤迹必相親。" 原：寬廣平坦之地。《詩·大雅·緜》："周原膴膴，堇荼如飴。"鄭玄箋："廣平曰原。"《新唐書·突厥傳》："賀魯先擊原上軍，三犯，軍不動。"這裏指元氏家族祖塋，亦即咸陽縣奉賢鄉洪瀆原所在之高原。 歸：返回。沈佺期《七夕》："秋近雁行稀，天高鵲夜飛。妝成應懶織，今夕渡河歸。"韓愈《送李六協律歸荊南》："早日羈遊所，春風送客歸。"本詩指死亡，回到黃泉之中。

［編年］

　　未見《年譜》編年本詩,《編年箋注》編年:"《別孫村老人》,周相録考證作於元和十五年(八二〇)。"《年譜新編》編年本詩於元和十五年,理由是:"題下注:'寒食日。'"

　　本詩題下標注"寒食日",而《寒食日毛空路示侄晦及從簡》題目也爲"寒食日",兩詩是否是同時之作? 我們以爲僅僅憑"寒食日"這個節日之名,尚難以斷定,因爲元稹自十五歲有詩作問世之後,至五十三歲病故,一生中的"寒食日"一共有三十九個,爲何兩詩中的"寒食日"就一定在元和十五年? 關鍵還要看兩首詩篇的具體内容而定。本詩云:"未死不知何處去? 此身終向此原歸。"而《寒食日毛空路示侄晦及從簡》:"分明記取原頭路,百世長須此路行。"兩詩都涉及掃墓,又同在寒食節,可以認定爲同日先後之作。根據我們在《寒食日毛空路示侄晦及從簡》辯明的編年理由,尤其是元從簡爲祭祀父親元栒而出現在元氏祖塋的事實,以無可辯駁的理由表明:本詩應該編年於元和十五年寒食節之時,地點在咸陽的洪瀆原,元稹時任膳部員外郎、試知制誥之職。我們的編年結論雖然也在元和十五年,但比《年譜新編》、《編年箋注》的編年理由要具體許多。

◎ 韓皋吏部尚書趙宗儒太常卿制^{(一)①}

　　敕:今天下官人之道,或幾乎息矣! 禮樂之用,又安能施設於俗化哉! 是以選賢與能之柄,或礙於胥徒;冠婚喪祭之儀,不行於卿士②。蠹理害教,斯孰甚焉! 改而更張,我則未暇。就爲之制,其在於選任素重之望以鎮之乎③?

　　金紫光禄大夫、檢校尚書右僕射韓皋,銀青光禄大夫、守吏部尚書趙宗儒等:仕宦臺閣,周環大僚。或三四朝,或五十載。新進趨風之士,更至迭處於將相間④。而皋等精義不渝,物務尤勁。事朕小子,猶吾祖宗。肆予沖人,庭實彪炳。夫銓鏡萬品,不無倦勤;《簫韶》九成,頗延頤養(二)⑤。

更用舊老,以均勞逸。至於官業,非予敢知。祗聽法儀,庶用咨稟⑥。換保傅之重,仍端揆之榮。唯恐不多,無以優異。皋可檢校尚書右僕射兼吏部尚書,宗儒可守太子少傅兼太常卿事,散官、勛封如故⑦。

録自《元氏長慶集》卷四四

[校記]

(一) 韓皋吏部尚書趙宗儒太常卿制:楊本、叢刊本同,盧校作"授韓皋吏部尚書制",《全文》作"授韓皋吏部尚書趙宗儒太常卿制",各備一説,不改。

(二) 頗延頤養:楊本、叢刊本、《全文》同,盧校作"頗近頤養",各備一説,不改。

[箋注]

① 韓皋:字仲聞,韓滉之次子,德宗、順宗、憲宗、穆宗四朝重臣。《舊唐書·德宗紀》:"(貞元)七年春正月壬戌朔,己巳……以中書舍人韓皋爲御史中丞……(貞元)十一年春正月庚午朔……癸亥,以兵部侍郎韓皋爲京兆尹。"《舊唐書·憲宗紀》:"(元和)五年春正月壬寅朔,己巳,浙西觀察使韓皋以杖決安吉令孫澥致死,有乖典法,罰一月俸料……(元和八年六月)丙戌,以東都留守韓皋檢校吏部尚書,兼許州刺史,充忠武軍節度。"《舊唐書·穆宗紀》:"(長慶元年)二月戊辰朔……甲戌,以檢校右僕射兼吏部尚書韓皋守右僕射……(長慶二年三月)甲寅,以右僕射韓皋爲左僕射。" 吏部尚書:《舊唐書·職官

志》：“吏部尚書一員(正三品，龍朔二年改爲司列太常伯，光宅元年改爲天官尚書，神龍復爲吏部尚書也)……尚書、侍郎之職，掌天下官吏選授、勛封、考課之政令。其屬有四：一曰吏部，二曰司封，三曰司勛，四曰考功。總其職務，而行其制命。凡中外百司之事，由於所屬，皆質正焉！凡選授之制，每歲集於孟冬。去王城五百里之内以上旬，千里之内以中旬，千里之外以下旬。”　趙宗儒：字秉文，德宗、順宗、憲宗、穆宗四朝重臣。《舊唐書・德宗紀》：“(貞元十二年十月)甲戌，諫議大夫崔損、給事中趙宗儒並同中書門下平章事，俱賜金紫。”《舊唐書・憲宗紀》：“(元和元年十一月)庚戌，以吏部侍郎趙宗儒爲東都留守、東畿汝防禦使……(元和六年四月)以前荊南節度使趙宗儒刑部尚書……(元和九年)七月丙午朔，乙未，以御史大夫趙宗儒檢校尚書右僕射，兼河中尹、河中晉絳等州節度使。”《舊唐書・趙宗儒傳》：“長慶元年二月，檢校右僕射，守太常卿。”《舊唐書・穆宗紀》：“(長慶二年)閏十月……以太常卿趙宗儒爲吏部尚書。”　太常卿：太常寺之主官，《舊唐書・職官志》：“正三品，梁置十二卿，太常卿爲一。周、隋品第三。龍朔二年改奉常。光宅改爲司禮卿。神龍復爲太常卿也……太常卿之職，掌邦國禮樂、郊廟、社稷之事，以八署分而理之：一曰郊社，二曰太廟，三曰諸陵，四曰太樂，五曰鼓吹，六曰太醫，七曰太卜，八曰廩犧。總其官屬，行其政令。”杜甫《荊南兵馬使太常卿趙公大食刀歌》：“太常樓船聲嗷嘈，問兵刮寇趨下牢(楚地有上下牢)。牧出令奔飛百艘，猛蛟突獸紛騰逃。”蔣渙《故太常卿贈禮部尚書李公及夫人輓歌二首》二：“封樹遵同穴，生平此共歸。鏡埋鸞已去，泉掩鳳何飛？”

　　② 官人：選取人才給以適當官職。《左傳・襄公十五年》：“君子謂：‘楚於是乎能官人，官人，國之急也，能官人，則民無覦心。’”《晉書・郤詵傳》：“古之官人，君責之於上，臣舉之於下，得其人有賞，失其人有罰，安得不求賢乎！今之官者，父兄營之，親戚助之，有人事則

通，無人事則塞，安得不求爵乎！"官在這裏作動詞用，授給某人官職；使爲官。《史記·汲鄭列傳》："卒後，上以黯故，官其弟汲仁至九卿。"葛洪《抱朴子·良規》："明賞必罰，有犯無赦，官賢任能，唯忠是與。"

禮樂：禮節和音樂，古代帝王常用興禮樂爲手段以求達到尊卑有序遠近和合的統治目的。李白《留別金陵諸公》："至今秦淮間，禮樂秀群英。地扇鄒魯學，詩騰顏謝名。"韋應物《送崔押衙相州》："禮樂儒家子，英豪燕趙風。驅雞嘗理邑，走馬却從戎。" 俗化：習俗教化。《漢書·董仲舒傳》："子大夫明先聖之業，習俗化之變，終始之序，講聞高誼之日久矣！其明以諭朕。"《南史·儒林傳論》："自梁迄陳，年且數十，雖時經屯詖，郊生戎馬，而風流不替，豈俗化之移人乎！" 是以：連詞，因此，所以。《老子》："功成而弗居，夫唯弗居，是以不去。"蘇舜欽《火疏》："明君不諱過失而納忠，是以懷策者必吐上前，蓄冤者無至腹誹。" 選賢：選用賢能的人。《管子·戒》："三年教人，四年選賢以爲長。"劉向《説苑·君道》："王者何以選賢？夫王者得賢材以自輔，然後治也。" 與能：推薦有才能的人，"與"通"舉"。《易·繫辭》："人謀鬼謀，百姓與能。"孔穎達疏："天下百姓親與能人，樂推爲王也。"《禮記·禮運》："大道之行也，天下爲公，選賢與能。"王引之《經義述聞·禮記》："'與'，當讀爲'舉'。《大戴禮·王言篇》：'選賢舉能。'是也。舉、與古字通。" 胥徒：本爲民服徭役者，後泛指官府衙役，語本《周禮·天官·序官》："胥，十有二人，徒，百有二十人。"鄭玄注："此民給徭役者，若今衛士矣！胥，讀如諝，謂其有才知，爲什長。"何遜《早朝車子聽望》："胥徒紛絡繹，驂御或西東。" 冠婚：亦作"冠昏"，指冠禮與婚禮，《禮記》各有專篇記述，亦指其篇名。《大戴禮記·保傅》："《春秋》之元，《詩》之《關雎》，《禮》之《冠》《婚》，《易》之《乾》《坤》，皆慎始敬終云爾。"司空圖《唐宣州王公行狀》："禮法冠昏，著於雅族。" 喪祭：古喪禮，葬後之祭稱喪祭。《禮記·檀弓》："是日也，以吉祭易喪祭。"權德輿《唐故中書侍郎同中書門下平章事齊成公神道碑銘》：“以某月日，祔於東都某原，喪祭哀敬，君子以爲有後。” 卿士：指卿、大夫，後用以泛指官吏。《書・牧誓》：“是信是使，是以爲大夫卿士。”孫星衍疏：“大夫卿士不云卿大夫士，蓋以此士，卿之屬也。”《史記・宋微子世家》：“殷既小大好草竊奸宄，卿士師師非度，皆有罪辜，乃無維獲，小民乃並興，相爲敵讎。”

③ 蠱：比喻禍國害民的人或事。《左傳・襄公二十二年》：“不可使也，而傲使人，國之蠱也。”《新唐書・盧懷慎傳》：“夫冒於寵賂，侮於鰥寡，爲政之蠱也。” 教：政教，教化。《商君書・更法》：“前世不同教，何古之法？”韓愈《原道》：“今也，舉夷狄之法，而加之先王之教之上，幾何其不胥而爲夷也！” 更張：比喻變更或改革。袁宏《後漢紀・光武帝紀》：“夫更張難行而拂衆者亡，是故賈誼以才逐，晁錯以智死。雖有殊能，而莫敢談，懼於前事也。”王安石《上五事書》：“今陛下即位五年，更張改造者數千百事。” 選任：挑選任用。陸贄《論緣邊守備事宜狀》：“凡欲選任將帥，必先考察行能，然後指以所授之方，語以所委之事，令其自揣可否，自陳規模。”權德輿《兵部侍郎舉人自代狀》：“國朝以來，望實皆重，其於選任，頗異他曹。” 重望：指有重望的人。韓愈《順宗實錄》：“二相皆天下重望，相次歸臥。”《資治通鑒・晉懷帝永嘉五年》：“〔巴蜀流民〕以杜弢州里重望，共推爲主。”鎮：威服，壓服。《史記・淮陰侯列傳》：“齊僞詐多變，反覆之國也，南邊楚，不爲假王以鎮之，其勢不定。”《資治通鑑・秦始皇二十六年》：“燕、齊、荊地遠，不爲置王，無以鎮之。”

④ 仕宦：出仕，爲官。《史記・魯仲連鄒陽列傳》：“魯仲連者，齊人也。好奇偉俶儻之畫策，而不肯仕宦任職，好持高節，遊於趙。”陸游《老學庵筆記》卷五：“諺謂：‘三世仕宦，方解著衣喫飯。’” 臺閣：漢時指尚書臺，後亦泛指中央政府機構。《後漢書・仲長統傳》：“光武皇帝慍數世之失權，忿强臣之竊命，矯枉過直，政不任下，雖置三公，事歸臺閣。”李賢注：“臺閣，謂尚書也。”賈正義《周公祠碑》：“器惟

經國，文藝襲於班揚；道以匡時，令望升於臺閣。" 大僚：大官職。《書・多方》："迪簡在王庭，尚爾事，有服在大僚。"柳宗元《唐故萬年令裴府君墓碣》："世服大僚，仍耀烈名。" "或三四朝"兩句：指韓皋與趙宗儒，都是德宗、順宗、憲宗、穆宗朝的老臣，又前後歷時近五十年，故言。 五十載：五十年。李商隱《韓碑》："淮西有賊五十載，封狼生貙貙生羆。不據山河據平地，長戈利矛日可麾。"余靖《潯州新成州學記》："自劉氏歸命，里落荒榛，院之餘基，鬱爲茂草。然而名在郡圖，未削也。至天禧中，聖化翔洽，踰五十載。國無橫賦，民有常業。生聚既衆，倉廩既實，亡者必有悼也。" 新進：謂初入仕途、新得科第或新被任用。《漢書・趙廣漢傳》："所居好用世吏子孫新進年少者，專屬强壯鱤氣，見事風生，無所回避。"顏師古注："言舊吏家子孫而其人後出求進，又年少也。"韓愈《施先生墓銘》："故自賢士大夫、老師宿儒、新進小生，聞先生之死，哭泣相吊，歸衣服貨財。" 趨風：疾行至下風，以示恭敬。《左傳・成公十六年》："郤至三遇楚子之卒，見楚子，必下，免冑而趨風。"劉向《新序・善謀》："是故虞卿一言，而秦之震懼趨風，馳指而請備。"引申指瞻仰風采。曾鞏《越州賀提刑夏倚狀》："鞏於此備官，云初託庇，喜趨風之甚邇，諒考履之惟和。"聞風而來。聶夷中《燕臺二首》一："自然樂毅徒，趨風走天下。何必馳鳳書，旁求向林野？" 將相：將帥和丞相，亦泛指文武大臣。《史記・高祖本紀》："諸侯及將相，相與共請，尊漢王爲皇帝。"李涉《與梧州劉中丞》："三代盧龍將相家，五分符竹到天涯。"

⑤ 精義：精深微妙的義理。曹攄《思友人》："精義測神奧，清機發妙理。"王安石《謝手詔索文字表》："紹明精義，允屬休辰。" 不渝：不改變。《詩・鄭風・羔裘》："彼其之子，捨命不渝。"毛傳："渝，變也。"劉孝標《廣絕交論》："風雨急而不輟其音，霜雪零而不渝其色。"物務：事務，處理事務。《東觀漢記・陳寵傳》："掾屬專尚交遊，以不肯親事爲高，寵常非之，獨勤心物務，爲尚書，性純淑周密慎重。"杜牧

《顧湘除涇原營田判官夏侯覺除鹽鐵巡官等制》:"諸侯有司,亦各搜選才良,以佐物務。"　勁:剛强。《韓非子‧孤憤》:"能法之士,必强毅而勁直。"司空圖《書屛記》:"人之格狀或峻,其心必勁;心之勁,則視其筆迹,亦足見其人矣!"　小子:舊時自稱謙詞,包括皇帝在內。李隆基《答朝集使蔣欽緒等上尊號詔》:"況太宗、睿宗,俱稱聖謚,予末小子,安敢同之?"元稹《裴度幽鎮兩道招撫使制》:"肆予小子,蒙受景靈。冀服於前,燕平於後。而撫馭失理,盤牙復生。"　祖宗:特指帝王的祖先,語本《禮記‧祭法》:"(殷人)祖契而宗湯,(周人)祖文王而宗武王。"《漢書‧張湯傳》:"國家承祖宗之業,制諸侯之重,新失大將軍,宜宣章盛德以示天下,顯明功臣以填藩國。"　沖人:年幼的人,多爲古代帝王自稱的謙辭。《書‧盤庚》:"肆予沖人,非廢厥謀。"孔傳:"沖,童。"孔穎達疏:"沖、童,聲相近,皆是幼小之名。自稱童人,言己幼小無知,故爲謙也。"《舊唐書‧高駢傳》:"朕雖沖人,安得輕侮!"　庭實:陳列於朝堂的貢獻物品。《儀禮‧公食大夫禮》:"庶羞陳於碑內,庭實陳於碑外。"《後漢書‧班固傳》:"於是庭實千品,旨酒萬鍾。"李賢注:"庭實,貢獻之物也。"　彪炳:文彩焕發貌。《西京雜記》卷六:"文章璀璨,彪炳焕汗。"李白《酬殷明佐見贈五雲裘歌》:"文章彪炳先陸離,應是素娥玉女之所爲。"輝耀,照耀。鮑照《學劉公幹體五首》四:"彪炳此金塘,藻耀君王池。"　銓鏡:評選鑒別。王筠《爲第六叔讓重除吏部尚書表》:"然後可以銓鏡流品,平均衡石。"《北史‧郭祚傳》:"是時孝文銳意典禮,兼銓鏡九流。"　萬品:猶萬物,萬類。《尹文子‧大道》:"過此而往,雖彌綸天地,籠絡萬品,治道之外,非群生所餐挹,聖人錯而不言也。"《舊唐書‧德宗紀》:"萬品失序,九廟震驚。"　不無:猶言有些。于邵《謝恩寫真表》:"驅馳聖運,撫躬未負於微誠;唐突前賢,顧影不無於愧色。"李德裕《代石雄與劉稹書》"雄雖久在行間,不與先相公交接,然俱是河朔軍將,臭味略同,將睹覆亡,不無深惜。"　倦勤:謂帝王厭倦於政事的辛勞,語出《書‧大禹謨》：“朕宅帝位，三十有三載，耄期倦於勤。”孔傳：“言已年老，厭倦萬機。”周密《齊東野語·黃德潤先見》：“上將內禪，一日朝退，留二府賜坐，從容諭及倦勤之意。”　簫韶：舜樂名。葛洪《抱朴子·安貧》：“萬鈞之爲重，衝飇不能移。《簫韶》未九成，靈鳥不紆儀也！”李紳《憶夜直金鑾殿承旨》：“月當銀漢玉繩低，深聽簫韶碧落齊。”　九成：猶九闋，樂曲終止叫成。《書·益稷》：“簫韶九成，鳳凰來儀。”孔穎達疏：“成猶終也，每曲一終，必變更奏。故《經》言九成，《傳》言九奏，《周禮》謂之九變，其實一也。”《隋書·音樂志》：“禮終三爵，樂奏九成。”頤養：保養。《漢書·食貨志》：“酒者，天之美禄，帝王所以頤養天下，享祀祈福，扶衰養疾。”薛調《無雙傳》：“震曰：‘姊宜安靜自頤養，無以他事自撓。’”

　　⑥ 舊老：老人，老臣。于邵《宴餞嚴判官使還上都序》：“群公推以舊老，略其敗北，俾冠首篇，得不謂之牽歟！”陸贄《奉天論前所答奏未施行狀》：“元宗躬定大難，手振宏綱。開懷納忠，克己從諫。尊用舊老，采拔群材。”　勞逸：勞苦與安逸。《左傳·哀公元年》：“勤恤其民，而與之勞逸。”《舊唐書·李元諒傳》：“身率軍士，與同勞逸。”　官業：爲官的業績。宋之問《送裴五司法赴都序》：“裴五官業傳河寶，才誕岳靈。彩思有神，鬚眉若畫。”《舊唐書·憲宗紀》：“諸州府五品以上官替後，委本道長官量其才行、官業、資歷，每年冬季一度聞焉！”法儀：法度禮儀。《墨子·法儀》：“天下從事者，不可以無法儀。無法儀而其事能成者，無有。”元稹《授杜元穎戶部侍郎依前翰林學士制》：“是夜而六宮承式，厥明而百吏受遺，草定法儀，茲實賴汝。”　庶：副詞，希望，但願。許冲《説文解字後序》：“庶有達者，理而董之。”段玉裁注：“庶，冀也。”諸葛亮《前出師表》：“庶竭駑鈍，攘除奸凶，興復漢室，還於舊都。”　咨稟：請教，稟告。陶潛《卿大夫孝傳贊·孔子》：“游夏之徒，常咨稟焉！”沈作喆《寓簡》卷一：“予頃見石林，欲以所見咨稟，遲疑不敢妄發。”

⑦ 保傅：古代保育、教導太子等貴族子弟及未成年帝王、諸侯的男女官員，統稱爲保傅。《戰國策·秦策》：“居深宮之中，不離保傅之手。”賈誼《治安策》：“及太子既冠成人，免於保傅之嚴，則有記過之史，徹膳之宰。”　　端揆：指相位，宰相居百官之首，總攬國政，故稱。《南史·謝舉傳》：“雖屢居端揆，未嘗肯預時政，保身固寵，不能有所發明。”《舊唐書·房玄齡傳》：“玄齡自以居端揆十五年，女爲韓王妃，男遺愛尚高陽公主，實顯貴之極，頻表辭位。”　　優異：特別優待。應劭《風俗通·常幹宰相之職》：“凡黔首皆五帝子孫，何獨今之肺腑，當見優異也?”王闢之《澠水燕談錄·帝德》：“晁文元公迥在翰林，以文章德行爲仁宗所優異，帝以君子長者稱之。”　　散官：有官名而無固定職事之官，與職事官相對而言。漢制，朝廷對大僚重臣於本官之外加賜名號，而實無官守。魏、晉、南北朝因之，隋代始定散官之制，唐、宋、金、元因之。文散官有開府儀同三司、特進、光祿大夫等，武散官有驃騎將軍、輔國將軍、鎮國將軍等。其品秩之高下，待遇之厚薄，各代不一。《隋書·百官志》：“居曹有職務者爲執事官，無職務者爲散官。”陸游《施司諫注東坡詩序》：“東坡蓋嘗直史館，然自謫爲散官，削去史館之職久矣!”　　勛：即“勛官”，授給有功官員的一種榮譽稱號，沒有實職，至唐始別稱爲勛官，定用上柱國、柱國、上大將軍、大將軍、上輕車都尉、輕車都尉、上騎都尉、騎都尉、驍騎尉、飛騎尉、雲騎尉、武騎尉，凡十二等，起正二品，至從七品。李治《即位大赦詔》：“內外文武賜勛官一級。諸年八十以上賚以粟帛，雍州及諸州比年供軍勞役尤甚之處，並給復一年。”上官儀《册寶元德司元太常伯文》：“是用命爾爲兼司元太常伯，勛官如故。”　　封：帝王賜給的爵位、土地、名號等。《左傳·昭公二十九年》：“實列受氏姓，封爲上公。”杜預注：“爵上公。”《舊唐書·楊貴妃傳》：“有姊三人，皆有才貌，玄宗並封國夫人之號。”

[編年]

《年譜》編年:"《制》當撰於元和十五年。"理由是:"《制》云:'宗儒可守太子少傅,兼太常卿事。'據《舊唐書》卷一六七《趙宗儒傳》云:'(元和)十四年九月,拜吏部尚書。穆宗即位……復拜太子少傅,判太常卿事。長慶元年二月……'"《年譜新編》理由與結論同《年譜》。《編年箋注》編年理由:"《舊唐書·韓皋傳》:'十五年……三月,穆宗以師保之舊,加檢校右僕射。'"結論是:"此《制》撰於元和十五年(八二〇)三月。"

我們以爲,《年譜》、《年譜新編》的編年過於籠統,而《編年箋注》的編年尚可進一步細化。一、《舊唐書·韓皋傳》:"(元和)十五年……三月,穆宗以師保之舊,加檢校右僕射。"《舊唐書·趙宗儒傳》:"十四年九月拜吏部尚書。穆宗即位……復拜太子少傅,判太常卿事。"據此,韓皋"拜吏部尚書",趙宗儒"拜太子少傅,判太常卿事"應該在元和十五年三月。二、《舊唐書·穆宗紀》:"(元和十五年)三月癸卯朔……戊午,吏部尚書趙宗儒奏……"據干支推算,"戊午"是三月十六日,當時趙宗儒的身份仍然是"吏部尚書"。據此,趙宗儒拜"太子少傅,判太常卿事"新職應該在三月十六日之後、三月三十日之前,本文即應該撰成於這一期間,地點在長安,元稹時任膳部員外郎試知制誥之職。

◎ 王沂可河南府永寧縣令范傳規可陝州安邑縣令制 ^{(一)①}

敕:前汴宋亳穎等州觀察推官、殿中侍御史內供奉、賜緋魚袋王沂,前宣武軍節度推官、監察御史裏行范傳規等:比制,諸侯吏府罷則歸之有司^(二),以叙常秩②。近或不時以聞,謬異前詔。朕申明之,以復故典③。

　　而去歲司徒弘(韓弘)以沂等入覲,因獻其能。越在後庚之前,且寵上台之請④。命汝好爵,時予加恩。勉字邦畿,無虐黎獻。沂可河南府永寧縣令,傳規可陝州安邑縣令(三),餘如故⑤。

錄自《元氏長慶集》卷四八

[校記]

　　(一)王沂可河南府永寧縣令范傳規可陝州安邑縣令制:楊本、宋浙本、叢刊本作"王沂河南府永寧縣令等",盧校作"王沂河南永寧縣令等",《英華》作"授王沂永寧縣令范傳規安邑縣令制",《全文》作"授王沂河南府永寧縣令范傳規可陝州安邑縣令制",各備一說,不改。

　　(二)諸侯吏府罷則歸之有司:叢刊本、《英華》、《全文》同,楊本誤作"謝侯吏府罷則歸之有司",不從不改。

　　(三)傳規可陝州安邑縣令:楊本、叢刊本、《全文》同,《英華》作"傳規可守陝州安邑縣令",各備一說,不改。

[箋注]

　　① 王沂:除本文外,不見其他史籍記載。據本文,王沂元和十四年曾歷職汴宋亳穎等州觀察推官,其餘殿中侍御史內供奉、賜緋魚袋等,均是榮銜,並非實職。　　河南府:州郡名,府治即今河南洛陽。《元和郡縣志·河南府》:"顯慶二年置東都,則天改爲神都,神龍元年復爲東都,開元元年改洛州爲河南府,天寶元年改東都爲東京,至德元年復爲東都……管縣二十六:洛陽、河南、偃師、緱氏、鞏、伊闕、密、王屋、長水、伊陽、河陰、陽翟、潁陽、告成、登封、福昌、壽安、澠池、永

寧、新安、陸渾、河陽、溫、濟源、河清、氾水。”白居易《自罷河南已換七尹每一入府悵然舊遊因宿內廳偶題西壁兼呈韋尹常侍》：“每日河南府，依然似到家。杯嘗七尹酒，樹看十年花。”黃滔《河南府試秋夕聞新雁》：“湘南飛去日，薊北乍驚秋。叫出隴雲夜，聞爲客子愁。” 永寧：當時河南府二十三屬縣之一，地當今河南三門峽市東南。韋應物《寄酬李博士永寧主簿叔廳見待》：“解鞍先幾日，款曲見新詩。定向公堂醉，遙憐獨去時。”白居易《過永寧》：“村杏野桃繁似雪，行人不醉爲誰開？賴逢山縣盧明府，引我花前勸一杯。” 范傳規：除本文外，不見其他史籍記載。據本文，范傳規元和十四年曾歷職宣武軍節度推官，而監察御史裏行僅僅表示其品級，並非實職。 陝州：州郡名，府治即今河南三門峽市。《元和郡縣志·河南道》：“陝州：今爲陝虢觀察使理所……管縣八：陝、硤石、靈寶、夏、安邑、平陸、芮城、垣。”張九齡《奉和聖製途次陝州作》：“馳道當河陝，陳詩問國風。川原三晉別，襟帶兩京同。”岑參《陝州月城樓送辛判官入奏》：“送客飛鳥外，城頭樓最高。樽前遇風雨，窗裏動波濤。” 安邑：縣名，陝州所轄八縣之一。《元和郡縣志·陝州》：“安邑縣，本夏舊都，漢以爲縣屬河東郡，隋開皇十六年屬虞州，貞觀十七年屬蒲州，乾元三年割屬陝州。”縣境內有銀谷與鹽池，爲李唐重要的經濟地區之一。耿湋《贈別安邑韓少府》：“古城寒欲雪，遠客暮無車。杳杳思前路，誰堪千里餘？”周曇《春秋戰國門·公叔》：“吳起南奔魏國荒，必聽公叔失賢良。無謀縱欲離安邑，可免河溝徙大梁？”

② 推官：古代掌刑獄的官員。盧綸《偶逢姚校書憑附書達河南却推官因以戲贈》：“寄書常切到常遲，今日憑君君莫辭。若問玉人殊易識，蓮花府裏最清羸。”李端《單推官廳前雙桐詠》：“葉重凝烟後，條寒過雨時。還同李家樹，爭賦角弓詩。” 殿中侍御史：御史臺屬吏，從七品上。《舊唐書·職官志》：“殿中侍御史掌殿廷供奉之儀式，凡冬至、元正大朝會，則具服升殿。若郊祀、巡幸，則於鹵簿中糾察非

違,具服從於旌門,視文物有所虧闕,則糾之。凡兩京城内,則分知左右巡,各察其所巡之内有不法之事。"張説《上邽縣君李氏墓誌》:"有子愻,殿中侍御史,檢身承家,揚名爲孝。"徐安貞《授王翼殿中侍御史等制》:"歲月增深,昇遷有序,並可殿中侍御史。"本文"殿中侍御史"祇是表示其品級,非職事官。　内供奉:唐代職官名,唐設殿中侍御史九人,其中三人爲内供奉,掌殿廷供奉之儀,糾察百官之失儀者。苑咸《謝兄除補闕表》:"伏奉恩旨,臣兄、前長安縣尉某,特授左補闕内供奉、賜紫金魚袋。逾涯之澤,忽降於重霄;非次之榮,猥延於同氣。"韓愈《故金紫光禄大夫檢校尚書左僕射同中書門下平章事贈太傅董公行狀》:"天子識之,拜殿中侍御史内供奉。"　緋魚袋:指緋衣與魚符袋,舊時朝官的服飾。唐制:五品以上佩魚符袋。韓愈《故金紫光禄大夫檢校尚書左僕射同中書門下平章事贈太傅董公行狀》:"入翰林爲學士,三年出入左右,天子以爲謹願,賜緋魚袋。"《續資治通鑑・宋高宗紹興十二年》:"右承奉郎、賜緋魚袋張宗元爲右宣議郎、直秘閣。"亦省作"緋魚"。《新唐書・王正雅傳》:"穆宗時,京邑多盜賊,正雅以萬年令威震豪强,尹柳公綽言其能,就賜緋魚,累擢汝州刺史。"王安石《梅公神道碑》:"館之集賢,賜服緋魚。"　裏行:官名,唐置,有監察御史裏行、殿中裏行等,皆非正官,也不規定員額。劉肅《唐新語・舉賢》:"初,(馬)周以布衣直門下省,太宗就命監察裏行,俄拜監察御史。'裏行'之名,自周始也。"《新唐書・百官志》:"開元七年……又置御史裏行使、殿中裏行使、監察裏行使,以未爲正官,無員數。"　比:副詞,先前,以前。《吕氏春秋・先識》:"臣比在晉也,不敢直言。"《新唐書・宇文融傳》:"朕比不置左右僕射,正以公在省耳!"《編年箋注》:"比:近日,近來。"難與下句連讀,似誤。　諸侯:喻指掌握軍政大權的地方長官。張子容《雲陽驛陪崔使君邵道士夜宴》:"一尉東南遠,誰知此夜歡?諸侯傾皂蓋,仙客整黄冠。"儲光羲《同張侍御宴北樓》:"今之太守古諸侯,出入雙旌垂七旒。朝覽干戈時聽訟,暮延賓客復登樓。" 有司:官吏,古代設官分職,各有專司,故稱。楊炯《唐同州長史宇文公神道碑》:"魯國有司,無擅徵之事;南陽郡吏,甘休沐之娛。"張説《府君墓誌銘》:"府君以律有違經背禮,著《妨難》十九篇,書奏,帝下有司,而删定之官,黨同妒異竟寢其議。"常秩:一定的職務。《左傳·文公六年》:"予之法制,告之訓典,教之防利,委之常秩。"杜預注:"常秩,官司之常職。"普通的品級。朱弁《曲洧舊聞》卷四:"韓子華在翰苑日,乃以布衣常秩充選,而莫有繼之者。"

③ 不時:不隨時,不按時。晁錯《論貴粟疏》:"〔農夫〕勤苦如此,尚復被水旱之灾,急政暴賦,賦斂不時。"韓愈《柳子厚墓誌銘》:"其俗以男女質錢,約不時贖,子本相侔,則没爲奴婢。" 謬異:荒謬反常,謬誤,有差別。陳子昂《與韋五虛己書》:"不知事有大謬異於此望者,乃令人慚愧悔赧不自知,大笑顛蹶,怪其所以者爾。"王令《説孟子序》:"夫五經雖存,而説者謬異,學者安所取信哉?" 詔:詔書。《史記·秦始皇本紀》:"命爲'制',令爲'詔'。"裴駰集解引蔡邕曰:"詔,詔書。"《漢書·董仲舒傳》:"陛下發德音,下明詔,求天命與情性,皆非愚臣之所能及也。" 申明:重申。《東觀漢記·馬嚴傳》:"嚴舉劾按章,申明舊典,奉法察舉,無所迴避,百寮憚之。"《後漢書·桓帝紀》:"郡縣務存儉約,申明舊令,如永平故事。" 故典:謂舊的規章制度等。蔡邕《陳政要七事疏》:"自今齋制,宜如故典,庶答風霆灾妖之異。"曾鞏《太祖皇帝總序》:"不盡循故典,收納學士大夫,用之不求其備。"

④ 司徒弘:即韓弘,時榮銜司徒,元和十四年堅請回朝,韓弘僚屬王沂、范傳規等近千人也同時歸朝。《舊唐書·韓弘傳》:"韓弘……(元和)十四年,誅李師道,收復河南二州,弘大懼。其年七月,盡携汴之牙校千餘人入覲,對於便殿。拜舞之際,以其足疾,命中使掖之。宴賜加等,預册徽號大禮,進絹三十五萬匹、絁三萬匹、銀器二

百七十件。三上章,堅辭戎務,願留京師奉朝請,詔曰……可守司徒,兼中書令。乃以吏部尚書張弘靖兼平章事,代弘鎮宣武。憲宗崩,以弘攝冢宰。十五年六月,以本官兼河中尹、河中晉絳節度觀察等使。”《新唐書·韓愈傳》:“及度以宰相節度彰義軍,宣慰淮西,奏愈行軍司馬。愈請乘遽先入汴,説韓弘,使恊力元濟,平,遷刑部侍郎。”柳宗元《故試大理評事裴君墓誌》:“長子曰某,射進士策不中,去過汴韓司徒弘,迎取爲從事。”　入覲:指地方官員入朝晉見帝王。白居易《論于頓裴均狀》:“今于頓等以入覲爲請,若又許之,豈非須來即來乎?”曾鞏《賀韓相公赴許州啓》:“鞶革金厄,已嚴入覲之裝;袞衣繡裳,行允公歸之望。”　後庚:謂命令頒佈之後,再行申述説明。《易·巽》:“先庚三日,後庚三日,吉。”孔穎達疏:“申命令謂之庚。民迷固久,申不可卒,故先申之三日;令著之後,復申之三日,然後誅之。民服其罪,無怨而獲吉矣!”　上台:泛指三公、宰輔。阮籍《詣蔣公奏記辭命》:“明公以含一之德,據上台之位。群英翹首,俊賢抗足。”元稹《李愬妻韋氏封魏國夫人制》:“今愬積行累功,以致爵位,六遷重鎮,名列上台。”這裏指韓弘,此時位居司徒之尊,故言。

　⑤ 好爵:高官厚禄。陶潛《辛丑歲七月赴假還江陵夜行塗口》:“投冠旋舊墟,不爲好爵縈。”孔稚珪《北山移文》:“雖假容於江皋,乃纓情於好爵。”　字:即“字人”,撫治百姓。《隋書·刑法志》:“始乎勸善,終乎禁暴,以此字人,必兼刑罰。”《資治通鑑·唐代宗大曆十二年》:“縣令,字人之官。”　邦畿:王城及其所屬周圍千里的地域。《詩·商頌·玄鳥》:“邦畿千里,維民所止。”毛傳:“畿,疆也。”鄭玄箋:“王畿千里之內,其民居安,乃後兆域正天下之經界,言其爲政自內及外。”《隸釋·漢竹邑侯相張壽碑》:“緩薄賦,牧邦畿,梨烝殷,四荒饑。”　黎獻:黎民中的賢者。《書·益稷》:“萬邦黎獻,共惟帝臣。”蔡沈集傳:“黎民之賢者也。”白居易《洛川晴望賦》:“是用步閭里,詢黎獻。”

［編年］

《年譜》、《編年箋注》、《年譜新編》均引録《舊唐書·憲宗紀》於元和十四年八月韓弘"堅辭戎鎮"而歸朝的資料以及《舊唐書·穆宗紀》韓弘於元和十五年六月出任河中尹、河中晉絳慈隰等州節度使的記載，分別編年本文於"元和十五年六月丁丑以前"、"元和十五年（八二〇）六月"、"元和十五年五、六月"。

我們以爲，《年譜》、《編年箋注》、《年譜新編》的編年理由没有表述清楚，《編年箋注》、《年譜新編》的編年結論也存在謬誤：一、本文"去歲司徒弘以沂等入覲"，所指即是《舊唐書·韓弘傳》所言，而具體時間又見《舊唐書·憲宗紀》記載："（元和十四年）八月丁未朔，己酉，制宣武軍節度副大使、知節度事、汴宋亳穎等州觀察處置等使、開府儀同三司、守司徒兼侍中、汴州刺史、上柱國、許國公、食邑三千户韓弘可守司徒兼中書令、弘堅辭戎鎮故也。"既云"去歲"，即本文毫無疑問應該撰成於元和十五年。二、本文稱韓弘爲"司徒弘"，而没有稱其新職"河中尹、河中晉絳節度觀察等使"，説明任命王沂、范傳規之時，韓弘尚未任新職。據《舊唐書·穆宗紀》，韓弘任"河中尹、河中晉絳節度觀察等使"在"六月丁丑"，亦即六月七日，故本文撰作時間應該在元和十五年六月七日之前。三、韓弘歸朝在元和十四年八月，"盡携汴之牙校千餘人入覲"，朝廷處理如此衆多的屬吏與"牙校"確實需要時日，加上唐憲宗的遇害歸天，唐穆宗的即位，一時無暇顧及其他。但此事也不會久拖不决，在登位慶典的加官進爵忙碌之後，三月四月正是處理有關事務的時候，結合元稹元和十五年二月五日任職膳部員外郎、試知制誥臣的時間，疑本文即應該撰作於三月四月之時，元稹時在長安。

◎ 唐故京兆府盩厔縣尉元君墓誌銘①

唐盩厔縣尉諱某，字某，姓元氏，於有魏昭成皇帝爲十四世孫。曾曰尚食奉御某，祖曰綿州長史、贈太子賓客某，父曰都官郎中、岳州刺史某，母曰某望閭夫人，妻曰隴西李氏女，子曰某，曰某，女曰某②。

君始以蔭入仕，四仕爲盩厔尉。丁太夫人憂，遂不復仕③。享年五十五，以疾殁於衢州。元和十五年四月某日(一)，歸祔於咸陽縣之某鄉某里④。君少孤力學，通五經書，善鼓琴，能爲五言、七言近體詩⑤。事親愉愉然，終身不忘嬰兒之慕。奉兄恭恭然，若童子之愛敬(二)。臨弟侄妻子煦煦然，窮年無慍屬。居官以謹廉，貞順而仁愛。寮友之悍誕鄙異者，游于君則必怡然，無自疑于我矣⑥！

嗚呼！總是數者，非古之所謂淑人君子歟？不壽不達，命適然也⑦。是月二十一日，猶子晦跪于予曰：“某日孤子震襄祔事，請銘于季父！”由是銘⑧。

銘曰：或仁而夭，或鄙而壽。天乎不識(三)，人乎安究⑨？我之北原，五世其墓。子子孫孫，前後左右⑩。殁有令人，乃克來祔。斯焉克終，亦又何疚⑪！

録自《元氏長慶集》卷五三

[校記]

（一）元和十五年四月某日：《全文》同，楊本、叢刊本作“元和十五年四月日”，語義相類，不改。

（二）若童子之愛敬：楊本、叢刊本、《全文》同，宋蜀本作“若童子之愛教”，遵從原本，不改。

（三）天乎不識：宋蜀本、《全文》同，楊本、叢刊本作“夭乎不識”，遵從原本，不改。

［箋注］

① 京兆府：《元和郡縣志·京兆府》：“禹貢雍州之地，舜置十二牧，雍其一也。周武王都豐、鎬，平王東遷，以岐、豐之地賜秦襄公，至孝公始都咸陽。秦兼天下，置内史以領關中。項籍滅秦，分其地爲三，以章邯爲雍王，都廢丘（今興平縣是也），司馬欣爲塞王，都櫟陽，董翳爲翟王，都高奴（今延州金明縣是也），謂之三秦。高祖入關定三秦，復并爲内史。景帝分置左、右内史，武帝太初元年改内史爲京兆尹，後與左馮翊、右扶風謂之三輔，其理俱在長安城中，又置司隸校尉以總之……武德元年復爲雍州，開元元年改爲京兆府……管縣二十三：萬年、長安、昭應、三原、醴泉、奉天、奉先、富平、雲陽、咸陽、渭南、藍田、興平、高陵、櫟陽、涇陽、美原、華原、同官、鄠、盩厔、武功、好畤。” 盩厔：縣名，《元和郡縣志·京兆府》：“盩厔縣……漢舊縣，武帝置，屬右扶風。山曲曰盩，水曲曰厔。後漢省，晉復立。武德三年屬稷州，貞觀元年廢稷州，復屬雍州。天寶中改名宜壽，後復名盩厔。東北至府一百三十里。”耿湋《盩厔客舍》：“寂寥荒壘下，客舍雨微微。門見苔生滿，心慚吏到稀。”戴叔倫《酬盩厔耿少府湋見寄》：“方丈蕭蕭落葉中，暮天深巷起悲風。流年不盡人自老，外事無端心已空。”縣尉：官名，秦漢縣令、縣長下置尉，掌一縣治安，歷代因之。《商君書·境内》：“故爵爲大夫，爵吏而爲縣尉，則賜虜六，加五千六百。”《舊唐書·地理志》：“京兆、河南、太原所管諸縣，謂之畿縣。令各一人（正六品下）、丞一人（正八品下）、主簿一人（正九品上）、尉二人（正九品下）……”姚合《寄陸渾縣尉李景先》：“月色生松裏，泉聲在石間。

吟詩復飲酒，何事更相關？"馬戴《贈鄠縣尉李先輩二首》："休官不到闕，求靜匪營他。種藥唯愁晚，看雲肯厭多？"　元君：即本墓誌銘的主人，在魏州刺史元義端的名下，元稹與這位"元君"是同族同輩的兄弟，名及字今已無考。他的"曾（祖）曰尚食奉御某，祖（父）曰綿州長史、贈太子賓客某，父（親）曰都官郎中、岳州刺史某"。元稹《使東川·漢江笛》有題注："三月十五日夜，於西縣白馬驛南樓聞笛，悵然，憶得小年曾與從兄長楚寫《漢江聞笛賦》而有懷耳！"元稹的這位"從兄長楚"，亦即"元楚"，在元稹家族的譜系中，未見。但有兩個情況值得注意：一、元稹叔父元霄有子兩人，其一在《唐故建州浦城縣尉元君墓誌銘》中有記載："君諱某，字莫之。有魏昭成皇帝十七世而生某官某，君即某官之次子也。少孤，母曰渤海封夫人，提捧教訓，不十四五，其心卓然。讀書爲文，舉進士。每歲抵刺史以上，求與計去，且取衣食之資以供養，意義漸聞於朋友間。無何，宗倅義方觀察福建，子幼道遠，自孤其行。拜言勤求，請君俱去。太夫人曰：'吾有爾兄養足矣！爾其遂行！'旋授建州浦城尉。宗倅之心腹耳目之重，以至閨門之令，盡寄於君。上下無怨，誠且盡也。又無何，宗倅觀察鄜坊，君亦俱去，心腹耳目之寄皆如初。宗倅歿，子公慶號駭迷謬無所據，君自始至卒任持之。公慶事公，雖及喜愠不敢專……（元和）十五年八月二日，終于京城南，享年五十八。"據卒年推算，浦城縣尉元君應該出生於寶應二年(763)，病卒於元和十五年(820)八月，自然是出生於大曆十四年(779)的元稹之兄長。浦城縣尉是"次子"，他應該有一個兄長，自然更是元稹的"兄長"，這位"兄長"未見名及字，疑即元稹的"從兄長元楚"。二、元稹《唐故京兆府盩厔縣尉元君墓誌銘》另有記載："唐盩厔縣尉諱某，字某，姓元氏，於有魏昭成皇帝爲十四世孫。曾曰尚食奉御某，祖曰綿州長史、贈太子賓客某，父曰都官郎中、岳州刺史某，母曰某望閻夫人，妻曰隴西李氏女，子曰某，曰某，女曰某。君始以蔭入仕，四仕爲盩厔尉。丁太夫人憂，遂不復仕。享年五十五，以疾殁於衢州。元和十五年四月某日,歸祔於咸陽縣之某鄉某里。"這位"鏊屋縣尉元君"也不見提及名與字;據"鏊屋縣尉元君"的"卒年""元和十五年"推算,他也是元稹的兄長,疑即元稹的"從兄長元楚"。但兩者必居其一,唯尚無確證指實究竟哪一個是本詩題注中提及的"從兄長元楚"。

② 昭成皇帝:《魏書·昭成帝什翼犍紀》:"昭成皇帝諱什翼犍,平文之次子也。生而奇偉,寬仁大度,喜怒不形於色。身長八尺,隆準龍顏,立髮委地,臥則乳垂至席。烈帝臨崩顧命曰:'必迎立什翼犍,社稷可安。'烈帝崩,帝弟孤乃自詣鄴奉迎,與帝俱還,事在《孤傳》。十一月帝即位於繁畤之北,時年十九,稱建國元年……史臣曰:帝王之興也,必有積德,累功博利,道協幽顯,方契神祇之心。有魏奄迹幽方,世居君長,淳化育民,與時無競。神元生自天女,桓穆勤于晉室,靈心人事,夫豈徒然!昭成以雄傑之姿包君子之量,征伐四克威被荒遐,乃立號改都恢隆大業,終於百六十載,光宅區中,其原固有由矣!"張説《故括州刺史贈工部尚書馮公神道碑》:"勛業競五伯之先,子孫齊二王之後,公即昭成皇帝之十世孫也。"張説《容州都督兼御史中丞本管經略使元君表墓碑銘》:"嗚呼!可惜哉元君!君諱結,字次山,皇家忠烈義激文武之直清臣也,蓋後魏昭成皇帝孫曰常山王遵之十二代孫。" 十四世孫:岑仲勉《唐集質疑·元稹世系》:"元稹所爲《仲兄墓誌銘》云:'有魏昭成皇帝十一代而生我隋朝兵部尚書府君諱某,後五代而生我比部郎中舒王府長史府君諱某,君即府君之第二子也。'(長慶集五七)據姓纂,兵尚即元巖,比部郎中者稹之父寬也,依此而計,則昭成至稹十七世。舊書一六六稹傳云:'後魏昭成皇帝稹十代祖也',與集迥異,舊書多訛錯,豈今本十字之下,有脱文歟。白居易《元稹墓誌》云:'公即僕射府君第四子,後魏昭成皇帝十五代孫也',與稹《仲兄誌》相差兩代,即謂稹兄誌連本身計,亦與稹誌相差一代,元、白膠漆,不應如是其失考也。又據姓纂,昭成生力真,力真生

勃,勃玄孫禎,禎生巖,巖生琳,琳生義端,義端生延景,延景生俳,俳
生寬,寬生積,連本身計,則爲昭成十四代孫,否者十三代,是與積誌
亦最少相差一代也。復考新表七五下,什翼犍生力真,力真生意勁
(即姓纂之勃),五世孫禎,禎生巖,巖生弘,弘生義端,義端生延景,延
景生俳,俳生寬,寬生積,如新表之五世孫不連本身,積誌之十五代連
本身,則新表尚與積誌合;顧新表此段世系,顯合姓纂、白集而編成,
保無削足適屨之舉(此弊已於拙著姓纂校記指出),吾人不能據新表
以證白集《積誌》之必合也。"我們的意見與岑仲勉《唐集質疑‧元積
世系》的說法並不相同,我們以爲岑仲勉先生的說法存在諸多矛盾無
法自圓:關於"十四世孫",我們認爲,十四世之孫,亦即自昭成以後算
起,至元積一代,共十六世,計及昭成,共十七世,符合"十四世"之孫,
亦即十七代的史實。關鍵是對"孫"字與"世"字的不同理解。白居易
《唐故武昌軍节度处置等使正议大夫检校户部尚书鄂州刺史兼御史
大夫赐紫金鱼袋赠尚书右仆射河南元公墓志铭》:"公諱積,字微之,
河南人。六代祖巖,隋兵部尚書,封平昌公;五代祖宏,隋北平太守;
高祖義端,魏州刺史;曾祖延景,岐州參軍;祖諱俳,南頓縣丞,贈兵部
員外郎;考諱寬,比部郎中舒王府長史,贈尚書右僕射;妣滎陽鄭氏,
追封陳留郡太夫人。公即僕射府君第四子,後魏昭成皇帝十五代孫
也。"白居易的算法與元積本人的稍有不同,白居易這裏的"十五代
孫",當是計及昭成本身在内,而元積在本文是没有計及"昭成皇帝"
在内,兩者的區别就在這裏。我們的結論是否合理,還應該由元積自
己所撰的元氏家族的墓誌銘來檢驗:而元積《唐故朝議郎侍御史内供
奉鹽鐵轉運河陰留後河南元君墓誌銘》:"有魏昭成皇帝十一代而生
我隋朝兵部尚書府君諱某,後五代而生我比部郎中舒王府長史……"
而元積《夏阳县令陆翰妻河南元氏墓志铭》:"始祖有魏昭成皇帝,後
嗣失國,今稱河南洛陽人焉! 六代祖諱元巖,在周为内史大夫,以諫
廢;在隋为兵部尚書昌平公,以忠進。君子曰:'忠之後必復。'降五世

而生我皇考府君。府君諱某……當乾元廣德之間,郡國多事,由雲陽、昭應尉,馮翊、猗氏長遷于殿中侍御史,或未環歲或未浹時……其在比部郎中也……我府君為虢州別駕,累遷舒王府長史。"白居易《唐故武昌軍節度處置等使正議大夫檢校户部尚書鄂州刺史兼御史大夫賜紫金魚袋尚書右僕射河南元公墓誌銘并序》所云"十五代孫",我們以為可以理解為"十五代之孫",亦即計及昭成皇帝在内的十七代子孫。這與元稹所云元巖為"十一代"加"五代"為元寬,計及元稹,也是昭成皇帝的十七代子孫。元稹《夏陽縣令陸翰妻河南元氏墓誌銘》也云元巖"降五世而生我皇考府君",亦即與上面兩個墓誌的説法是一致的。元稹《唐故朝議郎侍御史内供奉鹽鐵轉運河陰留後河南元君墓誌銘》轉述元秸的話説:"斯宇也,尚書府君受賜于隋氏,乃今傳七代矣!"所述也符合自元巖至元秸一共七代的情況。我們持元稹為昭成"十五代元悱之孫",亦即從昭成算起至元稹為十七世的意見。十四世之孫,亦即自昭成以後算起,至元稹一代,共十六世,計及昭成,共十七世,符合"十四世"之孫,亦即十七代的史實。事實證明,幾個與元氏家族有關的墓誌銘,互相證明我們的推理是合理的,没有矛盾的。白居易《唐故武昌軍节度处置等使正议大夫检校户部尚书鄂州刺史兼御史大夫赐紫金鱼袋赠尚书右仆射河南元公墓志铭》:"公諱稹,字微之,河南人。六代祖巖,隋兵部尚書,封平昌公;五代祖宏,隋北平太守;高祖義端,魏州刺史;曾祖延景,岐州參軍;祖諱悱,南頓縣丞,贈兵部員外郎;考諱寬,比部郎中舒王府長史,贈尚書右僕射;妣榮陽鄭氏,追封陳留郡太夫人。公即僕射府君第四子,後魏昭成皇帝十五代孫也。"白居易的算法與元稹本人的稍有不同,白居易這裏的"十五代孫",當是計及昭成本身在内,而元稹在本文是没有計及"昭成皇帝"在内,兩者的區别就在這裏。而元稹《唐故朝议郎侍御史内供奉盐铁转运河阴留后河南元君墓志铭》:"有魏昭成皇帝十一代而生我隋朝兵部尚書府君諱某,後五代而生我比部郎中舒王府長史……"而元稹《夏陽县令陆翰妻河南元氏墓志铭》:"始祖有魏昭成皇帝,後嗣失國,今稱河南洛陽人焉! 六代祖諱元巖,在周爲内史大夫,以諫廢;在隋爲兵部尚書昌平公,以忠進。君子曰:'忠之後必復。'降五世而生我皇考府君。府君諱某……當乾元廣德之間,郡國多事,由雲陽、昭應尉,馮翊、猗氏長遷于殿中侍御史,或未環歲或未浹時……其在比部郎中也……我府君爲虢州别駕,累遷舒王府長史。"白居易《唐故武昌軍節度處置等使正議大夫檢校户部尚書鄂州刺史兼御史大夫賜紫金魚袋尚書右僕射河南元公墓誌銘并序》所云"十五代孫",我們以爲可以理解爲"十五代之孫",亦即計及昭成皇帝在内的十七代子孫。這與元稹所云元巖爲"十一代"加"五代"爲元寬,計及元稹,也是昭成皇帝的十七代子孫。元稹《夏陽縣令陸翰妻河南元氏墓誌銘》也云元巖"降五世而生我皇考府君",亦即與上面兩個墓誌的説法是一致的。元稹《唐故朝議郎侍御史内供奉鹽鐵轉運河陰留後河南元君墓誌銘》轉述元梓的話説:"斯宇也,尚書府君受賜于隋氏,乃今傳七代矣!"所述也符合自元巖至元梓一共七代的情況。我們持元稹爲昭成"十五代元悱之孫",亦即從昭成算起至元稹爲十七世的意見。記得孫望先生曾經在研究生答辯的時候,特地向參加我畢業論文答辯會的幾位導師,如朱金城先生、郁賢皓先生、羊達之先生等介紹這一經我努力獲得的新成果。先生獎掖後進之心,於此可見一斑。

③ 蔭:庇蔭,封建時代子孫因先世有功勞而得到封賞或免罪。《南齊書·王僧虔傳》:"況吾不能爲汝蔭,政應各自努力耳!"《新唐書·顏杲卿傳》:"杲卿以蔭調遂州司法參軍。" 入仕:入朝作官。董仲舒《春秋繁露·爵國》:"士入仕宿衛天子者比下士,下士者如上士之下數。"《文心雕龍·議對》:"對策者以第一登庸,射策者以甲科入仕,斯固選賢要術也。" 丁憂:遭逢父母喪事,舊制父母死後,子女要守喪,三年内不做官,不婚娶,不赴宴,不應考。《晉書·袁悦之傳》:

“〔悅之〕始爲謝玄參軍，爲玄所遇，丁憂去職。”王禹偁《謝弟禹圭授試銜表》：“伏念臣出自孤貧，猥叨班列，雖累居近侍，而未免食貧。言念禹圭，臣之母弟，素無文性，早使專經。重以先臣惜其幼子，本期擢第，以慰慈顔。自後住舉六年，丁憂三載，漸及强仕，未有出身⋯⋯”太夫人：漢制，列侯之母稱太夫人。《漢書・文帝紀》：“令列侯太夫人、夫人、諸侯王子及吏二千石無得擅徵捕。”顔師古注引如淳曰：“列侯之妻稱夫人。列侯死，子復爲列侯，乃得稱太夫人。子不爲列侯，不得稱也。”後世官吏之母，不論存殁，亦稱太夫人。獨孤及《唐故秘書監贈禮部尚書姚公墓誌銘并序》：“無何，二京陷覆，太夫人捐館，公外罹憂患，内纏惸疚，銜憤泣血，毀瘠滅性。”徐浩《唐尚書右丞相中書令張公神道碑》：“封章直言，不協時宰，方屬辭滿，拂衣告歸。太夫人在堂，承順左右，孝養之至，閭里化焉！”

④ 享年：敬辭，稱死者存活在世的壽數。蔡邕《郭有道林宗碑》：“稟命不融，享年四十有三。”蘇軾《司馬温公神道碑》：“而公卧病，以元祐元年九月丙辰薨於位，享年六十八。” 殁：死，去世。《國語・晉語》：“管仲殁矣！多讒在側。”《史記・屈原賈生列傳》：“伯樂既殁兮，驥將焉程兮？” 衢州：州名，地當今浙江省衢州市。《元和郡縣志・衢州》：“本舊婺州信安縣也，武德四年平李子通於信安縣，置衢州，以州有三衢山，因取爲名。六年陷輔公祏，廢州。垂拱二年復置。”白居易《秦中吟十首・輕肥》：“是歲江南旱，衢州人食人。”朱慶餘《送祝秀才歸衢州》：“舊隱轂溪上，憶歸年已深。學徒花下別，鄉路雪邊尋。”歸祔：合葬。白居易《祭李侍郎文》：“指岐下以歸祔，備大葬之威儀。”蘇轍《遣適歸祭塋文》：“轍與婦史，夙約歸祔，常指庚穴以俟諸子。”

⑤ 力學：努力學習。楊炯《卧讀書架賦》：“儒有傳經有乎致遠，力學在乎請益。”王安石《上仁宗皇帝言事書》：“至於大倫、大法、禮義之際，先王之所力學而守者，蓋不及也。” 五經：五部儒家經典，即《詩》、《書》、《易》、《禮》、《春秋》，其稱始於漢武帝建元五年，其中《禮》

漢時指《儀禮》，後世指《禮記》；《春秋》後世並《左傳》而言。班固《白虎通·五經》：“五經何謂？謂《易》、《尚書》、《詩》、《禮》、《春秋》也。”《新唐書·百官志》：“《周易》、《尚書》、《毛詩》、《左氏春秋》、《禮記》爲五經。”　近體詩：詩體名，一稱今體詩，與古體詩相對而言，指唐代定型並大量出現的律詩及絕句，這種詩體的句數、字數、屬對、平仄和用韻都有嚴格規定。其名稱的出現在元稹之前，但其被大家公認，卻在唐代之後。《唐才子傳》卷八：“清塞字南卿……俗姓周名賀，工爲近體詩，格調清雅，與賈島無可齊名。”《今獻備遺·李夢陽》：“弘治間，李公夢陽以命世雄才洞視元古，謂文莫如先秦西漢，古詩莫如漢魏，近體詩莫如初盛唐。”

　　⑥　愉愉：和順貌，和悦貌。《禮記·祭義》：“齊齊乎其敬也，愉愉乎其忠也。”孫希旦集解：“‘愉愉乎其忠’者，言其和順之發於誠也。”《論語·鄉黨》：“私覿，愉愉如也。”何晏集解引鄭玄曰：“愉愉，顏色和。”　嬰兒之慕：《禮記義疏·檀弓》：“孔子在衛，有送葬者而夫子觀之曰：‘善哉！爲喪乎足以爲法矣！小子識之！’子貢曰：‘夫子何善爾也？’曰：‘其往也如慕，其反也如疑。’子貢曰：‘豈若速反而虞乎？’子曰：‘小子識之，我未之能行也。’”孔氏穎達曰：“此論喪禮以哀戚爲本之事，父母在前，嬰兒在後，恐不及之，故常啼呼而隨之。今親喪在前，孝子在後，亦恐不及，故如嬰兒之慕也。”張九成《孟子傳》：“老萊七十而慕爲五綵之衣，爲嬰兒，匍匐於父母前，此心爲如何哉？欲識舜之爲舜，當於嬰兒之慕而求之。”《歷代名臣奏議·戒逸欲》：“下之事上，如嬰兒之慕父母，葵藿之傾太陽，非宜於自驕自恃而速不庭之愆也。”　恭恭：恭敬貌。王通《中説·事君》：“其接長者，恭恭然如不足。”葉適《祭陳君舉中書文》：“好惡順逆，几几恭恭。”　愛敬：親愛恭敬。《孝經·天下》：“愛敬盡於事親，而德教加於百姓。”《後漢書·耿純傳》：“純到國，弔死問病，民愛敬之。”　煦煦：惠愛貌。韓愈《原道》：“彼以煦煦爲仁，孑孑爲義，其小之也，則宜。”和悦貌。葉適《祭

周宗夷文》:"良朋時來,花月供娛;十十五五,煦煦濡濡。" 窮年:終其天年,畢生。《戰國策·齊策》:"使管仲終窮抑,幽囚而不出,慚恥而不見,窮年没壽,不免爲辱人賤行矣!"《莊子·齊物論》:"和之以天倪,因之以曼衍,所以窮年也。" 愠厲:義近"愠怒",惱怒。《史記·李將軍列傳》:"廣不謝大將軍而起行,意甚愠怒而就部。"義近"愠怍",猶愠怒。權德輿《秦徵君校書與劉隨州唱和詩序》:"儒有秦公緒者……七年春,始與予遇於南徐,白頭初命,色無愠怍。" 謹廉:謹慎廉正。元積《授牛元翼成德軍節度使制》:"而又忠孝謹廉,慈仁和惠,愛養士伍,均如鳲鳩。"汪應辰《應詔薦將帥辭免權宣撫札子》:"持身謹廉,御衆嚴整。" 貞順:指臣節的忠貞效順。房鄴《少華山佑順侯碑頌》:"姑録許公貞順之誠,少華保佑之實,以明報神,以勸事君。"田錫《請復鄉飲禮書》:"訏愎化爲柔和,狠戾遷爲貞順,革惡歸善,流邪復正,其何然哉!蓋性相近也,習相遠也。" 仁愛:寬仁慈愛,親愛。《淮南子·修務訓》:"堯立孝慈仁愛,使民如子弟。"《史記·袁盎列傳》:"仁愛士卒,士卒皆爭爲死。" 寮友:同僚。夏侯湛《東方朔畫贊》:"戲萬乘若寮友,視儔列如草芥。"劉商《上巳日兩縣寮友會集時主郵不遂馳赴輒題以寄方寸》:"踏青看竹共佳期,春水晴山被禊詞。獨坐郵亭心欲醉,櫻桃落盡暮愁時。" 悍誕:凶暴放蕩。元積《沂國公魏博德政碑》:"季安悍誕淫驕,風勃蠱蠹,發則喜殺左右,漸及於骨肉。" 鄙異:猶"傀異",猶怪異。《周禮·春官·大司樂》:"凡日月食,四鎮五嶽崩,大傀異栽,諸侯薨,令去樂。"鄭玄注:"傀猶怪也!大怪異栽,謂天地奇變,若星辰奔賈,及震裂爲害者。"猶"反異",反常奇異,指不符當時經師正統的學説。《後漢書·范升傳》:"今《費》《左》二學,無有本師,而多反異,先帝前世,有疑於此,故《京氏》雖立,輒復見廢。" 怡然:安適自在貌,喜悦貌。《史記·孔子世家》:"有所穆然深思焉!有所怡然高望而遠志焉!"干寶《搜神記》卷一八:"〔叔高〕凡殺四五頭,並死,左右皆驚怖伏地,叔高神慮怡然如舊。"

⑦ 淑人：善人。《詩·小雅·鼓鐘》：“淑人君子，懷允不忘。”鄭玄箋：“淑，善。”張衡《思玄賦》：“感鸞鷖之特棲兮，悲淑人之希合。”君子：泛指才德出衆的人。班固《白虎通·號》：“或稱君子何？道德之稱也。君之爲言群也，子者丈夫之通稱也。”王安石《君子齋記》：“故天下之有德，通謂之君子。”　壽：年壽，壽限。《左傳·襄公八年》：“《周詩》有之曰：‘俟河之清，人壽幾何？兆云詢多，職競作羅。’”杜預注：“逸詩也，言人壽促而河清遲。”《荀子·榮辱》：“樂易者常壽長，憂險者常夭折，是安危利害之常體也。”　達：顯貴，顯達。《孟子·盡心》：“窮則獨善其身，達則兼善天下。”嵇康《卜疑》：“方而不制，廉而不割，超世獨步，懷玉被褐，交不苟合，仕不期達。”　命：天命，命運。《易·乾》：“乾道變化，各正性命。”孔穎達疏：“命者，人所禀受若貴賤夭壽之屬是也。”朱熹本義：“物所受爲性，天所賦爲命。”嵇康《釋難宅無吉凶攝生論》：“夫命者，所禀之分也。”　適然：偶然。《韓非子·顯學》：“故有術之君，不隨適然之善，而行必然之道。”歐陽修《瀧岡阡表》：“吾始一二見之，以爲新免於喪適然耳！既而其後常然。”當然。賈誼《治安策》：“至於俗流失，世壞敗，因恬而不知怪，慮不得於耳目，以爲是適然耳！”《漢書·禮樂志》：“至於風俗流溢，恬而不怪，以爲是適然耳！”顏師古注：“言正當如此，非失道也。”

⑧ 猶子：指侄子。《禮記·檀弓》：“喪服，兄弟之子，猶子也，蓋引而進之也。”本指喪服而言，謂爲己之子期，兄弟之子亦爲期，後因稱兄弟之子爲猶子。任昉《爲齊明帝讓宣城郡公第一表》：“太祖高皇帝篤猶子之愛，降家人之慈；世祖武帝情等布衣，寄深同氣。”文天祥《寄惠州弟》：“親喪君自盡，猶子是吾兒。”元晦是吏部員外郎元挹的孫子，饒州刺史元洪的兒子，他既是元稹的侄子，自然也是本文“元君”的侄子，元晦會昌年間歷職桂管觀察使、浙東觀察使。　孤子：年少喪父者，或幼無父母者。《禮記·深衣》：“如孤子，衣純以素。”鄭玄注：“三十以下無父稱孤。”《管子·輕重己》：“民生而無父母，謂之孤

子。”古代居父母喪者的自稱。《南史·宋巴陵哀王休若傳》：“沈居母喪被起，聲樂酺飲，不異吉人。衣冠既無殊異，並不知沈居喪。沈嘗自稱孤子，衆乃駭愕。”袁昂《答服問書》：“孤子夙以不天，幼傾乾廕，資敬未奉，過庭莫承。” 震：從本文文意看，元震應該是本文“元君”兩個兒子中的一個，他與元晦都是綿州長史元平叔的曾孫，元震的親兄弟是元義方，後來官至京兆尹。 襄：成，完成。《左傳·定公十五年》：“葬定公，雨，不克襄事，禮也。”杜預注：“襄，成也。”《舊五代史·盧詹傳》：“詹家無長物，喪具不給，少帝聞之，賜布帛百段，粟麥百斛，方能襄其葬事。”陸宗達《説文解字通論》：“當魯定公葬禮之際，正碰上下雨，泥土淋漓，根本無法挖坑、反土。雖然這裏的襄字不是説耕種農作物，但就工序來説，除土反土是一致的。” 祔：祭名，原指古代帝王在宗廟內將後死者神位附於先祖旁而祭祀。《左傳·僖公三十三年》：“凡君薨，卒哭而祔。”杜預注：“以新死者之神祔之於祖。”顏真卿《論元皇帝祧遷狀》：“伏以代宗睿文孝皇帝卒哭而祔。” 銘：刻寫在器物上的文辭。《左傳·昭公三年》：“《讒鼎之銘》曰：‘昧旦丕顯，後世猶怠。’”《文心雕龍·誄碑》：“夫碑實銘器，銘實碑文。” 季父：叔父，亦指最小的叔父。《史記·項羽本紀》：“其季父項梁。”《釋名·釋親屬》：“叔之弟曰季父，季，癸。甲乙之次，癸最在下，季亦然也。”

⑨ 夭：短命，早死。《書·高宗肜日》：“降年有永有不永，非天夭民，民中絶命。”孫星衍疏：“夭者，《釋名》云：‘少壯而死曰夭，如取物中夭折也。’”《墨子·非儒》：“壽夭貧富，安危治亂，固有天命。” 識：知道，瞭解。《詩·大雅·皇矣》：“不識不知，順帝之則。”王安石《送吳顯道五首》二：“欲往城南望城北，此心炯炯君應識。” 究：謀劃。《詩·大雅·皇矣》：“維彼四國，爰究爰度。”毛傳：“究，謀。”柳宗元《平淮夷雅·方城》：“是究是咨，皇德既舒。”

⑩ 北原：元氏家族的墓地，咸陽縣在長安西北，故稱“北原”。白居易《唐河南元府君夫人滎陽鄭氏墓誌銘》：“越明年二月十五日，權

祔於咸陽縣奉賢鄉洪瀆原,從先姑之塋也。"韓愈《監察御史元君妻京
兆韋氏夫人墓誌銘》:"年二十七,以元和四年七月九日卒,卒三月,得
其年之十月十三日,葬咸陽,從先舅姑兆。"　子子孫孫:子孫後裔,世
世代代。《書·梓材》:"欲至於萬年惟王,子子孫孫永保民。"孔傳:
"又欲令其子孫累世長居國以安民。"《列子·湯問》:"子又有子,子又
有孫;子子孫孫,無窮匱也。"

　　⑪　令人:品德美好的人。《詩·邶風·凱風》:"凱風自南,吹彼
棘薪。母氏聖善,我無令人。"鄭玄箋:"令,善也。"《舊唐書·韋挺楊
纂等傳論》:"周隋以來,韋氏世有令人,鬱為冠族,而安石嗣立,竟大
其門。"　克終:謂善終。《三國志·馬良傳》:"其人起士,荆楚之令,
鮮於造次之華,而有克終之美。"《資治通鑑·晉武帝太康三年》:"漢
高祖尊寵五王而夷滅,光武抑損諸將而克終。"　疚:因有過失感到內
心慚愧痛苦。《論語·顏淵》:"內省不疚,夫何憂何懼!"憂傷,憂慮。
潘岳《西征賦》:"丘去魯而顧嘆,季過沛而涕零。伊故鄉之可懷,疚聖
達之幽情。"

[編年]

　　《年譜》編年:"《志》云:'元和十五年四月某日,歸祔於咸陽縣之
某鄉某里……是月二十一日,猶子晦跪于予曰:"某日孤子震襄祔事,
請銘于季父!"'元和十五年四月二十一日以後撰。"《編年箋注》編年:
"文中云:'元和十五年四月某日,歸祔於咸陽縣之某鄉某里。'又云
'是月二十一日,猶子晦跪于予曰:"某日孤子震襄祔事,請銘于叔
父。"'則此《銘》作于元和十五年(八二〇)四月。元稹時在祠部員外
郎試知制誥任。"《年譜新編》編年本文於元和十五年,理由同《年譜》
所示。《年譜》認定的"元和十五年四月二十一日以後撰",但"以後"
究竟"以後"到什麼時候? 是否一直"以後"到元和十五年的結束?
《年譜》則含糊其辭,沒有明確。《年譜新編》編年本文於"元和十五

年”，更比《年譜》含混籠統。《編年箋注》認定的“四月”，也有問題，因爲四月“二十一日”之前元稹肯定還没有撰寫本文，而四月“二十一日”之前則涵蓋了“四月”的絶大部份時日。

我們以爲，本文中的“元君”，亦即元稹的同族同輩兄弟病故於衢州，其病故的具體時間應該在四月“二十一日”、“四月某日”之前，究竟是哪一天，難以確認。而四月“二十一日”是元晦請求元稹爲“元君”撰寫墓誌銘的日子，應該在前；“四月某日”是元氏家族安葬“元君”的時日，應該在後。計長安與衢州兩地之間的距離，以及四月已經是夏季炎熱天氣的特殊情況，“元君”病故的時間離開四月“二十一日”、“四月某日”應該不會太遠，估計就在四月之内。元稹四月“二十一日”接受侄子元晦的請托，是不會也不能拖延時日的，一篇爲兄弟而作的墓誌銘，對“元才子”元稹來説，自然是一揮而就，“由是銘”，所以我們認爲本文應該就作於四月“二十一日”或稍後一二日之内。退一步講，“元君”安葬在“四月某日”，元稹本文至遲也必須在“四月”三十日之前完成，地點自然在長安，時元稹正在膳部員外郎試知制誥任。《編年箋注》認定“元稹時在祠部員外郎試知制誥任”的説法肯定有誤，查考元稹一生，並未歷“祠部員外郎試知制誥任”之官職。

◎ 爲令狐相國謝賜金石凌紅雪狀①

恩賜金石凌紅雪各一合（一）。

右，中使賫千乘至（二），奉宣進止②。以臣將赴山陵，時屬炎暑，賜前件紅雪等（三）③。臣職司復土（四），戀切攀髯，方當匍匐而前，敢有赫曦之懼④！豈謂天光下濟，靈藥旁沾⑤！

念臣有丹赤之愚，故賜臣以洗心之物；察臣有木訥之性，故賜臣以苦口之滋⑥。就日疑不冶之清冰⁽五⁾,在合若遇圓之絳雪⑦。恩加望外,感極愚衷⁽六⁾,無任局蹐屏營之至⑧。

録自《元氏長慶集》卷三六

[校記]

（一）恩賜金石凌紅雪各一合:楊本、叢刊本同,《英華》、《全文》作“恩賜金石凌紅雪各一兩”,似乎與湯藥的實際不符,不從不改。

（二）中使竇千乘至:原本作“中使某乙至”,楊本、叢刊本同,據《英華》、《全文》改。

（三）賜前件紅雪等:原本作“賜前件紅雪等并合”,楊本、叢刊本同,據《英華》、《全文》改。

（四）臣職司復土:叢刊本、《英華》、《全文》同,楊本作“臣職司復上”,語義難通,刊刻之誤,不從不改。

（五）就日疑不冶之清冰:《英華》、《全文》同,楊本、叢刊本作“就日疑不治之清冰”,語義不通,刊刻不誤,不從不改。

（六）感極愚衷:楊本、叢刊本同,《英華》、《全文》作“感極成悲”,各備一説,不改。

[箋注]

① 令狐相國:即令狐楚,據《舊唐書·令狐楚傳》,令狐楚元和十四年七月至十五年六月在宰相之任。元稹《爲令狐相國謝回一子官與弟狀》:“臣本凡愚,猥當重任……特降推恩之命,曲成友愛之私。九族生光,百身何報?”姚合《寄汴州令狐楚相公》:“汴水從今不復渾,秋風鼙鼓動城根。梁園臺館關東少,相府旌旗天下尊。” 相國:古官名,春秋戰國時,除楚國外,各國都設相,稱爲相國、相邦或丞相,爲百官之長。秦及漢初,其位尊於丞相,後爲宰相的尊稱。《漢書·百官

公卿表》："高帝元年,沛相蕭何爲丞相。九年,丞相何遷爲相國。"高承《事物紀原·相國》："亦秦置官,始皇帝立,尊吕不韋爲相國。漢初蕭何亦爲之,今人以呼宰輔也。"　金石凌:一種用於治療黄疸、瘡腫諸病癥的湯藥。《普濟方·煎藥》："金石凌法(出聖惠方):療天行諸黄疸、乳石發動生諸瘡腫、心熱舌乾咽喉閉痛。金(三十兩)、石膏(三斤,搗碎)、滑石(三斤,搗碎)、寒水石(三斤,搗碎),已上用水四斗,於大銀鍋内煎,取汁三斗,去渣澄清。"　紅雪:另一種治療黄疸等諸多病癥的湯藥。《普濟方·煎藥》："紅雪,一名通中散,治黄熱黄疸、脚氣濕瘴,解酒毒,消宿食,開三焦,利五臟,爽精神,除毒熱,破積滯,去腦悶、眼昏、頭痛、鼻塞,口瘡重舌、腸癰喉閉宜服。"看來,令狐楚當時藉口或者真的身體不適,故唐穆宗以送湯藥爲名,督促令狐楚及時前往山陵督工。令狐楚心領神會,借此呈上謝狀,表示"將赴山陵","匍匐而前"。但他身爲宰相,自然不會親自動手,而據《册府元龜·讎怨》記載,元稹當時正爲"山陵使判官",因而這篇謝狀自然由元稹執筆代勞。而令狐楚能够選中元稹作爲自己臨時差使的助手之一,説明他對元稹的信任。但後來山陵貪污事發,令狐楚的幾名屬吏都卷入其中,最後"下獄伏罪",身首異處。而元稹能够潔身事外,從中也可見元稹品行之一斑。

②　恩賜:朝廷的賞賜。《後漢書·安成孝侯賜傳》:"〔帝〕時幸其第,恩賜特異。"王安石《次韵冲卿除日立春》:"恩賜隨嘉節,無功祇自塵。"　中使:宮中派出的使者,多指宦官。《後漢書·張讓傳》:"凡詔所徵求,皆令西園騶密約敕,號曰'中使'。"《文選·沈約〈齊故安陸昭王碑文〉》:"勉膳禁哭,中使相望。"張銑注:"天子私使曰中使。"　進止:指聖旨。《新唐書·則天皇后紀》:"高宗崩,遺詔皇太子即皇帝位,軍國大務不决者,兼取天后進止。"《資治通鑑·唐德宗貞元元年》:"(李)泌曰:'辭日奉進止,以便宜從事。'"胡三省注:"自唐以來,率以奉聖旨爲奉進止,蓋言聖旨使之進則進,使之止則止也。"

③　山陵：帝王或皇后的墳墓。《孔子家語·辨政》：“大王萬歲之後，起山陵於荆臺之上，則子孫必不忍遊於父祖之墓以爲歡樂也。”酈道元《水經注·渭水》：“秦名天子冢曰山，漢曰陵，故通曰山陵矣！”劉禹錫《赴連山途次德宗山陵寄張員外》：“常時並冕奉天顔，委佩低簪彩仗間。今日獨來張樂地，萬重雲水望橋山。”杜光庭《慰山陵畢表》：“臣某言：伏承大行皇帝山陵禮畢者，神宮長閉，仙寢永安，率土生靈，不任號慕云云。”　炎暑：暑天之酷熱。阮籍《詠懷八十二首》九：“炎暑惟兹夏，三旬將欲移。”孟浩然《同王九題就師山房》：“軒窗避炎暑，翰墨動新文。”

④　職司：主管，執掌。《後漢書·蔡邕傳》：“群僚恭己於職司，聖主垂拱乎兩楹。”韓愈《賀雨表》：“臣職司京邑，祈禱實頻，青天湛然，旱氣轉甚。”　復土：謂掘穴下棺，以所出土覆於棺上爲墳，建陵墓。《史記·秦始皇本紀》：“先帝爲咸陽朝廷小，故營阿房宮，爲室堂未就，會上崩，罷其作者，復土酈山。”《周禮·地官·小師徒》：“大喪，帥邦役，治其政教。”鄭玄注：“喪役，正棺引窆復土。”賈公彥疏：“復土者，掘坎之時掘土向外，下棺之後反復此土，以爲丘陵，故云復土。”攀髯：傳說黃帝鑄鼎於荆山下，鼎成，有龍下迎，黃帝乘之升天，群臣后宮從上者七十餘人。餘小臣不得上龍身，乃持龍髯，而龍髯拔落，並墮黃帝之弓，百姓遂抱其弓與龍髯而號哭，後用爲追隨皇帝或哀悼皇帝去世的典故。歐陽修《辭特轉吏部侍郎表》：“犬馬未報，但虞填壑之有時；弓劍忽遺，遽嘆攀髯之莫及。”亦作“攀龍”、“攀胡”。陶潛《命子十章》三：“於赫潛侯，運當攀龍。撫劍風邁，顯兹武功。”《舊唐書·哀帝紀》：“皇太后義深鳴鳳，痛切攀龍。亦欲專奉靈輿，躬及園寢，兼進追摧之道，用終克盡之儀。”　匍匐：爬行。《詩·大雅·生民》：“誕實匍匐，克岐克嶷，以就口食。”朱熹注：“匍匐，手足並行也。”《漢書·叙傳》：“昔有學步於邯鄲者，曾未得其髣髴，又復失其故步，遂匍匐而歸耳！”盡力。《詩·邶風·谷風》：“凡民有喪，匍匐救之。”

鄭玄箋:"匍匐,言盡力也。"柳宗元《叔父殿中侍御史墓表》:"行軍司馬侍御史韋重規等匍匐救助,事用無闕。" 赫曦:亦作"赫羲",炎暑熾盛貌。《文選·潘岳〈在懷縣作二首〉一》:"初伏啓新節,隆暑方赫羲。"張銑注:"赫曦,炎盛貌。"張九齡《夏日奉使南海在道中作》:"緬然萬里路,赫曦三伏時。"

⑤ 天光:喻君主。王禹偁《謝加朝請大夫表》:"年鬢漸高,郡封甚僻……未知何日,再覩天光?"蘇舜欽《答杜公書》:"況今主上好諫樂善,丈人日對天光,故未可與彼同年而語。" 下濟:指君王施恩惠於臣下百姓。《文選·顏延之〈車駕幸京口侍遊蒜山作〉》:"宣遊弘下濟,窮遠凝聖情。"呂向注:"大爲下濟之道,以成聖人之情。"白居易《策林·策尾》:"幸遇陛下發旁求之詔,垂下濟之恩。" 靈藥:指傳説中的仙藥。《海內十洲記·長洲》:"長洲……又有仙草,靈藥,甘液,玉英,靡所不有。"李商隱《常娥》:"常娥應悔偷靈藥,碧海青天夜夜心。" 沾:受益,沾光。傅玄《雜詩三首》一:"纖雲時髣髴,渥露沾我裳。"李商隱《九成宮》:"荔枝盧橘沾恩幸,鸑鵲天書濕紫泥。"

⑥ 丹赤:赤誠的心。《陳書·侯安都傳》:"款襟期於話言,推丹赤於造次。"黃滔《祭南海南平王》:"幸明靈之一臨,鑒此丹赤。" 洗心:洗滌心胸,比喻除去惡念或雜念。《易·繫辭》:"聖人以此洗心。"徐浩《寶林寺作》:"洗心聽經論,禮足蠲凶災。" 木訥:指人質樸而不善辭令。《論語·子路》:"子曰:剛毅、木訥,近仁。"何晏集解引王肅曰:"木,質樸;訥,遲鈍。"《後漢書·韋彪傳》:"宜鑒嗇夫捷急之對,深思絳侯木訥之功也。" 苦口:味苦難嘗。《史記·留侯世家》:"忠言逆耳利於行,毒藥苦口利於病。"宋之問《藥》:"有卉祕神仙,君臣有禮焉!忻當苦口喻,不畏入腸偏。"

⑦ 就日:比喻對天子的崇仰或思慕。語出《史記·五帝本紀》:"帝堯者,放勛,其仁如天,其知如神,就之如日,望之如雲。"司馬貞索隱:"如日之照臨,人咸依就之,若葵藿傾心以向日也。"駱賓王《夏日

游德州贈高四詩序》："固仰長安而就日,赴帝鄉以望雲。"姚合《文宗皇帝挽詞三首》一:"垂拱開成化,愔愔雅樂全。千官方就日,四海忽無天。" 清冰:本文比喻金石凌潔瑩如冰。岑參《送張獻心充副使歸河西雜句》:"看君謀智若有神,愛君詞句皆清新。澄湖萬頃深見底,清冰一片光照人。"舒元輿《履春冰》:"投迹清冰上,凝光動早春。兢兢愁陷履,步步怯移身。" 絳雪:煉丹家所稱丹藥名。《漢武帝内傳》:"其次藥有丸丹、金液……元霜、絳雪。"孟郊《送蕭煉師入四明山》:"絳雪爲我飯,白雲爲我田。"

⑧ 望外:出乎意料之外。庾信《謝趙王賚絲布等啓》:"望外之恩,實符大賚;非常之錫,乃溢生涯。"賈島《送令狐綯相公》:"數行望外札,絕句握中珍。" 愚衷:謙稱自己的心意、心願。楊衒之《洛陽伽藍記·平等寺》:"乞收成旨,以允愚衷。"劉禹錫《代讓同平章事表》:"伏乞賜寢前命,俯亮愚衷。" 無任:敬詞,猶不勝,舊時多用於表狀、章奏或箋啓、書信中。張九齡《請御注道德經及疏施行狀》:"凡在率土,實多慶資,無任忭戴忭躍之至。"蘇軾《徐州謝獎諭表》:"庶殫朽鈍,少補絲毫,臣無任。" 局蹐:局促不安。《後漢書·秦彭傳》:"奸吏局蹐,無所容詐。"柳宗元《上李中丞獻所著文啓》:"退自局蹐,不知所裁。" 屏營:惶恐,彷徨。《國語·吳語》:"王親獨行,屏營仿偟於山林之中。"柳宗元《上武元衡謝撫問啓》:"先賜榮示,奉讀流涕,以懼以悲,屏營舞躍,不敢寧處。"

[編年]

《年譜》編年本文於"元和十五年夏作",理由是:"《狀》云:'以臣將赴山陵,時屬炎暑,賜前件紅雪等。'"《編年箋注》編年:"據文中'將赴山陵'之語推斷,此《狀》撰於元和十五年(八二〇)一二月間。蓋二月以後元稹已遷祠部員外郎試知制誥。"《年譜新編》的編年意見及理由同《年譜》。

　　我們以爲,《編年箋注》編年本文於元和十五年一二月間的意見是不可取的。因爲一二月間還是春天,連暮春也還沒有來到,在長安,怎麼就可以説"時屬炎暑"? 暑應該是夏季。《易・繫辭》:"寒往則暑來,暑往則寒來。"更不要説"炎暑"了。《編年箋注》的邏輯讓人無法理解,因爲元稹拜職"祠部員外郎試知制誥",就不能爲宰相令狐楚代筆? 山陵使判官衹是一個臨時差使,兩者並不矛盾。長慶二年二月十九日,元稹已經拜職宰相,他一方面請白居易代自己作《爲宰相謝官表(爲微之作)》,同時他自己又爲李德裕作《代李中丞謝官表》,類如的例子在唐代比比皆是,多不枚舉,《編年箋注》爲什麼視而不見?《編年箋注》又毫無根據,自説自話,竟然給元稹加上"祠部員外郎試知制誥"的官銜,元稹如果地下有知,不知作何感想? 元稹《憲宗章武孝皇帝挽歌詞三首》的題注"膳部員外時作"就是明證,《編年箋注》編年《憲宗章武孝皇帝挽歌詞三首》之時,就改口説:"此詩作于元和十五年(八二〇),元稹在膳部員外郎任。見卞《譜》。"可惜《編年箋注》竟然沒有發現自己著作裏面的其他錯誤并一併改正。我們還以爲,《年譜》、《年譜新編》編年本文於"元和十五年夏"的意見不僅有點含糊籠統,而且還有錯誤。按照常規,《年譜》、《編年箋注》所云夏季應該包括三個月:四月、五月和六月,《舊唐書・憲宗紀》:"(元和十五年五月)庚申,葬于景陵。"而據干支推算,"庚申"是"五月十九日","五月十九日"之後,唐憲宗已經入土,山陵使令狐楚還有必要"將赴山陵"嗎? 因此令狐楚"將赴山陵"的具體日期,應該在夏天已經來到的四月,不會延誤到安葬唐憲宗的五月十九日之時,更不會推遲到五月十九日之後的五月和此後的六月。而本文撰作日期更應該在令狐楚"將赴山陵"之前,亦即應該在元和十五年四月"初夏"之時,所謂的"炎暑",僅僅衹是飾詞,意謂自己不惜帶病冒暑熱而前往。撰文地點當然在長安,元稹時任膳部員外郎試知制誥之職。

◎ 憲宗章武孝皇帝挽歌
詞三首（膳部員外時作）①

國付重離後，身隨十聖仙②。北辰移帝座，西日到虞泉③。方丈言虛設，華胥事眇然④。觸鱗曾在宥，偏哭墮鼙前⑤。

天寶遺餘事，元和盛聖功⑥。二凶梟帳下，三叛斬都中（楊惠琳、李師道傳首京師，劉闢、李錡、吳元濟腰斬都市）⑦。始服沙陀虜，方吞邏逤戎（沙陀突厥，自元和初始通中國）⑧。狼星如要射，猶有鼎湖弓⑨。

月落禁垣西，星攢曉仗齊⑩。風傳宮漏苦⁽一⁾，雲拂羽儀低⑪。路隘車千兩，橋危馬萬蹄⁽二⁾⑫。共嗟封石檢⁽三⁾，不爲報功泥⑬。

錄自《元氏長慶集》卷八

［校記］

（一）風傳宮漏苦：《全詩》同，楊本、叢刊本作“風傳宮臨苦”，語義不通，不改。

（二）橋危馬萬蹄：原本作“橋聲馬萬蹄”，楊本、叢刊本同，語義不佳，據《全詩》改，與上句“路隘車千兩”呼應。

（三）共嗟封石撿：原本作“共嗟封石撿”，語義不佳，據楊本、叢刊本、《全詩》改。

[箋注]

① 憲宗:李唐皇帝李純病故之後根據禮儀議定的廟號,《舊唐書·憲宗紀》:"憲宗聖神章武孝皇帝諱純,順宗長子也,母曰莊憲王太后。大曆十三年二月生于長安之東内,六七歲時德宗抱置膝上,問曰:'汝誰子,在吾懷?'對曰:'是第三天子。'德宗異而憐之,貞元四年六月封廣陵王。順宗即位之年四月,册爲皇太子。七月乙未,權勾當軍國政事。八月丁酉朔,授内禪。乙巳,即皇帝位於宣政殿。"自貞元二十一年登位,至元和十五年正月二十三日,被宦官毒殺,共在位十六年。所謂"廟號"是皇帝死後在太廟立室奉祀時特起的名號。《晉書·成帝紀》:"癸巳,帝崩於西堂,時年二十二,葬興平陵,廟號顯宗。"劉知幾《史通·稱謂》:"古者天子廟號,祖有功而宗有德,始自三代,迄於兩漢,名實相允,今古共傳。"顔真卿《論元皇帝祧遷狀》:"昔漢朝廷近古,不敢以私滅公,故前漢十二帝,爲祖、宗者四而已。至後漢漸違經意,子孫以推美爲先,自光武以下,皆有廟號,則祖、宗之名,莫不建也。"   章武孝皇帝:這是由禮官擬就的李純"謚號",《舊唐書·憲宗紀》:"(元和十五年)五月丁酉,群臣上謚曰聖神章武孝皇帝。"古人死後依其生前行迹而爲之所立的稱號。帝王的謚號一般由禮官議上;臣下的謚號由朝廷賜予;一般文人學士或隱士的謚號則由其親友、門生或故吏所加,稱爲私謚,與朝廷頒賜的不同。《史記·鄭世家》:"乃更立昭公弟子亹爲君,是爲子亹也,無謚號。"《晉書·禮志》:"立德濟世,揮揚仁風,以登封泰山者七十有四家,其謚號可知者十有四焉!"   挽歌詞:挽柩者所唱哀悼死者的歌,後泛指對死者悼念的詩歌或哀嘆舊事物滅亡的文辭。《後漢書·五行志》:"靈帝數遊戲於西園中。"劉昭注引應劭《風俗通》:"酒酣之後,續以挽歌。"劉義慶《世說新語·任誕》:"時袁山松出遊,每好令左右作挽歌。"   膳部員外:李唐六部之一禮部的職官,《舊唐書·職官志》:"膳部郎中一員(從五品上,龍朔爲司膳大夫,咸亨復也)員外郎一員(從六品上)……

郎中、員外郎之職,掌邦之祭器、牲豆、酒膳,辨其品數及藏冰食料之
事。"杜甫《承沈八丈東美除膳部員外阻雨未遂馳賀奉寄此詩(東美乃
佺期之子)》:"今日西京掾,多除內省郎。通家惟沈氏,謁帝似馮唐。"
《舊唐書·元稹傳》:"(元和)十四年,自虢州長史徵還,爲膳部員外
郎。"元和十五年二月五日,元稹以膳部員外郎的資格試知制誥,同年
五月九日,轉任祠部郎中知制誥。關於本詩,明代楊愼《升庵集》卷六
〇評云:"元微之《唐憲宗挽詞》:'……'二凶謂楊惠琳、李師道,傳首
京師;三叛謂劉闢、李錡、吳元濟,斬於都市,斯亦近詩史矣!"以"詩
史"評價本詩,可謂不低。

　　②國:國家。《詩·小雅·節南山》:"秉國之均,四方是維。"東
方朔《非有先生論》:"國無災害之變,民無飢寒之色。"　重離:《易·
離》:"明兩作離,大人以繼明照于四方。"孔穎達疏:"明兩作離者,離
爲日,日爲明。"《離》卦爲離上離下相重,故以"重離"指太陽。《隋
書·音樂志》:"重離得位,芒種在時。"古以帝王喻日,因本《易·離》
之義,以"重離"指帝王或太子。沈約《謝立皇太子賜絹表》:"重離在
天,八紘之所共仰;明兩作貳,萬國所以咸寧。"《隋書·楊素傳》:"伏
惟陛下照重離之明,養繼天之德。""重離"是指以皇太子身份隨後登
帝位的唐穆宗李恒。　十聖仙:指李唐此前已經歸天的十位皇帝:唐
高祖、唐太宗、唐高宗、唐中宗、唐睿宗、唐玄宗、唐肅宗、唐代宗、唐德
宗、唐順宗,在當時的正統觀念裏,武則天是不會計算在內的。　聖
仙:亦即聖主,泛稱英明的天子。《戰國策·秦策》:"良醫知病人之死
生,聖主明於成敗之事。"《舊唐書·王義方傳》:"臣聞附下罔上,聖主
之所宜誅;心狠貌恭,明時之所必罰。"

　　③北辰:喻帝王或受尊崇的人。趙彥昭《奉和人日清暉閣宴群
臣遇雪應制》:"出震乘東陸,憑高御北辰。祥雲應早歲,瑞雪候初
旬。"李德裕《馬公神道碑銘》:"瘁精爽於北辰,播芳烈於來代。"　帝
座:帝王的座位。陸機《辯亡論》:"旋皇輿於夷庚,反帝座乎紫闥。"張

說《奉和聖製千秋節宴應制》:"五德生王者,千齡啓聖人……高居帝座出,夾道衆官陳。" 西日:西方的太陽,義近"落日"、"晚日",即夕陽。杜甫《後出塞五首》二:"落日照大旗,馬鳴風蕭蕭。"劉長卿《行營酬呂侍御》:"晚日歸千騎,秋風合五兵。"這裏暗喻已經歸天的唐憲宗。 虞泉:亦稱"虞淵",傳説爲日没處。《淮南子·天文訓》:"日至於虞淵,是謂黃昏。"柳宗元《行路難三首》一:"君不見夸父追日窺虞淵,跳踉北海超昆崙。"

④ 方丈:傳説中海上神山名。《史記·秦始皇本紀》:"齊人徐市等上書,言海中有三神山,名曰蓬萊、方丈、瀛洲。"孫綽《游天台山賦》:"涉海則有方丈、蓬萊,登陸則有四明、天台。" 虛設:謂虛撰,空談。酈道元《水經注·湍水》:"墓不甚高,而内極寬大,虛設白楸之言,空負黃金之實。"劉知幾《史通·載文》:"徒有其文,竟無其事,所謂虛設也。" 華胥:人名,傳説是伏羲氏的母親。酈道元《水經注·瓠子河》:"瓠河又左逕雷澤北,其澤藪在大成陽縣故城西北十餘里,昔華胥履大迹處也。"司馬貞《補史記·三皇本紀》:"太暤庖犧氏……母曰華胥,履大人迹於雷澤,而生庖犧於成紀。"庖犧即伏羲。《列子·黃帝》:"〔黃帝〕晝寢,而夢遊於華胥氏之國。華胥氏之國在弇州之西,台州之北,不知斯齊國幾千萬里。蓋非舟車足力之所及,神遊而已。其國無帥長,自然而已;其民無嗜欲,自然而已……黃帝既寤,怡然自得。"後用以指理想的安樂和平之境,或作夢境的代稱。王安石《書定林院窗》一:"竹雞呼我出華胥,起滅篝燈擁燎爐。" 眇然:高遠貌,遙遠貌。《漢書·王褒傳》:"何必偓佺卬訕信若彭祖,呴噓呼吸如僑松,眇然絕俗離世哉!"顏師古注:"眇然,高遠之意也。"《後漢書·馮衍傳》:"疆理九野,經營五山,眇然有思陵雲之意。"

⑤ 觸鱗:亦即"觸龍鱗",觸犯龍的逆鱗,比喻臣子對君主的過失犯顏直諫。《後漢書·李雲傳》:"故敢觸龍鱗,冒昧以請。"亦省作"觸鱗"。《舊唐書·高宗紀論》:"虛襟似納於觸鱗,下詔無殊於扇喝。"這

裹指元稹在元和元年左拾遺任上多次犯顏直諫,得罪唐憲宗以及時相杜佑,先出貶河南尉,後出貶江陵,接著出貶通州,前前後後一共十年,如果再除去元稹丁母憂的兩年多時間,唐憲宗在位的十五年內,元稹基本上是在貶謫中度過。　在宥:《莊子·在宥》:"聞在宥天下,不聞治天下也。"郭象注:"宥使自在則治,治之則亂也。"成玄英疏:"宥,寬也。在,自在也……《寓言》云,聞諸賢聖任物自在寬宥,即天下清謐。"後因以"在宥"指任物自在,無爲而化,多用以讚美帝王的"仁政"、"德化"。謝靈運《九日從宋公戲馬臺集送孔令》:"在宥天下理,吹萬群方悦。"《舊唐書·代宗紀》:"今將大振綱維,益明懲勸,肇舉改元之典,弘敷在宥之澤,可大赦天下,改廣德三年爲永泰元年。"偏哭墮髯前:典見《史記》卷二八:"黃帝采首山銅,鑄鼎於荊山下。鼎既成,有龍垂胡髯下迎黃帝。黃帝上騎,群臣後宮從上者七十餘人,龍乃上去。餘小臣不得上,乃悉持龍髯,龍髯拔墮,墮黃帝之弓,百姓仰望。黃帝既上天,乃抱其弓與胡髯號。故後世因名其處曰鼎湖,其弓曰烏號。"呂温《順宗至德大聖大安孝皇帝挽歌詞三首》一:"坐受朝汾水,行看告岱丘。那知鼎成後,龍馭弗淹留。"顧非熊《武宗挽歌詞二首》一:"静塞妖星落,和戎貴主回。龍髯不可附,空見望仙臺。"

　　⑥ "天寶遺餘事"兩句:在天寶年間,安禄山叛亂,最後最終平定,但却留下了藩鎮割據的嚴重後患。而這些後患,在元和年間都一一被平定,建立了不朽的功業。　天寶:李唐唐玄宗的一個年號,起自公元七四二年,終於公元七五六年。王維《同崔興宗送衡嶽瑗公南歸序》:"天寶癸巳歲,始遊于長安,手提瓶笠,至自萬里,燕居吐論,緇屬高之。"韋應物《送雲陽鄒儒立少府侍奉還京師》:"建中即藩守,天寶爲侍臣。歷觀兩都士,多閲諸侯人。"　遺:遺留。《國語·魯語》:"臣聞聖王公之先封者,遺後之人法,使無陷於惡。"《史記·孝文本紀》:"太僕見馬遺財足,餘皆以給傳置。"司馬貞索隱:"遺,猶留也。"餘事:其他的事,別的事。劉義慶《世説新語·德行》:"不覺有餘事,

雖憶與郗家離婚。"韋應物《郊居言志》:"但要尊中物,餘事豈相關?"這裏指安史之亂留下藩鎮割據的麻煩事。　元和:李唐唐憲宗的年號,起自公元八〇六年,終於公元八二〇年。劉禹錫《重至衡陽傷柳儀曹引》:"元和乙未歲,與故人柳子厚臨湘水爲別,柳浮舟適柳州,余登陸赴連州。"張籍《和裴司空酬滿城楊少尹》:"聖朝偏重大司空,人詠元和第一功。擁節高臨漢水上,題詩遠入舜城中。"　盛:衆多,豐盛。《後漢書·荀彧傳》:"紹甲兵甚盛,議者咸懷惶懼。"韓愈《祭裴太常文》:"擔石之儲,常空於私室;方丈之食,每盛於賓筵。"　聖功:謂至聖之功。《易·蒙》:"蒙以養正,聖功也。"李隆基《幸鳳泉湯》:"陰谷含神爨,湯泉養聖功。"謂帝王的功業。韓愈《平淮西碑序》:"既還奏,群臣請紀聖功,被之金石。"

　　⑦二凶:指二惡事或二惡人。《管子·內業》:"節其五欲,去其二凶。"尹知章注:"喜怒過度,皆能爲害,故曰二凶。"南朝宋劉劭與弟濬殺父文帝,劭自稱帝。《宋書》爲二人立《二凶傳》,稱劭爲元凶,這裏指楊惠琳與李師道。　梟:斬首懸以示衆。《墨子·號令》:"犯令者父母妻子皆斷,身梟城上。"岑仲勉注:"梟,梟首示衆也。"《史記·高祖本紀》:"至櫟陽,存問父老,置酒,梟故塞王欣頭櫟陽市。"司馬貞索隱:"梟,縣首於木也。"　帳下:營帳中。《史記·樊酈滕灌列傳》:"樊噲在營外,聞事急,乃持鐵盾入到營。營衛止噲,噲直撞入,立帳下。"高適《燕歌行》:"戰士軍前半死生,美人帳下猶歌舞。"　三叛:三個叛逆者,有兩種説法:一指春秋邾庶其、黑肱、莒牟夷。杜預《春秋經傳集解序》:"求名而亡,欲蓋而章,書齊豹盜、三叛人名之類也。"孔穎達疏:"昭二十年,盜殺衛侯之兄縶;襄二十一年,邾庶其以漆閭丘來奔;昭五年,莒牟夷以牟婁及防茲來奔;昭三十一年,邾黑肱以濫來奔,是謂盜與三叛人名也。"二指周管叔、蔡叔、武庚。徐陵《爲貞陽侯與太尉王僧辯書》:"今者武皇之子,無復一人;䫉是孤孫,還同三叛。"吳兆宜注:"周公當國,管叔、蔡叔群弟疑周公,與武庚作亂畔周。"這

裏指劉闢、李錡、吳元濟。　　斬：古代刑罰之一,本謂車裂,後謂斬首或腰斬。《説文‧車部》：“古用車裂,後人乃法車裂之意而用鈇鉞,故字亦從車。斤者,鈇鉞之類也。”《釋名‧釋喪制》：“斫頭曰斬,斬腰曰腰斬。”　　都中：京都,京城。王羲門《都中閑居》：“河從御苑出,山向國門開。寂寞東京裏,空留賈誼才。”元稹《和王侍郎酬廣宣上人觀放榜後相賀》：“競走墻前希得儁,高縣日下表無私。都中紙貴流傳後,海外金填姓字時。”　　楊惠琳：李唐元和初年叛亂藩鎮之一。韓愈《元和聖德詩序》：“臣伏見皇帝陛下即位已來,誅流奸臣,朝廷清明,無有欺蔽。外斬楊惠琳、劉闢以收夏蜀,東定青齊積年之叛,海内怖駭,不敢違越。”《舊唐書‧憲宗紀》：“(元和元年三月)先是,韓全義入朝,令其甥楊惠琳知留後。俄有詔除李演爲節度,代全義。演赴任,惠琳據城叛,詔發河東、天德兵誅之。辛巳,夏州兵馬使張承金斬惠琳,傳首以獻。”　　李師道：元和中叛亂藩鎮之一。劉禹錫《賀平淄青表》：“伏見制旨,魏博節度使所奏,逆賊李師道並男二人並梟斬訖,以二月十六日,御宣政殿受賀者。”《舊唐書‧憲宗紀》：(元和十年八月)“丁未,淄青節度使李師道陰與嵩山僧圓淨謀反,勇士數百人伏於東都進奏院,乘洛城無兵,欲竊發焚燒宮殿而肆行剽掠。小將楊進、李再興告變,留守呂元膺乃出兵圍之,賊突圍而出,入嵩岳山棚,盡擒之。訊其首,僧圓淨主謀也。僧臨刑嘆曰：‘誤我事,不得使洛城流血！’……甲辰,李愿擊敗李師道之衆九千,斬首二千級……(元和十三年七月)乙酉,詔削奪淄青節度使李師道在身官爵,仍令宣武、魏博、義成、義寧、橫海等五鎮之師分路進討……(元和十四年二月)壬戌,田弘正奏：‘今月九日,淄青都知兵馬使劉悟斬李師道並男二人首請降,師道所管十二州平。’甲子,上御宣政殿受賀。己巳,上御興安門受田弘正所獻賊俘,群臣賀於樓下。”　　傳首：傳送首級。《東觀漢紀‧光武紀》：“〔吳漢〕夷述妻子,傳首於洛陽。”許渾《聞邊將劉皋無辜受戮》：“纔許誓心安玉壘,已傷傳首動金門。”　　劉闢：元和初叛亂藩鎮之一。宋申

5337

錫《李公德政碑銘》:"及討劉闢,負羽前驅,以功入爲左神策軍將軍。"
《舊唐書·劉闢傳》:"劉闢者,貞元中進士擢第,宏詞登科,韋皋辟爲
從事,累遷至御史中丞、支度副使。永貞元年八月韋皋卒,闢自爲西
川節度留後,率成都將校上表請降節鉞,朝廷不許,除給事中,便令赴
闕,闢不奉詔。時憲宗初即位,以無事息人爲務,遂授闢檢校工部尚
書充劍南西川節度使。闢益凶悖,出不臣之言,而求都統三川。與同
幕盧文若相善,欲以文若爲東川節度使,遂舉兵圍梓州。憲宗難於用
兵,宰相杜黃裳奏:'劉闢,一狂蹶書生耳! 王師鼓行而俘之,兵不血
刃。臣知神策軍使高崇文驍果可任,舉必成功!'帝數日方從之,於是
令高崇文、李元奕將神策京西行營兵相續進發,令與嚴礪、李康掎角
相應以討之,仍許其自新。元和元年正月,崇文出師,三月收復東川,
乃下詔曰:'……'六月崇文破鹿頭關,進收漢州。九月崇文收成都
府,劉闢以數十騎遁走,投水不死,騎將酈定進入水擒闢於成都府西
洋灌田。盧文若先自刃其妻子,然後縋石投江,失其屍。闢檻送京
師,在路飲食自若,以爲不當死。及至京西臨皋驛,左右神策兵士迎
之,以帛繫首及手足,曳而入,乃驚曰:'何至於是?'或紿之曰:'國法
當爾,無憂也!'是日,詔曰:'劉闢生於士族,敢蓄梟心,驅劫蜀人,拒
扞王命,肆其狂逆,誑誤一州,俾我黎元肝腦塗地。賊將崔綱等同惡
相扇,至死不迴,咸宜伏辜,以正刑典。劉闢男超郎等九人,並處斬。'
闢入京城,上御興安樓受俘馘,令中使於樓下詰闢反狀,闢曰:'臣不
敢反,五院子弟爲惡,臣不能制。'又遣詰之曰:'朕遣中使送旄節官
告,何故不受?'闢乃伏罪。令獻太廟、郊社,徇於市,即日戮於子城西
南隅。" 李錡:元和初叛亂藩鎮之一。白居易《賀雨》:"元年誅劉闢,
一舉靖巴卭。二年戮李錡,不戰安江東。"《舊唐書·李錡傳》:"(李)
錡,以父蔭,貞元中累至湖、杭二州刺史。多以寶貨賂李齊運,由是遷
潤州刺史兼鹽鐵使,持積財進奉,以結恩澤,德宗甚寵之。錡恃恩驕
恣,有渠西人布衣崔善貞詣闕上封,論錡罪狀,而德宗械送賜錡,錡遂

坑殺善貞，天下切齒……憲宗即位已二年，諸道倔强者入朝，而錡不自安，亦請入朝，乃拜錡左僕射。錡乃署判官王澹爲留後，既而遷延發期，澹與中使頻喻之，不悦，遂諷將士以給冬衣日殺澹而食之。監軍使聞亂，遣衙將趙琦慰喻，又臠食之。復以兵注中使之頸，錡佯驚救解之，囚於別館，遂稱兵，室五劍，分授管内鎮將，令殺刺史。於是常州刺史顔防用客李雲謀，矯制傳檄于蘇、杭、湖、睦等州，遂殺其鎮將李深，湖州辛秘亦殺其鎮將趙惟忠，而蘇州刺史李素爲鎮將姚志安所繫，釘於船舷，生致於錡，未至而錡敗，得免。初，錡以宣州富饒，有併吞之意，遣兵馬使張子良、李奉仙、田少卿領兵三千分略宣、池等州。三將夙有向順志，而錡甥裴行立亦思向順，其密謀多决於行立，乃回戈趣城，執錡於幕，縋而出之，斬於闕下，年六十七。"其中的"張子良"，即後來奉旨改名的張奉國，元稹此前有《授張奉國上將軍皇城留守制》，此後又有《唐故開府儀同三司檢校兵部尚書兼左驍衛上將軍充大内皇城留守御史大夫上柱國南陽郡王贈某官碑文銘》涉及張奉國的生平，請參閱。　　吳元濟：元和中叛亂藩鎮之一。元稹《賀誅吳元濟表》："臣忝官藩翰，不獲率舞闕庭，瞻望徘徊，無任踴躍屏營之至。"《舊唐書·吳元濟傳》："吳元濟，少陽長子也。初爲試協律郎，兼監察御史，攝蔡州刺史。及父死，不發喪，以病聞，因假爲少陽表，請元濟主兵務。帝遣醫工候之，即稱少陽疾愈，不見而還……十月，以陳州刺史李光顔爲忠武軍節度使，又以山南東道節度使嚴綬充申光蔡等州招撫使……自是中外相賀，决不赦賊，徵天下兵，環申、蔡之郊大小十餘鎮。六月，承宗、師道遣盗伏於京城，殺宰相武元衡、中丞裴度，衡先死，度重傷而免。憲宗特怒，即命度爲宰相，淮右用兵之事一以委之。七月，李師道遣嵩山僧圓浄結山賊與留邸兵，欲焚燒東都，先事敗而禍弭……十二年正月……李愬表請軍前自效，乃用愬爲唐鄧帥……愬軍壓境，拔賊文城柵，擒柵將吳秀琳，又獲賊將李祐。李光顔亦拔賊郾城，元濟始懼盡……十一月，愬夜出軍，令李祐率勁騎三千爲前鋒，田進誠三千爲後軍，愬自率三千爲中軍，其月十日夜至蔡州城下，坎墻而畢登，賊不之覺。十一日，攻衙城，擒元濟並其家屬以聞……元濟至京，憲宗御興安門受俘，百寮樓前稱賀，乃獻廟社，狥於兩市，斬之於獨柳，時年三十五。" 腰斬：古時酷刑，將犯人從腰部斬爲兩截。《史記·商君列傳》："令民爲什伍，而相牧司連坐，不告奸者腰斬。"《晉書·石季龍載記》："季龍志在窮兵，以其國内少馬，乃禁蓄私馬，匿者腰斬。"

⑧ 始服沙陁虜：意謂唐憲宗善於團結外族，爲己所用，化敵爲友，所謂"沙陁突厥自元和初始通中國"是也。沙陀是我國古代部族名，西突厥別部，即沙陀突厥，唐貞觀間居金莎山（今尼赤金山）之南，蒲類海（今新疆巴里坤湖）之東，其境内有大磧（今古爾班通古特沙漠），因以爲名。五代李克用、石敬瑭、劉知遠均爲沙陀人。《新唐書·沙陀傳》："沙陀，西突厥別部處月種也……久之，回鶻取涼州，吐蕃疑盡忠持兩端，議徙沙陀於河外，舉部愁恐。盡忠與朱邪執宜謀曰：'我世爲唐臣，不幸陷污，今若走蕭關自歸，不愈於絶種乎？'盡忠曰：'善。'元和三年，悉衆三萬落循烏德鞬山而東。吐蕃追之，行且戰，旁洮水，奏石門，轉鬥不解，部衆略盡，盡忠死之。執宜哀瘝傷，士裁二千，騎七百，雜畜橐它千計，款靈州塞，節度使范希朝以聞。詔處其部鹽州，置陰山府，以執宜爲府兵馬使。沙陀素健鬥，希朝欲藉以捍虜，爲市牛羊，廣畜牧，休養之。其童耄自鳳翔、興元、太原道歸者，皆還其部。盡忠弟葛勒阿波率殘部七百叩振武降，授左武衛大將軍，兼陰山府都督。執宜朝長安，賜金幣袍馬萬計，授特進、金吾衛將軍。然議者以靈武迫吐蕃，恐後反覆生變，又濱邊益口則食翔價。頃之，希朝鎮太原，因詔沙陀舉軍從之。希朝乃料其勁騎千二百，號'沙陀軍'，置軍使，而處餘衆於定襄川。執宜乃保神武川之黄花堆，更號'陰山北沙陀'。是時天子伐鎮州，執宜以軍七百爲前鋒，王承宗衆數萬伏木刀溝，與執宜遇，飛矢雨集，執宜提軍橫貫賊陳鏖鬥，李光顏等

乘之，斬首萬級。鎮兵解，進蔚州刺史。王鍔節度太原，建言：‘朱邪
族孳熾，散居北川，恐啓野心願析其族隸諸州，勢分易弱也。’遂建十
府以處沙陀。八年，回鶻過磧南取西城、柳谷，詔執宜屯天德。明年，
伐吳元濟，又詔執宜隸李光顏，破蔡人時曲，拔凌雲柵。元濟平，授檢
校刑部尚書，猶隸光顏軍。”　邏娑：亦作“邏娑”、“邏挲”，地名，即邏
些，唐時吐蕃的都城，即今西藏自治區拉薩市。李頎《聽董大彈胡笳
聲兼寄語弄房給事》：“烏孫部落家鄉遠，邏娑沙塵哀怨生。”周繇《送
入蕃使》：“滹沱河東軍迴探，邏迤城孤雁著行。”吐蕃是公元七至九世
紀我國古代藏族所建政權，據有今西藏地區全部，盛時轄有青藏高原
諸部，勢力達到西域、河隴地區。其贊普棄宗弄贊（後代稱松贊干
布）、棄隸縮贊先後與唐文成公主、金成公主聯姻，與唐經濟文化聯繫
至爲密切。

　⑨　狼星：星名。《史記·天官書》：“其東有大星曰狼。狼角變
色，多盜賊。”杜牧《賀平党項表》：“箕宿褊牙，狼星斂角，戊日禱馬，太
白揚眉。”　鼎湖：這裏一詞多義，但多與帝皇有關，均可説通：一、地
名，古代傳説黃帝在鼎湖乘龍升天。顧況《相和歌辭·短歌行》：“軒
轅皇帝初得仙，鼎湖一去三千年。”二、借指帝王。《陳書·沈炯傳》：
“臣聞喬山雖掩，鼎湖之靈可祠。”三指帝王崩逝。《周書·静帝紀》：
“先皇晏駕，萬國深鼎湖之痛，四海窮遏密之悲。”

　⑩　禁垣：皇宮城牆，亦指宮中。孟球《和主司王起》：“仙籍共知
推麗藻，禁垣同得薦嘉名。”薛奇童《楚宮詞二首》二：“日晚梧桐落，微
寒入禁垣。”　曉仗：即“宮仗”，帝王的儀仗。白居易《德宗皇帝挽歌
詞四首》一：“宮仗辭天闕，朝儀出國門。”徐鉉《奉和宮傅相公懷舊見
寄四十韻》：“行止不離宮仗影，衣裾嘗惹御鑪烟。”

　⑪　宮漏：古代宮中計時器，用銅壺滴漏，故稱宮漏。白居易《同
錢員外禁中夜直》：“宮漏三聲知半夜，好風凉月滿松筠。”馮延巳《鵲
踏枝》：“粉映墻頭寒欲盡。宮漏長時，酒醒人猶困。”　羽儀：儀仗中

以羽毛裝飾的旌旗之類。《南齊書·東昏侯紀》："帝烏帽袴褶，備羽儀，登南掖門臨望。"《舊唐書·魏徵傳》："徵平生儉素，今以一品禮葬，羽儀甚盛，非亡者心志。"

⑫ "路隘車千兩"兩句：意謂由於車輛太多，原本寬闊的道路也顯得狹窄起來；由於馬匹過多，原來牢固的石橋也變得搖搖欲墜。兩："輛"的古字，量詞，用於車輛。《書·牧誓序》："武王戎車三百兩。"孔穎達疏："數車之法，一車謂之一兩。"《史記·貨殖列傳》："其輅車百乘，牛車千兩。" 蹄：量詞，用於草食動物。《史記·貨殖列傳》："陸地牧馬二百蹄，牛蹄角千。"司馬貞索隱："馬有四足，二百蹄有五十匹也。"溫庭筠《塞寒行》："一點黃塵起雁喧，白龍堆下千蹄馬。"

⑬ 封石：刻石立銘。《後漢書·南匈奴傳論》："命竇憲耿夔之徒，前後並進……躡北追奔三千餘里，遂破龍祠，焚闕幕，阬十角，梏闕氏，銘功封石，倡呼而還。"李賢注："爲刻石立銘於燕然山，猶《前書》霍去病登臨瀚海，封狼居胥山也。"元承徵《上符瑞封事》："太武南巡，親幸上黨，掘山封石，將以厭之。" 報功：酬報有功者，報答功德。《書·武成》："崇德報功。"孔傳："有德尊以爵，有功報以祿。"王充《論衡·祭意》："凡祭祀之義有二：一曰報功，二曰修先。"

［編年］

《年譜》將本詩編入元和十五年，理由是："題下注：'膳部員外郎時作。'"《編年箋注》編年："此詩作于元和十五年（八二〇），元稹在膳部員外郎任。見下《譜》。"《年譜新編》編年："憲宗元和十五年五月歸葬景陵時作。"

我們以爲《年譜》、《編年箋注》的編年雖然不錯，但稍嫌籠統。而《年譜新編》的編年顯然是錯誤的。這三首詩歌，根據現有材料完全可以考證出更爲具體的時間。首先，據《舊唐書·憲宗紀》、《資治通鑑》，元稹任職膳部員外郎的時間是元和十四年年底至十五年五月九日,此詩不可能作於元和十五年五月九日之後,否則則應該將題注改爲"祠部郎中時作",封建時代的士人對自己的官職極爲關心,絕不會如此隨便馬虎;第二,唐憲宗崩於元和十五年正月二十七日,此詩也不可能作於元和十五年正月二十七日之前。如果按照《年譜》《編年箋注》的意見,要鬧出皇帝還沒有歸天,他的臣僚就已經爲他寫好了挽歌詞在等著他歸天的笑話;第三,《舊唐書‧憲宗紀》:"五月丁酉,群臣上謚曰聖神章武孝皇帝,廟號憲宗。"《舊唐書》這裏記載有誤,其實這是同年四月二十六日的事情。此詩寫作時間又不可能早於這年的四月二十六日,否則元稹的詩題中就不可能出現"憲宗章武孝皇帝"的字樣;第四,《憲宗章武孝皇帝挽歌詞三首》之三有"路隘車千兩,橋危馬萬蹄"之言,似乎是眾多大臣送別唐憲宗、安葬於景陵的情景。唐憲宗安葬在元和十五年五月十九日,與元稹任職膳部員外郎的最後期限不相符合,《年譜新編》的編年祇能歸入想當然之列。根據慣例,安葬唐憲宗是當時的重大事件,朝廷早有各種準備,朝臣們的挽歌詞應該早於安葬之時預先作下,所以元稹的《憲宗章武孝皇帝挽歌詞三首》不可能作於唐憲宗安葬之時,而應該是在安葬之前的十來天之前,"路隘車千兩,橋危馬萬蹄"云云,祇是想像之辭,以示唐憲宗葬禮的規模宏大。由此可見《憲宗章武孝皇帝挽歌詞三首》大約作於元和十五年五月九日之前、四月二十六日之後,元稹時任職膳部員外郎、試知制誥之職。

● 授嗣虢王溥等太僕少卿制(一)①

敕:正議大夫、行宗正丞、嗣虢王溥,守隨州司馬、員外置同正員李逢等(二)②:昔我憲宗章武皇帝法堯睦族,深惟本枝,乃詔執事曰:"伯父叔季、幼子童孫在屬籍者,必命卿長以才

行聞。"(三)③

而溥等國族之良，雅副茲選。糾訓群僕，允厘王官(四)④。各率迺誠，無替厥職。溥可權知太僕少卿，逢可守袁王府長史。餘如故⑤。

録自《元氏長慶集》補遺卷四

[校記]

（一）授嗣虢王溥等太僕少卿制：楊本、《英華》、《全文》同，《唐大詔令集》作"嗣虢王溥太僕少卿制"，《文章辨體彙選》作"授王溥李逢等太僕少卿制"，各備一說，不改。

（二）正議大夫、行宗正丞、嗣虢王溥，守隨州司馬、員外置同正員李逢等：楊本、《唐大詔令集》、《英華》、《全文》同，《文章辨體彙選》作"具官王溥、李逢等"，各備一說，不改。

（三）"伯父叔季、幼子童孫在屬籍者，必命卿長以才行聞。"：楊本、《英華》、《文章辨體彙選》、《全文》同，《唐大詔令集》作"伯父叔季、幼子童孫在官"，不從不改。

（四）而溥等國族之良，雅副茲選。糾訓群僕，允厘王官：楊本、《英華》、《文章辨體彙選》、《全文》同，《唐大詔令集》無，不從不改。

[箋注]

① 授嗣虢王溥等太僕少卿制：本文不見於今存諸多《元氏長慶集》，但馬本《元氏長慶集》補遺卷四、《英華》、《全文》收録，歸名元稹，故據補入。 嗣：君位或職位的繼承人。《左傳·襄公三年》："祁奚請老，晉侯問嗣焉！"杜預注："嗣，續其職者。"柳宗元《封建論》："歷于宣王，挾中興復古之德，雄南征北伐之威，卒不能定魯侯之嗣。" 虢王：事見《舊唐書·虢王鳳傳》："虢王鳳，高祖第十五子也。武德六年

封豳王,貞觀七年授鄧州刺史,賜實封六百户。十年徙封虢王,歷虢、
豫二州刺史。二十三年,加實封滿千户。麟德初,累授青州刺史。上
元元年薨,年五十二,贈司徒、揚州大都督,陪葬獻陵,謚曰莊。子平
陽郡王翼嗣,官至光州刺史,永隆二年卒,子寓嗣,則天時失爵……神
龍初,封鳳嫡孫邕爲嗣虢王。邕娶韋庶人妹爲妻,由是中宗時特承寵
異,轉秘書監,俄又改封汴王,開府置僚屬。月餘而韋氏敗,邕揮刃截
其妻首,以至於朝,深爲物議所鄙。貶沁州刺史,不知州事,削封邑。
景雲二年,復嗣虢王,還封二百户。累遷衛尉卿,開元十五年卒,子巨
嗣。"《舊唐書·李巨傳》:"李巨,曾祖父虢王鳳,高祖之第十四子也。
鳳孫邕,嗣虢王,巨即邕之第二子也。剛鋭果決,頗涉獵書史,好屬
文。開元中爲嗣虢王,天寶五載出爲西河太守,皇太子杜良娣之妹婿
柳勣陷詔獄,巨母扶餘氏,吉温嫡母之妹也,温爲京兆士曹,推勣之
黨,以徐徵等往来巨家,資給之,由是坐貶義陽郡司馬。六載,御史中
丞楊慎矜爲李林甫、王鉷構陷得罪,其黨史敬忠亦伏法。以巨與敬忠
相識,坐解官,於南賓郡安置,又起爲夷陵郡太守。及禄山陷東京,玄
宗方擇將帥,張垍言巨善騎射,有謀略,玄宗追至京師。楊國忠素與
巨相識,忌之,謂人曰:'如此小兒,豈得令見人主?'經月餘日不得見,
玄宗使中官召入奏事,玄宗大悦,遂令中官劉奉庭宣敕令宰相與巨
語,幾亭午方出。國忠頗怠,對奉庭謂巨曰:'比来人多口打賊,公不
爾乎?'巨曰:'不知若箇軍將能與相公手打賊乎?'尋授陳留譙郡太
守、攝御史大夫、河南節度使。翌日,巨稱官衘奉謝,玄宗驚曰:'何得
令攝?'即日詔兼御史大夫。巨奏曰:'方今艱難,恐爲賊所詐。如忽
召臣,不知何以取信?'玄宗劈木契分授之,遂以巨兼統嶺南節度使何
履光、黔中節度使趙國珍、南陽節度使魯炅,先領三節度事。有詔貶
炅爲果毅,以潁川太守来瑱兼御史中丞代之。巨奏曰:'若炅能存孤
城,其功足以補過,則何以處之?'玄宗曰:'卿隨宜處置之。'巨至内
鄉,趣南陽,賊將畢思琛聞之,解圍走。巨趣何履光、趙國珍同至南

陽，宣敕貶炅，削其章服，令隨軍效力。至日晚，以恩命令炅復位。至德二年，爲太子少傅。十月，收西京，爲留守，兼御史大夫。三年夏四月，加太子少師，兼河南尹，充東京留守，判尚書省事，充東畿採訪等使。於城市橋梁稅出入車牛等錢以供國用，頗有乾没，士庶怨讟。后與妃張氏不睦，張氏即皇后從父妹也。宗正卿李遵構之，發其所犯贓賄，貶爲遂州刺史。屬劍南東川節度兵馬使、梓州刺史段子璋反，以衆襲節度使李奐於綿州，路經遂州，巨蒼黄修屬郡禮迎之，爲子璋所殺。子則之，以宗室歷官，好學，年五十餘，每執經詣太學聽受。嗣曹王皋自荆南来朝，稱薦之。貞元二年，自睦王府長史遷左金吾衛大將軍，以從父甥寳申追遊無間親累，貶昭州司馬。"《舊唐書·李巨傳》謂李鳳是高祖十四子，與《舊唐書·虢王鳳傳》云李鳳爲高祖第十五子不同，李鳳在《舊唐書·虢王鳳傳》雖然排名十四，但加上唐太宗李世民，應該正是"第十五子"。從時間推測，李溥應該是李則之之子，仰或孫子，暫時無考。　太僕少卿：太僕寺之副職，從四品上。《舊唐書·職官志》："卿之職，掌邦國廄牧、車輿之政令，總乘黄、典廄、典牧、車府四署及諸監牧之官屬，少卿爲之貳。"張説《大唐開元十三年隴右監牧頌德碑》："上顧謂太僕少卿兼秦州都督、監牧都副使張景順曰……"孫逖《授李彭年兵部侍郎制》："朝議大夫、守太僕少卿、上柱國、趙郡開國公李彭年，清和稟識，博雅爲文……"

② 正議大夫：正四品上，文散官。許敬宗《唐并州都督鄂國公尉遲恭碑》："蒙授元帥都督，拜朝散大夫，轉正議大夫，加銀青光禄大夫，大業十二年也。"李華《常州刺史廳壁記》："詔書寵異，進品正議大夫，優賢報功，於時爲盛。"　行：謂兼攝官職。孫逖《授殷承業太子左諭德王利涉國子監丞制》："朝議大夫、宗正少卿殷承業，行宗正丞王利涉等，咸以器能，各升班序，克勤於事，不忝其名。"常袞《授李瀚宗正少卿制》："李瀚……可行宗正少卿，散官、封如故。"　宗正丞：宗正寺屬員，從六品上，掌判寺事。權德輿《使持節郴州諸軍事權知郴州

刺史賜緋魚袋李公墓誌銘》：“父惜，皇朝議大夫、宗正丞、贈濮州刺史。”韓愈《唐故昭武校尉守左金吾衛將軍李公墓誌銘》：“公以進士舉及第，獻《文興》三十卷，拜校書郎集賢學士，四遷至宗正丞。”　守：猶攝，暫時署理職務，多指官階低而署理較高的官職。《史記·鄭當時傳》：“司馬安爲淮陽太守，發其事，莊以此陷罪，貶爲庶人。頃之，守長史。”高承《事物紀原·守官》：“《通典》曰：試，未正命也，階高官卑稱行，階卑官高稱守。”　隨州：州郡名，州治地當今湖北隨州。《元和郡縣志·隨州》：“本春秋時隨國，與周同姓。《左傳》曰：‘漢東之國，隨爲大。’注曰：‘今義陽隨縣也。’其後爲楚所滅，爲南陽郡地。漢立，爲隨縣，屬南陽郡。晉太康九年，分義陽置隨郡。自宋以還，多以封建子弟爲王。後魏文帝大統十六年，改隨州，後遂因之……管縣四：隨、光化、棗陽、唐城。”李白《題隨州紫陽先生壁》：“神農好長生，風俗久已成。復聞紫陽客，早署丹臺名。”韓愈《送諸葛覺往隨州讀書》：“鄴侯家多書，插架三萬軸。一一懸牙籤，新若手未觸。”　員外置同正員：員外本指編制外成員，但待遇如同編制之內。蘇頲《授慕容珣侍御史制》：“朝議郎、行密州司馬、員外置同正員慕容珣：志竭忠讜，才充學行……”柳宗元《與顧十郎書》：“門生、守永州司馬、員外置同正員柳宗元謹致書十郎執事……”　李逢：兩《唐書》無傳，但有零星記載：《新唐書·吐蕃傳》：“憲宗初，遣使者修好，且還其俘，又以使告順宗喪……五年，以祠部郎中徐復往使，並賜鉢闡布書。鉢闡布者，虜浮屠豫國事者也，亦曰‘鉢掣逋’。復至鄯州，擅還，其副李逢致命贊普，復坐貶。”《册府元龜·貪黷》：“李逢爲台州刺史，元和十二年坐贓，貶康州司户參軍。”

　　③ 憲宗章武皇帝：即唐憲宗李純。元稹《授王播刑部尚書諸道鹽鐵轉運等使制》：“昔我憲宗章武皇帝梟琳於夏，擒闢於蜀，縛錡於吳，而又繼之以元濟、師道之役，十五年間蓋煩費矣！”《舊唐書·憲宗紀》：“(元和十五年)五月丁酉，群臣上謚曰聖神章武孝皇帝，廟號憲

宗。庚申，葬於景陵。”筆者按：其中的“五月”應該是“四月”之誤。
法：仿效，效法。《易·繫辭》：“知崇禮卑，崇效天，卑法地。”《史記·循吏列傳》：“此不教而民從其化，近者視而效之，遠者四面望而法之。” 堯：傳說中古帝陶唐氏之號。《易·繫辭》：“神農氏没，黄帝、堯、舜氏作。”《史記·五帝本紀》：“帝嚳崩而摯代立，帝摯立不善，而弟放勛立，是爲帝堯。” 睦族：和睦親族，語出《書·堯典》：“克明俊德，以親九族。九族既睦，平章百姓。”元稹《代李中丞謝官表》：“雖牽絲入仕，或因瑣碎之文。而執簡當朝，實由睦族而致。” 本枝：亦作“本支”，同一家族的嫡系和庶出子孫。《漢書·韋玄成傳》：“子孫本支，陳錫無疆。”顔延之《赭白馬賦》：“效足中黄，殉驅馳兮！願終惠養，蔭本枝兮！” 執事：從事工作者，主管其事者。《史記·蒙恬列傳》：“及武王有病甚殆，公旦自揃其爪以沉於河，曰：‘王未有識，是旦執事。有罪殃，旦受其不祥。’”蘇轍《梁惟簡供備庫使誥詞》：“況其左右侍御之臣，朝夕執事之勞，而有不被其賜者乎？” 伯父：周王朝對同姓諸侯的稱呼。《書·康王之誥》：“今予一二伯父尚胥暨顧，綏爾先公之臣服于先王。”孔傳：“天子稱同姓諸侯曰伯父。”父親的哥哥。《禮記·曾子問》：“已祭而見伯父叔父，而後饗冠者。” 叔季：弟輩，弟弟。元稹《唐故河陰留後河南元君墓誌銘》：“没之日，三子不侍，無一言之念，知叔季之可以教侄也。”曾鞏《蔡京起居郎制》：“而爾之叔季，並直同升，其於榮遇，世罕及者。” 幼子：没有成年或排序在後的兒輩。杜甫《自京赴奉先縣詠懷五百字》：“入門聞號咷，幼子飢已卒。吾寧舍一哀，里巷亦嗚咽。”孟郊《悼幼子》：“負我十年恩，欠爾千行淚。灑之北原上，不待秋風至。” 童孫：幼小的孫子。《書·吕刑》：“伯父、伯兄、仲叔、季弟、幼子、童孫，皆聽朕言。”范成大《四時田園雜興六十首》三一：“童孫未解供耕織，也傍桑陰學種瓜。” 屬籍：指宗室譜籍。《史記·魏其武安侯列傳》：“舉適諸竇宗室毋節行者，除其屬籍。”《後漢書·伏隆傳》：“梁王劉永，幸以宗室屬籍，爵爲侯王，不知厭足。" 卿長：衆卿之首，指宰相。權德輿《韋賓客宅宴集詩序》："始以博士奉朝請，周歷臺閣。出分藩符，入作卿長。"元稹《授韓皋尚書左僕射制》："〔韓皋〕在順宗、憲宗時出領藩方，入備卿長。" 才行：才智和德行。吳兢《貞觀政要・論君臣鑒戒》："夫功臣子弟，多無才行，藉祖父資蔭遂處大官，德義不修，奢縱是好。"蘇舜欽《薦王景仁啓》："好學不倦，才行卓越。"

④ 國族：帝王的宗族和賓客。《禮記・檀弓》："歌於斯，哭於斯，聚國族於斯。"孔穎達疏："'聚國族於斯'者，又言此室可以燕聚國賓及會宗族也。"于邵《陪諸公宴京兆王參軍宅序》："參軍，國族之貴介子也。" 副：相稱，符合。《漢書・禮樂志》："哀有哭踊之節，樂有歌舞之容，正人足以副其誠，邪人足以防其失。"李咸用《和友人喜相遇十首》三："人生口心宜相副，莫使堯階草勢斜。" 群僕：衆臣僕。《書・冏命》："今予命汝作大正，正於群僕侍御之臣。"孔穎達疏："案《周禮》，太馭中大夫而下，有戎僕、齊僕、道僕、田僕。"蔡沈集傳："群僕，謂祭僕、隸僕、戎僕、齊僕之類。"《孔子家語・入官》："邇臣便辟者，群僕之倫也。" 允釐：謂治理得當。《書・堯典》："允釐百工，庶績咸熙。"孔傳："允，信；釐，治。"白居易《君子不器賦》："既居家而必達，亦在邦而允釐。" 王官：王朝的官員。杜甫《王命》："深懷喻蜀意，慟哭望王官。"指藩王府裏的屬官。《續資治通鑑・宋太宗淳化五年》："初，考功郎中姚坦，爲益王府翊善，好直諫……〔太宗〕召坦，慰諭之曰：'卿居王官，爲群小所嫉，大爲不易。'"

⑤ 率：表率，楷模。《漢書・朱博傳》："臣願盡力，以御史大夫爲百僚率。"指作爲表率。劉劭《人物志・流業》："其德足以率一國。"迺：代詞，你，你的。《漢書・陳平傳》："事兄伯如事迺父，事嫂如事迺母。"顏師古注："迺，汝也。"《漢書・項籍傳》："吾翁即汝翁，必欲烹迺翁，幸分我一杯羹。" 誠：誠實，真誠，忠誠。《後漢書・張酺傳》："張酺前入侍講，屢有諫正，闇闇惻惻，出於誠心，可謂有史魚之風矣！"

《宋書·張進之傳》:"進之爲太守王味之吏,味之有罪當見收,逃避投進之家,供奉經時,盡其誠力。" 無替:不廢,無盡。《北史·羊祉傳》:"詔册褒美,無替倫望。"李頻《長安書懷投知己》:"與善應無替,垂恩本有終。" 厥:助詞,無義。《書·多士》:"誕淫厥泆。"韓愈《贈張童子序》:"能在是選者,厥惟艱哉!" 權知:謂代掌某官職。孫逖《授楊慎矜諫議在夫依舊知大府出納制》:"太子右贊善大夫,兼御史,專知大府出納,權知御史中丞事楊慎矜……"于邵《唐檢校右散騎常侍容州刺史李公去思頌》:"嶺南經略使判官、權知容州留後事、監察御史裏行同郡李牢……" 袁王:《舊唐書·德宗順宗諸子·袁王紳傳》:"順宗第十九子,貞元二十一年封,太和十四年薨。"《舊唐書·渾鐵傳》:"(元和)五年,徵爲袁王傅,復賜金紫,遷殿中監。" 長史:唐制,上州刺史別駕下,有長史一人,從五品。劉禹錫《贈同年陳長史員外》:"明州長史外臺郎,憶昔同年翰墨場。一自分襟多歲月,相逢滿眼是淒凉。"張籍《哭丘長史》:"曾是先皇殿上臣,丹砂久服不成真。常騎馬在嘶空櫪,自作書留別故人。"

[編年]

《年譜》編年本文於"庚子至辛丑所作其他制誥"欄内,理由是:"《制》云:'昔我憲宗章武皇帝法堯睦族,深惟本枝,乃詔執事曰:"伯父叔季、幼子童孫在屬籍者,必命卿長以才行聞。"而溥等國族之良,雅副兹選。糾訓群僕,允釐王官。各率迺誠,無替厥職。'"《編年箋注》編年:"溥授權知太僕少卿,逢守袁王府長史,其具體年月無從考知,姑定此《制》撰於元和十五年(八二〇)至長慶元年(八二一)期間。"《年譜新編》編年本文於"庚子至辛丑所作其他文章"欄内,沒有說明理由。

我們以爲,一、《年譜》、《編年箋注》、《年譜新編》的編年意見應該商榷。本文"昔我憲宗章武皇帝法堯睦族,深惟本枝,乃詔執事曰：'伯父叔季、幼子童孫在屬籍者，必命卿長以才行聞。'"明顯是穆宗登位不久意在繼承唐憲宗傳統之口吻。二、《舊唐書・憲宗紀》："(元和十五年)五月丁酉，群臣上諡曰聖神章武孝皇帝，廟號憲宗。庚申，葬于景陵。""五月丁酉"記載有誤，五月壬寅朔，五月不應該包含"丁酉"，"丁酉"應該是四月二十六日。本文稱唐憲宗為"章武皇帝"，應該是元和十五年四月二十六日之後之事。三、據《冊府元龜》記載：李逢在台州刺史任，元和十二年因坐贓貶康州司戶參軍。至元和十五年穆宗登位之時，時間已經三年有餘，應該屬於移職遷升之列。四、在元稹現存的詩文中，稱唐憲宗為"憲宗章武皇帝"的，除本文外共有兩處：亦即《授王播刑部尚書諸道鹽鐵轉運等使制》："昔我憲宗章武皇帝……"《授杜元穎戶部侍郎依前翰林學士制》："昔我憲宗章武皇帝……"兩文均撰寫於元和十五年四月二十六日之後。據此，本文應該撰作於元和十五年四月二十六日之後不久，撰文地點在長安，估計元稹已經在五月九日升任祠部郎中、知制誥之職。

◎ 祭禮部庾侍郎太夫人文[①]

外孫女婿[(一)]、朝議郎、守尚書祠部郎中、知制誥元稹，謹以清酌嘉蔬之奠，敢昭告於庾氏太夫人、扶風郡太君韋氏之靈：赫赫韋門，祁祁鶱鶱[(二)]。南山峻峙，洛澤清源。公卿委累，賢彥駢繁。金玉不耗，芝蘭有根[②]。

厥生孟母，德盛教尊[(三)]。訓下以順，睦族以姻[(四)]。猶子猶女，惟弟惟昆。至者處者，終無間言[③]。他族之長，豈無豐溫？自我均養，人用不怨。佛氏有雲，世火焚燔。慧劍斷綱[(五)]，摩尼照悟[(六)]。淑心獨得[(七)]，深入妙門[④]。

嗚呼！良人早世，素業空存。教侃以義⁽⁸⁾，爲軻避喧⑤。教自髫齔⁽⁹⁾，成於冠婚⁽¹⁰⁾。鬱爲重器，瑚璉璵璠。南北臺省，東西掖垣。更踐迭處，以慰朝昏⑥。孝女視膳，令婦執笲。封燔茅社⁽¹¹⁾，抱弄荃蓀⁽¹²⁾⑦。

陔蘭始茂，隙駟俄奔。神不可憑⁽¹³⁾，天何足論！嗚呼哀哉！白日入地，晝翳羅軒。燭燎宵爐⁽¹⁴⁾，銘旌曉翻⑧。望望逾闋，遲遲改轅。佳城故兆，風樹秋原。哀子泣血，行人斷魂⑨。

稹也幼婦，時惟外孫。合姓異縣⁽¹⁵⁾，謫任遐藩。升堂不及，執紼空敦⑩。伏讀哀誄，跪薦芳罇。辭訣有禮，悽愴無垠！嗚呼哀哉！伏惟尚饗⁽¹⁶⁾⑪。

録自《元氏長慶集》卷六〇

[校記]

（一）外孫女婿：原本誤作"外孫女甥"，楊本、叢刊本同誤，據宋蜀本、《全文》改。

（二）祁祁騫騫：楊本、叢刊本、《全文》同，盧校："字當從鳥。""騫騫"與"騫騫"均通，不改。

（三）德盛教尊：宋蜀本、叢刊本、《全文》同，楊本作"德盛敬尊"，各備一說，不改。

（四）睦族以姻：楊本、叢刊本、《全文》同，宋蜀本作"睦族以因"，各備一說，不改。

（五）慧劍斷網：叢刊本、《全文》同，楊本作"慧劍斷摩"，各備一說，不改。

（六）摩尼照悟：叢刊本、《全文》同，楊本作"網尼照悟"，疑與上句乙倒，各備一說，不改。

（七）淑心獨得：宋蜀本、盧校、《全文》作“心焉獨得”，楊本、叢刊本作“□心獨得”，各備一説，不改。

（八）教侃以義：楊本、叢刊本作“□□以義”，宋蜀本作“戒歌以義”，《全文》作“戒歇以義”，各備一説，不改。

（九）教自髻齔：宋蜀本、《全文》同，楊本作“教自髻齔”，叢刊本作“教自髻齔”，各備一説，不改。

（一〇）成於冠婚：宋蜀本、叢刊本、錢校、《全文》同，楊本誤作“成千冠婚”，各備一説，不改。

（一一）封燔茅社：楊本、叢刊本同，宋蜀本、盧校、《全文》作“封崇茅社”，各備一説，不改。

（一二）抱弄荃蓀：宋蜀本、叢刊本、《全文》同，楊本作“抱弄荃孫”，各備一説，不改。

（一三）神不可憑：楊本、叢刊本作“神不可□”，宋蜀本、《全文》作“神不可恃”，各備一説，不改。

（一四）燭燎宵燼：楊本、叢刊本作“□燎宵燼”，宋蜀本、《全文》作“燎火宵燼”，各備一説，不改。

（一五）合姓異縣：原本作“令姓異縣”，楊本、叢刊本同，語義難通，據《全文》改。

（一六）伏惟尚饗：原本作“尚饗”，楊本、叢刊本同，據宋蜀本、《全文》補。

［箋注］

①　外孫女婿：本文稱“外孫女婿、朝議郎、守尚書祠部郎中、知制誥元稹”，這“外孫女婿”自然就是指元稹。衆所周知，元稹的第一位妻子是韋叢，她的父親是韋夏卿，而這位“太夫人”被稱爲“韋氏”，應該是韋夏卿的“姨”輩，則韋叢應該是本文祭主“韋氏”的“侄孫女”，元稹因韋叢的關係自然而然是這位祭主“韋氏”的“侄孫女婿”。作爲旁

證,元稹與本文的"禮部庾侍郎"庾承宣早就有交往,庾家與元稹有著遠親關係,元稹《聽庾及之彈烏夜啼引》就揭示了元稹、韋叢與庾承宣之間的親密關係:"君彈烏夜啼,我傳樂府解古題。良人在獄妻在閨,官家欲赦烏報妻。烏前再拜淚如雨,烏作哀聲妻暗語。後人寫出烏啼引,吳調哀弦聲楚楚。四五年前作拾遺,諫書不密丞相知。謫官詔下吏驅遣,身作囚拘妻在遠。歸來相見淚如珠,唯說閒宵長拜烏。君來到舍是烏力,妝點烏盤邀女巫。今君爲我千萬彈,烏啼啄啄淚瀾瀾。感君此曲有深意,昨日烏啼桐葉墜。當時爲我賽烏人,死葬咸陽原上地。"庾承宣的再從兄弟是庾敬休,字順之,多次出現在元稹白居易的唱和詩歌中,如《永貞二年正月二日上御丹鳳樓赦天下予與李公垂庾順之閑行曲江不及盛觀》就是比較著名的一篇。與元稹關係非常密切,其中《寄庾敬休》詩云:"小來同在曲江頭,不省春時不共遊。"可見一斑。還應該在這裏再次説明,根據本文"稹也幼婦,時惟外孫。合姓異縣,謫任遐藩"的表述,我們以爲裴淑也是"禮部庾侍郎太夫人"的外孫女。從韋叢的方面看,元稹是庾太夫人的侄孫女婿;從裴淑的方面看,元稹也是庾太夫人的外孫女婿。 禮部庾侍郎:即庾承宣,貞元八年進士,《新唐書·歐陽詹傳》:"歐陽詹……與韓愈、李觀、李絳、崔群、王涯、馮宿、庾承宣聯第,皆天下選,時稱龍虎榜。"貞元十年又登博學宏詞科。白居易有《庾承宣可尚書右丞制》文,稱庾承宣的職銜是"朝議大夫、守尚書刑部侍郎、驍騎尉",而白居易任職主客郎中、知制誥臣的時間在元和十五年十二月二十八日之後,故庾承宣任職"刑部侍郎"的時間,應該在此前後。《舊唐書·穆宗紀》:"(長慶二年)十一月丁巳朔,丁卯,尚書左丞庾承宣爲陝虢觀察使。"歐陽修《文忠集·唐田布碑》:"右田布碑,庾承宣撰,長慶四年。"《舊唐書·文宗紀》:"太和元年春正月癸亥朔……癸未,以吏部侍郎庾承宣爲京兆尹,兼御史大夫……(大和七年)二月己未朔,己巳,以吏部侍郎庾承宣爲太常卿……八年春正月癸丑朔……丙寅,修太廟,令太常卿庾承宣攝太尉，遍告九室，遷神主於便殿……九年春正月丁未朔，己卯……以太常卿庾承宣檢校吏部尚書，充天平軍節度使……秋七月甲申朔……丁卯，天平軍節度使庾承宣卒。"庾承宣是中唐時期活躍的人物，與元稹的關係比較密切。　　太夫人：舊時官吏之母，不論存歿，均稱太夫人。李華《著作郎贈秘書少監權君墓表》："無何，太夫人終，君泣血三年，厥疾用加。服除，遷起居舍人、著作郎。"徐浩《唐尚書右丞相中書令張公神道碑》："太夫人在堂，承順左右，孝養之至，閭裏化焉！"

　　② 清酌：古代祭祀所用的清酒。李華《祭蕭穎士文》："維乾元三年二月十日，孤子趙郡李華，以清酌之奠，敬祭於亡友、故揚州功曹、蘭陵蕭公之靈……"鄭餘慶《祭杜佑太保文》："謹以清酌之奠，敬祭於故太保贈太傅杜公之靈……"　　嘉蔬：指祭祀用的稻。《禮記·曲禮》："凡祭宗廟之禮……稷曰明粢，稻曰嘉蔬。"李翱《陵廟日時朔祭議》："祝文曰：'……謹以一元大武、柔毛、剛鬣、明粢、薌萁、嘉蔬、醴齊，敬修時享，以申追慕。'"　　昭告：明白地告知。陸贄《告謝元宗廟文》："孝曾孫嗣皇帝臣某，敢昭告于皇曾祖考元宗至道大聖大明孝皇帝、皇祖妣元獻皇后楊氏："李翱《陵廟日時朔祭議》："祝文曰：'孝曾孫皇帝臣某，謹遣太尉臣名，敢昭告於高祖神堯皇帝、祖妣太穆皇后竇氏……'"　　太君：封建時代官員母親的封號，唐制，四品官之妻爲郡君，五品爲縣君，其母邑號皆加太君。常袞《謝贈官表》："伏奉今日恩命……亡父故京兆府三原縣丞贈給事中先臣無爲贈太子太保，亡母南陽縣太君張氏贈鄧國夫人。"權德輿《故鄜州伏陸縣令贈左散騎常侍王府君神道碑》："其明年，贈公左散騎常侍，夫人始贈北平郡太君，再封北平郡太夫人，至是三加爲燕國太夫人。"　　赫赫：顯赫盛大貌，顯著貌。《國語·楚語》："赫赫楚國，而君臨之。"韋昭注："赫赫，顯盛也。"韓愈《送楊少尹序》："漢史既傳其事，而後世工畫者又圖其迹，至今照人耳目，赫赫若前日事。"　　祁祁：眾多貌，盛貌。《詩·幽

風·七月》:"春日遲遲,采蘩祁祁。"毛傳:"祁祁,衆多也。"柳宗元《南嶽般舟和尚第二碑》:"同道祁祁,功庸以敦。"蔣之翹輯注:"祁祁,盛貌。" 騫騫:飛翔貌,騫通"鶱"。獨孤及《代書寄上裴六冀劉二穎》:"騫騫兩黃鵠,何處遊青冥?"《太平廣記》卷三〇九引薛用弱《集異記·蔣琛》:"鳳騫騫以降瑞兮,患山雞之雜飛。" 南山:《詩經》詩篇名,《詩·小雅·南山有臺》之簡稱。蘇軾《鹿鳴宴》:"他日曾陪探禹穴,白頭重見賦南山。"馮應榴合注:"《詩序》:'《南山有臺》,樂得賢也,得賢則能爲邦家立太平之基矣!'" 峻峙:高聳。沈約《齊故安陸昭王碑文》:"喬嶽峻峙,命世興賢。"指聳立。玄奘《大唐西域記·故宮北石柱》:"周垣峻峙,隅樓特起。"這裏比喻韋氏門第猶如南山之高峻,王明清《揮麈前録》:"唐朝崔、盧、李、鄭及城南韋、杜二家,蟬聯珪組,世爲顯著。"鄧名世《古今姓氏書辯證》:"至隋唐都京兆,杜氏、韋氏皆以衣冠名位顯,故當時語曰:'城南韋杜,去天尺五。'二家各名其鄉,謂之杜曲、韋曲,自漢至唐,未嘗不爲大族。" 洛澤:引自王逸《楚辭章句·九思·疾世》:"霜雪兮灌澄(積聚貌),冰凍兮洛澤(洛,竭也,寒而水澤竭成冰)。"義近"枯澤",乾涸的湖泊,枯水。劉向《列女傳·周南之妻》:"夫鳳皇不罹於蔚羅,麒麟不入於陷穽,蛟龍不及於枯澤。鳥獸之智,猶知避害,而況於人乎?"揚雄《法言·吾子》:"觀書者譬諸觀山及水:升東嶽而知衆山之峛崺也,況介丘乎;浮滄海而知江河之惡沱也,況枯澤乎?" 清源:亦作"清原",清理本源,謂從根本上加以整頓。《漢書·刑法志》:"豈宜惟思所以清原正本之論,删定律令,籑二百章,以應大辟。"清澈的水源。《楚辭·遠遊》:"軼迅風於清源兮,從顓頊乎增冰。"蔣驥注:"清源,水源,謂北海也。"賈島《南池》:"蕭條微雨絕,荒岸抱清源。"這裏比喻韋氏士流猶如洛澤之清流。 公卿:三公九卿的簡稱。《論語·子罕》:"出則事公卿,入則事父兄。"《後漢書·陳寵傳》:"及竇憲爲大將軍征匈奴,公卿以下及郡國無不遣吏子弟奉獻遺者。" 委:聚積。《文選·揚雄〈甘泉賦〉》:

"儐暗藹兮降清壇，瑞穰穰兮委如山。"李善注："委，積也。"王安石《我所思寄黃吉甫》："岸沙雪積山雲委，雲半飛泉挂龍尾。"　累：重疊，接連成串。《楚辭・招魂》："層臺累榭，臨高山些。"王逸注："層、累，皆重也。"《文選・司馬相如〈上林賦〉》："夷峻築堂，累臺增成。"李善注："重累而成之，故曰增成。"　賢彥：德才俱佳的人。李白《獻從叔當塗宰陽冰》："弱冠燕趙來，賢彥多逢迎。"《舊唐書・高駢傳》："且唐虞之世，未必盡是忠良；今巖野之間，安得不遺賢彥？"　駢繁：形容衆多。張詠《昇州到任謝表》："而況江山秀絕，民物駢繁，獄訟簡清，事務整集，上仗神妙之力，下因僚吏之勤。"馮山《謝梓漕李琮獻甫寄餘甘》："爛漫經暑雨，駢繁向秋日。顆肥櫻綴圓，膚嫩李帶碧。"　金玉：黃金與珠玉，珍寶的通稱。《左傳・襄公五年》："無藏金玉，無重器備。"杜甫《黃河二首》二："願驅衆庶戴君王，混一車書棄金玉。"　芝蘭："芝蘭玉樹"之緊縮語，《晉書・謝安傳》："〔謝玄〕少穎悟，與從兄朗俱爲叔父安所器重。安嘗戒約子侄，因曰：'子弟亦何豫人事，而正欲使其佳？'諸人莫有言者，玄答曰：'譬如芝蘭玉樹，欲使其生於庭階耳！'"後因以"芝蘭玉樹"喻優秀子弟。楊炯《唐恒州刺史建昌公王公神道碑》："芝蘭有秀，羔雁成行。"

③ 孟母：孟子的母親，曾三次搬家遷移，選擇良鄰；斷所織之布，以激勵孟子勤奮學習；舊時奉爲賢母的典範。潘岳《閑居賦》："此里仁所以爲美，孟母所以三徙也。"蘇軾《潘推官母李氏挽詞》："杯盤慣作陶家客，弦誦常叨孟母鄰。"　德：行爲，操守。《左傳・成公十六年》："民生厚而德正。"干寶《晉紀總論》："是以漢濱之女，守絜白之志；中林之士，有純一之德。"　教：教育。《孟子・梁惠王》："謹庠序之教，申之以孝悌之義。"韓愈《祭十二郎文》："當求數頃之田於伊潁之上，以待餘年。教吾子與汝子幸其成，長吾女與汝女待其嫁：如此而已。"　順：柔順，和順。《易・豫》："聖人以順動，則刑罰清而民服。"孔穎達疏："若聖人和順而動，合天地之德，故天地亦如聖人而爲

之也。"《文選·潘岳〈寡婦賦〉》:"奉蒸嘗以效順兮,供灑掃以彌載。"呂延濟注:"言供奉祭祀灑掃之禮,效柔順之道,以彌年載。" 睦族:和睦親族。語出《書·堯典》:"克明俊德,以親九族,九族既睦,平章百姓。"元積《代李中丞謝官表》:"雖牽絲入仕,或因瑣碎之文,而執簡當朝,實由睦族而致。"《舊唐書·文宗紀》:"宜開列土之封,用申睦族之典。" 姻:婚姻,結親。《後漢書·戴良傳》:"良五女並賢,每有求姻,輒便許嫁。"王儉《褚淵碑文》:"漢結叔高,晉姻武子,方斯蔑如也。"對姻親親愛。《周禮·地官·大司徒》:"二曰六行:孝、友、睦、婣、任、恤。"鄭玄注:"姻,親於外親。" 猶子:指侄子。《禮記·檀弓》:"喪服,兄弟之子,猶子也,蓋引而進之也。"本指喪服而言,謂爲己之子期,兄弟之子亦爲期,後因稱兄弟之子爲猶子,漢人稱爲從子。任昉《爲齊明帝讓宣城郡公第一表》:"太祖高皇帝篤猶子之愛,降家人之慈;世祖武帝情等布衣,寄深同氣。"文天祥《寄惠州弟》:"親喪君自盡,猶子是吾兒。" 猶女:侄女。王定保《唐摭言·防慎不至》:"張峴妻,顏荛舍人猶女。"《舊五代史·劉陟傳》:"宰相韓宙出鎮南海,(劉)謙時爲牙校,職級甚卑,然氣貌殊常,宙以猶女妻之。" 惟:助詞,也作"唯"、"維",用於句首。《孟子·滕文公》:"惟士無田,則亦不祭。"趙岐注:"惟,辭也。"《文選·郭璞〈江賦〉》:"惟岷山之導江,初發源乎濫觴。"李善注:"惟,發語之辭也。"用於句中以調整音節。《書·召誥》:"無疆惟休,亦無疆惟恤。"潘岳《爲賈謐作贈陸機》:"廊廟惟清,俊乂是延。" 昆:兄。《詩·王風·葛藟》:"終遠兄弟,謂他人昆。"毛傳:"昆,兄也。"《資治通鑑·陳文帝天嘉四年》:"大冢宰晉國公,親則懿昆,任當元輔。"胡三省注:"昆,兄也。" 至:來,去。劉楨《贈五官中郎將》:"昔我從元后,整駕至南鄉。過彼豐沛都,與君共翱翔。"《三國志·先主傳》:"先主遣諸葛亮自結於孫權。"裴松之注引虞溥《江表傳》:"〔魯肅〕且問備曰:'豫州今欲何至?'備曰:'與蒼梧太守吳巨有舊,欲往投之。'" 處:居住,居於,處在。《莊子·至樂》:"魚處水而生，人處水而死。"《史記·樗里子甘茂列傳》："昔曾參之處費，魯人有與曾參同姓名者殺人。"　間言：離間的話。《魏書·獻文六王傳論》："北海義昧鶺鴒，奢淫自喪，雖禍由間言，亦自貽伊戚。"蘇軾《范景仁墓誌銘》："執政謂公，上之不豫，大臣嘗建此策矣！今間言已入，爲之甚難。"

④ 豐温：猶"豐樂"，謂富饒安樂。法顯《佛國記》："在道一月五日，得到于闐，其國豐樂，人民殷盛。"陸游《南唐書·烈祖本紀》："江淮間連年豐樂，兵食盈溢。"　佛氏：猶佛家，佛門。皮日休《孤園寺》："雅號曰勝力，亦聞師佛氏。今日到孤園，何妨稱弟子！"陸龜蒙《奉和襲美古杉三十韵》："材大應容蠍，年深必孕虆。後雕依佛氏，初植必僧彌。"　焚燔：焚燒。元稹《告畬三陽神文》："饑饉因仍，盜賊倉卒。閭落焚燔，城市剽拂。人民遂空，萬不存一。"猶"燒燔"，燒焚，燒毀。《後漢書·公孫述傳》："今百姓無辜而婦子係獲，室屋燒燔，此寇賊，非義兵也。"陶潛《戊申歲六月中遇火》："正夏長風急，林室頓燒燔。"慧劍：佛教語，謂能斬斷一切煩惱的智慧，語本《維摩經·菩薩行品》："以智慧劍，破煩惱賊。"白居易《渭村退居寄禮部崔侍郎翰林錢舍人詩一百韵》："斷痴求慧劍，濟苦得慈航。"　摩尼：指摩尼教，波斯人摩尼所創立的宗教，其教宣揚光明與黑暗對立，爲善惡本原。摩尼爲明的代表，故摩尼教又稱明教、明尊教。唐武后延載元年（694），波斯人拂多誕持《二宗經》來朝。唐代宗大曆三年（268）在長安建摩尼寺，賜額大雲光明寺。其教多在長安、洛陽及西域商人中流行，唐人亦稱其教徒爲摩尼。《舊唐書·回紇傳》："五月，迴鶻宰相、都督、公主、摩尼等五百七十三人入朝迎公主，於鴻臚寺安置。"《新唐書·回鶻傳》："元和初，再朝獻，始以摩尼至。"　惛：神志不清，迷迷糊糊。《孟子·梁惠王》："王曰：'吾惛，不能進於是矣！'"趙岐注："王言，我情思惛亂，不能進行此仁政。"《南史·宋孝武帝紀》："帝末年爲長夜之飲……俄頃數斗，憑几惛睡，若大醉者。"　淑心：猶"淑性"，美好的秉

性。張衡《七辯》："淑性窈窕，秀色美艷。"《後漢書·謝該傳》："竊見故公車司馬令謝該，體曾史之淑性，兼商偃之文學，博通群藝，周覽古今，物來有應，事至不惑，清白異行，敦悦道訓。"何遜《七召·聲色》："妍姿艷逸，淑性閑華。"　妙門：佛、道教指領悟精微教理的門徑，語出《老子》："玄之又玄，衆妙之門。"《華嚴經》卷二："普應群情闡妙門，令入難思清净法。"朱廣之《諮顧道士夷夏論》："佛經繁而顯，道經簡而幽，幽則妙門難見，顯則正路易遵。"

⑤　良人：古時女子對丈夫的稱呼。《孟子·離婁》："齊人有一妻一妾而處室者，其良人出，必饜酒肉而後反。"趙岐注："良人，夫也。"白居易《對酒示行簡》："昨日嫁娶畢，良人皆可依。"　早世：過早地死去。《後漢書·桓帝紀》："曩者遭家不幸，先帝早世。"李賢注："謂順帝崩也。"韓愈《與崔群書》："僕家不幸，諸父諸兄皆康强早世，如僕者又可以圖於久長哉？"請讀者注意：庾承宣的遭遇與元稹、白居易何其相似，都是父親過早地謝世，由母親教養成人。　素業：清白的操守。《三國志·徐邈胡質等傳論》："徐邈清尚弘通，胡質素業貞粹……可謂國之良臣，時之彦士矣！"劉長卿《哭陳歙州》："千秋萬古葬平原，素業清風及子孫。"先世所遺之業，舊時多指儒業。任昉《爲范尚書讓吏部封侯第一表》："臣本自諸生，家承素業，門無富貴，易農而仕。"《隋書·張煚傳》："周代公卿，類多武將，唯煚以素業自通，甚爲當時所重。"　侃：和樂貌。《論語·鄉黨》："朝，與下大夫言，侃侃如也。"《漢書·韋賢傳》："我雖鄙者，心其好而，我徒侃爾，樂亦在而。"顏師古注："侃，和樂貌。"　爲軻避喧：這裏化用孟母三遷的故事，軻即孟軻。避喧：亦作"避諠"，謂避離喧囂的塵世。沈約《酬謝宣城朓卧疾》："從宦非宦侣，避世作避諠。"皇甫冉《贈鄭山人》："避喧心已慣，念遠夢頻成。"

⑥　髫齔：謂幼年。《後漢書·邊讓傳》："髫齔夙孤，不盡家訓。"《晉書·司馬遹傳》："既表髫齔，高明逸秀。"　冠婚：指冠禮與婚禮，

《禮記》各有專篇記述,亦指其篇名。《大戴禮記·保傅》:"《春秋》之元,《詩》之《關雎》,《禮》之《冠》《婚》,《易》之《乾》《坤》,皆慎始敬終云爾。"司空圖《唐宣州王公行狀》:"禮法冠昏,著於雅族。"謂行加冠、結婚禮。《西京雜記》卷四:"兒真幼矣!白太后,未可冠婚之。"　重器:猶大器,比喻能任大事的人。《漢書·梅福傳》:"士者,國之重器;得士則重,失士則輕。"《隋書·李禮成傳》:"此兒平生未嘗迴顧,當爲重器耳!"　瑚璉:瑚、璉皆宗廟禮器,用以比喻治國安邦之才。《論語·公冶長》:"子貢問曰:'賜也何如?'子曰:'女,器也。'曰:'何器也?'曰:'瑚璉也。'"《魏書·李平傳》:"實廊廟之瑚璉,社稷之楨幹。"　璵璠:比喻美德或品德高潔的人。曹植《贈徐幹》:"亮懷璵璠美,積久德愈宣。"杜甫《貽華陽柳少府》:"吾衰臥江漢,但愧識璵璠。"　臺省:指政府的中央機構,在李唐,三省均在大內之內,中書省、門下省居北,稱北省,而尚書省位南,稱南省。岑參《和刑部成員外秋夜寓直寄臺省知己》:"列宿光三署,仙郎直五宵。時衣天子賜,廚膳大官調。"杜甫《舟中苦熱遣懷奉呈楊中丞通簡臺省諸公》:"媿爲湖外客,看此戎馬亂。中夜混黎甿,脫身亦奔竄。"　掖垣:唐代稱門下、中書兩省,因分別在禁中左右掖,故稱。蘇頲《敬和崔尚書大明朝堂雨後望終南山見示之作》:"價重三臺俊,名超百郡良。焉知掖垣下,陳力自迷方?"《新唐書·權德輿傳》:"左右掖垣,承天子誥命,奉行詳覆,各有攸司。"　更踐:任職。元稹《贈太保嚴公行狀》:"公之先,自兩漢至隋氏,郡守、列侯、駙馬、御史、郡丞、將軍、刺史、著作郎,數百年冠冕不絕代,若公之出入更踐,位與壽極,其上無如也。"王闢之《澠水燕談錄·歌詠》:"王文正公曾、李文定公迪,咸平,景德間相繼狀元及第,其後更踐政府,乃罷相鎮青,又爲交承,故文正《送文定移鎮兗海詩》有'錦標奪得曾相繼,金鼎調時亦踐更'之句。"　迭:更迭,輪流。《漢書·律曆志》:"三代各據一統,明三統常合,而迭爲首。"顏師古注:"迭,互也。"謝靈運《過白岸亭》:"榮悴迭去來,窮通成休慼。"　朝昏:

早晚。謝靈運《入彭蠡湖口》：“千念集日夜，萬感盈朝昏。”劉長卿《至饒州尋陶十七不在寄贈》：“離心與流水，萬里共朝昏。”借指日子，生活。《宋書·王僧達傳》：“又妻子爲居，更無餘累，婢僕十餘，粗有田入，歲時是課，足繼朝昏。”王禹偁《甘菊冷淘》：“況吾草澤士，藜藿供朝昏。”

⑦ 孝女：有孝行的女子。《後漢書·孝女曹娥傳》：“孝女曹娥者，會稽上虞人也。父盱……溺死，不得屍骸。娥年十四，乃沿江號哭，晝夜不絕聲。旬有七日，遂投江而死。”張籍《江陵孝女》：“孝女獨垂髮，少年唯一身。” 視膳：古代臣下侍奉君主或子女侍奉雙親進餐的一種禮節，語本《禮記·文王世子》：“食上，必在視寒暖之節；食下，問所膳。”《史記·魯仲連鄒陽列傳》：“天子巡狩，諸侯辟舍，納筦籥，攝衽抱機，視膳於堂下，天子已食，乃退而聽朝也。” 令婦：指賢淑的媳婦。晁補之《仙源縣君趙氏墓誌銘》：“從一而終，居爲淑女，行爲令婦，亦可以無負矣！”宋無名氏《新編分門古今類事·于祐紅葉》：“韓氏生五子二女，皆力學有官；女亦配名家，終身爲令婦。” 笄：簪，古時用以貫髮或固定弁、冕。《儀禮·士冠禮》：“皮弁笄，爵弁笄。”鄭玄注：“笄，今之簪。”《史記·張儀列傳》：“其姊聞之，因摩笄以自刺，故至今有摩笄之山。” 茅社：古天子分封諸侯，授之茅土使歸國立社，稱作茅社。《書·禹貢》：“厥貢惟土五色。”孔傳：“王者封五色土爲社，建諸侯，則各割其方色土與之使立社，燾以黃土，苴以白茅，茅取其潔，黃取王者覆四方。”《晉書·汝南王亮等傳序》：“功臣無立錐之地，子弟君不使之人。徒分茅社，實傳虛爵。” 抱弄：懷抱逗弄。白居易《與元九書》：“僕始生六七月時，乳母抱弄於書屏下。”黃庭《代祭致政吳侍郎文》：“稚孫左右抱弄，襁褓笑言在耳。” 荃蓀：香草，古代常用以喻賢良的人。顏延之《爲湘州祭屈原文》：“比物荃蓀，連類龍鸞。聲溢金石，志華日月。”《劉子·慎獨》：“荃蓀孤植，不以巖隱而歇其芳；石泉潛流，不以澗幽而不清人。”

⑧ 陔蘭:《文選・束皙〈補亡詩二首・南陔〉》:"循彼南陔,言采其蘭。"李善注:"采蘭以自芬香也,循陔以采香草者,將以供養其父母。"後因以"陔蘭"敬稱他人的子孫,意謂能孝養長輩。楊億《孫及歸吳興》:"澤國聊傾蓋,春闈早擅場。陔蘭行可採,月桂自應芳。"宋庠《送巢縣梅主簿》:"官從鶯棘試,材俟蟻封求。堂桂叨聯籍,陔蘭慶奉羞。"　 隙駟:比喻時光迅速,日月如飛。《禮記・三年問》:"將由夫修飾之君子與,則三年之喪,二十五月而畢。若駟之過隙然,而遂之則是無窮也。"鄭玄注:"駟之過隙,喻疾也。遂之,謂不時除也。"孔穎達疏:"駟馬峻疾,空隙狹小,以峻疾過狹小,急速之甚。"陳祥道《禮書・喪期》:"孔子曰:'子生三年,然後免於父母之懷。'則三年之喪,固孝子之所以自盡也。"　 憑:依託,依仗。《文選・陸機〈苦寒行〉》:"猛虎憑林嘯,玄猿臨岸嘆。"李善注:"憑,依也。"《宋書・恩倖傳序》:"人主謂其身卑位薄,以爲權不得重,曾不知鼠憑社貴,狐藉虎威,外無逼主之嫌,內有專用之功,勢傾天下,未之或悟。"　 論:叙説,説。《莊子・齊物論》:"六合之内,聖人論而不議。"韋莊《小重山》:"萬般惆悵向誰論? 凝情立,宮殿欲黃昏。"　 白日:人世,陽間。杜牧《忍死留別獻鹽鐵相公二十叔》:"青春辭白日,幽壤作黃埃。"司馬光《祭齊國獻穆大長公主文》:"遐福未終,大期奄及。去白日之昭晰,歸下泉之窈冥。"入地:喻死亡。《後漢書・班超傳》:"蠻夷之性,悖逆侮老,而超旦暮入地,久不見代,恐開奸宄之源,生逆亂之心。"蘇軾《論倉法札子》:"臣材術短淺,老病日侵,常恐大恩不報,銜恨入地,故貪及未死之間,時進瞽言。"　 畫翣:有彩畫的棺飾,古代出殯時用之。《禮記・喪大記》:"飾棺:君龍帷,三池……黼翣二,黻翣二,畫翣二。"孔穎達疏:"翣形似扇,以木爲之,在路則障車,入槨則障柩也。"顧況《晉公魏國夫人柳氏挽歌》:"畫翣無留影,銘旌已度橋。"　 軒:古時大夫以上官員的車乘。《管子・立政》:"生則有軒冕、服位、穀禄、田宅之分,死則有棺槨、絞衾、壙壟之度。"元稹《魏博節度使田弘正碑》:"祖考食宗

廟，父子分土疆，兄弟羅軒冕，可以爲孝矣！" 燭燎：燃炬照耀。《宋史·禮志》："昨朝拜安陵、永昌陵，有司止設酒、脯、香，以未明行事，不設燭燎。"程俱《元夕寫懷》："何人勸之照，燭燎皆爭明？" 爐：指燈花，燭花。庾信《燈賦》："爐長宵久，光青夜寒。"蘇軾《次韻答劉景文左藏》："夜燭催詩金爐落，秋芳壓帽露華滋。" 銘旌：豎在靈柩前標誌死者官職和姓名的旗幡，多用絳帛粉書，品官則借銜題寫曰某官某公之柩，士或平民則稱顯考顯妣，另紙書題者姓名粘於旌下。大斂後，以竹杠懸之依靈右，葬時取下加於柩上。《周禮·春官·司常》："大喪，共銘旌。"李白《上留田行》："昔之弟死兄不葬，他人於此舉銘旌。"

⑨ 望望：瞻望貌，依戀貌。《禮記·問喪》："其往送也，望望然，汲汲然，如有追而弗及也。"鄭玄注："望望，瞻顧之貌也。"謝朓《懷古人》："望望忽超遠，何由見所思？" 逾閾：亦作"逾閫"，跨過門限，出家室。《左傳·襄公二十七年》："伯有賦《鶉之賁賁》，趙孟曰：'床第之言不逾閾，況在野乎？非使人之所得聞也。'"杜預注："閾，門限。"白居易《續古詩十首》四："窈窕雙鬟女，容德俱如玉。晝居不逾閾，夜行常秉燭。" 遲遲：徐行貌。《詩·邶風·谷風》："行道遲遲，中心有違。"毛傳："遲遲，舒行貌。"《楚辭·劉向〈九嘆·惜賢〉》："時遲遲其日進兮，年忽忽而日度。"王逸注："遲遲，行貌。"洪興祖補注："遲遲，來遲也。" 改轅：改變車行方向，轅，車轅。韓愈《奉和兵部張侍郎馬帥已再領鄆州之作》："來朝當路日，承詔改轅時。"《舊唐書·劉鄩傳》："昨以尚書員外郎奉使至潞，旋承新命，改轅而東。" 佳城：喻指墓地。《西京雜記》卷四："滕公駕至東都門，馬鳴局不肯前，以足跑地久之。滕公使士卒掘馬所跑地，入三尺所，得石椁。滕公以燭照之，有銘焉……曰：'佳城鬱鬱，三千年見白日，吁嗟滕公居此室！'滕公曰：'嗟乎天也！吾死其即安此乎？'死遂葬焉！"《文選·沈約〈冬節後至丞相第詣世子車中作〉》："誰當九原上，鬱鬱望佳城？"李周翰注：

"佳城，墓之塋域也。"　兆：指墓地。《左傳·哀公二年》："素車樸馬，無入於兆，下卿之罰也。"杜預注："兆，葬域。"韓愈《祭十二郎文》："終葬汝於先人之兆。"　風樹：《韓詩外傳》卷九："皋魚曰：'……樹欲静而風不止，子欲養而親不待也。'"後因以"風樹"为父母死亡，不得奉養之典。《晉書·孝友傳序》："聚薪流慟，衔索興嗟，曬風樹以隕心，頹寒泉而沫泣，追遠之情也。"范仲淹《上執政書》："今親亡矣！縱使異日授一美衣，對一盛饌，尚當泣感風樹，憂思無窮。"　秋原：秋日的原野。王僧孺《初夜文》："壅夏河之長瀉，撲秋原之猛燎。"王安石《胡笳十八拍》："慟哭秋原何處村？千家今有百家存。"　哀子：古稱居父母之喪者爲哀子，後則專指居母喪者。《儀禮·士喪禮》："哀子某，爲其父某甫筮宅。"《禮記·雜記》："祭稱孝子孝孫，喪稱哀子哀孫。"孔穎達疏："喪則痛慕未申，故稱哀也。故《士虞禮》稱哀子，而卒哭乃稱孝子也。"謝朓《齊敬皇后哀册文》："哀子嗣皇帝，懷蜃衛而延首，想鷺鷟而撫心。"　泣血：無聲痛哭，泪如血湧。《易·屯》："乘馬班如，泣血漣如。"歐陽修《皇祐四年與韓忠獻王書》："某叩頭泣血，罪逆哀苦，無所告訴。"　行人：指活著的人。王維《從軍行》："吹角動行人，喧喧行人起。笳悲馬嘶亂，争渡金河水。"王昌齡《送裴圖南》："黄河渡頭歸問津，離家幾日茱萸新。漫道閨中飛破鏡，猶看陌上別行人。"　斷魂：銷魂神往，形容一往情深或哀傷。宋之問《江亭晚望》："望水知柔性，看山欲斷魂。"戴叔倫《春怨》："金鴨香消欲斷魂，梨花春雨掩重門。欲知別後相思意，回看羅衣積泪痕。"

⑩ 幼婦：少女。劉義慶《世説新語·捷悟》："幼婦，少女也，於字爲妙。"唐彦謙《送樊琯司業歸朝》："齏辛尋幼婦，醴酒憶先王。"這裏指裴淑，元稹的繼配，元稹元和十年與裴淑結婚之時，已經三十七歲，而依照古代習俗，裴淑定然是待字閨中的妙齡少女，年齡應該在十六歲至二十歲之間，至元稹與裴淑元和十五年一起祭奠"庚侍郎太夫人"亦即"韋氏"之時，元稹四十二歲，裴淑僅僅在二十一歲至二十六

歲之間,故言"幼婦"。《編年箋注》:"幼婦:指元稹原配韋叢。"誤,韋叢病故於元和四年,時年二十七歲,如果至元和十五年,韋叢已經是三十八歲的中年女子,如何還能够稱爲"幼婦"? 而且,元稹與韋叢在長安結婚,如何可以説"合姓異縣"? 與韋叢結婚之時,元稹任職秘書省校書郎,又怎麼可以説是"謫任遐藩"? 外孫:女兒的兒女。《儀禮·喪服》:"外孫。"鄭玄注:"女子子之子。"賈公彦疏:"外孫者,以女出外適而生,故云外孫。"《史記·遊俠列傳》:"郭解,軹人也,字翁伯,善相人者許負外孫也。"這裏的"外孫"是"外孫女",亦即裴淑。裴淑的父親裴鄖,可能娶了這位"庾侍郎太夫人"亦即"韋氏"的女兒,如果是"庾太夫人"的女兒,那末韋淑的母親應該是"庾氏";如果是以"韋氏"姐妹的女兒爲妻,那她姓氏就暫時無從考證,她生下了裴淑,裴淑也就自然而然成爲"庾侍郎太夫人"亦即"韋氏"的外孫女。而元稹,因爲韋叢與裴淑分別是"庾侍郎太夫人"的侄孫女與外孫女的關係,也就分別成了"侄孫女婿"與"外孫女婿"。 合姓:合二姓爲一家,指婚娶。《國語·晉語》:"故異德合姓,同德合義。"韋昭注:"合姓,合二姓爲婚姻。"權德輿《唐故銀青光禄大夫守吏部尚書兼御史大夫充諸道鹽鐵轉運等使上柱國趙郡開國公贈尚書右僕射李公墓誌銘并序》:"凡三合姓,初曰范陽盧夫人……次京兆韋氏二夫人。" 異縣:指異地,外地。陳琳《飲馬長城窟行》:"他鄉各異縣,展轉不相見。"《顔氏家訓·慕賢》:"他鄉異縣,微藉風聲,延頸企踵,甚於饑渴。"元稹出生在長安,而元氏家族自稱洛陽人,裴氏家族自稱河東人,而元稹與裴淑結婚的興元,不是元稹的家鄉,也不是裴淑的故鄉,故稱"異縣"。而且,興元還不是元稹通州司馬的任職地,也不是裴淑父親裴鄖曾經任職的涪州,對元稹裴淑來説,對元氏家族、裴氏家族來説,興元是名副其實的"異縣"。 遐藩:遠方的藩國。《晉書·禿髪傉檀載記》:"車騎僻在遐藩,密邇勃寇。"劉禹錫《謝春衣表》:"寵光不隔於遐藩,慶賜猥霑於裨將。"通州曾經是古代的"巴子國",李唐時期還是偏遠荒僻之地,元稹是被貶任通州司馬,因此"謫任遐藩"之語非常切合元稹的境況。　升堂:亦即"升堂拜母"之略語:漢范式與張劭爲友,二人並告歸鄉里,式謂劭曰:"日後二年當還,將過拜尊親見孺子焉!"乃共約定日期,至日,式果到,升堂拜母,飲盡歡而別。古代摯友相訪,行登堂拜母禮,結通家之好,表示友誼的篤厚。《三國志・周瑜傳》:"堅子策與瑜同年,獨相友善,瑜推道南大宅以舍策,升堂拜母,有無通共。"《舊五代史・張承業傳》:"莊宗深感其意,兄事之,親幸承業私第,升堂拜母,賜遺優厚。"亦省稱"升堂"。蘇軾《潘推官母李氏挽詞》:"尚有升堂他日約,豈知負土一阡新。"這裏指元稹裴淑因爲"謫任遐藩",沒有來得及"升堂拜母",他們就與"韋氏"陰陽兩隔,生死異域,遺憾之情,溢於言表。　執紼:謂牽引靈車的繩索以助行進,古代送葬的一種禮節。《通典・天子諸侯大夫士吊哭議》:"行吊之日,不飲酒食肉,吊於葬者,必執紼,若從柩及壙,皆執紼。"畢仲游《祭范忠宣公大葬文》:"未幾,棟壞山坼,欲贖前恨而不可得。尚期遠日送公安宅,庶比役人,執紼與紼。"據本文"隙駟"的語詞表達,"韋氏"亡故應該在三年之前,所以元稹與裴淑有"執紼空敦"的遺憾。

⑪伏讀:謂恭敬地閱讀,"伏"爲表敬之詞。《孔叢子・雜訓》:"子思在魯,使以書如衛問子上,子上北面再拜,受書伏讀。"後世喻指臣下閱讀帝王詔書。邵説《讓吏部侍郎表第二表》:"伏讀墨詔,載深兢惕,臣某中謝。"　哀誄:哀悼死者的文章。《晉書・潘岳傳》:"岳美姿儀,辭藻絶麗,尤善爲哀誄之文。"《顔氏家訓・文章》:"祭祀哀誄,生於《禮》者也。"　薦:祭祀時獻牲。《左傳・隱公三年》:"可薦於鬼神,可羞於王公。"葉適《徐文淵墓誌銘》:"此人主所以薦天地宗廟,非臣下所宜得。"　芳罇:亦作"芳尊"、"芳樽",精緻的酒器,亦借指美酒。李頎《夏宴張兵曹東堂》:"雲峰峨峨自冰雪,坐對芳罇不知熱。"杜甫《贈虞十五司馬》:"過逢連客位,日夜倒芳樽。"　辭訣:訣別。

《後漢書·折象傳》：“自知亡日，召賓客九族飲食辭訣，忽然而終。”干寶《搜神記》卷一：“至時，安公騎之，從東南去。城邑數萬人，豫祖安送之，皆辭訣。” 悽愴：悲傷，悲凉。陸機《文賦》：“詩緣情而綺靡，賦體物而瀏亮，碑披文以相質，誄纏綿而悽愴。”高適《登子賤琴堂賦詩三首》一：“臨眺忽悽愴，人琴安在哉！” 無垠：無邊際。《楚辭·遠遊》：“道可受兮而不可傳，其小無内兮其大無垠。”王維《送秘書晁監還日本國詩序》：“乾元廣運，涵育無垠。”

［編年］

　　《年譜》編年本文於長慶元年“二月癸未（十六日）前所撰”，理由是：“文首題：‘外孫女婿朝議郎、守尚書祠部郎中、知制誥元稹。’”《編年箋注》編年本文：“時在元和十五年（八二〇）五月以後至長慶元年二月之間。”《年譜新編》編年本文於元和十五年，理由是：“文云：‘外孫女婿朝議郎、守尚書祠部郎中、知制誥元稹。’”

　　我們難以苟同《年譜》、《編年箋注》、《年譜新編》的編年結論。雖然本文表面看似很難編年，其實也不難編年：一、據元稹《翰林承旨學士記》所附題名：“元稹：長慶元年二月十六日自祠部郎中、知制誥、行中書舍人、翰林學士，仍賜紫金魚袋。”又據《資治通鑑》元和十五年：“夏五月庚戌，以稹爲祠部郎中、知制誥。”推其干支，“五月庚戌”是元和十五年五月九日。故元稹任職“朝議郎、守尚書祠部郎中、知制誥”在元和十五年五月九日至長慶元年二月十六日之間，《編年箋注》的表述不夠精準，元和十五年五月九日之前與長慶元年二月十六日之後都不應該包括在内。二、本文又云庾太夫人病故之後，“哀子泣血，行人斷魂”之時，元稹夫婦却不在庾太夫人所在的長安，正在外地通州任職，不及親自送葬：“稹也幼婦，時惟外孫，合姓異縣，謫任遐藩。”故而“升堂不及，執紼空敦”，祗能在通州“伏讀哀誄，跪薦芳樽，辭訣有禮，悽愴無垠”。待到元稹元和十四年冬天（十一月十六日之後）回

到西京長安，喪事早就已經過去，一年一度的忌日在元和十四年可能
也已過去，祇有在第二年亦即元和十五年的忌日來祭祀庾太夫人的
亡靈了。估計庾太夫人的忌日不可能在十一月十六日之後，也不可
能在五月九日之前，否則元稹不會等到任職祠部郎中之後；我們估計
庾太夫人病故的日期是在元稹通州任內某年的五月九日(元稹晉職
祠部郎中的日期)至十一月十六日(元稹從虢州回到京城的日期)之
間。所以元稹在庾太夫人忌日來臨之際，自己已官拜祠部郎中知制
誥，就以"外孫女婿、朝議郎、守尚書祠部郎中知制誥"的名義祭祀庾
太夫人。如果依照《年譜》把本文編年長慶元年二月十六日之前，意
即庾太夫人的忌日是在某年的年初，亦即二月十六日之前，那就不好
解釋元稹已在京城的元和十五年二月十六日之前不去祭祀，而非要
等到長慶元年的二月十六日之前才去祭祀。三、本文："望望逾闋，遲
遲改轅。佳城故兆，風樹秋原。哀子泣血，行人斷魂。"表明"禮部庾
侍郎太夫人"安葬的時間在秋天，其病故應該在"秋天"之前。與上面
一條的推論結合，可知"庾侍郎太夫人"病故在當年的五月九日之後、
"秋天"之前。四、本文："陔蘭始茂，隙駟俄奔。"根據上文對"隙駟"的
箋注是"二十五個月"，又據宋代车垓《内外服制通釋》："十三月小祥，
自始死之月數起，至次年所死之月，凡十三月矣！是名曰小祥……二
十五月大祥，自始死之月数起，至第三年所死之月，凡二十五月矣！
是名曰大祥……二十七月禫祭……自初喪至此，不計閏，凡二十七
月。"結合兩條文獻逆推，"禮部庾侍郎太夫人"的除靈應該在其病故
"二十七個月"之時，亦即在"秋天"，而其病故，亦即"忌日"應該在秋
天之前，元稹裴淑的祭奠正在其時。而逆推"二十七個月"之前太夫
人病故的時間，應該在元和十三年的夏天，那時元稹正在通州代理
"州務"，故元稹裴淑才有"升堂不及，執紼空敦"的遺憾。五、必須強
調一下：因爲韋叢的關係，元稹以"侄孫女婿"的身份祭奠"禮部庾侍
郎太夫人"；因爲裴淑的關係，元稹以"外孫女婿"的身份祭奠"禮部庾

侍郎太夫人"，元稹可謂是雙料的"孫女婿"。綜上所述，本文應該撰
成於元和十五年五月九日之後的夏天，地點在長安，元稹時任"朝議
郎、守尚書祠部郎中、知制誥"之職，與祭文開頭"外孫女甥、朝議郎、
守尚書祠部郎中、知制誥元稹"相一致，而庾承宣也在"禮部侍郎"的
任上，故題稱"禮部庾侍郎"。